# Zen, Drugs & Rock'n'Roll

Inspector Minster ermittelt

# DER AUTOR

Michael Rensen, geboren 1974 im Emsland, gehört zu den renommiertesten Musikjournalisten Deutschlands und arbeitet unter anderem für die Fachmagazine „Rock Hard“ und „Guitar“ sowie für Amazon.de. Im HEEL Verlag erschienen bislang die unter seiner redaktionellen Leitung entstandenen Fachbücher „Best Of Rock & Metal“, „Cover Mania“ und die „Rock Hard Enzyklopädie“.

Michael Rensen

Rock Hard
Krimi

# Zen, Drugs & Rock'n'Roll

## Inspector Minster ermittelt

HEEL

## DANKSAGUNGEN

Ich danke meiner Frau Siskia für fachkundigen medizinischen Rat (fast wäre William Bickershead unter selbst für den Autor unerklärlichen Umständen zu Tode gekommen), Dr. Klaus Himmelstein und Dr. Uwe Westfehling für inspirierende Gespräche über kriminalistische und schriftstellerische Feinjustierungen, Sue und Len Jones dafür, dass sie die englischsten Engländer Englands sind, und der Tageszeitung „The Independent" für ihr wunderbares Archiv.

Den Soundtrack zu diesem Buch lieferten überraschenderweise keine harten Rockgruppen (von Tool und den titanischen Led Zeppelin abgesehen), sondern in erster Linie Ludwig van Beethoven, Gustav Holst, Modest Mussorgsky, Howard Shore, John Williams und die Dave Matthews Band.

## IMPRESSUM

HEEL Verlag GmbH
Gut Pottscheidt
53639 Königswinter
Tel.: 0 22 23 92 30-0
Fax: 0 22 23 92 30 26
E-Mail: info@heel-verlag.de
Internet: www.heel-verlag.de



Lektorat: Christine Birnbaum
Satz: renierkens kommunikations-design, Köln
Druck: GGP Media GmbH, Pößneck

Titelfoto: © FotoArt Maren Beßler



Printed in Germany

ISBN: 978-3-86852-059-0

# ZEN, DRUGS & ROCK'N'ROLL

Der National Crime Squad ist eine erst vor wenigen Jahren gegründete Spezialabteilung der britischen Polizei. Seine Haupteinsatzgebiete sind das organisierte Verbrechen und andere national und international verzweigte Kriminalfälle.

»THINGS THEY DO LOOK AWFUL COLD
I HOPE I DIE BEFORE I GET OLD.«

Pete Townshend, 'My Generation'

# KAPITEL 1

Als die Flying Horses sich anschickten, auf die Bühne zu gehen, versank die Sommersonne prall und glutrot am Horizont. 110.000 Menschen blickten mit angehaltenem Atem in die aufflammenden Scheinwerfer, die erst in gleißendem Weiß, dann in grellen Blau-, Grün- und Rottönen die Dunkelheit vertrieben. Trockeneisnebel waberte aus dem Bühnenhintergrund heran, bis die vordersten Fetzen über den Fotograben hinweg die ersten Reihen der Zuschauer erreichten. Eine angespannte Stille lag über dem riesigen Festivalgelände. Die Massen warteten gespannt auf den Auftritt einer Band, die für viele ein Mythos aus einer anderen Welt war.

Das Isle-Of-Wight-Open-Air feierte ein rundes Jubiläum, was findige Londoner Konzertveranstalter dazu veranlasst hatte, die beschauliche Insel im Ärmelkanal nach Jahrzehnten der Ruhe wieder zu einer Pilgerstätte für Rockfans zu machen. Zwei Tage lang war bereits bis spät in die Nacht ohrenbetäubender Lärm durch die riesigen Boxentürme bis hinaus auf die See gedrungen. Jetzt, am Abschlussabend, sollten die Flying Horses ein friedliches, entspanntes Festival mit einem ihrer sagenumwobenen Auftritte krönen.

Die Band war seit fünf Jahren nicht mehr in England aufgetreten, und viele ihrer Anhänger fieberten diesem Tag deshalb bereits seit Monaten entgegen. Die erregte Vorfreude im Publikum war fast greifbar, als aus dem Licht und Nebel heraus die ersten Töne von Khatschaturians „Säbeltanz“ erklangen, mit dem die Flying Horses jede ihrer Shows eröffneten. Wie bei einem Gewitter entlud sich die Anspannung der gewaltigen Menschenmenge, die sich bis in die Schatten der südlichen Dünenkette erstreckte. Ein ohrenbetäubender Orkan aus Johlen, Klatschen und Kreischen fegte über das Gelände. Dann verstummte das Introband, der donnernde Orkan schwoll für einen kurzen Augenblick noch weiter an, und hinter den Nebelschwaden, die sich verflüchtigten, tauchten die Silhouetten der Musiker auf. Zigtausende Armpaare wurden in die Höhe gerissen, als die beiden Gitarren aufjaulten, der Bass zu pumpen begann und schließlich das Schlagzeug mit einem harten Wirbel auf der Snare-Drum einsetzte. Die Band brauchte nur zwei, drei Takte, bis das vordere Viertel des Publikums sich in einen Mahlstrom aus tanzenden, springenden und mitwippenden Leibern verwandelt hatte.

Das Lied hieß 'The Devil's Advocat' und steigerte sich bis zu einem furiosen Gitarrensolo, bevor endlich auch der Sänger auf die Bühne kam. Er trat aus dem Schatten an der linken Bühnenseite, ging quälend langsam zu seinem Mikrofonständer, brüllte seinen Fans die erste Textzeile entgegen und sackte in sich zusammen. Die Instrumente verhedderten sich in fiependen Rückkopplungen, im Publikum machte sich lähmendes Entsetzen breit. Es dauerte keine vier Takte, und Totenstille lag über dem riesigen Gelände. Der letzte Schimmer der Abendsonne verblasste nahezu unbemerkt vor der Schwärze der Nacht.

# KAPITEL 2

Der Briefträger hätte die Post nicht bis an die Haustür bringen müssen. Vorne an der Straße war ein Briefkasten angebracht, doch der dürre Blondschopf ging gerne den langen, gewundenen Steinpfad entlang, vorbei an den Rhododendron-Büschen, die sich unter den schweren, ausladenden Erlen duckten. Am jenseitigen Ende des Weges wartete der massive Türklopfer darauf, dass ihn jemand betätigt. Der Postbote liebte das tiefe Dröhnen, das wie ein dumpfer Gong klang. Es passte so wunderbar zu dem niedrigen, alten Landhaus, das mit seinen schiefen Backsteinwänden und den grünen, wurmzerfressenen Fensterrahmen an ein längst vergangenes, liebenswerteres England erinnerte. Wenn der junge Mann auf seiner morgendlichen Tour hier vorbeikam, fühlte er sich immer wie in einem Agatha-Christie-Roman.

Es dauerte wie üblich nur wenige Augenblicke, bis Granpole Minster im Türrahmen stand.

„Danke, Stewart, zu freundlich von Ihnen."

Minster war kaum älter als 30, aber für Stewart passte er perfekt in dieses warme, verschrumpelte Haus. Mit seinen tiefschwarzen, peinlich exakt geschnittenen kurzen Haaren, den immer etwas abwesend wirkenden graugrünen Augen und den gleichzeitig markanten und feinen Gesichtszügen sah er für Stewart wie ein Adliger aus der Zeit vor den Weltkriegen aus.

„Viel zu tun, Mister Minster?", fragte Stewart mit einem schüchternen Grinsen und einem vielsagenden Blick auf den beachtlichen Berg Briefe in Minsters Händen.

„Nicht mehr als sonst", gab Minster lächelnd zurück. „Mein Vater möchte eine seiner Firmen verkaufen, da kommt einiges an Schriftverkehr zusammen. Aber ich will mich nicht beschweren. Einen schönen Tag noch, Stewart." Die Tür schloss sich wieder, und der schwere gusseiserne Öffner schwang quietschend in seiner Halterung nach.

Minster verabscheute es zu lügen, aber er wusste, dass er Stewart ein harmloses Häppchen für dessen nächsten Abend im Pub hinwerfen musste. Er mochte den Postjungen, machte sich jedoch keine Illusionen darüber, wie sehr im Dorf über ihn geredet wurde. Ein junger, scheinbar wohlhabender Mann, der oft wochenlang kaum aus dem Haus ging, nur um dann manchmal mehrere Monate lang spurlos zu verschwinden, konnte nicht erwarten, dem allgegenwärtigen Getratsche zu entgehen. Niemand in Aleham wusste, was er in Wirklichkeit beruflich machte, und er hatte auch nicht die Absicht, es irgendwem zu erzählen.

Minster ging durch den kleinen Eingangsflur, legte die Rechnungen und Werbeschreiben auf den Küchentisch und verschwand mit dem Rest der Briefe in seinem Arbeitszimmer. Die wenigen Menschen, die diesen Raum je zu Gesicht bekommen hatten, hatten meist offen oder zumindest im Geiste verständnislos den Kopf geschüttelt. Tausende von Büchern und Broschüren bevölkerten völlig ungeordnet und in teils beklagenswertem Zustand jeden Quadratzentimeter der Wände. In zwei oder mehr Reihen hintereinander waren sie auf alten Eichenregalen gestapelt, die ursprünglich für deutlich geringere Lasten ausgelegt gewesen waren. Auch auf dem Fußboden stapelten sich Gebundenes, Geheftetes und lose Zettel. Nur der mächtige Teakholz-Schreibtisch, der auf klobigen Beinen vor dem großen Fenster stand, war penibel aufgeräumt.

Minster öffnete die Briefe, sah sie kurz durch und sortierte sie in verschiedene Ablagen auf dem Schreibtisch ein. Die Arbeit konnte noch warten. Jetzt, da Stewart auf seiner morgendlichen Runde bei ihm gewesen war, gab es niemanden mehr, der ihn stören würde. Die Telefone waren ausgestellt, und von ankommenden E-Mails würde er nichts mitbekommen.

Auf dem Weg in den Garten trank Minster in der Küche ein Glas Wasser und nahm aus dem Schlafzimmer sein Sitzkissen mit. Zwischen den Apfel- und Kirschbäumen machte er es sich mit dem Kissen auf einer alten Wolldecke gemütlich, nahm den vollen Lotussitz ein, atmete dreimal tief durch und schloss die Augen. Er versuchte sich auf seinen Atem zu konzentrieren, zählte die Züge, bis sein Geist sich beruhigt hatte. Dann ließ er das Koan, an dem er seit einigen Tagen arbeitete, langsam an seinem inneren Auge vorbeiziehen: „Ist ein Hund wie Buddha?" Minster wusste es nicht, und er hatte auch nicht die geringste Ahnung, wie er es herausbekommen sollte.

# KAPITEL 3

Detective Chief Inspector Albert Dursham eröffnete die Sitzung, indem er direkt zur Sache kam: „Wer hat uns diesen toten Rocksänger aufgehalst?“

Es war 7 Uhr in der Früh, und er klang nicht sonderlich begeistert. Dursham war schon fast 60, trug seine dünnen braunen Haare betont militärisch kurz und sah dem Fall mit deutlichen Aversionen entgegen. Dass er überhaupt das Wort „Rocksänger“ in den Mund nahm, erstaunte seine Kollegen schon.

„Die Polizei auf der Isle Of Wight hat uns gebeten, den Fall zu übernehmen“, antwortete Detective Inspector Carl Ingenthorpe, ein durchtrainierter Mittvierziger mit vollem, pechschwarzem Kraushaar und einer milchigweißen Narbe über der linken Schläfe. „Aber man hat durch halb England läuten hören, dass dieses Hilfegesuch letztlich vom Innenministerium initiiert wurde.“

„Der Tote ist der Sohn eines Unterhausabgeordneten“, fügte Detective Inspector Patrick Leemahan erklärend hinzu. Leemahan war in etwa in Ingenthorpes Alter, wirkte mit seiner Halbglatze und den dunklen Ringen unter den Augen aber deutlich älter. Er vervollständigte das Trio, das in einem der kleineren Sitzungsräume der National-Crime-Squad-Zentrale im Herzen Londons zusammensaß. Jeder der drei hatte schon mehrere Tassen Kaffee getrunken, aber wirklich wach wirkte noch keiner.

„Soso“, nuschelte Dursham geistesabwesend vor sich hin, während er sich einige vergrößerte Fotografien ansah. „Das war also der Sohn eines Parlamentariers. Heißt sein Vater auch Hellhound mit Nachnamen? Möchte nicht wissen, was ihre Vorfahren früher getrieben haben.“

Leemahan räusperte sich leicht verlegen, wie er es immer tat, wenn er seinen Vorgesetzten berichtigen musste: „Hellhound ist ein Künstlername, Chief. Will Hellhound hieß bürgerlich William Bickershead.“

„Bickershead“, murmelte Dursham. „Sagt mir nichts. Muss ein Torrie sein.“ Er streckte sich einmal, so als erwache er erst jetzt aus seiner Nachtruhe, und fuhr deutlich gefasster und lebhafter fort: „Welche Fakten haben wir, Carl?“

Ingenthorpe räusperte sich und griff nach einem Zettel mit Notizen: „William Bickershead trat am Sonntag mit seiner Band beim Isle-Of-Wight-Festival auf und brach bereits wenige Sekunden nach Beginn des Konzerts zusammen. Den Sanitätern gelang es nicht, ihn wiederzubeleben. Der Notarzt, der keine fünf Minuten später eintraf, konnte nur den Tod feststellen. Der umgehend aus London eingeflogene Hausmediziner der Familie Bickershead entdeckte Anzeichen einer Überdosis Heroin, doch auf Wunsch von Mister Bickershead senior ist diese Diagnose bislang nicht an die Öffentlichkeit gelangt. Selbst wir wissen nur deshalb davon, weil besagter Arzt ein guter Freund von Director General Finn ist und ihm den Sachverhalt gestern in einem privaten Gespräch dargelegt hat. Die offizielle Todesursache lautet toxische Überreaktion – Vergiftung."

„Warum hat sich dieser Arzt bei uns gemeldet?", hakte Dursham nach.

„Weil er der Meinung war, die Situation anfangs falsch eingeschätzt zu haben", sagte Leemahan. „Er hatte geglaubt, Bickershead senior wolle die wahre Todesursache lediglich vor der Presse geheim halten. In einem Gespräch, das er gestern mit ihm führte, stellte sich jedoch heraus, dass das Heroin sogar vor der Polizei verschwiegen werden soll. Bickershead wird den für die Isle Of Wight zuständigen Gerichtsmediziner bestechen. Deshalb steht auch in den Polizeiakten, dass sein Sohn vergiftet worden ist. Der Hausarzt hatte Angst, wegen wissentlicher Falschdiagnose angeklagt zu werden, falls der Schwindel irgendwann auffliegen sollte."

„Typisch Torrie", murmelte Dursham und bat Ingenthorpe, mit seinem Bericht fortzufahren.

„William Bickershead war am Nachmittag vor dem Auftritt gegen 15 Uhr zusammen mit seinen Bandkollegen, deren Frauen und Freundinnen sowie einigen Bandbetreuern auf einer Sonderfähre aus Portsmouth angereist. Sie erreichten das Festivalgelände gegen 15.45 Uhr und bezogen hinter der Bühne in ihren Umkleideräumen Quartier. Was in den folgenden Stunden geschah, ist noch nicht endgültig geklärt, da sich viele der Menschen in Bickersheads Umfeld aufgrund von Alkohol- oder Drogenkonsum nur unzusammenhängend an die Ereignisse erinnern können. Mehrere Personen sagten jedoch übereinstimmend aus, Bickershead sei gegen 20 Uhr neben der Bühne gesehen worden, von wo aus er den Auftritt einer anderen Musikgruppe verfolgte. Niemandem ist etwas Außergewöhnliches an seinem Verhalten aufgefallen. Kurz nach 21.30 Uhr versammelte er sich dann mit seinen Bandkollegen nebst Anhang und Management in den Umkleideräumen, um die letzten Einzelheiten des Konzerts durchzusprechen. Auch zu diesem Zeitpunkt machte Bickershead auf seine Umgebung einen völlig normalen Eindruck. Da der Gesang erst in der Mitte des ersten Stückes einsetzte, blieb Bickershead hinter den Kulissen, als seine Kollegen auf die Bühne gingen. Um 22.10 Uhr trat er ins Rampenlicht. Wenige Sekunden später war er tot."

„Wie heißt die Band?", fragte Dursham mit gerunzelter Stirn. Jetzt, da er einen groben Überblick hatte, gefiel ihm der Fall keinen Deut besser.

„Flying Horses", erwiderte Ingenthorpe.

„Flying Horses? Nie gehört."

„Sie sind nicht so bekannt wie die Beatles oder Led Zeppelin", erklärte Leemahan, „aber vor einigen Jahren waren sie die populärste Band Englands." Mit einem schiefen Lächeln fügte er hinzu: „Zumindest bei Leuten unter 40."

„Bescheuerter Name", raunzte Dursham und goss sich Kaffee nach. „Aber auch Sänger von Bands mit bescheuerten Namen dürfen sich in unserem Land mit Heroin zu Tode spritzen, ohne dass der NCS eingeschaltet wird." Sein missbilligender Blick traf Ingenthorpe. Dursham fehlten wichtige Fakten in dem Bericht.

„Bickershead senior geht davon aus, dass sein Sohn ermordet wurde", entgegnete Ingenthorpe. „Oder anders ausgedrückt: Er hätte es gerne, wenn William ermordet worden wäre. Dem Herrn Papa käme es beruflich sicherlich nicht gelegen, wenn in der „Sun" über den Drogenselbstmord seines Sohnes berichtet würde. Ein Mord bringt ihm Mitgefühl ein, eine Überdosis unangenehme Fragen. Wer will schon gerne einen Abgeordneten im Unterhaus sitzen haben, der seinen Nachwuchs nicht davon abhalten kann, auf die schiefe Bahn zu geraten?"

„Wir werden also einzig und allein deshalb mit dem Fall betraut, weil Mister Bickershead eine weiße Weste behalten möchte?", fragte Dursham mit unverhohlenem Abscheu. „Ich weiß, warum ich diesen Torries noch nie über den Weg getraut habe. Ihre Vorfahren ruinierten die Kolonien, und jetzt ist das Königreich an der Reihe. Wir haben nicht die Kapazitäten, um uns mit den Eitelkeiten unserer Parlamentarier herumzuschlagen. Was erwartet Bickershead von uns? Dass wir einen Mörder herbeizaubern, wo keiner ist? Der Junge hat sich totgefixt. Sollen wir Gift in die Leiche spritzen? Verfluchter Mist!"

Ingenthorpe und Leemahan ließen den Wutausbruch des Chief Inspectors mit stoischer Gelassenheit an sich vorüberziehen. Sie kannten Dursham gut genug, um zu wissen, dass er nur dann so ungehalten wurde, wenn sein Gerechtigkeitssinn empfindlich gestört war.

„Nun gut, wir werden nichts daran ändern können", sagte Dursham schließlich, nachdem er eine weitere Tasse Kaffee in einem Zug geleert hatte. „Wenn wir den Fall ablehnen, können wir bald Streife in irgendeiner gottverlassenen Grafschaft laufen. Was folgern wir daraus?"

„Wir machen genügend Wind, um uns hinterher nicht anhören zu müssen, wir hätten geschlampt, und kümmern uns ansonsten um unsere anderen Fälle", grinste Ingenthorpe.

„Exakt. Kein Wort darüber, dass der Fall Bickershead nur ein Bluff ist – nicht mal zu euren Frauen. Wenn irgendjemand herausfindet, dass wir die Sache nicht ernst nehmen, sind wir erledigt." Dursham blickte streng in die Runde, bis er sich sicher war, dass seine Männer den Ernst der Lage begriffen hatten. „Wir lassen Bickersheads Wohnung oberflächlich durchsuchen, befragen seine Nachbarn und schicken außerdem einen Ermittler zu diesen Dying Horses und ihren Drogenproblemen. Das dürfte den Eindruck erwecken, der Tod dieses Bengels besäße für uns höchste Priorität. Dass hinter dem Ermittler keine fieberhaft arbeitende Einsatzgruppe steht, muss ja niemand mitbekommen."

„Und wen schicken wir zu der Band?", fragte Ingenthorpe, dem die Angelegenheit leichte Bauchschmerzen bereitete. „Und weihen wir ihn in den wahren Sachverhalt ein?"

„Ein Ermittler, der ernsthaft um die Aufklärung eines Verbrechens bemüht ist, dürfte wesentlich überzeugender wirken als ein schauspielernder Polizist", erwiderte Leemahan. „Es sollte jemand sein, der nicht gleich einen Knacks davon bekommt, wenn der Fall nicht aufgeklärt wird."

„Momentan ist eh nur einer frei", beendete Dursham missmutig die Diskussion. „Unser Zen-Mönch kann einen kleinen Dämpfer sicherlich verkraften. Carl, lass ihm die Ermittlungsunterlagen zukommen, und Patrick: kein Wort zu deiner Frau, verstanden?"

# KAPITEL 4

Wenn in den frühen Morgenstunden Nebel von der See aufsteigt und in dichten, wolkigen Schwaden in den Hafen von Clacton-on-Sea treibt, sieht man seine Hand vor Augen nicht. Wer halbwegs bei Sinnen ist, bleibt zu dieser Uhrzeit den Steilklippen fern, die sich drohend und feucht über den Südrand des Hafenbeckens erheben.

Auch am 26. Juni, einem Mittwoch, lagen die Felsen verlassen in der grauen, klammen Suppe, die von Osten kommend landeinwärts zog. Niemand bemerkte den schwarzen Austin, der gegen 5.30 Uhr langsam über die verschlungene Küstenstraße fuhr und sich von Westen her der Stadt näherte. Kurz vor Clacton erloschen seine Lichter, und schließlich hielt er an jener Stelle, wo die Straße den Klippen am nächsten ist, bevor sie sich hinab zum Stadtrand schlängelt. Der Fahrer, ein verschwommener schwarzer Schatten im Grau des Nebels, stieg aus, ging zum Kofferraum, entnahm ihm einen länglichen, an einem Ende deutlich bauchigeren Gegenstand und eilte damit die Wiese hinauf zu den Klippen. Von dieser Seite war der Aufstieg sehr leicht, doch die Gestalt rutschte mehrfach auf dem nassen Gras aus und stürzte zwei Mal, bevor sie die zerklüfteten Felsen erreichte. Ein letztes Mal schaute sich der Schatten um, dann holte er aus und schleuderte das unförmige Etwas mit aller Kraft hinaus auf die See. Er horchte angestrengt, bis er im Kreischen der Möwen und dem ewigen Auf und Ab des Meeres ein leises Platschen zu hören meinte, schlitterte zurück zu seinem Wagen und fuhr auf demselben Weg zurück, auf dem er gekommen war. Erst bei der übernächsten Ortschaft fiel ihm auf, dass er die Scheinwerfer des Austin nicht wieder eingeschaltet hatte.

# KAPITEL 5

Ungefähr zum selben Zeitpunkt, als an der Ostküste Englands, 40 Meilen nordöstlich von London, ein schwarzer Austin ohne Licht über die Landstraßen huschte, verließ Granpole Minster sein Haus mit leichtem Gepäck und ließ sich von einem aus dem nächsten größeren Ort herbeitelefonierten Taxi über die A 35 nach Dorchester bringen. Mit dem Zug reiste er von dort aus weiter nach Bournemouth. Er hatte es trotz zahlloser Versuche seiner Kollegen, ihn eines Besseren zu belehren, nie übers Herz gebracht, sich ein Auto zuzulegen. Die britischen Bahnen waren veraltet, laut und chronisch unpünktlich, aber Minster liebte es dennoch, auf einem Fensterplatz zu sitzen und hinauszuschauen auf die anmutige Schönheit Südenglands. Mehr als einmal waren ihm auf solchen Zugfahrten Gedanken gekommen, die entscheidend zur Aufklärung eines Falles beigetragen hatten.

Diesmal hatte er ein Abteil für sich alleine, was ihm am liebsten war, wenn zu viele ungeordnete Stücke eines gerade erst vor ihm ausgebreiteten Puzzles in seinem Kopf Katz und Maus miteinander spielten. Während neben ihm die aufsteigende Sommersonne den Tau auf den vorbeisausenden Wiesen verdunsten ließ, versuchte er sich noch einmal alle Informationen ins Gedächtnis zu rufen, die Ingenthorpe ihm mit auf den Weg gegeben hatte.

Ein 28-jähriger Rocksänger war vor drei Tagen, am 23. Juni, zu Beginn seines Auftritts auf der Isle Of Wight tot zusammengebrochen. Die erste Untersuchung deutete auf eine schwere Vergiftung hin. Genaueres würde man nach der Obduktion wissen, die heute Morgen durchgeführt wurde. Ein Tatverdächtiger existierte bislang nicht, und auch der Tathergang war noch ungeklärt. Doch warum schaltete man den National Crime Squad ein, anstatt die Ermittlungen von der lokalen Kriminalpolizei leiten zu lassen? Die Isle Of Wight hatte schon lange nicht mehr den Ruf, ein zurückgebliebenes Anhängsel des Königreiches zu sein, und das nächste Festland-Dezernat in Portsmouth würde den Kollegen in Newport mit Sicherheit jede nötige Hilfe zur Verfügung stellen. Dass der Fall dem NCS übertragen worden war, bedeutete, dass er eine Dimension haben musste, die weit über die beschauliche Ferieninsel hinausreichte.

Als Minster merkte, dass alle seine Mutmaßungen in Sackgassen endeten, versuchte er sich mit der malerischen Landschaft vor dem Abteilfenster und dem Koan abzulenken, dessen Lösung ihm sein Zen-Meister Bernard Watanabe Roshi aufgetragen hatte. „Ist ein Hund wie Buddha?“ Neben einem vergifteten Musiker würde er sich in nächster Zeit mit einem imaginären Vierbeiner herumschlagen müssen, von dem er nicht wusste, ob er wie ein Mensch zur Erleuchtung gelangen konnte oder nicht. Beide Fälle waren ebenso mysteriös wie schwierig. Doch wo die Mordermittlung nach logischen Schlussfolgerungen verlangte, würde sich das Hunde-Rätsel nur entwirren lassen, wenn er die Grenzen des rationalen Verstandes sprengte. Im Zen-Buddhismus gab es keine Indizien, die man wie Perlen auf einer Kette aneinanderreihte, um schließlich ans Ziel zu gelangen. Wenn er das Koan lösen wollte, musste er sich ihm von allen Seiten nähern, ohne dabei auch nur die kleinste Erkenntnis zu gewinnen, um schließlich, sobald sein erschöpfter Geist sich geschlagen gab, auf einer tieferen Ebene blitzartig die tiefere Wahrheit des Rätsels zu verstehen. Das Hunde-Koan war das erste, das sein Roshi ihm aufgetragen hatte, und Minster fühlte sich immer noch sehr unwohl bei dem Gedanken, ausgerechnet seinen Verstand, der bislang sein größtes Kapital gewesen war, ausschalten zu müssen, damit er auf dem Übungsweg weiterkam. Zen war eine merkwürdige Philosophie, die ihn gleichzeitig faszinierte und erschreckte.

In Bournemouth stieg Minster in den Zug nach Southampton um, verließ diesen jedoch auf halber Strecke wieder, um die Bummelbahn nach Lymington zu nehmen. Die Anschlüsse waren alles andere als gut, aber am frühen Mittag rumpelte der Zug schließlich in den kleinen Bahnhof des Küstenstädtchens, und Minster erwischte noch die 12-Uhr-Fähre, die zur Isle Of Wight übersetzte. Er wäre am liebsten wie William Bickershead von Southampton aus gefahren, weil er der festen Überzeugung war, dass man einen Mord am besten einschätzen konnte, wenn man zumindest für kurze Zeit in die Fußstapfen des Opfers getreten war. Aber für die Strecke über Southampton hätte er wahrscheinlich zwei Stunden länger gebraucht, und der erste Ermittlungstag versprach so schon lang genug zu werden.

Die Überfahrt von Lymington nach Yarmouth verbrachte Minster damit, im Fährencafé ein Käse-Sandwich zu essen und dazu einen Tee zu trinken. Der Tee war vorzüglich, doch das Sandwich schmeckte so fürchterlich, dass sich Minster fragte, ob sie auf der Southampton-Fähre wohl dieselben Brote verkauften und Bickershead gestorben war, weil er eines von ihnen gegessen hatte.

Am kurzen Anlege-Pier in Yarmouth wartete ein Polizeiwagen auf ihn, an dem ein hünenhafter, rothaariger Beamter in Uniform lehnte, den Minster trotz seines schelmischen Lausbubengesichts auf mindestens 35 schätzte.

„Inspector Minster?“, fragte der Rotschopf fröhlich und begrüßte sein Gegenüber mit einem kurzen, festen Händedruck. „Ich bin Sergeant Gillisham von der Kriminalpolizei in Newport. Freut mich, einen so berühmten Kollegen auf unserer Insel begrüßen zu dürfen. Wissen Sie, dass Sie an den Polizeischulen als moderner Sherlock Holmes angepriesen werden?“ Gillishams Lachen verriet, dass er weder Neid noch eine übertriebene Hochachtung empfand, aber Minster hatte dennoch das Gefühl zu erröten. Die teils spektakulären Fälle, an deren Aufklärung er in den letzten Jahren beteiligt gewesen war, waren seiner Meinung nach über Gebühr aufgebauscht worden und ließen ihn in einem Licht erscheinen, das ihm deutlich zu hell war.

„Sherlock Holmes würde jetzt schon wissen, wo Bickersheads Mörder seine Spazierstöcke kauft, welche Hutgröße er hat und aus welcher Kiesgrube der Sand unter seinen Schuhen stammt“, flachste er, während er in den kleinen Vauxhall stieg. „Ich hingegen bin mir noch nicht einmal sicher, warum ich eigentlich hierher geschickt wurde.“

„Da spricht wahrscheinlich der Watson in Ihnen“, erwiderte Gillisham, während er den Motor startete und langsam vom Fährparkplatz rollte. „Ihr Holmes zeigt sich sicherlich nur nachts, wie bei Dr. Jeckyll & Mr. Hyde.“ Gillishams Grinsen war mittlerweile so breit wie der Rückspiegel des schon merklich in die Jahre gekommenen Autos.

Minster mochte Gillisham vom ersten Moment an. Für gewöhnlich arbeitete er am liebsten alleine und bekam Beklemmungen, wenn er zu lange auf zu engem Raum mit anderen Menschen zusammen war, aber dieser Riese von einem Mann strahlte einen unaufdringlichen Humor aus, hinter dem sich ein wacher Geist verbarg.

„Ich kann Ihnen sagen, warum der NCS eingeschaltet worden ist“, sagte Gillisham, nachdem er den Wagen aus dem Ort heraus auf die Landstraße in Richtung Newport gesteuert hatte. „Das britische Musik-Business ist internationaler und mafiöser strukturiert, als man glauben mag. Will Bickershead war am Tag seines Dahinscheidens von mehr Nationalitäten umgeben als die Queen bei einer Commonwealth-Konferenz, und die möglichen Querverbindungen zum organisierten Verbrechen sind nahezu unüberschaubar. Die Ermittlungen dürften sich sehr schnell auf mehrere Länder erstrecken. Wir würden hier ganz schön ins Schwitzen geraten, wenn wir ständig mit Polizeidienststellen aus der halben Welt konferieren müssten.“

„Trotzdem gab es in der Vergangenheit zahlreiche ähnlich weit verzweigte Fälle, bei denen der NCS nicht hinzugezogen wurde.“

„Sicher, nur stand da auch kein Parlamentarier auf der Matte, der jede freie Minute nutzt, um unsere Telefonleitungen zu blockieren.“ Gillisham überholte einen Viehtransporter und winkte dem Fahrer zu, den er offensichtlich kannte. „Wills Vater erwartet eine unverzügliche Aufklärung des Falles“, fuhr er fort, wobei er das Wort „unverzüglich“ betont aristokratisch aussprach. „Seine Anrufe bereiten unserem Inspector bereits schlaflose Nächte. Wer will schon ein Mitglied des Unterhauses enttäuschen, und dazu noch einen Adligen?“

Dursham hatte Minster angedeutet, dass Lord Bickershead die Ermittlungen sehr genau verfolgte, und Minster sah seinem ersten Aufeinandertreffen mit dem übereifrigen MP mit sehr gemischten Gefühlen entgegen.

„Ihnen wird er sicherlich auch bald auf die Nerven fallen“, griente Gillisham, der Minsters gerunzelte Stirn richtig deutete. „Er kann verflucht laut werden am Telefon und würde am liebsten die Prügelstrafe für unfähige Polizisten einführen. Kein Wunder, dass sein Sohn gegen ihn rebellierte.“

„Tat er das?“

„Und nicht zu knapp. Ich weiß nicht, wie gut Sie sich mit Rockmusik auskennen...“

„Um ehrlich zu sein: überhaupt nicht“, gestand Minster. „Ich höre nur selten Musik, und wenn, dann Klassik.“

„Dann wundert es mich nicht, dass Ihnen der Bickershead-Skandal kein Begriff ist“, erwiderte Gillisham mit einem verständnisvollen Nicken. „Der Vater steckte den Sohn schon früh in verschiedene Eliteinternate, um ihn auf eine hohe Position in der Politik vorzubereiten. Am liebsten wäre es ihm gewesen, wenn Will seine Nachfolge angetreten hätte. Doch dem passten die Zukunftspläne, die sein Vater für ihn zurechtgelegt hatte, überhaupt nicht, und mit 16 türmte er aus einer Privatschule in Cambridge, flog nach Los Angeles und stieg bei einer Band ein, die in den Nachtclubs von West Hollywood Coversongs spielte. Dann überschlugen sich die Ereignisse. Bickershead senior ließ seinen missratenen Filius von der kalifornischen Bundespolizei festnehmen, weil er sich als Minderjähriger nicht in Nachtclubs aufhalten durfte, und brachte ihn in einem Militärinternat in der Nähe von Reading unter. Doch auch von dort riss Will aus und floh mit der Hamburg-Fähre nach Deutschland. Auf der Reeperbahn schloss er sich wieder einer Band an. Es gefiel ihm, genau wie damals die Beatles als Engländer in Hamburg sein Glück zu versuchen.“

„Die Beatles lebten in Hamburg?“, fragte Minster erstaunt. Die Beatles waren eine der wenigen Bands, von denen er etwas mehr kannte als nur den Namen.

„Sie hatten dort mehrere längere Engagements“, klärte ihn Gillisham auf, der seine Verblüffung über Minsters eklatante Unwissenheit nicht mehr gänzlich verbergen konnte. „Na ja, auf jeden Fall spürte Bickershead seinen Sohn auch in Hamburg auf. Doch diesmal entzog sich Will dem Zugriff der Polizei und tauchte für einige Monate im Hamburger Rotlichtbezirk unter. In dieser Zeit, in der er nicht auftreten konnte, komponierte er eine Platte, die er schließlich mit einigen deutschen Musikern aufnahm. Ein findiger Manager spielte das Album einer renommierten Plattenfirma vor, die von Wills ausdrucksstarker Stimme begeistert war und ihn unter Vertrag nahm. Will war damals zwar erst 17, aber die Rechtsanwälte der Plattenfirma zögerten seine Auslieferung so lange hinaus, bis er volljährig war und in Deutschland bleiben durfte. Vater Bickershead tobte, konnte aber nicht verhindern, dass sein Sohn bald darauf seine erste CD veröffentlichte und zu einem gefeierten Star aufstieg. Williams herausragendes musikalisches Talent und natürlich nicht zuletzt auch seine bewegte Lebensgeschichte ließen ihn zu einem Liebling der Musikpresse werden."

„Kennen Sie seine Lieder?", unterbrach Minster, als der Wagen gerade an einer roten Ampel hielt.

„Natürlich, fast jeder Engländer kennt sie", antwortete Gillisham. „Will Hellhound, wie er sich damals schon nannte, kehrte nach dem Erfolg des ersten Albums nach England zurück und gründete zusammen mit vier Musikern aus London die Flying Horses. Sie verkauften Hunderttausende von CDs, standen regelmäßig ganz oben in den Charts und spielten als Headliner auf den großen Festivals. Sogar in Amerika waren sie sehr erfolgreich. Haben Sie noch nie 'Firefly' oder 'The Devil's Advocat' gehört?" Der rothaarige Hüne summte erst eine Strophenmelodie und sang dann leicht schief einen kurzen Refrain.

„Nein, bedaure", erwiderte Minster, dem diese Lücke in seiner Allgemeinbildung immer peinlicher wurde. „Ich habe kein Radio mehr gehört, seit ich 16 bin."

„Im Grunde genommen beneidenswert, wenn man sich überlegt, wie viel Schund heutzutage gesendet wird", versuchte Gillisham ihn aufzuheitern. „Auf jeden Fall bekam Bickershead senior damals, als sein Sohn sich in Hamburg öffentlich von ihm lossagte, sehr schlechte Presse, und dass Will als Berühmtheit nach England zurückkehrte, machte es für den Vater auch nicht besser. Ein, zwei Jahre lang war er eine beliebte Zielscheibe des Spotts und galt als Paradebeispiel des ewig gestrigen High-Society-Spießers, der bei der Erziehung seines Nachwuchses völlig versagt hatte. Natürlich fürchtet er, dass der Skandal jetzt noch mal ins Blickfeld der Öffentlichkeit gerückt und ordentlich breitgetreten wird. Daher wahrscheinlich sein Interesse an einer möglichst schnellen Aufklärung des Falles."

„Sie sprachen vorhin davon, dass William am Tag seines Todes mit Menschen aus verschiedensten Ländern zusammen gewesen ist."

„Richtig", erinnerte sich Gillisham, nachdem er kurz das Autoradio eingeschaltet und mehrere Sender durchprobiert hatte, um sicherzugehen, dass gerade kein Flying-Horses-Song lief, den er Minster präsentieren konnte. „Die Horses stammen alle aus England, aber der geschäftliche Apparat, der hinter ihnen steht, setzt sich nur gut zur Hälfte aus Briten zusammen. Wir haben noch in der Nacht des Konzerts die Personalien sämtlicher Crew-Mitglieder aufgenommen. Auf unserer Liste finden sich Amerikaner wieder, Franzosen, Deutsche, sogar ein Australier und ein Tunesier. Manche von ihnen haben Einträge im Strafregister, aber zumeist nur wegen Kleinigkeiten: Verstöße gegen das Betäubungsmittelgesetz, Kneipenprügeleien, ausstehende Alimente. Polizeilich gesucht wurde niemand von ihnen."

„Wo sind diese Leute jetzt?"

„In alle Winde zerstreut. Da bei keinem ein akuter Tatverdacht bestand, haben wir sie nach Aufnahme der Personalien und einem kurzen Verhör laufen lassen. Niemand konnte sich erklären, warum jemand Will vergiftet hatte, und etwas Auffälliges beobachtet hatte natürlich auch keiner. Die meisten waren uns gegenüber allerdings extrem misstrauisch. Kann gut sein, dass sie uns eine Menge verschwiegen haben. Zumindest haben wir Adressen, unter denen wir sie kontaktieren können."

Der Wagen erreichte die verschlafenen Außenbezirke von Newport und fuhr kurz darauf auf den Hof des Polizeipräsidiums. Der komplett asphaltierte Parkplatz vermittelte Minster zusammen mit den hohen Mauern, die ihn von der Straße abtrennten, das Gefühl, auf einen Gefängnishof verfrachtet worden zu sein.

Die Räume des Kriminalkommissariats befanden sich im oberen Stockwerk des Hauptgebäudes zu beiden Seiten eines engen, düsteren Flures. Gillisham geleitete seinen Gast durch die Tür am jenseitigen Ende des Ganges in ein kleines Konferenzzimmer. Das Inventar – sechs schlichte Stühle, ein ovaler Tisch, eine Schultafel und auf der breiten Fensterbank eine Kaffeemaschine – stammte selbst bei wohlwollendster Betrachtung mindestens aus den 60er Jahren und machte einen reichlich abgenutzten Eindruck. Minster schämte sich bei dem Anblick ein wenig für die hochmoderne, teilweise verschwenderisch teure Ausstattung der NCS-Zentrale.

„Hierher verirren sich nur selten Außenstehende", entschuldigte Gillisham grinsend die Kargheit des Raumes. „Wir haben uns mit den Jahren daran gewöhnt, unsere Versammlungen nicht gerade in Windsor Castle abzuhalten. Und es geschehen nicht viele schwerwiegende Verbrechen auf unserer Insel. Bei der Verkehrspolizei im Erdgeschoss herrscht deutlich regerer Publikumsverkehr." Er warf die Kaffeemaschine an, die sofort lebhaft zu rumoren begann, und bat Minster, sich zu setzen. „Ich hole die anderen, dann können wir anfangen."

Keine Minute später kehrte er mit zwei uniformierten Kollegen zurück, die sich als Detective Inspector MacGallaghan und Detective Sergeant Butt vorstellten. Während der gedrungene Inspector mit der blitzblank polierten Glatze und den eingefallenen Wangen etwas Hartes, Archaisches an sich hatte, konnte Butt nicht verbergen, dass er mit dem etwa gleich alten Gillisham verwandt war. Seine langen Haare, die zu einem Pferdeschwanz zusammengebunden waren, strahlten in ähnlich intensivem Feuerrot, und auch wenn seine Statur deutlich kleiner und schmächtiger war als die von Gillisham, trug er dasselbe entwaffnende Grinsen zur Schau. Minster vermutete, dass sie Cousins waren.

Nachdem sich jeder außer Minster einen Plastikbecher voller Kaffee genommen hatte – Minster fand, dass schwarzer Tee schon aufputschend genug wirkte -, breitete MacGallaghan einen Stoß großformatiger Fotos auf dem Tisch aus. Einige von ihnen waren Minster bereits von Ingenthorpe als Scans zugemailt worden, andere sah er zum ersten Mal. Die meisten zeigten Bickershead, nachdem man ihn hinter der Bühne wiederzubeleben versucht hatte. Der dürre Sänger lag mit verzerrten Gesichtszügen auf der Klapptrage eines Sanitätszeltes, seine außergewöhnlich langen schwarzen Haare wie eine unordentliche Korona um seinen Kopf gelegt. Die weit aufgerissenen, hellbraunen Augen wirkten seltsam entrückt und passten für Minsters Empfinden nicht zum Rest der im Todeskampf erstarrten Grimasse. Fünf silberne Ohrringe im rechten Ohr glitzerten im grellen Schein des Blitzgeräts. Der Reißverschluss des engen schwarzen Netzhemds war bis zum Bauchnabel geöffnet, darunter spannte sich die ungesund bleiche Haut beängstigend straff über die Rippen. Auf Bickersheads Brustkorb waren die Druckspuren der erfolglosen Wiederbelebung noch nicht verblasst.

Minster versuchte sich Bickersheads Totenmaske, seine Statur und seine Kleidung tief im Gedächtnis einzuprägen. Jedes noch so winzige Detail mochte im Verlauf der Ermittlungen von entscheidender Bedeutung sein. Es hatte Fälle gegeben, in denen ein Drei-Tage-Bart oder ein Pflaster am Kinn eines Toten seinen Mörder entlarvt hatten.

Einige der Aufnahmen, die Minster noch nicht kannte, waren früher gemacht worden. Sie stammten von einem Pressefotografen, der aus dem Sicherheitsgraben vor der Bühne heraus Bickersheads letzte Meter festgehalten hatte. Schon als der Sänger aus dem Halbschatten des Bühnenhintergrunds heraustrat, wirkten seine Gesichtszüge äußerst verspannt, und seine Körperhaltung verriet die Schmerzen, die er litt. Die Art, wie er wenige Sekunden später sein Mikrofon in die Hand nahm, hatte etwas Verzweifeltes an sich, so als klammere er sich mit letzter Kraft an etwas, von dem er wusste, dass es ihm keinen Halt mehr geben konnte. Doch Minster fiel auf, dass Bickersheads Augen auch auf diesen Fotos wie Fremdkörper wirkten. In ihnen lag eine fiebrige Euphorie, die stärker war als die Schmerzen, die den Rest des Körpers verkrampfen ließen.

„Was hat die Obduktion ergeben?“, fragte er, nachdem er glaubte, alles Wesentliche auf den Bildern erfasst zu haben.

„Vergiftung“, antwortete MacGallaghan, dessen Stimme deutlich weicher war als sein kantiges Gesicht. „In Bickersheads Blutbahn wurde Cyanid in einer Konzentration nachgewiesen, die selbst einen Elefanten von den Beinen geholt hätte. Der Gerichtsmediziner hat keinerlei Spuren einer gewaltsamen Verabreichung gefunden. Bickershead muss das Gift also nichts ahnend hinuntergeschluckt haben. Vielleicht ist es ihm in seinen letzten Drink gekippt worden."

„Konnte der Gerichtsmediziner rekonstruieren, wann Bickershead das Cyanid zu sich genommen hat?"

„Das Gift war so hoch dosiert, dass es innerhalb kürzester Zeit zum Tod führte", erwiderte MacGallaghan. „Zwischen der Einnahme und Bickersheads Kollaps dürften weniger als fünf Minuten vergangen sein."

„Sind diese letzten fünf Minuten seines Lebens rekonstruiert worden?"

„So weit das möglich war", entgegnete MacGallaghan, während er sich den Kaffeebecher ein zweites Mal füllte. „Die Aussagen der Menschen aus seinem Umfeld waren teils sehr ungenau, teils völlig unbrauchbar. Hier ist die Niederschrift." Er reichte Minster einen Schnellhefter, auf dessen Vorderseite fein säuberlich mit einer Buchstabenschablone geschrieben „Fall William Bickershead – Protokolle der Zeugenbefragung" stand. „Die Adressen der Personen finden Sie am Ende des jeweiligen Protokolls", fügte MacGallaghan hinzu, dem sichtlich anzumerken war, dass er beim NCS-Inspector einen möglichst professionellen Eindruck hinterlassen wollte. Er gab sich zwar betont gelassen, doch Minster ahnte dahinter eine leichte Unsicherheit.

„Was ziehen Sie aus den Verhören für Schlüsse?", fragte Minster, nachdem er kurz in dem Hefter herumgeblättert und beschlossen hatte, das umfangreiche Dokument in einer ruhigen Stunde durchzuarbeiten.

MacGallaghan räusperte sich, während seine beiden Untergebenen ihn erwartungsvoll ansahen. „Nun", begann er und zog das Wort endlos in die Länge. „Dies ist der schwierigste Fall, mit dem ich in meiner Amtszeit je konfrontiert worden bin. Wir haben über 50 Personen befragt, die sich zum Tatzeitpunkt in Bühnennähe befanden. Und wie gesagt, die meisten Aussagen sind nicht sehr präzise. Einige der Befragten haben rundheraus zugegeben, dass sie unter dem Einfluss von bewusstseinsverändernden Substanzen standen."

„Der Festivaltag näherte sich seinem Ende", kam Gillisham seinem Vorgesetzten zur Hilfe. „Die Musiker der übrigen Bands, die vor den Flying Horses aufgetreten waren, waren zu dem Zeitpunkt zum Großteil betrunken, bekifft oder hatten Kokain geschnupft. Auch Teile der Festivalcrew gaben zu, Kokain genommen zu haben, um die aufkommende Müdigkeit zu bekämpfen."

Minster merkte, dass der Mord für ihn genauso wie für MacGallaghan in einer anderen Welt stattgefunden hatte, einem Paralleluniversum, mit dessen Gesetzmäßigkeiten er nicht vertraut war. Er nahm sich vor, Gillisham zu Rate zu ziehen, falls er während der Ermittlungen das Gefühl haben sollte, mit Außerirdischen konfrontiert zu werden.

„Die Verhöre wurden sehr gewissenhaft durchgeführt", versicherte Mac Gallaghan, „aber sie geben leider keinerlei Aufschlüsse über den Tathergang oder ein mögliches Motiv. Die Aussagen deckten sich in dem Punkt, dass Bickershead als Letzter der Gruppe in den Umkleideräumen zurückblieb, während alle anderen gegen 22.07 Uhr in Richtung Bühne gingen. Bickershead folgte um 22.10 Uhr, erreichte auf direktem Weg die Bühne und brach zusammen."

„Zwischen 22.07 Uhr und 22.10 Uhr war niemand bei ihm?"

„Zumindest niemand, von dem wir wissen", antwortete MacGallaghan mit einem leicht entschuldigenden Unterton. „Bickershead folgte der Gruppe allein, und es scheint auch niemand anderes im besagten Zeitraum den Umkleideraum betreten oder verlassen zu haben."

„Ich würde mir gerne den mutmaßlichen Tatort ansehen", sagte Minster.

„Das ist leider nicht mehr möglich", klärte ihn Gillisham auf. „Die Umkleideräume der Bands waren genau wie sämtliche Büros in Containern untergebracht, die am Montag in aller Herrgottsfrühe zurück nach Southampton transportiert wurden. Dort, wo Bickershead das Cyanid schluckte, ist jetzt nichts als grüne, niedergetrampelte Wiese."

„Wir haben es leider versäumt, den Abtransport rechtzeitig zu untersagen", räumte MacGallaghan sichtlich zerknirscht ein. „Als wir am Montagmorgen zum Gelände zurückkehrten, hatte die Logistikfirma die Container bereits auf Lkws zum Hafen nach Cowes verfrachtet. Und was noch schlimmer ist: Eine Putzkolonne hatte sämtliche Container durchgewischt, bevor sie fortgebracht wurden."

„Es ist also auch keine Spurensicherung vorgenommen worden", folgerte Minster mit zusammengekniffenen Augenbrauen.

„Ja, leider." MacGallaghan war vor Scham errötet. Der rosige Schimmer bildete einen absurden Kontrast zu seinen harten Gesichtszügen. „Wir wollten die Experten vom Festland Sonntagnacht nicht aus dem Schlaf reißen, und am nächsten Tag war es zu spät. Diesen Fehler nehme ich natürlich allein auf meine Kappe."

„Das erleichtert die Ermittlungen nicht gerade", schnaubte Minster und versuchte, nicht allzu aufgebracht zu klingen. „Existiert wenigstens ein detaillierter Lageplan der Aufbauten?"

„Jaja, natürlich", beeilte sich MacGallaghan zu sagen und fingerte aus den Unterlagen, die vor ihm lagen, eine großformatige, zweimal gefaltete Karte heraus. „Sie stammt aus dem Produktionsbüro des Festivals. Der Umkleidecontainer, in dem Bickershead sich aufhielt, ist rot markiert."

Minster legte die Karte in den Schnellhefter und blickte in die Runde. „Aber die Leiche, die haben wir doch noch, oder?" Es hatte wie Galgenhumor klingen sollen, doch er wusste nicht, ob er MacGallaghan damit nicht noch mehr in seiner Ehre kränkte. Wenn das so war, ließ der Inspector es sich allerdings nicht anmerken.

„Der Tote ist im Leichenschauhaus in der pathologischen Abteilung unseres Krankenhauses untergebracht", sagte MacGallaghan. „Sergeant Gillisham kann Sie hinbringen, wenn Sie möchten."

Minster war sich sicher, dass er in diesem Zimmer heute nicht mehr weiterkommen würde. Er verabschiedete sich von Butt und MacGallaghan, der ihm jede nur erdenkliche Hilfe bei der Untersuchung des Falles zusicherte, und folgte Gillisham durch die Gänge des Polizeigebäudes zurück auf den Parkplatz, der eine merkwürdige Ähnlichkeit mit einem Gefängnishof hatte.

„Wir haben ein denkbar schlechtes Bild abgegeben", meinte Gillisham, nachdem er den Vauxhall in den fließenden Verkehr eingefädelt hatte. „Sie müssen denken, wir wären hier von allen guten Geistern verlassen."

„Es hat schon schlimmere Pannen in der Polizeigeschichte gegeben. Zumindest war es nur Unachtsamkeit und keine mutwillige Schlamperei. Aber es erschwert tatsächlich einiges. Wir haben keine Fingerabdrücke, keine Inventarliste des Umkleideraums, nichts. Uns bleiben nur die Verhörprotokolle, und die scheinen ziemlich unergiebig zu sein."

Sie schwiegen einige Minuten, während Gillisham den Wagen ruhig von einer roten Ampel zur nächsten lenkte. Minster wunderte sich, was für ein Betrieb in den Mittagsstunden auf den Straßen des beschaulichen 20.000-Seelen-Nestes herrschte.

„Vielleicht war es Selbstmord", sagte Gillisham schließlich. „Bickershead nahm das Gift, als er alleine war, um dann den Heldentod auf der Bühne zu sterben. Wie im Theater, nur dass er nicht wieder aufstehen würde, wenn der Vorhang fiel. Rocksänger haben oft einen Hang zu großen, dramatischen Gesten. Viele träumen davon, eines Tages im Scheinwerferlicht zu sterben."

„Ein Selbstmord ist durchaus möglich", entgegnete Minster. „Aber wir wissen noch viel zu wenig über Bickershead, um solche Mutmaßungen anstellen zu können. Ich werde mir in den nächsten Tagen ein sehr genaues Bild von ihm verschaffen müssen."

Sie verfielen wieder in Schweigen und hingen jeder für sich ihren Gedanken nach, bis sie das Krankenhaus erreichten.

Die Pathologie befand sich in einem flachen, verklinkerten Anbau des Hospitals und beherbergte unter anderem auch das Leichenschauhaus und die Kapelle des Friedhofs von Newport, dessen lange Gräberreihen direkt hinter dem Krankenhaus begannen. Die Toten haben es hier nicht weit, dachte Minster, als Gillisham ihn über den Friedhofsvorplatz zu der seltsamen Mischung aus Totenhalle und Krankenhausanhängsel geleitete, die unscheinbar unter den ausladenden Kronen hoher Eichen hervorlugte.

Hinter der stählernen Eingangstür schlug ihnen eine für die Jahreszeit empfindliche Kälte entgegen. Einer der Leichenwäscher, ein gebeugter alter Mann, dessen faltige Haut fast genauso wächsern war wie die der Toten, die er für die Aufbahrung zurechtmachte, führte die Polizisten durch zwei kleine, karge Kühlräume in einen etwas größeren, an dessen hinterer Wand zahlreiche medizinische Geräte und Werkzeuge hingen. In der Mitte des komplett verkachelten Raumes stand ein länglicher Metalltisch, auf dem sich unter einem weißen Laken die Umrisse eines menschlichen Körpers abzeichneten. Die Raumtemperatur und die unverkennbaren Konturen ließen Minster frösteln.

„Sie kommen zu spät", erklärte der Leichenwäscher mit brüchiger, heiserer Stimme, als sie vor dem Tisch standen. „Der Pathologe ist schon vor Stunden abgereist. Er war extra aus Southampton gekommen. Wir haben hier auf der Insel keine ausgebildeten Gerichtsmediziner. Den letzten Mord hat es vor zwei Jahren gegeben."

„Mir reicht es, den Toten zu sehen", sagte Minster. „Alles andere steht im Obduktionsbericht."

Wie um den allzu selbstsicheren Fremden in seine Schranken zu weisen, zog der Leichenwäscher mit einer schnellen, abrupten Bewegung das Tuch vom Tisch.

Tief unten in seiner Speiseröhre spürte Minster ein Würgen emporsteigen. Er hatte schon viele Tote in seinem Leben gesehen, doch obduzierte Leichen riefen in ihm immer noch eine ganz besondere Form von Ekel hervor. Das fahle Blau der Lippen hatte etwas unsagbar Einsames, Verlassenes an sich, und der Y-förmige, notdürftig zusammengenähte Schnitt, der sich vom Schritt bis hinauf zur Brust zog, erinnerte ihn an Rinder, die man im Schlachthof aufgeschnitten und ausgenommen hatte. Fehlte nur noch, dass man Leichen mit dem Kopf nach unten an Deckenhaken aufhängte. Warum konnten Gerichtsmediziner die Toten nicht mit mehr Respekt behandeln?

Bickersheads Augen waren geschlossen, aber der Leichenwäscher schob die Lider bereitwillig zurück, als Minster ihn dazu aufforderte. Der euphorische Glanz, den er auf den Fotos gesehen hatte, war verblasst, aber Minster bekam dennoch einen sehr deutlichen Eindruck davon, wie William Bickershead gestorben war. Um seinen zusammengekniffenen Mund war noch die verkrampfte Anspannung zu erahnen, die die Vergiftung hervorgerufen hatte, doch die Augenpartien waren ausgespart geblieben. Minster zweifelte jetzt nicht mehr daran, dass der Sänger kurz vor seinem Ableben, während bereits das Cyanid in ihm wütete, einen Glücksrausch erlebt hatte. Vielleicht hatte er sich tatsächlich auf seinen Freitod vor Zehntausenden von Zeugen gefreut. Bickersheads lange Fingernägel waren intakt, und auch der Rest des Körpers wies keinerlei erkennbare Verletzungen auf.

„Danke, das genügt", sagte Minster schließlich. Gillisham hatte schon seit geraumer Zeit die Skalpelle an der Wand fixiert und betont ruhig durchgeatmet, weil er den Anblick des Toten nicht ertrug. Minster fragte sich, ob Bickershead vielleicht der erste obduzierte Leichnam war, den Gillisham zu Gesicht bekam. Wenn er an seinen ersten, furchtbar zugerichteten Toten im Polizeidienst zurückdachte, empfand er Mitgefühl mit dem rothaarigen Sergeant.

Als sie die Kühlräume verlassen hatten und zurück zum Wagen gingen, befürchtete Minster für einen Moment, Gillisham würde sich an der Friedhofsmauer übergeben. Aber sobald der Hüne den Motor gestartet hatte und sich auf den Straßenverkehr konzentrieren musste, fing er sich wieder.

„Grauenhafter Anblick, diese gekühlten Leichen“, grinste er schließlich ein wenig verlegen. „Man stellt sich immer vor, wie man selber aussähe, wenn man dort auf dem Tisch läge.“

„Sie würden nichts mehr davon mitbekommen.“

„Ja, wahrscheinlich haben Sie recht. Ein alberner Gedanke. Haben Sie schon zu Mittag gegessen?“

„Nein. Das Letzte, was ich hatte, war ein völlig ungenießbares Käse-Sandwich auf der Fähre.“

„Mein Beileid“, feixte Gillisham. „Wir versuchen damit die Touristen von der Insel fernzuhalten, aber scheinbar kann man die Menschen nicht mal mehr mit einem solchen Schweinefraß schocken. In der Innenstadt gibt es ein gutes indisches Restaurant. Wenn Sie wollen, kann ich Sie hinfahren.“

„Aber nur, wenn Sie mit hineingehen. Ich habe noch einige Fragen, die mir nur ein Einheimischer beantworten kann.“

Das von Gillisham empfohlene Restaurant „Taj Mahal“ entpuppte sich als uriges, helles Schlemmerlokal in den Mauern eines altehrwürdigen elisabethanischen Gemäuers nahe der St.-Thomas-Kirche. Das Personal war freundlich und servierte ein hervorragendes Mittagsmahl, übte sich ansonsten aber in vornehmer Zurückhaltung und schien sich nicht daran zu stören, dass die beiden Polizisten auch eine Stunde, nachdem sie die letzten Reis- und Curry-Reste von den Tellern gekratzt hatten, noch an ihrem Tisch saßen.

„Von wem sind die Zeugen vernommen worden?“, fragte Minster, nachdem sie sich eine Weile über die Geschichte der Insel und ihrer Polizei unterhalten hatten. „Über 50 Personen in einer einzigen Nacht zu vernehmen, ist Schwerstarbeit.“

„Sergeant Butt und ich haben das erledigt. Die Verhöre dauerten bis 4 Uhr in der Früh und waren ziemlich ermüdend. Unsere Erschöpfung war einer der Gründe, warum wir vergaßen, an einen möglichen Abtransport der Container zu denken. Wir waren froh, als wir endlich nach Hause gehen konnten. Sich stundenlang Hunderte von „Neins“ und „Weiß ich nicht“ anhören zu müssen, treibt einen irgendwann in den Wahnsinn.“

„Wer ist Ihnen besonders im Gedächtnis haften geblieben?“

Gillisham überlegte kurz, bevor er fortfuhr: „Drei französische Groupies, die die Tage vor dem Festival mit der Band verbracht hatten. Sie hatten panische Angst vor mir, wahrscheinlich weil sie noch deutlich unter 18 waren. Unter ihrer grellen Schminke sahen sie so jung aus, dass wir sie am nächsten Morgen nach Dover bringen ließen und den französischen Kollegen übergaben."

„Wer fiel Ihnen noch auf?"

„Der Manager. Einer dieser Typen, die es selbst im Falklandkrieg geschafft hätten, mit einem Koffer voller Geld zwischen den Fronten hindurchzuschlüpfen, ohne auch nur ein einziges Pfund zu verlieren. Er machte einen äußerst gewieften Eindruck, wirkte dabei aber nicht hinterhältig. Wahrscheinlich braucht eine Band wie die Horses einen solchen Mann, um nicht über den Tisch gezogen zu werden. Die anderen waren entweder eingeschüchtert oder nicht ganz nüchtern. Mit den Musikern war nicht viel anzufangen, und sogar die beiden Ehefrauen, die vor Ort waren, rochen nach Schnaps."

„Wer kümmerte sich um die Leute, die nicht zum Bandtross gehörten?"

„Butt. Aber auch er bekam so gut wie nichts heraus. Es gab zwei, drei wache Köpfe, doch sie hatten nichts gesehen, was von Bedeutung war. Bickershead scheint von einem Unsichtbaren getötet worden zu sein."

„Kein Mord geschieht, ohne dass ein Hinweis zurückbleibt. Und selbst ein Mord, dessen Tatort zurück nach Southampton verfrachtet worden ist, hinterlässt Spuren. Wenn wir sie in der Gegenwart nicht finden, dann vielleicht in der Vergangenheit, als der Keim dieses Verbrechens gepflanzt wurde."

„Die Vergangenheit von Rockmusikern ist oft sehr schwer zu durchleuchten", entgegnete Gillisham. „Sie leben von den Mythen, die sich um sie ranken. Nichts ist karrierefeindlicher für einen Musiker als die Enthüllung, dass sich hinter all dem Glamour ein ganz normales, erschreckend langweiliges Leben verbirgt. Der Rock'n'Roll hat immer in Luftschlössern residiert."

„Dann müssen wir ihn wieder erden, Gillisham. Zumindest so lange, bis wir wissen, wer William Bickershead den Heldentod hat sterben lassen."

Nach dem Essen ließ sich Minster von Gillisham zum örtlichen Holiday-Inn-Hotel bringen, in dem man ihm ein Zimmer reserviert hatte. Die beiden vereinbarten, sich am nächsten Morgen um acht Uhr im Polizeipräsidium zu treffen, um das weitere Vorgehen zu besprechen.

Minster verbrachte den restlichen Nachmittag und den größten Teil des Abends damit, die Verhörprotokolle zu lesen und sich Notizen zu machen. Er markierte auf der großen Karte, die MacGallaghan ihm gegeben hatte, den Aufenthaltsort aller Personen zum Tatzeitpunkt, bündelte sämtliche Orts- und Zeitangaben in separaten Tabellen und zog Querverbindungen bei besonders interessanten Details. Gegen 21 Uhr begab er sich für ein kurzes Abendessen hinunter in den Speisesaal, doch der Fall hatte ihn vollkommen gefangen genommen. Er saß noch keine fünf Minuten am Tisch, da sprang er schon wieder auf und eilte unter den missbilligenden Blicken einiger älterer Hotelgäste mit einem angebissenen Käsebrot in der Hand zurück zum Aufzug. Die Unruhe, die ihn immer packte, wenn eine Sondierung von Fakten noch nicht abgeschlossen war, ließ ihm keine Verschnaufpause.

Kurz vor Mitternacht beendete Minster die Auswertung. Er war sich sicher, nichts vernachlässigt zu haben, doch bahnbrechende neue Erkenntnisse hatten sich keine ergeben. Der Tathergang war denkbar einfach: Bickershead hatte das Gift mit oder ohne sein Wissen um kurz nach 22 Uhr im Umkleidecontainer seiner Band geschluckt und war wenig später auf der Bühne tot zusammengebrochen. Wenn es kein Selbstmord gewesen war, hatte jemand das Cyanid unter seine Nahrung oder in seine Getränke gemischt. Dieser Jemand musste jedoch genaue Kenntnis darüber gehabt haben, wann Bickershead was zu sich nehmen würde. Gab es bestimmte Spezialitäten, von denen der Mörder wusste, dass nur sein Opfer sie anrühren würde? Falls nicht, musste der Mörder sich bis zuletzt in unmittelbarer Nähe Bickersheads aufgehalten haben, um sicherzugehen, dass dieser das Cyanid schluckte.

Es gab lediglich drei Probleme: Der Container besaß einen Hinterausgang, der schwer einsehbar gewesen war; eine komplette Fußballmannschaft hätte die Kabine kurz vor Konzertbeginn unerkannt verlassen können. Darüber hinaus existierte der Tatort nicht mehr, etwaige Spuren waren unwiederbringlich zerstört worden. Und zu guter Letzt störte Minster ein Widerspruch, den er sich nicht erklären konnte. Der merkwürdig entrückte Ausdruck in Bickersheads Augen auf sämtlichen Fotos, die kurz vor und nach seinem Tod geschossen worden waren, passte nicht zu der Diagnose des Gerichtsmediziners. Cyanid rief keine euphorischen Reaktionen hervor.

Da sämtliche Zeugenaussagen nicht von Bedeutung zu sein schienen, beschloss Minster, den Fall von einer anderen Seite anzugehen. Auch hinter einem Mord ohne Tatort steckte ein Motiv – ein Mensch, der sich in irgendeiner Form ausreichend von Bickershead bedroht gefühlt hatte, um ihn umzubringen.

Minster erinnerte sich an eine seiner ersten Stunden in der Polizeischule. Sein alter Ausbilder Livingstone, der mittlerweile auf einem Militärfriedhof in der Nähe von Manchester begraben lag, hatte die Beweggründe für Mord in bemerkenswert schlichten Worten zusammengefasst: Hinter jeder Bluttat standen Gier, Angst oder ein verletztes Ego, und nicht ein einziger Mord ließ sich in seiner Vorgeschichte nicht auf Geld oder Sex reduzieren.

Damals hatte Minster mit seinen Kurskameraden den Polizeigreis und seine arg simplifizierte Sicht der Dinge belächelt, doch mit den Jahren konnte er die ebenso ernüchternde wie kristallklare Wahrheit in Livingstones Worten immer besser nachvollziehen. Es gab unzählige Arten, einen Menschen zu töten, aber nur wenige Motive. Er würde Bickersheads engstes Umfeld durchleuchten müssen: seine Band, eine etwaige Freundin, seinen unbequemen Vater. In irgendeinem Konflikt aus der Vergangenheit musste der Schlüssel zum Giftschrank liegen.

Nachdem er die Ermittlungsunterlagen beiseite gelegt hatte, versuchte Minster zu meditieren. Er setzte sich im Lotussitz auf den Fußboden vor dem Bett, legte die Hände mit den Innenseiten nach oben übereinander in den Schoß und schloss die Augen zu Schlitzen. Eine Weile verfolgte er das Auf und Ab seines Atems, doch in seinem Geist wollte es nicht ruhig werden. Seine Gedanken schweiften ab zu jenem Container, den er nie hatte betreten können, und zu der notdürftig zugenähten Leiche im Kühlraum. Selbst als er begann, seine Atemzüge mitzuzählen, ebbte der Sturm in seinem Kopf nicht ab. Ständig musste er von neuem beginnen, bevor er bis zehn gekommen war, und nachdem er eine Viertelstunde lang dem warmen Nichts des schweigenden Geistes keinen Millimeter näher gekommen war, brach er entnervt ab.

Er trank ein Glas lauwarmes Wasser, zog sich aus und legte sich mit einem unzufriedenen Grummeln ins Bett. Keine fünf Atemzüge später war er eingeschlafen. Er träumte von Hunden mit buschigen Augenbrauen. Ob sie wie Buddha waren, wusste er nicht, aber an ihre weit aufgerissenen, fiebrig-erregten Augen sollte er sich auch am nächsten Morgen noch erinnern.

# KAPITEL 6

In der Nacht vom 26. auf den 27. Juni tobten schwere Stürme über der Nordsee. Nachdem der Tag in weiten Teilen Nordeuropas hell und freundlich gewesen war, entluden sich am frühen Abend gewaltige Gewitterfronten über dem Meer, und peitschende Nordostwinde ließen das Abendhochwasser deutlich heftiger als erwartet gegen die Küsten Großbritanniens schwappen. Bei Sunderland kenterte ein Schiffskutter, im Ärmelkanal war zeitweise die Fährverbindung nach Calais unterbrochen. Den länglichen, merkwürdig geformten Gegenstand, der vor Clacton-on-Sea von den Naturgewalten aus dem Watt gerissen und in die Mündung des Blackwater getrieben wurde, bemerkte niemand.

# KAPITEL 7

Minster verschlief die nächtlichen Stürme und erwachte gegen 7 Uhr frisch und ausgeruht. Nach der Morgenmeditation, die deutlich entspannter verlief als sein verkrampftes Sitzen der letzten Nacht, ging er hinunter ins Hotelrestaurant und bestellte zum schwarzen Tee einige Scheiben Toast mit Erdbeermarmelade. Schon bevor er sich nach schweren inneren Kämpfen dazu durchgerungen hatte, Vegetarier zu werden, war ihm das typisch britische Frühstück zutiefst zuwider gewesen. Die schleimigen Bohnen erinnerten ihn an ein frisch herausgerupftes Gehirn, und die kleinen, penetrant müffelnden Würstchen hatten aus ihm unerklärlichen Gründen etwas Obszönes an sich. Minster aß betont ruhig, rief danach im Polizeipräsidium an, um einen Pressespiegel zum Mordfall Bickershead vorbereiten zu lassen, und ging auf sein Zimmer, wo er das Ermittlungsmaterial in seinen kleinen Aktenkoffer packte. Pünktlich um acht setzte ihn ein Taxi vor dem Präsidium ab.

Gillisham und Inspector MacGallaghan saßen bereits in dem kahlen Sitzungssaal und tranken Kaffee. Während Gillisham Minster mit einem breiten Grinsen begrüßte, wünschte MacGallaghan ihm übertrieben höflich einen guten Morgen. Er schien es immer noch nicht ganz verwunden zu haben, dass es ihm nicht gelungen war, den Abtransport der Festivalcontainer zu verhindern.

„Ich habe mir gestern Abend die Vernehmungsprotokolle durchgelesen", kam Minster ohne Umschweife zur Sache. „Wahrscheinlich enthalten sie wenig verwertbare Informationen, aber ein, zwei Kleinigkeiten möchte ich dennoch auf den Grund gehen. Was steht im Obduktionsbericht bezüglich Bickersheads Mageninhalt?"

MacGallaghan suchte den Bericht aus seinen Unterlagen heraus und überflog ihn kurz, bis er die entsprechende Stelle gefunden hatte: „Beträchtliche Mengen Bier und ein Hot Dog. Letzteren muss er kurz vor seinem Tod gegessen haben."

„Am Catering-Stand hinter der Bühne gab es Hot Dogs", ergänzte Gillisham, der ahnte, worauf Minster hinauswollte. „Die meisten Musiker aßen dort oder ließen sich ihr Essen und ihre Getränke in die Container bringen."

Damit schied eine Eventualität aus. Bickershead hatte nichts zu sich genommen, von dem jemand im Vorhinein hatte sicher sein können, dass nur er es essen oder trinken würde. Bier und Hot Dogs waren nicht gerade das, was man ausgewählte Spezialitäten nannte. Der Mörder musste sich zum Tatzeitpunkt in unmittelbarer Nähe von Bickershead aufgehalten haben.

„Was machten die Bediensteten des Catering-Standes für einen Eindruck?", fragte Minster.

„Butt hat sie befragt", erwiderte Gillisham, „aber die Leute sind ihm nicht sonderlich aufgefallen. Die meisten von ihnen waren Studenten aus Portsmouth oder Southampton, die in den Sommermonaten bei der Catering-Firma jobben. Ihre Schichten wurden erst kurz vor Beginn des Festivals verteilt."

„Ein Mädchen hat ausgesagt, eines der Crew-Mitglieder der Flying Horses hätte gegen 21.30 Uhr eine größere Menge Hot Dogs bei ihr abgeholt."

„Die Horses aßen für gewöhnlich gemeinsam vor ihren Auftritten", sagte Gillisham, während MacGallaghan leicht abwesend aus dem Fenster starrte. „Wer immer das Gift in das Essen getan hat, muss sehr geschickt vorgegangen sein. In der halben Stunde vor Showbeginn haben sich mindestens 15 Menschen in dem Container aufgehalten."

„Angenommen, das Gift befand sich nicht in dem Hot Dog, sondern im Bier."

„Alkohol ist bei Festivals hinter der Bühne Allgemeingut", erklärte Gillisham, den es sichtlich freute, etwas zur Entschleierung des Tathergangs beitragen zu können. „Für gewöhnlich holen die Bandbetreuer oder Roadies in unregelmäßigen Abständen große Pappträger voller Bierbecher vom Catering-Stand. Wer einen gewissen Alkoholpegel erreicht hat, trinkt oft einfach aus dem Becher, der ihm gerade vor der Nase steht. Die Wahrscheinlichkeit, dass die falsche oder mehr als eine Person das vergiftete Bier herunterschlucken, wäre sehr groß gewesen."

„Wer einen Menschen mit Cyanid tötet, handelt nicht im Affekt", folgerte Minster. „Er oder sie hat den Mord vorbereitet und wird nicht das Risiko eingegangen sein, sein Opfer zu verfehlen. Wir können das Bier also ausschließen und müssen uns fragen, wer William Bickersheads Hot Dog vergiftet hat."

Die anderen beiden schwiegen. MacGallaghan ließ der Fall, der in einem ihm völlig unbekannten Milieu spielte, ein wenig hilflos vor sich hin brummeln, und Gillisham wusste dem bisherigen Erkenntnisstand genau wie Minster nichts mehr hinzuzufügen.

„Könnte ich eine Tasse Tee haben?", fragte Minster schließlich, um das nervöse Schweigen zu brechen und sich aus der gedanklichen Sackgasse herauszumanövrieren. Sie würden einen neuen Ansatz brauchen, um weiterzukommen.

Gillisham stand auf und ging hinaus, um im Erdgeschoss bei der Verkehrspolizei nach Teebeuteln Ausschau zu halten. MacGallaghan trat ans Fenster und blickte hinab auf den schmucklosen, ungemütlichen Parkplatz des Präsidiums.

„Haben Sie sich beim Chief Constable in Winchester über mich beschwert?", fragte MacGallaghan in betont neutralem Ton, während er Minster den Rücken zuwandte.

„Nein. Warum sollte ich das getan haben?"

„Wegen unseres kleinen, ähem, Missgeschicks mit den Containern", erwiderte der Inspector. „Wenn wir Spuren gesichert hätten, wären wir jetzt vielleicht schon einen Schritt weiter. Nicht auszudenken, wenn der Mord wegen unserer Schlamperei nicht aufgeklärt werden sollte. Ich habe heute Nacht kaum ein Auge zugetan. Sobald Williams Vater von der Sache erfährt, wird er mir die Hölle heiß machen."

„Er wird nichts davon erfahren", erwiderte Minster, dem der glatzköpfige Inspector ein wenig leid tat. „Ich sagte gestern schon zu Sergeant Gillisham, dass es weitaus schlimmere Ermittlungspannen in der Geschichte der britischen Polizei gegeben hat. Mir selbst sind Fehler unterlaufen, wegen derer ich noch heute vor Scham im Boden versinken könnte. Ich habe nicht vor, mich irgendwo über irgendwen zu beschweren. Sie haben größtenteils gute Arbeit geleistet, insbesondere wenn man bedenkt, dass sie mit derart komplizierten Mordfällen nie zuvor zu tun hatten. Wir sollten versuchen, als Team zu arbeiten und uns gegenseitig zu vertrauen. Ich werde Ihre und Gillishams Hilfe noch mehr als einmal brauchen, um mit den Ermittlungen vorwärtszukommen. Von mir wird niemand etwas darüber erfahren, was mit den Containern passiert ist."

„Danke", sagte MacGallaghan, nachdem er sich zu Minster umgedreht und sich ausgiebig geräuspert hatte. Erleichterung ließ seine kantigen Züge ein wenig weicher als sonst erscheinen. „Eigentlich hätte ich von vornherein wissen müssen, dass ich auf Sie bauen kann. Aber Sie wissen ja, wie das manchmal ist. Man liegt die halbe Nacht wach, und am Ende weiß man nicht mehr, wo oben und unten ist."

In diesem Moment kam Gillisham mit einer vollen Kanne Tee und einer Tasse zurück, die er feixend vor Minster abstellte. „Ich wusste gar nicht, dass fast jeder bei der Verkehrspolizei im Dienst Tee trinkt. Hier oben ist morgens vor einem halben Liter Kaffee niemand ansprechbar. Vielleicht sollten wir mal früher ins Bett gehen."

Neben dem Tee hatte Gillisham auch eine dünne Mappe mitgebracht, in der die von Minster angeforderten, säuberlich ausgeschnittenen Presseberichte in chronologischer Reihenfolge abgeheftet waren. Während die anderen sich Kaffee nachgossen, überflog er die wichtigsten Artikel. Die Regenbogenpresse hatte Bickersheads Tod erwartungsgemäß mit reißerischen, fingerhohen Überschriften auf den Titelseiten der Montagsausgaben platziert und hinter dem Mord eine Intrige gewittert, die ganz England bedrohte. „Steckten Geheimdienste hinter dem feigen Mord an dem MP-Sohn?", fragte die „Sun", und der „Daily Mirror“ fantasierte sich etwas von „abstoßenden Sexspielen“ hinter den Kulissen des Festivals zusammen. Gemäßigtere Blätter wie die „Times“ oder der „Daily Telegraph“ berichteten gewohnt sachlich über den Vorfall, und bereits am Dienstag war der Fall Bickershead ihnen nur noch kurze, unspektakuläre Randspalten-Meldungen im Innenteil wert gewesen. Anders bei den Boulevard-Blättern und der lokalen Presse. Während die Regionalzeitungen das Thema dankbar aufgriffen und ihr Sommerloch damit füllten, dass sie diverse Zeugen, die außer Bickersheads Zusammenbruch nichts gesehen hatten, und noch deutlich mehr Festivalbesucher, die von der Sache überhaupt nichts mitbekommen hatten, zu Wort kommen ließen, wetterten die Skandalblätter spätestens seit dem gestrigen Mittwoch gegen die Polizei. Die nicht erkennbaren Fortschritte in den Ermittlungen wurden wahlweise als „totales Versagen“, „behäbige Unfähigkeit“ oder „skandalöse Faulheit“ gewertet. Auf die Spitze trieb es die „Sun“, die eine weitreichende Reform des Polizeiwesens forderte und ein Horrorszenario entwarf, in dem Nachrichtendienste aus dem fernen Osten systematisch das britische Unterhaus und den staatlichen Sicherheitsapparat unterwanderten. Minster schnaubte und knallte die Mappe zu. Er hatte nichts anderes erwartet, aber die dreisten Lügen der Yellow Press schafften es immer wieder, ihn auf die Palme zu bringen.

„Der Fall ist dem NCS übertragen worden, Ihre Dienststelle muss sich nicht länger damit befassen“, wandte er sich schließlich wieder an Gillisham und MacGallaghan. „Aber ich würde Sie bitten, dennoch weiterhin Augen und Ohren offenzuhalten. Vielleicht melden sich noch Zeugen, oder hier auf der Insel ereignen sich Dinge, die in einem Zusammenhang mit dem Mord stehen.“

Während Gillisham keine Regung zeigte, spürte Minster deutlich, wie MacGallaghan innerlich aufatmete.

„Eine letztes Anliegen habe ich allerdings noch, Inspector“, sagte Minster. „Ich wäre Ihnen sehr verbunden, wenn Sie Sergeant Gillisham heute Nachmittag vom Dienst befreien könnten. Ich verstehe von Rockmusik wahrscheinlich genauso wenig wie Sie und brauche jemanden, der mich mit der Thematik vertraut macht.“

„Selbstverständlich“, erwiderte MacGallaghan, der ein deutlich unangenehmeres letztes Anliegen erwartet hatte. „Sergeant Gillisham kann Sie sofort begleiten, wenn Sie möchten.“

„Nein, ich habe vorher noch einiges zu erledigen. Passt es Ihnen um vier, Sergeant?“

„Natürlich.“ Gillisham grinste mit einer Mischung aus Verlegenheit und Stolz. „Wo soll ich Sie abholen?“

„Vor meinem Hotel. Ich werde an der Auffahrt zu den Parkplätzen stehen.“

Eine halbe Stunde später saß Minster wieder in seinem Hotelzimmer, vor sich auf dem schmalen Schreibtisch seinen aufgeklappten Laptop, und durchforstete die britischen Polizei-Datenbanken. Er fand ohne größere Probleme das Giftregister der Kollegen von Scotland Yard und klickte sich zu Cyanid durch, dessen Historie, Herstellungsmöglichkeiten und Wirkungsweise angenehm knapp dargelegt waren.

Minster brauchte nur wenige Minuten, um jeden Zweifel auszuräumen. Bickershead konnte unmöglich nur unter dem Einfluss von Cyanid gestanden haben, als er starb. Das Gift löste schwere, schmerzhafte Krämpfe aus. Der Zustand der Euphorie, in dem der Musiker sich bis zuletzt befunden hatte, musste von etwas anderem hervorgerufen worden sein. Letztlich dürfte nur eine aufputschende Droge stark genug gewesen sein, die Cyanid-Krämpfe aus dem Bewusstsein zu verdrängen. Merkwürdig nur, dass im Bericht des Gerichtsmediziners kein entsprechender Vermerk gestanden hatte. Minster las das Dokument, das ihm MacGallaghan zum Abschied mit allen übrigen Ermittlungsunterlagen überreicht hatte, noch einmal aufmerksam durch, fand jedoch keinen Hinweis auf Rückstände von Rauschmitteln. Irritiert ließ er sich mit dem Polizeipräsidium in Southampton verbinden und verlangte nach dem Gerichtsmediziner. Es dauerte eine Weile, bis man ihn durchgestellt hatte, aber schließlich meldete sich am anderen Ende eine tiefe, volle Stimme:

„Barnsby am Apparat, was kann ich für Sie tun, Inspector? Habe ich unsere Telefonistin richtig verstanden, Sie sind vom National Crime Squad?“

„Richtig. Es geht um William Bickershead, den Sie gestern obduziert haben.“

„Ah, der Rocksänger. Ja, eine scheußliche Sache. Eine Axt im Kopf oder eine Kugel im Herzen haben irgendwie noch etwas Menschliches an sich, aber Gift? Die denkbar feigste Art und Weise, einen Menschen umzubringen. Ich fand eine beträchtliche Menge Cyanid im Blutbild des jungen Mannes, aber das werden Sie sicherlich längst wissen. Weshalb rufen Sie an, Inspector?“

Minster verspürte eine instinktive Abneigung gegen Barnsby. Die Art und Weise, wie der Pathologe über das Töten sprach, behagte ihm nicht. Den pechschwarzen Zynismus vieler seiner Landsleute fand er immer dann am unerträglichsten, wenn er im Zusammenhang mit Mord und Totschlag zum Vorschein kam. Doch wahrscheinlich musste man zwangsläufig abstumpfen, wenn man tagein, tagaus nichts anderes tat, als Leichen aufzuschneiden und zu sezieren.

„Mir ist etwas an den Fotos aufgefallen, die kurz vor und nach Bickersheads Tod von ihm gemacht wurden“, sagte er. „Auf vielen dieser Aufnahmen wirkt Bickershead auffällig euphorisiert, obwohl Cyanid eher gegenteilige Reaktionen hervorruft. Wie erklären Sie sich das?“

„Euphorisiert?“, fragte Barnsby. „Ich kenne diese Bilder nicht, aber bei der Obduktion ist mir nichts dergleichen aufgefallen. Die Gesichtszüge des

Jungen wiesen keinerlei Anomalien auf, und in seinem Körper fand ich lediglich die Rückstände des Giftes."

„Könnte es sein, dass sie etwas übersehen haben? Der aus London eingeflogene Hausarzt der Familie Bickershead vermutete bereits eine Vergiftung. Vielleicht haben Sie davon ausgehend gar nicht nach anderen Stoffen gesucht."

„Mit Verlaub, Inspector, das Ausweiden von Toten scheint nicht gerade zu ihrem Spezialgebieten zu gehören", brummelte Barnsby verstimmt. „Wir führen bei jeder Obduktion, insbesondere bei diffizilen Mordfällen, eine ganze Palette an Routineuntersuchungen durch. Ein Wirkstoff, der nachhaltig euphorisiert, wäre mir mit absoluter Sicherheit aufgefallen. Etwas Derartiges zu übersehen, wäre in etwa so, als würde ein Straßenreiniger einen umgestürzten Mülleimer direkt vor seiner Nase nicht bemerken."

„Aber wie erklären Sie sich dann Bickersheads merkwürdig entrückte Gesichtszüge?"

„Keine Ahnung. Wie gesagt, ich kenne Ihre Fotos nicht. Alles, was ich mit Gewissheit sagen kann, ist, dass Bickershead nur zwei Auffälligkeiten aufwies: er war vergiftet und mausetot. Alles Übrige werden andere herausfinden müssen, Inspector."

Minster meinte leisen Spott aus den letzten Worten des Gerichtsmediziners herauszuhören und verabschiedete sich ungewohnt barsch von ihm. Es wurmte ihn, dass er in der Sache nicht weiterkam.

Es schien keine Erklärung für Bickersheads widersprüchliche Totenmaske zu geben, aber Minster wagte trotzdem einen zweiten Versuch. Er ließ sich von der Auskunft die Praxisnummer von Bickersheads Hausarzt geben und brachte seine empörte Sekretärin dazu, ihn aus der verfrüht angetretenen Mittagspause zurückzuholen. Doctor Minnack schien die Störung allerdings deutlich weniger aus der Ruhe zu bringen als seine Vorzimmerdame.

„Guten Morgen, Mister Minster", meldete er sich mit dem sonoren Timbre eines Mannes, der es gewohnt war, Gelassenheit und Kompetenz ausstrahlen zu müssen. „Entschuldigen Sie, dass ich Sie einige Minuten habe warten lassen. Donnerstags nehme ich ab Mittag meist keine Termine mehr an. Womit kann ich der Polizei helfen?"

„Ich habe ein paar Fragen bezüglich des Todes Ihres Patienten William Bickershead."

„Fragen Sie. Ich denke nicht, dass es nach Williams tragischem Dahinscheiden viel gibt, was unter die ärztliche Schweigepflicht fällt."

„Wann haben Sie Bickershead vor seinem Tod zum letzten Mal untersucht?"

„Vor nicht ganz sechs Monaten", antwortete Minnack, ohne überlegen zu müssen. „Er klagte schon seit Jahren über Mattigkeit. Zu viel Alkohol und Zigaretten, Fast-Food-Ernährung, Sie wissen ja, wie Musiker sind. Seine

Kunst nahm er sehr ernst, den Zustand seines Körpers hingegen nicht. Ich verschrieb ihm regelmäßig Aufbaupräparate, Vitaminkuren und redete ihm wegen seiner einseitigen, schlechten Essgewohnheiten ins Gewissen. Viel geändert hat sich aber leider nicht. Ich bezweifle, dass er die Medikamente jemals wirklich konsequent genommen hat."

„Hatten Sie irgendwann einmal den Eindruck, er würde harte Drogen nehmen?"

„Harte Drogen?" Es wurde einen kurzen Moment still am anderen Ende der Leitung. „Jeder in seinem Umfeld wusste, dass er ab und an Heroin schnupfte, und natürlich habe ich mit ihm darüber geredet."

„Er schnupfte das Heroin?"

„Ja. Es zu schnupfen, ist wesentlich ungefährlicher, als es zu spritzen. Man benötigt eine größere Menge, damit es seine Wirkung erzielt, aber Geld spielte bei William schon lange keine Rolle mehr."

„Hat das Heroin seine Gesundheit angegriffen?"

„Sicherlich, aber da er die Droge, wie ich schon sagte, schnupfte, hielten sich die Schäden in Grenzen. Er nahm auch nie kontinuierlich Heroin, sondern immer nur stoßweise. Eine anstrengende Tournee, eine depressive Phase, Sie wissen schon. Ich riet ihm natürlich immer dazu, die Finger davon zu lassen, aber meist wurde er dann fürchterlich aufgebracht und drohte, sich einen anderen Arzt zu suchen. Er war nicht sehr einsichtig, was seine Gesundheit anging."

„Wie haben Sie es eigentlich geschafft, so schnell vor Ort zu sein, nachdem Bickershead auf der Bühne zusammengebrochen war? Man erzählte mir, Sie seien extra aus London gekommen."

„Das ist richtig, Mister Minster", bestätigte Minnack, als rede er mit einem Kind, das völlig offensichtliche Zusammenhänge noch nicht erfasst hatte. „Williams Manager rief mich sofort an, und ich flog mit dem privaten Helikopter der Bickersheads zum Festivalgelände. Ein lokaler Notarzt hatte versucht, William wiederzubeleben, was ihm aber natürlich nicht geglückt war."

„Welchen ersten Eindruck hatten Sie, als Sie Bickershead im Sanitätszelt liegen sahen?"

„Dass er tot war, Mister Minster", erwiderte der Arzt ohne einen Anflug von Ironie.

„Auf Fotos, die kurz vor und nach seinem Tod gemacht worden sind, scheinen die Muskelpartien um seine Augen herum seltsam entspannt zu sein." Minster versuchte, den für ihn wichtigsten Punkt des Telefonats so beiläufig wie möglich anzusprechen.

„Das täuscht", entgegnete Minnack. „Verzerrte Gesichtszüge können beim Betrachter Assoziationen hervorrufen, die dem Auslöser der Krämpfe diametral entgegengesetzt sind. Es kommt relativ häufig vor, dass Menschen, die eines qualvollen Todes sterben, in den letzten Sekunden ihres Lebens den Eindruck erwecken, als sähen sie jenseits ihrer Schmerzen das Licht des Himmelreichs. Forschungsgruppen mehrerer großer Universitäten in Frankreich und den USA haben sich in den letzten Jahren eingehend mit diesem Phänomen beschäftigt und sind zu sehr interessanten, wenn auch etwas uneinheitlichen Ergebnissen gekommen. Fakt ist jedoch auf jeden Fall, dass die von Ihnen beobachteten Auffälligkeiten nicht direkt mit der Wirkungsweise des Giftes im Zusammenhang stehen. Man hätte anhand von Williams Gesichtszügen nicht einmal annähernd bestimmen können, woran er gestorben war."

„Woran haben Sie es dann festgestellt?"

„An seinem Speichel. Ein merkwürdiger Geruch aus seinem Mundraum ließ mich stutzig werden. Glücklicherweise verfügt der Helikopter über ein breites, hochmodernes Sortiment an medizinischem Equipment. Eine erste Probe reichte aus, um meinen Verdacht zu bestätigen. Kaliumcyanid ist ein Salz der Blausäure, es lässt sich relativ leicht chemisch nachweisen. Den Rest erledigte gestern ein Gerichtsmediziner namens Barnsby, wie ich hörte."

„Eine letzte Frage, Doctor Minnack, bevor ich Sie nicht länger behelligen werde: Obwohl William und sein Vater tief zerstritten waren, waren Sie der Hausarzt von beiden. Eine etwas bizarre Konstellation, die nicht so recht in das Bild passt, das ich mir bislang von der Familie Bickershead machen konnte."

„Upper-class-Familien haben ihre eigenen Regeln, die anderen Gesellschaftsschichten oft recht obskur erscheinen", erklärte Minnack, als spreche er über ein Krankheitsbild. „Die Bickersheads entstammen einer alten Adelslinie, die viele Jahrhunderte zurückreicht und zu deren Gründervätern Wilhelm der Eroberer gehört haben soll, der 1066 die Angelsachsen aus London vertrieb. Noch bis Mitte des 20. Jahrhunderts hatten die Bickersheads einen Privatarzt, der ausschließlich für den Familien-Clan zuständig war. Man mochte sich verleumden, überwerfen oder gar gegenseitig umbringen, es wäre nie jemand auf die Idee gekommen, in Krankheitsfällen jemand anderen als den Hausarzt zu Rate zu ziehen. Der Mediziner der Familie war eine unantastbare soziale Säule, die eine ähnliche Immunität wie ein Parlamentarier genoss und in vielen Fällen als Schlichter auftrat. William war ein außerordentlich unkonventioneller und freiheitsliebender Mensch, doch in diesem Punkt dachte er nie daran, mit der Tradition zu brechen. Sein Vater sah darin immer einen Hoffnungsschimmer, seinen Sohn eines Tages vielleicht doch noch auf den Pfad der Tugend zurückbringen zu können."

„Ich danke Ihnen für Ihre Hilfe, Doctor", sagte Minster und bekam die Verabschiedungsfloskel Minnacks nur noch mit halbem Ohr mit, weil er damit beschäftigt war, die geschichtlichen Ausführungen in Stichworten auf einen Notizblock des Hotels zu kritzeln. Der adlige Hintergrund der Bickersheads mochte ein wichtiges Puzzleteil bei der Aufklärung des Mordes sein. Auch Minnacks Erklärung für Williams ungewöhnlichen Gesichtsausdruck hatte er mitgeschrieben, doch das dumpfe Gefühl, dass er etwas übersehen hatte, war geblieben. Minnacks Darlegungen klangen plausibel, aber irgendwo in dem Dickicht aus medizinischen Feinheiten erahnte er nach wie vor eine Lücke, einen Hohlraum, den er nicht füllen konnte. Er beschloss, dieses nebulöse Fragezeichen im Hinterkopf zu behalten.

Um kurz nach zwölf ging Minster hinunter ins Hotelrestaurant und bestellte sich ein Omelett mit Ahornsirup sowie ein Kännchen schwarzen Tee. Das Omelett war etwas zu fettig, aber nach dem Essen fühlte er sich dennoch angenehm satt und entspannt. Die Ungeduld und Enttäuschung darüber, mit den Ermittlungen nicht vorwärtszukommen, saß nicht mehr ganz so tief.

Nachdem er sich zum Nachtisch einen Pflaumenpudding gegönnt hatte, kehrte er auf sein Zimmer zurück und rief Leemahan in der NCS-Zentrale an. Der Inspector war dafür bekannt, dass er seine Mittagspause gerne mal ausfallen ließ, wenn ihm ein Fall keine Ruhe ließ, und auch heute schien er rastlos zu sein.

„Ja, Leemahan hier", meldete er sich mit der gehetzten Stimme eines Menschen, der nichts mehr hasste, als vom Klingeln des Telefons aus seiner Konzentration gerissen zu werden.

„Bin ich da richtig bei der Polizei?", fragte Minster mit quäkiger Stimme. „Ich will eine Katze als vermisst melden, und meine senile Mutter spaziert schon wieder übers Dach." Es war ein lieb gewonnener Begrüßungskalauer, den er immer dann anbrachte, wenn Leemahan am anderen Ende der Leitung arg abweisend klang.

„Ach, du bist es, Granpole", erwiderte Leemahan deutlich freundlicher. „Was macht unser Rocksänger? Immer noch mausetot?"

„Daran wird sich wohl in absehbarer Zeit nichts ändern. Aber dafür haben sich einige andere Fakten herauskristallisiert."

„Schieß los."

„Bickershead entstammt einem alten Adelsgeschlecht, dessen Stammbaum bis zurück ins 11. Jahrhundert reicht. So tief müssen wir vielleicht nicht graben, aber ich wüsste gerne mehr über das, was der Bickershead-Clan in den sagen wir letzten 100 Jahren getrieben hat. Kannst du jemanden darauf ansetzen?"

„Natürlich. Unsere Polizeianwärter lungern eh viel zu viel herum. Ein kleiner Recherche-Auftrag stellt zumindest sicher, dass sie nicht den kompletten Nachmittag schlafen."

„Sei nicht zu grausam zu ihnen", lachte Minster. „Sie machen sich eh schon in die Hose, wenn sie dich nur über die Flure schlurfen sehen."

„Weil sie ein schlechtes Gewissen haben", entgegnete Leemahan mit nur teilweise gespieltem Ernst. „Etwas mehr Enthusiasmus und Pflichtgefühl würde den Burschen guttun."

„Damit sie irgendwann deine Magengeschwüre erben? Es gibt wahrscheinlich keinen NCS-Beamten, der so oft bis spät in die Nacht an seinem Schreibtisch sitzt wie du."

„Du redest schon wie meine Frau, Granpole. Gewöhn dir diese weibische Tour bloß nicht zu sehr an, sonst lädt dich meine bessere Hälfte irgendwann noch zu ihren Bridge-Runden ein. Weiß man eigentlich mittlerweile, woran genau Bickershead gestorben ist?"

„Cyanid. Nach allem, was ich bislang in Erfahrung bringen konnte, muss es der Mörder gezielt auf Bickershead abgesehen haben. Einen Zufall können wir ausschließen. Die Untersuchung des Tatorts und die Befragung der Zeugen sind hingegen leider ergebnislos verlaufen. Ich werde mir sein soziales Umfeld vornehmen müssen, um weiterzukommen."

„Ich zweifle nicht daran, dass du der Sache auf den Grund gehen wirst, Granpole."

„Erwarte nicht zu viel. Noch stochere ich ziemlich ziellos im Nebel herum."

„Das hast du bei der Uranaffäre auch behauptet, und wenige Tage später konnten wir einen kompletten Schmugglerring hochnehmen."

Pünktlich um 16 Uhr las Gillisham Minster vor dem Hotel auf. Der rothaarige Hüne hatte seine Uniform gegen dunkelblaue Jeans und ein dezentes grünes Polo-Shirt eingetauscht und saß hinter dem Steuer eines japanischen Geländewagens, in dem er eine sehr viel bessere Figur machte als in dem kleinen Dienstfahrzeug, mit dem er Minster gestern von der Fähre abgeholt hatte.

„Ich nehme Sie mit zu mir, da kann ich Ihnen ein paar Horses-Platten vorspielen. MacGallaghan hat mich bis morgen Mittag freigestellt", erzählte Gillisham sichtlich zufrieden, während er sein Auto stadtauswärts lenkte.

„Werten Sie es als Anerkennung für Ihre gute Arbeit. Ohne Ihre Sachkenntnis wüsste ich noch immer so gut wie nichts über William Bickershead. Ich kenne nicht viele Polizeibeamte, die Rockmusik-Experten sind."

„Oh, da hätten Sie auch meinen Cousin Miles fragen können", erwiderte Gillisham bescheiden. „Sie wissen schon, Sergeant Butt, der bei unserer ersten Konferenz dabei war. Hier auf der Insel erinnern sich noch viele an die großen Musikfestivals der späten 60er und frühen 70er Jahren. Sobald man einem nostalgischen 50-Jährigen in die Hände fällt, ist es um einen geschehen. Ich hatte gleich zwei Onkel, die mich so lange mit Hendrix- und Who-Platten folterten, bis ich die weiße Fahne schwenkte und selbst zum Fan wurde. Ich muss mich zurückhalten, nicht auch schon bei meinen Kindern mit dem Missionieren anzufangen."

Gillisham nahm die Ausfallstraße in Richtung Brading. Für eine Weile genossen beide die sanft gewellten, tiefgrünen Hügelketten, die sich zu beiden Seiten der Straße erstreckten. Es waren so wenige Autos unterwegs, dass man in der Ferne das Krächzen der Möwen hören konnte.

„Sind Sie hier geboren?“, fragte Minster irgendwann.

„Ja, wie fast jeder Polizist auf der Insel. MacGallaghan wurde vor einigen Jahren vom Festland zu uns versetzt, aber der Rest ist hier geboren und wird auch hier sterben. Die Isle Of Wight ist ein kleines Paradies. Wenn wir über den Solent schauen und die stinkenden Industrieanlagen von Portsmouth sehen, zieht es niemanden von uns hinüber in die großen Städte. Einige studieren drüben, und manch einer geht sogar für ein, zwei Jahre ins Ausland, aber irgendwann kommen sie alle wieder. Ich weiß nicht, ob Sie dieses Gefühl kennen, wenn man abends am Strand steht, den Wind in den Haaren, den salzigen Geschmack der See auf den Lippen, und zuschaut, wie weit draußen im Atlantik die Sonne versinkt. Wer so etwas als Kind erlebt hat, kommt nie wieder davon los. Ich war in Southampton auf der Polizeischule und habe ein halbes Jahr als Austauschschüler in Kalifornien gelebt, aber nirgendwo habe ich etwas gesehen, das so beruhigend wirkt wie unsere Sonnenuntergänge.“

Minster musste an die langen Nächte zurückdenken, die er früher in der Weymouth Bay verbracht hatte, keine 40 Meilen westlich der Isle Of Wight. Auch er hatte am Strand gestanden, dem Plätschern der Wellen gelauscht und gen Westen geschaut, wo der letzte Schimmer des Tages tiefrot hinter dem Horizont versank. Je näher er Gillisham kennenlernte, desto mehr mochte er ihn.

Sie hingen beide still ihren Kindheitserinnerungen nach, und Minster war so vertieft in seine Gedanken, dass er kaum mitbekam, wie Gillisham den Wagen zum Stehen brachte. Sie waren in eine schmale Nebenstraße abgebogen und parkten nun auf dem großen, von Unkraut überwucherten Vorplatz eines Bauernhofes. Reet bedeckte das niedrige, aus dunklem Naturstein gemauerte Haupthaus, und zur Rechten erhob sich ein langgezogenes Stallgebäude, das deutlich jüngeren Ursprungs sein musste. Man hörte das Gackern von Hühnern, das Wiehern von Pferden und fast genauso laut das Geschrei spielender Kinder.

„Home, sweet home“, rief Gillisham, als er aus dem Wagen auf den groben Kies sprang. Minster war noch nicht ausgestiegen, da flog die Haustür auf, und drei Kinder rannten dem Auto entgegen. Jedes von ihnen wollte Gillisham zuerst umarmen, und schließlich hing ein einziges Knäuel aus roten, wuscheligen Haaren und schmutzigen Shirts und Hosen an dem sichtlich begeisterten Riesen.

„Hey, nicht so stürmisch“, lachte er. „Ich habe Besuch mitgebracht.“

Die Kleinen schienen Minster erst jetzt wahrzunehmen, entschieden nach einem kurzen, prüfenden Blick, dass ihr Kletterbaum unmöglich einen unfreundlichen Menschen mit nach Hause gebracht haben konnte, und schenkten Minster ein Grinsen, dessen entwaffnende Breite ein Familienerbstück zu sein schien.

„Die beiden Zwillinge hier, Rael und Ralph, sind meine", sagte Gillisham. „Im April sind sie sieben geworden. Und diese kleine Prinzessin", er stupste eine mit Marmelade bekleckerte Nase an, „heißt Sophia und ist die bereits ziemlich vorlaute Tochter meines Bruders."

„Ich bin schon acht", krähte das Mädchen stolz. „Und du?"

„Viermal acht und noch ein Jährchen obendrauf", antwortete Minster schmunzelnd. „Ich heiße Granpole. Dein Onkel hat mich netterweise zu euch eingeladen."

„Wir haben die meisten Kühe der ganzen Straße", rief Ralph. „Willst du sie sehen?"

„Später, Kinder, später", wiegelte Gillisham ab, nahm Ralph huckepack und steuerte mit dem Kinderpulk auf das Haus zu. „Du kannst übrigens ruhig Teddy zu mir sagen", rief er über die Schulter Minster zu, der ihnen folgte. „Man wird hier komisch von der Seite angeschaut, wenn man jemanden beim Nachnamen nennt."

„Gerne", erwiderte Minster. „Ich mag eh keine Förmlichkeiten."

Wenig später saßen sie alle in der geräumigen, niedrigen Küche und tranken Tee, den Gillishams Frau Rebecca auf einem riesigen schwarzen Eisenherd aufgebrüht hatte. Sie war etwa im selben Alter wie ihr Mann, jedoch zwei Köpfe kleiner und von kräftiger Statur. Ihre langen, strohblonden Haare trug sie zu einem dicken Zopf geflochten, und auf ihrem blauen Arbeitsoverall erkannte Minster sowohl Erdflecken als auch Marmeladenspritzer.

„Ich hoffe, dich stört das Chaos nicht", sagte sie, während sie Rael daran hinderte, die Keksschachtel vollständig zu plündern, die mitten auf dem schweren Eichentisch stand. „Wir bewirtschaften den Hof nur zu dritt, und manchmal reichen schon alleine die Kleinen, um uns auf Trab zu halten. Teddys Bruder und seine Frau sind heute Morgen zu einer Beerdigung nach Wales gefahren. An solchen Tagen droht hier alles zusammenzubrechen."

„Mein Bruder und ich haben den Hof von unseren Eltern geerbt", erklärte Gillisham. „Edward und Fiona kümmern sich mit Rebecca um die Tiere, während ich auf dem Revier bin. Ohne mein Gehalt kämen wir nur schwerlich über die Runden. Der Hof wird erst Gewinn abwerfen, wenn wir ganz auf ökologische Viehzucht umgestellt haben, und das ist nicht ganz einfach."

„Klingt nach harter Arbeit", sagte Minster.

„Morgens um 5 Uhr müssen wir raus, und vor 10 Uhr abends kommen wir meist nicht zur Ruhe", erwiderte Rebecca, während sie Minster Tee nachgoss und ihr Mann die Zwillinge trennen musste, die sich auf der Sitzbank immer lautstarker wegen einer Sammelkarte der englischen Fußballnationalelf stritten. „Aber wir beklagen uns nicht. Wir wollten genau das Leben, das wir jetzt haben, und wussten von Anfang an, dass die ersten Jahre hart werden würden. Komm in fünf Jahren noch mal wieder, dann blitzt und glänzt wahrscheinlich jeder Türknauf in diesem Haus."

Nachdem sie die Keksschachtel geleert hatten und der Meinung waren, der eher schweigsame Fremde würde weder sonderlich interessante Geschichten erzählen noch unverhofft eine Tafel Schokolade aus der Jackentasche hervorzaubern, sausten die Kinder aus der Küche, um hinter dem Haus mit den Hunden und Katzen zu spielen. Rebecca ging ebenfalls hinaus, um die Kühe von der Weide zu holen, und die Männer saßen plötzlich inmitten einer Stille, die im ersten Moment betäubend wirkte. Gillisham brühte noch eine große Kanne Tee auf, drückte Minster ihre Tassen in die Hand und führte ihn durch einen schmalen, dunklen Flur, in dem Dutzende von Schuhen in wildem Durcheinander lagen, zu einer steilen Holztreppe, die in das darüber liegende Stockwerk hinaufführte. Oben erwartete sie freundliche Helligkeit, die durch drei türgroße Dachfenster hereinfiel. Dicke Teppiche bedeckten den ehemaligen Dachboden, den die Gillishams in ein gemütliches Schlaf- und Wohnzimmer verwandelt hatten. An den beiden senkrechten Giebelwänden waren Bücherregale angebracht, mitten im Raum stand ein breites Ehebett, und neben einer etwas speckigen Ledersesselgarnitur thronte auf einer wurmstichigen Truhe eine Stereoanlage, deren Boxen fast mannshoch waren. Kisten voller Langspielplatten und CDs umringten die Sesselgruppe wie ein niedriger Schutzwall.

„Setz dich", sagte Gillisham, stellte den Tee auf einen flachen Glastisch und schaltete die Anlage ein. Der Verstärker rauschte für einen kurzen Augenblick. „Den besten Eindruck von den Horses wirst du dir machen können, wenn du dir einige ihrer Songs anhörst. Sag mir, wenn es dir zu laut ist."

Gillisham fischte eine Langspielplatte aus einer der Kisten, stellte sie auf den Kopf, so dass die Vinylscheibe mitsamt der Schutzhülle aus dem Pappcover in seine Hand rutschte, und zog die hauchdünne, leicht knisternde Plastikhülle ab. Mit ehrfürchtiger Vorsicht legte er die LP auf den Plattenteller, drückte auf die „Play"-Taste, und als der Tonarm sich gemächlich aus seiner Ruheposition erhob, während die Scheibe sich zu drehen begann, ließ Gillisham sich neben Minster in einen der Sessel fallen.

Es gab ein kurzes Knacken, dann setzte eine elektrische Gitarre mit einem bombastischen Akkord ein. Minster zuckte erschrocken zusammen. Als der Bass hinzukam, spürte er einen irritierenden Druck in der Magengrube, und das peitschende Schlagzeug schien an seinen Trommelfellen zu nagen. Gillisham begann mit dem Fuß mitzuwippen.

Minster wusste nicht mehr, wann er zum letzten Mal bewusst Rockmusik gehört hatte. Dunkel erinnerte er sich daran, dass ihm ein Mitschüler zum 15. oder 16. Geburtstag eine Platte von einer Gruppe namens Twisted Sister geschenkt hatte, aber ihm gefiel sie nicht, und später verschenkte er sie an einen anderen Klassenkameraden. Auf den ersten Feten, die in modrigen, kalten Waldhütten gefeiert wurden, waren Namen wie Led Zeppelin oder Deep Purple gefallen, doch Minster verband mit ihnen nichts. Das einzige Lied, das ihm im Gedächtnis geblieben war, war `Waterloo´ von Abba, aber die galten wahrscheinlich nicht als Rockband.

Das, was aus Gillishams riesigen Boxen herausdonnerte, klang für Minster anfangs wie eine einzige, undifferenzierte Kakophonie, ein Knäuel aus Klängen, das zu laut und hektisch war, um es entwirren zu können. Erst beim zweiten Song begann er sich langsam an die schnellen, harten Rhythmen, die verzerrten Gitarren und den kreischigen, rüpelhaften Gesang zu gewöhnen. Es kristallisierte sich sogar so etwas wie eine Melodie heraus, und der Übergang von der Strophe zum Refrain erinnerte ihn vage an einen Part aus Beethovens fünfter Symphonie.

Mit sechs Jahren hatte Minster auf Drängen seines Vaters begonnen, Oboe und Klarinette zu spielen. Die melancholischen Laute der Instrumente machten ihm ein wenig Angst, aber mit der Zeit fand er Gefallen an mittelalterlichen Pavane-Stücken, und da er musisch begabt war, machte er rasche Fortschritte. Nachdem er erste Konzerte mit einem Kinderorchester absolviert hatte, bat er seinen Vater mit zehn Jahren um Klavierstunden, weil ihn der alte schwarze Flügel, ein wertvolles Familienerbstück, faszinierte. Da er verbissen und bis zur völligen Erschöpfung übte, konnte er bald bei Familienfeiern sehr zur Freude seines Vaters die Verwandtschaft mit Fugen und Sonaten beeindrucken. Am meisten liebte er die `Nocturnes´ von Chopin und das `Venezianische Gondellied´ von Mendelssohn Bartholdy. Minster träumte davon, eines Tages als Konzertpianist um die Welt zu reisen, doch mit 15 Jahren drängten Mädchen, Fußball und Leichtathletik die Klassik immer weiter in den Hintergrund, bis er das Üben schließlich gänzlich aufgab. Seitdem beschränkte sich seine Beschäftigung mit Musik darauf, an ruhigen Abenden CDs mit Aufnahmen von Mussorgsky- oder Holst-Stücken in seine Stereoanlage einzulegen, die gegen Gillishams gewaltiges Technikarsenal allerdings wie ein schwachbrüstiger Haufen Plastik wirkte.

Beim dritten Lied drückte ihm Gillisham die Papphülle der Platte in die Hand und schenkte Tee nach.

„Das Artwork ist bei den Horses ungeheuer wichtig. Ich habe mir lieber die Vinylversion als die CD gekauft, denn für das winzige CD-Cover ist dieses Kunstwerk wirklich verschenkt. Und achte auch auf die Texte. Sie verraten viel über Wills Psyche."

Das Bild auf der Vorderseite zeigte ein pechschwarzes Pferd mit weit gespreizten Flügeln, das in der Abenddämmerung über ein mittelalterliches Bergdorf hinwegflog, das zwischen zwei Hügelketten lag und lichterloh brannte. Vereinzelte menschliche Gestalten flohen aus den Hütten. Der Stolz, der aus der Haltung des Pferdes sprach, erinnerte Minster an einen Drachen, der gerade einen Raubzug beendet hatte, der düstere Stil des Gemäldes an Rembrandt. In goldenen, ineinander verwobenen Lettern war über dem Pferd der Bandname eingraviert, und unter dem Dorf stand kleiner der Plattentitel „We've Come For Your Children".

Minster dreht die Hülle um und blickte in das Gesicht eines jüngeren, lebendigen William Bickershead. Trotzig und mit verächtlich hochgezogener Oberlippe schaute ihn der Sänger an, eingerahmt von vier weiteren Porträtbildern, die seine Bandkollegen zeigten. Minster las die darunter stehenden Namen. Bickershead nannte sich Will Hellhound, die anderen hörten auf die ähnlich naiv-plakativen Pseudonyme Bill Boneshaker, Vamp van Helsing, Earl of Thunder und M.P. Graveyard. Der Earl, ein blasser, verkniffen dreinblickender Mittzwanziger, erinnerte Minster entfernt an einen Waffenhändler, den er einmal festgenommen hatte. Die aufgelisteten Songtitel passten mit ihrer bedrohlichen Dramatik zu den Namen der Musiker.

Die Papphülle ließ sich aufklappen. Im Inneren flog noch einmal das Pferd über den Abendhimmel, diesmal allerdings lediglich als schattenhafte, blasse Silhouette hinter den Songtexten, die in klarer Maschinenschrift abgedruckt waren. Minster überflog einige Zeilen und versuchte schließlich dem gerade gespielten Lied zu folgen. Es hieß 'Dead & Gone' und gab die apokalyptische Vision einer Welt wieder, in der Verwesung und Entartung die Oberhand gewonnen hatten. Unwillkürlich musste er an das Gemälde „Die sieben Todsünden" von Hieronymus Bosch denken. Die unruhigen Bassläufe und der klagende Gesang ergänzten sich gut mit den nihilistischen Reimen.

„Ziemlich pessimistisch", fasste Minster ein wenig benommen zusammen, nachdem der Song zu einem Crescendo aus Drum-Wirbeln, spitzen Schreien und jaulenden Gitarren angeschwollen war und die erste Seite der LP ihr Ende erreicht hatte.

„Die Flying Horses waren die Speerspitze der britischen Generation X", sagte Gillisham, während er die Platte umdrehte. „Als Anfang der 90er Jahre in den USA frustrierte Mittelklassekids den Grunge erfanden, trafen sie den Nerv der Zeit. Bands wie Nirvana oder Pearl Jam sprachen Millionen von Teens und Twens aus der Seele, die den grauen Wohlstand zwischen Golfkrieg und wachsender Verelendung der Unterschicht nicht mehr ertrugen. Wie die Punk-Bewegung 15 Jahre zuvor sahen sie für sich keine Zukunft mehr. Der Grunge-Boom schwappte schnell herüber nach England, doch hier gab es anfangs keine Band, die den Zeitgeist ähnlich treffend aufgreifen konnte wie die amerikanischen Gruppen. Dann kamen die Flying Horses, und sie eroberten uns im Sturm." Mit einem entschuldigenden Grinsen fügte er hinzu: „Auch mich haben sie damals ziemlich überrollt. Die Kinder waren noch nicht da, und ich wusste nicht, ob Rebecca und ich es schaffen würden, den Hof vor dem Verfall zu bewahren. Die Horses waren der Soundtrack unserer Unsicherheit."

„Aber sind ihre Texte nicht eher ziemlich archaische Fantasy?"

„Auf den ersten Blick ja, aber Bickershead war ein begnadeter Lyriker, der sehr geschickt mit unterschwelligen Stimmungen zu arbeiten wusste. Er sang von imaginären Königreichen, der Pest und brennenden Scheiterhaufen, doch zusammen mit der Musik klangen seine Texte seltsam zeitlos. Der Patriarch, der in den Schatten stürzte, stand für unsere schwache Regierung, die rasend schnell um sich greifende Beulenpest für Umweltverschmutzung. Die Metaphern, die Bickershead verwendete, waren so stark, dass viele ihn mit Pop-Poeten wie Bob Dylan verglichen. Nur klangen die Horses dabei auch noch wild und aggressiv. In ihrer Musik konnte sich jeder wiederfinden, der mit seinem Leben nicht zurechtkam und nicht wusste, wohin er mit seiner Wut sollte. Mit dieser Mischung aus künstlerischer Genialität und ungezügelten Emotionen stiegen die Horses zur erfolgreichsten britischen Band seit Led Zeppelin auf. Und du hast wirklich noch nie etwas von ihnen gehört?"

„Nein, und wenn, dann hätte es mir nicht gefallen. Das, was du bislang von ihnen vorgespielt hast, klingt mir viel zu depressiv. Und an diese verzerrten Gitarren muss ich mich auch erst noch gewöhnen."

„Die zweite Seite ist noch schwerer zu verdauen", warnte Gillisham seinen Gast vor und startete den Plattenspieler. „Aber etwas leiser wirkt sie vielleicht erträglicher."

Minster dankte Gillisham im Stillen für sein Feingefühl und widmete sich erneut den Songtexten, sobald die Horses wieder loslegten. Die düstere Atmosphäre hatte etwas von den Gothic Novels, die er in der Schule gelesen hatte, Büchern von Lord Byron oder Mary Shelley. Gleichzeitig besaß Bickersheads Lyrik aber auch etwas Schweres, Alttestamentarisches. So wenig er mit der Musik bislang auch anfangen konnte, er musste zugeben, dass die Texte einen gewissen Charme besaßen. Eine derartige Tiefe hatte er dem langhaarigen Rebellen, den er nur als aufgeschnittenen Leichnam kannte, nicht zugetraut. Und auch die Stimme berührte ihn auf seltsame Art und Weise. Oft schrie oder brüllte Bickershead nur, aber zwischendurch gab es auch immer wieder melodische Passagen, und als im Refrain von `Forest Of Eternal Shadows´ immer und immer wieder die Worte „forever lost, forever forgotten" wiederholt wurden, spürte Minster den Anflug einer Gänsehaut auf seinen Unterarmen.

Er versuchte Bickersheads Stimme mit den Fotos in Einklang zu bringen, die ihn kurz vor seinem Tod zeigten. Sein Timbre war rau und voluminös, manchmal bedrohlich wie winterlicher Frost. Minster stellte sich vor, wie Bickersheads Sprechstimme geklungen haben musste. Konnte sie jemanden so sehr in die Enge treiben, dass er oder sie zum Mörder wurde? Vor seinem inneren Auge sah er die hagere Gestalt, die langen schwarzen Haare, die hellen braunen Augen, die blitzenden Ringe im linken Ohr. Bickershead schien nicht besonders kräftig gewesen zu sein, aber in seiner Stimme hatte eine unbändige Energie gesteckt.

„Jetzt kommt einer ihrer größten Hits", bemerkte Gillisham, der die Vorführung sichtlich genoss. „'The Devil's Advocat'. Bickershead sang diesen Song, als er starb."

Für Minster unterschied sich das Lied nicht nennenswert von den vorherigen. Das lange Instrumental-Intro erinnerte ihn daran, dass Bickershead bei seinem letzten Auftritt erst einige Minuten nach seinen Bandkollegen auf die Bühne gegangen war.

Als wenig später der Tonarm zurück in seine Halterung schwebte und die LP zur Ruhe kam, gab Minster Gillisham die Plattenhülle zurück.

„Interessant", meinte er. „Ich würde lügen, wenn ich behaupten würde, dass ich deine Begeisterung nachempfinden kann, aber dass Bickershead eine außergewöhnliche Ausstrahlung hatte, lässt sich nicht leugnen. War er auch innerhalb der Gruppe der Wortführer?"

„Als er die Horses 1993 gründete, galt er bereits als Star. Sein Soloalbum, das er in Deutschland aufgenommen hatte, war bei uns mit einer Goldenen Schallplatte ausgezeichnet worden, und die übrigen Horses-Mitglieder standen anfangs sehr in seinem Schatten. Aber die riesigen Erfolge, die er mit den Horses feierte, verdankte Will zumindest teilweise auch einem der Gitarristen, Vamp van Helsing." Gillisham deutete auf ein kleines Bild auf der Rückseite des Albums. Es zeigte ein kräftiges, grobes Gesicht, in dem zwei blaue Augen angriffslustig blitzten. „Im bürgerlichen Leben heißt er Damien Fleece. Sein Vater und seine drei Brüder arbeiten als Zimmerleute in Wolverhampton. Will ist ein reichlich mäßiger Gitarrist, daher arbeitete Fleece viele seiner Ideen zu Songs aus, die Will in dieser Komplexität nie hinbekommen hätte. Seit der zweiten Platte wurde Fleece als zweiter Songwriter geführt, aber es hielten sich hartnäckige Gerüchte, er hätte auf späteren Alben beinahe alle Songs im Alleingang geschrieben. Nach außen hin blieb er jedoch immer Wills rechte Hand, der Assistent des großen Genies."

„Fleece hätte also einen Grund gehabt, eifersüchtig auf Bickershead zu sein."

„Er war es mit Sicherheit, auch wenn die Öffentlichkeit wenig davon mitbekam. Es gab vereinzelte Interviews, in denen Fleece kleine Spitzen gegen seinen Sänger verteilte, doch zum offenen Streit ist es nie gekommen. In dem Verhör, das ich mit ihm führte, machte er einen recht verstörten Eindruck. Bickersheads Tod hatte ihn offensichtlich ziemlich durcheinandergebracht."

„Welchen Stellenwert nahmen die anderen in der Band ein?"

„Sie waren gute Musiker, aber in kreativer Hinsicht brachten sie sich kaum ein. Es genügte ihnen, in der zweiten Reihe zu stehen und ihren Anteil an den Millionen einzustreichen."

„Und was ist mit ihrem Manager?" Minster hatte unter den Fotos der Musiker einen kleinen Vermerk entdeckt, dass ein gewisser Ed Maxwell für die geschäftlichen Belange der Flying Horses zuständig war.

„Ein knallharter Geschäftsmann, mit allen Wassern gewaschen. Er war der Einzige, der im Verhör vernünftige Angaben machte und die letzten Stunden vor dem Auftritt in klaren, knappen Sätzen rekonstruieren konnte. Gleichzeitig blieb er jedoch auf Distanz und ließ sich zu keiner Äußerung über mögliche Hintergründe der Tat hinreißen. Seine Abgeklärtheit war verblüffend, immerhin hatte er gerade jemanden verloren, der für ihn wie ein leiblicher Sohn gewesen war. Ich mochte ihn nicht sonderlich, aber es scheint zum Beruf des Bandmanagers zu gehören, dass man sich allgemein nicht übermäßig beliebt macht.

Maxwell war in den 70er Jahren mit The Who und Led Zeppelin auf Tour gewesen und hatte sich von deren Managern viel abgeschaut. Heute gilt er als einer der ausgebufftesten Strategen im internationalen Musikbusiness – ein Mann mit Weitblick und einem untrüglichen Riecher für geschäftliche Fallen und Abkürzungen zum großen Geld. Er lernte Will während seiner Zeit in Hamburg kennen und besorgte ihm seinen ersten Plattenvertrag. Die Idee, eine Band um den Sänger herum aufzubauen, stammt genauso von ihm wie von Will. Von Musik versteht er nichts, aber er weiß, wie man Künstler am effektivsten in Szene setzt. Ihm gelang es sogar, die Horses in Amerika groß herauszubringen, wo europäische Bands normalerweise so gut wie keine Chance haben."

„Könnte Maxwell ein Motiv gehabt haben, Bickershead umzubringen?"

„Es spricht nichts dafür. Maxwell war zu einem Sechstel an allen Einnahmen beteiligt, und Will befolgte für gewöhnlich die geschäftlichen Ratschläge seines Mentors. Die beiden waren ein fest zusammengeschweißtes Duo. In jeder schwierigen Situation berieten sich erst die beiden alleine, bevor sie sich mit dem Rest der Band zusammensetzten."

„Hatte Bickershead eine Freundin?"

„Ja, eine Französin. Sie heißt Florence Glis und besuchte ihre Eltern in der Bretagne, als Will starb. Er hat sie vor einigen Jahren nach einem Konzert in Paris kennengelernt. Sie begleitete ihn ab und an auf den Tourneen, blieb manchmal aber auch monatelang alleine in Paris, wo sie Modedesign studiert. Da sie wie Will aus einer alten Adelsfamilie stammt, sprachen die Medien gerne vom jungen, wilden Jetset-Traumpaar, doch wirklich Aufregendes gab es eigentlich nie zu berichten. Sie bewarfen sich nicht mit Porzellan, und Affären schien auch keiner von beiden gehabt zu haben. Florence muss ein sehr unabhängiges Mädchen sein, das sich nie sonderlich an ihren Freund klammerte. Wir haben es der französischen Polizei überlassen, ihr die Nachricht von seinem Tod zu überbringen."

Minster versuchte die Informationen zu ordnen. Am liebsten hätte er sich Notizen gemacht, doch seine Tasche stand unten in der Eingangshalle, und als er sich gerade dazu durchgerungen hatte, Block und Stift zu holen, rief Rebecca zum Abendessen. „Gegenwehr ist zwecklos", raunte Gillisham ihm mit einem Augenzwinkern zu, bevor sie die Treppe hinabstiegen und sich zum zweiten Mal an diesem Tag am Küchentisch niederließen.

Die Kinder waren noch aufgedrehter als am Nachmittag und tobten mit einer jungen, kohlrabenschwarzen Katze um die Wette. Kaum hatten Teddy und Rebecca es geschafft, dass die Kleinen in Reih und Glied auf der Holzbank saßen, kroch eines von ihnen schon wieder unter den Tisch, um mit dem vorwitzigen Tier herumzutollen, und sofort waren auch die anderen beiden verschwunden. Rebecca sah sich das Treiben eine Weile an, dann scheuchte sie das Kätzchen unter lautstarkem Protest des Nachwuchses hinaus in den Garten.

„Ihr könnt eine richtige Landplage sein", schalt Rebecca das erwartungsgemäß nicht sonderlich einsichtige Trio, das lustlos an seinen Marmeladenbroten herumkaute. „Was soll denn unser Besuch von uns denken?"

„Wir waren heute sehr artig", krähte Rael. „Wir haben nicht mal Katapulte gebaut."

Womit er seinen Bruder auf eine Idee brachte und Teddy schließlich allen beiden ihre Teelöffel wegnehmen musste, damit sie sie nicht mit Marmelade beluden und Sophia ins Visier nahmen.

Inmitten des Tumults genoss Minster würziges, festes Landbrot und herben Käse. Erst jetzt wurde ihm bewusst, wie mäßig die Mahlzeiten im Hotel gewesen waren. Er aß mehr, als er eigentlich vorgehabt hatte, und trank dazu ein halbes Dutzend Tassen Tee.

Nachdem die Kinder für eine letzte Toberunde vor dem Schlafengehen im Garten verschwunden waren, half Minster den Gillishams, den Tisch abzuräumen und das Geschirr des Tages abzuwaschen. Rebecca wollte ihn anfangs davon abbringen, doch er ließ sich nicht beirren.

„Ich halte deinen Mann schon seit Stunden von der Hofarbeit ab", sagte er, „da kann ich mich wenigstens ein kleines bisschen für eure Gastfreundschaft revanchieren. Das Essen war wunderbar."

Rebecca lächelte ihr gewinnendstes Lächeln und gab ihrem Mann einen liebevollen Klaps auf den Hintern. „Die Kinder bringe ich aber alleine ins Bett. Passt nur auf, dass ihr die Musik nicht zu weit aufdreht. Heute Nachmittag hat man die Horses bis in den Stall gehört. Ich glaube, die Kühe fanden's großartig, aber die Kleinen werden dabei nicht einschlafen können."

Wenig später saßen die Männer mit einer neuen Kanne Tee und einer Schachtel Pralinen, die Rebecca aus den Tiefen der Küchenschränke hervorgezaubert hatte, wieder vor der Stereoanlage. Gillisham kramte ein weiteres Flying-Horses-Album heraus – diesmal war es eine CD – und drehte den Lautstärkeregler bis zur Hälfte herunter, bevor er die Musik anlaufen ließ.

„„Demons In The Attic", die letzte CD der Horses", erklärte er und reichte Minster das Booklet. „Sie nahmen sie im letzten Frühjahr in New York auf."

Das Cover zeigte das fotorealistische, in warmen Farben gehaltene Gemälde eines alten Dachstuhls, in dem verzerrte Geisterfratzen wie Kugelblitze umhersausten. Inmitten von Gerümpelkisten und zerfallenem Kinderspielzeug saß ein kleiner Junge, das Gesicht gegen die angewinkelten Knie gepresst und die Arme schützend über den Hinterkopf gelegt. Minster musste an halbvergessene Fragmente eines Schauermärchens denken, das ihm sein Vater während eines Sommerurlaubs in Schweden erzählt hatte. Die zu dem Gruseldachboden gehörende Musik klang kaum anders als das, was Minster vor dem Abendessen gehört hatte. Der Bass war prägnanter, das Tempo etwas gemäßigter, aber ansonsten konnte Minster keinerlei Veränderungen feststellen.

„Sind die Horses immer noch so erfolgreich wie früher?", fragte er nach dem zweiten Lied.

„Mehr oder weniger", erwiderte Gillisham, der gerade genüsslich eine Weinbrandbohne auslutschte. „Ende der 90er Jahre war die Band auf dem absteigenden Ast, weil ihre Art von Musik aus der Mode gekommen war, doch seit ein, zwei Jahren erlebt Grunge eine weltweite Renaissance, von der die Horses kräftig profitieren. „Demons In The Attic" wurde in England und den USA bereits am ersten Verkaufstag vergoldet, und die Band spielte im vergangenen Sommer als Headliner auf mehreren großen amerikanischen Festivals. Der Auftritt letzten Sonntag sollte ihre triumphale Rückkehr nach England einläuten. Fünf Jahre lang waren sie hierzulande nicht aufgetreten."

„Weil sie niemand hören wollte?"

„Weil sie nicht mehr ganz so viele Leute hören wollten wie Mitte der 90er. Sie konnten die großen Hallen nicht mehr füllen und sollten auf Festivals vor anderen Bands auf die Bühne gehen – für Will eine völlig indiskutable Vorstellung. Er fühlte sich persönlich gekränkt und kehrte seiner Heimat für zwei Jahre den Rücken, um in Amerika seine Wunden zu lecken und gegen alles Britische zu grollen. Die anderen hielten sich eher aus Steuergründen im Ausland auf. Noch im Winter tourten die Horses durch Nordamerika und Zentraleuropa und verdienten dabei mehr Geld als zu Zeiten ihrer erfolgreichsten Alben."

„Finanzielle Probleme dürfte also keiner von ihnen gehabt haben. Und doch muss irgendwo in Bickersheads engstem Umfeld ein Motiv für den Mord versteckt sein. Die Konten waren voll, die Beziehungen offensichtlich weitestgehend gesund. Wo befand sich der Krisenherd, den wir nicht sehen?" Im Hintergrund brüllte die Stimme des Verstorbenen über einem Wirbelsturm aus sägenden Gitarren etwas von Alpträumen und Rachefantasien.

„Vielleicht war es doch ein Außenstehender", wandte Gillisham ein. „Ein geisteskranker Fan? Ich könnte mich immer noch dafür ohrfeigen, dass wir uns den Tatort haben durch die Lappen gehen lassen."

„Ein Psychopath wäre die Sache anders angegangen. Nein, ich bin mir sicher, dass der Mörder aus Bickersheads Dunstkreis stammt. Es wird mir nichts anderes übrig bleiben, als mir jede Person vorzunehmen, die sich am Sonntag in dem Container aufhielt. Die Kontaktadressen, die sie dir und Butt gegeben haben, liegen nur leider über die halbe Welt verstreut. Cardiff, London, Leeds, New Jersey, Paris, Hamburg, Melbourne, Tunis. Wenn Bickersheads Vater die Beerdigung nicht auf unbestimmte Zeit verschoben hätte, würden die meisten von ihnen noch mal an einem Ort zusammenkommen, aber so darf ich entweder eine Woche im Flugzeug verbringen oder muss die jeweilige Landespolizei um Hilfe bitten. Beides dürfte alles andere als angenehm werden." Minster wickelte geistesabwesend ein Minztäfelchen aus und spülte es mit einem Schluck Tee hinunter.

„Oh, das kannst du auch einfacher haben", sagte Gillisham. „Geh einfach zu einem ihrer Konzerte."

„Wie bitte?" Minster glaubte sich verhört zu haben.

„Maxwell, der Manager, rief heute Mittag auf dem Revier an und teilte uns mit, dass wir ihn und die anderen bis auf weiteres über sein Handy erreichen könnten, wenn es noch etwas zu klären gäbe. Die Horses brechen am Samstag zu einer Tour durch Holland, Frankreich und Deutschland auf. Der erste Gig findet in London statt, danach geht´s über den Kanal."

„Sie treten ohne Bickershead auf?"

„Jon Dembinski, der zweite Gitarrist, hat ihn vor einigen Jahren mal bei einer Show vertreten, als Will seine Stimme verloren hatte. Ich weiß nicht, wie gut er singt, aber es scheint halbwegs hinzuhauen. Diese Europatour ist schon seit Monaten gebucht, und bei einer Absage würde die Band viel Geld verlieren. Da Maxwell grundsätzlich alle Hallen selbst anmietet, fallen die Gewinne höher aus als bei anderen Bands. Dafür tragen die Horses aber auch das Risiko für Konzerte, die aus welchen Gründen auch immer nicht stattfinden."

„Aber jeder von ihnen muss stinkreich sein! Sie könnten auf das Geld pfeifen. Sonderlich großen Respekt scheinen sie ja vor Bickershead nicht gerade zu haben."

Gillisham zuckte mit den Achseln. „Keine Ahnung, was den Ausschlag gegeben hat weiterzumachen. Maxwell war Bickersheads bester Freund, aber gleichzeitig ist er ein knallharter Geschäftsmann, der kein Pfund vorbeischwimmen lässt. Auf jeden Fall wird sich die Band und auch ein Teil ihrer Festival-Crew morgen in London wieder versammeln."

In Minster reifte ein Gedanke, der ihm zuerst absurd erschien, dann aber immer mehr an überzeugender Schärfe und Klarheit gewann. 100.000 Meilen im Flugzeug oder eine Interpol-Ermittlung würden sicherlich stressfreier sein, aber die Chance, die sich ihm bot, war zu verlockend, um sie nicht zu nutzen.

„Ich werde mit ihnen auf Tour gehen", verkündete er Gillisham und seinem eigenen inneren Schweinehund. „Und zwar inkognito, als Journalist."

Gillisham saß einen Moment mit offenem Mund da, bevor er bis über beide Ohren zu grinsen begann.

„Und ich hatte bereits geglaubt, die Geschichten, die über dich erzählt werden, seien übertrieben. Granpole Minster begibt sich direkt in die Höhle des Löwen. Der einzige Brite, der die Horses nicht kennt, will so tun, als würde er einen Artikel über sie schreiben. Eines muss man dir lassen: Du hast wirklich Mut."

„Und dich", fügte Minster hinzu, den das Jagdfieber nun endgültig gepackt hatte. „Du weißt genug über die Flying Horses, um mir Rückendeckung geben zu können. Noch ein paar Schallplatten und Anekdoten, und ich bin ausreichend qualifiziert für meinen neuen Job."

„Na gut, Mister Danger-Seeker", lachte Gillisham und beugte sich über eine der LP-Kisten. „Dann kommen wir jetzt zur nächsten Lektion."

Als Gillisham die Stereoanlage ausschaltete, war es bereits weit nach Mitternacht. Sie hatten sämtliche Aufnahmen der Flying Horses mindestens einmal durchgehört, wobei Gillisham Minster die wichtigsten Lieder mehrfach vorspielte. Zwischendurch holte er einige alte Musikzeitschriften heraus, in denen Interviews mit der Band abgedruckt waren, und las die interessantesten Passagen vor. Minster machte sich Notizen, versuchte sich Fotos, Daten und Zusammenhänge einzuprägen und überflog Songtexte, bis ihm die Buchstaben vor den Augen zu verschwimmen begannen. Als Gillishams Rock'n'Roll-Seminar schließlich beendet war, dröhnte und schepperte es in Minsters Schädel, als würden rostige Kirchenglocken gegen schwere Bleiplatten schlagen. Gillisham führte ihn zu einem winzigen, aber gemütlich eingerichteten Gästezimmer im Erdgeschoss und wünschte ihm eine gute Nacht, bevor er hinüber ins Kaminzimmer ging, wo seine Frau auf dem Sofa eingeschlafen war.

Minster lag trotz seiner Müdigkeit noch eine Weile wach. In Gedanken spielte er den Ablauf der nächsten Tage durch, seine bevorstehende Reise nach London und die schwierige Aufgabe, auf einem Terrain zu ermitteln, das ihm noch immer weitestgehend fremd war. Doch immer wenn er draußen im Garten eines der Kätzchen miauen hörte, wurde er abgelenkt von Erinnerungen an etwas völlig anderes: das Herumtollen der Kinder in der Küche und die überschwängliche Freude, mit der sie Teddy am Nachmittag begrüßt hatten. Irgendwo tief unterhalb von Mordmotiven, Tathergängen und verwirrender Rockmusik empfand er eine schmerzhafte Sehnsucht nach einer eigenen kleinen Familie. In dieser Nacht träumte er von brennenden, fliegenden Pferden, die über dem Londoner Tower kreisten.

# KAPITEL 8

„Ich bin´s.“ Ein leichtes Rauschen hing in der Leitung, doch ansonsten war die Verbindung störungsfrei.

„Hallo. Was gibt´s?“

„Warum hast du ihn umgebracht, du dreckiger Wichser?“

„Bist du total durchgeknallt? Was erzählst du da für eine Scheiße? Hast du dich zugedröhnt?“

„Ich weiß, dass du´s getan hast. Ich weiß alles.“

„Was weißt du? Zur Hölle, wovon redest du eigentlich?“

„Du kannst dich nicht verstellen. Will hat mir alles erzählt. Ich kenne deine schmutzigen Geschäfte. Und ich werde mich rächen, du dummes Arschloch!“

Am einen Ende der Leitung wurde geweint, am anderen fühlte jemand, wie sein ganzer Körper sich vor Angst zusammenkrampfte.

# KAPITEL 9

Minster stieg auf der Bahnfahrt nach Hause in Bournemouth aus, um in einer HMV-Filiale alle CDs der Flying Horses sowie Bickersheads Soloplatte zu kaufen. Es gab einen imposanten Stapel Singles, Greatest-Hits- und Live-Veröffentlichungen, von denen ihm Gillisham nichts erzählt hatte, aber da es beim NCS nie Schwierigkeiten mit den Spesenabrechnungen gab, kaufte er auch diese und legte sich außerdem noch ein großformatiges, grell aufgemachtes Buch über die Band zu.

Die Gillishams hatten ihn am Morgen ausgesprochen herzlich verabschiedet und ihn eingeladen, bald wieder vorbeizuschauen, was ihn für einen kurzen Moment an die merkwürdige Wehmut der letzten Nacht erinnerte. Teddy hatte ihn zum Fähranleger gebracht, wo sie Telefonnummern austauschten und versprachen, wegen der weiteren Ermittlungen in Kontakt zu bleiben.

Minster erwischte in Bournemouth den 13-Uhr-Zug nach Dorchester und ließ sich von dort mit einem Taxi bis vor die Haustür bringen. Nachdem er seine Post, die Stewart wie immer während seiner Abwesenheit hinter dem Haus auf den Tisch der überdachten Veranda gelegt hatte, durchgegangen war und die wenigen eingegangenen Mails gelöscht hatte, rief er Leemahan in der Zentrale an. Er machte sich nicht mal die Mühe, vorher Jacke und Schuhe auszuziehen.

„Ist der Bericht über die Bickersheads schon fertig?“, fragte er nach den üblichen Begrüßungsfrotzeleien.

„Natürlich nicht“, schnaubte Leemahan. „Die Herren Polizeianwärter lassen es betont ruhig angehen. Aber sie haben versprochen, ihn morgen abzuliefern.“

„Dann könnt ihr ihn mir gleich aufs Handy mailen. Ich reise morgen nach London, um der Band auf den Zahn zu fühlen. Sie gehen trotz Bickersheads Tod auf Europatournee, und ich werde mich an sie dranhängen. Allerdings wird es einfacher sein, wenn ich undercover arbeite, und dazu brauche ich deine Hilfe. Du hast doch gute Kontakte zur Presse und kennst mit Sicherheit jemanden, der mir eine Tarnidentität verschaffen kann.“

„Journalisten, die uns freundlich gesonnen sind, gibt es viele, aber solch einen Drahtseilakt machen wahrscheinlich nur einige wenige mit. Was hättest du denn gerne? Boulevard-Blatt? Seriöse Tageszeitung? Fachmagazin? Letzteres dürfte schwierig werden. Ich wüsste aus dem Kopf niemanden bei einer Musikzeitschrift, der vertrauenswürdig genug wäre."

„Eine bekannte Tageszeitung reicht völlig aus. Je liberaler und seriöser, desto bester."

„Hmm", grummelte Leemahan, und Minster konnte seinen Kollegen förmlich vor sich sehen, wie er mit zusammengekniffenen Augenbrauen an seinem Schreibtisch hockte und seine dünnen Lippen angestrengt aufeinanderpresste.

„In zwei Stunden rufe ich dich wieder an", sagte Leemahan schließlich. „Ich glaube, ich weiß jemanden, der in Frage kommen könnte."

Minster nutzte die Wartezeit, um im Dorf ein paar Besorgungen zu machen. Das Wetter war angenehm mild, und kaum hatte er die Haustür hinter sich zugezogen und war den gewundenen steinernen Pfad an den Erlen und Rhododendron-Büschen vorbei bis zur Pforte gegangen, fühlte er bereits die Hektik des Tages von ihm abfallen.

Sein Haus, das sich seit seiner Erbauung vor fünf Generationen im Besitz der Minsters befand, stand auf einer flachen, lang gestreckten Anhöhe, hinter der sich nordwärts dichte Wälder bis hinauf zu den Hügellanden von Dorset erstreckten. Eine unbefestigte Straße führte eine Viertelmeile talwärts bis zum kleinen, fast kreisrunden Dorfkern von Aleham. Zwei Dutzend niedrige alte Bauernhäuser gruppierten sich um eine kleine Kirche, durch deren undichtes Dach es bei jedem größeren Schauer hereinregnete, einen winzigen Pub und ein noch winzigeres Lädchen, das gleichzeitig auch als Postfiliale, Apotheke und Tratschzentrale für jene Stunden des Tages diente, in denen der Pub geschlossen hatte.

Minster lebte in Aleham, seit er vor fünf Jahren als Sonderermittler von Scotland Yard zum National Crime Squad gewechselt war, und er konnte sich keinen Flecken Erde vorstellen, an dem er sich wohler fühlen würde als hier, weit abseits aller großen Städte und Hauptverkehrsstraßen. Er liebte die friedliche morgendliche Ruhe in den Wäldern hinter seinem Garten genauso wie den unerschütterlichen Humor der Dorfbevölkerung, für die er wie jeder Minster vor ihm einer der Ihren war.

Nachdem ihn auf dem Dorfplatz beinahe die Barlyman-Zwillinge mit ihren Mountain-Bikes über den Haufen gefahren hätten, betrat er den direkt an die efeuüberwachsene Mauer des Kirchhofes angrenzenden Laden. Die für gewöhnlich recht üppig bemessene Mittagspause war gerade erst vorbei, aber Mrs. Croydon hatte hinter dem Verkaufstresen bereits ihren Nachmittagstee aufgebrüht und die erste Tüte Eierbiskuits angebrochen. Von beidem bot sie Minster an, der wie fast immer dankend annahm. Er hatte wie so oft das Mittagessen ausfallen lassen und begann langsam einen nagenden Hunger zu entwickeln.

„Das Wetter ist herrlich, nicht wahr?“, fragte Mrs. Croydon, die, obwohl deutlich jenseits der 60, ihr schwarzes Haar immer noch in einem dichten Pferdeschwanz trug, der ihr bis fast hinunter zur Hüfte reichte. Das fröhliche Funkeln in ihren Augen hatte etwas unverschämt Jugendliches an sich. „Die Giggles feiern morgen Abend ihre Silberhochzeit. Werden Sie auch kommen?“

„So leid es mir tut, Mrs. Croydon, aber ich muss morgen früh verreisen“, entgegnete Minster und fügte zu seiner Verteidigung hinzu: „Eine geschäftliche Sache. Mein Vater will eine seiner Firmen verkaufen, und ich muss die Abwicklung regeln. Die Angelegenheit ist komplizierter, als ich dachte. Wahrscheinlich werde ich ein, zwei Wochen unterwegs sein.“

„Ich beneide Sie nicht um ihre Arbeit“, sagte Mrs. Croydon bedauernd und schob ihm die Kekstüte herüber. „Keine geregelten Dienstzeiten, und sogar am Wochenende müssen Sie auf dem Sprung sein. Da können Sie fast froh sein, dass Sie nicht verheiratet sind. Haben Sie denn alles, was Sie für Ihre Reise brauchen?“

„Ein paar Kleinigkeiten fehlen mir noch.“

Als Minster den Laden und eine zufrieden lächelnde Mrs. Croydon eine halbe Stunde später verließ, trug er eine prall gefüllte Einkaufstasche, deren Inhalt er zu mindestens einem Drittel nur gekauft hatte, um die rührige alte Dame nicht zu enttäuschen. An Taschentücher hätte er normalerweise nie gedacht – das geschah meist erst, wenn er sie dringend brauchte und natürlich keine bei sich hatte –, und die Familienpackung Minzkekse würde wahrscheinlich bis nächstes Jahr reichen.

Die Barlyman-Zwillinge erschreckten mittlerweile anderswo die Nachbarn zu Tode. Minster traf auf dem Rückweg lediglich den greisen Pfarrer Morse, der ihm wie üblich eine volle Minute die Hand schüttelte und dabei alle nur denkbaren Segnungen des Himmels auf ihn herabrief, obwohl oder gerade weil Minster sonntags nie zur Messe erschien.

Leemahan rief um kurz nach 17 Uhr an, als Minster den Rasen hinter seinem Haus gemäht hatte und gerade im Begriff war, die zahllosen Zimmerpflanzen zu gießen.

„Ich habe jemanden“, kam Leemahan sofort zur Sache. „Oliver Epping vom „Guardian“ wird dir Rückendeckung geben, falls es nötig sein sollte. Er ist einer der verantwortlichen Redakteure des Feuilleton-Teils und der Halbbruder eines hohen Beamten bei Scotland Yard. Der hält so dicht wie diese komische Weltraumregenjacke, die du immer trägst, wenn ich gerade mal wieder klitschnass werde. Schreib dir seine Nummer auf und ruf ihn am besten sofort an. Ich drück dir beide Daumen, dass du nicht auffliegst.“

Zwei Minuten später meldete sich am anderen Ende der Leitung eine Stimme, die so hektisch und gepresst klang, als stünde ihr Besitzer kurz vor seinem fünften Herzinfarkt oder dem alles entscheidenden, viel zu schnell herannahenden Redaktionsschluss.

„Guardian, Ressortleitung Junges Feuilleton, Epping“, schossen die Silben wie Pistolenkugeln aus dem Hörer.

„Guten Tag, Mister Epping, hier spricht Granpole Minster, Ihr neuer rasender Reporter“, begrüßte ihn Minster betont gemächlich, doch Epping drosselte sein Sprechtempo nur unmerklich.

„Ah, Mister Minster, gut, dass sie sich so schnell melden. Man sagte mir, Sie würden morgen auf die Flying-Horses-Tour aufspringen und bräuchten jemanden, der Ihnen einen professionellen Background verschafft. Ich nehme an, Sie ermitteln im Zusammenhang mit dem bedauerlichen Tod von Will Hellhound. Na ja, geht mich natürlich nichts an, aber da Sie, wie man mir ebenfalls mitteilte, mit dem Metier nicht vertraut sind, sollten wir vielleicht kurz einige Dinge durchgehen, die für die Aufrechterhaltung ihrer Journalistenidentität wichtig sein werden. Haben Sie etwas zu schreiben da?“

Minster fühlte sich ein wenig überrumpelt von der rasanten, direkten Art Eppings und ließ sich extra viel Zeit, einen Block und einen Stift zu suchen. Das Gefühl, wie ein blutjunger Volontär behandelt zu werden, behagte ihm nicht.

„Also, passen Sie auf“, hob Epping schließlich zu seiner Schnelleinweisung an. „Was Sie unbedingt brauchen, sind ein Diktiergerät, ein Fotoapparat und Visitenkarten. Besorgen Sie sich unbedingt einen analogen Rekorder. Digitaler High-Tech-Schnickschnack ist in unserer Branche ziemlich verpönt, weil er deutlich häufiger seinen Geist aufgibt als die alten Kassettengeräte. Beim Fotoapparat sollten Sie hingegen auf ein möglichst modernes, handliches Modell zurückgreifen, am besten eine Digitalkamera. Falls Sie jemand fragen sollte, Sie sind lediglich für Backstage-Schnappschüsse zuständig und brauchen deshalb keine sperrige Spiegelreflex-Ausrüstung. Da wir eh etwas über den Auftritt in London bringen wollen, steht einer unserer Fotografen auf der Gästeliste. Ihr erster Artikel erscheint am Montag. Ich selbst werde ihn schreiben und unter Ihrem Namen veröffentlichen. Die Visitenkarten lasse ich gerade für Sie drucken. Sie können sie morgen beim Pförtner in unserem Hauptgebäude in Newington abholen. Konnten Sie mir so weit folgen?“

„Kein Problem.“

„Dann sollten Sie auf jeden Fall noch einige Grundregeln des Tourlebens verinnerlichen. Schauen Sie sich kein Konzert ohne Ohrenstöpsel an, reden Sie genauso flapsig wie alle anderen, stören Sie die Musiker nie von sich aus in der Stunde vor dem Auftritt, und freunden Sie sich mit der Crew an. Die Busfahrer und Roadies auf Ihrer Seite zu haben, ist bereits die halbe Miete. Diese Jungs wissen oft eher, was hinter den Kulissen abgeht, als die Musiker oder das Management. Bieten Sie an, beim Ein- und Ausladen des Equipments zu helfen, dann haben Sie bei der Crew totsicher ein Stein im Brett.

Höfliche, hilfsbereite Musikjournalisten sind leider die Ausnahme. Nutzen Sie dieses Dilemma meines Berufsstandes, Mister Minster. Ach ja, und überlegen Sie sich, wie Sie mit den Drogen umgehen. Wenn Sie die harten Sachen ablehnen, wird Ihnen das niemand übelnehmen, aber Alkohol und – das habe ich jetzt natürlich nicht gesagt – Joints sollten Sie nicht gänzlich ausschlagen. Von einer Tourmannschaft erfährt man am meisten, wenn man nachts mit ihr feiert. Nehmen Sie auf jeden Fall Kopfschmerz- und Kohletabletten mit. Rock'n'Roll ist kein Kindergeburtstag. Und falls es Probleme geben sollte: Rufen Sie mich jederzeit an. Ich gebe Ihnen jetzt noch meine Handynummer und die des für die Flying Horses zuständigen Product-Managers bei ihrer Plattenfirma durch. Ich habe Sie bereits bei ihm für die Tour angemeldet. Rufen Sie ihn unbedingt heute noch an, um die terminlichen Details zu klären."

Nachdem Minster sich die beiden Nummern aufgeschrieben und sich von Epping verabschiedet hatte, ging er in die Küche und brühte sich eine Tasse chinesischen Grüntee auf. Er fand es selbst albern, dass er wie ein trotziges Kind seinen Anruf bei der Plattenfirma hinauszögerte, aber Eppings oberlehrerhafter Befehlston schrie förmlich danach, dass er sich ihm widersetzte. Außerdem brauchte er eine kurze Verschnaufpause, um die Ratschläge des Feuilleton-Redakteurs sacken zu lassen. Alkohol und Haschisch waren nicht gerade seine erklärten Freunde. An einem Joint hatte er noch nie gezogen, und sein letztes Bier hatte er in seinem ersten Jahr an der Universität getrunken. Die Aussicht, sich in wilde Partys stürzen zu müssen, gefiel ihm ganz und gar nicht.

Gegen halb sechs rief er schließlich Hank Hanover bei Universe Records an, deren Hauptgeschäftsstelle sich am Finsbury Square im Zentrum Londons befand. Hanover war noch an seinem Platz, klang aber erschöpft und ein wenig genervt. Er erklärte Minster in kurzen, knappen Sätzen, wo und wann er am nächsten Tag zum Tourtross stoßen könne, und bedankte sich eher halbherzig für das Interesse des „Guardian" an den Horses. Die Crew wisse Bescheid und erwarte ihn; man freue sich darauf, endlich einmal mit einem Reporter eines sympathischen Blattes zusammenarbeiten zu können. Auch Hanover gab Minster gegen Ende des Gesprächs seine Handynummer, unter der er ihn rund um die Uhr erreichen könne.

Nach dem Telefonat packte Minster einen Schwung Wäsche und einige Kleinigkeiten in eine kleine, abgewetzte Sporttasche. Seine Dienstpistole ließ er zu Hause, weil er fürchtete, jemand könnte während der Tour die Tasche durchwühlen und sie finden. Außerdem ging er nicht davon aus, dass er sie brauchen würde.

Diktiergeräte hatte Minster ein halbes Dutzend in seinem Arbeitszimmer liegen, und auch eine kaum faustgroße digitale Fotokamera fand sich in seinem Technikarsenal. Er erinnerte sich daran, sie während einer langwierigen Ermittlung auf den Orkney-Inseln benutzt zu haben, wusste aber nicht mehr, aus welchem Magazin er sie ausgeliehen hatte. Er packte die Kamera und das Diktiergerät mit in seinen Laptop-Koffer, der sein Reisegepäck komplettierte.

Den Rest des Abends verbrachte Minster damit, im Garten zu sitzen, durch das weit geöffnete Wohnzimmerfenster dem „Vaterland"-Zyklus Smetanas und verschiedenen Klaviersonaten Bachs zu lauschen und sich zwischendurch eine gewaltige Portion Spaghetti mit Pilzcreme-Soße zuzubereiten. Die gedämpfte klassische Musik und das Zwitschern der Vögel in den Kirsch- und Apfelbäumen beruhigten Minsters Geist. Er genoss es, in seinem hölzernen, knarzenden Verandastuhl zu sitzen und der grauen Katze des Nachbarn dabei zuzusehen, wie sie sich durch die Büsche schlich und erfolglos versuchte, eine Maus zu fangen. Ab morgen für mehrere Tage mit einem Haufen Musiker in einem Bus eingepfercht zu sein und dabei ständig auf der Hut sein zu müssen, war eine alles andere als erfreuliche Aussicht, aber Minster kostete seinen letzten Abend in Freiheit, wie er ihn im Stillen nannte, daher umso intensiver aus.

Nachdem das halbe Pfund Nudeln ein wenig gesackt, die Katze zurück durch die Hecke gekrochen und die Abenddämmerung warm und rotgolden hereingebrochen war, holte Minster sein Sitzkissen heraus, hockte sich damit auf die Wolldecke unter den Obstbäumen und begann zu meditieren. Gestern Abend und heute Morgen war er bei den Gillishams nicht dazu gekommen und hatte deshalb schon auf der Rückfahrt von der Isle Of Wight leichte Gewissensbisse verspürt. Er wertete dies als gutes Zeichen, dass er Fortschritte machte, denn bis vor wenigen Wochen hatte er jede noch so leicht zu durchschauende Ausrede genutzt, um sich vor dem Meditieren zu drücken. „Einfach nur zu sitzen, ist das Einfachste und gleichzeitig Schwierigste auf der Welt", hatte sein Lehrer Bernard Watanabe Roshi nach seinen ersten, sehr unbefriedigenden Zazen-Erfahrungen zu ihm gesagt. „Nichts kann quälender sein, als einfach nichts zu tun." Minster merkte schnell, wie recht der alte Zen-Priester damit hatte. Als die erste Euphorie darüber, endlich mit dem Meditieren begonnen zu haben, verflogen war, begann er eine ausgeprägte Abneigung gegen das Sitzen zu entwickeln. Es hatte lange gedauert, diese Barriere zu überwinden. Dass er mittlerweile etwas vermisste, wenn er sich nicht morgens und abends im vollen Lotussitz niederließ, erfüllte ihn mit tiefer Freude.

Nachdem er eine halbe Stunde recht erfolgreich versucht hatte, seine heute nicht sehr zahlreich umherschwirrenden Gedankenfetzen möglichst still und teilnahmslos an sich vorbeiziehen zu lassen, beschäftigte er sich noch eine Weile mit dem Koan, den Watanabe ihm aufgetragen hatte. „Ist ein Hund wie Buddha?" Er versuchte die Frage, von der er genau wusste, dass sie im Grunde genommen keine war, aus den unterschiedlichsten Blickwinkeln zu betrachten, aber ein spektakulärer Durchbruch zur Lösung des verschlungenen Rätsels wollte ihm nicht gelingen. Zu oft störte ein anderes, sehr viel konkreteres Koan seine Konzentration: „Wer hat Bickersheads Hot Dog vergiftet?"

# KAPITEL 10

„Ich bin´s noch mal."

Am anderen Ende der Leitung herrschte einen Moment lang gespenstische Stille. „Was willst du? Bist du endlich runter von deinem Trip? Was für eine Scheiße hattest du dir eingeworfen?"

„Ich bin vollkommen klar und nüchtern. Du hast Will umgebracht, und dafür wirst du bezahlen."

„Fängst du schon wieder mit diesem Quatsch an? Wie kommst du auf diese bescheuerte Idee? Irgendein durchgeknallter Fan hat ihm das Zeug untergejubelt."

„Spar dir deine Lügen. Du bist es gewesen, und ich kann es beweisen. Will hat einige eurer Gespräche mitgeschnitten, um etwas gegen dich in der Hand zu haben, falls irgendwas schief gehen würde. Ich habe die Bänder gehört. Wenn ich sie der Polizei übergebe, bist du geliefert. Will hat alle Details aufgezeichnet: wo ihr euch trefft, wer mit dabei ist, wie viel ihr ihm übergebt. Und selbst der Dümmste merkt, wie angepisst du darüber bist, dass du dich seinen Anweisungen fügen musst. Einmal sprichst du sogar davon, dass du ihn am liebsten umnieten würdest." Die Person redete schnell und betont kühl, konnte aber schließlich ein Schluchzen nicht mehr unterdrücken. „Du gottverfluchtes, dreckiges Arschloch."

„Was redest du da für einen idiotischen Unsinn? Komm, lass uns..."

„Soll ich dir die Bänder vorspielen?" Die Stimme hatte jegliche Selbstbeherrschung verloren, war jetzt nur noch ein hasserfülltes Kreischen. „Willst du Einzelheiten wissen? Dass ihr euch zweimal im Mai im Addington Park getroffen habt? Dass er jedes Mal ein halbes Pfund von dir wollte? Dass er eine Perücke trug und einen Mietwagen fuhr, um von niemandem erkannt zu werden?"

Die angeschriene Person unterbrach das Gespräch, doch es dauerte keine fünf Minuten, bis sie zurückrief.

„In Ordnung, es gab da einige Dinge, die nicht ganz sauber gelaufen sind. Natürlich war ich sauer auf ihn, aber deswegen habe ich ihn noch lange nicht umgebracht. Will hat mich erpresst, und..."

„Es ist mir scheißegal, was er getan hat. Du hast ihn vergiftet, und dafür wirst du büßen."

„Was willst du?“
„Geld. Sehr, sehr viel Geld.“
Das Telefonat wurde erneut abgebrochen, diesmal von der anderen Seite.

# KAPITEL 11

Gegen 7 Uhr in der Früh ließ sich Minster nach einer kurzen Morgenmeditation von einem Taxi nach Dorchester bringen, wo er noch den wie fast immer verspäteten Pendlerzug nach Bournemouth und Southampton erwischte. Die meisten Abteile waren voll besetzt, aber in der Ersten Klasse, für die Minster in weiser Voraussicht ein Ticket gelöst hatte, war genügend Platz, damit er ungestört seinen Gedanken nachhängen konnte. Er hörte sich mit seinem alten, nicht ganz rauschfreien Discman noch einmal die letzte Flying-Horses-CD an, blätterte in der nicht sonderlich informativen, fotolastigen Biografie und rekapitulierte dabei die Eckdaten der Bandgeschichte, die er sich bei Gillisham notiert hatte.

In Southampton stieg er in einen schnelleren Zug um, der ihn über Winchester, Barsingstoke und Woking nach London brachte. Nachdem er eine geschlagene Stunde gebraucht hatte, um sich per U-Bahn durch die halbe City zu kämpfen, spuckte ihn das klappernde und vor Altersschwäche ächzende Londoner Untergrundmonster um kurz vor 12 Uhr an der Haltestelle Elephant & Castle aus. Weil die Aufzüge wie üblich defekt waren, durfte Minster über stählerne, sich quälend langsam nach oben windende Treppen ans Tageslicht klettern. Wie so viele Briten, die auf dem Land lebten, war es ihm vollkommen unerklärlich, dass Menschen tagein, tagaus mit der Londoner U-Bahn fahren konnten, ohne zu Serienkillern, Epileptikern oder wenigstens Asthmatikern zu mutieren.

Ebenerdig angekommen, kaufte sich Minster bei einem fliegenden Händler ein Käsebrötchen, von dem er schon vorher wusste, dass es pappig schmecken würde. Da er jedoch zu Hause nur die riesige Packung Minzkekse eingepackt hatte, die ihm Mrs. Croydon gestern aufgeschwatzt hatte, und er das süße Gebäck trotz seines nagenden Hungers schon bei Winchester nicht mehr hatte sehen können, blieb ihm nichts anderes übrig, als das fade Brötchen herunterzuwürgen.

Das Gebäude, in dem die Redaktion des „Guardian" untergebracht war, befand sich nicht weit von der U-Bahn-Station entfernt an der belebten New Kent Road. Minster überlegte kurz, ob er zu Oliver Epping hinaufgehen sollte, hielt es schlussendlich aber für besser, lediglich beim Pförtner die hinterlegten Visitenkarten abzuholen. Nach der nervenzehrenden U-Bahn-Fahrt war ein menschliches Maschinengewehr das Letzte, was er gebrauchen konnte.

Da er erst um 15 Uhr mit der Band verabredet war, setzte er sich noch eine Weile auf eine Bank im Park am Imperial War Museum, schloss das Handy an den Laptop an und lud seine Mails herunter. Leemahan hatte Wort gehalten und ihm den Bericht über die Familienchronik der Bickersheads geschickt. Seit 1895 waren alle Abstammungslinien peinlich genau aufgeführt und durch Zeitungsberichte und vereinzelte Auszüge aus Strafregistern und Ermittlungsakten ergänzt. Beim ersten Überfliegen entdeckte Minster bei den Bickersheads keinerlei Anzeichen für einen übermäßigen Hang zur Kriminalität, und auch in Korruptions- und Steuerskandale waren Williams Vorfahren nur äußerst sporadisch verwickelt gewesen. Die männlichen Familienangehörigen hatten fast alle mittlere und hohe Ämter in Regierung, Verwaltung und Militär bekleidet oder waren als High-Society-Rechtsanwälte mehr oder weniger erfolgreich gewesen.

William war der erste Bickershead seit drei Generationen, der mit der Familientradition gebrochen hatte. Mitte der 90er Jahre war er zweimal wegen Drogenbesitzes und Widerstandes gegen die Staatsgewalt angeklagt worden, doch zu einem Verfahren war es wundersamer Weise nie gekommen. Bickershead war beide Male mit geringen Mengen Kokain und Marihuana in der Öffentlichkeit erwischt worden und hatte sich mit den Polizisten, die ihn festnehmen wollten, kleinere Rangeleien geliefert. Ansonsten enthielt der Bericht auf den ersten Blick wenig Interessantes. Bickersheads Vater lebte mit seiner Frau auf dem Familienstammsitz südwestlich von Cambridge, Williams jüngere Geschwister – zwei Brüder und eine Schwester – hatten jung geheiratet und wohnten allesamt nahe des Londoner Stadtzentrums. Thomas war Abteilungsleiter im Straßenverkehrsamt von Paddington, Charles Junior-Chef einer Anwaltskanzlei in Westminster, und Irene führte den Haushalt ihres Mannes, eines Ministerialbeamten aus Greenwich. Nichts deutete auf Schulden, Skandale oder psychische Erkrankungen hin.

Minster beschloss, den Grund für Bickersheads Tod erst dann innerhalb seiner Familie zu suchen, wenn alle anderen Spuren im Sande verlaufen sollten. Aber er würde den Clan im Hinterkopf behalten. Blütenweiße Westen hatten sich schon allzu oft als trügerisch erwiesen, und konservative Adelsfamilien waren, das wusste selbst der gutgläubigste Brite, eine Brutstätte für versteckte Intrigen und Entartungen.

Minster hatte gerade seinen Laptop zusammengeklappt, als sein Handy klingelte. Er vermutete, dass Leemahan oder Gillisham ihn anrief, aber die Stimme, die aus dem kleinen Lautsprecher herausbellte, hatte er noch nie vorher gehört.

„Inspector Minster?" Es war keine Frage, sondern eine Feststellung, deren bissiger Unterton deutlichen Unmut verriet. „Hier spricht Lord Abraham

Bickershead, Williams Vater. Ich habe einen vollen Tag gebraucht, bis mir jemand freundlicherweise Ihre Nummer mitgeteilt hat. Auf der Isle Of Wight behauptete man, Sie nicht zu kennen, und Ihre Kollegen beim National Crime Squad scheinen erstaunlich selten an ihrem Platz zu sein."

„Was kann ich für Sie tun, Mister Bickershead?", entgegnete Minster mit einer süßlichen Freundlichkeit, die seinen Gesprächspartner nur noch ungehaltener werden ließ.

„Sie wissen sicherlich, dass ich ein Mitglied des Unterhauses bin und einen gewissen Ruf zu verlieren habe. Ich kann es nicht dulden, dass ich bezüglich Ihrer Ermittlungen nicht auf dem Laufenden gehalten werde. Schließlich geht es hier um meinen Sohn."

... und die nächsten Wahlen, fügte Minster in Gedanken hinzu. Laut sagte er: „Ich befinde mich in einem verdeckten Einsatz, Mister Bickershead. Es wird mir in den nächsten Tagen nicht möglich sein, Sie anzurufen, wenn ich meine Tarnidentität nicht gefährden will."

„Was für ein verdeckter Einsatz? Davon hat Ihr Vorgesetzter nichts gesagt. Ich verlange, dass ich über jeden Schritt ihrer Ermittlungen umgehend unterrichtet werde."

„Mister Bickershead, Sie können sich entscheiden", erwiderte Minster, der kalte Wut in sich aufsteigen spürte: „Entweder telefoniere ich den halben Tag mit Ihnen, dann werde ich Williams Mörder nie finden, oder wir melden uns bei Ihnen, sobald sich etwas Entscheidendes tut."

Minster konnte nicht einschätzen, ob am anderen Ende der Leitung gerade seine Suspendierung vom Dienst oder ein mittelschwerer Tobsuchtsanfall in Erwägung gezogen wurde, aber für einen kurzen Augenblick war es still im Äther. Dann meldete sich Bickershead mit gepresster, bebender Stimme zurück:

„Inspector, Sie scheinen zu vergessen, mit wem Sie es hier zu tun haben. Mein Sohn ist ermordet worden, und ich bin nicht mehr der Jüngste. Mein Herz ist angeschlagen, ich verkrafte derartige Strapazen nicht länger. Es interessiert mich nicht, in was für einem Einsatz Sie sich befinden, ich möchte in regelmäßigen Abständen über die Fortschritte Ihrer Ermittlungen unterrichtet werden. Sollte es Ihnen nicht gelingen, den Mörder meines Sohnes dingfest zu machen, werde ich dafür sorgen, dass Sie nie wieder im Polizeidienst arbeiten. Haben Sie mich verstanden?"

„Jedes Wort", entgegnete Minster, der seine Angriffslust nur mühsam unterdrücken konnte. „Und ich wiederhole es noch einmal: Ich ermittle zurzeit verdeckt. Wenn Sie wollen, dass dieses Verbrechen aufgeklärt wird, dann lassen Sie mich bitte in Ruhe arbeiten. Rufen Sie in unserer Zentrale an, dort wird man über alle wichtigen Entwicklungen informiert sein. Ich muss jetzt Schluss machen, Mister Bickershead, wir sind nicht länger alleine. Rufen Sie bitte nicht wieder auf dieser Nummer an." Er brach die Verbindung ab, ohne Bickershead die Chance zu geben, ihm ein weiteres Mal zu drohen, und schaltete sein Handy aus. Einen Augenblick lang spürte er noch die Aggressionen, die seinen Puls schneller gehen ließen, dann begann das Triumphgefühl zu überwiegen. Bickershead konnte ihm die Hölle heiß machen, wenn er wollte, aber für den Moment kam sich Minster vor wie ein römischer Sklave, der einen Gladiator in die Knie gezwungen hatte. Natürlich war dieses Kräftemessen lächerlich und vollkommen sinnlos, doch bei dem Gedanken an den vor Verblüffung sprachlosen Parlamentarier musste er lächeln und zwinkerte einem vorbeihuschenden Eichhörnchen komplizenhaft zu. Wenn alle Stricke reißen sollten, besaß auch er eine ordentliche Portion Vitamin B, die ihn aus dem schlimmsten Ärger heraushalten würde. Über seine eigene Kindsköpfigkeit grinsend, machte er sich auf den Weg zurück zur U-Bahn-Station.

Um kurz vor 15 Uhr stand Minster mit seiner Sporttasche und dem schmalen Laptop-Koffer am Hintereingang der Wembley Arena, die direkt an das noch immer nicht abgerissene, marode Fußballstadion angrenzte. Auf dem Asphalt der Parkplätze flimmerte die Mittagshitze, und der in London allgegenwärtige Verkehrslärm war hier so weit entfernt, dass Minster die Vögel in den vereinzelten Bäumen zwitschern hören konnte. Zwei Sattelschlepper parkten in unmittelbarer Nähe der Verladerampe, aber das Rolltor der Rampe war heruntergelassen und keine Menschenseele zu sehen. Minster stand im Schatten, freute sich an der Stille und flehte Buddha an, er möge ihm eine wagenradgroße Mozzarella-Pizza schicken.

Stattdessen rollten gegen 15.30 Uhr zwei schwarze Busse mit getönten Scheiben über die Parkplätze auf ihn zu. Wie überdimensionale Leichenwagen schoben sich die breiten, kastenförmigen Ungetüme an den Lkws vorbei und kamen nur wenige Schritte von ihm entfernt zum Stehen. Auf den Längsseiten und unterhalb der Frontscheiben war in grellroten Lettern der Firmenname One For The Road Ltd. aufgesprüht.

Während aus dem einen Bus vier kräftige Kerle in abgewetzten Armeehosen und T-Shirts sprangen und sich an der hinteren Gepäckklappe zu schaffen machten, stieg aus dem anderen Fahrzeug nur ein einziger Mann, dessen eleganter grauer Designer-Anzug sich perfekt an den drahtigen, hoch aufgeschossenen Körper schmiegte. Kurzes, rötlichblondes Haar stand stachelig von dem breiten, flachen Schädel ab und bildete einen deutlichen Kontrast zu den buschigen, kastanienbraunen Augenbrauen. Die Haut des Mannes war sonnengegerbt, sein gewinnendes Lächeln ein Wunderwerk einstudierter Mimik. Minster schätzte ihn trotz der Agilität, die er ausstrahlte, auf mindestens 50.

„Hi, Minster", begrüßte ihn der Rothaarige und streckte seine mit zahlreichen klobigen Gold- und Silberringen behangene Rechte aus. Sein Händedruck war kurz und kräftig. „Ich bin Ed Maxwell, der Manager der Horses. Was verschafft uns die Ehre einer Reportage im „Guardian"? Doch wohl hoffentlich nicht nur Wills Tod."

„Oh nein", beeilte sich Minster zu sagen. „Ein ausführlicher Bericht über die Rückkehr der Horses nach England war längst überfällig. Mein Beileid übrigens. Wills Tod muss ein schwerer Schlag gewesen sein."

„Allerdings", erwiderte Maxwell, und Minster wusste nicht, ob das tiefe Seufzen echt oder aufgesetzt war. „Ich habe drei Nächte lang kein Auge zugetan. Gut, dass es jetzt endlich wieder losgeht. Da wird man zumindest ein wenig abgelenkt. The show must go on, und unsere wird die beste sein, die man für Geld bekommen kann. Komm mit rein, ich stell dich der Band vor."

Das Innere des Busses war erstaunlich geräumig. Hinter dem Fahrer, einem fetten, glatzköpfigen Schotten namens Liam, der Minster ein wenig mürrisch willkommen hieß, befand sich eine erste Sitzgruppe mit bequemen Reisesesseln und zwei großen Tischen. Dahinter schlossen sich zu beiden Seiten des Ganges, jeweils zu zweit übereinander, acht mit Vorhängen versehen Schlafkojen an. Im hinteren Bereich des Busses waren eine zweite, noch ausladendere Sitzgruppe, eine kleine Bar, eine Chemietoilette und zwei flache Fernsehschirme untergebracht, an die Spielkonsolen und Videorekorder angeschlossen waren.

Die Musiker fläzten sich mit drei Begleiterinnen hinten im Bus auf den Sesseln und hatten für Minster wenig mehr als ein „Hi" oder eine müde gehobene Hand übrig. Alle vier steckten in bequemen, teuren Jogginghosen, wirkten dafür, dass die Tour noch gar nicht begonnen hatte, seltsam abgeschlafft und hatten fast ein Dutzend zusammengeknüllte deutsche Bierdosen vor sich auf den Tischen liegen. Von den Frauen waren die beiden älteren relativ dezent gekleidet, während die dritte, eine kaum 20-jährige, langbeinige Brünette, mit ihrem knallroten Minirock und dem üppig aufgetragenen, feucht glitzernden Lippenstift etwas schmerzhaft Grelles, Nuttenhaftes an sich hatte. Minster erkannte die Bandmitglieder von den Fotos wieder, die er bei Gillisham gesehen hatte, und er bemerkte auch das unter einem schlechten Schwarzweißkopierer vergrößerte Foto Bickersheads, das neben dem winzigen Regal mit den Videospielen hing. Auf der hölzernen Zierleiste darunter war eine dünne Kerze fast ganz heruntergebrannt, bevor sie jemand gelöscht hatte.

„Hallo, ich bin Granpole Minster vom „Guardian"", stellte Minster sich vor. „Ich hoffe, meine Anwesenheit stört euch nicht."

„So lange du nicht von der „Sun" oder vom „Kerrang!" bist, werden wir dich schon ertragen", griente Damien Fleece, der kräftig gebaute Leadgitarrist. Mit seinen massiven, von Drachen- und Schlangen-Tattoos überzogenen Oberarmen und seinen breiten Wangenknochen erinnerte er Minster an einen Hafenarbeiter aus den alten Londoner Docklands. Nur die endlos langen schwarzen, hinten zu einem Zopf zusammengebundenen Haare passten nicht ins Bild. Das Funkeln in Fleeces Augen wirkte ein wenig streitlustig, aber dabei nicht unfreundlich. „Und zieh dich nicht zu sehr an Wills Tod hoch. Wir wollen nicht in der Zeitung lesen, dass wir 'ne peinliche Rumpfkapelle wie die Doors ohne Jim Morrison sind. Wir sind 'ne echte Band und werden 'ne echte Band bleiben. AC/DC haben's schließlich auch geschafft, den Tod von Bon Scott zu überleben."

„Halt mal 'n bisschen den Ball flach", zischelte der zweite Gitarrist Jon Dembinski, ein baumlanger, spindeldürrer Kerl mit scharfer Hakennase und schulterlangen, blonden Haaren, die er offen trug. „Will ist noch nicht mal unter der Erde. Der Typ hier wird schon wissen, was er schreibt. Kommt schließlich nicht von einem dieser Drecksblätter."

Die Spannungen zwischen den beiden Gitarristen waren überdeutlich spürbar, und Minster bemerkte auch, dass die übrigen Musiker bei Fleeces Worten die Augen verdreht oder demonstrativ aus dem Fenster geschaut hatten. Al Fitzgerald und Ian Barsley wirkten wie Brüder – zwei straßenköterblonde, kurzhaarige Waliser mit offenen Gesichtern und nikotingelben Fingernägeln. Der markanteste Unterschied zwischen ihnen war, dass Fitzgerald kaum 1,60 Meter maß und von schlanker Statur war, während Barsley ihn um anderthalb Köpfe überragte und mindestens 250 Pfund wog.

„Willste 'n Bier?", fragte Barsley Minster, um die gereizte Atmosphäre ein wenig aufzulockern.

„Ich darf leider nicht", erwiderte Minster und versuchte, möglichst zerknirscht aus der Wäsche zu gucken. „Antibiotika-Behandlung. Mein Arzt hat mir strengstens verboten, in den nächsten zwei Wochen Alkohol zu trinken."

„Dann kann das hier nicht schaden", erwiderte Barsley, reckte sich zum Kühlschrank und nahm eine Cola-Dose heraus. „Regt den Kreislauf an und tötet Bakterien ab. Würde es längst auf Rezept geben, wenn es nach mir ginge."

„Scheint zumindest gegen Unterernährung zu helfen", flachste Fitzgerald. Der ganze Bus lachte, und die Gewitterwolken hatten sich fürs Erste verzogen.

„Willkommen an Bord", sagte Maxwell, nachdem er sich ein Mineralwasser aus dem Kühlschrank genommen und Minster zugeprostet hatte. „Was auch immer man über die Horses sagen mag, langweilig wird es mit ihnen nie. Man möchte nur alle naselang irgendeinem von ihnen den Hals umdrehen."

Die nächste Stunde verbrachte man mit sinnfreiem Smalltalk, wobei Minster erfolgreich den Eindruck zu erwecken wusste, bestens mit der Band vertraut zu sein. Die Musiker leerten die Biervorräte im Kühlschrank fast bis zur Hälfte, während Minster nach der ersten Cola, die ihm ganz und gar nicht schmeckte, auf Mineralwasser umstieg. Maxwell verschwand zwischendurch immer wieder, um den Aufbau der Bühnenanlage in der Halle zu überwachen.

Minster brauchte nicht lange, um sich ein erstes Bild von der Gruppe zu machen. Barsley und Fitzgerald hielten sich aus Diskussionen weitestgehend heraus, Fleece wurde von den anderen als Wortführer geduldet, und Dembinski war gereizt und schlecht gelaunt, weil er sich offensichtlich davor fürchtete, als neuer Leadsänger zu versagen.

Die drei Frauen beteiligten sich nur selten an der Unterhaltung. Karen und Laura, die unscheinbaren Ehefrauen von Barsley und Fitzgerald, wirkten tödlich gelangweilt, während Mia, das aufreizend spärlich bekleidete Mädchen, sich ab und zu auf Fleeces Schoß drapierte und ansonsten jeden Gesprächsfetzen mit glänzenden Augen in sich aufsog. Dass die anderen Frauen von ihr ziemlich angewidert waren, schien sie nicht zu bemerken.

Je näher der Auftritt rückte, desto deutlicher wurde die Unsicherheit unter den flapsigen Sprüchen und derben Scherzen der Musiker spürbar. Nicht nur Dembinski, auch die anderen wussten nicht, ob sie ohne Bickershead würden bestehen können. Die Wembley Arena war eine der größten Hallen Englands, die Fans erwarteten nicht nur eine großartige Show, sondern auch eine würdige Hommage an Will Hellhound, ihren unsterblichen Rock´n´Roll-Helden. Dembinski hatte schon einmal hinter dem Mikro gestanden, doch damals war es eine Ausnahme gewesen, ein lustiger Abend mit exotischem Charme. Diesmal war es bitterer, trauriger Ernst, und die eigentliche Stimme der Horses würde nie wieder zurückkehren.

Um kurz vor 17 Uhr holte Maxwell die Musiker zum Soundcheck. Die Frauen gingen mit, Minster wurde jedoch gebeten, im Bus zu bleiben.

„Ich denke, du verstehst das", raunte Maxwell Minster zu, nachdem die Band bereits ausgestiegen war. „Du bist ein netter Kerl, aber es würde sie nur unnötig nervös machen, wenn ihnen jemand von der Presse zuschaut. Es ist der erste Gig ohne Will, und dann auch noch in Wembley vor 12.000 Leuten. Die Jungs fühlen sich wie unsere Armee vor dem Aufbruch zu den Falkland-Inseln. Wenn sie diese Schlacht für sich entscheiden, sind sie die Allergrößten. Wenn nicht, wird man wie Aasgeier über sie herfallen."

Minster kam die plötzliche Leere im Bus nicht ungelegen. Er ging nach vorne und gesellte sich zu dem Fahrer, der es sich mittlerweile in der Sitzgruppe bequem gemacht hatte und Erdnüsse aus einer gewaltigen runden Blechdose in sich hineinstopfte.

„Aus welcher Gegend Schottlands kommst du?", fragte Minster.

„Hört man so deutlich, dass ich Schotte bin?", erwiderte Liam ein wenig überrascht. „Ich dachte, mit den Jahren wäre der Akzent ziemlich verschwunden. Na ja, einmal Schotte, immer Schotte, daran lässt sich wohl nichts ändern. Meine Familie stammt aus einem Dorf in Aberdeenshire, in der Nähe vom Lumsden. Aber ich bin nicht mehr dort gewesen, seit ich als Busfahrer angefangen habe. Ist jetzt fast 20 Jahre her."

„Bist du schon häufiger mit den Horses unterwegs gewesen?"

„Jede verdammte Tour, die sie in England und Europa gespielt haben", antwortete Liam mit unverhohlenem Stolz. „Eigentlich fahre ich kreischende Schulkids zu Klassenausflügen nach Frankreich, aber immer, wenn eine Tournee ansteht, ändert mein Chef die Dienstpläne so, dass ich die Horses übernehmen kann. Jon und Ian leiden unter höllischer Flugangst, deshalb meiden sie Flieger wie die Pest. In Amerika müssen sie mit Flugzeugen reisen, weil die Entfernungen zu groß sind, aber hierzulande sind sie immer mit One For The Road unterwegs. Ich kutschiere die Jungs seit ihrer ersten Englandtour 1994 durch die Gegend, und sie sind unter all den miesen, aufgeblasenen Musikern die feinsten Kerle, die man sich nur vorstellen kann. Ich weiß nicht, mit welchen Bands du schon auf Tour gewesen bist, aber die Horses sind definitiv die pflegeleichteste. Sie scheißen nicht in die Ecken und kotzen mir nicht aufs Lenkrad. Wenn man so erfolgreich ist wie sie, hat man es irgendwann nicht mehr nötig, ständig den harten Asi raushängen zu lassen."

„Und Drogen?"

„Ach, weißt du", entgegnete Liam mit einem breiten Grinsen, nachdem er eine Handvoll Erdnüsse heruntergewürgt hatte, „Drogen sind überall, wo du hinkommst. Heutzutage werfen sich zwölfjährige Kids auf der Schultoilette Ecstasy ein, oder sie kiffen sich die Birne dicht, damit´s beim Vögeln nicht so wehtut. Die Welt ist ein gottverfluchter Sündenpfuhl. Nüchtern hält man´s beim besten Willen nicht aus. Die Horses nehmen das, was alle nehmen, aber zum Glück lassen sie die Finger von Crack und LSD. Sie sind klug genug, einen Bogen um den Scheiß zu machen, der dich umbringt."

„Will soll heroinabhängig gewesen sein", hakte Minster nach und merkte, schon bevor er den Satz zu Ende gesprochen hatte, dass er zu weit gegangen war. Hastig fügte er hinzu: „Aber das sind wahrscheinlich nur böse Gerüchte."

„Allerdings", grummelte der Glatzkopf und fixierte Minster mit durchdringendem Blick. „Sei vorsichtig. Will ist für jeden in diesem Bus ein unantastbares Heiligtum.

Ich wäre nicht der Einzige, der dich sofort erwürgen würde, wenn du versuchen würdest, sein Andenken in den Dreck zu ziehen. Ohne Will Hellhound wäre England längst wieder ein Rock´n´Roll-Entwicklungsland. Er war wichtiger für das Vereinigte Königreich als die gottverdammte Queen."

Minster versuchte eilig das Thema zu wechseln. „Wenn ich Jon wäre, würde ich vor Lampenfieber zusammenbrechen."

„Der Typ hat Nerven wie Stahl", erwiderte Liam, der Minsters Affront schon wieder vergessen zu haben schien. „Klar ist er nervös, aber wer wäre das nicht an seiner Stelle? Wir werden heute Nacht eine Bombenshow sehen. Damien hält die Band zusammen, er spielt Gitarre für zwei. Und Jon hat Wills Gesang so gut drauf wie niemand sonst. Ich hab ihn gesehen, damals in

Gent, als Will heiser war. Jon kam verdammt nahe an ihn heran. Wenn man die Augen zumachte, konnte man fast glauben, Will stünde auf der Bühne. Oh, da kommt Mia. Armes kleines Ding. Sie würde alles für Damien tun, nur damit er sie nicht aus seiner Koje wirft."

Das Mädchen kletterte auf ihren hochhackigen Schuhen ungelenk in den Bus und setzte sich zu den beiden. Die schwarze Tusche auf ihrer linken Wimper war ein wenig zerlaufen, aber Minster hatte dennoch den Eindruck, dass sie unter ihrem Make-up außergewöhnlich hübsch sein musste.

„Ganz schön laut da drinnen", kicherte sie. „Damien hat die Anlage so laut aufdrehen lassen, wie es nur geht. Er will heute Nacht ein neues Solo spielen."

„Sind schon Fans vor der Halle?", fragte Liam, der genug von seinen Erdnüssen hatte und die Dose in einem Schränkchen hinter dem Fahrersitz verstaute.

„Ziemlich viele. Einige haben Transparente für Will mitgebracht." Zufrieden fügte sie hinzu: „Ein paar Groupies wollten rein, aber Maxwell lässt niemanden nach hinten. Heute bleiben wir unter uns."

„Das ist auch das Mindeste, was wir Will schuldig sind", sagte Liam. „Es wird ja wohl wenigstens eine Nacht mal möglich sein, sich zusammenzureißen. Ein Gedenkabend für Will, dann können wir meinetwegen wieder die Sau rauslassen."

Um 18.30 Uhr schaute Maxwell zur Tür herein, um zum Essen zu rufen. Er händigte den dreien laminierte Backstage-Pässe aus, die sie sich an breiten Stoffbändern um den Hals hängten und führte die Gruppe an einem übermenschlich muskulösen Wachmann vorbei durch den Hintereingang der Halle. Das Rolltor war mittlerweile hochgezogen worden und gab den Blick auf einen langen, langsam ansteigenden Tunnel frei, in dem die Roadies auf sarggroßen Transportkisten saßen und rauchten.

Das Gängelabyrinth der Wembley Arena war so komplex, dass Minster Mühe hatte, sich den Weg, den sie zurücklegten, zu merken. Jeder Korridor ähnelte dem vorangegangenen, und ständig flogen zu beiden Seiten Türen auf, aus denen gehetzte Menschen herausschossen. In einem Ameisenhaufen konnte es nicht geschäftiger zugehen.

Maxwell steuerte zielsicher auf den Küchenbereich zu. Er führte die kleine Gruppe in einen fensterlosen Esssaal, der von grellen Neonröhren viel zu hell ausgeleuchtet wurde und Minster an die Leichenhalle auf der Isle Of Wight erinnerte. An langen Biertisch-Garnituren saßen einige der Crewmitglieder und die Band über weiße Einwegplastikteller gebeugt, auf denen ein undefinierbarer Fleischeintopf dampfte.

„Bedient euch", sagte Maxwell und deutete auf die Essensausgabe, eine kleine Durchreiche zur Küche, hinter der einer der Köche darauf wartete, den

Inhalt seines riesigen Eisentopfes loszuwerden. Minster hatte sich schon dazu durchgerungen, die Mahlzeit aus taktischen Gründen nicht abzulehnen, doch es stellte sich heraus, dass es auch eine vegetarische Variante des Eintopfs gab. Minster setzte sich zu den anderen und merkte erst nach den ersten Bissen, wie hungrig er die letzten Stunden über gewesen war. Als Liam sich zum zweiten Mal auffüllen ließ, holte sich auch Minster einen Nachschlag. Der nach wie vor nicht wirklich identifizierbare Matsch schmeckte überraschend gut.

Die Musiker aßen schweigend. Ab und zu rülpste jemand laut und vernehmlich, aber die anderen kommentierten dies meist nur mit einem schwachen Grinsen. Es lag eine Anspannung in der Luft wie vor einem Gewitter, und Minster hielt es für klüger, seinen Mund zu halten, solange die Band in der Nähe war. Lediglich Maxwell riss die eine oder andere Zote, doch seine Aufmunterungsversuche fruchteten kaum. Nachdem er seinen Teller von sich geschoben hatte, ließ sich Fitzgerald von einem der Crew-Mitglieder eine Jack-Daniel's-Flasche bringen, aus der er und Dembinski in großen Schlucken tranken.

„Aufwärm-Meeting", rief Maxwell schließlich in die Runde und verzog sich mit den Musikern in die Umkleideräume, die sich einige Türen weiter in den Tiefen der Katakomben befanden. Die Frauen von Fitzgerald und Barsley tratschten über eine gemeinsame Freundin, während Liam sich zu den Roadies setzte, die gerade eine Kiste Bier herbeigeholt hatten.

„Seit 19 Uhr ist Einlass, man kann die Leute schon hören", sagte Mia und kicherte grundlos. Minster war der Einzige, der noch in ihrer Nähe saß, nachdem die Band gegangen war.

„Wird sicherlich ein denkwürdiger Abend", sagte Minster, der sich langsam nicht mehr komisch dabei vorkam, genauso leere Phrasen zu dreschen wie alle anderen.

„Es ist meine erste Horses-Show. Ganz schön aufregend, oder?" Sie strahlte ihn mit großen Augen an. „So viele groovige Menschen, und dann noch diese wunderbare Musik."

„Du hast sie noch nie gesehen?", fragte Minster und rückte etwas näher. „Ich dachte, du wärst Damiens Freundin."

„Oh nein", wehrte Mia ab und lachte schrill. „Ich bin hier, um ihn zu inspirieren. Ich bin seine Muse, verstehst du? Alle großen Künstler haben Frauen, die ihnen dabei helfen, ihre Kreativität zu entfalten. Jimi Hendrix hatte Monika Dannemann, John Lennon Yoko Ono. Es geht nicht um Sex oder Beziehungen, okay? Ich hatte vor zwei Wochen einen abgefahrenen Trip, in dem mir Damiens Karma erschien und mir befahl, zu ihm zu gehen und ihn zu inspirieren. Eine ziemlich schräge Erfahrung. Wenn ich wirklich gut bin, kann ich ihm helfen, über Wills Tod hinwegzukommen. Die Band braucht mich."

Mias Blick war ein wenig glasig und fokussierte sich immer nur für kurze Momente auf Minster. Er fragte sich, wie sie es geschafft hatte, sich etwas einzuwerfen, ohne dass er es mitbekommen hatte. Ihre langen, dünnen Beine überzog eine Gänsehaut, doch sie schien die Kälte nicht zu bemerken.

„Warst du am Sonntag auf der Isle Of Wight?", fragte Minster.

„Ja, ich wollte dort schon zu Damien, aber man hat mich nicht ins Backstage gelassen", sagte Mia und fügte verschwörerisch flüsternd hinzu: „Vielleicht würde Will noch leben, wenn diese bescheuerten Ordner mich reingelassen hätten."

„Wieso glaubst du das?"

„Schlechtes Karma. Die Vibes in der Band waren nicht in Ordnung. Ich konnte es spüren, als sie auf die Bühne kamen. Will und Damien waren auf der Suche nach Eingebungen, nach neuen Ideen. Wenn sie gewusst hätten, dass ich in der Nähe bin, hätte Will nicht sterben müssen. Die Leere in seiner Seele hat ihn umgebracht, und jetzt kann ich nur noch Damien retten." Ihr Gesichtsausdruck war trotzig und entschlossen, gleichzeitig aber auch entrückt und verträumt. Minster hatte Mitleid mit diesem verwirrten Geschöpf, das von der Realität nicht sonderlich viel mitzubekommen schien. Es war sinnlos, sie auszufragen. Ein Tankstellenpächter im hintersten Outback Australiens würde ihm mehr über Williams Tod erzählen können als dieses Mädchen.

Minster hörte sich Mias esoterisches Gebrabbel noch eine Weile an, bevor er sich entschuldigte und mit einiger Mühe zurück zum Bus fand. Er hatte während des Essens mit einem Ohr mitbekommen, dass das Konzert um 21 Uhr beginnen würde, und wollte sich bis dahin zurückziehen. Er merkte, dass ihn das stundenlange Reden und Zuhören anstrengte. Die Stille im Inneren des Busses war wie eine Erlösung für seine gereizten Nerven.

Minster schaltete sein Handy ein, fand auf seiner Mailbox aber lediglich einige eloquent verpackte Drohungen von Abraham Bickershead, der es augenscheinlich nicht sonderlich gut verkraftet hatte, dass Minster ihn hatte abblitzen lassen. Minster hörte sich die Nachrichten mit einem Schmunzeln an, bevor er sie löschte. Danach schloss er das Handy an den Laptop an und rief seine E-Mails ab. Leemahan hatte ihm eine kurze Meldung geschickt, in der er halb belustigt, halb warnend davon berichtete, dass Bickershead senior auch bei Chief Inspector Dursham angerufen hatte. Man habe Bickersheads Gepolter relativ gelassen hingenommen, doch Minster solle in Zukunft doch bitte etwas diplomatischer vorgehen, um seinen Kollegen neuerlichen Telefonterror zu ersparen. Minster fand die Vorstellung, Dursham am Telefon um Fassung ringen zu sehen, mehr als amüsant. Er schickte eine Mail zurück, in der er stichwortartig von den Geschehnissen des Tages berichtete und versprach, sich morgen wieder zu melden.

Anschließend versuchte er zu meditieren, aber es gelang ihm nicht sonderlich gut, weil er sich nicht traute, den Lotussitz einzunehmen. Platz dafür war lediglich im vorderen Einstiegsbereich des Busses, und Minster wollte nicht dabei überrascht werden, wie er mit überkreuzten Beinen auf dem Boden saß. Es reichte schon, dass er nicht mit den anderen trank. Also entspannte er sich stattdessen in einem der Sessel, schloss die Augen und träumte ein wenig von der Einsamkeit und Ruhe der Wälder hinter seinem Haus.

Als er in den Esssaal zurückkehrte, saßen darin zwei Dutzend Hallenarbeiter, aber niemand, den er kannte. Ein Lichttechniker erklärte ihm den überraschend kurzen und einfachen Weg zur Bühne. Er musste lediglich drei Korridore durchqueren, dann stand er vor einer massiven, roten Feuerschutztür. Der daneben postierte Wachmann beäugte ihn misstrauisch, ließ ihn aber passieren, nachdem er seinen Backstage-Pass kontrolliert hatte.

Hinter der Tür umgab ihn tiefe Schwärze, und das unruhige Tuscheln, Rascheln und Johlen einer gewaltigen Menschenmenge war mit einem Schlag sehr nah. Zu seiner Linken schimmerte hinter einer Gangbiegung das fahle Licht einer einzigen, altersschwachen Glühbirne. Minster vergewisserte sich, dass er seine Ohrenstöpsel bei sich trug, dann folgte er dem schwachen Schein, der ihn durch einen engen, hohen Tunnel führte. Während links Dutzende von großen, würfelförmigen Metallkisten bis über Kopfhöhe gestapelt waren, befand sich rechts anstelle einer Wand ein schwerer, schwarzer Vorhang, der unmerklich hin und her schwang. Dahinter waren die 12.000 wartenden Fans erschreckend laut zu hören, und vereinzelt drangen die Lichtkegel umhertanzender Taschenlampen wie verschwommene Gespenstersilhouetten durch den schweren Stoff. Anscheinend hantierten noch einige der Roadies auf der abgedunkelten Bühne. Minster fühlte sich unwohl in dem schmalen Gang und musste sich gleichzeitig gegen seinen Willen eingestehen, dass er aufgeregt war. Nach allem, was er in den letzten Tagen über die Flying Horses erfahren hatte, interessierte es ihn, sie endlich in Aktion zu sehen. Er fühlte sich an seinen ersten, beeindruckenden Besuch als kleiner Knirps in der altehrwürdigen St. Paul's Cathedral erinnert und musste wegen des reichlich schiefen Vergleichs grinsen.

Hinter der nächsten, unbewachten Tür erwartete ihn ein brodelnder Hexenkessel kurz vor dem Überkochen. Er stand direkt neben der Bühne im Fotograben, der mit schweren Absperrgittern gesichert war, und blickte in ein unruhiges, beinahe nachtschwarzes Gewirr aus umherhuschenden Gestalten und flackernden Feuerzeugen. Hunderte von angezündeten Zigaretten glommen wie tiefrote Glühwürmer, und irgendwo ganz weit hinten erahnte Minster die spärliche Beleuchtung des Mischpults und die kleinen Lichter über den Notausgängen. Das erwartungsvolle Stimmengewirr des Publikums wirkte in der Dunkelheit so überwältigend, dass sich Minster die Haare auf seinen Unterarmen aufstellten. Er hatte gerade die Ohrenstöpsel in seine Gehörgänge gequetscht, als keine zehn Schritte neben ihm ein Pyro-Böller in einer meterhohen Fontäne aus glitzernden weißen Funken explodierte und das Khatschaturian-Intro eine erste Druckwelle in die Halle hinaussandte. Minster spürte über sich die gewaltigen Boxen, deren tiefe Frequenzen seine Bauchdecke zum Vibrieren brachten. Neben sich im Graben erkannte er im rasch wieder in sich zusammenfallenden Lichtschein des Sprengkörpers einige Fotografen mit ihren Apparaten im Anschlag und ein Dutzend Sicherheitsleute, die die Absperrung säumten. Dahinter waren jetzt Tausende von Armen emporgereckt, das Stimmengewirr grollte fast genauso bedrohlich wie die Bässe. Dann gingen fünf Feuerfontänen auf einmal hoch, die riesige Bühne wurde in grelles Licht getaucht, die Halle war ein einziger Aufschrei, und die Horses stürmten nach vorne. Als hätten sie dem Konzert genauso begeistert entgegengefiebert wie ihre Fans, rannten sie zu ihren Instrumenten, drehten die Lautstärkeregler bis zum Anschlag auf und ließen mit den ersten Takten von 'The Devil's Advocat' den Boden unter Minsters Füßen erzittern. Die Gitarren schickten ihre Riffs auf Reisen, der Bass setzte zu einem geschmeidigen Lauf an, der erste Schlagzeugwirbel peitschte die Zuschauer an wie eine neunschwänzige Katze. Alle vier Musiker schauten grimmig und entschlossen ins weite Rund.

Trotz der Ohrenstöpsel fühlte sich Minster wie betäubt. Der Jubel der Massen und die hart an der Schmerzgrenze abgemischte Musik verschmolzen zu einem Lärmmatsch, der sich wie schwere Bleipfropfen vor seine Trommelfelle schob. Es dauerte bis zum ersten Gitarrensolo, ehe er sich so weit an die Lautstärke gewöhnt hatte, dass er den Song erkannte, der gerade gespielt wurde. Es war derselbe, mit dem die Horses auf der Isle Of Wight ihren Auftritt begonnen hatten. Minster versuchte sich in das Lied hineinzuversetzen, sich an die Version zu erinnern, die er bei Gillisham gehört hatte, doch es gelang ihm nur ansatzweise, da vor allem die schnellen Bassläufe für ihn einfach nur wie undifferenzierter Krach klangen. Zumindest erkannte er jedoch, an welcher Stelle normalerweise Will aus den Schatten des Bühnenhintergrunds herausgetreten wäre, um mit dem Gesang einzusetzen. Statt seiner schlenderte Dembinski, der bis dahin neben Fitzgerald auf und ab gelaufen war und mit verkniffener Miene Gitarre gespielt hatte, betont lässig zur Bühnenmitte, stellte sich hinter das Mikrofon und schrie die ersten Textzeilen heraus. Minster, der mittlerweile fast auf gleicher Höhe mit Dembinski stand, um nicht dem direkten Schalltrichter der Boxentürme ausgesetzt zu sein, meinte in den Augen des neuen Leadsängers nackte Angst zu entdecken. Doch die weiter entfernt tobenden Fans hörten nur seine Stimme, und die klang fast genauso rau und anklagend wie die von Will.

Als der letzte Akkord von 'The Devil's Advocat' verebbte und die Lichttraversen wilde Spotlight-Folgen über die Bühne tanzen ließen, tobte die

Halle vor Begeisterung. Dembinski versuchte mehrere Male vergeblich gegen den tosenden Jubel anzukommen, bis es ihm endlich gelang:

„Hi London!“, brüllte er, „es ist ein wunderbares Gefühl, wieder zurück zu sein und zu sehen, dass ihr uns nicht vergessen habt. Leider kann unser guter Freund Will nicht mehr mit uns auf den Brettern stehen, doch ich bin mir sicher, dass er uns jetzt irgendwo zuhört und ein zufriedenes Lächeln auf den Lippen hat. Diese Tour ist Will gewidmet, und wir möchten, dass ihr mit uns zusammen die lauteste Party eures Lebens feiert. Er würde es nicht anders wollen.“ Der Rest seiner Ansprache ging in einem neuerlichen Begeisterungsorkan unter, der erst schwächer wurde, als die Horses den nächsten Song anstimmten.

Ein weiteres Soundinferno brach über die 12.000 Fans herein und überdeckte die Nervosität der Band. Obwohl ihr keine Patzer unterliefen und die Reaktionen des Publikums alle Erwartungen übertrafen, spürte Minster die Unsicherheit der Musiker. Barsley schaute ständig zwischen seinen Becken hindurch ins Auditorium, um sich zu vergewissern, dass die Leute noch nicht anfingen, mit Bierbechern zu werfen. Fitzgerald behielt ängstlich Dembinski im Visier, der vor jeder neuen Strophe tief Luft holte und sich in Gedanken Mut zuzusprechen schien, und Fleece verschanzte sich hinter diabolischen Grimassen und rannte permanent zwischen Bühnenrand und seiner Marshall-Verstärkerwand hin und her, hinter der Mia wie von Sinnen ihre lange, hellbraune Mähne schüttelte. Die Horses spielten den dritten Song, schließlich den vierten, die Halle tobte, und doch lösten sich die Verkrampfungen nur langsam.

Minster schaute sich das Spektakel noch eine weitere Viertelstunde an, bevor er den Rückzug antrat. Er wusste, dass die Band alles andere als erfreut sein würde, wenn sie erfuhr, dass ihr Tourberichterstatter es gerade mal eine halbe Stunde in der Halle ausgehalten hatte, aber er ertrug die Dezibeltornados einfach nicht länger. Die Lautstärke ließ seinen Magen brodeln, und je länger das Konzert dauerte, desto mehr klangen die Songs in seinen Ohren wie ein einziger, undifferenzierter Brei.

Erst als er wieder in der leeren Backstage-Kantine ankam, war der Sound weit genug entfernt, damit sich seine Innereien neu sortieren konnten. In seinem Schädel fiepte es, als hätte ihm jemand eine defekte Hundepfeife implantiert. Minster ließ sich auf einen Stuhl sinken, schaute einem der Küchenjungen geistesabwesend beim Abräumen der Tische zu und fragte sich, wie Musiker diesen Lärm Jahrzehnte ertrugen, ohne stocktaub zu werden.

Die Horses wurden von ihren Fans nach dem regulären Set zweimal zurück auf die Bühne gebrüllt und spielten insgesamt fünf Zugaben. Als sie schließlich mit ihrem Gefolge aus Frauen und Crew-Mitgliedern johlend und feixend durch die Katakomben an der Kantine vorbei in Richtung der Duschen und Umkleideräume eilten, war es bereits fast Mitternacht. Minster hockte noch immer auf seinem Stuhl. Auch der letzte Küchenjunge hatte mittlerweile Feierabend, und wenn die Freudengesänge der Musiker nicht so infernalisch durch die Gänge gehallt hätten, wäre Minster nie und nimmer aus seinem Halbschlaf erwacht. Er war seit 6 Uhr früh auf den Beinen und wünschte sich nichts sehnlicher als sein Bett, das erfreulich weit von jeglichen Konzerthallen entfernt war.

„Hey, Schreiber, hier wird nicht geschwächelt", rief ihm Maxwell zu, der als Letzter an der offenen Kantinentür vorbeiging und einen Moment innehielt, um Minster ein fast schon unverschämt breites Lächeln zu schenken. „Wo warst du? Ich hab dich nach den ersten Songs aus den Augen verloren."

„Im Publikum", spulte Minster seine vorbereitete Ausrede ab. „Ich wollte das Konzert aus der Sicht der Zuschauer erleben."

„Und wie lautet dein Urteil?"

„Großartig. Ich hätte nie gedacht, dass Jon den Gesang so gut hinbekommen würde."

„Ich auch nicht, und er selbst am allerwenigsten. Der alte Hase hätte sich heute Abend beinahe ins Beinkleid gemacht, so viel Schiss hatte er." Maxwell lachte aus vollem Hals und schaffte es, sein Grinsen noch ein wenig mehr in die Breite zu ziehen. „Will wäre verdammt stolz auf seine Jungs gewesen. Die Leute gingen genauso gut ab wie 1997, als wir zum letzten Mal hier gespielt haben. Morgen schnalle ich den Herrschaften Windeln um, dann können sie Amsterdam in Schutt und Asche legen. Aber heute Nacht wird erst mal gefeiert, Minster, und wenn du weiter so übermüdet aus der Wäsche guckst, werde ich dir leider 'ne Koks-Line in deine Nasenlöcher pusten müssen, die von hier bis Edinburgh reicht. Wir treffen uns in einer Dreiviertelstunde im Bus. Falls du noch ein paar lustige Skandale für deinen Artikel brauchst, halt die Augen offen. Die Jungs haben sich 'ne Zentnerlast von der Seele gespielt, sie werden heute Nacht Vollgas geben, bis der Tank restlos leer ist."

Während die Musiker duschten, die Roadies das Equipment in die Trucks verluden, die den Bussen nach Holland vorausfahren würden, und der Rest der Tourbesatzung im Backstage-Labyrinth der Arena die ersten Sektkorken knallen ließ, verkrümelte sich Minster in die hinterste Ecke des Bandbusses, um noch ein wenig zu schlummern. Liam lag auf der vorderen Sitzgarnitur und schnarchte wie ein verschnupfter Grizzly.

Eigentlich hatte Minster nur ein wenig dösen wollen, doch als der grölende Haufen durch den Bus stapfte, erwachte er aus den schwärzesten Tiefen des Schlafes und wusste für einen Moment nicht, was um ihn herum geschah. Die frisch geduschten Musiker, die ihre engen Bühnenklamotten gegen legere Jeans und Hemden eingetauscht hatten, ließen sich um ihn herum in die Sessel fallen, leerten ein komplettes Fach des Kühlschranks und prosteten sich und ihren Frauen zu. Laura und Karen standen etwas steif abseits, während Mia sich auf Fleeces Schoß setzte und mit der Band um die Wette strahlte.

„Jon, du bist das coolste Arschloch diesseits von Alpha Centauri", bellte Barsley und hämmerte Dembinski seine monströse rechte Pranke auf die Schulter, dass dem neuen Leadsänger beinahe die Bierdose aus der Hand fiel. „Ich dachte manchmal, Will wäre noch bei uns. Wie zur Hölle hast du das hingekriegt?"

„Indem ich mein gottverfluchtes Hirn ausgeknipst habe", erwiderte der zufrieden grinsende Dembinski zwischen zwei großen Schlucken. „Rock´n´Roll muss aus dem Bauch kommen, und ein Bauch kennt keine Angst. Als mein Kopf aufhörte, mir auf den Sack zu gehen, ging´s wie von selbst. Gib mir noch ´n Bier, Al."

„Wir haben´s gepackt", lachte Fleece grimmig und zerquetschte seine leere Dose. „Wir haben der Welt gezeigt, dass wir noch lange nicht am Ende sind. Wer jetzt noch über uns lacht, hat uns heute Abend nicht gesehen."

„Wie hat´s dir denn gefallen?", fragte Fitzgerald beiläufig, und sieben Augenpaare fixierten Minster, der verschlafen an seinem Mineralwasser nippte.

„Klasse, ganz große Klasse", entgegnete er mit allem Enthusiasmus, zu dem er nach Magengrummeln, Ohrensausen und einer viel zu früh unterbrochenen Tiefschlafphase noch fähig war. „Niemand hat gemerkt, dass ihr nervös wart, und Jon, dein Gesang war grandios."

Das Glänzen in Dembinskis Augen erinnerte Minster an ein Kind, das an Weihnachten vor einem riesigen Haufen Geschenke saß. Er war sich sicher, dass das Glitzern nicht in erster Linie vom Alkohol kam.

„Schreib das, am besten als fettes, herausgehobenes Zitat", sagte Maxwell, der von vorne den Gang zwischen den Kojen entlangstolziert kam. „Ich habe gerade mit eurer Plattenfirma gesprochen, Jungs. Sie hatten fünf Leute im Publikum, und jeden von ihnen habt ihr umgeblasen. Ihr habt das Okay für ´ne neue Platte. Sobald die Tour vorbei ist, könnt ihr ins Studio gehen."

„Die können uns mal am Arsch lecken", rief Fleece. „Auf deren Gnade sind wir nicht angewiesen. Die Horses gehen ins Studio, wann es ihnen passt. Nach diesem Konzert würde uns jedes verdammte Label dieses Planeten signen."

„Gut gebrüllt. Auf jeden Fall dürfen Universe Records heute Nacht die Zeche im „Dancing Scotsman" blechen", griente Maxwell und verschwand wieder in der Schwärze des Gangs.

„Zumindest dazu sind sie gut", grummelte Fleece in sich hinein und küsste Mia hart und fahrig.

Das „Dancing Scotsman" war ein Nachtclub in einer der belebten Nebenstraßen der Regent Street in Soho, etwa auf halber Strecke zwischen Picadilly und Oxford Circus. Von außen fiel er mit seinen matt geschwärzten Fensterreihen und dem kleinen, schwach beleuchteten Neonschild über der Eingangstür kaum auf, doch sobald man von den fast quadratischen, glatzköpfigen Türstehern eingelassen worden war und die schmale Ebenholztreppe in den ersten Stock hinaufging, tauchte man in eine neue, glamourösere Welt ein. Hinter einem Portal mit Doppelflügeln, das an den Rändern mit Blattgold verziert war, betrat man einen Saal, so groß wie ein halbes Fußballfeld, in dem Dutzende von schwarzen Ledersofas um niedrige Tische aus dunklem Marmorimitat platziert waren. Drei Bars und eine schummrig ausgeleuchtete Tanzfläche lockerten die Sitzlandschaften auf. Die Spuren unzähliger durchfeierter Nächte hatten sich unübersehbar in das teure Interieur eingegraben, doch dem edlen Chic des Ladens tat das keinen Abbruch. Als der Band-Tross in den Club einlief, war dieser bereits mehr als gut gefüllt. Dutzende von betont jungen Mittvierzigern in Designer-Kleidung und ebenso viele sich auffällig weltmännisch gebende Mittzwanziger im neuesten Trend-Look versuchten, die Musiker eingehend zu mustern und dabei einen möglichst desinteressierten Gesichtsausdruck zur Schau zu tragen. Man räumte bereitwillig eine Couchgarnitur für die Rockstars, und keine Minute später stand eine kunterbunte Auswahl unterschiedlichster Drinks auf dem Marmortisch. Minster hockte sich an den Rand der Gruppe. Er hoffte, unter der Geräuschglocke aus Gesprächsfetzen und hektischer Hintergrundmusik ungestört die Musiker und ihr Umfeld beobachten zu können.

Fleece war der Lauteste und Gröbste unter den Feiernden. Nach drei Whiskey-Cola begann er lallend Toasts auf Will auszusprechen, und mehr als einmal betatschte er Mias Brüste oder ließ eine Hand unter ihren Minirock gleiten. Das Mädchen schien die rüden Liebkosungen zu genießen und lächelte glückselig.

Die vier Roadies grölten kaum weniger lautstark als Fleece, während die übrigen Musiker sich etwas mehr zurückhielten. Barsley und Fitzgerald tranken zwar fast ohne Pause, unterhielten sich dabei jedoch gedämpft mit ihren Frauen, und Dembinski kippte mit stiller Befriedigung ein Corona nach dem anderen herunter. Inmitten der Meute thronte Maxwell, zog genüsslich an einer 20 Zentimeter langen Zigarre und fand für jeden ein paar warme Worte.

„Na, hättest du dir so einen idealen Einstieg träumen lassen?“, sagte er irgendwann zu Minster. „Der entscheidende Gig für die Karriere der Horses, und du bist hautnah dabei gewesen. Stell dir vor, die Jungs hätten versagt. Sie hätten dich wahrscheinlich nicht einmal wieder in den Bus gelassen. Ach, da ist ja auch Hank. Darf ich vorstellen, Minster: Hank Hanover von Universe Records. Der Mann, der sich für die Horses vierteilen würde. Grüß dich, alter Sesselfurzer.“

„Wie immer zu Ihren Diensten“, erwiderte der Neuankömmling und winkte einmal in die Runde. Hank Hanover war ein schwarzhaariger Enddreißiger von unscheinbarer Statur, doch sein gewinnendes Lächeln, sein leicht gebräunter Teint und seine wachen schwarzgrauen Augen verliehen ihm eine ruhige, angenehme Ausstrahlung. Minster erkannte in ihm kaum jenen Mann wieder, der ihm gestern am Telefon kurz angebunden die nötigsten Reisedaten durchgegeben hatte.

„Der Mann vom „Guardian"", wandte sich Hanover an Minster, nachdem er einige Nichtigkeiten mit Maxwell und den Musikern ausgetauscht hatte. „Wir bei Universe Records waren mehr als erstaunt, dass ein so renommiertes Blatt sich für unsere Band interessiert. Normalerweise rufen immer nur die Schmutzgazetten an, um sich mal wieder das Maul über die Jungs zerreißen zu können. Fährst du länger mit?"

„Die ganze Tour bis nach Hamburg."

„Dann hast du ja noch einiges vor dir. Ich hoffe, du weißt, was auf dich zukommt." Mit gespielter Entrüstung deutete er auf die zeigefingerlange Koks-Line, die Dembinski vor sich auf dem Tisch ausgelegt hatte. Der Sänger setzte einen kurzen weißen Strohhalm an, zog sich das Pulver in die Nase und ließ sich mit geschlossenen Augen zurück in die Polster sinken. Fleece und zwei der Roadies folgten seinem Beispiel, und als ihre Lines weggeschnupft waren, hatte Barsley zwei große, trompetenförmige Joints gedreht und in Umlauf gebracht.

„Schaut die Polizei hier nie vorbei?", fragte Minster.

„Das „Dancing Scotsman" gehört einem entfernten Verwandten der Königsfamilie", erklärte Hanover. „Scotland Yard würde hier nur aufkreuzen, wenn einer der Gäste die Kronjuwelen gestohlen hätte."

Im Verlauf der nächsten Stunde traten noch zwei weitere Mitarbeiter von Universe Records an den Tisch der Horses, um kurz Hallo zu sagen, doch im Gegensatz zu Hanover blieb keiner von ihnen sonderlich lange. Auch die wenigen Bewunderer der Band, die sich trauten, die Musiker anzusprechen, beließen es meist bei kurzen Wortwechseln, bevor sie das Feld wieder räumten. Die Tourmannschaft blieb inmitten des inzwischen zum Bersten gefüllten Clubs unter sich. Lediglich zwei jungen Frauen gelang es, links und rechts von Dembinski einen Platz auf dem Sofa zu erobern. Minster schätzte sie unter ihrer großzügig aufgetragenen, grellen Schminke auf höchstens 18 Jahre, und ihre viel zu kurzen Miniröcke deuteten darauf hin, dass sie nicht ganz ohne Hintergedanken hierher gekommen waren.

„Ich würde gerne wissen, wie sie es geschafft haben, an den Türstehern vorbeizukommen", raunte Hanover Minster zu. „Groupies, die die Bands nicht selbst mitbringen, werden hier normalerweise nicht gerne gesehen. Wahrscheinlich haben sie den Jungs draußen einen geblasen, um reingelassen zu werden."

Die Mädchen, die sich Fay und Mel nannten, unterhielten sich fast ausschließlich mit Dembinski, dem die Mischung aus Faszination und Ehrfurcht in ihren jungen, hübschen Gesichtern offenbar gefiel, und sie schienen sich nicht im Geringsten daran zu stören, dass sie ihn sich teilen mussten. Auch Mias argwöhnische, prüfende Seitenblicke ignorierten sie.

Hanover verabschiedete sich irgendwann und versprach, zum morgigen Konzert in Amsterdam anzureisen. Der Großteil der Crew bekam kaum mit, dass er ging. Außer Maxwell, der nur wenige Biere getrunken hatte, und den Frauen von Barsley und Fitzgerald war niemand mehr wirklich Herr seiner Sinne. Minster kam dies ganz gelegen, denn mehr als einmal döste er ein, und tiefgehendere Gespräche hätten ihn zu dieser späten Stunde rettungslos überfordert.

Als Maxwell gegen 3.30 Uhr das Signal zum Aufbruch gab, war der Tisch übersät mit leeren Whiskey-Flaschen, überquellenden Aschenbechern und verwischten Spuren von weißem Pulver. Maxwell musste diverse Personen unsanft aus ihrem Rausch wecken, und Dembinski konnte sich nur fortbewegen, weil er von seinen beiden neuen Bekanntschaften gestützt wurde. An den Bars und Tischen saßen noch zahlreiche Grüppchen zusammen, doch nirgendwo war auch nur halb so exzessiv gefeiert worden wie bei den Horses.

Draußen inhalierte Minster die frische Nachtluft in tiefen Zügen. Jetzt erst wurde ihm bewusst, wie sehr ihn die rauchgeschwängerte, verbrauchte Luft im „Dancing Scotsman" gelähmt hatte. Das Gefühl, plötzlich wieder hellwach zu sein, würde nicht lange vorhalten, doch zumindest reichte es aus, das hungrige Knurren seines Magens zu realisieren. Hoffentlich gab es im Bus irgendetwas, das er halbwegs guten Gewissens essen konnte.

Der Angriff kam aus dem Nichts. Die Band und ihr Gefolge reihten sich in den Passantenstrom ein, der aus den zahlreichen Nachtclubs der Umgebung in Richtung Regent Street drängte. Minster bildete zusammen mit Maxwell die Nachhut, als plötzlich eine große, massige Gestalt Fleece anrempelte, der mehr schlecht als recht vorwärts wankte. Laute Worte fielen, Fleece gackerte betrunken, dann tanzte das Messer vor seinem Gesicht. Erst jetzt, da sich das Licht der nächsten Straßenlaterne in der langen Klinge brach, erfasste Minster, was vor sich ging. Alles war in einem Bruchteil von Sekunden passiert, hastige Bewegungen im Halbschatten, ein paar harsche Silben, dann der drohend erhobene Stahl. Jemand schrie, und aus Fleeces plötzlich stocknüchterner Visage wich jede Farbe.

„Ich stech dich ab, du verfluchter Snob!", brüllte der Angreifer und holte aus.

Minster reagierte automatisch, wie eine Maschine, deren Bewegungen bis ins kleinste Detail vorprogrammiert waren. Ohne dass er sein viel zu müdes Bewusstsein einschalten musste, rannte er drei Schritte, sprang hoch und trat mit dem linken Fuß keine zehn Zentimeter vor Fleeces Brust gegen die niedersausende Klingenhand des Fremden. Der Mann brüllte vor Schmerz auf, ließ das Messer fallen und wich zurück, während Fleece ohnmächtig in sich zusammensackte.

Wäre Fleece stehen geblieben, hätte Minster den Angreifer mit dem nächsten Tritt von den Beinen geholt, doch für einen kurzen Augenblick lenkte ihn der zusammenbrechende Gitarrist ab, und als er sich wieder seinem Gegner zuwandte, hatte dieser bereits die Flucht ergriffen.

Auf dem Bürgersteig wimmelte es von Menschen, aber niemand war geistesgegenwärtig genug, um einzugreifen. Viele bekamen überhaupt nicht mit, was passierte, andere erstarrten in stiller Panik, und nur vereinzelt rief oder schrie jemand etwas. Schon war der Fremde im Getümmel untergetaucht, und außer Minster setzte ihm niemand nach.

Der Mann maß mindestens zwei Meter und war außergewöhnlich kräftig; es war für ihn ein Leichtes, sich einen Weg durch die trägen Menschenmassen zu bahnen. Minster hingegen hatte Mühe, nicht aus dem Gleichgewicht zu geraten, wenn er jemanden mit zu großer Wucht anrempelte. Anfangs trennten ihn nur fünf Schritte von dem Riesen, doch noch ehe sie die Regent Street erreichten, hatte sich der Abstand verdoppelt. Minster sah den Kopf des Mannes rechts um die Ecke verschwinden und versuchte, ihm so gut es ging zu folgen. Vor ihm tauchten in viel zu schnellen Abständen beleibte Bäuche, schwere Lederjacken, Handtaschen und ineinander verhakte Paare auf. Er drückte Menschen zur Seite, wand sich um sie herum und ignorierte die derben Flüche, die ihm hinterhergeschickt wurden. Irgendetwas hatte sich in seine linke Niere gedrückt, und seine rechte Hand hatte er sich an etwas Metallenem aufgeschrammt.

Nach einer kurzen Strecke entlang der Regent Street rannte der Unbekannte in eine andere Nebenstraße. Minster war mittlerweile so weit abgeschlagen, dass er den Mann nur noch anhand seiner Größe erkennen konnte, aber als er in das kleine Sträßchen einbog, schöpfte er Hoffnung, denn hier waren kaum Menschen unterwegs. Mit weiten, fliegenden Schritten holte er Meter für Meter auf. Adrenalin pumpte durch seinen Körper, schwemmte seine Müdigkeit und den stechenden Schmerz hinweg, der seine linke Körperhälfte durchzog. Der andere war für seine Körperfülle überraschend behände, doch das Laufduell konnte er dennoch nicht gewinnen. „Stehen bleiben, Polizei", rief Minster ihm hinterher.

Schon hörte er den keuchenden Atem des Flüchtenden, sah im gelben Licht der vorbeihuschenden Laternen blondes Stoppelhaar über einem Stiernacken, eine speckige Lederjacke und weite Blue Jeans. Aber Minsters Spurt war nicht schnell genug, denn das jenseitige Ende der Gasse mündete in einen kleinen Platz, der aus unbegreiflichen Gründen nachts um kurz vor 4 Uhr hoffnungslos überfüllt war, und schon kollidierte er wieder mit zahllosen Passanten, die wie Eisberge in unruhiger See vor ihm auftauchten. Vier, fünf

Mal kam er ins Straucheln, dann hatte er den Blonden aus den Augen verloren, stolperte über einen abgestellten Rucksack und fiel der Länge nach aufs Pflaster. Instinktiv rollte er sich ab, verminderte die Wucht des Aufpralls und saß sofort wieder in der Hocke. Als er aufspringen wollte, verließen ihn jedoch seine Kräfte, und für einen Augenblick wurde ihm schwarz vor Augen. Fremde Hände halfen ihm auf, eine Stimme erkundigte sich nach seinem Befinden, eine andere schalt ihn für seine Rücksichtslosigkeit, doch er nahm dies alles nur durch einen rauschenden, düsteren Schleier der Benommenheit wahr. Wütende Enttäuschung durchfuhr ihn, bevor einem Peitschenhieb gleich der Schmerz zurückkehrte. In seiner linken Niere brannte ein Feuer, das ihn nach Luft japsen ließ. Er konnte froh sein, dass er überhaupt noch gehen konnte. An eine Fortsetzung der Verfolgungsjagd war nicht zu denken, der Unbekannte war längst auf und davon.

Mit zusammengebissenen Zähnen schleppte er sich zu dem nahegelegenen Parkplatz, wo die beiden Busse der Horses abgestellt waren. Die Musiker und ihr Anhang waren gerade im Begriff einzusteigen, als sie Minster kommen sahen.

„Hast du das Arschloch erwischt?", rief Maxwell schon von weitem.

„Nein", erwiderte Minster, als er nahe genug heran war, um nicht schreien zu müssen. „Er ist mir im Gedränge entwischt."

„Hat er dich verletzt?", erkundigte sich Barsleys Frau, die seinen gequälten Gesichtsausdruck bemerkt hatte.

„Nichts Schlimmes, nur eine leichte Prellung. Ich bin gefallen."

„Dein Kick war nicht von schlechten Eltern, Respekt", sagte Fitzgerald, der im hinteren Türrahmen des Bandbusses stand. „Was war das? Kung-Fu?"

„Karate. Wie geht's Damien?"

„Unseren Gitarrenhelden hat das Messer so beeindruckt, dass er es vorzog, sich in eine leichte Ohnmacht zu flüchten", griente Maxwell. „Er liegt schon drinnen in seiner Koje und dankt Jehova, dass er ihn heute Nacht verschont hat. Du hast bei ihm 'ne Menge gut, Minster."

„Nicht nur bei ihm", fügte Barsley hinzu. „Bei uns allen. Der Kerl hat uns völlig überrumpelt. Wir hätten nicht mal rechtzeitig reagiert, wenn er Damien ein Schachbrett ins Gesicht geschnitzt hätte."

Wenig später, als sich die Gruppe auf die Busse verteilt und die meisten sich bereits zum Schlafen verkrochen hatten, erschien die Polizei, die Maxwell auf dem Weg zurück zum Parkplatz angerufen hatte. Minster, der ein feuchtkaltes Tuch auf seine Niere gelegt hatte, setzte sich dazu, als die beiden Constables Maxwell befragten und sich von ihm das Messer zeigen ließen. Die Klinge war feststehend und ungefähr 15 Zentimeter lang. Ein Modell, von dem Minster wusste, dass es unter Jägern genauso weit verbreitet war wie unter Londoner Jugend-Gangs. Die Polizisten entdeckten keinerlei Auffälligkeiten an der Waffe und steckten sie in eine verschließbare Plastiktüte, um sie auf der Wache auf Fingerabdrücke zu untersuchen. Nachdem sie sich von Minster eine Personenbeschreibung hatten geben lassen und im Protokoll vermerkten, dass niemand den Angreifer erkannt hatte, gingen sie wieder. Minster hatte nicht den Eindruck, dass sie den Fall mit sonderlichem Ehrgeiz behandelten. Wahrscheinlich war es für sie nur eine etwas aus dem Ruder gelaufene Schlägerei zwischen Betrunkenen, wie sie in einer Samstagnacht in Soho dutzendfach vorkam. Und die leicht schmuddelige Unordnung in dem Bus schien ihren Diensteifer eher noch weiter gelähmt zu haben.

„Danke, Minster", sagte Maxwell, als auch die letzten betrunkenen Gestalten sich in ihre Betten verzogen hatten und der Manager mit Minster alleine hinten im Bus saß. „Du hast Damien wahrscheinlich das Leben gerettet." Er holte zwei Mineralwasserdosen aus dem Kühlschrank, zog die Verschlüsse ab und reichte Minster eine.

„Wer war das?", fragte Minster nach zwei tiefen Schlucken. Er hatte eine herrenlose Tüte Chips aufgerissen und bereits zur Hälfte geleert.

„Keine Ahnung. Ich hab kaum was von dem Typen gesehen, aber ich glaube, ich hätte ihn erkannt, wenn er mir schon mal begegnet wäre."

„Was hat Damien zu ihm gesagt, bevor er das Messer zückte?"

„Mia behauptet, der Kerl hätte Damien mit voller Absicht angerempelt und dann sofort seine Waffe gezogen, aber ich glaube nicht, dass das stimmt. Al, der ebenfalls direkt neben Damien ging, meint von ihm irgendwas in der Art von „Verpiss dich, du Asi" gehört zu haben. Wahrscheinlich hat Damien den Typen provoziert und dann die Quittung dafür bekommen. Trotzdem, mir wär´s lieber, wenn die Bullen den Wahnsinnigen erwischen. Unglaublich, was für Irre heutzutage frei herumlaufen. Bald kann ich die Jungs nur noch mit ´ner Horde Bodyguards aus dem Haus lassen. Aber dann könnt ich dir wenigstens ´nen Job anbieten."

„Gott bewahre", lachte Minster. „Ich habe seit Jahren nicht mehr vernünftig trainiert. Wahrscheinlich tut mir morgen jeder Knochen weh."

Sie unterhielten sich noch eine Weile über das Für und Wider von Kampfsportarten, wobei Maxwell von jugendlichen Großtaten als Freistilringer in den zwielichtigen Kellerclubs von Soho erzählte, bevor Liam der Busfahrer von vorne herangestapft kam und zur Abfahrt blies.

„Die Roadies haben dir drüben wahrscheinlich schon die Prinzen-Suite hergerichtet", meinte Maxwell, bevor er den Vorhang seiner Koje zur Seite riss. „Seit deinem Karatekick haben die Jungs ´nen höllischen Respekt vor dir. Schlaf gut, Bodyguard, wir sehen uns in Amsterdam."

Vorne im Bus lagen die beiden jungen Frauen, die Dembinski abgeschleppt hatte, mehr schlecht als recht mit dünnen Bettlaken zugedeckt auf den Sitzbänken und schliefen ihren Rausch aus.

„Musiker würden ein Vermögen dafür geben, wenn endlich jemand Tourbusse mit breiten Kojen bauen würde", brummelte Liam, als er sich in den Fahrersitz fallen und die Tür aufgleiten ließ. „Mötley Crüe sollen so was mal versucht haben, aber die Dinger blieben in jeder engeren Gasse stecken."

Draußen ging bereits die Sonne auf, und eine warme Brise strich über den Asphalt. Minster blieb einen Moment zwischen den beiden Bussen stehen, blickte nach Osten über eine heruntergekommene Häuserfront in das schwache Rosa, das langsam die Schwärze der Nacht zurückzudrängen begann, und musste sich eingestehen, dass er am Ende seiner Kräfte war. Die letzten 24 Stunden hatten mehr Fragen aufgeworfen als beantwortet, und körperlich fühlte er sich völlig ausgelaugt. Er konnte sich nicht daran erinnern, sich jemals so sehr nach Schlaf gesehnt zu haben.

# KAPITEL 12

40 Meilen weiter nordöstlich tauchte die erste Morgenblässe den morschen Pier von Glenton-upon-Sea in unwirkliches Licht. Die Möwen kreischten über dem weiten Mündungsdelta des Blackwater, und die Strömung des Flusses rang in gemächlichen Strudeln mit den Fluten der Nordsee, die landeinwärts schwappten.

Der alte Fischer stand wie jeden Morgen bei Sonnenaufgang auf den Planken des Piers und genoss die Einsamkeit. Er war seit über 20 Jahren nicht mehr ausgelaufen, um draußen auf offener See seine Netze auszuwerfen, aber der Zauber des unzähmbaren Wassers trieb ihn immer noch jeden Tag in aller Herrgottsfrühe hinunter ans Ufer.

Glenton-upon-Sea war schon lange keine Fischereistadt mehr. Wo einst ein Dutzend Kutter gelegen hatten, blätterte jetzt der schmutzigweiße Lack von knarzenden Holzstegen ab, und der alte Fischmarkt lag öde und verlassen da wie ein Friedhof, den man nicht einmal für würdig befunden hatte, Grabsteine zu tragen.

Manchmal sah der alte Fischer noch Schiffe durch das Flussdelta landeinwärts fahren, aber meist waren es winzige Segelboote oder klobige, rostfarbene Öltanker, die in Maldon vor Anker gingen. Sie zogen an Glenton-upon-Sea vorbei, als habe es den Hafen nie gegeben.

Doch heute schweifte der Blick des Fischers nicht hinaus in die Ferne, denn zum ersten Mal seit langer Zeit spülten die Gezeiten etwas anderes ans Ufer als Algen oder verrottetes Holz. Er sah den dunklen Schatten schon aus einer Achtelmeile Entfernung mit dem geschulten Auge eines Mannes, der die Hälfte seines Lebens auf dem Wasser verbracht hatte. Es dauerte fast eine Dreiviertelstunde, bis die Strömung den Gegenstand ans Ufer getragen hatte, und nachdem der Fischer vom Pier heruntergestiegen und über den Kiesstrand gegangen war, um sich das Treibgut aus der Nähe anzuschauen, erkannte er das merkwürdig geformte Etwas nicht gleich. Erst als er mit der Hand über die langen dünnen Stahlsaiten strich, die auf der einen Seite angebracht waren, und die leisen, schnarrenden Töne hörte, wusste er, was er vor sich hatte. Einer seiner Enkel spielte in einer Musikgruppe, die an Wochenenden in den Pubs der Umgebung auftrat, und hatte ein ähnliches Ding zu Hause in einem samtgefütterten Koffer liegen.

# KAPITEL 13

Er nahm die kitschige Vase mit den Nelken und warf sie mit voller Wucht gegen die Wand, wo sie knallend zerbarst. Grimmig sah er zu, wie das Blumenwasser in hellbraunen Rinnsalen an den Holzpaneelen hinabrann und hinter der vorstehenden Fußleiste verschwand. Die Nelken lagen geknickt in einem Scherbenhaufen, als hätte ihnen jemand die Wirbelsäule gebrochen.

Für einen kurzen Augenblick fühlte er sich erleichtert, so als sei eine quälende Last von ihm genommen worden, doch dann kehrten Wut und Verzweiflung zurück und ließen ihn vor Anspannung zittern. Sie hatte ihn erneut angerufen und Forderungen gestellt. Zwischendurch hatte er mit Befriedigung registriert, dass ihre Stimme versagte, doch sie hatte sich davon nicht aus dem Konzept bringen lassen. 300.000 Pfund in bar. Eine absurde Summe. Um so viel Geld zusammenzubekommen, würde er auf seine kompletten Rücklagen zurückgreifen müssen. Der Großteil seiner Konten befand sich im Ausland. Dieses Geld würde er kaum auf einen Schlag innerhalb Englands abheben können, ohne die Steuerfahndung hellhörig werden zu lassen. Von der Polizei ganz zu schweigen. Wenn er an das Geld heranwollte, musste er es vor Ort in der Schweiz und in Luxemburg abholen. Sie hatte ihm eine Woche Zeit gegeben, doch er würde länger brauchen, denn er konnte es sich nicht leisten, kurzfristig zwei oder drei Tage aufs Festland zu reisen. Sein Terminplan war so übervoll, dass selbst der Weg zum nächsten Geldautomaten eigentlich schon zu lang war.

Aber er hatte auch gar nicht die Absicht zu zahlen. Selbst wenn er ihr die 300.000 Pfund aushändigte, wäre die Sache damit nicht erledigt. Er kannte sie gut genug, um zu wissen, dass sie mit Geld nicht umgehen konnte. Besaß sie wenig, machte sie hier und da Schulden, hatte sie jedoch viel, wuchsen ihre Außenstände ins Unermessliche. Sie war unfähig, sich an einen moderaten Lebensstil zu gewöhnen. Die 300.000 Pfund wären innerhalb weniger Monate verjubelt, und dann würde sie ihn wieder anrufen und mehr verlangen. Sie hatte ihn in der Hand und wusste es. Wenn er einmal zahlte, würde er sein Leben lang zahlen.

Er merkte, dass sein Herz immer noch bis zum Hals schlug. Seine Hände waren zu Fäusten geballt, sein Blick starr auf die zerknickten Blumen gerichtet.

Es durfte nicht so weit kommen. Ein schwacher Moment, und er wäre erledigt. Blanker Hass pochte von innen gegen seine Schläfen wie ein Raubtier, das sich gegen die Gitterstäbe seines Käfigs warf. Er hatte nicht jahrelang in der Furcht gelebt, entdeckt zu werden, nur, um jetzt die Früchte seiner gefährlichen Arbeit an dieses Luder zu verlieren.

Der Entschluss reifte in ihm zwischen zwei hektischen Atemzügen. Er lag klar und deutlich vor ihm, wie eine Blutlache in einer Schneelandschaft. Natürlich hatte er schon früher daran gedacht, aber in seiner schäumenden Wut war der Gedanke ihm merkwürdig fremd und irreal vorkommen. Doch jetzt fühlte er sich inmitten der tobenden Aggressionen merkwürdig ruhig, ja fast gelassen, so, als befände er sich im Auge eines Tornados, still und für alle Gefahren unerreichbar. Er würde sie treffen, und er würde zu diesem Treffen kein Geld mitbringen, sondern kalte Entschlossenheit. Wenn er schnell und zielstrebig vorging, würde er an die belastenden Bänder herankommen, bevor sie ihn bei der Polizei anschwärzen konnte. Und dann Gnade ihr Gott...

# KAPITEL 14

„Komm nicht so spät, wir müssen heute Abend noch das Loch im Scheunendach flicken", rief ihm Rebecca hinterher, bevor sie die Haustür schloss und in das morgendliche Chaos aus rangelnden Kindern, vorwitzigen Katzen und nicht aufgegessenen Frühstücksbroten zurückkehrte. Gillisham saß schon am Steuer seines Mitsubishi-Geländewagens, da flog die Tür noch einmal auf, und Sophia kam herausgerannt, um ihrem Onkel noch schnell ihr neuestes Wachsmalkunstwerk zu zeigen. Als er sie endlich zurück ins Haus komplimentiert hatte, war es 6.45 Uhr, und er würde ordentlich aufs Gas drücken müssen, um noch rechtzeitig zu Dienstbeginn auf der Matte zu stehen. Sonntags nahm man es im Präsidium zwar nicht ganz so genau mit den Arbeitszeiten, aber er hatte jedes Mal ein schlechtes Gewissen, wenn er zu spät kam. Wem auf der Welt konnte man noch vertrauen, wenn selbst die Polizei unpünktlich war?

Trotz seiner nagenden Schuldgefühle überschritt Gillisham lediglich auf der Landstraße das Tempolimit um einige Meilen pro Stunde und drosselte seinen Wagen merklich, als er die Stadtgrenze von Newport passierte. Als er das Fahrzeug schließlich auf dem fast gänzlich leeren Parkplatz hinter dem Präsidium abgestellt hatte und mit einem leicht gehetzten „Guten Morgen" auf den Lippen an der Rezeption der Verkehrspolizei vorbei zur Treppe in den ersten Stock eilte, zeigte die große Uhr über dem Empfangstresen 7.07 Uhr. Gillishams Laune besserte sich sofort beträchtlich, und mit spürbarer Erleichterung stieg er die 22 Stufen zum Kriminalkommissariat hinauf. Sieben Minuten waren zu vernachlässigen, und wahrscheinlich würde er heute sowieso vor Langeweile eingehen. Mehr als eine oder zwei Pub-Schlägereien der letzten Nacht gab es sonntags morgens selten zu bearbeiten, wobei sich die Nachtbereitschaft der Verkehrspolizei meist schon um den Großteil der Formalitäten gekümmert hatte. Wochenendschichten dienten Gillisham meist dazu, die unter der Woche unerledigt gebliebenen Kleinigkeiten abzuarbeiten und sein Büro gründlich aufzuräumen.

Doch an diesem Morgen war der Flur des Kommissariats nicht leer. Auf der schmalen Bank neben dem Treppenaufgang saß ein schwarzhaariger, gertenschlanker Mann in schlichter Sonntagskleidung, den Gillisham kannte, aber niemals hier erwartet hätte.

„Nanu, Peter, guten Morgen", begrüßte er den Wartenden, der ihm mit einem verlegenen Lächeln die Hand schüttelte. „Was verschlägt dich denn zu uns?"

„Eine ziemlich dumme Sache, Teddy", entgegnete sein Gegenüber. „Ich glaube, ich habe einen großen Fehler begangen."

Gillisham führte den Mann in sein Büro, bot ihm den Besucherstuhl an und ging noch einmal kurz ins Erdgeschoss, um zwei Tassen Kaffee zu holen. Als er die Treppe wieder hinaufstieg, fragte er sich immer noch, was sein Gast von ihm wollen könnte. Peter Bradshaw war Assistenzarzt im örtlichen Krankenhaus, der jüngste Doc und daher derjenige, der die meisten Nachtschichten schieben und am häufigsten ausrücken musste, wenn schnelle Hilfe gefragt war. Gillisham war mit ihm zur Schule gegangen und hatte in den letzten Jahren bei zahlreichen Fällen von Körperverletzung mit ihm zusammengearbeitet. Bradshaw war ein pflichtbewusster, engagierter Mediziner, einer jener Menschen, von denen man gemeinhin annahm, dass ihnen nie gravierende Fehler unterliefen. Doch als Gillisham in sein Büro zurückgekehrt war und Bradshaw eine der Tassen in die Hand gedrückt hatte, schaute dieser noch immer recht betreten aus der Wäsche.

„Also, Peter, schieß los. Was ist passiert?"

„Es geht um den Mord vom letzten Sonntag", sagte Bradshaw, nachdem er einen großen Schluck Kaffee genommen und ein wenig unschlüssig auf das unmerkliche Schwappen in seiner Tasse geblickt hatte. „Du weißt, dass ich der Arzt gewesen bin, der William Bickershead als Erster untersucht hat, noch bevor sein Hausarzt aus London eingeflogen war."

„Mein Cousin Miles hat deine Aussagen zu Protokoll genommen."

„Ich habe damals etwas Wichtiges nicht gesagt, etwas, das den Fall in einem gänzlich anderen Licht erscheinen lässt. Bickershead ist nicht vergiftet worden."

Gillisham war einen Moment lang sprachlos vor Erstaunen.

„Wie kommst du darauf?", fragte er schließlich. „Bickersheads Hausarzt und auch der Gerichtsmediziner aus Southampton waren sich ihrer Sache vollkommen sicher."

„Ich weiß nicht, wie sie zu ihrer Diagnose gekommen sind, aber ich bin der festen Überzeugung, dass sie nicht richtig ist", erwiderte Bradshaw, der sich sichtlich unwohl in seiner Haut fühlte. „Als dieser Doctor Minnack aus London eintraf, brauchte er keine fünf Minuten, um festzustellen, dass Bickershead vergiftet worden war. Das schüchterte mich ziemlich ein, denn natürlich habe ich deutlich weniger Berufserfahrung als er, und als der Gerichtsmediziner Minnacks Einschätzung dann auch noch bestätigte, glaubte ich tatsächlich, meine Sinne hätten mir einen Streich gespielt. Doch je mehr Nächte ich darüber schlief, desto sicherer wurde ich mir, dass ich richtig hingesehen hatte. Bickershead befand sich in einem deutlich erkennbaren Zustand der Euphorisierung, als er zusammenbrach. Mehrere Symptome deuteten unmissverständlich darauf hin, dass er nicht an Gift gestorben war."

„Sondern?"

„An einer Überdosis eines Rauschmittels. Nachdem die Sanitäter ihn in das Krankenzelt getragen und seine ursprüngliche Körperhaltung verändert hatten, war die Euphorisierung nicht mehr so deutlich zu erkennen. Vielleicht stellte Bickersheads Hausarzt deshalb die falsche Diagnose. Ich hätte ihm damals meine Beobachtungen mitteilen müssen, anstatt zu schweigen, Teddy. Vielleicht wäre der Polizei und Bickersheads Familie dann eine Menge unnötiger Ärger erspart geblieben." Bradshaw wirkte zerknirscht, aber auch erleichtert darüber, dass es endlich heraus war. Er kippte den Rest seines Kaffees in zwei, drei schnellen Zügen herunter.

„Und du bist felsenfest davon überzeugt, dass du dich auf keinen Fall getäuscht hast?", hakte Gillisham nach.

„Absolut. In einem meiner Spezialisierungskurse während des Studiums habe ich mich zwei Semester mit der medizinischen Betreuung von Schwerstabhängigen beschäftigt. Hier auf der Insel ist Schnaps das Schlimmste, womit sich Menschen zugrunde richten, aber in Portsmouth wird fast jede Woche ein Junkie ins Universitätskrankenhaus eingeliefert, der mit einem Bein oder auch schon mit beiden im Grab steht. Den Anblick eines Süchtigen, der während eines Rausches gestorben ist, vergisst du nie wieder. Bickershead hätte auch einer dieser Heroinabhängigen aus Portsmouth sein können, die nach einem goldenen Schuss in die Notaufnahme eingeliefert wurden und mit einem verzerrten Lächeln auf den Lippen dalagen, während wir erfolglos versuchten, sie wiederzubeleben."

Gillisham erinnerte sich daran, dass Minster vorgestern Nacht kurz vor dem Schlafengehen davon gesprochen hatte, dass Bickershead gelegentlich Heroin geschnupft hatte.

„Kann man genügend Heroin schnupfen, um daran zu sterben?"

„Sicher. Es dauert etwas länger, bis die Wirkung einsetzt, aber wenn die Dosis hoch genug ist, kollabiert der Körper innerhalb weniger Minuten. Bickershead kann sogar mit dem Essen eine tödliche Menge bewusstseinsverändernder Substanzen zu sich genommen haben. Aber wie kommst du ausgerechnet auf Heroin?"

In Gillishams Kopf begannen die Gedanken zu rasen. Die Untersuchungsergebnisse zweier erfahrener Ärzte waren ein schwerwiegendes Argument dafür, dass Bradshaw irrte, aber wenn Bickershead sich tatsächlich – aus welchen Gründen auch immer – das Leben genommen haben sollte, wäre der Fall mit einem Schlag aufgeklärt. Minster könnte von der Tournee abspringen, die ihm mit ziemlicher Sicherheit nicht sonderlich behagte, und die Polizei der Isle

Of Wight würde sich spätestens in vier, fünf Tagen nicht mehr mit dreisten Londoner Journalisten und Bickersheads anstrengendem Vater herumärgern müssen. Außerdem neigte Gillisham instinktiv eher dazu, einem alten Schulkollegen als zwei Auswärtigen zu vertrauen, und das gab letztlich den Ausschlag für einen wagemutigen Entschluss.

„Bickershead ist seit letztem Sonntag tot", sagte er. „Glaubst du, du könntest bei einer Untersuchung der Leiche noch Spuren von Heroin nachweisen?"

„Mit ziemlicher Sicherheit", erwiderte Bradshaw, der zu ahnen begann, worauf Gillisham hinauswollte. „Für eine fundierte Analyse bräuchte ich höchstens eine Stunde."

„Dann wollen wir doch mal sehen, ob wir diese eine Stunde bekommen können."

Gillisham griff zum Telefonhörer und wählte die Nummer des Leichenschauhauses. Er wusste, dass er eigenmächtig handelte. Es wäre in jedem Falle klüger, Inspector MacGallaghan über sein Vorgehen zu informieren, aber er brannte zu sehr darauf, die Wahrheit herauszufinden, um mit seinem Vorgesetzten erst noch stundenlang seine Überlegungen durchzukauen. MacGallaghan war nicht für seine Entschlussfreudigkeit bekannt, und schon gar nicht sonntags morgens.

Im Leichenschauhaus nahm auch nach dem 20. Klingeln niemand ab. Gillisham trommelte unruhig mit den Fingerkuppen auf seine Schreibtischplatte, bevor er einhängte und nach seiner Jacke griff.

„Komm, Peter, wir fahren zum Krankenhaus."

Sie eilten hinunter ins Erdgeschoss, wo Gillisham dem jungen weiblichen Constable an der Rezeption seine Rückkehr für frühestens 9.30 Uhr ankündigte, stürmten über den Parkplatz, sprangen in Gillishams Wagen und fuhren mit quietschenden Reifen vom Hof. Der Verkehr war nicht sonderlich dicht, schien aber noch zäher und behäbiger voranzufließen als an Wochentagen. Gillisham musste sich mehr als einmal zwingen, nicht den Blaulichtaufsatz hinter dem Fahrersitz hervorzuholen. Warum konnte die Bevölkerung von Newport zu dieser gottesfürchtigen Uhrzeit nicht brav in der Kirche hocken oder wenigstens zu Hause im Bett liegen?

Es waren keine zehn Minuten bis zum Krankenhaus, aber als er auf den Parkplatz der pathologischen Abteilung einbog, hatte er das Gefühl, eine halbe Weltreise hinter sich zu haben. In seinem Nacken hatte sich ein Muskel schmerzhaft verkrampft, und seine Wangen waren vor Anspannung gerötet.

Gillisham musste dreimal klopfen, bevor die schwere metallene Eingangstür geöffnet wurde. Auf der Schwelle stand derselbe alte Leichenwäscher, der ihn auch am Donnerstag hereingelassen hatte, als er mit Minster hier gewesen war.

„Ah, Doctor Bradshaw, guten Morgen", grüßte er mit krächzender Stimme. „Und Sie sind einer der Herren von der Kripo, nicht wahr? Was kann ich für Sie tun?"

„Ich würde mir gerne noch einmal den Leichnam von William Bickershead ansehen", sagte Gillisham.

„Ich bedaure, aber da kommen Sie zu spät. Die Leiche ist vor ungefähr drei Stunden abtransportiert worden."

„Abtransportiert?", fragte Gillisham ungläubig. „Von wem?"

„Von den Hinterbliebenen natürlich", erwiderte der Alte mit einer Spur von Entrüstung. „Sein Vater schickte einen Helikopter, der ihn nach London überführen sollte." Und ein wenig missmutig fügte er hinzu: „Ich musste vier Stunden früher als gewöhnlich aufstehen, um den Leichnam für den Flug herzurichten. Die schwärzesten Stunden der Nacht sind nicht die richtige Tageszeit, um einen Toten durch halb England zu transportieren, wenn Sie mich fragen."

Gillisham sah seine Hoffnungen schon wie Seifenblasen zerplatzen, doch Bradshaw schien noch eine andere Chance zu wittern.

„Es reicht vielleicht schon, einen Blick in den Raum zu werfen, in dem die Obduktion stattgefunden hat", sagte er. „Es geht um einige medizinische Aufzeichnungen, die möglicherweise liegen geblieben sind und die wichtig für die Ermittlungen sein könnten. Die Polizei hat mich noch einmal zu dem Fall befragt, und ich würde ein paar Einzelheiten gerne anhand von Obduktionsdaten überprüfen. Würden Sie so freundlich sein und uns hinführen?"

„Natürlich, Doctor Bradshaw", entgegnete der Leichenwäscher pflichtbewusst und schlurfte ihnen voraus den Flur hinab. Er führte sie durch die beiden kleinen Kühlräume in den hintersten und größten, in dem der längliche Metalltisch jetzt leer da lag. Jemand hatte ihn erst vor kurzem abgewaschen, ein paar Wasserschlieren waren noch auf der silbern glänzenden Oberfläche zu erkennen. Gillisham ließ die eisige Kargheit des Raumes auch ohne Leiche genauso frösteln wie vor drei Tagen.

„Wenn Sie mich noch brauchen sollten, ich bin vorne", krächzte der Alte, bevor er kehrtmachte und langsam den Weg zurückschlurfte, den sie gekommen waren.

„Der Computer", sagte Bradshaw, sobald sie alleine waren, und deutete auf den Laptop, der zusammengeklappt auf einer schmalen Anrichte neben dem Tisch lag. „In ihm werden einige der Messgeräte ausgelesen und die Ergebnisse in eine übersichtliche Form gebracht. Der Gerichtsmediziner wird sich alle relevanten Dateien ausgedruckt haben, aber ich wette, dass sie anschließend nicht gelöscht worden sind."

Er klappte den Bildschirm auf, fuhr den Rechner hoch und begann durch die Unterverzeichnisse zu scrollen. Gillisham durchsuchte währenddessen die wenigen Schubladen, die sich in den Raum befanden, nach Ausdrucken oder handschriftlichen Notizen, fand aber zwischen Dutzenden von Instrumenten, von denen er gar nicht wissen wollte, wozu sie verwendet wurden, nicht einen einzigen Zettel. Selbst der Mülleimer war vollkommen leer.

„Merkwürdig“, hörte er den Arzt grummeln, der vornüber gebeugt und mit gerunzelter Stirn vor dem Laptop stand. „Die Files sind tatsächlich nicht mehr da.“

„Könnten sie überschrieben worden sein?“

„Nein, es existieren keine neueren Dateien. In den letzten Tagen haben keine anderen Obduktionen stattgefunden. Der Pathologe muss die Daten gelöscht haben, als er mit seiner Arbeit fertig war. Sehr ungewöhnlich.“

Gillisham schaute Bradshaw über die Schulter, fand die übereinandergelegten Fenster mit Dateiverzeichnissen aber im höchsten Maße verwirrend. Er war nie ein großer Computerexperte gewesen. Es hatte Jahre gedauert, bis er sich mit seinem kleinen Bürorechner angefreundet hatte, und ohne einige jüngere Kollegen von der Verkehrspolizei würde er seine Protokolle wahrscheinlich immer noch auf der Schreibmaschine tippen.

„Nichts, keine Spur davon, dass hier in den letzten zwei Wochen eine Leichensezierung vorgenommen wurde.“ Bradshaw war sichtlich enttäuscht, aber mittlerweile genauso misstrauisch wie Gillisham. „Vielleicht existiert noch eine Ausgabedatei.“

Er öffnete ein anderes Programm und klickte sich durch mehrere Fenster, bis er das gewünschte gefunden hatte.

„Diese hier könnte es sein“, murmelte er, und als sich gleich darauf der Bildschirm mit Tabellen füllte, stieß er einen kurzen, überraschten Pfiff aus und beugte sich mit zu Schlitzen zusammengepressten Augen noch tiefer über das Display.

„Richtig getippt?“, fragte Gillisham.

„Richtig getippt. Die Datei mit den zusammengefassten Ergebnissen der Obduktion, die an den Drucker geschickt wurde, ist im Original gelöscht, als Zwischenkopie aber noch vorhanden.“

Er schaltete den winzigen Thermodrucker an, der seitlich rechts am Laptop angebracht war, und hielt keine Minute später einen Papierbogen mit einer komplexen, für Gillisham völlig unverständlichen Tabelle in den Händen. Beim Überfliegen der Zahlenfolgen verdüsterte sich Bradshaws Miene zusehends.

„Nach dieser Analyse ist Bickershead tatsächlich an letaler Atemlähmung infolge einer Intoxikation durch Kaliumcyanid gestorben. Aber ich würde meine Berufszulassung darauf verwetten, dass einige der Messwerte manipuliert sind. Ich habe die Leiche nicht lange untersuchen können, doch selbst meine oberflächlichen Eindrücke sagen mir, dass diese Werte unmöglich zu Bickershead gehören können. Ich würde mir zu gerne die ursprünglichen

Messdaten ansehen." Er hielt kurz inne und musterte die Port- und Intranet-Buchsen an der linken Seite des Computers. „Moment, vielleicht ist ja noch ein anderer Zwischenspeicher nicht gelöscht worden."

Während Gillisham den für ihn vollkommen unleserlichen Ausdruck in Augenschein nahm, ging Bradshaw seiner letzten Eingebung nach. Diesmal brauchte er etwas länger, um das richtige Verzeichnis zu finden, und mehr als einmal fluchte er leise in sich hinein. Doch schließlich war er dort angelangt, wo er hinwollte. Ein Klicken, ein weiterer Druckbefehl, und erneut lief das unscheinbare Thermogerät an.

„Er war gründlich, aber nicht gründlich genug", sagte Bradshaw mit unverhohlener Befriedigung. „Im Intranet-Puffer liegen noch Kopien der Dateien, die von der Blutanalyse übermittelt wurden."

Er musste die beiden Ausdrucke nur kurz vergleichen, um sich ein Urteil zu bilden.

„Die gemessenen Blutwerte stimmen nicht mit denen überein, die in der Analyse aufgeführt sind."

„Vielleicht ein Versehen?"

„Nein", erklärte der Arzt mit Bestimmtheit. „Es gibt hier eklatante Abweichungen, die nur willkürlich herbeigeführt worden sein können."

„Bist du dir vollkommen sicher, Peter? Schau dir die Daten lieber noch mal ganz in Ruhe an, wenn du Zweifel haben solltest. Es wird für die weiteren Ermittlungen sehr wichtig sein, dass ein Irrtum ausgeschlossen ist."

„Die Datensituation ist eindeutig. Bei der Blutanalyse sind keinerlei Anzeichen für eine toxische Überreaktion festgestellt worden, wie sie nach der Einnahme von Cyanid auftritt. Kaliumcyanid ist ein Blausäuresalz, Heroin ein Opioid. Beide lösen zwar Krämpfe und im schwersten Fall Atemstillstand aus, aber in chemischer Hinsicht unterscheiden sie sich wie ein Hamster von einem Dinosaurier. Diese Ausdrucke hier sprechen eine eindeutige Sprache. Der Pathologe muss die Werte manipuliert haben."

„Kann man aus den Tabellen erkennen, ob Bickershead Heroin im Körper hatte, als er starb?"

Bradshaw überflog kurz beide Blätter.

„Wäre möglich. Um das sicher sagen zu können, müsste man noch einige weitere Auswertungen hinzuziehen, deren Ergebnisse hier nicht aufgeführt sind, doch das Blutbild lässt diesen Schluss durchaus zu. Bickersheads Werte waren auf jeden Fall abnorm genug, um ihn umzubringen. Aber warum macht jemand so etwas, Teddy? Warum wird aus einer Überdosis eine Vergiftung?"

„Das wird der National Crime Squad herausfinden müssen. Es ist auf jeden Fall gut, dass du zu mir gekommen bist. Vielleicht kann die Angelegenheit jetzt recht zügig aufgeklärt werden."

„Ich hätte mich schon früher dazu durchringen sollen. Die ganze Sache stank von Anfang an zum Himmel."

„Mach dir bloß nicht schon wieder Vorwürfe, Peter", sagte Gillisham und gab dem Arzt einen freundschaftlichen Klaps auf die Schulter. „Kannst du diesen Computer so zusammenpacken, dass nicht gleich das halbe Krankenhaus lahmgelegt wird? Ich muss das Ding konfiszieren."

Als Gillisham wenig später dem Oberarzt der Pathologie mitteilte, dass er den Rechner auf unbestimmte Zeit mit ins Präsidium nehmen müsse, war dieser wenig begeistert, konnte letztlich aber nur einen Techniker mit der Suche nach einem Ersatzgerät beauftragen und sich missmutig darüber beschweren, dass er nicht von Anfang an über das Herumschnüffeln in seiner Abteilung informiert worden war. Gillisham versprach, den Rechner nicht länger als unbedingt nötig einzubehalten. Mit seinen Gedanken war er allerdings schon ganz woanders.

Gegen 9.45 Uhr hatte er Bradshaw bei dessen Wagen abgesetzt, sich zum Abschied noch einmal ausdrücklich für seine Hilfe bedankt und war mit einer neuen, dampfenden Tasse Kaffee die Treppe zu seinem Büro hinaufgestürmt. Die Morgenmesse war seit einer Dreiviertelstunde beendet, Inspector MacGallaghan befand sich also entweder zu Hause oder beim Frühschoppen im Pub. Daheim würde er sich gerne stören lassen, im Pub mit allergrößter Wahrscheinlichkeit nicht. Gillisham versuchte es zuerst bei MacGallaghans Privatanschluss und atmete erleichtert auf, als sein Vorgesetzter sich sofort meldete. Er klang gut genug aufgelegt, um die spektakuläre Neuigkeit verkraften zu können.

„Bradshaw war um kurz nach 7 Uhr hier; du weißt schon, der Notarzt, der William Bickershead nach seinem Zusammenbruch als Erster untersuchte", berichtete Gillisham. „Er behauptete steif und fest, der Obduktionsbericht könne nicht stimmen, weil Bickershead in einem euphorisierten Zustand gestorben sei. Inspector Minster hat mal einen ähnlichen Verdacht geäußert, deshalb bin ich mit Bradshaw raus zum Krankenhaus. Die Leiche hatte Bickershead senior bereits abholen lassen, aber wir fanden einige Untersuchungsergebnisse, die Bradshaw stutzig werden ließen. Er verglich die ursprünglichen Messdaten mit dem abschließenden Befund des Gerichtsmediziners aus Southampton und ist sich vollkommen sicher, dass die Daten absichtlich verfälscht worden sind. Bickershead ist aller Wahrscheinlichkeit nach nicht vergiftet worden, sondern an einer Überdosis Heroin gestorben."

MacGallaghan brauchte eine Weile, um den unerwarteten Schwall an Informationen sacken zu lassen. Er brummelte zwischendurch ein wenig vor sich hin, um Gillisham anzuzeigen, dass er noch am anderen Ende der Leitung war, bis er schließlich eine ebenso simple wie für ihn erfreuliche Schlussfolgerung zog: „Dann war es Selbstmord. Wir konnten den Mörder nicht finden, weil es keinen gibt."

„Möglicherweise. Ich frage mich nur, warum der Pathologe und wahrscheinlich auch Bickersheads Hausarzt absichtlich falsche Diagnosen gestellt haben."

„Das herauszufinden, ist nicht länger unsere Aufgabe", kam es beschwingt aus dem Hörer. „Der NCS hat den Fall übernommen, sollen die sich damit herumschlagen. Wir haben schon mehr getan, als wir mussten." Und hastig fügte er hinzu: „Du natürlich ganz besonders, Teddy. Gute Arbeit. Wenn sich herausstellen sollte, dass Bickershead sich tatsächlich umgebracht hat, wird die Sache mit den Festivalcontainern bald vergessen sein. Ruf diesen Minster vom NCS an, und dann mach Schluss für heute. Fahr nach Hause, mach dir ′nen schönen Nachmittag mit deinen Kindern. Morgen hat sich der ganze Fall hoffentlich schon in Rauch aufgelöst."

„Ich muss noch ziemlich viel Kleinkram erledigen", erwiderte Gillisham, den die Ereignisse der letzten Stunden viel zu sehr beschäftigten, um sie jetzt einfach abzuhaken. „Aber danke trotzdem. Vielleicht schaffe ich′s ja in ein, zwei Stunden, mich hier vom Acker zu machen."

„Tu, was du nicht lassen kannst", gackerte MacGallaghan vergnügt und legte auf.

Gillisham holte sich noch einen weiteren Kaffee von unten, bevor er Minsters Handynummer heraussuchte. Ihn hatte das Jagdfieber gepackt. Am liebsten wäre er selbst nach Southampton gefahren, um den Pathologen in die Mangel zu nehmen. Er hielt sich nicht für einen sonderlich herausragenden Ermittler, doch wenn ihn ein Fall fesselte, konnte er sich bis zur Selbstaufgabe darin verbeißen.

Beim ersten Versuch erreichte er Minster nicht. Sein Handy schien keinen Empfang zu haben, aber wenn Gillisham sich richtig erinnerte, spielten die Flying Horses heute auf dem Kontinent, und möglicherweise fuhr der Tourbus gerade durch den Kanaltunnel.

Er beschloss, es in einer halben Stunde noch mal zu probieren, und sah in der Zwischenzeit die Samstagspost durch. Vieles wanderte direkt ins Altpapier, vereinzelte Sendungen legte er in die Fächer seiner Kollegen, und eine Handvoll Schreiben konnte er rasch beantworten oder in den dafür vorgesehenen Ordnern abheften. Übrig blieben ein Rundbrief der obersten Polizeibehörde und ein großformatiger, gefütterter Umschlag, der nicht so aussah, als enthielte er die üblichen Prospekte für Kaffeemaschinen, Faxgeräte oder bedruckbare Werbegeschenke.

Rundschreiben aus London las Gillisham gerne, weil sie in der Regel wichtige Themen behandelten, mit denen die Polizei der Isle Of Wight nur sehr selten oder am Rande zu tun hatte. Nach der Lektüre hatte Gillisham meist das beruhigende Gefühl, jetzt etwas weniger hinter dem Mond zu leben und auf Schwierigkeiten vorbereitet zu sein, die seinem Distrikt in Zukunft möglicherweise blühen würden.

Diesmal ging es um eine statistische Erhebung, der zufolge in den letzten 12 Monaten zehn Prozent mehr illegale Einwanderer aufgegriffen worden waren als im Jahr davor. Aufgrund der verschärften Asylgesetzgebung insbesondere in Frankreich und Deutschland versuchten immer mehr Osteuropäer und Afrikaner, unerkannt nach Großbritannien einzureisen. In dem Schreiben wurden die gängigsten Varianten des illegalen Grenzübertritts aufgelistet, unter anderem auch per Schiff, und darum gebeten, bei Kontrollen noch aufmerksamer und gründlicher vorzugehen.

Gillisham riss die drei Blätter in schmale Streifen und warf sie weg. Die herzlose Kälte, mit der Asylbewerber in den letzten Jahren immer mehr zu lästigen Schmarotzern degradiert wurden, machte ihn wütend, und noch wütender war er darüber, dass er einem Berufsstand angehörte, der nicht gerade für seine Ausländerfreundlichkeit bekannt war. Er konnte sich noch gut daran erinnern, wie in Dover vor einigen Monaten über 20 erstickte Schwarzafrikaner in einem Schiffscontainer entdeckt worden waren, den man in Frankreich luftdicht verschlossen hatte.

Gillisham war der festen Überzeugung, dass es niemandem sonderlich leicht fiel, sein Heimatland auf unbestimmte Zeit zu verlassen, und dass Menschen, die große Risiken und Entbehrungen auf sich nahmen, um fern von zu Hause noch einmal ganz von vorne anfangen zu können, dies nicht aus Geldgier oder Wohlstandsneid taten. Was war England ohne seine Inder, Pakistani, Italiener, Griechen, Afrikaner oder Asiaten? Seine Landsleute waren ein blasses, sprödes Volk, das ein paar belebende Farbtupfer bitter nötig hatte. Und nach allem, was Großbritannien in seinen ehemaligen Kolonien verbrochen hatte, war es nur gerecht, wenn das Land sich nun um einige der Spätfolgen kümmerte.

Gillisham war so aufgebracht, dass er den großformatigen Umschlag aufriss, ohne sich den Absenderstempel näher anzusehen. Aus dem wattierten Innenfutter rutschten ihm eine Videokassette und ein kurzes Anschreiben entgegen. Letzteres trug den Briefkopf der BBC-Fernsehstudios in London und war von einem der Programmdirektoren aufgesetzt worden:

„Sehr geehrte Damen und Herren,

da ich davon ausgehe, dass Sie mit dem Fall des ermordeten Rocksängers Will Hellhound betraut sind, wende ich mich an Sie mit möglicherweise aufschlussreichem Beweismaterial. Wir von der BBC haben große Teile des Festivalprogramms für eine mehrstündige Dokumentation aufgezeichnet und dabei auch die wenigen Minuten des Auftritts der Flying Horses in Bild und Ton festgehalten. In den Fernsehnachrichten sind nur sehr kurze Ausschnitte des bedauerlichen Vorfalls zu sehen gewesen, es existieren jedoch komplette Aufzeichnungen aus acht verschiedenen Kameraperspektiven, die ich Ihnen hiermit gerne in Kopie zur Sichtung überlasse. Wir von der BBC hoffen, dass Ihnen das Material bei der Aufklärung des furchtbaren Verbrechens helfen wird."

Unterzeichnet war der Brief von einem George S. Fockerbuilt, dessen Name Gillisham kein Begriff war. Er warf einen Blick auf das Etikett des Videobandes, auf das jemand peinlich akkurat mit Schablonenbuchstaben „06-23-02 – Konzert Flying Horses, Isle Of Wight, 22:00 - 22:09" geschrieben hatte, und steckte die Kassette in seine Aktentasche. Nach der überraschenden Wendung, die der Fall am heutigen Vormittag genommen hatte, war nicht davon auszugehen, dass die Mitschnitte noch etwas bahnbrechend Neues offenbaren würden, aber vielleicht konnten sie zumindest die These stützen, dass Bickershead an einer Überdosis Heroin gestorben war. Gillisham nahm sich vor, die Kassette heute Abend anzuschauen, wenn die Kinder im Bett und die undichten Stellen im Scheunendach geflickt waren.

Er versuchte ein zweites Mal, Minster anzurufen, aber das Handy des NCS-Inspectors war noch immer nicht erreichbar.

# KAPITEL 15

Die Rückenschmerzen waren quälend, aber nichts im Vergleich zu der furchtbaren Übelkeit und dem fiebrigen Dröhnen in seinem Schädel. Minster hatte fast permanent das Gefühl, sich gleich übergeben zu müssen, fühlte sich jedoch zu schlapp, um sich aus seiner Koje zu rollen und zum Klo zu schleppen.

Schon kurz nach dem Aufbruch in London hatte er gemerkt, dass er das unruhige Liegen in dem fahrenden Bus nicht vertrug. Er war noch nie seekrank gewesen, aber das ruckartige Anfahren und Bremsen und das unberechenbare leichte Schaukeln, vermischt mit dem Röhren des Motors, spannten seinen Körper bis aufs Äußerste an. Obwohl er todmüde gewesen war, hatte er kaum ein Auge zugetan und lediglich eine halbe Stunde auf dem Parkplatz vor dem Tunnel in Dover geschlafen. Ansonsten war er zwischendurch immer mal wieder kurz weggedöst, ohne jedoch wirkliche Erholung zu finden. Die meiste Zeit befand er sich in einem Zustand des Halbschlafes, in dem wirre Traumfetzen und das Ruckeln des Busses ihn in ständiger Unruhe hielten. Sein Bewusstsein irrte ziellos zwischen halb angefangenen Gedankengängen und verstörenden Alptraumszenarien hin und her. Unzählige Male versuchte er, die Eindrücke des letzten Tages zusammenzufassen, aber er kam meist nicht weiter als bis zu den ersten Querverbindungen, bevor sein pochender, übernervöser Schädel wieder in düsteren, wortlosen Tiefen versank. Wie eine unzusammenhängende Diashow zuckten die Momentaufnahmen an ihm vorbei: Mrs. Croydon, die ihm mit einem warmen Lächeln die viel zu große Packung Minzkekse über den Tresen ihres Ladens zuschob, Maxwells über und über mit Ringen behangenen rechte Hand, wie sie die seine bei ihrer ersten Begegnung kräftig drückte, die explodierenden Feuerwerkskörper während des Konzerts, die Koks-Lines inmitten von Bierspritzern und überfüllten Aschenbechern im „Dancing Scotsman“ und immer wieder das drohend erhobene Messer, in dem sich das fahle Licht der Straßenlaterne brach. Minster versuchte die Bilder zu sortieren, Schlüsse aus den gestrigen Ereignissen zu ziehen, doch er war den Traumschnipseln hilflos ausgeliefert. Sogar seine Meditationstechniken versagten bei dem Versuch, sich selbst zu beruhigen. Er war viel zu müde und gleichzeitig zu aufgekratzt, um gegen das Chaos in seinem Kopf ankämpfen zu können.

Um kurz nach 8 Uhr gingen in Calais zwei französische Grenzbeamte durch den Bus, um die Papiere aller Insassen zu kontrollieren und ihre Nasen über den schalen Bier- und Schweißmief zu rümpfen. Minster legte sich danach wieder hin, doch es dauerte keine Viertelstunde, bis er sich erneut aus der engen, ungemütlichen Koje wühlte und leise in sich hineinfluchend in seine Hose schlüpfte. Seine geprellte Niere stach noch etwas, wenn er sich zu ruckartig bewegte, aber zumindest die Übelkeit war auf ein erträgliches Maß zusammengeschrumpft und einem knurrenden Hunger gewichen. Es würde erträglicher sein, sich mit dem neuen Tag anzufreunden, als einen weiteren von vornherein zum Scheitern verurteilten Versuch zu wagen, doch noch etwas Schlaf zu finden.

Auf den Tischen in der hinteren Sitzecke lagen zwei Dutzend Cadbury-Schokoriegel. Da von den Roadies noch keiner wach zu sein schien und nichts anderes Essbares in Sichtweite war, nahm sich Minster zwei der Kingsize-Zuckerbomben und verzog sich damit aufs Klo. Nachdem er seine Blase geleert und das zähe Karamell heruntergeschlungen hatte, fühlte er sich schon um einiges besser. Falls er heute Nacht wieder nicht schlafen können sollte, würde er sich auf jeden Fall zum Aufstehen zwingen.

Mit einer der wenigen Dosen Mineralwasser, die sich im Kühlschrank befanden, ließ er sich in einen Sessel am Fenster plumpsen und blickte hinaus in den leichten Sommerregen, der den nördlichsten Zipfel Frankreichs mit einem feinen grauen Schleier überzog. Als der Bus auf die Schnellstraße in Richtung Dünkirchen einschwenkte, begann Minster sich endlich zu entspannen, und nachdem er eine Weile hinaus auf die Wiesen und Felder gestarrt hatte, die die Straße säumten, und anschließend eine halbe Stunde im Sitzen geschlafen hatte, fühlte er sich überraschend fit. Mit deutlich aufgeräumterem Schädel machte er sich daran, die Ereignisse der letzten 24 Stunden zu rekapitulieren.

Der möglicherweise interessanteste Punkt war das Auftauchen des unbekannten Messerstechers. Vielleicht hatte Maxwell recht, und der Mann war lediglich auf Fleece losgegangen, weil dieser ihn provoziert hatte. Es konnte aber auch sein, dass der Angriff geplant und mit Absicht gänzlich anderer Natur war als der Giftmord an Bickershead. Ein cleverer Attentäter, der es auf mehr als einen der Musiker abgesehen hatte, würde sich davor hüten, jedes Mal nach demselben Muster vorzugehen.

Ansonsten gab es wenig, was eventuell zur Aufklärung des Falles würde beitragen können. Sowohl Maxwell als auch die Roadies und Band-Mitglieder drängten sich als Verdächtige bislang nicht auf. Niemand von ihnen hatte mit Sicherheit sagen können, ob die Horses auch ohne Bickershead funktionieren würden. Wer das Risiko einging, seine eigene, überaus erfolgreiche Band aufs Spiel zu setzen, musste schon krankhafte Aversionen gegen Bickershead gehegt haben. Ein angespanntes Verhältnis zu dem Toten hatte Minster lediglich bei Fleece beobachtet, und selbst bei ihm waren die negativen Gefühle eher unterschwellig spürbar gewesen. Falls er Bickershead stark genug hasste, um ihn umgebracht zu haben, wusste er es bisher geschickt zu verbergen. Sein Instinkt sagte Minster, dass Fleece unschuldig war, er würde ihn aber dennoch in den nächsten Tagen besonders aufmerksam beobachten.

Natürlich bestand die Möglichkeit, dass der Täter nicht aus den Reihen des Tourtrosses stammte. Minster fühlte sich unwohl bei dem Gedanken, dass er seine Zeit womöglich mit einer nutzlosen Undercover-Ermittlung verschwendete, während der Mörder unbehelligt eine immer größere zeitliche und vielleicht auch räumliche Distanz zwischen sich und sein Verbrechen brachte. Was, wenn das Motiv für die Tat doch in Bickersheads familiärer Situation zu finden war? Oder wenn es in der großen Gleichung Variablen gab, die er noch gar nicht auf der Rechnung hatte? Ein eifersüchtiger Konkurrent aus einer anderen Band? Ein geisteskranker Fan? Doch sie alle hätten kaum Gelegenheit gehabt, Bickersheads Hot-Dog zu vergiften. Die Mordumstände deuteten darauf hin, dass der Täter aus Bickersheads direktem beruflichem Umfeld stammte. Doch ausgerechnet diese Gruppe von Tatverdächtigen schien das geringste Interesse daran gehabt zu haben, ohne den charismatischen Kopf der Flying Horses weiterzuarbeiten.

Minster erinnerte sich wie so oft an jene Worte, die sein alter Ausbilder Livingstone immer und immer wieder gebetsmühlenartig wiederholt hatte: Die Beweggründe für einen Mord reduzieren sich immer auf Geld oder Sex. Es konnte nicht schaden, Bickersheads finanzielle Situation noch einmal eingehend durchleuchten zu lassen, und außerdem musste seine Freundin verhört werden. Da die Horses auch in Paris auftraten, sollte sich ein Treffen mit ihr arrangieren lassen.

Er fischte sein Handy aus der Hosentasche, schaltete es ein und stellte fest, dass auf seiner Mailbox keine neuen Nachrichten hinterlassen worden waren. Er überlegte, ob er wegen Bickersheads Vermögensaufstellung in der Zentrale anrufen sollte, verwarf den Gedanken aber wieder, weil er nicht wusste, ob alle Roadies wirklich noch schliefen. Stattdessen schickte er eine Warp-Mail ab, in der er neben Bickersheads Vermögensliste auch mögliche Ermittlungsergebnisse bezüglich der Identität des Messerstechers anforderte, und ließ das Handy anschließend wieder in seiner Hosentasche verschwinden.

Nachdem er noch einen weiteren Schokoriegel gegessen hatte und die Sonne immer häufiger durch die dünne Wolkendecke zu lugen begann, kam langsam Leben in den Bus. Vorhänge wurden auseinandergerissen, aus einer der Kojen flog eine leere Bierbüchse auf den Gang, und der erste von zahlreichen lauten Blähungen, die aus den Tiefen der Schlafkammern drangen, wurde von allen Umliegenden lautstark bejubelt. Sogar der Busfahrer, ein gemütlicher Waliser namens Ken, mit dem Minster in der gestrigen Nacht vor der Abfahrt noch ein paar Worte gewechselt hatte, wieherte aus tiefster Kehle, als die Roadies versuchten, ihre Duftmarken exakt im Takt abzusondern.

„Anal-Ballett, Generalprobe", kam es aus einer der Kojen, und als es mit der Präzision nicht so recht klappen wollte, verlegte man sich wieder auf pure Lautstärke, wobei jeder besonders gelungene Versuch mit anerkennendem Johlen gewürdigt wurde. Irgendwann schauten die ersten vom eigenen Gestank angewiderten Köpfe zwischen den Vorhängen hervor und bemerkten Minster, der ein wenig hilflos aus der Wäsche schaute.

„Sorry, Ninja", rief ihm einer zu. „Wir wollten dich nicht gleich mit dem vollen Programm zunebeln, aber in dem Eintopf von gestern waren verflucht viele Zwiebeln und Bohnen. Dann noch der leckere Alkohol, und ... na ja, du weißt schon, wie so was endet."

„Hast deine Dinger wohl alle schon heimlich rausgedrückt, wie?", kam es aus einer anderen Koje, bevor sich zwei nackte, tätowierte Beine in den Gang hinausschwangen.

Wenig später hatten es sich die vier Roadies neben Minster in der hinteren Sitzgruppe bequem gemacht, tranken Cola und stopften Schokoriegel mit einer Geschwindigkeit in sich hinein, die Minster besorgniserregend fand. Zwei von ihnen hatten den kleinen Fernseher und die Playstation-Konsole eingeschaltet und lieferten sich schmatzend und fluchend ein Autorennduell.

Im „Dancing Scotsman" hatte sich jeder der Roadies Minster vorgestellt, doch er konnte ihre Namen – Wally, Floyd, Scotch und Bluegrass – nicht mehr unfallfrei zuordnen, weil die vier sich äußerlich sehr ähnelten. Sie waren alle Ende 20, hatten ihr langes Haar zu einem Zopf zusammengebunden und trugen Armeehosen mit vielen Taschen und T-Shirts mit verwaschenen Aufdrucken, von denen Minster annahm, dass es Logos von Heavy-Metal-Bands waren. Zahllose unterschiedlich sauber gestochene Tätowierungen auf Armen und Hälsen und ein leicht säuerlicher Geruch nach zu lange nicht gewaschenen Genitalien vervollständigten den Gesamteindruck des Quartetts, das ohne Probleme als von den Eltern frühzeitig verstoßener Vierlingswurf hätte durchgehen können.

Minster akzeptierten sie wie selbstverständlich als einen der Ihren. Alle naselang forderten sie ihn zu einer Autorennpartie heraus, die er stets haushoch verlor, und teilten mit ihm den Berg Käsebrote, den Ken nach einem Tankstopp herumreichte. Während dieser kurzen Pause lugte Maxwell in den Crewbus hinein, um sich zu vergewissern, dass Minster in guten Händen war. Als er sah, wie Minster mit verkniffener Miene vor dem Fernseher hockte und ebenso verzweifelt wie vergeblich versuchte, seinen gelben Lamborginhi durch viel zu scharfe Kurven zu lenken, grinste er zufrieden.

„Mach dir nichts draus, gegen die Jungs hat seit der '97er Tour niemand mehr gewonnen", rief er noch, bevor er wieder aus der Tür verschwand.

Die Busse waren gerade wieder angefahren, da klingelte Minsters Handy. Er verfluchte sich innerlich, weil er vergessen hatte, es auszustellen. Ihm blieb nichts anderes übrig, als den Anruf anzunehmen.

„Eine bodenlose Unverschämtheit!", brüllte ihm Abraham Bickershead ins Ohr. „Was fällt Ihnen ein, Ihr Telefon auszustellen? Glauben Sie, Sie könnten mich so abwimmeln? Ich verlange von Ihnen einen lückenlosen Bericht über den Stand Ihrer Ermittlungen."

„Die Sache sieht gut aus", erwiderte Minster geistesgegenwärtig. „Ich habe schon beinahe genug Stoff für den Artikel zusammen."

„Was reden Sie da für einen Unsinn?", unterbrach ihn Williams Vater ungehalten. „Artikel? Sie sollen den Mord an meinem Sohn aufklären!"

„Kein Problem, für einen Ganzseiter in der nächsten Wochenendausgabe reicht es auf jeden Fall."

„Hören Sie auf mit diesem Gewäsch!", schrie Bickershead senior so laut, dass Minster befürchtete, die Roadies könnten jedes seiner Worte mithören. „Ich warne Sie, Minster. Wenn Sie mich vergackeiern wollen, haben Sie sich mit dem Falschen angelegt. Sie erzählen mir jetzt auf der Stelle, was Sie bislang herausgefunden haben, oder ich werde mich bei Ihrem Vorgesetzten über Sie beschweren."

„Alles klar, der Text kommt dann am Donnerstag, und die Bilder sind bis Freitag in der Redaktion." Minster ließ Bickershead keine Chance zu einem weiteren Wutausbruch. Er drückte das Gespräch weg und stellte das Handy aus.

„Mein Chefredakteur", erzählte er den Roadies. „Er kann es gar nicht abwarten, bis ich ihm die Story abliefere."

„Schreib bloß nichts von unserem Anal-Ballett", rief derjenige, von dem Minster glaubte, dass er Floyd hieß. „Wenn meine Mutter das liest, wird sie mich endgültig enterben."

Die Zeit verging wie im Flug mit Playstation-Niederlagen, klebrigem Karamell und sinnfreiem Geplapper. Minster nahm kaum wahr, dass sie bei Bray-Dunes die belgische Grenze überquerten, um 10.30 Uhr bei strahlendem Sonnenschein durch die tristen Industriegebiete Gents fuhren und eine Stunde später bereits Antwerpen passiert hatten. Als die Busse gegen 12 Uhr auf dem Grenzparkplatz an der Autobahn kurz vor Breda zum Stehen kamen, befanden sie sich bereits in Südholland.

Die Roadies wollten zum Wasserlassen nach draußen, um die Chemietoilette des Busses zu schonen, doch auf dem Asphalt stand ein halbes Dutzend holländischer Polizisten und bedeutete ihnen, im Fahrzeug zu bleiben.

„Drogenrazzia, niemand verlässt den Bus", rief der Anführer des Trupps, ein hoch aufgeschossener Blondschopf, bevor er mit seinen Männern durch die vordere Tür einstieg und sie den Innenraum des Busses zu durchkämmen begannen.

„Scheiße, muss das ausgerechnet jetzt sein?“, murmelte Floyd, als er sich mit den anderen wieder in die Sitzecke verkrümelte. „Wenn das länger als fünf Minuten dauert, platzt meine Blase.“

„Als wenn das alles wäre, was uns blüht“, flüsterte einer seiner Kollegen, von dem Minster mittlerweile wusste, dass er Bluegrass hieß. „Hoffentlich finden sie das Koks nicht.“

Minster ging in Gedanken sein Gepäck durch. Siedend heiß fiel ihm ein, dass sich sein Dienstausweis in dem Portemonnaie befand, das einer der Polizisten gerade aus seiner Sporttasche herausholte. Er betete zu Buddha, dass der Holländer den Ausweis entweder nicht näher in Augenschein nehmen würde oder aber so viel Klugheit besaß, Minster nicht vor der kompletten Busbesatzung darauf anzusprechen. Mit angehaltenem Atem musterte er den Fahnder, der quälend langsam in dem Münzfach des Portemonnaies herumwühlte, bevor er Minsters Papiere durchblätterte. Bei der ID-Karte hielt er kurz inne, dann stopfte er sie zusammen mit den falschen Visitenkarten des „Guardian“ und den übrigen Papieren zurück in die Brieftasche. Minster bemühte sich, nicht zu erleichtert aufzuatmen.

Der Rest seines Gepäcks war schnell kontrolliert, doch in einigen Taschen der Roadies fanden die Beamten kleine Plastiktütchen mit weißem Pulver, was sie dazu veranlasste, einige abgehackte Sätze auf Holländisch auszutauschen und den Rest des Busses mit doppelter Sorgfalt zu untersuchen.

Minster registrierte anerkennend die Routine und Zielstrebigkeit, mit der die Fahnder sich durch das Chaos arbeiteten. Mit geübten Griffen schauten sie unter die dünnen Matratzen, zogen die Pornovideos aus ihren Hüllen und suchten nach verborgenen Fächern in den Böden der Sessel. Wenn Minster Drogen hätte schmuggeln wollen, hätte er sie unter die Schutzverkleidung der Klimaanlage an der Decke gesteckt, aber selbst dort setzten die Polizisten ihre Schraubenschlüssel an. Als die Durchsuchung nach einer Dreiviertelstunde beendet war, hatten sie allerdings bis auf das Kokain aus den Taschen der Roadies nichts gefunden.

„Ein bisschen viel Pulver“, sagte der Fahndungsleiter in holprigem Englisch. „Wir müssen eure Daten aufschreiben, bevor ihr weiterfahren dürft. Und der Stoff ist natürlich eingezogen.“

Bei der anschließenden Abgleichung der Ausweise mit dem Strafregister stellte sich heraus, dass Floyd schon zweimal in Holland wegen Drogenbesitzes zu Bußgeldern verurteilt worden war, und auch Wally war kein Unbekannter in der Drogendatei der niederländischen Polizei.

„Eigentlich müssten wir euch mitnehmen“, verkündete der Sprecher des Fahndungstrupps und blickte mit strengem Blick in die Runde. „Dies ist die letzte Chance, die ihr bekommt. Wenn ihr in Holland noch einmal mit harten Drogen erwischt werdet, brummen wir euch ein Verfahren auf. Wann verlasst ihr das Land?"

„Morgen früh", erwiderte Wally kleinlaut. „Wir fahren weiter nach Frankreich."

„Dann passt auf, dass ihr sauber bleibt. Die französischen Kollegen greifen viel härter durch als wir."

„Scheiße, das Koks hat mich 'nen schönen Batzen Asche gekostet", flüsterte Floyd, als die Polizisten im vorderen Teil des Busses verschwanden und beim Aussteigen von Ken angeraunzt wurden, weil sie bei ihrer Razzia die Innenverkleidung der Fahrertür aus der Verankerung gerissen hatten.

„Kann der Typ nicht einfach seine blöde walisische Fresse halten?", grummelte Scotch. „Uns reißen sie beinahe den Arsch auf, und anstatt dankbar zu sein, dass wir so glimpflich davongekommen sind, muss dieses Riesenarschloch noch rumpöbeln."

Nachdem die Polizisten außer Sichtweite waren und Ken fluchend begonnen hatte, die Tür zu reparieren, kam Maxwell vom anderen Bus herübergelaufen. Als er hörte, was vorgefallen war, färbte sich sein breiter Schädel scharlachrot.

„Wie oft muss ich euch Schwachköpfen noch sagen, dass ihr das Zeug nicht mit über irgendwelche Grenzen schleppen sollt?", fuhr er die Roadies an. „Tourbusse sind immer das Erste, was hochgenommen wird. Kauft euch so viel Koks, wie ihr wollt, aber lasst es verflucht noch mal nicht im Bus liegen. Drüben bei uns haben die Bullen nicht mal Partikelspuren von Pulver gefunden. Nehmt euch daran gefälligst ein Beispiel. Ich habe keinen Bock, dass wir eines Tages zu spät zu einem Gig kommen, nur weil wir wegen euch Schnarchtassen eingebuchtet worden sind. So, und jetzt macht eure Mäuler wieder zu und geht noch mal pissen. Wir müssen in zwei Stunden in Amsterdam sein. Minster, du kannst den letzten Teil der Strecke ruhig bei uns mitfahren. Hier wird jetzt eh erst mal 'ne Schlechtwetterfront durchziehen."

Im Bandbus war die Stimmung tatsächlich deutlich gelöster, ansonsten herrschte aber ein ähnliches Chaos. Die nur halbherzig beseitigten Spuren der Durchsuchung gingen nahtlos in die allgemeine Unordnung über, die gesamte Besatzung mit Ausnahme der Frauen von Fitzgerald und Barsley zwängte sich in die hinteren Sitzgruppen, und es roch nach einer wenig appetitlichen Mischung aus Schweiß, Alkohol, Zigarettenqualm und faulen Eiern.

„Schöne Scheiße", brummelte Barsley, als Maxwell mit immer noch gerötetem Kopf von dem Kokainfund bei den Roadies erzählt hatte. „Warum müssen die Bullen auch ausgerechnet immer Tourbusse filzen? Können die zur Abwechslung nicht mal ein paar Yuppies in ihren Cabrios hopsnehmen? So viel Koks wie bei denen werden sie bei uns niemals finden."

„Im Gegensatz zu verblödeten Musikern und ihren noch verblödeteren Crews sind neureiche Arschlöcher aber meist clever genug, ihr Zeugs nicht über Grenzen zu schmuggeln“, pöbelte Fleece, bei dem sich Mia wie ein Schoßhund auf den Oberschenkeln drapiert hatte. „Floyd und diese anderen Primaten haben nicht mal genug Grips in der Birne, um sich unfallfrei Spiegeleier zu braten. Wir sind gerade mal einen Tag unterwegs, und sie benehmen sich schon wieder wie 1997. Als uns diese Carabinieri in Mailand einsackten, mussten wir höllisch viel Kohle lassen, um unsere grandiose Roadcrew aus diesem Rattenloch von Gefängnis rauszuholen. Beim nächsten Mal sollten wir sie einfach drin vergammeln lassen, vielleicht lernen sie's dann ja endlich.“

„Cheers“, grölte Fitzgerald und prostete Fleece mit seiner Bierdose zu. „Auf unsere genialen Gehirnchirurgen.“

„Nur gut, Jon, dass du die beiden Schlampen schon vor dem Tunnel rausgeschmissen hast“, fuhr Fleece fort. „So wie die gestern Nacht rumgehampelt haben, müssen die halb Kolumbien in ihrer Handtasche gehabt haben.“

Dembinski grinste, antwortete aber nichts, sondern beugte sich zum Kühlschrank hinunter.

„Hier, Ninja, fang“, rief er und warf Minster eine Dose Mineralwasser zu. „Auf den Schreck müssen wir erst mal anstoßen.“

Während die Busse ihre Fahrt wieder aufnahmen und Maxwell mit dem Konzertveranstalter in Amsterdam telefonierte, um den genauen Zeitplan für den Nachmittag abzustecken, ließen die Musiker die Alkoholvorräte immer mehr zusammenschrumpfen, rekapitulierten mit unverhohlenem Stolz das gestrige Konzert und philosophierten über die Zukunft der Band.

„Habt ihr was dagegen, wenn ich mein Aufnahmegerät einschalte und euch ein paar Fragen stelle?“, meinte Minster irgendwann. „Für den Artikel brauche ich noch ein paar gute Zitate.“

„Klar, schmeiß an die Kiste“, erwiderte Fleece mit einem siegessicheren Grinsen, so als habe er einen Boxkampf vor sich, den er nicht verlieren konnte.

„Es ist das erste richtige Interview, seit Will gestorben ist“, sagte Fitzgerald und blickte auf den provisorischen kleinen Altar, den sie für ihren ehemaligen Sänger errichtet hatten. Das in Schwarzweiß hochkopierte Foto von Bickershead hing noch immer neben dem Regal mit den Videospielen. Darunter hatte jemand eine neue, bordeauxrote Kerze zwischen die alten Wachsreste gequetscht. Fitzgerald fingerte ein Feuerzeug aus den Tiefen der Taschen seiner ausgebeulten Trainingshose und zündete den Docht an. Für einige zerbrechliche Augenblicke kehrte eine feierliche Stimmung im Bus ein, in der das gleichmäßige Brummen des Motors wie die tiefen, voluminösen Basstöne einer Kirchenorgel klangen. Minster bemühte sich, den Aufnahmeknopf seines Diktiergeräts möglichst lautlos herunterzudrücken.

„Armer Kerl", kam es von Barsley, der ein wenig abwesend in die Flamme schaute. „So jung und schon so verdammt mausetot. Er hätte noch einen Haufen Songs schreiben können, die vielen Leuten ′ne Menge bedeutet hätten."

„Will war eines der wenigen echten Genies der letzten 20 Jahre", fügte Dembinski leise hinzu. „Als wir anfingen, Musik zu machen, ging jedem von uns das Business komplett am Arsch vorbei. Es gab kaum noch innovative Bands, keine mutigen Sounds, niemand hatte wirkliche Visionen. Jimi Hendrix, Janis Joplin, Jim Morrison, Keith Moon, John Bonham, Bon Scott, John Lennon – sie alle waren schon lange vermodert, und niemand traute sich, in ihre Fußstapfen zu treten. Die meisten der großen Bands der 70er Jahre gab′s nicht mehr, und wer sich als Fan von Led Zeppelin, The Who oder den Beatles outete, war so dermaßen unten durch, dass er sich eigentlich besser gleich erschießen konnte. Die Rap- und Disco-Wichser lachten sich über uns kaputt, während die Rock-Kids lieber nervigen Garagenpunk hörten als die Klassiker. Hätte ich wahrscheinlich auch getan, wenn ich damals zwei oder drei Jahre jünger gewesen wäre. Was hatten sie denn auch für eine Wahl? Die letzten Dinosaurier wie Deep Purple, Black Sabbath, Yes oder Genesis spielten lahme Popmusik oder hinkten ihrer Bestform um Lichtjahre hinterher, und dieser miese, aufgeblasene Haarspray-Hardrock von Cinderella oder Poison ließ einem die Eier aus der Hose plumpsen. Die 80er Jahre waren ein verfluchtes Scheißjahrzehnt. Schreib das ruhig, Minster, schreib′s so drastisch, wie ich′s gesagt habe. Jeden von uns kotzten diese seichten Popgitarren an, und wir hockten mit Anfang 20 wie verbitterte Kriegsveteranen zu Hause rum und spielten die alten Langspielplatten rauf und runter, bis das Kratzen lauter war als die Musik. Immer wenn wir das Radio einschalteten, hatten wir das Gefühl, Gott werde sich diese Scheiße nicht mehr lange gefallen lassen und uns Pest und Cholera auf den Hals hetzen, damit endlich Schluss wäre mit diesem verweichlichten Geseier. Doch er drückte noch mal beide Augen zu und schickte uns stattdessen Nirvana."

„Und Soundgarden", ergänzte Fitzgerald. „Und Green River und Mother Love Bone. Und Mudhoney, Alice In Chains, Pearl Jam. Als ich das erste Mal `Alive′ hörte, wäre ich vor Freude fast aus dem Fenster gesprungen."

„Plötzlich liefen im Radio wieder Lieder, die voller Rotz und Schmutz waren", warf Barsley ein. „Die widerliche Gülle, die sich in unserer Kindheit angestaut hatte, hatte endlich eine Chance, ausgekotzt zu werden."

„Habt ihr deshalb die Band gegründet?", fragte Minster.

„Absolut", sagte Fleece grimmig. „Wir wollten dieses 80er-Trauma auf Biegen und Brechen loswerden. Schlägereien und Saufgelage brachten es nicht richtig, man fühlte sich hinterher nur noch elender. Als die Band zusammenkam und wir zum ersten Mal probten, lag sofort eine starke Magie in der Luft. Wir wussten, dass wir die nötige Wut hatten, um in England etwas Ähnliches zu schaffen wie Nirvana drüben in Amerika."

„Na ja, eigentlich gründete Will die Horses mehr oder weniger alleine", berichtigte Dembinski. „Er hatte damals schon seine Solo-CD draußen und suchte eine gute Band, um auf Tour gehen zu können. Obwohl er einige Jahre jünger war als wir, war er der kreative Kopf, der alle Songs schrieb und die Massen durchdrehen ließ. Ohne ihn würden wir immer noch in irgendwelchen zweitklassigen Hinterhof-Coverbands spielen."

„Alleine hätte er es nie gepackt", erwiderte Fleece gereizt. „Er brauchte uns, um aus seinen Ideen wirkliche Songs zu machen. ′ne Nummer wie `Mountain Of Pain′ wäre nie veröffentlicht worden, wenn ich ihm nicht die Riffs dazu geliefert hätte."

„Aber Will war das Herz und die Seele der Band", konterte Dembinski. „Wenn wir ohne ihn im Proberaum abhingen, brachten wir nichts Vernünftiges zustande."

„Na ja, du hast immerhin `Time To Chime′ im Alleingang geschrieben", warf Barsley ein, „und Damien `Battlefields On Desert Islands′ und `One-Eyed Sphinx′."

„Klar, aber das waren Single-B-Seiten oder Bonustracks für die Japan-Editionen", entgegnete Dembinski, dem das angriffslustige Funkeln in Fleeces Augen nicht entgangen war. „Ich will auch gar nicht sagen, dass wir ohne ihn nichts auf die Kette kriegen. Wir sollten nur niemals vergessen, dass er der Motor der Band gewesen ist, solange er am Leben war. Ich singe jetzt seine Songs, und ich wäre der Letzte, der versuchen würde, sich mit ihm auf eine Stufe zu stellen. Wir werden weitermachen, aber wir werden eine andere Band sein, und Will bleibt ein Heiligtum, an dem keiner rütteln kann."

Fleece murmelte etwas Unverständliches in sich hinein und schaute abwechselnd Minster und Dembinski an, so als überlege er, ob er vor dem Journalisten einen offenen Streit mit seinem Bandkollegen riskieren sollte. Schließlich zog er es jedoch vor zu schweigen und Mia über den Po zu streichen.

„Was glaubt ihr, wer ihn umgebracht hat?" Minster sah den richtigen Moment gekommen, um seine Ermittlungen voranzutreiben. „Wer könnte einen Grund gehabt haben, ihn zu vergiften und die Band an den Rand des Untergangs zu treiben?"

„Irgendein Psychopath", ließ Fitzgerald zwischen zwei Schlucken Bier verlauten. „Ein Irrer, der glaubte, im Auftrag Gottes oder Allahs oder was weiß ich wem unterwegs zu sein. So wie damals bei John Lennon. Diese Wahnsinnigen suchen sich für ihre kranken Missionen immer irgendwelche Rocksänger aus. Es gab keinen vernünftigen Grund, Will umzulegen. Er hatte keine Feinde, und seine Ex-Freundinnen ließen ihn auch in Ruhe." Barsley und Dembinski nickten zustimmend, während Fleece ausdruckslos ins Leere starrte.

„Mit Wills Karma war etwas nicht in Ordnung", sagte Mia zögerlich. „Er zog solche Leute an. Ich konnte es auf der Isle Of Wight spüren. Seine Aura war irgendwie düster, unheilschwanger."

„Meine Fresse, was für 'ne Scheiße", rief Fleece und schubste das Mädchen so unsanft von seinem Schoß, dass es hinfiel. „Hör bloß auf mit diesem Esodreck. Wie oft hab ich dir schon gesagt, dass wir deinen Drogenmüll nicht hören wollen?"

Mia rappelte sich vom Boden auf, schaute wie ein gehetztes Reh um sich und rannte mit Tränen in den Augen durch den Kojengang in den vorderen Teil des Busses.

Fleece grinste Minster unbeholfen an. „Sorry, aber dazu fällt mir einfach nichts mehr ein. Ich nenne es nicht gerade Ehrfurcht vor den Toten, wenn man ihnen irgendwelche Karma-Spinnereien andichtet."

Es herrschte betretenes Schweigen, bis Barsley schließlich eine neue Runde Bierdosen aus dem Kühlschrank holte und Minster zur nächsten Frage kam.

„Wenn es irgendein Wahnsinniger war, wie hat er es dann geschafft, Will zu vergiften? Er muss es schließlich irgendwo im Backstage-Bereich getan haben, oder?"

„Da liefen mindestens tausend Leute rum", sagte Fitzgerald. „Jeder davon hätte ihm was unterjubeln können. Ein Bonbon, ein Brötchen – alles hätte ihn killen können. Und wir waren viel zu breit, um für so was ein Auge zu haben. Ich glaube nicht, dass überhaupt irgendwer im Backstage nüchtern gewesen ist. Wenn doch, war's kein gutes Festival."

„Gingen die Leute denn auch in eurem Container ein und aus?"

„Nein", erwiderte Dembinski, „aber jeder, der wirklich wollte, konnte reinkommen und zumindest ein paar Worte mit uns wechseln, bevor er rausgeworfen wurde. Außerdem gab es noch einen Hintereingang, durch den ständig Musiker von befreundeten Bands reinschneiten."

„Wurden an dem Abend auch härtere Drogen genommen?"

„Was willst du damit andeuten?", fragte Fleece argwöhnisch.

„Nichts", beeilte sich Minster zu sagen. Er war zu weit gegangen. „Ich hatte mich nur vor ein paar Tagen bei der Polizei nach dem Stand der Ermittlungen erkundigt, und da sagte man mir, die gesamte Crew sei vor dem Auftritt unzurechnungsfähig gewesen."

Barsley lachte schallend drauflos. „Unzurechnungsfähig! Super! Die verdammten Bullen. Bloß weil wir Musiker sind, glauben sie, uns jeden Scheiß anhängen zu können. Klar waren wir ein bisschen zugerußt, aber es wäre uns wohl aufgefallen, wenn jemand Will mal eben so im Vorbeigehen 'ne Handvoll Gift in die Kralle gedrückt hätte. Nee, wenn ihr mich fragt, dann ist da jemand ziemlich berechnend und clever vorgegangen. Dieser Typ, der John Lennon umgenietet hat, soll auch verdammt durchtrieben gewesen sein."

„Hoffentlich schnappen die Cops den Kerl, der Will auf dem Gewissen hat, und brechen ihm erst mal sämtliche Knochen, bevor sie ihn einbuchten", schnaubte Fleece. „Man kann sich ja kaum noch aus dem Haus trauen. Erst das Gift, dann gestern das Messer. Fast wäre ich auch draufgegangen."

„Jetzt mal den Teufel mal nicht an die Wand", entgegnete Dembinski säuerlich. „Das mit dem Messerstecher war purer Zufall."

„Vielleicht ist mein Karma ja auch 'n bisschen schwarz angelaufen", erwiderte Fleece schief grinsend.

„Wie wird es mit der Band weitergehen?", fragte Minster. „Maxwell sagte gestern nach der Show, ihr könntet eine neue CD aufnehmen."

„Klar können wir das", höhnte Fleece, „aber wir machen's dann, wenn wir Bock darauf haben, und nicht, wenn irgendwelche Sesselfurzer von Universe Records der Meinung sind, sie könnten am meisten Kohle abkassieren. Nach der Tour werden wir uns zusammensetzen und entscheiden, was als nächstes ansteht. Vielleicht pfeifen wir auch aufs Studio und touren durch Nordamerika."

„Universe werden nach der Tour eh erst mal 'ne Greatest-Hits-Scheibe rausbringen, egal ob wir sie absegnen oder nicht", prophezeite Barsley. „Wahrscheinlich remastern sie auch noch unsere alten Platten und legen sie mit irgendwelchen miesen Bonustracks neu auf. Wenn du 'nen Toten in deiner Band hast, bist du plötzlich mächtig angesagt."

„Ein Grund mehr, mit der neuen Platte zu warten, bis die Zeit reif dafür ist", fügte Dembinski hinzu, während er eine noch halb grüne Banane schälte. „Wir haben's nicht nötig, mit Wills Tod Geld zu scheffeln."

Gegen 14.30 Uhr erreichten die Busse Amsterdam und hielten schließlich vor dem Kievit, einer kleinen, gedrungenen Halle mitten im Stadtkern. Die malerischen Grachten und kauzigen, verwinkelten Häuserfronten glänzten unter makellosem hellblauem Himmel im warmen Licht der Nachmittagssonne und erinnerten Minster daran, dass er schon viel zu lange nicht mehr in Holland gewesen war. Er liebte die farbenfrohe Bescheidenheit der Architektur, die lebendige Altertümlichkeit der Straßenzüge und die unverkrampfte Offenheit, mit der die Menschen miteinander umgingen. Vor Jahren hatte ihn einer seiner ersten Fälle nach Groningen und schließlich nach Amsterdam geführt. Mehrere Wochen war er gemeinsam mit holländischen Kollegen einem internationalen Organhändlerring auf den Fersen gewesen, bis sie schließlich auf dem Flughafen Schiphol die Falle zuschnappen ließen. In diesem knappen Monat hatte er die Holländer als einen Menschenschlag kennen gelernt, dem Statussymbole und verknöcherte Hierarchien deutlich weniger wichtig waren als den Engländern. Zwar gab es auch hier ein Königshaus, doch im Gegensatz zu den Windsors, die jedes Jahr Abermillionen an Steuergeldern für Protz und Prunk verschleuderten, wirkte Königin Beatrix eher wie eine Frau, die dem Volk nahe stand und sich mehr Gedanken über soziale Gerechtigkeit als über die neueste Hutmode machte.

Minster hatte Holland ins Herz geschlossen und registrierte beim Aussteigen mit großer Zufriedenheit, dass sich der typische Amsterdamer Geruch nach Nordseebrise und gelassener Geschäftigkeit seit seinem letzten Besuch nicht verändert hatte. Ein Pulk Fahrradfahrer sauste wie ein Vogelschwarm an den Bussen vorbei, die halb auf dem Bürgersteig geparkt waren.

„Kleinere Länder, kleinere Hallen", rief Maxwell und klingelte an einer niedrigen Nebentür des Kievit. „Der lokale Veranstalter hat versprochen, um 15 Uhr ein fürstliches Mittagsmenü servieren zu lassen. Und es gibt nicht nur Käse und getrocknete Tulpen, meine Damen und Herren."

Minster beschloss, sich für ein paar Stunden vom Tourtross abzuseilen. Er entschuldigte sich damit, noch einen befreundeten Journalisten treffen zu wollen, und ging zu Fuß die Hauptstraße hinunter, bis er zur Rechten in ein Gewirr aus verschlungenen Gassen eintauchte. Eine halbe Stunde lang wanderte er ziellos an bunt dekorierten Schaufenstern vorbei, wich rasanten Fahrradfahrern aus und lauschte den für ihn nur rudimentär verständlichen Gesprächen der Passanten, als wäre es der ruhige Seegang in der Weymouth Bay. Nach dem Smalltalk der letzten 24 Stunden war es eine Wohltat, taub gegenüber allem zu sein, was um ihn herum gesprochen wurde. Er merkte, dass er seit seiner Ankunft in London ziemlich verkrampft gewesen war.

Minster schaffte es, den verworrenen, unlösbar erscheinenden Mordfall vollständig zu verdrängen. Eine halbe Ewigkeit stand er vor den Auslagen eines Teegeschäfts und studierte die teils exotischen, teils abstrusen Etikettenaufschriften auf den Hunderten von neben- und übereinander aufgereihten Packungen. Dann widmete er sich den Sonderangeboten einer Second-Hand-Buchhandlung, in der vor allem abgegriffene englischsprachige Taschenbücher verkauft wurden, und schließlich setzte er sich in ein Straßencafé, dessen verschnörkelte weiße Aluminiumtische den unebenen Kopfsteinpflasterhof einer alten Kirche mindestens zur Hälfte in Beschlag nahmen. Der niedrige, abgeflachte Turm der Kirche warf einen kurzen Schatten, in dessen vorderstem Bereich Minster sich in seinem Stuhl zurücklehnte und die für eine Großstadt angenehm frische Luft tief einatmete. Da der Platz etwas abgeschieden lag und das Café kaum Gäste hatte, wurde Minster schnell bedient. Er ließ sich ein großes Stück Erdbeerkuchen bringen und bestellte dazu einen Kakao.

Erst als er den letzten Krümel vom Teller gestippt hatte, befasste er sich wieder mit dem eigentlichen Grund seiner für den Moment recht angenehmen Dienstreise. Obwohl Sonntag war, ging er davon aus, dass Leemahan seine Mail-Wunschliste aus den frühen Morgenstunden mittlerweile abgearbeitet hatte. Er schaltete sein Handy ein und wählte die Nummer seines arbeitswütigen Kollegen, der erst nach dem zehnten Klingeln ranging, als Minster schon fast wieder auflegen wollte.

„Minster, kannst du einen gottesfürchtigen älteren Inspector nicht wenigstens sonntags in Frieden beten lassen?", meldete Leemahan sich mit viel zu pathetischem Ernst, um überzeugend zu klingen.

„Du wirst es nicht glauben, aber ich sitze hier gerade vor einer Kirche und bete zu den Göttern der Schlemmerei, dass sie mir noch einen halben Meter Erdbeerkuchen vorbeischicken."

„Dursham wird dich vierteilen, wenn er die Spesenabrechnung sieht."

„Dursham wird mich noch viel eher vierteilen, wenn ich nicht bald ein paar handfeste Ergebnisse vorweisen kann. Hast du meine SMS bekommen?"

„Natürlich", brummelte es ein wenig beleidigt aus dem winzigen Lautsprecher. „Meine Frau ist mit ihrer Bridge-Gruppe nach Brighton gefahren, ich habe den ganzen Tag sturmfreie Bude. Also pass auf: Diesen Messerstecher kannst du von der Liste der Verdächtigen streichen. Scotland Yard hat ihn heute in aller Herrgottsfrühe bei einer Razzia in einem illegalen Boxkeller in Camden Town festgenommen. Der Knabe heißt Bob Vauxhall und hat wegen mehrfacher schwerer Körperverletzung insgesamt schon drei Jahre gesessen. Laut seiner Akte ist er extrem cholerisch, gewalttätig und mit einem IQ gesegnet, mit dem ein Orang-Utan keine drei Tage in freier Wildbahn überleben würde. Beim Verhör gab er an, von Fleece – ich zitiere wörtlich – in seiner Ehre gekränkt worden zu sein. Daraufhin zog er im Affekt das Messer und ging auf ihn los. Eine seiner üblichen Kurzschlusshandlungen, aber diesmal wird sie ihn wohl für längere Zeit hinter Gitter bringen."

„Hatte er Kontakte zur Unterwelt?"

„Nur sporadisch. Er besuchte illegale Boxkämpfe, aber das war's eigentlich auch schon. Wenn er in den letzten Jahren auf freiem Fuß war, hat er in Autowerkstätten als Schrauber gearbeitet. Es ist sehr unwahrscheinlich, dass sich so jemand als Killer anmieten lässt, falls du darauf hinauswillst. Er hat in seinem Leben schon so einiges angestellt, aber seine Taten waren nie geplant. Für Auftragsarbeiten ist einer wie Vauxhall der denkbar ungeeignetste Kandidat."

„Also war's kein Mordversuch?"

„Nein. Und als William Bickershead starb, hielt er sich nachweislich bei seiner Lebensgefährtin und deren drei Kindern in Bromley auf."

„Na ja, wäre auch zu schön gewesen", seufzte Minster. „Was ist mit der anderen Sache, Bickersheads Kontenaufstellung?"

„Habe ich ebenfalls erledigt. So weit ich auf die Schnelle feststellen konnte, besaß William Bickershead in Großbritannien zwei Girokonten sowie ein Aktien- und Fond-Depot. Der Gesamtwert dieser drei Konten beträgt etwas über anderthalb Millionen Pfund. Dazu kommen möglicherweise noch Anlagen im Ausland."

„Sind in den letzten Monaten größere Abbuchungen oder Einzahlungen vorgenommen worden?“

„Nein. Der größte Posten war die im Voraus überwiesene Gage für das Konzert auf der Isle Of Wight. Vor ein paar Wochen hat er sich ein ziemlich teures neues Mikrofon und einige Designermöbel gekauft, ansonsten sind die Kontobewegungen aber wenig spektakulär. Er hob so gut wie nie Bargeld ab, sondern bezahlte fast immer mit Kreditkarte. Ab und zu flog er nach Paris, wahrscheinlich um diese französische Studentin zu besuchen, und gelegentlich aß er hier in London in edlen indischen Restaurants. Weiterbringen dürfte uns das jedoch alles nicht. Bickershead war steinreich, aber er verschleuderte sein Geld nicht.“

„Wer erbt seine Besitztümer?“

„Sein Vater. Jedes Mitglied des Bickershead-Clans hat schon in jungen Jahren ein Testament unterschrieben, das im Todesfall sämtliche Vermögenswerte den Eltern zufließen lässt. Eine alte Familientradition, um Streitigkeiten zwischen Geschwistern zu vermeiden. Für Bickershead senior ist das Geld seines Sohnes aber kaum mehr als ein laues Lüftchen in der Spardose. Alleine die Grundstücke und Anwesen, die er besitzt, dürften ein Vielfaches dieser anderthalb Millionen wert sein.“

„Unser Messerstecher ist also ein unberechenbarer Psychopath, und Wills Geld geht auf jemanden über, der eh schon in Reichtümern ertrinkt. Hört sich nicht nach heißen Spuren an.“

„Tut mir leid, Granpole“, sagte Leemahan. „Ich hätte dir auch lieber den Mörder auf dem Silbertablett serviert, aber wer es auch immer gewesen ist, er scheint ziemlich geschickt vorgegangen zu sein.“

„Beängstigend geschickt, wenn du mich fragst“, erwiderte Minster, bevor er das Gespräch beendete.

Damit ihm die schlechten Neuigkeiten nicht die Laune verdarben, orderte er noch zwei Mandelhörnchen und einen weiteren Kakao, bevor er aus seinem Portemonnaie den Zettel mit der Telefonliste herauszog, die nach den Verhören auf der Isle Of Wight aufgestellt worden war, und Florence Glis in Paris anrief.

Die junge Französin meldete sich sofort. Ihre Stimme klang dünn und ein wenig müde.

„Bonjours, Madame“, begann Minster, zu mehr reichte sein Französisch aber nicht. „Hier spricht Detective Inspector Minster vom National Crime Squad aus London“, fuhr er auf Englisch fort. „Ich weiß, dass Sie momentan eine schwere Zeit durchmachen, und es tut mir leid, Sie behelligen zu müssen, aber ich würde mich gerne morgen mit Ihnen treffen.“

„Weshalb? Ich habe der Pariser Polizei doch schon alles gesagt“, kam es leise aus dem winzigen Lautsprecher. Ihr Englisch war um ein Vielfaches besser als sein Französisch. „Will ist tot. Nichts kann ihn wieder lebendig machen." Sie schien den Tränen nahe zu sein.

„Ich verstehe, dass Sie mit Ihrer Trauer allein sein möchten, Madame Glis, aber wir versuchen, den Mörder Ihres Freundes zu finden, und Ihre Aussagen sind für uns von großer Bedeutung. Bitte willigen Sie ein, denn sonst muss ich meine französischen Kollegen einschalten, und das macht die ganze Sache für Sie und mich nur unnötig kompliziert. Ich brauche auch nicht lange. Eine halbe Stunde, den Ort können Sie sich aussuchen. Ich werde am frühen Nachmittag in Paris eintreffen."

Minster hörte, wie Florence hinter vorgehaltener Hand schluchzte. Das mühsam unterdrückte Geräusch stach ihm wie eine Nadel ins Herz.

„Hören Sie", bemühte er sich möglichst ruhig zu sagen, „ich werde Sie keinem Kreuzverhör unterziehen. Es geht um ein paar Fragen zu Wills Vergangenheit, mehr nicht. Wenn Sie möchten, können wir uns an einem öffentlichen Ort treffen."

„Nein", erwiderte Florence mit erstickter Stimme nach einem Augenblick unruhiger Stille. „Kommen Sie um 15 Uhr zu mir nach Hause. Aber erwarten Sie nichts. Ich weiß nicht, wer Will umgebracht hat."

Bevor er etwas antworten konnte, hatte sie bereits aufgelegt.

Minster sah auf der sorgfältig getippten Telefonliste nach, ob auf ihr Florences Adresse notiert war, und fand einen langen Straßennamen und dahinter ein paar mit Bleistift dahingekritzelte Buchstaben, die er als „St. Germain" deutete. Dann versuchte er, die Mandelhörnchen zu Ende zu essen, ohne sich dabei eine Französin auszumalen, die mit verheulten Augen neben ihrem Telefon saß und nichts dringender gebrauchen konnte als einen englischen Polizisten, der ihr mit seinen taktlosen Fragen die letzten Kräfte raubte. Er fand, dass die Hörnchen vor dem Telefonat eindeutig besser geschmeckt hatten.

Schließlich schlenderte er zurück in Richtung Konzerthalle und überschlug zum wiederholten Male die Ereignisse der letzten Tage. Wenn er ehrlich war, musste er sich eingestehen, dass er noch keinen Millimeter vorangekommen war. Es gab keinen Verdächtigen, kein Motiv und keine Indizien, die ihn möglicherweise auf die richtige Spur führen könnten. Auch das Treffen mit Wills Freundin war nicht mehr als der Versuch eines Blinden, in einem gigantischen Heuhaufen eine mikroskopisch kleine Stecknadel aufzuspüren. Dass ihre Aussagen von großer Bedeutung sein würden, war aller Wahrscheinlichkeit nach eine glatte Lüge gewesen. Die französische Polizei hatte sie am Tag nach dem Mord kurz befragt und ein Protokoll des Verhörs nach London gefaxt. Glis hatte sich zum Tatzeitpunkt bei ihren Eltern in der Bretagne aufgehalten und ausgesagt, sie könne sich nicht im Geringsten vorstellen, warum jemand ihren Freund habe ermorden wollen. Dennoch würde ihm ein Treffen mit ihr den Menschen William Bickershead ein Stück näher bringen und vielleicht Querverweise zu Dingen liefern, die bislang noch nicht in sein Blickfeld gerückt waren. Er brauchte dringend neue Ansatzpunkte, denn die bisherigen hatten sich samt und sonders als nutzlos erwiesen. Vielleicht war der Mörder doch völlig abseits der Band zu suchen, in Bickersheads weit verzweigter Verwandtschaft oder sogar in seiner turbulenten Hamburger Jugendzeit. Der pechschwarze, enge Tunnel in Minsters Kopf wich einer gleißend hellen, sich in alle Richtungen bis zum Horizont erstreckenden Wüste, in der jedes Sandkorn überdeutlich hervortrat. Hunderte von namen- und gesichtslosen Verdächtigen waren fast noch schlimmer als gar keine. Minster hasste das Gefühl, in einem Fass ohne Boden nach dem Grund zu tasten.

Auf halber Strecke zum Kievit fiel sein Blick auf eine niedrige, goldgelb lackierte Holztür, die in Brusthöhe mit einem hellblauen, lachenden Buddha bemalt war. Auf dem Hinweg war er auf der anderen Straßenseite gegangen und hatte die Tür nicht bemerkt, weil sie zu einem schmalen, unscheinbaren Gebäude gehörte, das etwas nach hinten versetzt zwischen zwei prächtig herausgeputzten alten Wohnhäusern lag. Im ersten Stock lugten zwei winzige Fenster hinaus auf die Straße, und das direkt über ihnen beginnende Flachdach sprang ein wenig vor wie bei einer japanischen Pagode. Neben der Tür war ein wurmstichiges hölzernes Schild angebracht, dem Minster entnehmen zu können glaubte, dass es auf einen buddhistischen Tempel hinwies. Von plötzlicher Neugierde gepackt, drückte er die eiserne Klinke herunter. Die Tür war nicht verschlossen. Ein Blick auf seine Uhr sagte ihm, dass ihm noch genügend Zeit für einen kleinen Abstecher blieb. Er trat vorsichtig ein.

Nach der Helligkeit des Sommernachmittags schien die Dunkelheit in dem Tempel schwärzer als schwarz zu sein, doch sobald sich seine Augen an das Zwielicht gewöhnt hatten, konnte er deutliche Konturen ausmachen. Abgedämpfte Sonnenstrahlen fielen durch die beiden Fenster über der Tür, die von innen mit dünnen weißen Gaze-Gardinen verhängt waren, und tauchten den einzigen, länglichen Raum in warmes Schummerlicht. Eine weizenfarbene, armdicke Kerze war die einzige andere Lichtquelle. Sie flackerte auf einem niedrigen Tischchen vor einer fast lebensgroßen Buddhastatue, die an der rückseitigen, orange verputzten Wand des Gebäudes auf einem flachen Podest aus grob behauenem Stein thronte. Der sitzende Buddha, der aus einem einzigen, in kräftigen Gold- und Blautönen bemalten Stück Holz geschnitzt war, lachte ein gewinnendes, ruhiges Lächeln und hatte die Hände vor seinem deutlich hervortretenden Bauch mit den Innenseiten nach oben ineinander gelegt. Zu seiner Rechten und Linken welkten ein paar augenscheinlich schon etwas ältere Schnittblumen in schlanken, einfachen Porzellanvasen vor sich hin, ansonsten gab es keinerlei Schmuck. Auf dem Fußboden lagen ohne erkennbare Ordnung etwa ein Dutzend schwarze Meditationskissen verteilt. Es war kühl und still, und die Geräusche der Straße schienen von weit her zu kommen, sobald Minster die Tür hinter sich geschlossen hatte. Außer ihm befand sich niemand in dem Tempel.

Minster hatte in den letzten Jahren zahlreiche, in ihrer Haltung und ihrem Ausdruck oft sehr unterschiedliche Buddhafiguren gesehen und konnte viele von ihnen den Ländern und Epochen zuordnen, aus denen sie stammten. Diese hier schien jedoch keinem eindeutigen Kulturkreis anzugehören. Gefertigt hatte sie offenbar ein europäischer Künstler, die Gesichtszüge waren jedoch eindeutig an chinesische Buddhadarstellungen aus der ersten Hälfte des 20. Jahrhunderts angelehnt. Minster gefiel ihr nicht zu übertriebenes Lächeln und das Azurblau der sehr fein herausgearbeiteten Augen.

Nachdem er die Statue und die würdevolle Kargheit des Raumes eingehend betrachtet hatte, kniete er sich auf das Kissen, das am weitesten von dem Buddha entfernt lag, und begann mit halb geschlossenen Augen seinen Atem zu beobachten. Sobald er merkte, dass seine Bauchdecke sich immer langsamer hob und senkte, zählte er seine Atemzüge und versuchte sich ganz auf die Zahlen und die gleichmäßigen Bewegungen in Brust und Bauch zu konzentrieren. Er war überrascht, wie leicht es ihm fiel, alle anderen Gedanken an sich vorüberziehen zu lassen, ohne dass sie ihn bedrängten. Er meditierte zwar nur eine Viertelstunde, gelangte gegen Ende aber für einige kurze Momente in einen Zustand wunderbar leichter Leere, wie er ihn schon lange nicht mehr erlebt hatte. Die Sorgen des Tages schrumpften zusammen, bis sie vollkommen bedeutungslos waren.

Als sein Bewusstsein nach dem Öffnen der Augen unruhig zu werden begann, beschäftigte er sich mit seinem Hunde-Koan, stellte jedoch schnell deprimiert fest, dass er sich wie jeden Tag die Zähne daran ausbiss. „Ist ein Hund wie Buddha?" Natürlich war er das, denn Buddha war in allem, und alles war Buddha. Dennoch verlangte Minsters Lehrmeister Bernard Watanabe Roshi nach einer anderen, intuitiveren Antwort. Wenn er das Koan meistern wollte, musste er einen Ansatz finden, der sich nicht allein auf den Intellekt stützte. Aber es fiel ihm unsagbar schwer, von seinen Gedanken Abstand zu nehmen und auf subtilere Regungen in seinem Inneren zu vertrauen. Schließlich gab er es auf und betrachtete noch eine Weile den Buddha, dessen Lächeln ihm auch jetzt nicht spöttisch vorkam.

Er hatte Bernard Watanabe Roshi vor zwei Jahren in einem kleinen buddhistischen Kloster in Somerset kennengelernt, als er sich für eine vierwöchige Besinnungsklausur anmeldete. Damals steckte er in der ersten großen Krise seines Lebens und hoffte, durch Meditation einen Ausweg aus seinen Depressionen zu finden. Er hatte auf einem der besten Internate Englands einen exzellenten Schulabschluss geschafft, war in Rekordzeit und ohne nennenswerte Hindernisse durch Studium und Polizeiausbildung gerauscht, mit Kusshand bei der Metropolitan Police und später beim National Crime Squad genommen worden und binnen kürzester Zeit zum jüngsten Sonderermittler in der Londoner NCS-Zentrale aufgestiegen. Durch spektakuläre Erfolge bei der Zerschlagung von internationalen Drogenkartellen erarbeitete er sich in Polizeikreisen einen fast schon legendären Ruf, der ihm Anfragen und Einladungen aus aller Welt einbrachte, doch nach einigen Jahren auf der Überholspur des Lebens machte sich in ihm eine eisige Leere breit, die er irgendwann nicht mehr durch Überstunden und nervenaufreibende Spezialeinsätze verdrängen konnte. Seine Arbeit begann in demselben Maße immer bedeutungsloser zu werden, wie das emotionale Loch in ihm wuchs. Schließlich wurde seine seelische Last so schwer, dass er unter ihr zu ersticken glaubte und panische Angst bekam, seinen Beruf nicht länger ausüben zu können. Als er sich eines Morgens krankmelden musste, weil er es vor bleierner Trübsinnigkeit nicht schaffte, das Bett zu verlassen, entschloss er sich, seinen Ängsten nicht länger auszuweichen. Er vertraute sich einem renommierten Psychiater an, der bei ihm schon nach wenigen Sitzungen schwere emotionale Defizite diagnostizierte. Zurückzuführen waren sie nach Meinung des Arztes auf seine ebenso überbehütete wie isolierte Kindheit und den frühen Tod seiner Mutter, die in dem Jahr gestorben war, als er eingeschult wurde. Tiefe Schuldgefühle und die Furcht davor, sich an andere Menschen zu binden, hatten ihn seitdem unterbewusst beherrscht und ihn rastlos und perfektionistisch werden lassen. Während der Therapiestunden wurde ihm zum ersten Mal bewusst, dass er, so weit er sich zurückerinnern konnte, niemals weder geweint hatte noch vollkommen ausgelassen gewesen war. Diese und andere Symptome erschütterten ihn zutiefst und ließen ihn einsehen, dass das Gutachten seine Probleme ziemlich schonungslos und exakt benannte.

Da keine wirkliche Geisteskrankheit vorlag, riet ihm der Psychiater, mit buddhistischer Meditation unter Anleitung eines erfahrenen Meisters zu versuchen, seine unterschwelligen Angstzustände zu mildern und auf längere Sicht ganz abzubauen. Minster hatte daraufhin regelmäßig die wöchentlich stattfindenden Mediationsabende der buddhistischen Gemeinde in Dorchester besucht, und nach einer schmerzhaften Eingewöhnungsphase stellten sich tatsächlich erste kleine Erfolge ein. Zum ersten Mal in seinem Leben bekam er ein wirkliches Gefühl für seinen Körper und merkte, dass ihn mehr ausmachte als nur seine immerzu rasenden, nach Beschäftigung suchenden Gedanken.

Als er ein Jahr lang meditiert und sein seelischer Zustand sich deutlich gebessert hatte, verspürte er das Bedürfnis, häufiger und intensiver in sich zu gehen als während der anderthalb Stunden an den Donnerstagabenden in Dorchester. Der Gemeindevorsteher empfahl ihm das Landkloster in Somerset, in dem das ganze Jahr über längere Seminare und Klausuren in der Tradition des japanischen Rinzai-Zen-Buddhismus stattfanden. Minster nahm den Großteil seines Jahresurlaubs und fuhr hinaus in die stille Einsamkeit zwischen Greinton und Glastonbury.

Schon als er Bernard Watanabe Roshi zum ersten Mal sah, wie er in seinem ärmlich eingerichteten Arbeitszimmer hinter dem schiefen Schreibtisch saß und mit kindlicher Hingabe Möhren aß, spürte er die unaufdringliche, ungezwungene Gelassenheit und Ausgeglichenheit des glatzköpfigen alten Mannes. Nachdem er jahrelang bei jeder Gelegenheit von den ranghöchsten Polizisten des Landes als einer der hellsten Köpfe Englands gelobt worden war, bis er es schon selbst zu glauben begann, fühlte er sich mit einem Mal wieder wie vor seiner ersten Schulstunde. Eine tiefe Ehrfurcht erfüllte ihn, und als ihn Watanabe mit einem glockenhellen Lachen begrüßte, wusste Minster, dass er auf dem langen Weg der meditativen Übung erst wenige Meter zurückgelegt und noch zahllose Meilen vor sich hatte.

In den vier Wochen in Somerset gewann er viele ebenso hilfreiche wie erschreckende Einblicke in die Tücken und Mechanismen seines Geistes und bat Watanabe schließlich, ihn als seinen Dharma-Schüler anzunehmen. Der über 80-jährige Halbjapaner hatte ihn noch einige Monate schmoren lassen, bevor er seinen Wunsch erfüllte. Seitdem nahm Minster, so oft er konnte, an Wochenend-Klausuren teil, traf sich in unregelmäßigen Abständen abends unter der Woche mit Watanabe und praktizierte ansonsten alleine Zen-Übungen, die sein Roshi für ihn ausgewählt hatte.

Das Lächeln der Buddhastatur erinnerte Minster an jene erste Begegnung mit Watanabe, von der er hoffte, dass er ihre spontane Magie niemals vergessen würde. Der Tourbus war sicherlich nicht der ideale Ort, um sich in sich selbst zu vertiefen, aber er nahm sich dennoch vor, in den nächsten Tagen intensiver zu meditieren. Ein letztes Mal schloss er die Augen und spürte seinem Atem nach, dann stand er auf, verbeugte sich vor dem Buddha, steckte einen Fünf-Pfund-Schein in die verbeulte kleine Spendendose neben der Tür und verließ den Tempel.

Obwohl es erst 17 Uhr war und der Einlass nicht vor 19 Uhr beginnen würde, wartete vor dem Kievit bereits eine kleine Traube langhaariger Frühdreißiger in speckigen Lederjacken und zappeliger Teenies in Flanellhemden und löchrigen Jeans. Minster wollte gerade seinen Backstage-Ausweis unter seinem Hemd hervorholen und an die Tür klopfen, als jemand hinter ihm seinen Namen rief. Hank Hanover kam von der anderen Straßenseite herübergelaufen und begrüßte ihn mit einem festen Händedruck.

„Station zwei der großen Wiederauferstehungs-Tour?", flachste er und deutete mit einem Kopfnicken auf die heruntergekommene Fassade des Clubs. „Gestern war alles irgendwie drei Nummern größer, oder? Du siehst nicht so aus, als ob du heute Nacht viel geschlafen hättest. Drogen? Whiskey? Groupies?"

„Nichts davon", erwiderte Minster, während er Hanover am Türsteher vorbei ins Innere der Halle folgte. „Es ist mir ein Rätsel, wie Menschen wochenlang in fahrenden Bussen schlafen können."

„Mir auch", sagte Hanover. „Was meinst du, warum ich der Band hinterher reise? Keine zehn Pferde würden mich in diese engen Kojen kriegen."

Da die Musiker gerade auf der Bühne mit dem Soundcheck beschäftigt waren – eine Kakophonie aus kreischenden Gitarren und dumpfen Schlagzeugschlägen ließ Minsters Bauchfell unmerklich erzittern –, gesellten er und Hanover sich zu Maxwell, der sie mit einem gewohnt breiten Lächeln willkommen hieß. Der Manager der Flying Horses saß in einem tadellos sauberen schwarzen Anzug am Tresen im ansonsten menschenleeren Foyer und nippte an einem Frucht-Cocktail.

„Bonjours, ihr verdammten Inselaffen", rief er. „Hank, dein Kollege Frankie Lipnicki hat gerade angerufen. Die Sache mit dem neuen Videoclip ist geritzt. Wir können in zwei Wochen für den Dreh nach Tunis fliegen."

Hanover pfiff anerkennend durch die Zähne. „Coole Location. Das dürfte sogar diesen alten Nörgler Damien besänftigen."

Maxwell holte hinter dem Tresen mehrere Flaschen Fruchtsaft hervor und mixte den anderen einen Drink, dessen Farbe irgendwo zwischen Giftgrün und Blutrot lag.

„Ich habe gerade noch mal mit der Polizei auf der Isle Of Wight telefoniert", sagte Minster nach den ersten zögerlichen Schlucken. „Sie scheinen immer noch keinen Schritt weiter zu sein. Nicht mal ein mögliches Motiv hatten sie in petto."

„Weil es keins gibt", erwiderte Maxwell, dessen Miene sich sofort eintrübte, als die Sprache auf William Bickershead kam. „Niemand hatte einen Grund, Will um die Ecke zu bringen. Wenn, dann hätte es einer von uns gewesen sein müssen, und wir liebten ihn alle wie einen Bruder."

„Auch Damien?"

„Ach, hör mir auf mit dem. Er hat an allem und jedem was auszusetzen. Früher war er stinkig darüber, dass die meisten Magazine lieber mit Will als mit ihm reden wollten, jetzt ist er eifersüchtig auf Jon, weil der ihm plötzlich die Show stiehlt. Solange seine Mutter zurückdenken kann, haben er und seine drei Brüder sich in jeder noch so kleinen Sache gegenseitig zu übertreffen versucht. Das hat leider ein bisschen auf sein Sozialverhalten abgefärbt, aber was will man von Zimmermannssöhnen aus Wolverhampton schon erwarten? Unter seiner Miesepetrigkeit ist er auf jeden Fall ein prima Kerl, der keiner Fliege etwas zuleide tun könnte. Wenn du mir einen großen Gefallen tun willst, Minster, dann halte sein Gemeckere aus deiner Story heraus. Auch wenn er manchmal gegen Will oder Jon lospoltert – er meint es nicht so."

„Damien hat Will genauso gemocht wie wir alle", fügte Hanover hinzu und strich gedankenverloren über den Rand seines Glases. „Man konnte Will einfach nicht böse sein. Wenn er mal durchdrehte, entschuldigte er sich hinterher so lange dafür, bis es einem fast schon peinlich war. Die Tour läuft bislang fantastisch, aber die Jungs werden irgendwann merken, dass sie nicht nur einfach ihren Sänger verloren haben, sondern viel mehr."

„Wir alle werden das merken, sobald wir richtig zur Ruhe kommen", stimmte ihm Maxwell zu. „Aber genau deshalb ziehen wir diese Tour durch. Niemand von uns möchte im Moment ins Grübeln geraten. Solange die Busse fahren und das Publikum tobt, können wir das Trauern noch ein bisschen aufschieben. So, und bevor ich jetzt hoffnungslos sentimental werde, schaue ich mal, was im Saal so abgeht. Hört sich noch nicht danach an, als wenn unser Soundmann mit der Akustik klarkäme."

Er nahm sein Glas, goss sich einen weiteren Drink ein und verschwand hinter einer zweiflügeligen Schiebetür, deren winzige Plastikräder unangenehm quietschten, wenn man sie auf- und zuschob. Aus dem schwarzen Gang dahinter dröhnte es laut und scheppernd.

„Wirst du alles schreiben, was du auf der Tour mitbekommst?", fragte Hanover, während er sich ein Flaschenbier holte. „Maxwell scheint dir ziemlich zu vertrauen."

„Ich arbeite für den „Guardian", nicht für die „Sun"", versuchte Minster abzublocken. „Es entspricht nicht unserem Selbstverständnis, aus menschlichen Tragödien ein öffentliches Spektakel zu machen. Ich habe nicht vor, mit meinem Artikel die Intimsphäre von irgendjemandem zu verletzen."

„Das freut mich zu hören. Die Horses sind mir über die Jahre sehr ans Herz gewachsen. Es wäre eine Schande, wenn man ihnen jetzt nicht die Chance geben würde, in aller Ruhe einen Neuanfang zu versuchen. Das ist England einer seiner wichtigsten Bands einfach schuldig. Als ich in den Tagen nach Wills Tod die Berichte in den Boulevard-Blättern las, hätte ich kotzen können. Als ob die Horses die Maul-und-Klauen-Seuche nach Großbritannien eingeschleppt hätten. Kein Funken Respekt vor dem, was sie für unsere Kulturlandschaft geleistet haben, kein Mitgefühl, nichts. Nur boshafte Sensationsgier. Furchtbar!"

„Hast du die Band von Anfang an betreut?", fragte Minster.

„Nein, leider nicht. Als Ed Universe Records 1992 Wills erstes Demo vorspielte, arbeitete ich noch als Fahrer bei einem Beerdigungsinstitut in Manchester. Doch seit 1997, seit „Tales From The Outback", bin ich ihr Product-Manager. Als die Horses England zwischendurch den Rücken kehrten und fast nur noch in Amerika tourten, habe ich alles getan, um das Feuer hierzulande am Köcheln zu halten. Die Band hat mich eine Ehe und mindestens die Hälfte meiner Nerven gekostet, aber ihre Musik war die Mühen wert. Seit Led Zeppelin hat keine britische Band mehr eine derart intensive Magie besessen. Mir blutet das Herz, wenn ich daran denke, dass Will nie wieder mit ihnen auf der Bühne stehen wird."

„Glaubst du, dass sie ohne ihn noch mal eine gute Platte aufnehmen werden, die dem Vergleich mit ihren Klassikern standhält?"

Hanover zuckte mit den Schultern und kippte den Rest seines Drinks in einem einzigen Zug hinunter.

„Schwer zu sagen. Sie werden ohne Will nie wieder dieselbe Band sein, so viel steht fest. Jon mag noch so gut singen, er wird immer anders klingen als Will. Aber Damien hat die Gitarrenriffs der letzten CD fast im Alleingang ausgearbeitet, und auch Ian und Jon sind keine schlechten Songwriter. Vielleicht liefern sie tatsächlich ein Hammeralbum ab, das uns alle wegblasen wird."

Die Schiebetür fuhr quietschend zur Seite, und Mia trat ins Foyer. Der bronzefarbene Minirock, den sie heute trug, reichte ihr kaum bis über die Pobacken, und das bauchfreie Wildleder-Top war oben so weit aufgeschnürt, dass es ihre Brüste nicht mehr als unbedingt nötig bedeckte. Sie schaute ein wenig verloren um sich, bis sie Minster und Hanover entdeckte. Mit unsicheren Schritten stakste sie ihnen auf ihren viel zu hohen Pfennigabsätzen entgegen.

„Hallo", kicherte sie, als sie sich zu ihnen setzte. „Merkwürdige Vibes hier, oder?"

„Wie kommst du drauf?", fragte Hanover. Minster befürchtete, dass sie ein weiteres ihrer vernebelten Esoterikmärchen zum Besten geben würde.

„Weiß nicht, komische Stimmung einfach in diesem Laden", sagte sie und starrte mit geweiteten Augen durch Hanover hindurch, als sei er gar nicht anwesend. „Holland ist so anders, so spacig. Die Leute sind viel grooviger, aber irgendwas ist mit ihren Häusern nicht okay. Die Wände schauen einen so drohend an, wenn man an ihnen vorbeigeht."

„Die Wände?", fragte Hanover ungläubig.

„Ja klar, die Wände. Geht es euch nie so, dass ihr einen Raum betretet und sofort fühlt, dass er euch am liebsten zwischen seinen Mauern zerquetschen würde?"

Sie schaffte es, den beiden Männern für einen kurzen Augenblick ins Gesicht zu sehen. Ihre Miene war so ernst, dass Hanover lachen musste.

„Spotte nur", flüsterte sie traurig und verschwand wieder in Sphären, in denen die Farben bunter und die Wände lebendiger waren. „Dieser Club hasst mich. Ich bin froh, wenn wir weiterfahren. Paris ist heller, strahlender. Die Stadt der Liebe."

„Was hast du dir eingeworfen?", fragte Minster, den ihr Bewusstseinszustand beunruhigte.

„Na, was wohl?", gackerte sie unbeholfen. „LSD natürlich. Nichts törnt so geil wie LSD. Die Bullen haben's nicht gefunden, weil ich's in meiner

Fotze mit mir herumtrage. Kein Bulle würde sich trauen, in meinen Liebeskugeln nachzuschauen.“ Sie legte sich die Hand in den Schritt und grinste frivol. Hanover verdrehte in gespielter Entrüstung die Augen.

„Du bist völlig durchgeknallt, Mia“, sagte er. „Pass bloß auf, dass die Band nichts von deinem kleinen Nest mitbekommt. Ed hat mich vor ′ner Stunde angerufen und mir von eurer kleinen Razzia erzählt. Er klang ein wenig ungehalten, um′s mal ganz vorsichtig auszudrücken.“

„Ed kann mich mal“, gluckste das Mädchen und versuchte vergeblich, ihre Beine übereinander zuschlagen. „Genau wie alle anderen. Sie wissen eine Muse nicht zu schätzen. Ich versuche, Damien zu inspirieren, und dieses dumme Arschloch prügelt auf mich ein. Wenn er sich bis Paris nicht bei mir entschuldigt hat, lasse ich sie alle sitzen. Sollen sie doch sehen, wie sie ohne mich zurechtkommen.“

„Hat er dich nach gestern Nacht noch mal geschlagen?“, fragte Minster.

„Gevögelt hat er mich, und als er dann schlafen wollte, hat er mich aus der Koje geschmissen. Ich musste hinten auf den Sesseln pennen. Dieses verfluchte Schwein!“

Minster wusste nicht, was er sagen sollte. Ihre Naivität und Hilflosigkeit rührte ihn, aber er konnte letztlich nichts für sie tun. Hanover hingegen schien eine diebische Freude daran zu haben, sich an ihrer Orientierungslosigkeit zu weiden.

„Wie ist Sex, wenn man auf LSD ist?“, fragte er und zwinkerte Minster vielsagend an.

Minster hörte noch eine Weile zu, wie Mia von intimsten Dingen brabbelte und Hanover immer unverschämter nachbohrte, dann entschuldigte er sich und ging nach draußen. Das Gespräch widerte ihn viel mehr an, als er sich eingestehen wollte.

Der Himmel war noch immer strahlend blau, und die Sonne stand so hoch und stolz über den Häuserfronten, als wolle sie heute überhaupt nicht mehr untergehen. Die Busse parkten einige hundert Meter die Straße hinunter neben einem Fünf-Sterne-Hotel. Breite, polierte Steinstufen führten zwischen zwei schneeweißen Marmorsäulen hinauf zur fast komplett verglasten Gebäudefront.

Minster erinnerte sich daran, dass Maxwell das Hotel und die Tatsache erwähnt hatte, dass er darin ein Zimmer angemietet hatte, damit sich der Tourtross vernünftig duschen konnte.

„Crown Of India“ stand in kunstvoll ineinander verschlungenen Lettern auf einem Messingschild, das im Vorgarten zwischen schwarzen und roten Rosen an einer Marmortafel angebracht war.

Minster stieg in den Crew-Bus, in dem Ken in einer der Kojen wie ein außer Kontrolle geratenes Sägewerk schnarchte, holte seine Sporttasche heraus und betrat das Hotel durch den Nebeneingang. Während er durch die breiten, mit teuren Orientteppichen ausgelegten Gänge eilte, schaute er unauffällig an sich herunter, nur um festzustellen, dass er für solch ein nobles Etablissement genauso unpassend und unordentlich gekleidet war, wie er befürchtet hatte. Ein hübsches blondes Mädchen an der Rezeption nannte ihm freundlich lächelnd die Zimmernummer und deutete durch die geräumige Eingangshalle in Richtung der Fahrstühle. In dem direkt daneben gelegenen Restaurant-Bereich, der durch verdunkelte Scheiben abgetrennt war, klapperten Platten und Teller, und es roch verführerisch nach Curry.

Das Zimmer lag im vierten Stock und besaß ein Fenster zur Straße hinaus. Minster widerstand der Verlockung, sich aufs Bett zu legen, und verschwand gleich unter der Dusche. Es war gerade mal 36 Stunden her, seit er sich zum letzten Mal gewaschen hatte, aber nach dem Mief der Busse erschien ihm der warme Wasserstrahl wie ein Jungbrunnen. Eine volle Viertelstunde stand er unter der Brause, bis die Haut an seinen Fingerkuppen faltig zu werden begann und er keinerlei Verspannungen mehr spürte. Dann schlüpfte er in einen der flauschigen weißen Bademäntel, die neben der Duschkabine hingen, rasierte sich und schnitt seinem Spiegelbild alberne Grimassen. Er wollte gerade frische Kleidungsstücke aus seiner Tasche holen, als sein Handy klingelte. Nachdem zum dritten Mal die ersten Takte von Schuberts `Air Russe´ erklungen waren, fand er es endlich inmitten seiner Schmutzwäsche. Wenn Abraham Bickershead ihm wieder auf die Nerven gehen wollte, würde er sofort auflegen. Aber es war nicht Wills Vater.

„Granpole, endlich erreiche ich dich", hörte er Teddy Gillisham sagen. „Ich hatte schon befürchtet, du hättest auf dem Kontinent keinen Empfang."

„Teddy, wie geht´s dir?", erwiderte Minster erfreut und versuchte, während des Telefonierens in seine Unterhose zu steigen. „Ich hatte das Handy im Tourbus ausgeschaltet, weil Bickershead senior heute Morgen im denkbar ungünstigsten Augenblick angerufen hat."

„Störe ich dich gerade?"

„Nein, überhaupt nicht. Ich genieße den Luxus eines Hotelzimmers und einer heißen Dusche. Du kannst dir nicht vorstellen, wie gut so etwas tun kann. Hast du Wochenenddienst?"

„Ja, aber ich bin eine Stunde früher nach Hause gegangen. Unsere Scheune ist undicht, und morgen soll es Regen geben. Ich bin nur kurz von der Leiter gestiegen, um noch mal zu versuchen, dich zu erreichen. Heute morgen hat unser Fall eine gänzlich neue Wendung genommen."

„Erzähl", erwiderte Minster und setzte sich in den Rattansessel am Fenster.

„Peter Bradshaw, der Notarzt, der Will nach seinem Zusammenbruch als erster untersuchte hatte, ist zu mir ins Präsidium gekommen. Er ist ein alter Schulfreund von mir, deshalb konnten wir sehr offen miteinander reden.

Erinnerst du dich daran, dass dich Wills Gesichtsausdruck auf den Fotos so irritiert hat?"

„Ja, er wirkte, als wenn er in Ekstase gestorben wäre."

„Genau dasselbe hat Peter auch gemeint. Die Diagnose von Wills Hausarzt hat ihn einige Tage verunsichert, aber selbst die Obduktionsergebnisse des Gerichtsmediziners konnten seine Zweifel nicht zerstreuen. Sein erster Eindruck deutete nicht auf eine Vergiftung, sondern auf eine Überdosis Drogen hin. Ich bin mit ihm ins Krankenhaus gefahren, und er fand in den Aufzeichnungsdateien der Laborgeräte tatsächlich Beweise dafür, dass er sich nicht getäuscht hat. Ich bin kein Mediziner, aber Peter ist jemand, mit dem wir häufig zusammenarbeiten und dessen Urteil ich vollkommen vertraue. Er sagt, dass die Analysewerte, die dem Obduktionsbericht zugrunde liegen, eine gänzlich andere Sprache sprechen als das abschließende Fazit des Pathologen."

„Ist dem Pathologen ein Fehler unterlaufen?"

„Peter ist felsenfest davon überzeugt, dass das Gutachten bewusst gefälscht wurde. Er sagt, eine derart den Messdaten widersprechende Diagnose könne unmöglich zufällig gestellt worden sein. Das sei ungefähr so wahrscheinlich, als wenn ein Architekt einen Plan für eine viktorianische Villa entwerfe und dann aus Versehen eine texanische Ranch baue. Mit anderen Worten: völlig unmöglich."

„Dann hat zumindest der Gerichtsmediziner mit Vorsatz gelogen. Hast du die Sache weiterverfolgt?" Minster merkte, wie in seinem Kopf tausend Gedanken gleichzeitig durcheinander rasten.

„Nein", antwortete Gillisham mit einem leicht schuldbewussten Unterton. „Es ist nicht mehr mein Fall, und ich wollte dir nicht ins Handwerk pfuschen. Wenn ich dich bis morgen früh nicht erreicht hätte, hätte ich in London bei deiner Dienststelle angerufen."

„Natürlich ist es auch dein Fall, Teddy", sagte Minster mit Nachdruck. „Er hat dich einige schlaflose Nächte gekostet, und ich weiß genau, dass es dir unter den Nägeln brennt, die Sache aufzuklären. Du könntest mir morgen einen großen Gefallen tun. Lass die Daten, die du hast, noch mal von einem anderen Gerichtsmediziner überprüfen, vielleicht in Bournemouth oder Portsmouth. Wenn dieser das bestätigt, was dein Arzt behauptet, ruf mich sofort an. Ich werde das Handy nicht wieder ausstellen, du kannst mich also jederzeit erreichen. Falls dieser Pathologe wirklich wissentlich ein falsches Gutachten ausgestellt hat, kann er sich schon mal warm anziehen."

„Ich rufe gleich in Portsmouth an, da kenne ich einen Fachmann in den städtischen Kliniken. Ich kann ihm die Dateien morgen um 7 Uhr mailen. Wenn er genauso schnell arbeitet wie Peter, wird er keine halbe Stunde brauchen, um sich ein Urteil zu bilden. Ich melde mich dann so schnell wie möglich."

„Danke, Teddy", sagte Minster. Er sah, wie die Klinke der Tür zum Flur langsam heruntergedrückt wurde und fügte hastig hinzu: „Ich bin nicht mehr alleine. Wir sprechen uns morgen."

Er hatte gerade aufgelegt und sich ein T-Shirt übergezogen, als Dembinski im Türrahmen stand. Der hoch aufgeschossene Musiker hatte ein blondes Mädchen im Arm, das allerhöchstens 17 Jahre alt war, noch dürrer als er wirkte und ihm gerade mal bis zur Brust reichte. Das kräftige Kirschrot auf ihren Lippen war genauso verrutscht wie ihr knappes Bikini-Top, aus dem die rechte Brustwarze herausschaute, und die obersten beiden Knöpfe ihrer ausgeblichenen braunen Kord-Schlaghose standen offen. Genau wie Dembinski war sie rettungslos betrunken und grinste linkisch, als sie Minster sah, wie er in seine Hose schlüpfte.

„Darf ich vorstellen: Ninja", lallte Dembinski und kicherte debil. „Hat mir gestern 's Leben gerettet. Ninja, das hier is' Mirielle."

Das Mädchen murmelte etwas auf Holländisch und klammerte sich unsicher an Dembinski, als dieser ins Zimmer wankte.

„Lass uns unter der Dusche vögeln", stammelte Dembinski und schob Mirielle an Minster vorbei. Bevor er mit ihr im Bad verschwand, drehte er sich noch einmal um, grinste Minster selbstzufrieden an und fasste sich lasziv in den Schritt.

Während nebenan irgendetwas scheppernd auf die Fliesen fiel, ein Wasserhahn aufgedreht wurde und Mirielle enthemmt zu quieken begann, raffte Minster seine Sachen zusammen und verließ eilig das Zimmer. Er bekam kaum mit, was im Bad vor sich ging, so sehr war er noch mit dem Telefonat mit Gillisham beschäftigt.

Unten ging er am Restaurant vorbei in den exotischen Garten, der den oberhalb des vierten Stockwerks mit einer imposanten Glaskuppel überdachten Innenhof des Hotels ausfüllte. Das kleine Terrassen-Café direkt am Eingang war brechend voll, aber weiter hinten, wo die Palmen, Farne und Orchideen dicht gedrängt standen und die Pfade zwischen ihnen sehr schmal wurden, hielt sich kaum jemand auf. Minster setzte sich auf eine niedrige Holzbank neben einem algenüberwucherten Teich, in dem ein paar winzige, bläulich schimmernde Fische schwammen, und versuchte seine Gedanken zu ordnen.

Dass der Pathologe und wahrscheinlich auch Bickersheads Hausarzt vorsätzlich eine Fehldiagnose gestellt hatten, war ihm unerklärlich. Warum sollten sie davon ablenken wollen, dass Will an einer Überdosis Drogen gestorben war? Minster spielte verschiedene Erklärungsvarianten durch, aber sie waren alle viel zu verworren und setzten komplexe Verschwörungen voraus, die ihm völlig absurd erschienen. Er versuchte den einfachen, den nachvollziehbaren roten Faden zu finden, doch es schien keinen zu geben. Vielleicht hatte Teddys

Bekannter sich ja auch geirrt, und morgen früh würden sich seine Vermutungen in Wohlgefallen auflösen. Minsters Instinkt und die Erinnerungen an Wills merkwürdigen Gesichtsausdruck sagten ihm jedoch, dass er recht hatte. Es gab keinerlei Hinweis darauf, dass jemand einen Grund gehabt hätte, Will zu vergiften. Die Personen, die auf der Isle Of Wight die Möglichkeit dazu gehabt hätten, waren ausgerechnet diejenigen, die am meisten davon profitiert hatten, dass er lebte. Niemand aus der Band oder der Crew konnte ein Interesse daran haben, dass die Horses ihren Sänger verloren und ins Straucheln gerieten. Und in Wills Privatleben deutete bislang absolut nichts auf Unregelmäßigkeiten hin, die ein Motiv für einen Mord liefern könnten. Es gab einen Toten, aber keinen Täter.

Was, wenn Will tatsächlich an einer Überdosis gestorben war? Sein Hausarzt hatte erzählt, dass er in unregelmäßigen Abständen Heroin geschnupft hätte. Vielleicht war es nichts weiter als ein Unfall gewesen? Ein etwas zu großes Häuflein weißen Pulvers, dazu möglicherweise noch andere bewusstseinsverändernde Substanzen wie Amphetamine, Kokain oder hochprozentige Alkoholika, über den ganzen Tag nur minderwertiges Essen, Zigaretten, Bier, und dann noch das Lampenfieber vor dem großen Comeback-Konzert, auf das ganz England mit angehaltenem Atem wartete. Wie viele dieser Faktoren musste zusammenkommen, um einen Menschen wie Will zu töten? Wenn er tatsächlich an einer Überdosis gestorben war, gab es keinen Fall Bickershead. Dann waren seine Ermittlungen vollkommen überflüssig, und die Presse konnte sich wie die Geier auf die sensationelle, finale Wendung einer Skandalgeschichte stürzen, die noch wochenlang hohe Auflagenzahlen garantieren würde.

Doch noch hatte Minster keine Gewissheit, dass sein Auftrag gegenstandslos geworden war. Er verspürte keine große Lust, sich heute Abend das Konzert anzuschauen, aber wenn er seine Rolle als Tourberichterstatter weiter spielen wollte, musste er Interesse vortäuschen und sich erneut die Ohren durchpusten lassen. Vielleicht war es ja das letzte Mal.

Als Minster merkte, dass seine Gedanken sich im Kreis zu drehen begannen, verließ er das Hotel und ging hinüber zu den Bussen. Da es noch mindestens eine Stunde bis zum Beginn des Konzerts war, hockte er sich zu den beiden Fahrern, die im Bandbus saßen und Erdnüsse in sich hineinstopften, und beteiligte sich mehr schlecht als recht an ihren Gesprächen über Rassehundezucht, Sport-Cabrios und die offenbar extrem schwankende Qualität holländischer Heißmacherwürstchen.

Um kurz vor 20 Uhr machte er sich dann auf den Weg zur Halle. Vor den Türen drängten sich jetzt Hunderte von grölenden und feiernden Fans, denen der Einlass viel zu lange dauerte. Als Minster sich durch die Massen hindurchdrängelte und nach Vorzeigen seines Tourpasses ohne Abtastkontrolle durchgewunken wurde, hörte er hinter sich Gemurre und Gepöbel.

Schon im Foyer des Kievit stank es so penetrant nach Nikotin, Alkohol, Schweiß und heißer, verbrauchter Luft, dass er sich fragte, wie er den Abend ohne Brechreiz überstehen sollte. Vor dem Tresen wartete ein unruhiger, immer weiter anschwellender Menschenpulk auf seine Getränke, und am Merchandise-Stand drängelten sich kaum weniger Leute gegen die Absperrungen, um zu horrenden Preisen T-Shirts, Baseball-Caps und CDs zu kaufen.

Minster zwängte sich in den Zuschauerraum und versuchte, einen halbwegs akzeptablen Platz zu finden. Obwohl der Club erst zur Hälfte gefüllt war, war es unmöglich, sich noch bis in die ersten Reihen vorzukämpfen. Vom Mischpult bis zur Bühne standen die Besucher eng aneinandergedrückt wie Tiere in einem viel zu kleinen Transporter auf dem Weg zum Schlachthof. Minster stellte sich in die Nähe des Ausgangs und fragte sich, warum er eigentlich eben geduscht hatte.

Es dauerte noch eine geschlagene Dreiviertelstunde, bis die Band endlich auf die Bühne ging, und als das Introband abgerufen wurde, tendierte Minsters Aufnahmefähigkeit bereits gegen null. Je länger er in der fast vollständigen Dunkelheit zwischen den singenden, krakeelenden und unruhig auf den Auftritt wartenden Hundertschaften stand und immer weniger Sauerstoff einatmete, desto bleierner wurde seine Müdigkeit. Die Anspannung, die ihn den ganzen Tag vorwärtsgetrieben hatte, verwandelte sich in eine lähmende Mischung aus dumpfem Schädeldröhnen und geistiger wie körperlicher Trägheit. Er begann zu begreifen, warum Oliver Epping ihm geraten hatte, Kopfschmerztabletten mitzunehmen. Da seine Augen nur umherhuschende Schemen wahrnahmen und seine Ohren in dem holländischen Sprachgewirr nichts Vertrautes ausmachen konnten, richtete sich seine Wahrnehmung nach innen und prallte gegen eine undurchdringliche Wand aus Schlafmangel und leiser Frustration. Er sehnte sich nach einem ruhigen Sommerabend auf seiner Veranda, doch das vergebliche Aufbäumen seiner Fantasie machte die Schwärze des Clubs nur noch unerträglicher. Irgendwann fühlte er sich so zerschlagen, dass er aufpassen musste, nicht im Stehen einzuschlafen.

Die Horses begannen wie immer mit 'The Devil's Advocat', und schon beim ersten Aufjaulen der Gitarren verwandelte sich die Menschenmenge um Minster herum in ein wirres Knäuel aus unkoordiniert wirbelnden Extremitäten, markerschütterndem Geschrei und herumspritzenden Bierresten. Er wurde mitgerissen von einem ekstatischen Strudel, der ihn wie ein Mahlstrom in Richtung Bühne zog. Aus dem Foyer drängten immer noch weitere Menschen nach und schoben sich vorwärts, um einen Blick auf die Musiker zu erhaschen.

Minster ertrug das feuchtwarme Gedränge drei, vier Songs lang, dann schob er sich langsam, aber beharrlich gen Ausgang und postierte sich neben den Schiebetüren zum Foyer. Es war noch lauter als gestern, und selbst mit

Ohrenstöpseln hatte er das Gefühl, als donnere ein Güterzug durch seinen Schädel.

Am entgegengesetzten Ende der Halle turnten die Musiker wie überdrehte Äffchen über die Bühne. Fitzgerald posierte breitbeinig vor Barsleys Drumkit, Fleece rannte über die Bretter, als würde er nach Meilen bezahlt, und Dembinski wirkte auf die Entfernung deutlich selbstsicherer als bei seiner Feuertaufe in London. Er ließ das Mikrofon am Kabel herumwirbeln, forderte die Zuschauer immer wieder gestenreich zum Mitsingen auf und riss bei jeder Gelegenheit die Arme in Siegerpose hoch. Dass seine Stimme sich zwei, drei Mal überschlug, schien außer Minster niemand zu merken. Das Publikum tobte, als habe es noch nie ein besseres Konzert gesehen.

Diesmal hielt Minster bis zum Ende durch. Er erkannte neben `The Devil´s Advocat´ noch drei weitere Songs, hörte einige nichtssagende, reichlich nuschelige Ansagen von Dembinski, spürte Fleeces langes, quietschendes Gitarrensolo wie falsch gesetzte Akupunkturnadeln in seinen Ohren und fragte sich bei den bläulichen Feuersäulen, die nach der zweiten Zugabe am Bühnenrand in die Höhe schossen, ob die höchsten Flammenzungen nicht gefährlich nahe an der Decke nach Sauerstoff leckten.

Nach fast zwei Stunden flackerten die schmutziggelben Neonlichter der Hallenbeleuchtung auf, und die Massen begannen gen Ausgang zu strömen. Minster beeilte sich, vor dem großen Ansturm hinaus ins Foyer zu schlüpfen. Durch einen nur spärlich beleuchteten engen Gang, der hinter einer Feuerschutztür neben der Bar begann und von einem breitschultrigen, glatzköpfigen Holländer mit einer unterarmlangen Taschenlampe in den Pranken bewacht wurde, umging Minster den Zuschauerraum und gelangte schließlich in den Backstage-Bereich. Schon bevor er den langgestreckten, bis in Brusthöhe babyblau gekachelten Flur erreichte, von dem ein knappes Dutzend Türen abgingen, hörte er die Stimmen von Fleece und Dembinski. Die beiden standen sich mit Handtüchern über den Schultern in einer Entfernung von ungefähr fünf Metern gegenüber und gifteten sich an.

„Natürlich hast du beschissen gesungen", rief Fleece gerade, als Minster in der Gangöffnung innehielt und vorsichtig in den Flur hineinspähte. „Bei `Blood In The Water´ hast du den kompletten Refrain verrissen. Mir wär´ vor Schreck beinahe die scheiß Gitarre aus den scheiß Händen gefallen."

„Dann hättest du wenigstens mit deinen verdammten Hampeleien aufgehört", konterte Dembinski, der gerade nüchtern genug war, um nicht zu lallen. „Dein albernes Rumposieren hat mich völlig aus dem Konzept gebracht. Und deine Soli waren viel zu lang."

„Meine Soli waren genauso lang wie immer", erwiderte Fleece mit vor Wut bebender Stimme. „Der Einzige, der heute Abend scheiße war, warst du. Wenn du bei den nächsten Shows genauso mies singst, können wir die Band nächste Woche begraben. Hör endlich auf, dich wie ein gottverfluchter Rockstar aufzuspielen, Jon. Nur weil dir deine Frau weggelaufen ist, musst du dich nicht aufführen wie ein Vollidiot. Wenn du unbedingt meinst, halbe Kinder ficken zu müssen, dann tu´s, aber sauf dir nicht vor den Gigs die Hucke zu." Fleece verschwand hinter einer der Türen und ließ sie donnernd hinter sich ins Schloss fallen.

„Du dummes Arschloch", brüllte Dembinski ihm hinterher und schüttelte die Fäuste. Im selben Moment lugte Maxwells Kopf aus einer anderen Türöffnung heraus.

„Krieg dich wieder ein, Jon", rief der Manager mit einem aufgesetzten Grinsen. „Jeder hat mal ´nen schlechten Tag. Morgen in Paris wirst du singen, dass den Froschfressern Hören und Sehen vergeht."

„Ich ficke keine Kinder, Ed", sagte Dembinski und trottete wie ein begossener Pudel auf Maxwell zu.

„Natürlich tust du das nicht, Jon. Damien ist ´n bisschen in Rage, mehr nicht. Hör einfach nicht hin. Der Gig war völlig okay, absolut kein Beinbruch. Wenn nachher die Champagnerkorken knallen, ist die ganze Sache vergessen. Und jetzt komm her und dusch dich. Die anderen sind schon fertig."

Minster trat erst in den Flur hinaus, als sich die Tür hinter Dembinski geschlossen hatte. Er war ein wenig unschlüssig, ob es Sinn machte, sich Fleece mehr als Steinwurf weit zu nähern, doch die Entscheidung wurde ihm abgenommen. Zwei der Roadies – Floyd und Bluegrass – kamen mit je zwei Gitarrenkoffern in den Händen um die Ecke geschlurft.

„Hey Ninja, grottenschlechter Gig heute, oder?", rief Floyd gut gelaunt. „Aber schreib bloß nicht, dass ich das gesagt habe, sonst kann ich mir ´nen neuen Job suchen."

„In der Kantine schimmelt noch tonnenweise Pasta vor sich hin", sagte Bluegrass. „Hau dir ordentlich den Wanst voll, bevor wir abfahren. Zweite Tür links. Wir kommen uns gleich auch noch ´nen Nachschlag holen."

Da er seit dem Erdbeerkuchen und den Mandelhörnchen nichts mehr gegessen hatte und keinen sonderlich großen Drang verspürte, mit Fleece in dessen jetzigem Zustand zu reden, folgte er Bluegrass´ Rat und ging in die verrauchte Kantine, in der tatsächlich Nudeln und eine dickflüssige Gemüsesauce in zwei der fünf großen Warmhaltepfannen dampften. Er setzte sich zu Mia, die etwas abseits von Barsleys und Fitzgeralds Frauen hockte und lustlos in ihrer winzigen Portion Nudeln herumstocherte.

„Gestern in London waren sie besser, oder?", fragte Minster, nachdem er festgestellt hatte, dass die Pasta erstaunlich gut schmeckte. Er sprach so leise, dass die anderen Frauen, die wie immer in ein vollkommen musikfremdes Gespräch vertieft waren, ihn nicht hören konnten.

„Er hätte sich bei mir entschuldigen sollen", flüsterte Mia und starrte ins

Nichts. Ihre Pupillen waren auffällig geweitet, und sie zitterte unmerklich am ganzen Körper. „Damien ist so ein Dummkopf. Man schlägt seine Muse nicht, ohne dafür zu bezahlen. Wenn er sich nicht bald entschuldigt, wird noch etwas viel, viel Schlimmeres geschehen."

Minster versuchte ihr zu entlocken, was sie mit dem „viel, viel Schlimmeren" meinte, aber Mia blieb stumm und schob sich ihre Nudeln einzeln in den Mund. Schließlich kamen Floyd und Bluegrass hereingestürmt, schaufelten sich zwei Teller bis obenhin voll und verwickelten Minster in eine mehr oder weniger ergebnislose Diskussion darüber, ob Dembinski schlechter gesungen habe als Will an seinen schlechtesten Abenden oder nicht. Mia saß daneben und sagte nichts.

Um kurz nach 23 Uhr brach der Tourtross in vier Taxen in Richtung Rotlichtviertel auf. Fleece und Dembinski vermieden es, in denselben Wagen einzusteigen, und während Fleece mit grimmiger Miene Mia wie einen Hund an der Leine hinter sich herzog, ging Dembinski Hand in Hand mit einem schwarzhäutigen, kurzgelockten Mädchen schwer bestimmbaren Alters. Sie steckte in einer grünen Army-Hose und einem blutroten Girlie-Shirt, auf dem in gelber Glitzerschrift „Flying Horses – Outback Tour 1997" stand.

„Leute, das ist Lucy", stellte Dembinski sie gelangweilt vor.

Minster fuhr mit Maxwell, Dembinski und dessen neuester Eroberung. Während der Taxifahrer sich hektisch seinen Weg durch den dichten Verkehr bahnte und dabei jegliche Geschwindigkeitsbegrenzungen ignorierte, hielten sich Dembinski und Lucy eng umschlungen und tauschten ohne nennenswerte Unterbrechungen Zungenküsse aus. Minster, der neben den beiden hockte, beobachtete mit wachsendem Unbehagen, wie Dembinski beim Küssen den Reißverschluss von Lucys Army-Hose immer weiter herunterzog und mit seiner rechten Hand in der Öffnung dahinter verschwand. Es roch penetrant noch hochprozentigem Alkohol.

Maxwell, der neben dem Fahrer saß, beugte sich nach hinten zu Minster.

„Näher kannst du einem Musiker kaum kommen, wenn du dich nicht selbst von ihm flachlegen lässt", flüsterte er ihm verschwörerisch ins Ohr. „Sex, Drugs und Rock'n'Roll – welche Band traut sich denn heute noch, all die ganzen Klischees bis zum Exzess auszuleben? Das ist es doch, was die Leute draußen wirklich lesen wollen: Storys von durchgeknallten Fans, Drogenrazzien und offenen Hosenställen. Du wirst schon was Ordentliches draus stricken."

Minster zog es vor, nicht zu genau hinzuschauen, was neben ihm passierte, und atmete erleichtert auf, als das Taxi anhielt. Bevor Dembinski und die Schwarzhäutige bemerkt hatten, dass sie sich nach einem neuen Ort für ihr Liebesspiel umschauen mussten, stand Minster schon auf dem Gehsteig und atmete die warme Amsterdamer Nachtluft ein. Der Mond stand voll und hoch über den Dächern und tauchte die vier hintereinander aufgereihten Taxis in milchiges Licht. Die niedrigen Schaufenster zu beiden Seiten der kurzen Kopfsteinpflasterstraße waren von innen in warmen Rottönen ausgeleuchtet. Hinter den zur Hälfte geöffneten Scheiben saßen kaum bekleidete Frauen und versuchten die Neuankömmlinge wort- und gestenreich anzulocken. Einige der Roadies waren schon drauf und dran, eines der Etablissements zu betreten, als Maxwell sie zurückpfiff.

„Gentlemen, hier hinein bitte", rief er und deutete auf eines der wenigen Häuser der Straße, in deren Fenstern keine Prostituierten saßen. „Unser lieber Freund Hank Hanover hier hat sich bereiterklärt, die heutige Zeche aus der Spesenkasse von Universe Records zu bezahlen. Und meine japanischen Freunde im „Golden Kyoto" sind für ihre exzellente Gastfreundschaft bekannt. Da wollt ihr doch wohl nicht auf eigene Faust losziehen."

Ihr Bedauern stand den Roadies ins Gesicht geschrieben, doch nachdem sie den Frauen in den Nachbarhäusern zugewunken und sie auf später vertröstet hatten, folgten sie Maxwell, der den Trupp durch einen versteckt liegenden Seiteneingang in das Gebäude führte. Ein gedrungener Asiate in einem lindgrünen Seidenmantel überprüfte mit ausdrucksloser Miene Maxwells Reservierung und geleitete die Gäste dann durch einen abschüssigen, mit aufgespannten japanischen Fächern und billigen Seidenstickereien geschmückten Gang hinunter in die Kellerräume des Hauses.

„Kommen Sie, treten Sie ein", sagte der Japaner in gebrochenem Englisch und hielt einen dünnen Gaze-Vorhang auf. „Heute Abend geschlossene Gesellschaft. Niemand wird stören."

Der Raum, den sie betraten, wurde von einer edlen Teakholz-Bar dominiert, hinter der ein weiterer Asiate, der dem ersten zum Verwechseln ähnlich sah, die unzähligen über Kopf aufgehängten Flaschen polierte. Als die Engländer eintraten, hielt er kurz inne und verbeugte sich wortlos vor ihnen.

„Das ist Yanmen", sagte der Empfangschef. „Er Sie wird bedienen. Die Mädchen kommen gleich." Mit diesen Worten ließ er den Vorhang wieder zugleiten und überließ die Gäste seinem Barkeeper.

Die Musiker und ihre Crew brauchten keinen halben Drink, um sich pudelwohl zu fühlen. Einige Meter von der Bar entfernt konnten sie in tiefen pastellgrünen Plüschsofas herumlümmeln, aus versteckten Boxen dröhnte in dezenter Lautstärke schnelle Rockmusik, und an den mit dunklem Holz verkleideten Wänden brannte herb duftendes Öl in halbrunden Eisenschalen. An der Decke hing ein drei Meter langer, türkisfarbener Papierdrache, der bei jedem Lufthauch geschmeidig hin und her schwang und mit großen purpurnen Augen auf die Menschen herabschaute.

Als die ersten doppelten Whiskeys heruntergekippt waren und Dembinski seine Kokain-Vorräte auf einem der niedrigen Teakholz-Tischchen auszubreiten begann, wurde hinter der Bar ein Vorhang zur Seite geschoben, und acht junge, gertenschlanke Asiatinnen betraten den Raum. Ihre halblangen schwarzen Haare waren zu einem strengen Zopf zurückgebunden, und um den Hals hatten sie ein violettes Seidentuch geschlungen. Ansonsten waren sie bis auf hautenge Hot-Pants in verschiedenen Farben nackt. Unter dem Pfeifen und Klatschen der Männer reihten sie sich mit einem bis zur Perfektion einstudierten Lächeln vor der Bar auf und begannen einen langsamen, anmutigen Tanz, bei dem ihre kleinen, festen Brüste unmerklich auf und ab wippten. Aus den Lautsprechern säuselte nun ein fernöstliches Flötenstück. Der Barkeeper mixte weiter mit stoischer Gelassenheit seine Drinks.

Während die Roadies, Maxwell und Hanover die Mädchen anfeuerten und aufsprangen, um ihre Bewegungen linkisch nachzuäffen, hielten sich die Musiker zurück. Barsley und Fitzgerald verfolgten zwar das Schauspiel, beschränkten sich jedoch darauf, anzügliche Grimassen zu schneiden, sobald ihre Blicke die ihrer nicht sonderlich begeisterten Frauen trafen. Fleece und Mia hingegen saßen eng aneinander geschmust inmitten der Feiernden, als gäbe es keine anderen Menschen auf der Welt, und Dembinski lag mit Lucy in der hintersten Ecke des Raumes auf einem langen Sofa. Er hatte ihr Shirt bereits bis über ihre vollen Brüste gezogen und nestelte an dem Knopf ihrer Army-Hose herum.

Minster hockte zwischen Fleece und Mia auf der einen und Maxwell auf der anderen Seite und fühlte sich vollkommen fehl am Platze. Zu seiner Linken tauschte das turtelnde Pärchen harte, schmatzende Küsse aus, zur Rechten schlug ihm der grölende Manager in regelmäßigen Abständen mit einem wiehernden Lachen auf die Schulter, und vor ihm lag eine halb weggeschniefte Koks-Line zwischen zwei unbenutzten Joint-Blättchen und einem halben Dutzend leerer Gläser. Sobald er den Blick hob, sah er acht Paar Brüste, die sich in einer sanften, verwirrenden Choreografie bewegten. Und das alles für einen Mordfall, der wahrscheinlich gar keiner war.

„Köstlich, oder?“, brüllte Maxwell, als er ihm zum wiederholten Male seine schwere, beringte Pranke aufs Schulterblatt donnerte. „Kein Club in Amsterdam hat mehr Stil als das „Golden Kyoto“. Ich war hier ’72 als Roadie mit The Who. Keith Moon lebte damals noch und hat den halben Laden auseinandergenommen. Der Barkeeper zuckte nicht mal mit der Wimper, als seine Flaschen zu Bruch gingen, sondern bot Keith stattdessen einen extra starken Gin-Tonic an. Es war das einzige Mal, dass jemand Moon the Loon in Sachen Coolness übertraf.“

„Was kosten die Weiber?“, schrie Wally, der keine Handbreit vor einer der Tänzerinnen herumhampelte. „Wenn ich noch länger nur zuschauen darf, explodieren meine Eier.“

„200 Euro für eine halbe Stunde, 350 für eine ganze“, sagte Yanmen hinter dem Tresen, ohne von den Gläsern aufzuschauen, die er gerade spülte. „Sonderwünsche extra, ohne Gummi das Doppelte."

„Scheißteuer", rief Wally zurück. „Woher soll ein kleiner Arbeiter wie ich so viel Schotter nehmen? Braucht nicht eine der jungen Damen zufällig einen neuen Freund? Nur für eine Nacht."

„200 Euro für eine halbe Stunde", wiederholte der kleine Japaner ungerührt.

„Heute zahlen Universe Records", brüllte Hanover, dass es jeder im Raum mitbekam. „Aber jeder nur ein Mädchen und nicht länger als ′ne Stunde. Und zieht euch Lümmeltüten drüber, sonst schmerzt′s die nächsten Tage beim Pinkeln."

Hanover und die vier Roadies verschwanden daraufhin mit weiblicher Begleitung in den Räumlichkeiten hinter der Bar, und als sich der Vorhang hinter ihnen geschlossen hatte und die verbliebenen drei Mädchen gerade im Begriff waren weiterzutanzen, erhob sich auch Maxwell, grinste Minster an und packte eine der Asiatinnen am Handgelenk.

„Schreib über die Roadies, aber bloß nicht über mich", rief er Minster im Hinausgehen zu. „Meine Frau würde mir die Hölle heiß machen."

Die letzten beiden Mädchen führten ihre Darbietung noch eine Weile fort, aber als sie merkten, dass Minster sie nicht beachtete, beendeten sie ihren Tanz und zogen sich zurück. Der unsichtbare Disc-Jockey legte wieder eine harte Rockplatte auf.

Erleichtert ließ sich Minster zurück in die Kissen sinken. Irgendwo hinter ihm stritten Fitzgerald und Barsley mit ihren Ehefrauen über das Für und Wider von Risiko-Wertpapieren, Mia und Fleece küssten sich nach wie vor geräuschvoll, und was Dembinski mit seiner Gespielin trieb, wollte Minster lieber gar nicht wissen. Er schloss die Augen, zählte beim Atmen dreimal bis zehn und fragte sich, warum das Mineralwasser im „Golden Kyoto" so merkwürdig bitter schmeckte. Schließlich bestellte er bei Yanmen einen Orangensaft, den er in einem Zug leerte. Der Japaner füllte das Glas ein zweites Mal, ohne dass Minster darum bitten musste.

Es dauerte etwas mehr als eine Dreiviertelstunde, bevor Maxwell und die anderen nach und nach ohne die Mädchen zurückkehrten. Während Maxwell so tat, als käme er gerade von einem geschäftlichen Treffen mit den Betreibern des Clubs, prahlten die Roadies mit den körperlichen Vorzügen der jungen Frauen und ihren eigenen erotischen Heldentaten. Keiner von ihnen war noch nüchtern genug, um gerade stehen zu können.

„Abmarsch zum Bus", rief Maxwell, als Hanover als Letzter durch den Vorhang trat. „In einer Stunde müssen wir auf dem Weg nach Paris sein. Nein, Floyd, es gibt keine Drinks mehr. Ihr habt euren Spaß gehabt. Feierabend."

„Vorher solltet ihr aber noch einen kleinen Blick auf unseren Sänger werfen“, sagte Barsley und deutete hinter sich. „Der Typ weiß, wie man ′ne heiße Nummer bekommt, ohne dafür bezahlen zu müssen.“

Keine vier Meter von Barsleys und Fitzgeralds angewidert dreinschauenden Ehefrauen entfernt hockte Lucy splitternackt auf Dembinski und ritt ihn mit schnellen, heftigen Bewegungen. Ihre großen schwarzen Brüste wogten schwappend auf und nieder, und die starken Muskeln an ihren breiten Oberschenkeln zeichneten sich deutlich ab. Lucys Augen waren geschlossen, in ihrem weit geöffneten Mund sah man zwei Reihen blütenweißer Zähne. Dembinski lag unter ihr und stöhnte leise.

„Jon, alter Schwerenöter“, lachte Maxwell und warf ein Cocktail-Glas, das direkt hinter den Kopulierenden an der Wand zerbarst. „Genug gebumst. Paris ruft.“

„Scheiße, scheiße“, krächzte Dembinski, der erst jetzt zu begreifen schien, wo er sich befand. Er schob Lucy von sich, die sich mit derben holländischen Flüchen darüber beschwerte, und suchte schwankend und mit halb erigiertem Penis seine Kleidungsstücke zusammen. Während er mehrere Minuten brauchte, um sich anzuziehen, hatte Lucy ihre Hose und ihr Shirt innerhalb weniger Sekunden übergestreift und belegte ihren rettungslos betrunkenen Liebhaber mit Schimpfwörtern, von denen Minster nur jedes fünfte verstand. Die ganze Gruppe stand mittlerweile um das Pärchen herum und amüsierte sich, so gut es der Alkoholpegel noch zuließ.

„Halt endlich die Schnauze, Schlampe. Und ihr verfickten Arschlöcher hört auf zu kichern“, stammelte Dembinski, nachdem er es irgendwie geschafft hatte, in seine Schuhe zu schlüpfen. „Auf nach Paris!“

„Auf zum nächsten Desaster“, fügte Fleece laut genug hinzu, dass es jeder hören konnte.

Minster erinnerte sich später nur noch bruchstückhaft an die Rückfahrt zu den Bussen. Er bekam noch mit, dass Maxwell Hanover in ein separates Taxi setzte und den Fahrer anwies, ihn zum Flughafen Schiphol und seinem Flieger zurück nach London zu bringen, und wäre fast in die Schusslinie geraten, als Lucy anfing, lauthals zeternd auf den im Rinnstein kauernden Dembinski einzuprügeln. Minster musste seine ganze Kraft aufwenden, um das dunkelhäutige Mädchen von Dembinski wegzuziehen. Irgendwann saß er dann mit Maxwell und Dembinski im Taxi. Was aus Lucy geworden war, wusste er nicht.

Erst als Minster sich im Bus mühsam seiner Kleider entledigt hatte und in seine Koje gekrochen war, merkte er, dass er nicht ganz Herr seiner Sinne war. Das Schaukeln und Ruckeln kam ihm schon auf der Hotelausfahrt schlimmer als gestern Nacht auf der Autobahn vor, und in seinem brummenden Schädel schienen sich noch einige andere Räder und Achsen gefährlich schnell zu drehen. Jemand musste ihm im „Golden Kyoto“ etwas Hochprozentiges oder irgendeine Droge in sein Mineralwasser gekippt haben. Ein halbes Glas von der Mischung hatte ausgereicht, um ihn ordentlich aus der Bahn zu werfen.

Er war zum letzten Mal vor mehr als zehn Jahren bei einer Semesterabschluss-Party an der Universität betrunken gewesen. Damals hatte er sich unter schweren Krämpfen auf der Frauentoilette übergeben, weil er es nicht mehr bis aufs Herrenklo geschafft hatte, und sich danach geschworen, nie wieder einen Tropfen Alkohol anzurühren. Bis auf vereinzelte Gläser Sekt bei Feierlichkeiten hatte er seine strikte Abstinenz seither durchgehalten. Er fühlte sich jetzt zwar längst nicht so elend wie an jenem Uni-Abend, aber das Gefühl, sich selbst nicht vollständig unter Kontrolle zu haben, behagte ihm ganz und gar nicht.

Als der Bus die verwinkelten Straßenlabyrinthe Amsterdams verlassen hatte und nach einem kurzen Tankstopp mit gleichmäßigem Geräuschpegel auf Schnellstraßen Richtung Süden fuhr, fiel Minster in tiefen, aber unruhigen Schlaf. Er träumte von Heerscharen splitternackter Menschen, die sich in einer endlos weiten Halle vor eine winzige Bühne drängten, auf der schwarze Frauen mit gewaltigen Brüsten laszive Tänze aufführten. Blutrote Spotlights verfolgten ihre Bewegungen, und die Boxenanlage trug ihr tiefes Stöhnen hinaus in die grenzenlose Dunkelheit. Das Publikum wippte im Takt mit, rieb sich lüstern aneinander und begann schließlich erregt übereinander herzufallen. Minster fühlte gierige Frauenmünder an seinen Oberschenkeln, auf der Brust und an seinen Ohrläppchen. Hände strichen über seinen Bauch und seine Arme, Zungen drängten sich fordernd zwischen seine Lippen. Als sich eine Hand fest um sein Glied legte und am Schaft auf und ab zu gleiten begann, schrie er auf und erwachte schweißgebadet.

Zuerst wusste er nicht, wo er war, bis ihn das Röhren des Busmotors erleichtert aufatmen ließ. Erst da merkte er, dass tatsächlich eine Hand sein Glied umfasst hielt.

Erschrocken versuchte er sich aufzusetzen und prallte schmerzhaft gegen die niedrige Decke seiner Koje. Die Hand blieb, wo sie war, und eine zweite legte sich über seinen Mund und erstickte seinen Schmerzensschrei.

„Psst“, flüsterte eine kaum hörbare Stimme. „Die anderen schlafen.“

„Mia“, presste Minster zwischen ihren Fingern hervor, „was um Himmels Willen machst du?“

Anstatt zu antworten, kroch sie ganz zu ihm in die Koje und schmiegte sich an ihn. Sein Penis begann groß und hart zu werden. Mias nackte, dürre Beine umschlangen seine, ihr Unterleib rieb sich an seinem Oberschenkel.

„Fleece hat mich an der Tankstelle aus dem Bus geworfen“, flüsterte sie ihm ins Ohr, als sie merkte, dass er sich nicht länger gegen ihre Liebkosungen wehrte. „Er ist so ein gemeines Schwein. Erst hab ich ihm einen geblasen, und als ich dann mit ihm über sein schlechtes Karma reden wollte, drehte er durch. Ich bin einsam, Gran, und mir ist kalt. Liebe mich. Du bist der einzige nette Kerl auf dieser Tour."

„Mia, bitte, wir können nicht einfach..."

„Doch, wir können. Wir können alles." Sie richtete sich gerade weit genug auf, um ihr wildledernes Top über den Kopf zu ziehen. Die harten Knospen ihrer kleinen Brüste strichen über Minsters Rippen, bevor sie sich auf ihn legte und ihr Becken mit rhythmischen Bewegungen gegen seins presste. Ihre Hände hatten sich in seinen Haaren verkrallt, und ihre feuchte Zunge umspielte sein Ohr.

In Minster tobte ein Orkan, den er nicht kontrollieren konnte. Eine Stimme in seinem benebelten Kopf brüllte ihn an, das Mädchen wegzustoßen, doch sein ganzer Körper erbebte unter einer lange unterdrückten Lust. Fahrig streichelte er Mias Rücken. Um ihn herum war nur Schwärze, Hitze und weiche Haut.

Irgendwann hielt Mia kurz inne, um ihren Minirock und ihren Slip abzustreifen und mit geübten Bewegungen ein Kondom über sein Glied zu ziehen. Sie legte eine seiner Hände in ihren feuchten Schritt und umfasste seine Hoden.

„Nimm mich", stöhnte sie von irgendwo aus der Dunkelheit.

Das Herz schlug Minster vor Erregung bis zum Hals, als er sie herumdrehte und ungeschickt in sie eindrang. Die geschmeidige Wärme, die seinen Penis umgab, machte ihn rasend vor Gier. Ihre Hände gruben sich in seinen Po und schoben sein Glied bei jedem Stoß tiefer in ihren heißen, hungrigen Unterleib.

Eine halbe Ewigkeit lag er auf ihr und stieß immer schneller und heftiger in sie hinein. Dass seine lädierte Niere wieder zu schmerzen begann, bemerkte er ebenso wenig wie seinen lauten, schnaubenden Atem und ihre spitzen Lustschreie. In der Leere seines Kopfes drehten sich Myriaden von Sternen um eine unsichtbare, brodelnde Sonne. Als er zum Orgasmus kam, zuckte ein greller silberner Blitz durch die Unendlichkeit eines Universums, in dem es kein Oben und Unten mehr gab.

# KAPITEL 16

Das Loch im Scheunendach hatte sich als extrem hartnäckig erwiesen. Der letzte Sturm hatte nicht nur ein gutes Dutzend Schindeln heruntergeweht, der Dachbalken darunter war auch auf einer Länge von fast einem halben Meter morsch und faulig. Als die Sonne um kurz nach zehn weit im Westen im Atlantik versank, hatte Gillisham mit seinem Bruder gerade erst die schwache Stelle mit Behelfs- und Stützbalken überbrückt. Sie mussten zwei Halogenstrahler aus dem Haus holen und sie unter dem protestierenden Muhen der müden Kühe auf dem Heuboden und dem Dach ausrichten, um weiterarbeiten zu können. Die neuen Ziegeln zu verlegen, ging dann recht zügig. Teddy und Edward hatten die Scheune vor einigen Jahren fast im Alleingang gebaut und auch das Dach selbst gedeckt. Sie waren vertraut damit, hoch oben auf der hölzernen Leiter in der Abendbrise zu stehen oder vorsichtig über die Dachschrägen zu kraxeln.

Nachdem sie in der Küche noch ein Gute-Nacht-Bier getrunken und über das wenig erfolgreiche gestrige Abschneiden ihrer Lieblingsteams in der Premier League diskutiert hatten, verschwand Edward zu seiner Frau ins Schlafzimmer, und Teddy stieg auf leisen Sohlen die knarzende Treppe ins Obergeschoss hinauf. Rebecca lag schon im Bett und schlief tief und fest. Der Vollmond stand hoch am Himmel, sein helles weißes Licht flutete durch die drei mannshohen Fenster in den großen Raum und leuchtete ihn fast vollständig aus. Lediglich die Bücherregale an den Längsenden waren in milchiges Zwielicht gehüllt.

Während Teddy das Dach geflickt hatte, waren Peters morgendlicher Besuch im Polizeipräsidium und die merkwürdigen Entdeckungen, die sie im Krankenhaus gemacht hatten, in den Hintergrund gerückt, doch jetzt wurde er wieder von Unruhe gepackt. Nach seinem Telefonat mit Minster, das dieser so abrupt hatte beenden müssen, hatte er in den städtischen Kliniken in Portsmouth angerufen und den Pathologen Doctor Sills gebeten, sich morgen Will Bickersheads Autopsiedaten anzusehen. Gleich nach Dienstbeginn würde er ihm die Dateien mailen.

Gillisham hatte nicht die geringste Ahnung, was sich hinter der falschen Diagnose verbergen könnte. Er hatte in seiner Polizistenlaufbahn selten mit etwas Komplexerem und Schwerwiegenderem als Einbrüchen, kleinen Raubüberfällen oder vereinzelten versuchten Eifersuchtsmorden zu tun gehabt. Der Fall Bickershead überstieg seinen Horizont. Aber glücklicherweise erwartete niemand von ihm, dass er ihn aufklärte. Der NCS verfügte über ganz andere Möglichkeiten und Erfahrungswerte. Er traute es Minster zu, dass er in dem Gewirr aus widersprüchlichen Analysen und nicht erkennbaren Motiven die Wahrheit herausfinden würde. Seine, Teddy Gillishams, Aufgabe würde sich darauf beschränken, ein paar ergänzende Kleinigkeiten zu den Ermittlungen beizusteuern. Und diese Aufgabe gedachte er so gewissenhaft wie möglich zu erfüllen.

Vorsichtig, um Rebecca nicht zu wecken, schaltete er Fernseher und Videorekorder an, drehte den Ton ganz herunter und legte die Kassette ein, die ihm die BBC geschickt hatte. Sich noch einmal mit Wills Tod zu beschäftigen, gab ihm das beruhigende Gefühl, diesen ereignisreichen Tag mit etwas Sinnvollem ausklingen zu lassen.

Nacheinander flimmerten die letzten Augenblicke im Leben des William Bickershead aus acht verschiedenen Kameraperspektiven stumm über die Mattscheibe. Immer wieder sah Gillisham, wie die vielfarbigen Strahlenlanzen der Lichtshow die Dunkelheit durchschnitten, bevor das Trockeneis über die Bühne waberte und sich schließlich die Silhouetten der Flying Horses in dem künstlichen weißen Nebel abzeichneten. Ohne den dazu passenden Ton wirkte es etwas albern, wie sie vor dem Schlagzeug herumstolzierten, ihre Instrumente bearbeiteten und übertrieben ernst ins Publikum und in die Kameras starrten.

Jedes Mal wenn Will zu sehen war, wie er aus dem linken Bühnenhintergrund auftauchte und langsam zum Mikrofonständer ging, beugte sich Gillisham vor und versuchte, etwas Neues, Entscheidendes zu entdecken. Aber selbst die Kamera, die Will in Nahaufnahme verfolgte, enthüllte nichts, was Teddy nicht schon wusste. Bickershead wirkte tatsächlich aufgeputscht und schien nicht ganz Herr seiner Sinne zu sein. Seine Bewegungen hatten bei genauerem Hinsehen etwas Unkontrolliertes an sich, und seine Gesichtszüge wirkten merkwürdig zerrissen und bis aufs Äußerste angespannt. Er erschien Gillisham eingefallen und vorzeitig gealtert, verglichen mit den Frühzeiten der Horses, an die er sich noch erinnern konnte, als Will Hellhound der Inbegriff jugendlicher Frische und Selbstsicherheit gewesen war. 1995 hatte er ihn zum ersten Mal bei einem Konzert in Southampton gesehen und war hingerissen gewesen von der unbändigen, rauen Energie, die Will mit seiner Stimme, Mimik und Gestik transportierte. Die Gestalt, die nach der ersten Textzeile von `The Devil´s Advocat´ in sich zusammensackte, hatte wenig Ähnlichkeit mit dem William Bickershead Mitte der 90er Jahre. Sie war dürr und ausgemergelt, und nur die langen schwarzen Haare und die ausdrucksstarken hellbraunen Augen hielten das Charisma, das diesen Mann zu einer

Legende gemacht hatte, noch aufrecht. Ohne den kraftvollen Sound der Horses war Bickershead eine beinahe geisterhafte Erscheinung, die viel zu früh vom Verfall eingeholt worden war.

Als Will zusammenbrach, verdrehten sich seine Augen, bis fast nur noch das Weiße zu sehen war, die silbernen Ohrringe in seinem rechten Ohr blitzten ein letztes Mal im Scheinwerferlicht, und er fiel schneller zu Boden, als die Close-up-Kamera ihm folgen konnte. Sekunden später rannten zwei Sanitäter von hinten heran. Sie knieten sich vor den leblosen Körper und überprüften Puls und Atmung. Schließlich winkten sie zwei ihrer Kollegen heran, die Bickershead auf einer Trage abtransportierten. Die übrigen Musiker und die Bühnencrew standen mit sprachlosem Entsetzen daneben. Gillisham sah sich diese letzten Sekunden mehrere Male in Slow-Motion aus der Totalen an, doch keines der vielen Gesichter auf der Bühne vermittelte ihm den Eindruck, nicht von der Situation überrascht und überwältigt zu sein.

Es war kurz nach 1 Uhr, als Gillisham die Augen nicht mehr aufhalten konnte. Er schaltete die Geräte aus, warf noch einen kurzen Blick auf die Kraterschatten des prallen Mondes und krabbelte zu Rebecca unter die Decke.

# KAPITEL 17

Er verriegelte die Toilette und setzte sich auf den geschlossenen Klodeckel. Fünf Minuten. Nur fünf Minuten alleine sein und in Ruhe nachdenken. Er schloss die Augen, hörte draußen jemanden ins Pissoir urinieren. Es war so wichtig, dass er sich einen klaren, einfachen Plan zurechtlegte. Morgen Mittag würde es geschehen. In etwas mehr als 12 Stunden würde er eine Frau töten, und er hatte noch keine Vorstellung davon, wie. Waffen konnte er keine mitnehmen, und sich vor Ort eine zu besorgen, erschien ihm zu heikel. Waffen hatten Lebensläufe und hinterließen genau wie Menschen Fingerabdrücke, die sich relativ einfach zuordnen ließen. Kurz vor einem Mord die Tatwaffe zu kaufen, war töricht, insbesondere als Ausländer. Am einfachsten würde es sein, sie mit einem strapazierfähigen Draht zu erdrosseln oder mit bloßen Händen zu erwürgen. Sie war eine zierliche kleine Person, die ihm gerade bis zum Kinn ging, mit einem dünnen, langen Hals und einem sehr zarten, fast zerbrechlichen Körperbau. Er schaute auf seine Hände, die mit den Innenseiten nach oben in seinem Schoß lagen. Seine Finger waren nicht übermäßig kräftig, aber für ihre Kehle würden sie ausreichen. Er malte sich aus, wie sich seine Hände um ihren Hals schlossen und ihr die Luft abdrückten. Ein merkwürdiges, zwiespältiges Gefühl zwischen Ekel und grimmiger Genugtuung überkam ihn.

Es hatte Zeiten gegeben, da hätte er dafür bezahlt, mit ihr schlafen zu dürfen. Sie war von blendender, reiner Schönheit, und wo immer er sie sah, erfüllte ihn das tiefe Verlangen, ihr die Kleider vom Leib zu reißen und es bis zur völligen Erschöpfung mit ihr zu treiben. Doch 300.000 Pfund nur für ihr Schweigen waren selbst für sie zu viel.

Wie ein blauer, kalter Blitz durchfuhr ihn der Gedanke, sie zu vergewaltigen, bevor er sie tötete, und in seinem Unterleib spürte er ein erregtes Prickeln. Angewidert stand er auf, klappte den Deckel hoch und pinkelte im Stehen in die Schüssel. Das reichte, um die in ihm aufsteigenden Visionen von ihrem nackten, gefesselten Körper beiseitezuschieben. Er würde es nicht tun. Es würde ihn bereits genug Überwindung kosten, sie umzubringen, und trotz seines Hasses wollte er nicht, dass sie mehr litt als nötig. Die ganze Sache quälte ihn schon genug. Sie sollte ihre elfenhafte, unberührte Schönheit auch im Tod behalten.

Er setzte sich wieder und überschlug die Zeitplanung für morgen. Bereits am frühen Nachmittag hatte er sie angerufen und ihr versprochen, das Geld um 13 Uhr bei ihr vorbeizubringen. Sie hatte keinen Verdacht geschöpft, als er sie bat, sie in ihrer Wohnung treffen zu können. Er hatte ihr erzählt, ein öffentlicher Ort sei ihm mit dem vielen Geld zu unsicher.

Ob sich noch andere Personen in ihrer Wohnung aufhalten würden? Er wusste, dass sie alleine lebte, aber vielleicht hatte sie einen Freund oder eine Freundin gebeten, ihr bei dem unangenehmen Treffen zur Seite zu stehen. Die Ereignisse der letzten Tage hatten sie so sehr mitgenommen, dass sie bei der geringsten Aufregung zusammenbrechen konnte. Doch wen würde sie in die Erpressung einweihen? Sie war immer eine verschlossene Einzelgängerin gewesen, die ihre Probleme mit sich selbst ausmachte. Und sie war clever genug, um zu wissen, dass sie sich erpressbar machte, wenn sie Dritten von ihrem Plan erzählte. Bei mehreren Gelegenheiten hatte sie erzählt, dass man in den gesellschaftlichen Kreisen, in denen sie sich bewegte, besser niemandem vertraute, wenn man es zu etwas bringen wollte. Nein, sie würde alleine sein.

Viel wichtiger war die Frage, ob sie die Bänder bei sich zu Hause aufbewahrte, aber auch hier baute er auf ihre Verschlossenheit. Wenn die Kassetten nicht in ihrer Wohnung waren, dann in einem Schließfach. Sie würde ihr Beweismaterial niemandem anvertrauen, nicht einmal ihren Eltern. Er zweifelte nicht daran, dass eine brennende Zigarette auf ihrer Haut oder ein gebrochener Finger ausreichen würde, um ihm alles zu verraten, was er wissen wollte. Ihn widerte der Gedanke an, sie foltern zu müssen, aber für ihn stand zu viel auf dem Spiel, um sich ein Gewissen leisten zu können. Zumindest bis er es hinter sich hatte.

Die Anspannung drohte ihn zu zerreißen. Er würde ein paar gute, starke Drinks brauchen, um heute Nacht schlafen zu können. Mit einem unterdrückten Fluch betätigte er die Spülung, ließ das Türschloss zurückschnappen und trat hinaus in das schmutzigweiße Neonlicht des Waschraums.

# KAPITEL 18

Graue Wolken zogen durch eine Nacht, die schwärzer als schwarz über den gestaltlosen Schatten einer kahlen, leblosen Welt lag. Am Himmel standen keine Sterne, und zwischen den nackten, hohlen Stämmen toter Bäume brodelte es heiß aus zähflüssigen Tümpeln, die keinen Anfang und kein Ende kannten. Irgendwo schimmerte der volle Mond, doch sein Licht war zu bleich und schwach, um die Dunkelheit durchdringen zu können, und er spiegelte sich nirgendwo. Totenstille lag über der Ödnis, bis ein schriller, hoher Schrei von überall und nirgends her das kalte Schweigen durchbrach. Der Schrei wiederholte sich laut und gellend und fegte noch ein drittes Mal über die Schatten, bevor die Welt in ihren Grundfesten erschüttert wurde. Die Ruinen der Bäume zitterten, die Tümpel schwappten hin und her, und die Wolken zogen in schrägen, widernatürlichen Bahnen über das Firmament. Wieder ertönte der Schrei, und diesmal fing der Mond Feuer und brannte lichterloh in grellen gelben Flammen, die die Welt versengten und in einem alles vernichtenden Wirbelsturm über die geschwärzten Ebenen tosten.

Minster schreckte schweißgebadet aus den Tiefen seines Alptraums hoch. Helles Sonnenlicht flutete durch die nur halb zugezogenen Vorhänge an der Fensterseite seiner Koje, und unter sich spürte er das Brummen und Schaukeln des Busses. Dann hörte er erneut den Schrei, doch diesmal klang er kälter, mechanischer und vor allem leiser. Er kam von seinem Handy, das am Fußende der Koje in seiner Hose steckte und klingelte. Schlaftrunken und mit pochenden Kopfschmerzen tastete er nach dem Telefon und zog es heraus, bevor es erneut Alarm schlagen konnte.

„Ja?“, nuschelte er hinein.

„Granpole? Ich bin´s, Teddy. Guten Morgen.“

„Morgen, Teddy“, krächzte Minster und musste sich mehrfach räuspern, bevor er fortfahren konnte. Sein Hals war rau von kaltem Zigarettenrauch. „Ich ruf dich sofort zurück. Ist gerade etwas ungünstig.“

Erst nachdem er das Gespräch beendet und gemerkt hatte, dass er splitternackt war, erinnerte er sich an das, was in der letzten Nacht passiert war. Es kam ihm vor wie ein Teil des Alptraums, aus dem er gerade aufgeschreckt war. Mia war fort, doch neben seinem Kopfkissen lag wie ein Abschiedsgeschenk zusammengeknotet das Präservativ. Der Anblick des vollen Kondomkopfes machte ihn beklommen.

Rasch kleidete er sich an und verzog sich mit dem Handy in den hinteren Teil des Busses, der verwaist und mit Müll übersät im Licht eines wunderschönen Morgens dalag. Bevor er Gillisham zurückrief, würgte er einen weißen Schokoladenriegel herunter und spülte mit einer halben Dose Mineralwasser nach.

Gillisham hob sofort ab.

„Granpole, du und Peter Bradshaw, ihr habt den richtigen Riecher gehabt“, kam es aus dem Hörer. „Will ist nicht an Gift, sondern mit an Sicherheit grenzender Wahrscheinlichkeit an einer hohen Dosis Heroin gestorben, die er geschnupft oder gegessen haben muss. Der Pathologe aus Portsmouth hat vor einer halben Stunde das bestätigt, was Peter gestern bereits vermutete. Die ursprünglichen Messwerte und die abschließende Diagnose stehen in völligem Gegensatz zueinander. Nirgendwo sind Anzeichen für eine Cyanidvergiftung festzustellen gewesen. Das Ergebnis der Autopsie ist bewusst gefälscht worden.“

„Das bringt unseren Doctor Barnsby in eine sehr unangenehme Lage“, grantelte Minster, während er mit einer leichten Übelkeit kämpfte.

„Kannst du dir vorstellen, warum er das getan hat?“

„Nein, absolut nicht. Aber ich denke, ich werde es gleich herausfinden. Habt ihr euer Dach reparieren können?“

„Ja, Edward hat mir geholfen. War keine große Sache. Ich habe mir gestern Nacht auch noch eine BBC-Aufzeichnung von Wills Zusammenbruch angesehen, aber nichts Interessantes entdeckt. Rufst du mich die Tage mal an und erzählst mir, was Barnsby gesagt hat?“

„Klar, ich melde mich. Und grüß Rebecca von mir.“

Als Gillisham aus der Leitung verschwunden war, musste Minster die Augen schließen und einige Male tief durchatmen. Ihm war furchtbar schlecht, aber die Übelkeit kam nicht allein von der abgestandenen Zigarettenluft und seinem überhastet heruntergewürgten Frühstück. Langsam, aber unaufhaltsam drängten die Erinnerungen an Mia an die Oberfläche seines Bewusstseins und erzeugten dort eine Mischung aus Ekel, Faszination und leiser Traurigkeit. Er konnte das Mädchen noch an seinen Fingern riechen, spürte ihre heftigen Bewegungen in seinem Schoß, ihre Küsse auf seinen Lippen. Ihr Stöhnen war wie ein schwaches Echo in seinen Ohren, und der Gedanke an seinen Orgasmus schickte ein warmes Prickeln durch seinen Unterleib. Er fühlte sich gleichzeitig hundeelend und aufgeputscht.

Wann hatte er das letzte Mal mit einer Frau geschlafen? Minster erinnerte sich nur noch vage daran. Es musste vor ungefähr anderthalb Jahren gewesen sein, in einer eisigen Winternacht nach einer Polizeifeier in London. Eine junge Polizeianwärterin, eine hübsche Brünette aus Brixton, hatte ihm so lange vorgeschwärmt, wie beeindruckend sie seine spektakulären Ermittlungserfolge fände, dass er nicht nein sagen konnte, als sie ihn schließlich zu sich nach Hause einlud. Sie hatten sich bis zum Morgengrauen geliebt, doch danach sah er sie nie wieder. Zwei Wochen lang hatten sie noch in unregelmäßigen Abständen miteinander telefoniert, dann brach der Kontakt ab. Bis zum Frühlingsanfang verspürte Minster ab und an eine feuchtwarme Sehnsucht, wenn er nachts nicht schlafen konnte, aber mit der Zeit verdrängte er den Vorfall so weit, dass er sich irgendwann nur noch vage an den Namen des Mädchens erinnern konnte. Sie hatte Tanja oder Vanja geheißen, sicher war er sich nicht mehr.

Er hatte kein Glück mit Frauen. Meistens endeten die Beziehungen, wenn man sie denn überhaupt Beziehungen nennen wollte, so schnell und überhastet, wie sie begonnen hatten. Seine letzte feste Freundin hatte er mit Anfang 20 auf der Polizeischule gehabt. Die Frauen verstanden ihn nicht, und er verstand die Frauen nicht. Ein dummer Allgemeinplatz, von dem er wusste, dass er nicht wirklich stimmte, aber nach jeder unglücklichen Romanze musste er sich von neuem eingestehen, dass er einer Realität hinterhergehechelt war, die niemand mit ihm geteilt hatte. Er hatte noch nie in dem sicheren Gefühl gelebt, einer Partnerin in allen Belangen wirklich nahe zu sein, und seine Arbeit hatte ihn stets davon abgehalten, sich mit Haut und Haaren auf einen anderen Menschen einzulassen. So gut er sich in oft extrem psychotische Straftäter und die Beweggründe für ihre Taten hineinversetzen konnte, so schlecht gelang es ihm bei auf den ersten Blick völlig unkomplizierten Frauen in einem Alter, das sein Vater gerne als „heiratsfähig“ bezeichnete.

Kurz nachdem er anfing zu meditieren, hatte er für sich beschlossen, das Alleinsein als ideale Daseinsform zu akzeptieren. Doch hin und wieder wurde er schwach und fand sich in Betten wieder, in denen er nie hatte landen wollen. Die unangenehmen Nachbeben waren jedes Mal vorprogrammiert.

Minster wusste nicht, wohin Mia verschwunden war, und er verspürte auch kein Verlangen, sie zu sehen. Es war einfacher, das fiebrige Unwohlsein vorüberziehen zu lassen, wenn niemand in der Nähe war.

Während er abwesend auf den toten Bildschirm des Bordfernsehers starrte, nahm sich vor, sich endlich dazu durchzuringen, Mrs. Croydons Tochter zum Tee einzuladen, wenn er wieder daheim war. Seit Jahren schon wollte er es tun, aber im entscheidenden Augenblick verließ ihn immer der Mut. Vanessa war nicht nur ein ausgesprochen schönes Mädchen, sondern darüber hinaus auch noch angenehm warmherzig und umgänglich. Und sie lächelte fast jedes Mal, wenn er in den Laden kam und sie hinter der Verkaufstheke stand. Nach dem gefühlsarmen, zwiespältigen Abenteuer der letzten Nacht kam sie ihm wie ein Wesen aus einer anderen, sonnigeren Welt vor. Bislang hatte er immer Angst davor gehabt, sie mit seinen Macken und Eigenarten genauso unglücklich zu machen wie alle anderen Frauen vor ihr und den Dorffrieden zu gefährden. Aber so weit musste es ja gar nicht kommen. Er würde sich mit ihr treffen und es zum ersten Mal in seinem Leben bewusst langsam angehen lassen. Ein Nachmittagstee sollte für den Anfang völlig reichen. Oder vielleicht würde er auch einfach nur zu den Kartenspiel-Abenden im Pub gehen, zu denen sie fast immer kam. Falls er merkte, dass er sich falsche Vorstellungen gemacht hatte, konnte er immer noch den Rückzug antreten, ohne dass aus der Sache wie sonst so oft ein filmreifes Drama wurde. Und falls es tatsächlich zwischen ihnen funken sollte, konnte er vorsichtig zum nächsten Schritt übergehen. Ein Abendessen vielleicht, oder ein Spaziergang...

Minster ertappte sich dabei, wie er mit offenen Augen vor sich hin träumte. Sich ein ruhiges, unspektakuläres Treffen mit Vanessa auszumalen, war Balsam für seine aufgewühlte Seele. Er ließ sich ein paar Minuten treiben und spürte, wie er sich langsam zu entspannen begann. Der schwere Kloß in seinem Hals löste sich immer mehr in Wohlgefallen auf, dafür machten sich die Rückenschmerzen einer weiteren durchgeschüttelten Nacht in der ungemütlichen Buskoje bemerkbar. Schließlich holte er das Kondom, stopfte es tief in den überquellenden Mülleimer neben dem Kühlschrank und rief Doctor Barnsby an. Es war kurz nach neun, als die Telefonzentrale der Kriminalpolizei in Southampton ihn zu dem Gerichtsmediziner durchstellte.

„Guten Morgen, Inspector", brummte Barnsbys tiefer Bass. „Was kann ich diesmal für Sie tun? Jagen Sie noch immer den Mörder dieses Rockmusikers?"

„Ja, und wir stehen momentan vor einem Rätsel, das nur Sie alleine auflösen können." Minster hatte nicht die Absicht, lange um den heißen Brei herumzureden.

„Wie meinen Sie das, Inspector?"

„Sie haben am 26. Juni die Obduktion William Bickersheads durchgeführt und sind zu dem Ergebnis gekommen, dass er mit Kaliumcyanid vergiftet wurde, richtig?"

„Richtig. Worauf wollen Sie hinaus?"

„Wir haben den Obduktionsbericht von zwei unabhängigen Gutachtern überprüfen lassen. Beide stellten übereinstimmend fest, dass keine Cyanidvergiftung, sondern eine Heroinüberdosis vorlag. Die aufgezeichneten Daten der Laborgeräte in der Klinik in Newport sprechen eine gänzlich andere Sprache als Ihr Bericht, Doctor Barnsby. Welche Erklärung haben Sie dafür?"

Minster konnte das entsetzte Luftanhalten am anderen Ende förmlich hören. Als Barnsby nach längerem Schweigen antwortete, sprach er über Gebühr langsam und mit einem drohenden Unterton.

„Wie kommen Sie dazu, hinter meinem Rücken in meiner Arbeit herumzuschnüffeln?"

„Wie kommen Sie dazu, Untersuchungsergebnisse zu fälschen?", erwiderte

Minster barsch. „Versuchen Sie nicht abzulenken."

„Mister Minster, ich verbitte mir diesen unverschämten Ton."

„Detective Inspector Minster, Doctor Barnsby." Minster merkte, wie Wut und Ungeduld immer mehr die Oberhand gewannen. Dennoch bemühte er sich, möglichst leise zu sprechen, um die Roadies nicht zu wecken. „Ich bin in dieser Sache Ihr Vorgesetzter und Ihnen gegenüber weisungsbefugt, falls Ihnen das entgangen sein sollte, und ich nehme mir diesen unverschämten Ton heraus, weil ich verdammt noch mal keine Lust habe, meine Zeit damit zu verschwenden, mir irgendwelche billigen Ausflüchte anzuhören. Sie haben als Mitarbeiter der Polizei Tatsachen verfälscht und die Aufklärung eines Verbrechens so stark behindert, dass wir tagelang von völlig falschen Fakten ausgegangen sind. Normalerweise sollte ich mich direkt mit Ihrem Chief Constable in Verbindung setzen und ein Verfahren gegen Sie anstrengen lassen. Und falls Sie mir jetzt nicht auf der Stelle sagen, warum Sie Bickersheads Überdosis verschleiert haben, werde ich genau das tun."

Barnsby schwieg erneut, diesmal jedoch nur kurz, und als er antwortete, war seine kühle Feindseligkeit nackter Angst gewichen.

„Ich wollte das nicht, Inspector", sagte er müde. „Ich wollte nur meine Arbeit erledigen, wie ich es seit 35 Jahren gewissenhaft getan habe. Es war nicht meine Idee."

„Wessen dann?"

„Einen Tag, nachdem der Junge gestorben war, rief mich sein Hausarzt an."

„Doctor Minnack?"

„Ja, Doctor Minnack." Barnsby klang, als würde ihm jedes Wort, das er sagte, Schmerzen bereiten. „Wir redeten eine Weile über belanglose Themen, bevor er mir erzählte, er hätte schon viel von mir gehört und wüsste meine Arbeit sehr zu schätzen. Dann kam er auf den Fall Bickershead zu sprechen und meinte, dieser sei ja offensichtlich ganz besonders verzwickt. Er hätte die Erstuntersuchung vor Ort vorgenommen und die tödliche Vergiftung festgestellt. Ich sollte mich nicht von gewissen irreführenden Symptomen täuschen lassen, der Junge sei eindeutig an einer Kaliumcyanidvergiftung gestorben. Als ich einwandte, ich würde es mir durchaus zutrauen, die Todesursache selber festzustellen, sagte er, ich sollte am nächsten Tag einen Blick auf mein Girokonto werfen. Falls ich seine Diagnose bestätigte und unser Gespräch für mich behielte, würde ich am Ende der Woche noch einmal die zehnfache Summe erhalten. Dann legte er auf."

„Und wie viel hat Minnack Ihnen überwiesen?"

„Zuerst 5000 Pfund, dann am Donnerstag weitere 50.000", antwortete Barnsby verschämt und fügte kleinlaut hinzu: „Hätte ich doch nur sofort Alarm geschlagen."

„Warum haben Sie es nicht getan?"

„Weil ich das Geld dringend brauchte. Minnack muss gewusst haben, dass ich kurz vor dem Ruin stehe. Mein Sohn hat seine Firma in den Bankrott getrieben. Eine Internet-Agentur, Sie wissen ja, was mit den meisten davon in den letzten 12 Monaten passiert ist. Ich unterschrieb vor Jahren eine Bürgschaft für ihn und musste vor kurzem mein Auto verkaufen und eine Hypothek auf mein Haus aufnehmen, um einen Teil seiner Schulden begleichen zu können. Bald kommt die nächste Forderung, und ohne die 55.000 Pfund könnte ich mich gleich ins Jenseits befördern wie dieser Junge."

„Ihnen war also von Anfang an klar, dass Bickershead an Heroin und nicht an Cyanid gestorben ist?"

„Ja, natürlich. Er hatte eine Dosis geschluckt oder geschnupft, die auch ein robusterer Mensch wahrscheinlich nicht überlebt hätte. Ach, ich hätte dieses Geld nie annehmen dürfen."

„Wenn Sie den Bestechungsversuch sofort gemeldet hätten, wäre der Fall wahrscheinlich schon längst aufgeklärt."

„Es tut mir leid, Inspector, dass ich Ihnen so viele Schwierigkeiten bereitet habe. Schon als Sie am Donnerstag hier anriefen, hatte ich ein mulmiges Gefühl. Mir war von Anfang an nicht wohl bei der Sache."

„Jetzt ist es ein bisschen spät für Reue, Doctor."

„Ich weiß", seufzte Barnsby resignierend. „Was werden Sie nun unternehmen?"

„Zuerst einmal werde ich versuchen, meine Ermittlungen abzuschließen. Was danach passiert, liegt nicht in meiner Hand. Ich halte Ihnen zugute, dass Sie anstandslos ein Geständnis abgelegt haben. Trotzdem muss ich den Vorfall natürlich Ihrer Dienststelle melden. Ich werde erwähnen, dass Sie sich kooperativ gezeigt haben. Mehr kann ich leider nicht für Sie tun."

„Danke", kam es leise aus dem Hörer, dann war die Leitung tot.

Minster legte das Handy zur Seite und blickte hinaus auf den vorbeigleitenden grauen Asphalt der Autobahn. Obwohl er wütend auf Barnsby war und Mias nächtlicher Überfall immer noch unruhig in ihm nachgärte, hatte er Mitleid mit dem alten Gerichtsmediziner. Es fiel ihm nie leicht, Kollegen zu diskreditieren. Doch Barnsby war eindeutig zu weit gegangen. Wenn er bei der Wahrheit geblieben wäre, hätte es keine Notwendigkeit gegeben, sich dieser Tortur auszusetzen. Verdreckte, stinkende Busse und nymphomane Groupies wären ihm erspart geblieben.

Als der Groll gegen Barnsby wieder die Oberhand gewann, rief Minster Doctor Minnack an. Dessen Sekretärin stellte ihn sofort durch.

„Einen wunderschönen guten Morgen, Mister Minster", meldete sich Minnack, der unverschämt guter Laune zu sein schien. „Womit kann ich der Polizei behilflich sein?"

„Indem Sie mir ein wenig auf die Sprünge helfen", kam Minster direkt zur Sache. „Ich habe soeben mit dem Gerichtsmediziner Doctor Barnsby aus Southampton telefoniert. Er behauptet, Sie hätten ihn mit einer nicht unerheblichen Summe Geld bestochen, um den Autopsiebericht Ihres Patienten William Bickershead zu fälschen."

„Aber, aber, Mister Minster, machen Sie halblang", erwiderte Minnack, ohne sich von Minsters Anschuldigungen aus der Ruhe bringen zu lassen. „`Bestechen´ ist ein hässliches Wort. Sagen wir, ich habe ein wenig nachgeholfen und sehr gut dafür bezahlt, dass das Andenken eines jungen, verstorbenen Menschen nicht in den Dreck gezogen wird."

Minster war sprachlos. Er hatte mit vielem gerechnet, jedoch nicht damit, dass sich Williams Hausarzt ohne Umschweife schuldig bekennen würde und dabei auch noch der Auffassung zu sein schien, sich moralisch im Recht zu befinden.

„Sie leugnen also nicht, dass Sie Doctor Barnsby 55.000 Pfund überwiesen haben, damit er aus einer Überdosis Heroin einen Giftmord macht?"

„Nein, das leugne ich nicht", entgegnete Minnack mit einer sonoren Unbeschwertheit, die Minster innerlich zum Kochen brachte. „Was würden Sie tun, wenn Sie einen alten, herzkranken Vater vor sich hätten, den der kleinste Presseskandal ins Grab bringen kann? Abraham Bickershead wollte nicht, dass die Öffentlichkeit davon erfuhr, dass sein Sohn sich umgebracht hatte. Sie können sich wahrscheinlich vorstellen, was für einen Gesichtsverlust es für einen Parlamentarier bedeutet, wenn ein enger Verwandter sich auf diese Art und Weise das Leben nimmt."

„Verflucht, es geht hier um ein Menschenleben und nicht um irgendwelche High-Society-Eitelkeiten!"

„Ich bin ganz Ihrer Meinung, Mister Minster", erwiderte Minnack. „William Bickershead ist von uns gegangen. Ob durch eigenes oder fremdes Zutun, ist letzten Endes unerheblich. Mir als Hausarzt der Familie Bickershead bleibt nichts anderes übrig, als mich mit seinem Ableben abzufinden und mich um die Hinterbliebenen zu kümmern. Sein Vater würde eine Schmutzkampagne möglicherweise nicht verkraften und bat mich daher, ein paar Details in ein für die Familie etwas günstigeres Licht zu rücken."

„Indem Sie eine Straftat begingen, die Sie ihre Zulassung als Mediziner kosten wird." Es fiel Minster schwer, nicht völlig die Contenance zu verlieren. Er verspürte den starken Impuls, Minnack anzuschreien.

„Na, na, wird wollen doch nicht übertreiben, Mister Minster." Minnack klang, als rede er mit einem uneinsichtigen, cholerischen Patienten, der sich beharrlich weigerte, einen simplen Sachverhalt anzuerkennen. „Ich brachte diesen Doctor Barnsby in der Tat dazu, seinen Bericht nach unseren Wünschen ausfallen zu lassen. Aber ich möchte, dass eines ganz deutlich wird: Ich bin davon ausgegangen, dass Abraham Bickershead sich nichts weiter als eine kurze Schonfrist verschaffen wollte, um sich für den Ansturm der Presse wappnen zu können. Als mir klar wurde, dass er überhaupt kein Interesse daran hatte, die Wahrheit jemals ans Licht kommen zu lassen, nahm ich Kontakt mit meinem alten Freund Gregory Finn auf. Übrigens ein weiterer meiner hoch geschätzten Patienten."

Director General Finn war der Leiter des National Crime Squad und eine lebende Legende der britischen Polizeigeschichte. Er befand sich in der Machthierarchie nicht weit unterhalb des Innenministers. Minster verkniff sich einen Kommentar und wartete darauf, dass Minnack mit seinen Rechtfertigungen fortfuhr.

„Mister Minster, Ihr oberster Dienstherr wusste bereits am Montagabend von Williams Selbstmord. Ich wollte nicht, dass die Angelegenheit verschleiert wird und irgendwann auf sehr unschöne Weise herauskommt. Also unterrichtete ich Finn über das, was ich getan hatte. Sicherlich war es alles andere als elegant, den armen Doctor Barnsby mit in die Sache hineinzuziehen, aber Sie werden verstehen, dass es in den Kreisen, in denen die Bickersheads sich bewegen, manchmal unumgänglich ist, zu wenig populären Methoden zu greifen, um den gesellschaftlichen Ruf zu wahren. Wenn Director General Finn gewollt hätte, hätte er die Bombe schon Anfang der Woche platzen lassen können."

Die Implikationen, die in Minnacks Worten mitschwangen, ließen Minster vor Zorn schnauben. Bevor er etwas erwidern konnte, das er später bereuen würde, beendete er das Gespräch abrupt. Leise vor sich hin fluchend, ging er im hinteren Busteil auf und ab und trat schließlich mit voller Wucht in einen mit ungewaschenen Bühnenklamotten vollgestopften Pappkarton. Das dumpfe Geräusch, das dabei entstand, und der kleine rissige Knick in der Pappe waren nicht wirklich befriedigend, aber immerhin fühlte er sich danach in der Lage, sich wieder zu setzen.

Was für eine lächerliche Farce! Nur weil ein alter Snob den Gedanken nicht ertrug, einen Schandfleck auf der weißen Clan-Weste verkraften zu müssen, fuhr er mit einem Haufen völlig unschuldiger Musiker durch halb Europa. Und wahrscheinlich würde er Abraham Bickershead und seinen aalglatten Arzt nicht einmal zur Rechenschaft ziehen können. Wenn Minnack mit Finn befreundet war, würde dieser seine Gründe haben, warum er seine Informationen nicht weitergeleitet hatte. Dass es sinnvoller war, gegen Windmühlen als gegen Kungeleien in der Polizeispitze anzukämpfen, hatte Minster schon vor Jahren schmerzhaft erfahren müssen. Aus den Verstrickungen der obersten Führungsebene hielt man sich besser heraus, wenn man sich nicht massiven Repressionen aussetzen wollte.

Ohne es richtig zu merken, aß Minster noch zwei weitere Schokoriegel. Der wolkenlose, hellblaue Himmel und das goldgelbe Sonnenlicht auf den malerischen Feldern und Flussauen, die sich zu beiden Seiten der Autobahn erstreckten, schienen ihn in ihrer makellosen Reinheit zu verhöhnen. Er saß irgendwo in Nordfrankreich in einem Bus, in dem er nicht schlafen konnte, und vor einigen Minuten war alles, was er hier tat, sinnlos geworden. Gründe für einen Selbstmord mochte es viele gegeben haben. Vielleicht war es auch einfach nur ein Unfall gewesen. Die Aufregung vor dem großen Auftritt, ein paar Bier zu viel, ein überhasteter Griff zum weißen Pulver. Ein tragischer Tod sicherlich, aber keiner, mit dem der NCS sich beschäftigen musste.

Minster wollte Erleichterung darüber verspüren, von der Last dieses vermeintlichen Mordfalles befreit zu sein, doch die perfide Rolle, die Abraham Bickershead und Doctor Minnack in der Angelegenheit spielten, missfiel ihm aufs Äußerste und verdarb ihm gründlich die Laune. Er fühlte sich missbraucht und gedemütigt wie eine Marionette, die von unsichtbaren Fäden zu erniedrigenden Verrenkungen gezwungen wurde. Dass es auch in einem angeblich freiheitlichen Staat noch Menschen gab, die andere nach Belieben dirigieren konnten, widerte ihn zutiefst an.

Er würde von Paris aus nach England zurückfliegen und einen oder zwei Urlaubstage nehmen, um die Affäre Bickershead zu verdauen. Nur eines wollte er vorher noch erledigen: Florence Glis sollte nicht erst aus der Zeitung erfahren, dass ihr Freund sich – ob beabsichtigt oder nicht – das Leben genommen hatte. Seine letzte Amtshandlung war alles andere als angenehm, aber sie erschien ihm wie der einzig passende Schlusspunkt unter eine völlig verkorkste Woche.

# KAPITEL 19

Er fand das weiß getünchte Gebäude mit der Hausnummer 142 ohne Mühe. Eine fast doppelt mannshohe, knarzende Tür aus schwerem Holz führte in einen schmalen Hausflur, der im Halbdunkel lag. Am jenseitigen Ende befand sich über der niedrigen Tür zum Hinterhof ein Oberlicht, doch das dicke Butzenglas war milchig matt und ließ nur ein schwächliches Abbild der Mittagshelligkeit hindurch. Zwei Kinderfahrräder, von denen der pinke Lack abblätterte, lehnten an der Wand. Unter den massiven Aluminiumbriefkästen lag ein Stapel Werbeprospekte einer Baumarktkette. Als er die Treppe in den ersten Stock hinaufstieg, knarrten unter ihm alte, in der Mitte ein wenig durchhängende Eichenbohlen.

Neben ihrer fast bis zur Decke reichenden Wohnungstür stand ihr Name in zierlichen, verschnörkelten Buchstaben auf einem winzigen Klingelschild. Er schellte. Irgendwo weiter oben im Haus hörte er gedämpft das quiekende Bellen eines kleinen Hundes.

Er hatte den Finger kaum von der Klingel genommen, da öffnete sie bereits die Tür. Ihr schulterlanges schwarzes Haar war strubbelig und ungewaschen, und unter ihren nussbraunen Augen lagen tiefe dunkle Ränder. Mit in die Hüfte gestemmten Händen stand sie auf der Schwelle und sah ihn argwöhnisch an. In ihrem schlabberigen grünen T-Shirt und der fleckigen Baumwollhose schien sie ihm das schönste Geschöpf auf Gottes verkommener Erde zu sein.

„Lass es uns schnell hinter uns bringen", sagte sie tonlos und blickte auf die Aktentasche in seiner linken Hand. „Hast du das Geld dabei?"

„Willst du mich nicht erst mal hereinlassen? Es muss ja nicht das ganze Haus etwas davon mitbekommen."

Sie musterte ihn mit gerunzelter Stirn, dann trat sie missmutig einen Schritt zurück.

Er zog im Hineingehen die Tür hinter sich zu, lächelte sie fahrig an und schlug ihr mit der rechten Faust so hart in den Magen, dass ein stechender, heißer Schmerz ihm von den Fingerknöcheln über Arm und Schulter bis in den Kopf schoss. Für den Bruchteil einer Sekunde glaubte er, das Bewusstsein zu verlieren.

Sie sackte mit einem gurgelnden Geräusch in der Kehle in sich zusammen, schlug mit dem Kopf gegen einen niedrigen Schuhschrank und schnappte keuchend nach Luft. Bevor sie schreien konnte, war er über ihr und hatte den Draht, den er in der Linken verborgen gehalten hatte, um ihre Kehle gelegt. Reflexartig versuchte sie, ihre Finger zwischen das mit Plastik ummantelte Metall und ihren Hals zu zwängen, doch er war zu schnell. Während er mit seinen Knien ihre Oberarme niederdrückte, zog er die Schlinge so fest zu, dass sie sich tief in ihre Haut grub. Sofort begann sie zu röcheln und sich mit dem ganzen Körper aufzubäumen. Ihre Beine zuckten wie Aale auf dem Trockenen, und ihre Hände, die ihn nicht mehr erreichen konnten, schlugen in unkontrollierten, spastischen Bewegungen durch die Luft. Ihre Augen waren in Panik geweitet, dünner Schaum trat auf ihre Lippen.

Er ertrug ihren Anblick und ihr verzweifeltes Ringen nach Luft nicht. Seine Innereien rebellierten, sein Herz raste. Immer fester zog er die Schlinge, doch der Todeskampf dauerte länger, als er erwartet hatte. Schließlich schloss er die Augen, weil er ihr nicht mehr ins Gesicht sehen konnte, und begann laut vor sich hin zu summen. Eine Melodie der Flying Horses, tiefe, volle Töne, die ihr Röcheln und Japsen aussperrten. Mit zusammengebissenen Zähnen zog er den Draht so weit zusammen, wie es ihm mit dem pochenden Schmerz in seiner rechten Hand noch möglich war, und versuchte die Spannung aufrechtzuerhalten. Seine Arme verkrampften sich, und er würgte trocken. Als er schon glaubte, zu schwach zu sein, erschlaffte sie endlich. Ein letzter Ruck ging durch ihren Körper, dann lag sie still da. Er roch scharfen Angstschweiß und ein teures Deodorant.

Er blieb noch einige Minuten sitzen, summte weiter die immer gleiche Tonfolge und wiegte sich kaum merklich hin und her. Seine Hände zitterten, aber er wollte die Schlinge nicht loslassen. Nur nicht ohnmächtig werden, nur jetzt nicht ohnmächtig werden. Wenn er zu früh aufstand, würden seine Beine unter ihm wegknicken.

Dann ergriff ihn plötzlich panische Angst, und ein eisiger Schauder lief ihm durch Mark und Bein. Er fürchtete sich davor, seine Augen zu öffnen und in die grauenvoll verzerrte Grimasse zu blicken, die einmal ihr Gesicht gewesen war. Erst als der Würgreiz unerträglich wurde, rappelte er sich hoch und taumelte zur offenen Toilettentür. Er schaffte es gerade noch, sich vor die Schüssel zu knien, bevor er sich so lange und heftig übergab, dass ihm zwischendurch immer wieder schwarz vor Augen wurde.

Während er völlig ermattet vor dem Klo hockte und sich vor sich selbst ekelte, stürzte eine Flut von Erinnerungen über ihn herein: wie sie ihm einmal vor Jahren an einem sonnigen Herbsttag in Kopenhagen ein warmes, herzliches Lächeln geschenkt hatte, wie sie ihn angebrüllt hatte, als er nach einer Preisverleihung in London im Suff zu zudringlich geworden war, wie sie oben ohne, nur mit einem String-Tanga bekleidet, auf dem Sofa eines Hotelzimmers irgendwo im Outback Nevadas eingeschlafen war, ohne zu ahnen, dass die Tür nur angelehnt war. Wenn er nicht so kraftlos gewesen wäre, hätte er vielleicht um sie geweint. Doch so würgte er nur seinen Mageninhalt nach oben, bis nicht mal mehr Säure mitkam, und erhob sich dann mühsam, um nach den Kassetten zu suchen, wegen derer sie hatte sterben müssen.

Auf wackeligen Beinen torkelte er an ihr vorbei, die Augen starr zur Seite gewandt, holte eine Tagesdecke aus dem Schlafzimmer und breitete sie über ihr aus. Erst danach ließ das Zittern in seinen Gliedern langsam nach. In der Küche trank er zwei Gläser kaltes Leitungswasser, bevor er sich daranmachte, die Wohnung systematisch zu durchkämmen.

Das Appartement bestand neben Bad, Toilette, Flur, Schlafzimmer und Küche aus einem Wohn- und einem Arbeitszimmer. Die Einrichtung war spartanisch, aber sündhaft teuer. Zierliche Designer-Stehlampen, kleinformatige, abstrakte Ölgemälde und elegante Glasvitrinen, in denen Kinderpuppen aus den 20er Jahren ausgestellt waren, wechselten sich mit großzügig bemessenen Freiflächen ab. Im Wohnzimmer standen außer einer Sesselgarnitur und einem ellipsenförmigen Tisch aus Glas und azurblauem Marmor nur zwei schmale Bücherregale mit uralten Lederfolianten. Kein Ort, wo sie Kassetten aufbewahren würde.

Das Arbeitszimmer hatte die Ausmaße einer kleinen Turnhalle und enthielt einen leicht schräg gestellten Zeichentisch, auf dem Dutzende von Schnittmustern lagen, mehrere rollbare Kleiderständer, an denen Abendkleider in unterschiedlichen Stadien der Vollendung hingen, und einen gigantischen, mit Stoffresten, Nadeln, Garnrollen und mehreren Nähmaschinen übersäten Stahltisch mit einer klobigen Marmorplatte, der so platziert war, dass er voll im Licht der Mittagssonne lag. An einer Wand hing ein überlebensgroßes, gerahmtes Poster der Flying Horses. Auch hier würde er nichts finden.

Beunruhigt eilte er hinüber ins Schlafzimmer. Was, wenn er sich in ihr getäuscht hatte und sie die Kassetten doch nicht in ihrer Wohnung aufbewahrte? Vielleicht war es doch etwas arg blauäugig gewesen, auf ihr Misstrauen zu bauen. Möglicherweise kannte sie ja doch jemanden, bei dem sie die Bänder lassen konnte. Und vielleicht war sie ihm gegenüber argwöhnischer gewesen, als er ahnte.

Der Anblick der schlanken, silbernen Stereoanlage, die neben ihrem Futon-Bett auf einem niedrigen Regal thronte, ließ ihn wieder hoffen. Auf den drei Regalbrettern lagen in unordentlichen Stapeln unzählige CDs, Mini-Discs, Kassetten und ein halbes Dutzend mp3-Player. Hektisch fegte er alles auf den dicken weißen Flokatiteppich und begann, diejenigen Tonträger auszusortieren, auf denen sich die verräterischen Telefonmitschnitte mit Sicherheit nicht befinden konnten. Die CDs und Mini-Discs waren ausnahmslos Originale und enthielten in erster Linie Jazz- und Klassikaufnahmen. Er räumte sie zurück ins Regal. Übrig blieben die mp3-Player, die allesamt leer waren, und acht kleine Kassetten, die offenbar aus einem Anrufbeantworter stammten. Sie passten zu dem Modell auf ihrem Nachttisch. Schon auf der ersten, die er in das Gerät einlegte und leise abspielte, hörte er sofort Wills und seine Stimme. Er hatte sie doch richtig eingeschätzt.

Mit einem nur mühsam unterdrückten Freudenschrei steckte er alle acht Kassetten ein und durchsuchte zur Sicherheit den Rest des Schlafzimmers nach weiteren Bändern, ohne allerdings fündig zu werden. Als er sich sicher war, nichts übersehen zu haben, ging er zurück in den Flur, setzte die blonde Kraushaarperücke und die breitrandige Fensterglasbrille wieder auf, die in der Aktentasche verschwunden waren, bevor er an der Tür geschellt hatte, stopfte dafür den Würgedraht in die Tasche und öffnete vorsichtig die Wohnungstür. Draußen sah und hörte er nichts, selbst der kleine Hund war verstummt.

Mit einem Mal hatte er es furchtbar eilig, das Appartement zu verlassen. Seine Nackenhaare stellten sich auf, so als starre ihn Florences Leichnam durch die Wolldecke hindurch an. Er verspürte eine grässliche Kälte, von der er nicht wusste, ob sie von außen oder von innen kam. Für den Bruchteil einer Sekunde überkamen ihn wieder Übelkeit und Schwindel.

Mit klopfendem Herzen trat er hinaus in den Hausflur, zog die Tür hinter sich zu und eilte hastig die Treppe hinunter. Noch bevor er im Erdgeschoss ankam, hatte er die schwarzen Lederhandschuhe abgestreift und in die Jackettaschen des alten Dreireihers gesteckt, den er nie wieder tragen würde. Auf dem Weg nach draußen begegnete ihm niemand. Als das massive Holzportal krachend hinter ihm zufiel, schwang im ersten Stock eine Tür, die nicht sorgfältig genug geschlossen worden war, einen Spaltbreit auf.

# KAPITEL 20

Als die Busse gegen 10.45 Uhr vor dem Hintereingang der Halle Le Zenith in Paris zum Stehen kamen, hatte Minster seine Taschen bereits gepackt, sich vorne zu Ken gesetzt und dem Busfahrer erzählt, er müsse wegen einer eiligen Recherche-Angelegenheit dringend zurück nach England. Sobald die Pneumatik-Tür zischend aufglitt, verabschiedete er sich von dem Waliser, stieg aus und beeilte sich, den Parkplatz zu verlassen. Im Bandbus rührte sich zum Glück noch nichts. Er vermutete, dass Mia bei einem der nächtlichen Stopps zu Fleece zurückgekehrt war, und verspürte keinerlei Bedürfnis, sie wiederzusehen. Er schaffte es, um die nächste Straßenecke zu biegen, bevor jemand aus dem Tourtross ihm etwas hinterher rufen konnte.

Spürbar erleichtert und ohne die geringste Vorstellung davon, wo er sich befand, folgte er einige Minuten dem Verlauf einer viel befahrenen Hauptstraße und bog schließlich in eine deutlich unbelebtere, von alten Kastanien gesäumte Allee ein. Nach der muffigen Enge des Busses tat es gut, einfach nur unter dem dichten, hohen Blätterdach der Bäume entlang zu schlendern und die in den Schatten noch nicht gänzlich aufgeheizte Morgenluft tief einzuatmen. Am Himmel stand keine einzige Wolke, es würde ein sehr warmer Tag werden.

Die Bewegung vertrieb Minsters Müdigkeit und Verspanntheit. Als er eine Viertelstunde gelaufen war, bekam er so großen Hunger, dass er sich in einer verwinkelten Nebenstraße in ein Café setzte und sich zum Erstaunen der Kellnerin sechs halbe Käsebrötchen und eine große Kanne schwarzen Tee bestellte. Die Schokoriegel, die er vor einigen Stunden heruntergeschlungen hatte, verlangten nach einem etwas gesünderen zweiten Frühstück, wenn er sich den Magen nicht verderben wollte.

Während er sich den Brötchen widmete, versuchte er einem Rentnerpaar zuzuhören, das zwei Tische weiter in unüberhörbarer Lautstärke miteinander diskutierte. Ihr Streitgespräch drehte sich um irgendeines ihrer Kinder und eine fragwürdige Kreditaufnahme, genauere Einzelheiten verstand Minster aber nicht. Er gehörte zwar zu den wenigen Engländern, die sich auch über ihre Schulzeit hinaus mit Fremdsprachen beschäftigt hatten, doch seine letzte intensivere Auseinandersetzung mit dem Französischen lag schon fast zehn Jahre zurück, und der Zahn der Zeit hatte lediglich erschreckend rudimentäre

Sprachkenntnisse zurückgelassen. Selbst die Artikel in „Le Monde", die jemand auf einem der Stühle an seinem Tisch liegen gelassen hatte, vermochte er nur teilweise zu lesen. Resignierend musste er feststellen, dass er sich für einen international agierenden Ermittler in der Fremde blamabel schlecht verständigen konnte. Wenn sein Gegenüber kein Englisch sprach, war er vollkommen aufgeschmissen.

Die Brötchen und der Tee ließen seinen Magen wieder zur Ruhe kommen. Nachdem er sich auf der Toilette die Zähne geputzt und dabei bemerkt hatte, dass er sich so bald wie möglich duschen und rasieren sollte, wenn er nicht wegen Landstreicherei aufgegriffen werden wollte, bezahlte er und ließ sich von der Kellnerin den Weg zum nächsten öffentlichen Park erklären.

Keine 20 Minuten später saß er auf einer Bank im Schatten einiger ausladender Linden und sah zwei Schwänen dabei zu, wie sie gemächlich ihre Runden auf einem langgezogenen künstlichen See drehten. Still und erhaben glitten sie an einer Gruppe lebhaft planschender Enten vorbei und ließen sich auch von einer Gänsefamilie nicht aus der Ruhe bringen, die sich laut schnatternd um die Brotkrumen zankte, die ihr ein älterer Mann vom jenseitigen Ufer zuwarf. Bis auf vereinzelte Spaziergänger, die größtenteils mit ihren Hunden Gassi gingen, lag der Park verlassen da.

Nachdem er einige Minuten mehr schlecht als recht im Sitzen meditiert hatte, holte Minster sein Handy heraus und rief in der Zentrale an. Es gab noch einige Kleinigkeiten zu erledigen, bevor er den Fall, der keiner war, zu den Akten legen konnte.

„Guten Morgen, Patrick", begrüßte er Leemahan, nachdem dieser sich gewohnt kurz angebunden gemeldet hatte. „Du solltest wirklich mal eine Kur beantragen. Du klingst, als hättest du gerade mit blutendem Magengeschwür einen Marathonlauf bestritten."

„Fang du jetzt nicht auf noch damit an", muffelte Leemahan. „Meine Frau versucht mich schon seit Jahren aus dem Büro zu zerren. Ihr wär´s am liebsten, wenn ich irgendwo auf dem Land einen Posten als Dorfpolizist übernehmen würde."

„Bei uns in Aleham könnte ich ein gutes Wort für dich einlegen, sobald der alte Sheringham in Pension geht. Vielleicht sollte ich bei Gelegenheit mal mit deiner Frau telefonieren."

„Untersteh dich. In eurer Einöde würde mir innerhalb von vier Wochen das Hirn verkümmern. Bist du schon in Paris?"

„Ja, und ich habe ziemlich spektakuläre Neuigkeiten."

„Schieß los."

Minster erzählte Leemahan in groben Zügen, was Gillisham bezüglich des Autopsieberichts herausgefunden hatte und was bei seinen Telefonaten mit Doctor Barnsby und Doctor Minnack ans Licht gekommen war. Bei der

Schilderung seines Gesprächs mit Bickersheads Hausarzt bemühte er sich, keine von Minnacks arroganten Dreistigkeiten auszulassen.

„Unglaublich", grummelte Leemahan, als Minster geendet hatte. „Solche Kerle wären früher am nächstbesten Baum aufgeknüpft worden. Wahrscheinlich würde er auch über Leichen gehen, nur damit der alte Bickershead noch ein paar Jahre heile Welt spielen kann."

„Und unsere eigenen Männer decken ihn noch dabei", ereiferte sich Minster. „Finn hätte uns sofort darüber informieren müssen, dass Minnack ein doppeltes Spiel spielt. Ich kann nicht begreifen, dass sogar die Polizei vor den Bonzen den Schwanz einzieht."

„Das ist doch nie anders gewesen, Granpole. Der Polizeispitze standen die oberen Zehntausend schon immer näher als die eigenen Leute. Hat der Director General sich schon mal mit einem von uns zum Abendessen getroffen? Nein. Stattdessen diniert er lieber mit einflussreichen Unsympathen aus Politik und Wirtschaft. Eine Hand wäscht die andere, und wenn bei ihren Machtspielen jemand unter die Räder kommt, werden auch schon mal beide Augen zugedrückt. Die da oben gehören alle zum selben Klüngel, ob es uns passt oder nicht."

„Aber diesmal haben sie sich verkalkuliert", erwiderte Minster kampfeslustig. „Wir haben unwiderlegbare Beweise dafür, dass Minnack den Autopsiebericht gefälscht hat. Könntest du eine entsprechende Meldung an die Presse rausgeben? Ich wette, dass Minnack verdammt kleinlaut wird, wenn die Boulevardblätter über ihn herfallen. Und Bickershead senior wird sich wünschen, dass er diese schmutzige Bestechung nie in Auftrag gegeben hätte."

„Ich würde nicht ganz so große Geschütze auffahren", wandte Leemahan zögerlich ein. „Wenn wir mit so einer offensiven Meldung rausgehen, müssen wir uns darauf gefasst machen, dass die Gegenseite ebenso heftig zurückschlägt. Minnack hat dir gegenüber sicherlich reichlich dick aufgetragen, aber in einem gebe ich ihm recht: Wenn Finn gewollt hätte, wäre der ganze Skandal längst aufgeflogen."

„Dann fliegt er jetzt halt auf die harte Tour auf."

„Granpole, sei nicht so starrsinnig. Du weißt genauso gut wie ich, dass Finn uns die Hölle heiß macht, falls wir Minnack an den Pranger stellen. Dursham hat mal erzählt, dass Minnack schon seit Jahrzehnten Finns Hausarzt ist. Und du kennst Finn. Wenn der erst mal jemanden ins Visier genommen hat, lässt er nicht eher locker, bis er ihn zur Strecke gebracht hat. Ich für meinen Teil hänge an meinem Job und möchte ungerne degradiert werden, nur damit ein eitler Adliger und sein Hofdoktor auf der Titelseite der „Sun" auftauchen."

„Aber Patrick, wir können dieses abgekartete Spiel doch nicht mitspielen!", rief Minster ungehalten.

„Das habe ich auch nicht gesagt. Ich will dir bloß klarmachen, dass wir ein bisschen diplomatischer vorgehen sollten, um uns aus Finns Schussbahn herauszuhalten. Folgender Vorschlag: Ich setze eine Meldung auf, die die Fakten richtigstellt, ohne dabei jedoch Minnack direkt anzugreifen. Die Presse stürzt sich eh auf die Sache, egal ob wir die Bestechung erwähnen oder nicht. Bickershead senior wird sich damit konfrontiert sehen, dass die Öffentlichkeit von Williams Heroinsucht erfährt, wir können den Fall abschließen, und wenn ein paar fähige Journalisten ein wenig tiefer bohren, werden sie schnell feststellen, dass der Bickershead-Clan Dreck am Stecken hat. Letztendlich erreichen wir so genau das, was wir wollen, ohne uns allerdings angreifbar zu machen."

„Und wie willst du den fehlerhaften Autopsiebericht erklären?", fragte Minster, den Leemahans Ausführungen noch nicht überzeugten.

„Ein überarbeiteter Gerichtsmediziner, eine fehlerhafte Blutanalyse – da gibt es genug Möglichkeiten. Solch ein Irrtum hätte auch ohne Vorsatz passieren können. Ärzte sind auch nur Menschen, die dann und wann Fehler machen. Und wie gesagt: Wir wollen ja gar nicht verhindern, dass sich jemand näher mit den Hintergründen befasst und herausfindet, dass Barnsby nicht ganz uneigennützig gepfuscht hat."

Minster wusste, dass Leemahan recht hatte. Es war tatsächlich das Geschickteste, den schmutzigen Teil der Arbeit den Spürhunden der Klatsch-und-Tratsch-Presse zu überlassen. Dennoch gefiel ihm Leemahans Vorschlag nicht. Er verabscheute Intrigen, auch wenn sie unter noch so ehrenhaften Vorzeichen inszeniert wurden. Ein offener Streit mit Finn wäre ihm lieber gewesen als dieser hinterhältige Schachzug, von dem er nicht wusste, ob er nicht wirkungslos verpuffen würde. Doch er sah ein, dass seine kalte Wut fehl am Platze war und letztlich wahrscheinlich nur ihm selbst schaden würde. So viel immerhin hatte er aus seinen letzten unsanften Kollisionen mit seinen obersten Vorgesetzten gelernt.

„Du findest es feige, nicht wahr?", fragte Leemahan, der Minsters Schweigen richtig deutete.

„Wenn ich ehrlich bin, ja", seufzte Minster. „Aber setz die Meldung trotzdem so auf. Glaubst du, dass Dursham in der Sache Schwierigkeiten machen wird?"

„Nein, auf keinen Fall. Er hat keine Seilschaften nach oben, auf die er Rücksicht nehmen müsste. Ihn widert die Korruption im Polizeiapparat genauso an wie dich und mich. Er wird die Pressemeldung gegenzeichnen und seine diebische Freude daran haben, wenn die ersten Paparazzi vor Bickersheads Landsitz in Stellung gehen. Der Alte hat ihn in den letzten Tagen mehrfach an den Rand eines Tobsuchtsanfalls gebracht. Heute hat er bereits zweimal angerufen, um sich über dich zu beschweren und Dursham als unfähigen

Faulenzer zu beschimpfen, weil wir den Mörder seines Sohnes noch immer nicht gefunden hätten. Das zweite Telefonat schnitt Dursham mit und spielte es uns hinterher vor. Wir haben Tränen gelacht. So cholerisch, wie der Alte herumpolterte, trifft ihn wahrscheinlich wirklich der Schlag, wenn die Presse sich auf ihn einschießt."

„Was meinst du, wann die Meldung veröffentlicht wird?"

„Dursham isst um 13 Uhr auswärts zu Mittag, es wird also mindestens bis 14.30 Uhr dauern, bis er den Text absegnen kann. Er dürfte sich aber sofort damit befassen, wenn er wieder im Hause ist. Schließlich hat er ein extrem gesteigertes Interesse daran, den Fall so schnell wie möglich abzuschließen."

„Für die morgigen Frühausgaben wird es also auf jeden Fall noch reichen."

„Ja, mit Sicherheit. Vielleicht rücken die ersten Journalisten Bickershead senior sogar heute noch auf die Pelle, um mehr zu erfahren als in unserer Pressemitteilung steht."

Der Gedanke daran, wie ein völlig überforderter Abraham Bickershead versuchte, eine Horde Sensationsreporter abzuwimmeln, erfüllte Minster mit einer fast kindlichen Schadenfreude.

„Auf den alten Herrn wird noch eine andere Unannehmlichkeit zukommen", sagte er. „Ich weiß nicht, was er mit dem Leichnam seines Sohnes nach der Überführung angestellt hat, aber er wird nicht darum herumkommen, ihn noch einmal für eine zweite Autopsie zur Verfügung zu stellen."

„Sobald ganz England von Williams Heroinabhängigkeit weiß, wird er sich kaum noch dagegen sperren können."

„Und was machen wir mit Barnsby?"

„Nichts, würde ich vorschlagen. Wir können keine disziplinarischen Schritte gegen ihn einleiten, weil wir offiziell nichts von der Bestechung wissen, und wir sollten es tunlichst vermeiden, andere Polizeidienststellen darüber zu informieren. Wenn die Journaille ihm auf die Schliche kommt, müssen natürlich Konsequenzen gezogen werden, ansonsten hat er verdammtes Glück gehabt und wird uns bis zu seiner Pensionierung auf Knien dafür danken, dass wir ihn nicht angeschwärzt haben."

„Letztlich betreiben wir damit dieselbe Art von Vetternwirtschaft wie unsere Führungsriege."

„Vielleicht, aber der Unterschied ist, dass wir es uns nicht wirklich aussuchen können", erwiderte Leemahan. „Handeln wir bei Barnsby nach Vorschrift, müssen wir auch zugeben, dass wir über Minnack Bescheid wissen. So profitiert der kleine Fisch davon, dass wir versuchen, den großen ans Messer zu liefern." Und frotzelnd fügte er hinzu: „Hat doch fast schon was Sozialrevolutionäres an sich."

„Du hast zu viel Karl Marx gelesen."

„Und du zu wenig. Hey, Granpole, jetzt sieh die Sache nicht zu verbissen.

Immerhin hast du es geschafft, den Schwindel auffliegen zu lassen. Heute Abend kannst du schon wieder zu Hause in deinem Garten sitzen und dich von der Einsamkeit anöden lassen."

„Manchmal kannst du richtig bösartig sein, Patrick. Vielleicht sollte ich doch mal deine Frau anrufen und mit ihr über deinen neuen Posten als Wald- und Wiesenpolizist reden."

„Ich warne dich..."

Nach dem Gespräch mit Leemahan fiel es Minster leichter, sich damit abzufinden, dass er den Dingen ihren Lauf lassen musste. Wenn sein Gerechtigkeitssinn empfindlich gestört wurde, konnte er so rachsüchtig werden, dass er sich selbst manchmal nicht wiedererkannte. Leemahan gehörte zu den wenigen Kollegen, die in der Lage waren, ihm in solch einer Situation den Schaum vom Mund zu wischen, ohne ihn endgültig zur Raserei zu treiben. Er war Leemahan mehr als einmal dankbar dafür gewesen, dass er ihn mit kalter Logik und dem nötigen Fingerspitzengefühl wieder geerdet hatte. Auch diesmal würde er seinen Einschätzungen vertrauen können. Und noch waren Bickershead und Minnack nicht über alle Berge.

Die Aussicht, heute noch nach Hause fliegen zu können, vertrieb endgültig den letzten Rest seines Grolls. Er würde nicht zu den Bussen zurückkehren, sondern gleich nach seinem Besuch bei Florence Glis den nächsten erreichbaren Flieger Richtung London nehmen. Wenn er Glück hatte, erwischte er noch den letzten Zug Richtung Bournemouth. Ansonsten würde er sich in der Zentrale einen Dienstwagen ausleihen. Die 70 Meilen bis Aleham schaffte er selbst im Halbschlaf. Vielleicht konnte er Vanessa am nächsten Wochenende zum Tee einladen.

Minster döste noch anderthalb Stunden auf der Parkbank vor sich hin, träumte von romantischen Stunden zu zweit und schreckte zwischendurch immer wieder hoch, wenn die Enten und Gänse sich kreischend um die Brotreste eines Spaziergängers balgten. Um kurz nach 14 Uhr holte er seinen Laptop aus der Tasche, um sich zu vergewissern, dass seit gestern keine wichtigen E-Mails angekommen waren. Dann verließ er den Park, winkte sich an der nächsten belebteren Straßenkreuzung ein Taxi heran und ließ sich nach St. Germain hinausfahren. Da der schon etwas betagtere und schlecht gelaunte Taxifahrer kein Wort Englisch sprach und sich auch nicht sonderlich darum bemühte, Minsters holpriges Französisch zu verstehen, dauerte es einige Minuten, bis sie sich auf die Zieladresse geeinigt hatten. Den Rest der Fahrt legten sie schweigend zurück, und als Minster schließlich ausstieg, gab er dem mürrischen Fahrer nur ein dürftiges Trinkgeld.

Das Haus, in dem Florence Glis wohnte, lag in einer teuren Wohngegend. Es wirkte jedoch nicht protzig, sondern verströmte das kühle Flair eines Gebäudes, dessen Besitzer viel zu reich war, um sich noch mit Statussymbolen aufzuhalten. Die dreistöckige, schlichte Front hatte man vor nicht allzu langer Zeit weiß getüncht, über den riesigen, ebenerdigen Fenstern im Untergeschoss waren dezent kleine graue Kästchen angebracht, die ein Netz aus Alarmanlagen und Bewegungsmeldern um das Haus woben, und in dem fast schon übertrieben sauberen Vorgarten blühten entlang des geteerten Weges, der von der Straße heraufführte, rote Azaleen. Minster erinnerte sich daran, dass Gillisham ihm erzählt hatte, Glis stamme aus einer alten französischen Adelsfamilie. Geld genug, um ihrer Tochter eine standesgemäße Studentenwohnung zu bezahlen, schien auf jeden Fall da zu sein.

In dem Moment, als er auf dem Klingelschild Glis' Namen entdeckte, öffnete sich die Haustür, und zwei kleine Kinder mit quietschbunten Fahrradhelmen kamen jauchzend und krakeelend auf ihren Zweirädern herausgeschossen. Hinter ihnen stand eine kurzhaarige Frau Anfang 30 in einem kurzen gelben Sommerkleid und hielt ihrem Nachwuchs die schwere Tür auf. Lautstark ermahnte sie die beiden, auf keinen Fall weiter als bis zum Bürgersteig zu fahren, und rannte ihnen hinterher, als sie kurz vor der Straße mit ihren Rädern ineinanderrasselten und eines von ihnen zu weinen begann. Minster schlüpfte ins Haus, bevor die Tür wieder zufallen konnte.

Im Hausflur war es erstaunlich düster, doch Minster meinte anhand der Anordnung der Klingeln erkannt zu haben, dass Glis im ersten Stock wohnen musste, und stieg die Treppe hinauf. Auf seiner Armbanduhr war es fünf Minuten vor drei.

Glis' Wohnungstür stand einen winzigen Spalt weit offen, aber Minster klingelte trotzdem. Er versuchte sich so gut es ging darauf vorzubereiten, die junge Frau gleich mit einer Nachricht zu konfrontieren, die ihr einen weiteren tiefen Stich ins Herz versetzen würde. Einen geliebten Menschen durch eine Überdosis zu verlieren, war etwas völlig anderes, als von einem Mord betroffen zu sein. Minster hoffte, dass sie nicht zusammenbrechen würde.

Doch Florence Glis kam nicht, und auch nach dem zweiten und dritten Klingeln rührte sich nichts. Um Punkt 15 Uhr klopfte Minster, öffnete die Tür einige Zentimeter und rief ihren Namen. Keine Antwort. Er wartete noch eine halbe Minute, dann betrat er die Wohnung.

Sein Blick fiel auf die braune Wolldecke, und er musste nicht erst die an einer Seite heraushängende zierliche Frauenhand sehen, um zu wissen, was sich unter ihr verbarg. Reflexartig ließ er seine Sporttasche und den Laptop-Koffer fallen, sprang nach vorne und rollte sich durch die offene Tür in einen der Nebenräume ab. Halb erwartete er, einen Schuss zu hören, doch es blieb still.

Er befand sich in einem spartanisch eingerichteten Wohnzimmer, in dem sich niemand versteckt halten konnte. Seine Augen suchten nach etwas, das er als Waffe benutzen konnte, doch es bot sich nichts an. Sein Puls raste, sein

Körper bebte vor Anspannung.

Er musste schnell sein. Wenn sich noch jemand Drittes in der Wohnung befand, durfte er das Überraschungsmoment nicht nutzlos verstreichen lassen. Er atmete tief ein und aus, nahm zwei Schritte Anlauf, hechtete erneut in den Flur, rollte sich ab und schoss vor einer anderen Tür wieder hoch. Im Aufspringen drückte er die Klinke herunter und ließ sich in den dahinter liegenden Raum fallen.

Das Zimmer war mehr als doppelt so groß wie das erste, bot aber ebenfalls keine Versteckmöglichkeiten. An einem Dutzend Kleiderständer hing elegante, größtenteils noch unfertige Abendgarderobe, und die Arbeitsflächen waren mit Bleistiftskizzen, Stoffbahnen, Verschnittresten, Scheren und Nähmaschinen übersät. Wie das Wohnzimmer gab es auch hier keine Balkontür oder eine andere Möglichkeit, die Wohnung zu verlassen oder zu betreten.

Minster kauerte sich neben die Tür und hielt einige Sekunden die Luft an. Keine Geräusche. Irgendwo im Haus bellte ein Hund, und wie aus weiter Ferne hörte er durch die Doppelverglasung leisen Verkehrslärm, aber in der Wohnung rührte sich nichts. Vorsichtig lugte er in den Flur, von dem weitere vier Türen abgingen, zwei davon standen offen. Die kleine Toilette konnte er von dort, wo er saß, vollständig einsehen, und im Halbdunkel des fensterlosen Badezimmers erkannte er eine Dusche, deren Plastikvorhang aufgezogen war, und eine ovale, dunkelgrüne Badewanne, von der nur das letzte Drittel im Schatten lag. Die Tür war im 90-Grad-Winkel nach innen geöffnet, theoretisch konnte sich jemand hinter ihr verbergen.

Erneut handelte Minster blitzschnell. Er sprang über die Decke hinweg, unter der Florence lag, rannte die drei Meter bis zum Bad und trat mit einem mittig angesetzten Kick gegen die Tür. Donnernd krachte sie mit der Klinke gegen die gekachelte Wand. Ein Teil einer Fliese splitterte ab und fiel zu Boden, ansonsten passierte jedoch nichts.

Sobald Minster sich vergewissert hatte, dass ihm auch im Rest des Badezimmers niemand auflauern konnte, kehrte er zurück in den Flur, diesmal jedoch langsam und auf leisen Sohlen. Da die restlichen beiden Türen verschlossen waren, hatte er keinen überraschenden Angriff zu befürchten. Mittlerweile glaubte er nicht mehr daran, noch jemanden anzutreffen, aber er wollte kein unnötiges Risiko eingehen. Lautlos schloss er die Eingangstür der Wohnung, dann wandte er sich dem nächsten Zimmer zu. Mit einer ruckartigen Bewegung drückte er die Klinke herunter, gab der Tür einen kräftigen Stoß und ging neben der Zarge in Deckung. Bis auf das dumpfe Wummern, als die Tür gegen einen Stopper prallte, blieb alles still.

Nachdem er etwa zehn Sekunden reglos verharrt hatte, schaute er vorsichtig um die Ecke. Eine Küche, hell und funktional eingerichtet. Es gab keine dunklen Winkel, und keiner der Schränke war groß genug, dass ein erwachsener Mensch hineinkriechen konnte. Blieb nur noch eine Tür, hinter der sich das Schlafzimmer befinden musste.

Aber auch hier versteckte sich niemand. Er drang genauso ein wie in die Küche, schaute unter den aufgebockten Doppel-Futon und riss die verspiegelten Kleiderschränke auf, doch es blieb dabei: Er war mit Florence Glis alleine.

Erst jetzt wandte er sich der Frau zu. Mit spitzen Fingern hob er die Decke an und schaute darunter. Das im Todeskampf zu einer furchtbaren Fratze verzerrte Gesicht ließ sein Frühstück im Magen rumoren. Er schaute gerade lange genug hin, um den tiefroten Striemen zu bemerken, der um ihren Hals verlief, dann ließ er die Decke wieder sinken. Er würde sich nie daran gewöhnen, Mordopfer ansehen zu müssen.

Per Handy nahm er Kontakt zur örtlichen Polizei auf. Glücklicherweise verstand der diensthabende Beamte in der Notrufzentrale Englisch. Sie brauchten keine Minute, um sich auszutauschen. In spätestens einer Viertelstunde würde die Kriminalpolizei am Tatort eintreffen.

Um nicht noch mehr Spuren zu verwischen, als er es möglicherweise schon getan hatte, setzte sich Minster draußen im Hausflur neben der Wohnungstür auf den Boden und versuchte seine rasenden Gedanken zu beruhigen. Vor fünf Minuten noch war der Fall Bickershead abgeschlossen gewesen, und nun überrollte er ihn wieder wie eine tückisch von hinten heranrasende Flutwelle. Florence Glis war mit ziemlicher Sicherheit keinem Raubmord zum Opfer gefallen. Nichts in der Wohnung deutete darauf hin, dass sie durchwühlt und etwas gestohlen worden war.

Gillisham hatte ihm heute Morgen erst bestätigt, dass Glis′ Freund an einer Überdosis Heroin gestorben war, und nun lag sie tot in ihrer Wohnung, ermordet und in einem merkwürdigen Anfall von Mitleid oder Scham von ihrem Mörder zugedeckt. Gab es einen Zusammenhang zwischen den Todesfällen, und wenn ja, welchen? Es konnte kein Zufall sein, dass beide innerhalb weniger Tage ums Leben gekommen waren, doch wo war der rote Faden, der die Taten verband? Minster versuchte alles zu rekapitulieren, was er in den letzten sechs Tagen in Erfahrung gebracht hatte, aber es drängte sich ihm kein sinnvoller Ansatzpunkt auf. Glis und Bickershead hatten jeder ihr eigenes Leben gelebt. Die Französin war in den Ermittlungen immer nur ganz am Rande aufgetaucht. Sie hatte sich während des Isle-Of-Wight-Festivals bei ihren Eltern in der Bretagne aufgehalten, und sie schien keinerlei engeren Kontakt zu Menschen aus Bickersheads Umfeld gehabt zu haben. Die Band hatte nie von ihr gesprochen. Und doch musste ein Bindeglied zwischen ihr und Bickersheads Überdosis existieren, ein entscheidender Dreh- und Angelpunkt, den er nicht einmal ansatzweise zu lokalisieren wusste. Und warum war die Wohnungstür offen gewesen, als er heraufgekommen war?

Kurz vor 15.30 Uhr kamen mehrere Fahrzeuge quietschend vor dem Haus zum Stehen, und nachdem es in Glis' Wohnung geschellt und Minster den Türdrücker betätigt hatte, polterten schnelle Schritte die Treppe hinauf. Zwei in dünne schwarze Lederjacken und Blue-Jeans gekleidete Männer tauchten auf dem obersten Absatz auf, im Schlepptau einen Arzt und zwei Sanitäter.

„Kommissar Minster?", rief einer der Polizisten, ein kleiner, schmächtiger Mittfünfziger mit einem hageren, zerfurchten Raubvogelgesicht und millimeterkurzen schwarzen Haarstoppeln, und warf einen kurzen Blick auf Minsters Dienstausweis, den dieser aus dem Portemonnaie geholt hatte, um jeden Zweifel an seiner Person von vornherein auszuräumen. Noch bevor Minster nicken konnte, hatte der Franzose schon die Hand zum Gruß ausgestreckt. Sein Händedruck war kühl und fest.

„Kommissar Lefèvre", stellte er sich vor und deutete auf seinen Kollegen, einen etwas bulligeren und jüngeren Mann, dessen aschblonde Haare hinten zu einem kurzen, strengen Zopf zusammengebunden waren. „Das ist Inspektor Garloncourt. Wo liegt sie?" Sein Französisch klang harsch und unmelodisch.

„Direkt hinter der Tür", erwiderte Minster.

„Na, dann wollen wir mal", sagte Lefèvre und betrat die Wohnung als Erster.

Der Polizeiarzt, ein unauffälliger blasser Glatzkopf, der sich Minster als Doktor Manét vorstellte, kniete sich neben Glis, zog die Decke zur Seite und suchte nach Puls und Atmung.

„Elle est morte", sagte er schließlich mit tonloser Stimme. „Sieht so als, als sei sie mit einer starken Schnur oder etwas Ähnlichem erdrosselt worden."

„Können Sie ungefähr schätzen, wie lange sie schon tot ist?", fragte Lefèvre, der neben Manét in die Hocke gegangen war und Glis' Gesicht eingehend musterte.

„Genau kann ich es erst nach einer eingehenderen Untersuchung sagen, aber es scheint noch nicht allzu lange her zu sein. Zwei, drei Stunden vielleicht. Es ist Restwärme vorhanden, und die Totenstarre hat noch nicht eingesetzt."

Minster bemühte sich, die Franzosen zu verstehen, aber ihm entgingen viele Details. Während Lefèvre und Manét über die Leiche gebeugt miteinander redeten, bat er Garloncourt immer wieder, für ihn zu übersetzen. Der blonde Inspektor sprach ein stockendes, unbeholfenes Englisch, aber es reichte aus, um Minster zu erklären, worüber sich die anderen unterhielten. Schließlich wandte sich Lefèvre wieder an ihn.

„Sie muss furchtbare Qualen gelitten haben, bevor sie starb." Er sprach ein wesentlich flüssigeres Englisch als Garloncourt. „Wie kommt es, dass Sie hier sind, Kommissar Minster?"

Minster fasste den Fall in groben Zügen zusammen, wobei er nicht verschwieg, dass er keinerlei Erklärung für Glis' Tod hatte. Den Mienen der Umstehenden nach zu urteilen, verstanden die Sanitäter und der Arzt kein

Wort von dem, was er sagte.

Als er geendet hatte, schnaufte Lefèvre, so als strenge ihn das Einordnen des Gehörten körperlich an.

„Klingt sehr kompliziert. Wir sollten uns später ausführlicher darüber unterhalten. Ich hoffe, Sie haben heute noch ein paar Stunden Zeit für mich."

„Natürlich."

Lefèvre wechselte übergangslos zurück ins Französische.

„Manét, Sie können ruhig schon fahren. Es gibt hier momentan nichts für Sie zu tun. Und Sie beiden", er wandte sich an die Sanitäter, „warten bitte draußen, bis die Spurensicherung so weit abgeschlossen ist, dass Sie die Leiche mitnehmen können."

Nachdem der Polizeiarzt sich verabschiedet hatte und die Sanitäter ihm missmutig die Treppe hinunter gefolgt waren, inspizierten Lefèvre, Garloncourt und Minster die Wohnung. Minster erwartete sich nichts von dem Rundgang, und auch die beiden Franzosen beließen es dabei, sich einen ersten oberflächlichen Eindruck vom Tatort zu verschaffen.

„Sie scheinen gut durchtrainiert zu sein", sagte Lefèvre, als sie im Bad standen und die Fliese betrachteten, die bei Minsters Vorstoß zu Bruch gegangen war. Auf seinem von kleinen Windpocken-Narben übersäten Gesicht meinte Minster die Andeutung eines Lächelns zu erkennen.

Als die Spezialisten von der Spurensicherung eintrafen, räumten die Kriminalbeamten nach einer kurzen Lagebesprechung mit den Neuankömmlingen das Feld. Während Garloncourt im Treppenhaus Verstärkung herbeitelefonierte, um die immer zahlreicher werdenden Schaulustigen im Schach zu halten und die Befragung der Hausbewohner und der umliegenden Nachbarschaft zu organisieren, verließen Lefèvre und Minster das Haus und fuhren in Lefèvres Dienstwagen zum Polizeipräsidium.

Der Feierabendverkehr setzte langsam ein, und der dunkelblaue Peugeot kam nur stockend voran. Lefèvre murmelte etwas Unverständliches in sich hinein, das Minster als dezenten Fluch wertete.

„Stecken Sie auch ständig im Stau?", fragte Lefèvre schließlich, als er wieder einmal knapp die Grünphase einer Ampel verpasst hatte und hart bremsen musste.

„Ich habe einige Jahre in London gearbeitet", antwortete Minster. „In der Rush-Hour ist es so gut wie unmöglich, einen Tatort zu erreichen, bevor die Ganoven über alle Berge sind. Sogar zu Fuß kommen sie noch schneller voran als wir mit unseren Wagen."

„Um diese Zeit ist es im Zentrum von Paris nicht viel besser. Hier draußen geht es eigentlich, aber seit dem Frühjahr wird die öffentliche Gasversorgung erneuert, und die unzähligen Baustellen bringen den Verkehr ständig zum Erliegen. Eigentlich ist es nur ein Katzensprung bis zum Präsidium."

Zehn Minuten später parkte Lefèvre den Wagen am Flussufer der Seine und führte Minster hinüber zu einem alten grauweißen Backsteingebäude, das eingezwängt zwischen zwei deutlich protzigeren Bankhäusern lag. Sie stiegen in einem zugigen Treppenhaus hinauf bis in den dritten Stock und betraten einen langen, verwinkelten Gang, in dem es nach Kaffee und Teppichreiniger roch. Hinter den dünnen Fenstern, die sich zu beiden Seiten in Brusthöhe durch den kompletten Flur erstreckten, sah Minster Männer und Frauen auf Computerbildschirme starren, telefonieren oder über Akten brüten.

Ihm fiel wieder einmal auf, dass sich Polizeireviere überall in der westlichen Welt glichen wie ein Ei dem anderen. Die Ausstattung mochte variieren, und manchmal traf er sogar auf so etwas wie zaghafte Behaglichkeit, aber das grundlegende Flair war stets das gleiche. Hektik und Unordnung bestimmten den Alltag. Irgendwo stand immer jemand kurz vor dem Nervenzusammenbruch, und keiner wagte es, sein Büro allzu gemütlich einzurichten, aus Angst, er könne nach einer zermürbenden Nachtschicht vergessen, dass es auch noch so etwas wie ein Zuhause gab. Wo mehr als zwei Menschen zusammenkamen, war Gott mitten unter ihnen, sagte die Bibel. Wo mehr als zwei Polizisten aufeinander hockten, würde sich nicht einmal Gott freiwillig dazusetzen.

Lefèvres Büro war geräumig, enthielt aber nicht mehr als einen Metallschreibtisch, drei Stühle mit harten Plastikschalen und mehrere Meter Aktenschränke an der rückseitigen Wand. Der einzige Schmuck bestand aus einem großformatigen, gerahmten Foto, das links neben dem Schreibtisch hing. Es zeigte einen einige Jahre jüngeren Lefèvre zusammen mit einer Frau und zwei halbwüchsigen Kindern vor der Achterbahn eines Vergnügungsparks.

„Setzen Sie sich doch", sagte der Kommissar und deutete auf die Besucherstühle. „Kaffee?"

„Nein danke. Haben Sie vielleicht ein Glas Wasser für mich?"

„Selbstverständlich." Lefèvre griff im Stehen zum Telefonhörer und bestellte Minster ein Wasser und sich selbst einen Kaffee. Dann öffnete er das Fenster, durch das man auf die träge dahinfließende Seine hinausschauen konnte, auf Kipp, hängte seine Lederjacke über die Stuhllehne und setzte sich Minster gegenüber. Er machte sich rasch einige Notizen, bevor er sich wieder seinem Gast zuwandte.

„Sie sagten gerade in der Wohnung, Mademoiselle Glis habe in Ihren Ermittlungen bislang keine Rolle gespielt. Glauben Sie, dass es einen Zusammenhang zwischen den beiden Todesfällen gibt?"

„Ansonsten wäre es ein sehr merkwürdiger Zufall. Aber ich kann mir noch keinen Reim auf die Sache machen. Wenn sie sich als Reaktion auf den Tod ihres Freundes umgebracht hätte, wäre der Bezug klar, aber in diesem Fall haben wir zuerst die Selbsttötung und dann den Mord. Ich fürchte, ich kann Ihnen momentan nicht sonderlich behilflich sein."

„Dennoch sind Sie weitaus vertrauter mit Glis' Biografie als ich. Diese Musikgruppe, mit der Sie nach Paris gekommen sind, wo wird sie auftreten?"

„Im Le Zenith."

„Oh", sagte Lefèvre erstaunt. „Dort spielen nur die ganz großen Publikumsmagneten. Wie hieß die Band noch gleich?"

„Flying Horses."

Lefèvre zog die Stirn kraus. „Nie von ihnen gehört. Wann genau werden sie spielen?"

„Offiziell gegen 20.30 Uhr, wahrscheinlich wird es aber etwas später werden."

„Finden Sie es nicht auch merkwürdig, dass Florence Glis ausgerechnet an dem Tag umgebracht wird, an dem die Kollegen ihres Freundes in der Stadt sind?"

„Der Gedanke ist mir natürlich auch schon gekommen. Wenn Ihr Arzt recht hat und Glis irgendwann nach 12 Uhr gestorben ist, könnte theoretisch jemand aus dem Tourtross nach mir den Bus verlassen haben und direkt zu ihr gefahren sein. Wie lange braucht man von der Halle bis nach St. Germain?"

Lefèvre überlegte kurz. „Ein schnelles Taxi dürfte die Strecke in einer halben Stunde schaffen. Wenn Sie die Baustellen mit einrechnen, könnte es auch eine Dreiviertelstunde dauern."

„Dann wäre es möglich. Ich bin um 11 Uhr aus dem Bus gestiegen."

„Ich schicke einige Männer zum Zenith und lasse die Gruppe verhören. Außerdem müssen Glis' Eltern benachrichtigt werden."

Lefèvre riss den Hörer von der Gabel, wählte eine kurze Nummer und instruierte einen niederrangigeren Beamten. Er phrasierte sehr deutlich und redete nicht allzu schnell, aber Minster konnte ihm dennoch nur zur Hälfte folgen.

Während Lefèvre noch telefonierte, klopfte es an der Tür, und eine junge, schüchterne Assistentin mit einem kirschrot gefärbten Pagenschnitt trat ein. Sichtlich verlegen stellte sie ein Glas Wasser und eine dampfende Tasse Kaffee auf dem Schreibtisch ab, lächelte Minster flüchtig zu und verließ wieder das Zimmer.

„Zwei Streifenwagen sind unterwegs zur Halle", sagte Lefèvre, nachdem er sein Telefonat beendet hatte. „Können Sie mir eine Aufstellung der Crew geben?"

„Aus England sind die vier Musiker, zwei Ehefrauen, eine Freundin, vier Roadies und der Manager angereist. Bei den Frauen halte ich eine Verwicklung in die Tat allerdings für wenig wahrscheinlich. Die Sound- und Lichtanlage wird in zwei separaten Trucks transportiert, deren Crew jedoch so gut wie keinen Kontakt zu den Musikern zu haben scheint."

„Bleiben also die Band, die Roadies und ihr Manager", stellte Lefèvre mehr für sich selbst fest, während er mitschrieb. „Wem von ihnen trauen Sie den Mord am ehesten zu?"

Minster zögerte kurz, bevor er antwortete: „Niemand von ihnen hat ein Motiv, aber Damien Fleece, einer der beiden Gitarristen, war neidisch auf William Bickersheads herausgehobene Position in der Band. Er hat angeblich viele der Songs komponiert, die offiziell Bickershead zugeschrieben werden. Auch jetzt, da Bickershead tot ist, sieht er in ihm noch einen Rivalen, gegen den er einen gewissen Groll hegt. Alle anderen hingegen scheint Bickersheads Tod tief getroffen zu haben, den Manager eingeschlossen."

Lefèvre ließ sich die Namen aller Personen nennen und rief noch einmal die Besatzung der Streifenwagen an, um ihnen die Auflistung durchzugeben und sie über Minsters Einschätzung der Lage in Kenntnis zu setzen. Dann trank er in zwei schnellen Zügen seinen Kaffee aus und lehnte sich in seinem Stuhl zurück.

„Kommissar Minster, mir wäre sehr daran gelegen, wenn Sie mir bei der Aufklärung von Mademoiselle Glis' Tod helfen würden", sagte er und sah Minster dabei unverwandt in die Augen. „Natürlich werden wir nichts unversucht lassen, um in Glis' Umfeld auf eine Spur zu stoßen, aber ich vermute genau wie Sie, dass der Schlüssel zu ihrer Ermordung bei ihrem verstorbenen Freund zu suchen ist. Wenn wir uns austauschen und koordinieren, werden wir zweigleisig wahrscheinlich am schnellsten vorankommen. Normalerweise müsste ich bei einem Fall, dessen Wurzeln bis ins Ausland reichen, die Kollegen der Hauptwache in der Innenstadt einschalten, aber ich denke, damit wäre niemandem geholfen. Schließlich haben wir hier Mademoiselle Glis schon die Nachricht vom Tod ihres Freundes überbracht, sie verhört und jetzt mit der Untersuchung des Tatorts begonnen."

„Je weniger bürokratischer Aufwand, desto besser", stimmte ihm Minster mit einem vorsichtigen Lächeln zu.

„Freut mich, dass Sie genauso denken", sagte Lefèvre und rief ein zweites Mal seine Assistentin an, um Getränke zu bestellen.

Als Wasser und Kaffee – diesmal eine ganze Flasche beziehungsweise Kanne – vor ihnen standen, schilderte Minster Lefèvre ausführlich seine Untersuchungen im Fall Bickershead. Abgesehen von seiner nächtlichen Begegnung mit Mia versuchte er dabei nichts auszulassen und jedes noch so kleine Detail zu erwähnen. Lefèvre hörte aufmerksam zu, machte sich in regelmäßigen Abständen Notizen und hakte nach, wenn seine Englischkenntnisse ihn im Stich ließen. Über eine Stunde saßen sie sich an Lefèvres Schreibtisch gegenüber, der eine erzählte, der andere versuchte sich das Gehörte einzuprägen, und sie wurden nur einmal unterbrochen, als Lefèvre einen Teller mit Käse- und Schinkenbrötchen hereinbringen ließ.

Nachdem irgendwo draußen die Glocken einer Kirche sechsmal geläutet hatten, war Minster an dem Punkt angekommen, wo Lefèvres und seine Wege sich kreuzten, und sie legten eine kleine Pause ein. Während Minster seine dritte Brötchenhälfte aß, rief Lefèvre die Kollegen von der Spurensicherung an, die sich noch immer in Glis' Wohnung aufhielten, und ließ sich einen ersten Zwischenbericht geben.

„Merkwürdig", murmelte er hinterher. „Verdächtige Fingerabdrücke oder Gegenstände sind bislang keine entdeckt worden, aber auf dem Klo hat sich ungefähr zum Tatzeitpunkt jemand übergeben. Doktor Manét, der gerade angefangen hat, die Leiche im Labor zu untersuchen, schwört jedoch, dass sich in ihrem Mund- und Rachenbereich keine Rückstände von Erbrochenem feststellen lassen. Wir haben es offenbar mit einem nicht sonderlich abgebrühten Mörder zu tun."

„Selbst eine zarte Person wie Fräulein Glis zu erdrosseln, kann ziemlich anstrengend sein, wenn man es nicht gewohnt ist. Menschen mobilisieren im Todeskampf oft ungeahnte Kräfte."

„Erbrochenes in der Kloschüssel und eine offene Wohnungstür. Ich denke, einen professionellen Killer können wir mit ziemlicher Sicherheit ausschließen. Das ist zumindest schon mal ein kleiner Anfang."

Keine zwei Minuten später meldete sich Inspektor Garloncourt, um mitzuteilen, dass einem Rentner aus einem der gegenüberliegenden Häuser ein Fremder aufgefallen sei, der gegen 14 Uhr das Gebäude verlassen habe.

„Unser Informant scheint schon etwas durcheinander zu sein, wirkte auf Garloncourt ansonsten aber hellwach", rekapitulierte Lefèvre nach dem Telefonat. „An grundlegende Eindrücke wie ungefähre Größe oder Statur kann er sich nicht erinnern, dafür sind ihm aber einige Details im Gedächtnis haften geblieben. Der Fremde trug einen dunklen Anzug und fiel dem alten Mann vor allem deshalb auf, weil sein strohblondes Kraushaar offensichtlich nicht echt war und auch die klobige Brille wie eine Attrappe wirkte. Er ging in großer Eile den Weg hinunter bis zur Straße, wo er sich nach links wandte. Garloncourt und seine Männer haben sämtliche Bewohner des Hauses befragt, aber niemand kennt den Unbekannten oder hat ihn gesehen."

„Und der Rentner konnte nicht mal ungefähre Angaben zu den Körpermaßen machen?"

„Nur sehr vage. Er gab an, der Unbekannte sei weder außergewöhnlich groß noch besonders klein gewesen, und eine übermäßige Leibesfülle sei ihm auch nicht aufgefallen."

„Das ist in der Tat ziemlich vage", murmelte Minster gedankenverloren. „Maxwell, Dembinski und zwei der Roadies sind fast zwei Meter groß, Fitzgerald misst kaum 1,60 Meter, und Barsley ist so dick, dass kein Anzug sein Übergewicht hätte kaschieren können. Aber inwieweit können wir der Beobachtungsgabe dieses Nachbarn tatsächlich vertrauen?"

„Er sagte selber, er sei so sehr auf die Haare und die Brille fixiert gewesen, dass er sich bei allem anderen nicht wirklich festlegen könne. Ich denke, 1,60 Meter und zwei Meter sind keine so extremen Maße, dass sie zwangsläufig auffallen, wenn der Betreffende nicht gerade neben anderen, normal großen Menschen steht. Von daher sind diese Angaben wahrscheinlich wertlos. Die mutmaßliche Perücke und die Brille konnte der Rentner jedoch relativ genau beschreiben. Vielleicht reicht das schon, um den Mörder ins Netz gehen zu lassen. Ich werde eine Fahndungsmeldung rausgeben."

Lefèvre griff erneut zum Telefonhörer. Minster wusste zwar von vornherein schon ungefähr, was er sagen würde, verstand aber dennoch nur einzelne Wörter und Satzfragmente. Nach einer halben Minute gab er es auf und sah hinaus auf die Seine, die im Licht der langsam tiefer sinkenden Sonne wie gewelltes Gold glänzte.

Lefèvre hatte das Gespräch gerade beendet und wollte sich Kaffee nachgießen, als das Telefon erneut klingelte. Lefèvre nahm ab, und während er dem Anrufer zuhörte, zogen sich seine Augenbrauen immer weiter zusammen. Schließlich sagte er „Wir kommen sofort", hängte ein, stand auf und zog seine Jacke an.

„Die Leute von der Spurensicherung", erklärte er. „Sie haben etwas gefunden, von dem sie möchten, dass Sie es sich ansehen. Oder besser anhören."

Es war noch nicht ganz 7 Uhr, als Lefèvre den dunkelblauen Peugeot vor dem weiß getünchten Haus mit der Nummer 142 zum Stehen brachte. Vor der hohen Eingangstür stand ein uniformierter Polizist und rauchte. Minster und der Kommissar waren gerade ausgestiegen und gingen den Kiesweg hinunter, da piepte Lefèvres Handy. Minster machte sich nicht die Mühe, konzentriert zuzuhören, sondern blickte zurück auf die Straße und fragte sich, wie vielen Anwohnern der Mann mit der blonden Perücke aufgefallen sein mochte.

„Interessante Neuigkeiten", sagte Lefèvre, als sein Mobiltelefon wieder in seiner Lederjacke verschwunden war. „Bei der Befragung der Musiker und ihrer Crew hat sich herausgestellt, dass jeder von ihnen für die mutmaßliche Tatzeit ein Alibi hat. Es gibt nur einen, der zwischen 11 und 14 Uhr nicht von mindestens drei anderen gesehen worden ist: Damien Fleece. Fleece verschwand kurz nach Ihnen, ohne dass er jemandem sagte, wohin er wollte, und ist bis jetzt noch nicht wieder aufgetaucht."

„Das Konzert beginnt um 20.30 Uhr", sagte Minster. „Wenn er sich nicht bald blicken lässt, hat die Band ein ernsthaftes Problem."

„Ich habe meine Kollegen angewiesen, ihn auftreten zu lassen, falls er rechtzeitig zurückkehren sollte, und erst hinterher in Gewahrsam zu nehmen. Ich würde es gerne vermeiden, dass Tausende von aufgebrachten Konzertbesuchern auf die Barrikaden gehen. Wir hatten in den letzten Jahren schon mehr als genug Jugendunruhen in Paris."

Sie grüßten im Vorbeigehen den uniformierten Beamten, stiegen in den ersten Stock hinauf und klingelten an der Tür zu Glis' Wohnung. Garloncourt öffnete ihnen.

„Gut, dass Sie da sind, Kommissar Minster", sagte er. Sein Zopfband hatte sich gelockert, und einige seiner Haare hingen ihm über die linke Wange. Wie die drei Männer von der Spurensicherung, die noch immer emsig damit beschäftigt waren, in allen Zimmern Fingerabdrücke zu sichern, wirkte er sehr angestrengt.

„Ich habe es schon dreimal laufen lassen, aber mein Englisch ist nicht sonderlich gut", rief er über die Schulter, während er Lefèvre und Minster ins Schlafzimmer führte. „Wir fanden in Glis' Hosentasche eine Kassette, die zu diesem Anrufbeantworter hier passt." Er deutete auf ein altmodisches, klobiges Gerät auf dem Nachttisch. „In dem Kassettenfach steckte ein anderes Band, auf dem keine Nachrichten gespeichert waren. Doch die Kassette aus ihrer Hose enthält eine längere Aufzeichnung, die offenbar während eines Telefongesprächs mitgeschnitten wurde. Die Person an diesem Ende der Leitung hört man nicht, daher die teilweise etwas abrupten Pausen."

Garloncourt schloss die Tür zum Flur, wo sich zwei seiner Kollegen lautstark unterhielten, schob den Lautstärkeregler bis zum Anschlag nach rechts und drückte auf die Abspieltaste.

Die Stimme war verzerrt, ein wenig übersteuert und wurde von einem starken Rauschen noch zusätzlich verfremdet, aber sie gehörte unzweifelhaft einem Mann. Minster war sich schon nach wenigen Sätzen sicher, dass er es mit jemandem zu tun hatte, dessen Muttersprache Englisch war. Das Fehlen eines ausgeprägten Akzents und die klare Aussprache deuteten auf einen Engländer hin, der trotz der teilweise sehr derben Ausdrucksweise aus der Mittel- oder Oberschicht stammte.

„Hi, Will. Was kann ich für dich tun?"

Längere Pause.

„200 Gramm? Bist du verrückt? Weißt du, was 200 Gramm von dem Scheißzeug wert sind?"

Kurze Pause.

„Will, für 200 Gramm H kann man ein verdammtes Auto kaufen."

Kurze Pause.

„Ich weiß, aber trotzdem ist es ein halbes Vermögen. Ich kann nicht einfach mit 200 Gramm Heroin durch London latschen. Wie stellst du dir die Übergabe vor? Soll ich einfach bei dir klingeln und dir die Tüte in die Hand drücken? Wenn ich Pech habe, bleib ich damit in einer Verkehrskontrolle hängen."

Längere Pause.

„Scheiße, Will, das ist keine Übergabe, das ist ein verfickter James-Bond-

Film. Ich hab keinen Bock, nur wegen…“

Sehr kurze Pause.

„Ja, ich weiß. Verflucht sei der Tag, an dem du in dem Bus herumschnüffeln musstest. Bevor du dich eingemischt hast, gab es nie Probleme. Die Busse fuhren über den Kanal, das Pulver wurde sauber vertickt, und jeder konnte nachts ruhig schlafen. Seit du den großen Mafiaboss markierst, steh ich mit einem Bein in der Nervenklinik. Eigentlich sollte ich dich umlegen für die Nummer, die du hier abziehst. Und wenn ich´s nicht tue, dann wird´s irgendwann einer von One For The Road tun.“

Kurze Pause.

„Leck mich, Will. 200 Gramm sind echt die absolute Schmerzgrenze. Ich werd dir das Zeug diesmal geben, aber lass mich dann endlich in Ruhe. Morgen um 15 Uhr im Addington Park.“

Sehr kurze Pause.

„Ja, allein. Ritchie wird nicht dabei sein. Und trag nicht wieder diese dämliche Hippieperücke. Damit fällst du jedem blinden Streifenpolizisten auf.“

Mit einem lauten, metallischen Klicken wurde das Gespräch beendet.

„Der Rest des Bandes ist leer“, sagte Garloncourt und wandte sich an Minster: „Können Sie sich einen Reim darauf machen?“

„Ja, ich denke schon“, antwortete Minster. Ihm kam es vor, als seien in einem Stellwerk zwei, drei Weichen so gestellt worden, dass ein Expresszug mit halsbrecherischer Geschwindigkeit auf ein völlig neues Ziel zudonnerte. Was er gehört hatte, warf zahllose neue Fragen auf, aber es beantwortete auch einige. Und er musste schnell reagieren.

„Ich werde es Ihnen erklären“, sagte er in die Runde, „aber lassen Sie mich vorher meine Dienststelle anrufen.“

# KAPITEL 21

Als Damien Fleece um kurz nach 19 Uhr die Halle durch den Hintereingang betrat, ließen ihn die Kripo-Beamten, die in einem Auto auf dem Parkplatz saßen und die Tür im Auge behielten, unbehelligt passieren. Sie meldeten sich über Funk bei ihrem Einsatzleiter, der die Kollegen im Inneren des Gebäudes anwies, die Fluchtwege zu überwachen und Fleece unauffällig zu observieren. Anderthalb Stunden später ging die Band auf die Bühne und absolvierte planmäßig ihr Konzert. Hinter den seitlichen Bühnenvorhängen standen Beamte in Zivil, die jede Bewegung des Gitarristen aufmerksam verfolgten. Sobald die letzte Zugabe gespielt war und die Hallenlichter aufflackerten, folgten drei Mann den Musikern auf ihrem Weg zu den Duschen und nahmen Fleece in Gewahrsam. Fleece brüllte die Polizisten anfangs an, ließ sich aber schließlich widerstandslos abführen. Ein unauffälliger Wagen brachte den Festgenommenen zum nächsten Polizeirevier.

„Verfluchte Drecksfranzosen!", brüllte Maxwell und trat mit voller Wucht vor den Mülleimer. Der leichte Plastikkorb segelte durch den halben Bus, leere Bierdosen rollten scheppernd durch den Gang zwischen den Kojen.

„Schöne Scheiße", schnaubte Barsley und ließ sich neben seine Bandkollegen in einen der Sessel fallen. Die Stimmung im Bus schwankte zwischen niedergeschlagener Schockiertheit und hilfloser Wut.

„Sollten wir nicht die britische Botschaft einschalten?", fragte Fitzgerald leise. „Die Bullen können ihn doch nicht so einfach einkassieren."

„Scheiße, natürlich können sie das." Maxwell stand mit hochrotem Kopf zwischen den Tischen und funkelte den Bassisten an. „Irgendwer hat Florence um die Ecke gebracht, und Damien hat kein verdammtes Alibi, weil er vor lauter Liebeskummer wie ein Umnachteter durch Paris irren musste. Zeig mir den Botschafter, der sich freiwillig an so was die Finger verbrennen möchte."

„Aber Damien hat sie nicht umgebracht", brummte Barsley verdrossen und tätschelte unbeholfen die Hand seiner Frau. „Jeder von uns weiß, dass er es nicht getan hat."

„Natürlich hat er es nicht getan", erwiderte Maxwell und hockte sich seufzend neben Dembinski, der starren Blickes eine Bierflasche fixierte. „Wir wissen das, aber die Polizei weiß es nicht, und solange der Mörder nicht gefunden ist, werden sie versuchen, Damien festzuhalten. Hübsche tote französische Studentin, nicht ganz zurechnungsfähiger englischer Mörder. Besser könnte der Fall für die Bullen doch gar nicht liegen."

„Warum erinnert er sich nicht wenigstens an einen einzigen Zeugen, der abnickt, dass er heute Mittag hier in der Nähe und nicht in diesem verdammten Vorort war?", fragte Barsley. „So verpeilt kann man doch gar nicht sein."

„Du hast ihn ja vor dem Auftritt gehört", erwiderte Fitzgerald. „Als Mia ihm heute Morgen diese Riesenszene machte, bevor sie sich verpisste, und die Roadies ihm dann auch noch steckten, dass sie gestern Nacht mit dem Ninja gebumst hat, ist bei ihm eine Sicherung durchgebrannt. Wenn wir gesehen hätten, wie er sich das LSD einwarf, hätten wir ihn sicherlich zurückgehalten, aber so dampfte er ab und torkelte wie ein Schlafwandler durch die Stadt. Ein Wunder, dass er es überhaupt schaffte, rechtzeitig zur Show wieder aufzukreuzen."

„Das mit dem LSD wird er den Bullen natürlich so lange verschweigen, wie es nur geht", vermutete Barsley. „Wenn die rauskriegen, was er sich eingeworfen hat, stehen seine Chancen verdammt schlecht. Im LSD-Rausch haben Menschen schon ganz anderen Bockmist verzapft."

„Und wenn er´s doch gewesen ist?", wandte Dembinski zögerlich ein. „Nur mal angenommen..."

„Vergiss es", brüllte Maxwell, und die Adern an seinen Schläfen schwollen bedrohlich an. „Wehe, ich höre von dir so ´ne Scheiße, wenn Bullen dabei sind. Bloß weil er neidisch auf deine Weibergeschichten ist, musst du jetzt nicht so ´ne linke Tour abziehen. Damien hätte nicht mal jemanden umgebracht, wenn er bis unter die Hutkrempe mit Speed vollgepumpt gewesen wäre. Ein für allemal, er war´s nicht, und damit basta, verstanden?"

„Wer hat´s dann getan?", fragte Dembinski trotzig. „Will tot, Florence tot. Das ist doch kein Zufall. Irgendwer von uns hat gewaltig Dreck am Stecken. Und wer wird als Nächster dran glauben müssen?"

Darauf hatte niemand etwas zu sagen. Betreten schwiegen sich alle an, Liams lautes Schnarchen aus einer der Kojen dröhnte plötzlich wie das Donnern eines Erdrutsches durch den Bus. Mühsam überdeckte Angst stand in den Gesichtern der Männer und Frauen.

„Von uns kann es keiner gewesen sein", sagte Maxwell schließlich. „Wir haben uns heute Mittag alle mehrfach gegenseitig gesehen, und auch die Jungs aus den Trucks waren den ganzen Tag an der Halle."

„Ich hab nicht behauptet, dass sich einer von uns selbst die Hände schmutzig gemacht hat", schnaubte Dembinski verächtlich und leerte den Rest seiner Flasche in einem Zug. „Aber irgendwer muss mit in der Sache drinhängen. Diese Meldungen, dass Will plötzlich an einer Überdosis verreckt sein soll, sind doch totaler Blödsinn. Egal ob es Heroin oder Gift war, Will wird nie freiwillig zu viel davon geschluckt haben. Er ist ermordet worden, und jetzt hat's auch Florence erwischt. Ich kann es den Bullen nicht verübeln, dass sie den Erstbesten von uns einkassiert haben."

„Aber warum?", fragte Fitzgeralds Frau zaghaft. „Warum mussten die beiden sterben?"

Wieder schwiegen alle.

Nach einer halben Ewigkeit räusperte sich Maxwell. „Ich weiß es nicht, aber eines steht fest: Die Bullen sind die Letzten, die es rausfinden werden. Wer über eine Woche benötigt, um eine Leiche vernünftig zu untersuchen, ist nicht mal zum Brötchenholen zu gebrauchen. Ich glaube nicht, dass einer von uns in die Sache verwickelt ist, aber Jon, deine Paranoia dürfte trotzdem nicht ganz unbegründet sein. Es muss in unserem weiteren Umfeld jemanden geben, der kein Problem damit hat, über Leichen zu gehen. Und nur wenn wir ihn finden, werden wir Damien wieder aus diesem verfluchten Knast herausbekommen."

„Super, die Flying Horses spielen fuckin' Sherlock Holmes", höhnte Fitzgerald. „Sollen wir jetzt alle unsere Fingerabdruckfolien rausholen? Meine hat meine Mom weggeschmissen, als ich in die vierte Klasse kam."

„Halt die Schnauze!", fuhr ihm Maxwell unwirsch über den Mund. „Wir sollten lediglich die Augen offen halten und versuchen, uns an alle merkwürdigen Zwischenfälle der letzten Jahre zu erinnern. Vielleicht war's ein durchgeknallter Fan, dem wir irgendwann mal komisch gekommen sind, oder ein Roadie, der hintenrum irgendwelche Deals mit Will laufen hatte. Im Moment haben wir alle ein dickes Brett vor dem Kopf, aber möglicherweise kommt uns 'ne zündende Idee, wenn wir erst mal 'ne Nacht drüber geschlafen haben."

„Und was wird aus dem Gig in Hamburg?", fragte Barsley missmutig.

„Den können wir uns wohl abschminken", erwiderte Maxwell. „So lange Damien eingelocht ist, liegt die Band auf Eis."

# KAPITEL 22

„Steig ein“, rief Leemahan und stieß die Beifahrertür des Volvos auf. „Ist in der Tüte da was zu essen?“

„Ja“, entgegnete Ingenthorpe, während er sich anschnallte. „Salz-Cracker und ein paar Bananen. Mehr konnte ich auf die Schnelle nicht zusammenraffen. Lässt deine Frau dich wieder am ausgestreckten Arm verhungern?“

Leemahan startete den Motor und fädelte in den Londoner Feierabend-Verkehr ein. „Sie spielt heute Abend Bridge bei einer ihrer Freundinnen. Da muss ich sehen, wo ich bleibe. Eileen und Sharon sind leider auch keine besonders große Hilfe. Ihnen brennen sogar Tiefkühlgerichte an. Ich frage mich, warum ich eigentlich Kinder in die Welt gesetzt habe.“

„Sie nehmen sich nur ein Beispiel an ihrem Haushaltsvorstand“, schmunzelte Ingenthorpe. „Deine Frau behauptet, du könntest dir nicht mal ein Spiegelei braten.“

„Treuloses Weib“, grinste Leemahan. „Aber natürlich hat sie wie immer recht. Hinten auf der Rückbank liegt eine Tüte Chips. Die wird hoffentlich reichen. Durshams Anruf kam so überraschend, dass ich zu Hause nichts mehr herunterschlingen konnte.“

„Wohin geht's denn eigentlich?“

„Nach Chertsey.“

„Ist das nicht hinter Heathrow?“

„Ja, sogar noch hinter den Reservoir-Seen. Da vorne geht's gleich auf die M3, dann kommen wir hoffentlich etwas schneller voran. Um diese Uhrzeit ist Autofahren wirklich die Hölle.“

„Dann iss was, solange wir noch im Stop-and-go stecken“, sagte Ingenthorpe und reichte ihm eine halb geschälte Banane.

Bis hinter Twickenham widmeten sich die beiden Detective Inspectors den Salz-Crackern, Bananen und Chips. Stadtauswärts dünnte der Verkehr immer mehr aus, aber dennoch schien es ihnen, als kämen sie viel zu langsam voran. Eine Mischung aus Nebel und Smog lag über der Stadt und tauchte sie in ein unwirkliches Zwielicht.

„Wer hätte gedacht, dass wir noch mal im Mordfall William Bickershead unterwegs sein würden“, sagte Leemahan, während rechts von ihnen die blinkenden Lichter einer Baustellenbegrenzung fahl aus der dichten grauen Suppe herausglotzten. „Erst war es eine als Giftmord getarnte Überdosis Heroin, dann ein ganz gewöhnlicher Goldener Schuss, und jetzt ein als Überdosis getarnter Mord. Ich bin gespannt, was noch alles daraus wird."

„Hoffentlich bekommt nie jemand heraus, dass sich außer Granpole bislang noch keiner von uns sonderlich intensiv um den Fall gekümmert hat. Finn würde uns in der Luft zerreißen."

„Finn wird schön stillhalten. Er hat keinen Finger gekrümmt, als Bickersheads Hausarzt ihm erzählte, dass dieser Gerichtsmediziner aus Southampton bestochen werden würde. Ich fände es viel unangenehmer, wenn Granpole mitkriegen würde, dass wir hier nur halbherzig die Stellung gehalten haben. Als ich ihm heute Morgen ausredete, den Arzt an die Presse zu verpfeifen, hätte er vor Wut fast in sein Handy gebissen."

„Er würde uns unser doppeltes Spiel bis an sein Lebensende nicht verzeihen. Im Nachhinein betrachtet wäre es wohl doch besser gewesen, ihn einzuweihen."

„Vielleicht hätte er dann genau wie wir nur mit einem Auge hingeschaut und wäre nie darauf gestoßen, dass hinter der Überdosis höchstwahrscheinlich ein Mord steckt", gab Leemahan zu bedenken. „Man kann den Fall drehen und wenden, wie man will, er ist zu verschroben und verschachtelt, um mit einer klaren Taktik an ihn heranzugehen. Und im Grunde genommen wissen wir immer noch nicht ganz genau, nach wem wir eigentlich suchen."

„Hast du mit Minster gesprochen?"

„Nein, er rief direkt bei Dursham an. Hat ihn bei einem Bourbon-Umtrunk im „George Inn" gestört. Sie haben bei der Leiche von Bickersheads Freundin eine Anrufbeantworter-Kassette gefunden, auf der ein Gespräch zwischen Bickershead und einem Unbekannten gespeichert ist. Aus diesen Aufzeichnungen soll hervorgehen, dass das Busunternehmen, das die Flying Horses seit Jahren durch ganz Europa kutschiert, in seinen Fahrzeugen Heroin von England auf den Kontinent oder umgekehrt schmuggelt."

„Kommt noch Verstärkung?", fragte Ingenthorpe, während er mit spitzen Fingern die letzten Chipskrümel aus der Tüte fischte.

„Ein Van mit sechs Leuten von der Drogenfahndung. Sie sind aber erst nach uns losgefahren. Kann also etwas dauern, bis sie vor Ort sind. Oh, ich sollte langsam mal rüberziehen."

Leemahan trat aufs Gaspedal und zwängte sich in die nächste Lücke zwischen den Trucks und Lieferwagen auf der linken Fahrbahn. Nach wenigen hundert Metern kam bereits die Ausfahrt nach Chertsey.

Sie fuhren durch ein ausgedehntes, schmutziges Industriegebiet, das jetzt nach Feierabend wie ausgestorben dalag. Aus einigen Fabrikschornsteinen züngelten rote Flammen oder quollen dicke weiße Wolken, doch auf den Parkplätzen und Zufahrtsstraßen herrschte gähnende Leere.

„Hier links müsste es eigentlich gleich sein", nuschelte Leemahan in sich hinein, als sie vor einer roten Ampel standen. Er starrte angespannt aus dem Fenster, an dem immer dichtere Nebelschwaden vorbeizogen. An einer in der Mitte abgeknickten Reklametafel flatterten die Reste einer grellbunten Zigarettenwerbung. „Wenn hier nicht jede zweite Laterne defekt wäre, könnte man vielleicht auch mal ein Straßenschild lesen."

Wenige Minuten später parkte Leemahan den Volvo auf der Auffahrt zu einer Lagerhalle der British Telecom und schaltete das Licht aus. Drei Meter hohe Hecken schirmten den Schotterplatz von den angrenzenden Gewerbehöfen ab. Schräg gegenüber auf der anderen Straßenseite war neben einer breiten, asphaltierten Einfahrt ein niedriges karmesinrotes Leuchtschild angebracht, auf dem „One For The Road Ltd." stand.

„Mir wird bei solchen Aktionen auch nach 20 Jahren noch jedes Mal mulmig zumute", murmelte Leemahan, während sie hinaus in die Abenddämmerung starrten. Hinter dem Schild waren im Nebel nur undeutliche Schatten zu erkennen. Manchmal konnten sie für einige Sekundenbruchteile die Andeutungen eines Gebäudes erahnen.

„Mir auch", sagte Ingenthorpe. „Man kann keine zehn Meter weit sehen. Da drüben können sich ein Dutzend Schwerbewaffnete aufhalten, und wir werden es erst wissen, wenn wir durch den Nebel gestolpert sind und bei ihnen anklopfen. Oder wir treffen nur auf den Pförtner, der einen Herzinfarkt bekommt, sobald er unsere Waffen sieht. Viel los scheint hier abends aber nicht zu sein. Seit mindestens fünf Minuten ist kein Auto mehr an uns vorbeigefahren."

„Der Van müsste eigentlich jeden Moment hier auftauchen. Ich ruf mal in der Zentrale an, um unseren Standort durchzugeben."

Leemahan wollte gerade durch die Adressliste scrollen, als das Handy zu piepen begann.

„Ja?", knurrte er hinein.

„Ich bin's, Granpole", kam es leicht verzerrt aus der Freisprecheinrichtung.

„Was gibt's? Ingenthorpe und ich lauern schon vor dem Gelände und warten nur noch auf Verstärkung, bevor wir zuschlagen können."

„Vergesst One For The Road. Es ist die falsche Firma."

„Bitte? Du hast doch selbst bei Dursham angerufen, um..."

„Ich habe mich geirrt. Mir ist gerade siedend heiß eingefallen, dass ich mich am Samstag mit einem der Busfahrer über seinen Job unterhalten hatte. Er erzählte mir, dass er normalerweise Kinderfreizeiten fahren und für die Tourneen immer extra abgestellt werden würde. Ich nehme an, dass zu One For The Road noch eine Unterfirma gehört, die selbstständig arbeitet und auch räumlich vom Mutterunternehmen getrennt ist. Als ich Florences Kassette hörte, fand ich es merkwürdig, dass ausgerechnet eine Tourfirma Drogen über den Kanal schmuggeln soll. Bandbusse sind immer die ersten, die gefilzt werden. Erst gestern wurden die Busse der Horses in Holland durchsucht. Niemand, der noch alle seine Sinne beisammen hat, wird über solch ein Unternehmen einen Drogenring aufziehen. Leider hat es einige Stunden gedauert, bevor es endlich bei mir klick gemacht hat. Das Heroin wird von einer zweiten, viel unauffälligeren Firma transportiert. Will muss zufällig mitbekommen haben, dass in den Kinderbussen Heroin versteckt wird, und erpresste daraufhin die Hintermänner."

„Und wo stehen diese Kinderbusse?"

„Das weiß ich noch nicht, aber ein französischer Kollege versucht es gerade aus dem Busfahrer herauszubekommen. In einer halben Stunde werde ich euch hoffentlich eine Adresse durchgeben können. Tut mir leid, dass ich euch auf eine falsche Fährte gelockt habe. In den letzten Stunden ist ein bisschen sehr viel auf einmal passiert. Ich melde mich, sobald ich Näheres weiß." Die Freisprecheinrichtung schaltete sich mit einem harten Knacken aus.

„Hoffentlich ist die andere Busfirma nicht in Manchester oder Birmingham", murrte Leemahan.

„Vielleicht hängen dort wenigstens ein paar mehr Lampen", sagte Ingenthorpe.

„Die Zentrale muss den anderen Jungs Bescheid geben, damit sie nicht da drüben auf den Hof donnern. Je später diese Firmen mitbekommen, dass wir ihnen auf die Pelle rücken, desto besser." Leemahan scrollte zum zweiten Mal durch die Nummernliste. Diesmal wurde er nicht unterbrochen.

Zehn Minuten später parkte neben ihnen ein dunkelblauer Ford Transit des Drogendezernats. Leemahan erklärte den Beamten die Situation und schwatzte ihnen eine Packung Butterkekse und zwei Plastikbecher mit Kaffee ab. Während nebenan die Pokerkarten gemischt wurden, lehnten sich Leemahan und Ingenthorpe in ihren Sitzen zurück. Sie aßen und tranken schweigend und blickten hinaus auf den immer dichter werdenden Nebel, in dem das Firmenschild nur noch als undeutliches schwachrotes Glimmen zu erkennen war. Noch immer war kein einziges Auto an ihnen vorbeigefahren.

Es war bereits deutlich nach 21 Uhr, als Minster sich wieder meldete.

„Die Unterfirma heißt Wilson Travels und hat ihren Sitz in der Wellington Street in Chertsey. Laut Liam liegen die Unternehmen keine fünf Autominuten voneinander entfernt im selben Industriegebiet."

„Hat dieser Liam zufälligerweise auch etwas darüber gesagt, ob dort um diese Zeit noch jemand arbeitet?", fragte Leemahan.

„Er meinte, falls heute Nacht Busse zurückkehren würden, könnte jemand da sein, um sie bis morgen zu säubern. Dienstags starten manchmal sehr früh Tagesfahrten nach Brighton."

„Na, dann wollen wir mal sehen, ob uns jemand den roten Teppich ausrollt."

„Viel Glück. Ihr macht das schon." Die Leitung verstummte.

Nachdem Leemahan die Männer von der Drogenfahndung instruiert und sich von der Zentrale eine Wegbeschreibung hatte geben lassen, fuhren beide Wagen in gemäßigtem Tempo durch die Abenddämmerung.

Sie mussten lediglich einmal rechts abbiegen und zwei Kreuzungen überqueren, bevor sie die Wellington Street erreichten. Auch hier funktionierte nur die Hälfte der hohen, weit auseinander stehenden Laternen. Zu beiden Seiten der Straße lagen Industriehöfe, kleinere Fabriken und von Buschwerk überwucherte Freiflächen. Grauweiße Nebelschlieren trieben wie entflogene Schleier über die Fahrbahn.

„Vom Regen in die Traufe", knurrte Leemahan, während er nach Firmenschildern und Hausnummern Ausschau hielt. „In Birmingham und Manchester gibt´s wenigstens nicht diese dichte Suppe."

Ingenthorpe antwortete nicht. Er überprüfte seine Pistole und vergewisserte sich, dass in einer der Taschen seiner Jacke ein zweites Magazin Kugeln griffbereit verstaut war.

„Da ist es", sagte Leemahan. „Sieht nicht wirklich übersichtlicher als das andere Gelände aus. Im Handschuhfach liegt eine starke Taschenlampe."

Hinter einem Aluminiumschild von den Ausmaßen einer Tischtennisplatte, auf dem neben einer stilisierten Sonne in dicken, schmucklosen Lettern „Wilson Travels" stand, erstreckte sich ein Asphaltplatz bis in die Schwärze der hereinbrechenden Nacht. Der mattgelbe, unruhig flackernde Schein der nächsten Straßenlaterne schaffte es nur bis zur Windschutzscheibe eines Reisebusses, dahinter herrschte fast vollkommene Dunkelheit.

„Packen wir´s", rief Leemahan, steuerte den Volvo auf den Platz und hielt mit unverminderter Geschwindigkeit auf den Bus zu. Einen Meter davor brachte er den Wagen zum Stehen, schaltete den Motor aus und griff nach dem Durchsuchungsbefehl, der im Türfach steckte.

Als die beiden ausstiegen, wurde hinter ihnen die Seitentür des Vans zurückgeschoben, und fünf der Detective Sergeants gesellten sich zu ihnen. Zwei von ihnen trugen unterarmlange Stabtaschenlampen.

„Verfluchter Nebel", flüsterte einer.

Leemahan drehte sich wortlos um und ging voran in die Finsternis. Ingenthorpes Taschenlampe warf neben ihm unruhig umherhuschende Lichtkegel in die Schwärze. Sie passierten den ersten Bus, danach einen zweiten, bevor vor ihnen eine Gebäudefront auftauchte. Eine weiße Ziegelwand verlor sich nach rechts und links in der Dunkelheit. Noch immer gab es kein Licht außer dem der drei Taschenlampen. Sie hörten nur ihre eigenen Schritte.

Nach kurzem Suchen fanden sie einige Meter zur Linken eine Tür. Hinter der schmalen Scheibe, die in der Mitte eingelassen war, hing eine Miniaturversion des Firmenschildes. Der Blick in die Fenster zu beiden Seiten wurde von zugezogenen Vorhängen verdeckt.

Leemahan drückte auf den Klingelknopf. Irgendwo tief im Inneren des Gebäudes schellte es schrill.

Sie warteten 30 Sekunden, doch es rührte sich nichts. Leemahan klingelte ein zweites Mal. Weitere 20 Sekunden verstrichen, dann meinten sie Schritte und das Quietschen einer Tür zu hören. Hinter der Scheibe flammte eine Deckenlampe auf. Ingenthorpe knipste seine Taschenlampe aus.

„Wer ist da?", fragte zögerlich eine tiefe Männerstimme.

„Polizei", rief Leemahan. „Machen Sie bitte auf."

Ein Schlüssel wurde im Schloss herumgedreht, dann schwang die Tür eine Handbreit nach innen auf. Ein unrasiertes Gesicht schaute argwöhnisch durch den Spalt. Der Mann war in den Dreißigern und trug eine schlanke Brille mit kleinen, kreisrunden Gläsern. Die schwarzen Haare auf seinem Kopf waren genauso kurz wie die seines Drei-Tage-Barts.

„Was wollen Sie so spät noch?"

„Wir haben einen Durchsuchungsbefehl", sagte Leemahan und hielt ihm das Schreiben hin, das streng genommen nur für das Geschäftsgebäude von One For The Road galt. „Lassen Sie uns herein."

Der Mann fluchte unterdrückt und versuchte die Tür zuzuschlagen. Doch Leemahan reagierte geistesgegenwärtig. Blitzschnell schob er einen Fuß auf die Schwelle, ließ das Papier fallen und stieß die Tür auf. Der Mann drehte sich um und rannte los.

„Stehen bleiben!", brüllte Leemahan und setzte ihm nach. Zwei der Sergeants sicherten den Hof, alle übrigen Männer stürzten hinter dem Detective Inspector ins Haus.

Als Leemahan den Empfangsraum von Wilson Travels halb durchquert hatte, erreichte der Unbekannte die jenseitige Tür und stürmte durch einen kurzen Flur tiefer hinein ins Innere des Hauses.

„Bleiben Sie stehen", schrie Ingenthorpe und riss seine Pistole aus dem Holster.

Der Gang mündete in eine nicht erleuchtete Halle, deren Ausmaße die Polizisten nur erahnen konnten. Der Mann verschwand zwischen den Schatten.

„Fluchtwege abschneiden", rief Ingenthorpe, bevor er seine Taschenlampe wieder anschaltete und neben Leemahan in die Dunkelheit hineinrannte. Die Sergeants folgten ihnen nicht, sondern schwirrten seitwärts aus. Einer suchte neben der Tür nach Lichtschaltern.

Ingenthorpes Lichtkegel zuckte hektisch über Werkbänke, Öleimer und zu seiner Rechten die Umrisse eines Busses. Leemahan und er mussten ihre Schritte verlangsamen, damit sie nicht über eines der zahllosen Hindernisse stolperten. Irgendwo vor ihnen hörten sie das Scheppern von Metall auf Stein.

„Bleiben Sie stehen", schrie Ingenthorpe noch einmal, und im selben

Moment flackerten hoch über ihnen unter der Hallendecke ein Dutzend Neonröhren auf.

Sie befanden sich in einer weitläufigen Busgarage, an deren Ende eine in ein Rolltor eingelassene Tür krachend ins Schloss fiel. Leemahan und Ingenthorpe rannten darauf zu, gefolgt von zwei der Sergeants.

Hinter der Tür empfing sie das Halbdunkel der Nacht. Die Umrisse des Flüchtenden verschwammen im träge dahinwabernden Nebel. Er rannte über einen gepflasterten Hof und dann hinaus auf eine Wiese.

Ingenthorpe gab einen Warnschuss in die Luft ab, doch der Mann hastete weiter.

„Den kriegen wir", stieß Leemahan neben ihm gepresst hervor und zog das Tempo an.

Die beiden anderen Polizisten hatten sie schnell abgehängt, aber der Abstand zu dem undeutlichen Schemen vor ihnen verringerte sich nur langsam. Obwohl der Boden fest und spärlich bewachsen war und sie bis an die Grenze ihrer Belastbarkeit gehen konnten, kamen sie dem Fliehenden kaum näher. Hundert, zweihundert Meter waren sie gerannt, schließlich einen Viertelmeile, weit hinaus ins Niemandsland.

Plötzlich wirbelte der Mann herum, streckte seine zu einer Doppelfaust verschränkten Hände in Gesichtshöhe nach vorne aus und keuchte: „Ich knall euch ab!"

Den Bruchteil einer Sekunde später durchschlug eine Kugel sein Schienbein knapp unterhalb des linken Knies, und er fiel mit einem Aufschrei zur Seite. Sofort war Leemahan über ihm und hielt ihm den Lauf seiner Pistole an die Schläfe.

„Waffe weg!", brüllte er, doch der andere hatte bereits beide Arme um das Knie geschlungen und krümmte sich wimmernd zusammen. Seine Hände waren leer gewesen, Ingenthorpes Taschenlampe suchte vergeblich nach einer Pistole.

„Verdammt", murmelte Ingenthorpe, während Leemahan dem Mann die Hände hinter dem Rücken in die Gummiacht legte. „Ich hätte es merken müssen."

„Nichts hättest du", sagte Leemahan unwirsch. „In diesem Nebel kann man kaum die eigene Hand vor Augen erkennen. Er hätte mit einer Maschinenpistole herumfuchteln können, ohne dass wir mehr gesehen hätten. So, und Sie rühren sich jetzt nicht mehr, bis der Krankenwagen kommt."

Der Mann zitterte am ganzen Leib und winkelte weiterhin die Beine an. Aus dem Loch, das die Kugel in seine Jeans gerissen hatte, quoll langsam Blut. Er hatte die Augen geschlossen, und die verrutschte Brille ließ sein verkrampftes Gesicht grotesk erscheinen.

Als die beiden Sergeants nach Atem ringend zu ihnen aufschlossen, hatte

Ingenthorpe bereits die Nummer des Notrufs gewählt und gab gerade ihren Standort und die Art der Verletzung durch. Leemahan trennte mit seinem Taschenmesser die Jeans so weit auf, dass er die Wunde notdürftig mit einem Stofftaschentuch abbinden konnte. Der Mann verlor nicht übermäßig viel Blut, die Kugel schien im Schienbeinknochen stecken geblieben zu sein. Er stöhnte auf, als Leemahan den Knoten festzog.

In einer der Gesäßtaschen der Jeans fand Leemahan ein dünnes Lederportemonnaie. Neben ein paar Pfundnoten und etwas Kleingeld steckten darin ein Führerschein und eine ID-Card.

„Ken Curbishley", las Leemahan im Licht der Taschenlampe. „Gemeldet in Twickenham. Kannst du mal nachprüfen, ob er in irgendwelchen Registern erfasst ist?"

Er reichte Ingenthorpe die Karten und wandte sich wieder dem am Boden Liegenden zu.

„Sind Sie alleine im Haus gewesen?", fragte er.

Curbishleys Atem ging schwer, seine Nasenlöcher blähten sich weit auf. Leemahan musste seine Frage noch zweimal deutlich lauter wiederholen, bevor ein leises „Ja" zwischen den Lippen herausgepresst wurde.

„Ich habe nichts damit zu tun", fügte Curbishley kaum hörbar hinzu. Jede Silbe schien ihm Schmerzen zu bereiten.

„Womit?", fragte Leemahan, doch Curbishley antwortete nicht, und Leemahan ließ ihn in Ruhe.

„Ihr könnt ruhig ins Haus gehen", sagte er. „Ich warte hier auf die Ambulanz und fahre mit ins Krankenhaus. Carl, ruf mich an, sobald die Zentrale mehr über ihn herausgefunden hat."

Ingenthorpe und die beiden Sergeants gingen zurück über die Wiese. In dem Gebäude war mittlerweile jedes Fenster erleuchtet, und ein starker Außenstrahler vertrieb alle Schatten vom Hinterhof. Vor der Tür in dem Rolltor stand ein Polizist mit gezogener Pistole und blickte angestrengt hinaus in die Finsternis.

„Wir haben ihn", rief einer seiner Kollegen schon von weitem. „Beinschuss. Es kommt gleich ein Krankenwagen, um ihn abzutransportieren."

„Hatte schon Schlimmeres befürchtet", rief der andere und steckte die Waffe weg. Als der Dreiertrupp in den Lichtschein des Strahlers trat, sagte er: „Oben sind sie bereits fündig geworden."

Sie gingen durch die Garage in den Flur und gelangten durch eine Tür zur Rechten in ein kahles, schmutzigweißes Treppenhaus. Zwei Dutzend Metallroststufen führten hinauf ins Obergeschoss.

Hinter dem Treppenabsatz erstreckte sich ein Gang über die komplette Breite des Gebäudes. Das halbe Dutzend Türen zu beiden Seiten war weit aufgerissen, hinter einer spähte vorsichtig ein Polizist hervor.

„Alles in Ordnung, wir haben den Mann“, beruhigte ihn Ingenthorpe. „Er behauptet, er sei alleine gewesen.“

„Uns ist niemand begegnet, und vorne auf dem Parkplatz ist auch alles ruhig geblieben“, entgegnete der Drogenfahnder. „Aber schaut euch mal das hier an.“

In dem Büroraum, aus dem er herausgelugt hatte, lagen auf einem ansonsten vollkommen leeren Schreibtisch drei flache, ungefähr litergroße Tüten aus durchsichtigem Plastik, prall gefüllt mit einem schneeweißen Pulver. Eine der Tüten war etwa einen Zentimeter weit aufgeschnitten worden.

„Reines Heroin“, sagte der Sergeant. „Es lag genau so auf dem Tisch, als wir hereinkamen, und das Licht brannte. Wahrscheinlich war dieser Kerl gerade damit beschäftigt, als ihn das Klingeln störte.“

„Wie viel ist es wert?“

„Mindestens 200.000 Pfund. Wenn man es gut streckt, sogar noch mehr.“

Ingenthorpe pfiff leise durch die Zähne. „200.000 Pfund. Habt ihr den Rest des Gebäudes auch schon untersucht?“

„Nur oberflächlich. Weiteres Heroin haben wir bislang nicht gefunden, aber nebenan ist ein ziemlich teurer Panzerschrank in die Wand eingelassen. Das Code-System scheint extrem kompliziert zu sein.“

„Es gibt da jemanden, der uns mit Sicherheit dabei helfen kann, das Ding aufzubekommen.“

Der Krankenwagen brauchte keine Viertelstunde, um das Hospital zu erreichen. In der Notaufnahme herrschte kaum Betrieb, und Curbishley konnte sofort operiert werden. Leemahan musste sich OP-Kleidung anziehen, eine Flieshaube aufsetzen und einen Mundschutz überstülpen, damit er mit hinein in den Operationssaal gehen konnte. Er kam sich deplatziert vor und hatte das Gefühl, dass den jungen Arzt seine Anwesenheit nervöser machte als die Curbishleys. Aber er wollte kein unnötiges Risiko eingehen. Es hatten schon deutlich schwerer verletzte Menschen versucht, aus Krankenhäusern zu fliehen.

Doch Curbishley machte keine Anstalten zu entkommen. Er ließ sich widerstandslos betäuben, und nachdem die Kugel aus seinem Schienbein entfernt und die Wunde genäht worden war, schob ihn ein Pfleger, Leemahan immer zwei Schritte hinter sich, in ein Einzelzimmer.

„Er wird anfangs noch ein wenig durcheinander sein“, meinte der Pfleger, bevor er Leemahan mit Curbishley alleine ließ. „Das Schmerzmittel, das er bekommen hat, ist ziemlich stark. Manchmal dauert es eine halbe Stunde, bis sie wieder ganz bei sich sind.“

Leemahan gewährte Curbishley 25 Minuten. Erst saß er neben dem Bett und starrte auf die kahle weiße Wand, dann, als ihm die kühle Leere und der typische, sterile Krankenhausgeruch aufs Gemüt schlugen, ging er hinüber ans Fenster, zog die dünnen Vorhänge zur Seite und schaute hinunter auf einen weitläufigen, begrünten Innenhof. Eine Allee aus niedrigen viktorianischen Laternen zog sich quer über das Gelände und breitete einen sanften goldenen Schimmer über die Blumenrabatten und gestutzten Rasenflächen. Leemahan musste an die vielen defekten Straßenlaternen in dem Industriegebiet denken. Was für einen Unterschied ein bisschen Licht machen konnte.

Er fuhr zusammen, als es in seiner Jackentasche zu vibrieren begann. Es war verboten, im Krankenhaus mit Handys zu telefonieren, aber er wollte auf jeden Fall erreichbar sein, wenn Ingenthorpe ihn anzurufen versuchte. Zumindest war er so vorausschauend gewesen, vom Klingelton auf Vibrationsalarm umzuschalten.

„Wie geht's ihm?", fragte Ingenthorpe ohne Umschweife. Leemahan entging nicht die leichte Besorgnis in der Stimme seines Kollegen.

„Er hat die Operation gut überstanden. Mach dir keine Sorgen um ihn, Carl. Du hast gehandelt, wie jeder von uns gehandelt hätte. Und immerhin hast du ihm ins Bein und nicht in den Bauch oder sonst wohin geschossen. Auf der Polizeischule nennt man so etwas eine ideale, vorbildliche Reaktion."

„Ich pfeif auf die Polizeischule", grummelte Ingenthorpe. „Mir ist immer noch ganz flau im Magen. Aber zumindest habe ich kein Unschuldslamm erwischt. Die Zentrale hat gerade angerufen. Ken Curbishley ist mehrfach wegen Drogenhandels, Urkundenfälschung und Körperverletzung vorbestraft. Vor zwei Jahren hat er sechs Monate in einem Gefängnis in Guildford gesessen, nachdem er bei einer Razzia in einem illegalen Boxkeller im East End festgenommen worden war. Die Kollegen vom Drogendezernat haben hier in den Büroräumen bislang ungefähr zehn Pfund reines Heroin gefunden. Ein Teil davon lag auf dem Schreibtisch, an dem Curbishley saß, als wir klingelten. Wenn er wegen des Zeugs verknackt wird, wandert er für mindestens fünf Jahre in den Bau. Ich habe um eine Zusammenstellung aller Straftaten gebeten, in die er verwickelt war. Vielleicht ergeben sich daraus weitere Aufschlüsse über das, was bei Wilson Travels abgelaufen ist. Die Zentrale ist allerdings sehr dünn besetzt heute Nacht. Wahrscheinlich rufen sie mich erst morgen zurück."

„Vielleicht erzählt uns Curbishley auch schon alles, was wir wissen wollen. So langsam kommt er wieder zu sich. Ich melde mich später wieder, Carl."

Curbishley, der zuvor mit halb geschlossenen Augen still dagelegen hatte, richtete sich mühsam einige Zentimeter in seinen Kissen auf, ließ sich aber sofort wieder zurücksinken, als er sein fixiertes linkes Bein sah. Ein grunzendes Stöhnen entwich seiner Kehle, und er hustete gequält.

„Mister Curbishley, ich bin Detective Inspector Leemahan", sagte Leemahan und zog den Besucherstuhl näher neben das Bett. „Es tut mir leid, Sie so kurz nach Ihrer Operation behelligen zu müssen, aber ich brauche Antworten auf ein paar Fragen."

„Scheiße, Sie haben mich abgeknallt", flüsterte Curbishley. Er funkelte

Leemahan an, aber die Wut in seinen Augen und Mundwinkeln wurde von seiner Erschöpfung bis fast zur Unkenntlichkeit abgeschwächt. Seine Gesichtszüge waren schlaff und bleich, seine Augen unter der kleinen Brille matt.

„Sie haben meinem Kollegen und mir keine andere Wahl gelassen. Es ist lebensgefährlich, einem Polizisten in solch einer Situation vorzugaukeln, man ziele mit einer Waffe auf ihn. Ein weniger umsichtiger Beamter hätte Sie im Affekt weitaus schwerer verletzen können. Und wenn Sie nicht weggerannt wären, hätten sie uns allen viel Ärger erspart."

„Ich will meinen Anwalt sprechen", erwiderte Curbishley trotzig. Das Sprechen strengte ihn an, auf seiner Stirn und oberhalb seines struppigen Barts glänzte ein dünner Schweißfilm.

„Erst mal sprechen Sie mit mir, und ich kann Ihnen nur raten, mir keine unnötigen Scherereien zu machen", entgegnete Leemahan scharf. „Ich weiß, dass Sie vorbestraft sind und die Staatsanwaltschaft nur darauf wartet, Sie für längere Zeit hinter Gitter zu bringen. Je kooperativer Sie sich zeigen, desto mehr Nachsicht wird der Richter walten lassen."

„Das ist Erpressung." Es klang fast flehend.

„Nein. Es ist Ihre einzige Chance, die Haftstrafe zu verkürzen. Wir haben das Heroin gefunden und ein paar sehr deutliche Fingerabdrücke, die von Ihnen stammen dürften, wenn mich nicht alles täuscht."

Leemahan ließ die Nachricht einen Augenblick drohend in der Luft schweben. Curbishley wirkte noch eingefallener und hilfloser als zuvor. Er biss sich auf die Unterlippe und atmete schnaubend.

„Ich hoffe, wir haben uns jetzt verstanden, Mister Curbishley", fuhr Leemahan schließlich fort. „Sie saßen spätabends alleine im Büro von Wilson Travels, vor sich eine Menge Kokain, die unmöglich nur für Ihren Privatgebrauch bestimmt sein konnte. Was haben Sie dort gemacht, und wer hängt in der Sache noch mit drin?"

„Ich habe nichts damit zu tun", flüsterte Curbishley apathisch. Sein Blick war auf die Zimmerdecke gerichtet. „Ich habe nur getan, was von mir verlangt wurde."

„Wer hat was von Ihnen verlangt?"

„Ritchie. Ritchie Wilson. Der Mann, dem die Firma gehört. Er hat das Zeug rankarren lassen."

„Mit den Bussen?"

„Ja. Ich weiß nicht, woher es kam. Vielleicht aus Frankreich oder Holland."

„Und was passierte dann damit?"

„Ich musste es in die City bringen und irgendwelchen Mittelsmännern übergeben. Meistens irgendwo in Shepherd's Bush. Keine Ahnung, an wen die Ware ging."

„Sie lügen", fuhr ihn Leemahan an. „Bei Ihrer Vergangenheit werden Sie sehr genau gewusst haben, wer das Heroin entgegennimmt. Versuchen Sie mich nicht für dumm zu verkaufen."

Curbishley schaute nur noch grimmiger und verzweifelter an die Decke. Seine trockenen Lippen bebten kaum merklich.

„Das meiste ging an zwei russische Nachtclubs und einen Dealer-Ring in Soho", flüsterte er schließlich. „Aber ich kannte nicht alle Kontaktmänner. Und Ritchie erzählte mir nie, für wen der Stoff bestimmt war."

„Wie oft kamen Busse mit Heroin?"

„Etwa einmal im Monat. Aber ich arbeite erst seit einem Vierteljahr für Ritchie. Keine Ahnung, wie es vorher ablief und wie lange das schon so ging."

„Was für Mengen haben Sie nach London gebracht?"

„Etwa zehn Pfund im Monat. Scheiße, Mann, ich wollte das nicht." Er begann noch stärker zu schwitzen. „Ich wollte raus, endlich nichts mehr mit dem ganzen Scheiß zu tun haben. Aber ich hatte diese verdammten Schulden von vor dem Knast. Ich brauchte Ritchies Kohle, sonst hätten sie mich umgelegt."

„Wie viel hat er Ihnen gezahlt?"

„Nur 1000 pro Fahrt, der Bastard. Nicht genug, um schnell wieder aufhören zu können." Curbishley schloss vor Erschöpfung die Augen.

„Wer hing noch mit in der Sache drin?"

„Niemand. Nur er und ich. Er ließ das Zeug kommen, ich vertickte es."

„Gehört ihm die Firma alleine?"

„Ihm und seiner Frau. Aber es wusste niemand von dem Stoff, nur einer der Busfahrer."

„Liam?"

„Nein, Liam nicht. Derrick. Derrick Giffard."

Leemahan merkte, dass Curbishley am Ende seiner Kräfte war, aber er wollte das Verhör noch nicht beenden.

„War Ritchie Wilson heute Mittag in der Firma?"

„Ja."

„Wann ist er gegangen?"

„Um 17 Uhr."

„Kennen Sie eine Busfirma namens One For The Road?"

Curbishley antwortete nicht. Er war eingeschlafen.

Leemahan verließ eilig das Zimmer und wenig später das Krankenhaus. Schon auf dem Weg zum Taxistand hatte er wieder sein Handy am Ohr. Sie mussten so schnell wie möglich Ritchie Wilson und Derrick Giffard finden.

# KAPITEL 23

Die Linienmaschine der British Airways bog langsam auf die Rollbahn ein, kam kurz zum Stehen und begann dann so abrupt zu beschleunigen, dass Minster in seinen Sitz gedrückt wurde und kräftig durchatmen musste, um das aufsteigende Übelkeitsgefühl in seinem Magen zu unterdrücken. Immer schneller donnerte der Jet über den Asphalt, bis er schließlich abhob und in einem steilen Winkel in den Morgenhimmel hinaufschoss. Minster schloss für einen Moment die Augen. Der Würgereiz wurde schwächer, je höher die Maschine flog, und verschwand schließlich ganz.

Als Minster zum ersten Mal aus dem kleinen, bullaugenartigen Fenster zu seiner Linken sah, lag der Flughafen Charles de Gaulle schon so tief unter ihm, dass er ihn nur noch weit zurück als dunklen Fleck inmitten von Grünflächen erkennen konnte. Das Flugzeug begann bereits die unterste Wolkenschicht zu durchstoßen, und die Stewardessen huschten durch die Gänge, um die Kaffee- und Teewagen vorzubereiten.

Jetzt, da das Vakuum aus seinen Eingeweiden verschwunden war, genoss Minster den Ausblick. Über den Wolken strahlte die Sonne mit einer ungefilterten Intensität, die die Hügelkämme und Täler aus schneeweißer Watte in eine blendend schöne Märchenlandschaft verwandelte. So faszinierend Wolkenformationen von der Erde aus auch wirken mochten, von oben sahen sie immer noch weitaus wunderbarer aus. Wie ein unendliches, flauschiges Meer erstreckten sie sich in alle Himmelsrichtungen und wurden nur hier und da von kleineren Löchern unterbrochen, durch die Andeutungen von verwaschenem Grün hindurchschimmerten.

Minster trank einen Tee, rührte den Rest des Frühstücks aber nicht an. Das pappige Essen, das zu Flugzeugen so selbstverständlich dazuzugehören schien wie die Tragflächen und das beruhigende, sonore Timbre der Pilotendurchsagen, versuchte er wenn möglich zu vermeiden, und außerdem hatte er vor der Fahrt zum Flughafen noch kurz gefrühstückt. Lefèvre hatte ihm ein Zimmer in einem guten, ruhigen Hotel in Bobigny besorgt, an dessen Morgenbüfett er zwei Scheiben Graubrot mit Emmentaler herunterschlang.

Bis spät in die Nacht war er auf gewesen, um mit Dursham und Leemahan zu telefonieren, sich immer und immer wieder das Tonband aus Florence Glis' Wohnung anzuhören und den Kommissar zu treffen, der Damien Fleece nach seiner Festnahme lange verhört hatte. Aber obwohl die Ermittlungen in Paris noch viele Rätsel aufwarfen, hatte er sich dazu entschlossen, mit einem der ersten Flieger nach England zurückzukehren. So wichtig die Ermordung Glis' für den Fall Bickershead auch sein mochte, das Motiv, das hinter beiden Todesfällen steckte, würde sich nicht in Frankreich finden lassen.

Im Laufe des gestrigen Abends waren bei der Polizei von St. Germain diverse Hinweise auf den Unbekannten mit der Perücke und der klobigen Brille eingegangen. Mehrere Personen hatten ihn nicht weit vom Tatort entfernt gesehen, doch niemandem war etwas aufgefallen, das zur Identifizierung des Mannes beitragen konnte, und die Spur verlor sich am Bahnhof von Château.

Auch die genauere Untersuchung von Glis' Leiche hatte wenig Neues ans Licht gebracht. Die junge Frau war mit einer Schnur oder einem mit elastischem Plastik ummantelten Draht erdrosselt worden. Ihr Todeskampf musste furchtbar gewesen sein, doch unter ihren Fingernägeln fand Doktor Manét keinerlei Hautfetzen oder Haarsplitter des Mörders. Glis hatte offenbar nicht die geringste Chance gehabt, ihrem Peiniger zu entkommen.

Die Reste des Erbrochenen im Klo waren von einem Polizeichemiker eingehend untersucht worden und enthielten dieselben DNA-Spuren wie der Speichel an einem Wasserglas, das auf dem Küchentisch gestanden hatte. Eine Laboranalyse ergab, dass der genetische Code beider Proben nicht mit dem von Glis und auch nicht mit dem von Fleece übereinstimmte. In den nationalen britischen und französischen DNA-Datenbanken war der Gencode des Unbekannten nicht erfasst. Bis auf eine Perücke und eine unmodische Brille gab es keinerlei Hinweis auf Glis' Mörder.

Nachdem Minster die Durchsuchung der Geschäftsräume von Wilson Travels in die Wege geleitet hatte und später von Leemahan über die Verhaftung Ken Curbishleys unterrichtet worden war, fuhr er um kurz nach Mitternacht mit Kommissar Lefèvre zu dem Polizeirevier, auf das man Fleece gebracht hatte. Er vermied es zwar, mit Fleece zu sprechen, weil er seine Tarnidentität noch nicht aufgeben wollte, war sich nach einem Gespräch mit dem Beamten, der ihn verhört hatte, aber sicher, dass der Musiker mit beiden Morden nichts zu tun hatte. Für die französische Polizei musste sich Fleeces Aussage, er sei nach einem Streit mit seiner Freundin stundenlang alleine durch die Stadt geirrt, reichlich unglaubwürdig anhören, doch Minster wusste es besser. Wahrscheinlich hatte Mia Fleece von ihrem nächtlichen Seitensprung erzählt, um ihn zu ärgern, und bei dem Gitarristen waren daraufhin einige Sicherungen durchgebrannt. Die Erinnerung an den unwirklichen Sex mit dem dürren, verwirrten Mädchen versetzte Minster immer noch leichte Stiche in die Herzgegend.

Niemand aus dem Tourtross hatte Glis umgebracht, folglich war es für ihn sinnlos, in Frankreich zu bleiben. Die Pariser Kollegen würden sich um den

Perückenträger, die Band und die Details von Glis' Ermordung kümmern. Von viel größerer Bedeutung war jedoch das Gespräch auf der Kassette von Glis' Anrufbeantworter. Will hatte offenbar durch Zufall mitbekommen, dass die Unterfirma von One For The Road Drogen über die Grenze schaffte, und daraufhin begonnen, die Schmuggler zu erpressen. Beide Busfirmen waren in Chertsey ansässig, die Übergabe des Heroins hatte mindestens einmal im Addington Park in Croydon stattgefunden. Was lag also näher, als London zum Mittelpunkt der Ermittlungsarbeiten zu machen? Vielleicht würde sich ein nicht geringer Teil des Nebels lichten, falls Leemahan und Ingenthorpe Derrick Giffard und Ritchie Wilson aufstöbern sollten.

Einige offene Fragen aus Paris durfte er allerdings auch in England nicht aus den Augen verlieren. Warum hatte Glis ausgerechnet zum Zeitpunkt ihres Todes eine Kassette in ihrer Hosentasche gehabt, die höchstwahrscheinlich ihren Mörder belastete? Musste sie sterben, weil der Unbekannte davon ausging, dass sie von Wills Erpressung wusste? Und warum hatte sie den Mann hereingelassen? Die Tür ihres Appartements wies keinerlei Spuren eines gewaltsamen Eindringens auf. Sie musste den Menschen gekannt haben, der es auf ihr Leben abgesehen hatte. Und sie musste ihm weit genug vertraut haben, um ihn arglos in ihre Wohnung zu lassen. Doch wer, wenn nicht jemand von der Tourcrew, hatte engen Kontakt mit Will gehabt und stand ihr nahe genug, um bei ihr zu Hause aufkreuzen zu können, ohne sie misstrauisch werden zu lassen?

Minsters Aufgabe war klar: Während Leemahan und Ingenthorpe sich um die Busfirmen kümmerten, würde er Wills direktes Umfeld noch einmal näher unter die Lupe nehmen. Nach Wills Tod hatte eine Durchsuchung seiner Londoner Wohnung und eine routinemäßige Befragung der Nachbarn stattgefunden, doch das reichte ihm nicht. Wenn offensichtlich Wills Band schon keinen blassen Schimmer davon zu haben schien, dass ihr Sänger mit größeren Mengen Heroin hantierte, dann vielleicht ja jemand aus seiner Familie. Ein Verhör von Abraham Bickershead war längst überfällig, und außerdem musste Wills Leichnam einer zweiten Autopsie unterzogen werden.

Kurz bevor der Flieger den Ärmelkanal erreichte, ließ sich Minster noch einen zweiten Tee und die neueste Ausgabe der „Sun" bringen. Leemahan hatte richtig vermutet: Im Innenteil wurde die Enthüllung von Wills Herointod ausführlich ausgewalzt und mit großformatigen Fotos illustriert, wobei neben Wills Zusammenbruch auf der Isle Of Wight auch ein Bild von ihm und Florence Glis gezeigt wurde, wie sie im letzten Sommer halb nackt am Strand von Monte Carlo lagen. Die schöne junge Frau mit den zierlichen Brüsten und der makellosen, gebräunten Haut hatte nur entfernt Ähnlichkeit mit der bleichen Toten, die jetzt in der gerichtsmedizinischen Abteilung eines Pariser Krankenhauses lag. In dem Artikel wurde ihre Ermordung noch nicht erwähnt, doch Wills Überdosis Drogen gab dem Verfasser genug Stoff, um sich mit drastischen Worten über die Verkommenheit der Rock-Szene auszulassen. Nachdem vor wenigen Tagen noch die Polizei wüst beschimpft worden war, weil sie den angeblichen Giftmord an der bemitleidenswerten Lichtgestalt der englischen Musiklandschaft nicht aufklären konnte, wurde aus dem Opfer nun ein Täter. Zwischen den Zeilen ließ sich deutlich herauslesen, dass der Autor es geradezu für eine Unverschämtheit hielt, dass eine Person des öffentlichen Lebens und ausgerechnet auch noch der Sohn eines Parlamentariers sich erst auf höchst schmierige und theatralische Art und Weise das Leben nahm und dann auch noch ein ganzes Land in die Irre führte. Als ob Will mit bösartiger Berechnung aus dem Jenseits seinen Autopsiebericht gefälscht hätte, dachte Minster erbost und stopfte die Zeitung in die schmale Rückentasche des Sitzes vor ihm.

Anschließend döste er noch eine Weile, während das Flugzeug den Ärmelkanal überquerte, die Küste Südenglands hinter sich ließ und schließlich in einem weiten Bogen auf den Flughafen Heathrow einschwenkte. Die Landung verlief deutlich sanfter als der Start, und Minsters Magen revoltierte kein zweites Mal.

Zuerst hatte er vorgehabt, direkt und ohne Voranmeldung zu Bickershead senior hinauszufahren, doch noch bevor er die ID-Card-Kontrolle passiert hatte, war in ihm ein anderer Plan gereift. Wills Vater war jemand, den es mit äußerster Vorsicht zu genießen galt. Leemahans vorsichtiges Taktieren mit dem manipulierten Autopsiebericht mochte vielleicht etwas hasenfüßig wirken, würde dem NCS allerdings mit Sicherheit einige interne Querelen ersparen. Abraham Bickershead war polterig und vom Altersstarrsinn befallen, gleichzeitig aber so einflussreich und cholerisch, dass es höchst unklug wäre, ihn sich zum Feind zu machen. Wobei Minster davon ausgehen konnte, dass er nach seinen letzten Telefonaten mit dem alten Herrn sowieso schon ganz weit oben auf dessen Exekutionswunschliste stand. Er musste sich ihm auf möglichst sanfte und unaufdringliche Art nähern, und wenn es um den geschickten Umgang mit exzentrischen, konservativen Adligen ging, war niemand prädestinierter für ein paar wertvolle Tipps als Sir Nigel Minster.

Minster fuhr mit einer grauenvoll scheppernden und quietschenden U-Bahn der Piccadilly Line bis South Ealing, wo er in die District Line umstieg und über Earl's Court in Richtung Wimbledon fuhr. Sämtliche Züge hatten Verspätung, am Earl's Court funktionierten weder die Aufzüge noch die Rolltreppen, weshalb Minster gezwungen war, sich mit Hunderten von ebenfalls schlecht gelaunten Fahrgästen die endlos langen Feuertreppen hinauf und hinab zu quälen, und kurz vor West Brompton hielt die Bahn fast zehn Minuten im stockdunklen Tunnel, ohne dass irgendjemand wusste warum. Als Minster um kurz nach 11 Uhr mit seiner Sporttasche und dem Laptop-Koffer aus dem Bahnhof in Wimbledon heraustrat, hatte er leichte Kopfschmerzen und einen Bärenhunger.

Wäre es eine Stunde später gewesen, hätte er seinen Vater zum Essen eingeladen, doch auf halber Strecke zwischen Frühstück und Mittagessen würde Sir Nigel für eine kulinarische Einladung nur ein tiefes Seufzen übrig haben, wie er es ihm stets entwich, wenn er sich nicht laut fragen wollte, was er bei der Erziehung seines einzigen Sohnes falsch gemacht hatte.

Im Taxi, das ihn in eines der ruhigsten und grünsten Wohnviertel Wimbledons brachte, versuchte sich Minster an die letzte Begegnung mit seinem Vater zu erinnern. Etwas beschämt musste er sich eingestehen, dass sie schon über ein halbes Jahr zurücklag. An Weihnachten war sein Vater zu ihm hinaus auf das kleine Familienanwesen in Aleham gefahren und bis Neujahr geblieben. Sie hatten am knisternden, rußgeschwärzten Kamin im Wohnzimmer gesessen, Weihnachtstee mit Zimt und Nelken getrunken und ihrer gemeinsamen Abneigung gegen die traditionelle britische Küche gefrönt, indem sie jeden Tag ein anderes italienisches Gericht ausprobierten und sich schon vor Silvester nicht mehr auf die Waage zu stellen trauten. In den wenigen melancholischen Stunden hatten sie von Granpoles Mutter gesprochen, die kurz vor seiner Einschulung gestorben war, doch ansonsten lachten sie sehr viel und tauschten amüsante Anekdoten aus. Minster erzählte die aktuellsten Skandale und Peinlichkeiten des britischen Polizeiwesens, während sein Vater ausgiebig aus der uralten und weit verzweigten Familienchronik der Minsters zitierte, wobei immer wieder ein pechschwarzer Humor aufblitzte, dessen Schärfe mit dem Alter nur unwesentlich stumpfer zu werden schien. In der Silvesternacht gingen sie um Mitternacht hinaus, wünschten denjenigen Nachbarn, die nicht in den Pub gegangen waren, ein frohes neues Jahr und ließen sich danach schnell wieder von der eisigen Kälte in die behagliche Stube zurückdrängen. Sir Nigel trank zur Feier des Tages einen doppelten Whiskey, und danach waren sie beide auf dem Sofa eingenickt.

Minster hatte die Feiertage so sehr genossen wie schon lange nicht mehr, und dennoch hatte er es seitdem nicht geschafft, seinen Vater zu besuchen. Langwierige, anstrengende Ermittlungen hatten ihn oft wochenlang durch ganz England gescheucht, doch auch an den Tagen, die er daheim in Aleham verbracht hatte, war ihm nie der Gedanke gekommen, nach Wimbledon zu fahren. Anfangs waren die Erinnerungen an die märchenhaft schönen Tage im Dezember so übermächtig gewesen, dass er sich nicht traute, ein ganz alltägliches Wochenende mit seinem Vater zu verbringen, und dann hielt ihn der Gedanke an Carol zurück. Sieben Jahre nach dem Tod von Minsters Mutter hatte sein Vater wieder geheiratet. Granpole war schockiert und zutiefst verletzt gewesen, als er mit 16 plötzlich eine Stiefmutter vorgesetzt bekam, die er sich nicht ausgesucht hatte, doch Anne war eine herzensgute, über alle

Maßen geduldige Frau gewesen, die seine anfänglichen Aversionen ertrug, ohne je gereizt oder feindselig zu reagieren. Aber leider hielt die Ehe nur wenige Jahre, und als Minster mitten in seiner Polizeiausbildung steckte, war Anne von einem Tag auf den anderen ausgezogen. Danach hatte Sir Nigel sich nie wieder an eine Frau gebunden und war tatsächlichen oder eingebildeten Verehrerinnen so konsequent aus dem Weg gegangen, dass Minster zwischenzeitlich fürchtete, er würde etwas arg wunderlich werden. Sein Vater entwickelte sich zu einem freundlichen, aber Frauen gegenüber stets etwas reservierten Einzelgänger, der sich in seiner Freizeit hinter seinen Büchern verschanzte oder in reinen Männergesellschaften verkehrte. Bis er vor zwei Jahren Carol traf. Sie trat in sein Leben wie ein Erdbeben, das einen sorgsam errichteten Eispalast zum Einsturz brachte und die Ruinen in einen farbenprächtigen Rosengarten verwandelte. Mit über 60 Jahren lachte Minsters Vater plötzlich wieder wie ein Schuljunge. Er ging häufiger aus dem Haus, besuchte sogar Theatervorstellungen, was er seit Jahrzehnten nicht mehr getan hatte, und dachte ernsthaft über ein weiteres Kind nach.

Minster hatte die Veränderungen, die in seinem Vater vorgingen, mit stiller Freude beobachtet, doch obwohl er Carol mochte, gewöhnte er sich nur langsam an sie. Der Hauptgrund dafür war ihr Alter. Carol war gerade mal zwei Jahre älter als er, und er fühlte sich immer etwas beklommen, wenn sie seinen Vater vor seinen Augen küsste oder umarmte. Er konnte selbst nicht genau sagen, was ihn mehr verwirrte, der zweite Frühling seines Vaters oder Carols betörende Schönheit. Auf dem Höhepunkt seiner inneren Zerrissenheit hatte er sich eingebildet, unsterblich in sie verliebt zu sein, doch diese fixe Idee hatte sich glücklicherweise schon nach wenigen Wochen wieder verflüchtigt. Zurück blieb ein merkwürdiges Gefühl innerer Unruhe, das sich zu nicht unbedingt gleichen Teilen aus Neid, Eifersucht und Sympathie zusammensetzte. Wenn Carol in der Nähe war, fiel es ihm schwer, mit seinem Vater über intime Dinge zu reden, und daher war er erleichtert gewesen, als sie im Winter mit ihrer Mutter zum Skifahren in die Schweiz flog und Sir Nigel alleine nach Aleham reiste. Er hatte noch nie eine Woche auf engstem Raum mit der Freundin seines Vaters verbracht und wollte es auch lieber nicht ausprobieren.

Das Taxi hielt vor einem schmiedeeisernen, schwarz lackierten Tor, das zu beiden Seiten von einer mannshohen, peinlich genau gestutzten Lebensbaumhecke flankiert wurde. Minster zahlte dem Fahrer ein fürstliches Trinkgeld, weil er keine Lust auf noch mehr Münzen in seiner Brieftasche hatte, und blieb vor dem Tor stehen, bis der Wagen um die nächste Biegung verschwunden war. Ein Blick in die Runde ließ ihn einmal mehr erstaunt feststellen, wie nahe Chaos und Stille in London beieinander lagen. Vor weniger als einer halben Stunde hatte er noch in einem rumpelnden, überfüllten

U-Bahn-Waggon gehockt, abgestandene Luft eingeatmet und in einem beinahe babylonischen Sprachgewirr keinen klaren Gedanken fassen können, und jetzt befand er sich auf dem Gehsteig einer Straße, die wie ausgestorben dalag. Die Villen standen weit auseinander und in gebührendem Abstand zur Straße, in den üppig begrünten Vorgärten zwitscherten Vögel in den Bäumen. Wenn man auf dem Land lebte, vergaß man manchmal, was für ein Luxus große Grundstücke in London waren. Irgendwo weit in der Ferne waren fahrende Autos zu hören, doch das Geräusch wehte so schwach herüber, dass es aus einer anderen Welt zu kommen schien.

Minster drückte auf den Klingelknopf neben dem halb in der Hecke versteckten Briefkasten, auf dem in goldenen, geschwungenen Lettern „Chestnut Manor" stand, und nach einem kurzen Gespräch mit dem Butler seines Vaters schwang das Tor surrend auf. Er schritt durch eine langgezogene Allee aus hundertjährigen Kastanienbäumen, hinter denen sich makelloser, tiefgrüner Rasen bis zu der Lebensbaumhecke erstreckte, die das ganze Anwesen umschloss. In regelmäßigen Abständen waren kreisrunde Beete angelegt worden, in denen Tulpen und Narzissen auf die nächste Frühjahrsblüte warteten.

Minster hatte es trotz des nagenden Hungergefühls nicht eilig, zum Haus zu gelangen. Er verließ den ungeteerten Zufahrtsweg, schlüpfte zwischen den Kastanien hindurch und schlenderte über den Rasen. Erinnerungsfetzen an seine Kindheit zogen an ihm vorbei, unscharfe Kurzfilme, in denen er mit seiner Schwester durch das Gras tollte und Matthew der Gärtner sie ermahnte, nicht die Blumen auszurupfen. Jahrelang hatte er die Zeit, die er hier verbracht hatte, zu verdrängen versucht, doch seit er meditierte, lernte er die verstörenden Zerrbilder der Vergangenheit zu akzeptieren und entdeckte viele angenehme Erinnerungen wieder, die 20 Jahre lang verschollen gewesen waren. Wenn es das kleine Haus in Aleham nicht gegeben hätte, hätte er sich sogar vorstellen können, eines Tages wieder in Chestnut Manor einzuziehen.

„Mister Minster, der Toast wird kalt", riss ihn eine laute, aber beherrschte Stimme aus seinen Tagträumen. Er hatte mittlerweile die zweigeschossige, weiße Villa fast erreicht, und zwischen den weit geöffneten Flügeln des Eingangsportals stand mit hinter dem Rücken verschränkten Händen eine Gestalt in einem tiefschwarzen Frack, die genauso viktorianisch wirkte wie das Gebäude.

„Hallo Barrimore", rief Minster und beschleunigte seine Schritte. „Du hast doch wohl nicht extra meinetwegen ein zweites Frühstück zubereitet?"

„Natürlich habe ich das", erwiderte der Butler mit leichter Missbilligung. „Sie sagten, Sie seien hungrig U-Bahn gefahren, also improvisierte ich für Sie eine kleine Mahlzeit. Kommen Sie, geben Sie mir Ihr Gepäck."

Barrimore war ein wenig älter als Minsters Vater und schon vor Granpoles Geburt in Diensten der Familie gewesen, doch solange Minster zurückdenken konnte, hatte der Butler sich äußerlich nicht verändert. Ein paar Krähenfüße waren hinzugekommen, das kurze grauschwarze Haar wuchs nicht mehr ganz so dicht, und die Haut wirkte mittlerweile etwas ledriger und spannte sich straffer über die breiten Wangenknochen, doch ansonsten war Barrimore immer noch der Respekt einflößende Titan aus Minsters Kindertagen. Er überragte Minster um allerhöchstens ein, zwei Zentimeter, aber sein extrem aufrechter Gang und sein breites Kreuz ließen ihn äußerst imposant erscheinen. Die geschmeidige Eleganz, mit der er sich in dem perfekt sitzenden Frack bewegte, hatte Minster früher oft an eine Raubkatze erinnert, die urplötzlich aus ihrer scheinbar unerschütterlichen Ruhe heraus explodieren und einem Feind an die Kehle springen konnte. Die Leichtigkeit, mit der Barrimore Minsters Taschen trug, deutete darauf hin, dass er sich nach wie vor mit regelmäßigen Trainingseinheiten fit hielt.

Minsters Vater erwartete ihn im Esszimmer, einem hellen, mit einem kleinen Kamin ausgestatteten Raum, von dem aus man durch eine deckenhohe Fensterfront auf den sonnenbeschienenen Garten und die Zierteiche hinausschauen konnte. Auf dem klobigen, massiven Teakholztisch war ein einzelnes Gedeck ausgelegt worden, und gegenüber davon saß auf einem der acht hochlehnigen Stühle Sir Nigel Minster. Sein längliches, scharf geschnittenes Gesicht mit der hohen Stirn und dem vollen, schlohweißen Haar hatte etwas von einem Raubvogel, doch in seinen stahlblauen Augen lag keine Spur von berechnender Härte. Sobald Barrimore die Tür öffnete und Granpole eintreten ließ, erhob Sir Nigel sich, ging um den ovalen Tisch herum und schloss seinen Sohn mit einem breiten Lächeln in die Arme.

„Schön, dass du vorbeischaust“, sagte er und klopfte Granpole herzlich auf die Schulter. „Du kommst etwas überraschend, aber unverhoffte Gäste sind bekanntlich oft die besten.“

„Freut mich, dich zu sehen“, erwiderte Minster, während er die Umarmung erwiderte. „Ich musste in den letzten Monaten oft an Weihnachten denken.“

„Ich auch, mein Junge, ich auch“, lachte Sir Nigel. „Aber lass Barrimore erst mal deine Jacke weghängen, und dann iss. Du siehst müde und erschlagen aus.“

Was Barrimore bescheiden als „kleine Mahlzeit“ angekündigt hatte, entpuppte sich als opulentes Drei-Gänge-Menü: goldbraunes Toastbrot mit Butter und Erdbeermarmelade, danach eine Brokkolicremesuppe mit noch mehr Toast und als Dessert ein Stück Pflaumenkuchen, wie es Minster schon als Kind geliebt hatte. Er aß in aller Ruhe und merkte bei jedem Bissen, wie sehr die letzten Tage an seinen Kräften gezehrt hatten. Die Abende in den stickigen Konzerthallen und Clubs, die unruhigen, kurzen Nächte im Bus, das schlechte und hastig heruntergewürgte Essen – eine bleierne Mattheit lag unter der Anspannung, in die ihn der Mord an Florence Glis versetzt hatte. Wenn er sich jetzt hinlegte, würde er augenblicklich einschlafen.

Sein Vater saß ihm die ganze Zeit schweigend gegenüber, sah ihm beim Essen zu und nippte an einer flachen, mintgrünen Porzellantasse, in der tiefschwarzer Tee schwach vor sich hin dampfte. Minster fühlte sich nicht beobachtet, aber ihm war dennoch klar, dass sein Vater aus seinen Gesichtszügen und seinen Bewegungen genug herauslesen konnte, um sich ein ziemlich exaktes Bild von der derzeitigen Verfassung seines Sohnes zu machen.

„Schon besser“, sagte er, als Minster die Kuchengabel auf den leeren Teller legte und seine Tasse zum Mund führte. Er trank seinen Tee genauso ohne Milch und Zucker wie sein Vater.

„Die letzten Tage waren anstrengend“, sagte er mit einer Spur von Selbstmitleid, die er eigentlich gar nicht beabsichtigt hatte. „In den letzten drei Nächten habe ich so wenig geschlafen, dass ich mich um zehn Jahre gealtert fühle. Ist Carol auch da?“

„Nein. Sie ist in die City gefahren. In der Nähe des Leicester Square hat ein neues Fachgeschäft für Partituren aufgemacht, und sie ist momentan ganz versessen darauf, die „Mondscheinsonate“ von Beethoven zu lernen.“

„Ein schönes Stück. Weißt du noch, wie sehr ich geflucht habe, bevor ich das getragene Tempo im „Adagio sostenuto“ richtig hinbekam? Ich muss damals ungefähr zwölf gewesen sein.“

„Ja, und du wolltest schnellere, kompliziertere Stücke spielen“, lächelte sein Vater versonnen. „Du konntest es immer kaum erwarten, bis die ersten acht Minuten vorbei waren und das „Presto agitatio“ an die Reihe kam. Draußen flimmerte die Hochsommerluft, so heiß war es, und du saßt am Flügel und hast geschwitzt, bis die Tasten ganz glitschig wurden. Aber Carol ist noch lange nicht so weit. Das „Adagio sostenuto“ dürfte für den Anfang vollauf genügen.“

Barrimore kam herein, stellte eine große Kanne frischen Tee auf den Tisch und räumte das Geschirr ab.

„Ganz wunderbar, Barrimore“, lobte Minster das Essen.

„Es freut mich, dass es Ihnen geschmeckt hat“, erwiderte der Butler im Hinausgehen. „Ich kann es nicht ertragen, wenn jemand in diesem Hause verhungert aussieht.“

„Immer noch ganz der Alte, oder?“, lachte Minster, als die Tür lautlos ins Schloss gezogen wurde.

„Oh ja, er scheint sich langsamer zu verändern als Felsen“, sagte Minsters Vater und goss ihnen beiden nach. „Carol hat eine Weile gebraucht, um sich daran zu gewöhnen, dass er es nicht duldet, wenn man ihm Arbeiten abnimmt. Als sie ihm das erste Mal anbot zu kochen, war er regelrecht beleidigt und fühlte sich in seiner Berufsehre gekränkt. Aber mittlerweile kommen sie bestens miteinander aus.“

„Und was macht dein Buch über die Kolonien?"

„Ist seit letzter Woche fertig." Aus Sir Nigels Stimme sprach Erleichterung. „Du kannst dir nicht vorstellen, wie penetrant und kleinlich Lektoren sein können. Erst wollten sie, dass ich ihnen ein Werk mit Schwerpunkt auf Indien, Kanada und Australien liefere, und dann ist ihnen eingefallen, dass ein paar zusätzliche Kapitel über Afrika und die Karibik nicht schaden könnten. Als sie schließlich auch noch anfingen, die Südsee-Inseln ins Spiel zu bringen, war ich kurz davor, das Projekt abzubrechen. Aber am Ende haben wir uns auf einen Kompromiss geeinigt. Ich bekam mehr Zeit und sie ihre Sonderwünsche. Das Buch soll Anfang nächsten Jahres in den Handel kommen."

„Lehrst du auch noch an der Uni?"

„Ja, aber ich gebe weniger Vorlesungen als im letzten Semester und überhaupt keine Seminare mehr. Es liegen noch mehrere Publikationsangebote auf meinem Schreibtisch, und ich möchte nicht alle ablehnen. Außerdem bin ich gebeten worden, im Wintersemester eine Gastvorlesung in Oxford zu halten, und vor zwei Wochen hat die University of San Francisco angefragt, ob ich nicht für ein Jahr herüberkommen wolle?"

„Nach Amerika?", fragte Minster erstaunt. Sein Vater war nie ein Mann gewesen, den es weiter von zu Hause wegzog als bis nach Brighton oder allerhöchstens in die Bretagne.

„Warum nicht?" In Sir Nigels Augen funkelte jenes vergnügte Glitzern, das Minster erst wieder von ihm kannte, seit er Carol kennengelernt hatte. „Ich war nur ein einziges Mal für eine Wochenendtagung in den Vereinigten Staaten, und das liegt beinahe ein Vierteljahrhundert zurück. Ich habe Lust, die Pazifikküste zu sehen und herauszufinden, ob der Bildungsstandard der amerikanischen Studenten tatsächlich so miserabel ist, wie hierzulande immer großspurig behauptet wird. Wenn es nach Carol ginge, würden wir schon morgen die Koffer packen und nach Heathrow fahren."

Minster freute sich über die Lebenslust seines Vaters, aber gleichzeitig spürte er einen leichten Kloß in seinem Hals. Neid? Eifersucht? Es hing mit Carol zusammen, und alles, was mit Carol zusammenhing, war ein wenig irrational und daher beängstigend. Der ehrwürdige Sir Nigel hatte immer genauso selbstverständlich zu Chestnut Manor gehört wie Barrimore. Wenn er nicht da war, stand er hinter dem Rednerpult im Hörsaal der Universität oder saß im Hinterzimmer des „Green Dragon", um mit seinem Literaturclub über die Prosa von Shelley, Tolkien oder C.S. Lewis zu diskutieren. Obwohl Minster seinen Vater in den letzten Jahren nur sporadisch besucht hatte, war die Vorstellung, ihn in Amerika zu wissen, merkwürdig befremdlich.

„Würde Valery mitkommen?", fragte er.

„Valery? Du scheinst sie in den letzten zwei Jahren noch seltener gesehen zu haben als mich." In Sir Nigels Worten lag kein Vorwurf. „Granpole, deine

Schwester ist mittlerweile 20 Jahre alt und studiert. Hier lässt sie sich meist nur noch an den Wochenenden blicken. Sie wohnt mit zwei ihrer Kommilitoninnen in einer Wohngemeinschaft in Hampstead, ganz in der Nähe der großen Parkanlagen. Kein Geld der Welt könnte sie dazu bewegen, uns nach Amerika zu begleiten. Sind übrigens sehr adrette junge Damen, ihre Mitbewohnerinnen."

Minster hatte sich mit der Zeit an die sehr direkten und oft auch etwas plumpen Versuche seines Vaters gewöhnt, ihn mit sanfter Gewalt auf Frauen im „heiratsfähigen Alter" hinzuweisen, und ignorierte auch diesen neuerlichen Anlauf geflissentlich.

„Kennst du eigentlich einen Abraham Bickershead?", fragte er stattdessen.

„Den Unterhausabgeordneten, dessen Kind vor kurzem ums Leben gekommen ist?"

Minster nickte, während er Tee nachschenkte.

„Flüchtig. Was ist mit ihm?"

„Ich muss ihn zu seinem toten Sohn Will befragen, und wir sind am Telefon schon einige Male unschön aneinandergeraten. Deshalb wollte ich erst mehr über ihn in Erfahrung bringen, bevor ich zu ihm fahre."

„Verstehe." Sir Nigel nahm einen Schluck aus seiner Tasse und blickte hinaus in den Garten, wo eine dicke graue Ringeltaube gurrend auf einem der steinernen Verandastühle Platz genommen hatte. Er schwieg einen Augenblick, bevor er sich wieder seinem Sohn zuwandte. „Verdächtigst du ihn?"

„Nein, aber die bisherigen Spuren sind alle im Sande verlaufen, und ich hoffe, von ihm mehr über Wills Privatleben zu erfahren. Nur bin ich der letzte Mensch auf Erden, dem Bickershead freundlich gegenübertreten wird, wenn ich vor seiner Tür stehe."

„Warum schickt du dann nicht einen deiner Kollegen?"

„Weil ich als Einziger wirklich vertraut mit dem Fall bin. Ich war mit der Band, in der Will gesungen hat, zweieinhalb Tage unterwegs und fand seine tote Freundin."

„Du meine Güte, gleich noch eine zweite Tote?" Sir Nigel zog erschrocken die linke Augenbraue hoch. „Ich beneide dich wirklich nicht um deinen Beruf. Leider bin ich in den letzten Tagen wegen meines Buches kaum zum Zeitungslesen gekommen. Wenn du mich auf den neuesten Stand bringst, kann ich dir vielleicht ein wenig weiterhelfen."

Minster erzählte ihm in groben Zügen, was seit dem Isle-Of-Wight-Festival vorgefallen war, wobei er bestimmte Ereignisse wie seine Nacht mit Mia ausklammerte, dafür andere wie dic Telefonate mit Abraham Bickershead und seinem Hausarzt so exakt wie möglich wiedergab. Als er bei dem Tonband aus Florence Glis´ Wohnung und der Hausdurchsuchung bei Wilson Travels angekommen war, hatte Barrimore längst eine neue Kanne Tee gebracht. Es war fast 14 Uhr, und draußen schob sich für einige Sekunden eine einsame Wolke vor die hoch stehende Sonne.

„Eine verzwickte Geschichte", sagte Sir Nigel schließlich und kratzte sich mit dem Zeigefinger am Kinn. „Ich würde ein riesiges Karteikartensystem brauchen, um all diese Details und Eventualitäten behalten und zuordnen zu können. Aber du hast immer das bessere Gedächtnis von uns beiden gehabt. Und Abraham Bickershead hat dir wirklich gedroht, er werde dich aus dem Polizeidienst entfernen lassen? Ich kann das kaum glauben."

„Einmal am Telefon. Er war ziemlich in Rage, weil ich mich weigerte, ihn ständig auf dem Laufenden zu halten. Er sagte, er habe ein schwaches Herz und könne Stress nicht mehr sonderlich gut verkraften. Ein typischer autoritärer Choleriker. Wenn er sich nur halb so sehr aufgeplustert hätte, wäre es ein ganz normales, ruhiges Telefonat geworden."

„Diese Herzschwäche liegt ein bisschen in der Familie. Sein Vater ist an einem Infarkt gestorben, bevor er 60 war, und einer seiner Brüder wurde noch früher dahingerafft. Für einen Bickershead ist er sogar schon relativ alt, er muss mittlerweile fast 70 sein. Ich traf ihn einmal vor Jahren bei einem Empfang anlässlich der Wiedereröffnung der renovierten Geschichtsfakultät. Einer seiner jüngeren Cousins hatte den Bauplan für den neuen Seitenflügel entworfen. Ich wechselte einige Worte mit Bickershead, aber von dem Gespräch ist mir nichts im Gedächtnis haften geblieben. Seine Frau stand die ganze Zeit neben ihm und sagte kein Wort. Ihr Schweigen ist die lebhafteste Erinnerung, die ich an ihn habe.

Auf jeden Fall sind Männer wie er mit Vorsicht zu genießen. Für Leute von seinem Schlag hat England nie wirklich aufgehört, ein Imperium zu sein, nur dass man statt Indern oder Burmesen leider nur noch aufsässige, schlecht erzogene Briten herumkommandieren kann. Im Unterhaus zählt er zu den konservativen Hardlinern und fällt in regelmäßigen Abständen durch Wutausbrüche auf, gegen die seine Telefonate mit dir butterweiche Konversation waren. Wenn ich mich nicht irre, hat er sich sogar während des Falkland-Kriegs beinahe einmal mit einem Labour-Abgeordneten geprügelt. Wenn es nach ihm ginge, würde er nicht im House of Commons beim gemeinen Volk sitzen, sondern im House of Lords, dem einige seiner blaublütigen Freunde angehören. Auf der anderen Seite weiß er jedoch Männer mit Schneid zu respektieren. Im „Independent" stand irgendwann Anfang der 90er Jahre ein Aufsehen erregendes Interview, in dem er ziemlich unverblümt verlauten ließ, selbstbewusste Proletarier seien ihm allemal lieber als speichelleckerische Adlige. Von daher war dein Auftreten ihm gegenüber vielleicht gar nicht so verkehrt. Zumindest dürfte er gemerkt haben, dass du konsequent deine Linie verfolgst und dich auch von einem unbeherrschten alten Parlamentarier nicht davon abbringen lässt. So viel Selbstreflexion traue ich ihm zu."

„Aber Wills Drogenprobleme verleugnet er sogar jetzt noch, wo sein Sohn tot ist. Es will mir nicht in den Kopf, wie jemand so fanatisch darauf bedacht sein kann, heile Welt zu spielen."

„Ein typisches Faszinosum der Oberschicht", schmunzelte Sir Nigel. „Was meinst du, was hinter meinem Rücken getuschelt wurde, als du nach deinem Studium nicht in die Forschung oder universitäre Lehre gegangen bist, sondern eine Polizeiausbildung angefangen hast? Menschen, die sich für besser als der vermeintliche Pöbel halten, obwohl es keinen wirklichen Grund dafür gibt, brauchen eine Legitimation dafür, dass sie einer imaginären Elite angehören. Je leerer das Luftschloss ist, das sie um sich herum errichtet haben, desto verzweifelter klammern sie sich daran, wenn es zu zerbersten droht. Und für jemanden wie Bickershead spielt Geld keine Rolle. Er könnte Hunderte von Gerichtsmedizinern bestechen, wenn er wollte, und als Parlamentarier genießt er ein Maß an Narrenfreiheit, das es fast unmöglich macht, ihn zur Rechenschaft zu ziehen. Aus seiner Sicht ist es wahrscheinlich das Selbstverständlichste von der Welt, die Realität ein bisschen nach seinen Vorstellungen zurechtzubiegen, um den Ruf seines Clans zu retten. Was kann er schließlich dafür, dass ein Bickershead ausgeschert und in ein zwielichtiges Milieu abgerutscht ist?"

„Dann dürften die heutigen Schlagzeilen in der Klatschpresse ihm ganz schön zusetzen."

„Zweifelsohne." Sir Nigel konnte seine Amüsiertheit nicht gänzlich verbergen. „Fünf Fotografen vor seinem Haus werden ihn mehr treffen als fünf verlorene Millionen an der Börse. Hoffentlich ist sein Hausarzt in der Nähe, falls er vor lauter Empörung zusammenklappt."

„Kennst du Doctor Minnack?"

„Nein, aber er scheint sehr gewieft zu sein. Die Art und Weise, wie er dir mit Director General Finn gedroht hat, war bemerkenswert abgebrüht. Falls du ihn für den gefälschten Autopsiebericht zur Rechenschaft zu ziehen versuchst und er sich nicht hundertprozentig auf seinen Freund Gregory verlassen kann, hat er schlechte Karten. Entweder weiß er sehr genau, wie weit er gehen kann, oder er blufft schamlos."

„Ich weiß nicht, ob ich Finn vertrauen kann", seufzte Minster. „Seit er im Amt ist, hat er sich einige Male sehr unbürokratisch für Kollegen von mir eingesetzt, die bei ihren Ermittlungen unfreiwillig mit dem Gesetz in Konflikt gekommen waren, aber letztlich kann ich nicht einschätzen, wie weit seine Loyalität wirklich geht. Er hält sich häufiger im Innenministerium oder auf irgendwelchen Empfängen auf als bei uns in der Zentrale. Leemahan behauptet, er strecke wie ein Kraken seine Tentakel in alle Richtungen aus und habe nahezu in jeder Behörde und sogar in vielen großen Wirtschaftskonzernen Vertraute in hohen Positionen."

„Diese Kontakte können aber auch zum Fluch werden", gab Sir Nigel zu bedenken. „Viele Seilschaften bedeuten viele Verpflichtungen, und irgendwann gerät selbst der geschickteste Taktierer in Interessenskonflikte. Finn wird genauso in den Konventionen der High Society gefangen sein wie Abraham Bickershead. Solche Menschen an den Grundfesten ihrer gesellschaftlichen Stellung zu attackieren, ist nicht ungefährlich. Dein Kollege hatte schon recht mit dem, was er gestern Morgen am Telefon zu dir sagte. Wenn du Finn herausforderst, wirst du wie David gegen einen aufgebrachten Goliath kämpfen müssen. Überlass es der Presse, sich mit ihm anzulegen, wenn sie findig genug ist, die Wahrheit über die Querverbindungen zwischen ihm und Doctor Minnack aufzudecken. Und was Abraham Bickershead angeht, würde ich dir ein ähnliches Vorgehen empfehlen. Konfrontiere ihn nicht mit deiner wilden Entschlossenheit, sondern mit der Macht der Medien. Sobald er merkt, dass jedwedes unkooperative Verhalten ihm nur noch reißerischere Schlagzeilen und größere Titelseitenfotos beschert, wird er alles nur Menschenmögliche tun, um die Ermittlungen nicht zu behindern. Und da nützen ihm auch sein Arzt und dessen gute Beziehungen zur Polizei nichts mehr. Der Punkt, bis zu dem sich der Skandal um seinen Sohn vertuschen ließ, ist spätestens seit heute endgültig überschritten."

„Ich hoffe, du liegst mit deinen Einschätzungen richtig. Aber ich sehe die Sache ähnlich. Wenn ich mich nicht allzu plump anstelle, sollte es möglich sein, ihn einem vernünftigen Verhör zu unterziehen, ohne dass er gleich das Gesicht verliert. Ich werde mir einen Dienstwagen ausborgen und zu ihm hinausfahren."

„Aber doch hoffentlich erst nach dem Lunch", erwiderte Sir Nigel mit vorwurfsvoll hochgezogener linker Augenbraue. „Du hast gerade erst begonnen, dich halbwegs zu entspannen, da wirst du doch wohl nicht gleich schon wieder aufspringen und weiterhetzen. Barrimore hat eine exzellente vegetarische Lasagne vorbereitet. Er wäre tödlich beleidigt, wenn du deinen armen alten Vater alleine damit sitzen lassen würdest." Beim letzten Satz zwinkerte er Minster vergnügt zu.

„Ihr beiden seid furchtbar", lachte Minster und goss beide Tassen wieder randvoll. „Aber leider habt ihr die besseren Argumente."

# KAPITEL 24

Ritchie Wilson zu finden, war deutlich schwieriger, als Patrick Leemahan erwartet hatte. Gleich nach dem Verhör von Ken Curbishley telefonierte er kurz mit Ingenthorpe, ließ sich von der Zentrale Wilsons Meldeadresse durchgeben, forderte drei Mann Verstärkung an und fuhr los. Doch Wilsons Appartement in einem heruntergekommenen Viertel in Walton-on-Thames war leer. Keiner der Nachbarn, die sie mitten in der Nacht aus dem Bett klingelten, wusste, wo sich Wilson und seine Frau aufhalten könnten, und bei genauerem Nachfragen stellte sich heraus, dass das Paar sich entweder nur sporadisch in der Wohnung aufhielt oder es fertig brachte, der Nachbarschaft nur alle paar Wochen über den Weg zu laufen. Da der Kühlschrank leer, die Einrichtung überaus kärglich und die Essensreste in der Spüle so vergammelt waren, dass sie zentimeterdick Schimmel angesetzt hatten, ging Leemahan davon aus, dass Ersteres zutraf.

Danach brauchten er und seine Sergeants geschlagene zwei Stunden, um Hinweise auf den möglichen Aufenthaltsort der Wilsons zu finden. Es gab kein Telefonregister, keine Post und auch keinerlei Akten oder andere Unterlagen. Erst als sie das schmale Bücherregal im Wohnzimmer zum zweiten Mal systematisch durchforsteten, stießen sie auf etwas, das sie möglicherweise weiterbringen konnte. In einem portugiesischen Fremdenführer steckte eine Postkarte, so eng zwischen den Einband und den laminierten Schutzumschlag geklemmt, dass sie beim ersten Ausschütteln des Buches nicht herausgefallen war. Sie war im September letzten Jahres offenbar von Freunden aus dem Urlaub geschickt worden. Der Inhalt der wenigen dahingekritzelten Zeilen war ebenso banal wie das nichtssagende, kitschige Strandmotiv auf der Vorderseite, aber dennoch hielt Leemahan beim Lesen kurz den Atem an, denn die Karte war zwar an Ritchie und Wynona Wilson adressiert, allerdings nicht in Walton-on-Thames, sondern in Laleham, nur wenige Meilen nördlich von Chertsey.

Als Leemahan seinen Volvo zurück über die Themse und durch Shepperton steuerte, war es 4 Uhr morgens und stockfinster. Es lag immer noch Nebel über der Stadt, und Leemahan hatte Mühe, im Rückspiegel den zweiten Wagen zu erkennen, in dem die drei Sergeants ihm folgten. Er wünschte sich, einer von ihnen würde neben ihm sitzen und sich mit ihm unterhalten, denn die Müdigkeit begann langsam bleiern zu werden. Sie hatten erst vor wenigen Minuten an einer 24-Stunden-Tankstelle gehalten und jeder ein pappiges Wurstbrötchen mit mehreren Bechern Kaffee hinuntergespült, aber das Koffein begann nur langsam zu wirken. Leemahan brauchte mehrere Anläufe, um sein Gehirn dazu zu bringen, ihm vorzurechnen, dass er seit 22 Stunden auf den Beinen war.

Der kleine Konvoi überquerte die M3, passierte Shepperton Green, das in der Finsternis wie ein bedrohlicher Urwald wirkte, und gelangte schließlich wieder in die Nähe der Themse, die in diesem Teil Londons mit leichten Schlenkern in Nord-Süd-Richtung verlief. Die Straße, die auf der Postkarte angegeben war, lag in einem teuren Wohnviertel, in dem ausnahmslos relativ neue Einfamilienhäuser standen. Wie vor einigen Stunden in Chertsey fuhren auch hier kaum Autos. Ein einziger Wagen war den Polizisten entgegengekommen, als sie schließlich mit gedrosseltem Tempo in die Rosewood Street einbogen, an deren Ende sich in einer Sackgasse das Haus befand, in dem sie Ritchie Wilson und seine Frau vermuteten.

Leemahan parkte den Volvo so vor der Buchsbaumhecke des Nachbargrundstücks, dass man ihn von nebenan nicht sehen konnte. Er leerte in hastigen Zügen die kleine Red-Bull-Dose, die er an der Tankstelle gekauft hatte, verzog angewidert das Gesicht und stieg aus. Hinter ihm hielt beinahe lautlos der Vauxhall Astra seiner Kollegen. Als die Sergeants neben ihm standen, hatte er den unangenehmen Eindruck, mit Abstand der Müdeste zu sein.

„Einer von euch geht mit mir zur Vordertür, die anderen schlagen sich links vom Haus durch den Garten und behalten alle weiteren Ausgänge im Auge", sagte er, nachdem er kurz um die Hecke gelugt hatte. „Der Nebel ist hier zum Glück nicht ganz so dicht, wir dürften halbwegs passable Sicht haben. Der Garten-Trupp zuerst. Viel Glück, Männer!"

Zwei der Beamten verschwanden in der Dunkelheit jenseits des Lichtkegels der Straßenlaterne, die mittig vor dem Haus der Wilsons stand. Leemahan ließ eine Minute verstreichen, bevor er mit dem dritten Sergeant hinter der Hecke hervortrat und quer durch den Vorgarten zur Front des zweigeschossigen Gebäudes lief. Es waren nur wenige Meter bis zur Haustür, und nirgendwo brannte Licht. Auf einem protzigen Messingschild stand Wilsons Name, eine Alarmanlage schien es nicht zu geben. Die Chancen, Ritchie Wilson im Schlaf zu überraschen, waren blendend.

Leemahan klingelte dreimal, während der Sergeant mit gezogener Pistole zwei Schritte hinter ihm stand und aufmerksam die Fenster musterte. Doch es tat sich nichts. Leemahan hörte direkt hinter der Tür das tiefe, glockenartige Läuten der Klingel, aber ansonsten blieb alles still. Schließlich fischte er sein Handy aus der Jackentasche und rief die Kollegen hinter dem Haus an.

„Seht ihr irgendwo Licht?", fragte er leise.

„Nein, alles dunkel", kam es aus dem Telefon. „Die Verandatür ist hier die einzige Möglichkeit, das Haus zu verlassen. An der Rückseite der Garage befindet sich noch eine weitere Tür, aber die ist von außen so zugestellt, dass man nicht herauskommt. Und das Garagentor ist abgeschlossen."

„Könntet ihr die Verandatür aufbrechen?"

„Müsste gehen. Zur Not schlagen wir die Scheibe ein."

„Wartet auf mich, ich komme rüber."

Leemahan steckte das Handy weg und zog seine Pistole.

„Bleib du hier und behalte die Tür im Auge", sagte er zu dem Sergeant. „Wir steigen von hinten ein. An dieser Sicherheitstür würden wir uns die Zähne ausbeißen."

Er lief nach links die Nelkenbeete entlang, die die Hauswand säumten, bog um die Ecke und spurtete schräg am Garagentor vorbei über eine asphaltierte Auffahrt in den hinteren Teil des Grundstücks. Da das Licht der Straßenlaterne nicht bis hierhin reichte, verlangsamte er seine Schritte und versuchte seine Augen an die Schwärze um ihn herum zu gewöhnen. Zu seiner Rechten zeichnete sich undeutlich die Garage ab, vor ihm streckten mehrere Obstbäume ihre unzähligen knorpeligen Finger in den Nachthimmel. Der Mond war nirgends zu sehen, aber es funkelten einige helle Sterne am Firmament.

Eigentlich hätte Leemahan sich einen neuen Hausdurchsuchungsbefehl besorgen müssen, aber nachdem Dursham schon bei der Wohnung in Walton-on-Thames eine geschlagene halbe Stunde gebraucht hatte, um einen der zuständigen Staatsanwälte aus dem Schlaf zu reißen und ihn dazu zu bewegen, ohne vorherige Prüfung der Sachlage sein Einverständnis zu geben, hatte er nach dem Aufstöbern der Postkarte davon abgesehen, seinen Chief Inspector ein zweites Mal zu behelligen. Falls die Adresse auf der Karte sie auf eine falsche Fährte gelockt haben sollte, konnte die Sache ein böses Nachspiel haben, doch Leemahan war sich sicher, dass er das Richtige tat. Er musste schnell handeln, und da blieb keine Zeit, um auf einen Durchsuchungsbefehl zu warten.

Als er die Garage umrundet hatte, stand er auf einer großen Rasenfläche, die sich nach hinten hin in völliger Dunkelheit verlor. Neben der Veranda warteten, durch ein üppig beranktes Rosengitter gegen das Haus abgeschirmt, die beiden Polizisten. Einer von ihnen hatte ihn erspäht und winkte ihn heran. Noch immer brannte nirgendwo Licht.

„Keine Veränderungen?", fragte Leemahan, als er bei den beiden angekommen war.

„Nein, nichts. Sollen wir´s mit der Verandatür versuchen?"

„Ja, aber seid vorsichtig. Je weniger hier zu Bruch geht, desto besser."

Während Leemahan und einer der Sergeants ihm mit entsicherten Waffen Deckung gaben, machte sich der zweite Sergeant an der Glastür zu schaffen. Er leuchtete mit einer kleinen Halogentaschenlampe einmal die komplette

Plastikzarge ab, untersuchte dann eingehender den Bereich um das Schloss und holte schließlich eine Telefonkarte aus seinem Portemonnaie. Er brauchte nur zwei Versuche, dann hatte er die Karte so durch den Spalt zwischen Rahmen und Tür gezogen, dass das Schloss aufsprang und die Tür sich nach innen aufdrücken ließ. Zumindest schon mal kein Glasbruch, dachte Leemahan erleichtert, als sie zu dritt das Haus betraten.

Drinnen roch es nach Rotwein und Kartoffelchips. Der weißliche Lichtkreis der Taschenlampe tänzelte über eine Bücherwand, einen riesigen Plasma-Fernseher und verharrte schließlich auf einem niedrigen Glastisch. In einem von zwei hohen Kelchgläsern stand ein Fingerbreit Rotwein, und daneben lag eine aufgerissene, halb leere Chipstüte. Beides machte nicht den Eindruck, schon vor Tagen hinterlassen worden zu sein.

„Vielleicht schlafen die beiden so fest, dass sie das Klingeln nicht gehört haben", flüsterte Leemahan. „Die Schlafzimmer befinden sich höchstwahrscheinlich in der oberen Etage."

Sicherheitshalber öffneten sie jede Tür im Erdgeschoss, fanden jedoch wie erwartet nichts. Die Einrichtung sämtlicher Zimmer war teuer und offenbar noch recht neu, und im Unterschied zu der Wohnung in Walton-on-Thames schien das Haus tatsächlich bewohnt zu werden. In einem Wirtschaftsraum hing Wäsche auf einem Trockenständer, der Kühlschrank war bis zu Bersten gefüllt, und auf einer Kommode neben der Vordertür stand ein steinerner Aschenbecher, in dem ein Zigarettenstummel lag. Das kleine Aschehäufchen war noch warm.

Schließlich schlichen die drei Polizisten die marmorne Wendeltreppe hinauf, die sich in der Mitte des Hauses nach oben reckte. Da die Stufen so schwer waren, dass sie auf einem massiven Stahlgerüst auflagen, gab die Treppe beim Hinaufsteigen nicht das kleinste Geräusch von sich.

Oben gelangten sie in einen kleinen Vorraum, von dem zwei Türen und ein schmaler Flur abgingen. Der Duft eines penetranten, süßlichen Parfüms hing in der Luft. Die Sergeants stießen gleichzeitig die Türen auf, während Leemahan den Lichtschalter am Treppenabsatz betätigte. Ein dreiarmiger Deckenstrahler dimmte gemächlich auf.

Hinter der ersten Tür befand sich ein kleines Billardzimmer, hinter der zweiten ein geräumiges Bad mit einer Dusche und einem runden Whirlpool. In der Duschkabine perlten noch vereinzelte Wassertropfen die Plastikwände hinab, und ein davor auf dem Boden liegendes Frotteebadetuch war klamm vor Feuchtigkeit.

Die Polizisten pirschten den Gang hinunter, überprüften noch zwei weitere Räume – eine Toilette und einen Fitnessraum mit einer Hantelbank und einem Stepper –, bevor sie am jenseitigen Ende des Flurs die letzte Tür erreichten. Leemahan schnaufte einmal kurz, dann drückte er die Klinke herunter und versetzte ihr einen festen Stoß. Die Tür krachte gegen eine Wand, Leemahan sprang zur Seite, einer der Sergeants ging mit der Waffe im Anschlag in die Hocke, und der andere ließ den Lichtkegel seiner Taschenlampe hektisch durch das Zimmer sausen. Doch schon der aus dem Flur hereindringende Schimmer der Deckenlampe hätte ausgereicht, um ihnen jede Hoffnung zu nehmen. Auf dem breiten Futonbett, das fast die Hälfte des Schlafzimmers ausfüllte, lagen lediglich zwei zerwühlte dünne Sommerdecken, sonst nichts.

„Scheiße", entfuhr es einem der Sergeants. „Wo sind sie?"

„Es kann noch keine halbe Stunde her sein, dass hier jemand geduscht und geraucht hat", sagte sein Kollege, während er den elektrischen Aluminium-Kronleuchter anschaltete, der über dem Bett hing. „Vielleicht waren wir nicht schnell genug hinter dem Haus, und sie sind durch den Garten abgehauen."

„Abgehauen sind sie, aber nicht durch den Garten", erwiderte Leemahan und beugte sich über einen der Nachttische. „Hat sich einer von euch das Fabrikat des Wagens gemerkt, der an uns vorbeifuhr, als wir in die Straße einbogen?"

„Ich glaube, es war ein neueres BMW-Modell", antwortete einer der Sergeants, während er die schweren Schiebetüren des dreiflügeligen Kleiderschranks zurückschob.

Leemahan hielt ein dickes weißes Heftchen hoch. „Das Benutzerhandbuch für einen nagelneuen 7er-BMW", erklärte er und fühlte sich mit einem Mal unsagbar erschöpft. „Unser sauberes Pärchen hat den Braten gerochen, noch bevor wir hier eintrafen. Irgendjemand muss sie heute Nacht aufgescheucht haben."

Etwa zur gleichen Zeit, als Leemahan und seine Männer durch Shepperton in Richtung Laleham fuhren, raste ein dunkelblauer Ford Transit mit überhöhter Geschwindigkeit über verlassene, dunkle Landstraßen durch Wiltshire. Detective Inspector Ingenthorpe saß vorne neben dem Fahrer, hinten hockten noch zwei weitere Drogenfahnder. In regelmäßigen Abständen gähnte jemand, und die eiserne Notreserve an Energy-Drinks schmolz viel zu schnell zusammen.

Nachdem Leemahan kurz die Ergebnisse des Verhörs durchgegeben hatte, waren Ingenthorpe und die Sergeants sofort vom Gelände von Wilson Travels aufgebrochen, um Derrick Giffard zu finden, den Busfahrer, der angeblich in den Drogenschmuggel eingeweiht war. Gemeldet war er in einer winzigen Souterrain-Wohnung in einem schmutzigen Hinterhof in Sevenoaks, doch dort trafen sie ihn nicht an. Eine Nachbarin, die vom Aufbrechen der Wohnungstür geweckt worden war, erzählte ihnen, dass Giffard sich an seinen freien Tagen meist bei seinem Vater auf dem Land aufhielt. Sie wusste sogar die genaue Adresse, weil sie Giffard manchmal dringende Post nachschickte. Ingenthorpe und seine Männer unterzogen die Wohnung noch einer gründlichen Untersuchung, fanden aber keinerlei Hinweise auf Giffards Verwicklung in die Drogentransporte. Das Bemerkenswerteste an den beiden peinlich genau aufgeräumten Zimmern waren die zahlreichen Poster und Schals an den Wänden, die auf eine in Ingenthorpes Augen reichlich bedenkliche Affinität für italienische Fußballmannschaften schließen ließen.

Sie hatten die Wohnung kaum versiegelt und waren losgefahren, als sich Dursham meldete. Er hatte sich neben den Durchsuchungsbefehlen für die Erstwohnsitze von Wilson und Giffard auch einen für William Bickersheads Londoner Appartement ausstellen lassen und eine Einsatztruppe dorthin geschickt. Die Wohnung war zwar bereits kurz nach Bickersheads Tod inspiziert worden, doch damals hatte man nicht gewusst, wonach man suchen sollte. Diesmal nahm man einen Drogenhund mit und entdeckte hinter einer herausnehmbaren Wandpaneele im Badezimmer einen kleinen Hohlraum, in dem mehrere Pfund Heroin in verschweißten Plastiktüten deponiert waren. Das weiße Pulver wies eine ähnliche Reinheit auf wie jenes, das man bei Wilson Travels gefunden hatte.

Durshams Anruf lag mittlerweile fast zwei Stunden zurück, und noch immer fuhr der Van durch die stockfinstere Nacht. Ingenthorpe hatte zuerst überlegt, die Polizei in Studley auf Giffard anzusetzen, entschied sich dann aber doch dafür, selbst hinzufahren. Es konnte nicht ausgeschlossen werden, dass Giffard bewaffnet und zum Äußersten entschlossen war, wenn er merkte, dass man ihn in die Enge trieb. In Studley hatte man es selten mit gefährlichen Schwerverbrechern zu tun, und Ingenthorpe wollte nicht die Gesundheit von Kollegen aufs Spiel setzen, die sich den Großteil ihrer Arbeitszeit mit Pub-Raufereien, prügelnden Ehemännern und Vieh-Diebstählen beschäftigten. Dass er Ken Curbishley angeschossen hatte, war bereits schlimm genug. Ein zweiter tragischer Fehler sollte ihm heute Nacht nicht unterlaufen.

„Da vorne liegt Galebush", brummelte der Fahrer und drosselte die Geschwindigkeit des Ford ein wenig. „Völlig tote Hose hier."

„In einer Stunde geht langsam die Sonne auf, dann sieht's hier draußen gleich ganz anders aus", sagte einer der Polizisten von der Rückbank. „Meine Großeltern haben einen Hof in der Nähe von Semington, keine Viertelstunde weiter südwestlich. Wenn die Kühe über die Dorfstraßen auf die Weide getrieben werden, geht's manchmal zu wie in einem Ameisenhaufen."

„Hoffentlich kriegen wir Giffard, bevor die Tiere ihre Rush-Hour einläuten", seufzte Ingenthorpe.

Giffards Vater lebte eine halbe Meile außerhalb des Dorfes auf einem ehemaligen Bauernhof. Ein langer, schmaler Feldweg führte an niedrigen Buschreihen vorbei zu einem großen, sandigen Vorplatz, um den herum sämtliche

Hofgebäude im Halbkreis angeordnet waren. Der Scheune und den Stallungen sah man selbst in der Dunkelheit an, dass sie heruntergekommen und einsturzgefährdet waren, aber das Haupthaus musste vor nicht allzu langer Zeit restauriert worden sein. Als der Van davor zum Stehen kam, fiel das Licht der Scheinwerfer auf eine weiß verklinkerte Mauer mit quadratischen Doppelglasfenstern und roten Blumenkästen. Irgendwo hinter den Ställen fauchten sich zwei Katzen an.

Schon bevor die Polizisten ausgestiegen waren, wurde es hinter einem Fenster im Obergeschoss hell, und jemand zog schwere Vorhänge zur Seite. Als der Fahrer den Motor abstellte, schwang das Fenster auf, und ein fettleibiger, glatzköpfiger Mann deutlich jenseits der 70 lehnte sich heraus.

„Wer ist da?", rief er mit brüchiger, sich leicht überschlagender Stimme, in der unter der Müdigkeit Angst mitschwang.

„Kriminalpolizei", rief Ingenthorpe zu ihm hinauf. „Wir suchen einen gewissen Derrick Giffard. Sind Sie sein Vater?"

„Ja, der bin ich", erwiderte der Alte langsam. „Lannister Giffard. Warten Sie, ich komme herunter."

Es dauerte einige Minuten, bevor die Haustür geöffnet wurde und Giffard in einem fleckigen blauen Arbeitsoverall vor ihnen stand. Er stützte sich auf einen Gehstock aus dunkelbraun lackiertem Holz und blinzelte unsicher in die Nacht hinaus.

„Dürfte ich Ihre Dienstausweise sehen?", krächzte er.

„Natürlich, Mister Giffard", versicherte Ingenthorpe und holte seine laminierte Karte hervor. „Ich bin Detective Inspector Ingenthorpe vom National Crime Squad aus London."

Er war sich sicher, dass sein Gegenüber in dem schwachen Licht, das über die Türschwelle nach draußen drang, kaum etwas entziffern konnte, aber alleine die Tatsache, dass ihm niemand einen Knüppel über den Kopf zog, schien Giffard schon zu beruhigen.

„Aus London kommen Sie?", fragte er eingeschüchtert, nachdem er Ingenthorpes Ausweis zurückgegeben hatte. „Was hat Derrick denn angestellt?"

„Darüber würden wir gerne mit ihm selbst reden", entgegnete Ingenthorpe betont freundlich. „Ist er da?"

„Ja ... ja, ja", stotterte Giffard, den die Situation offenbar zu überfordern begann. „Kommen Sie rein. Ich glaube, er schläft."

Der alte Mann führte die Beamten durch eine niedrige Diele und eine verwinkelte, muffig riechende Küche in einen kurzen Flur, an dessen Ende sich zur Rechten eine schwere alte Eichentür befand. Giffard wollte schon anklopfen, doch Ingenthorpe fasste ihn am Arm und bedeutete ihm, zurück in die Küche zu gehen.

„Wir kommen schon zurecht", flüsterte er ihm beruhigend zu. „Machen

Sie sich keine Sorgen."

Sobald Giffard leise in sich hineingrummelnd durch den Flur geschlurft war und von der Küche aus argwöhnisch zu ihm herüberblickte, legte Ingenthorpe seine Hand auf den Türgriff.

„Lasst eure Waffen stecken. Ich glaube nicht, dass wir sie brauchen werden", flüsterte er, bevor er die Klinke herunterdrückte, die Tür nach innen aufschwingen ließ und nach dem Lichtschalter tastete. Er fand ihn sofort.

Derrick Giffard lag unter einer Steppdecke in einem massiven Kastenbett und schnarchte leise vor sich hin. Sein gewaltiger Brustkorb hob und senkte sich unter dem dünnen Stoff, und seine Nasenlöcher flatterten bei jedem Ausatmen. Ingenthorpe hatte nicht den Eindruck, dass Giffard größer als er selbst war, aber den Umrissen unter der Decke nach zu urteilen, brachte der Busfahrer mindestens das doppelte Gewicht auf die Waage. Mit seiner extremen Fettleibigkeit, der Halbglatze und den kleinen, schweinchenhaften Augenhöhlen wirkte er wie ein jüngeres, wenn auch nicht unbedingt gesünder aussehendes Abbild seines Vaters.

Ingenthorpe musste Derrick Giffard mehrmals schütteln, bevor dieser schnaufend und keuchend erwachte. Er brauchte fast eine halbe Minute, bis er realisiert hatte, wer vor ihm stand, und als er hörte, was ihm vorgeworfen wurde, brach er schluchzend in Tränen aus.

Es dauerte mehr als eine Viertelstunde, bis Derrick Giffard in der Lage war aufzustehen. Nachdem er so haltlos zu weinen begonnen hatte, dass die Polizisten peinlich berührt das Zimmer verließen, redete sein Vater hinter verschlossenen Türen auf ihn ein. Ingenthorpe stand im Flur, hin und her gerissen zwischen Mitleid und Ungeduld, und hörte gedämpft Derricks Schluchzen und den Alten, wie er mit seiner hohen, dünnen Stimme versuchte, seinen Sohn zu beruhigen. Die Sergeants hatte Ingenthorpe längst gebeten, draußen im Van oder auf dem Hof zu warten, weil er die Situation für Derrick nicht noch schwieriger und entwürdigender machen wollte, als sie ohnehin schon war. Eine Gefahr ging von diesem Mann mit Sicherheit nicht aus.

Als er schließlich mit den Giffards im Wohnzimmer saß, war es 5.30 Uhr. Leemahan hatte zwischenzeitlich angerufen, um Ingenthorpe über Wilsons Flucht zu unterrichten, und draußen kündigte der Sonnenaufgang einen strahlend hellen, warmen Sommertag an. Lannister Giffard hatte Tee aufgebrüht, aber keiner der drei rührte seine Tasse an. Derrick saß in einer ausgeblichenen, sackartigen Trainingshose und einem zu kurzen weißen Doppelripp-Hemd in einem Sessel, die fleischigen nackten Arme schlapp an den Seiten herunterbaumelnd, und hatte noch immer nicht ganz die Fassung wiedergefunden. Er bemühte sich darum, sich zusammenzureißen, aber über seine kleinen Knopfaugen legten sich immer wieder Tränenschleier, die er sich mit fahrigen Bewegungen aus dem Gesicht wischte.

„Muss ich ins Gefängnis?“, fragte er leise und vermied es, dabei seinen Vater oder Ingenthorpe anzusehen.

„Das kann ich Ihnen nicht sagen, Mister Giffard“, erwiderte Ingenthorpe. „Es hängt unter anderem davon ab, wie gut Sie mit uns kooperieren.“

„Ich sage alles, wenn ich nur nicht in den Knast muss. Das würde ich nicht überleben.“ In seinen Augen stand blanke Panik.

„Wenn du der Polizei alles erzählst, werden sie dich laufen lassen“, kiekste sein Vater mit übermüdeter Fistelstimme und fügte fast flehentlich hinzu: „Nicht wahr, Inspector?“

„Das habe ich nicht zu entscheiden, ich bin kein Richter. Aber jeder Hinweis, der uns bei der Aufklärung des Falles hilft, wird in der Verhandlung mit Sicherheit als strafmildernd berücksichtigt.“

„Ich habe nichts angestellt“, sagte Derrick Giffard leise. „Ich bin da reingerutscht, und ich hätte längst zur Polizei gehen sollen. Aber angestellt habe ich nichts.“

„Seit wann arbeiten Sie für Wilson Travels?“

„Seit acht Jahren. Ich bin vorher Linienbusse in London gefahren und war froh, als Mister Wilson mir den Job anbot. Vom Fahren in der Stadt hatte ich Magengeschwüre bekommen.“

„Wann erfuhren Sie davon, dass Sie nicht nur Kinder, sondern auch Heroin durch dic Gcgcnd kutschierten?“

„Vor ungefähr zwei Jahren. Der Fahrer, der vorher Mister Wilsons Kurier gewesen war, musste ins Gefängnis. Er war vorbestraft, und sie hatten ihn geschnappt, als er versuchte, seinen Anteil Heroin zu verkaufen. Danach lud mich Mister Wilson zu sich nach Hause zum Essen ein und unterhielt sich sehr lange mit mir.“

„Sind Sie auch mit Heroin bezahlt worden?“

„Nein, ich wollte damit nichts zu tun haben“, versicherte Giffard eindringlich. „Ich hab´s immer gehasst, wenn ich mir vorstellte, wie sich irgendwelche Junkies das Zeug in die Arme spritzen. Sie können´s mir glauben oder nicht, Inspector, aber jedes Mal, wenn ich wusste, dass Heroin im Bus war, machte ich kaum ein Auge zu.“

„Wo versteckten Sie das Heroin?“

„In der Klimaanlage unter der Decke. Wenn man die Schutzverkleidung abschraubt, kann man mehrere Pfund in die Hohlräume stopfen.“

„Wo haben Sie die Ware abgeholt?“

„Meistens in Amsterdam oder Paris. Manchmal auch in Rotterdam oder Brüssel. Wenn die Kinder in Frankreich ausgestiegen waren oder ich von hier losfuhr, um sie abzuholen, traf ich mich mit Wilsons Partnern.“

„Wo?“

„Auf irgendwelchen abgelegenen Industriegeländen oder im Rotterdamer

Hafen. Meistens passierte es tagsüber, damit der Bus kein Aufsehen erregte."

„Kannten Sie die Leute, die Ihnen das Heroin übergaben?"

„Nein. Es waren jedes Mal andere, meistens irgendwelche Neger oder ganz junge Kerle, die ich nicht mochte. Sie brachten die Tüten in den Bus, ich gab ihnen das Geld, und dann gingen sie wieder. Bitte, Inspector, Sie müssen mir glauben, ich habe wirklich nicht mehr getan, als das Zeug zu verstecken. Ich weiß nicht, woher es kam und was hier damit passierte."

„Wie viel bezahlte Ihnen Wilson dafür, dass sie schwiegen?"

„200 Pfund pro Fahrt", gestand Giffard kleinlaut ein.

„Ein bisschen wenig, finden Sie nicht auch? Jede Fuhre war einige hunderttausend wert. Ist Ihnen nie die Idee gekommen, mehr zu verlangen?"

„Nein", sagte Giffard verschämt und schaute aus dem Fenster, ohne etwas von der taufeuchten Schönheit des Morgens wahrzunehmen. „Mister Wilson wusste, dass ich Diabetes und Magenprobleme habe. Kurz nachdem ich bei ihm anfing, haben sie mich an der Bauchspeicheldrüse operiert. Ich hätte nirgendwo sonst mehr eine Anstellung gefunden. Wenn man froh sein muss, überhaupt arbeiten zu können, sind 200 Pfund viel Geld."

„Verstehe", entgegnete Ingenthorpe. „Er hat Sie also mehr oder weniger erpresst."

„Nein, nein", beeilte sich Giffard zu sagen. „Als ich damals abends bei ihm war, hat er lange auf mich eingeredet und mir erklärt, dass die Firma ohne das Heroin nicht überleben kann. Wenn die Drogen nicht wären, müsste er uns alle entlassen. Und er meinte, das Heroin würde niemandem wehtun. Es sei sauberer Stoff, keine Giftpampe. Ich habe danach nie wieder mit ihm darüber gesprochen."

„Sauberer Stoff", fauchte Lannister Giffard und funkelte seinen Sohn an. „Heroin ist die Asche des Teufels, das weiß jeder gute Christ. Wie konntest du mir das antun?"

„Dad, bitte..." Derrick Giffard schossen wieder die Tränen in die Augen.

„Haben deine Mutter und ich dich so schlecht erzogen? Warum hast du mir nie davon erzählt? Ich wäre zu deinem sauberen Mister Wilson gegangen und hätte..."

„Mister Giffard, so kommen wir nicht weiter", fuhr Ingenthorpe dazwischen. „Unterbrechen Sie Ihren Sohn bitte nicht. Er ist gerade dabei, genau das Richtige zu tun. Derrick, wer außen Ihnen, Curbishley und Wilson wusste noch von den Transporten?"

„Niemand. Die anderen Fahrer bekamen nie etwas davon mit. Ken und Mister Wilson kümmerten sich nachts um das Entladen, wenn niemand auf dem Gelände war. Ich kann Ihnen nicht sagen, wohin sie das Heroin brachten. Ich bin nur den Bus gefahren, sonst nichts."

„Haben Sie jemals für One For The Road gearbeitet?"

„Nein, nie. Ich wusste, dass Mister Wilson noch eine zweite Busfirma gehört, aber wir hatten kaum Kontakt mit den anderen. Ich fuhr nur zu ihnen rüber, wenn wir einen der Busse austauschen mussten."

„Kam das häufig vor?"

„Nein, ganz selten, nur wenn ein Bus ausfiel und dringend ein Ersatz gebraucht wurde. Die Fahrer bei One For The Road verdienen mehr, aber ich wollte nie mit Musikgruppen auf Tour gehen. Sie wissen ja, mein Magen."

„Könnte es theoretisch passiert sein, dass eine dieser Bands mit einem Bus unterwegs war, in dem Heroin versteckt war?"

„Ich weiß nicht genau", stotterte Giffard und legte angestrengt die Stirn in Falten. Ingenthorpe fand den Anblick gleichermaßen grotesk wie Mitleid erregend. „Doch, ja, könnte schon sein. Manchmal brachten wir Kinder rüber nach Frankreich und mussten auf dem Rückweg irgendwo eine Band einsammeln, wenn es Probleme mit deren Bussen gegeben hatte. Bin ich aber nie dabei gewesen. Liam fährt manchmal für One For The Road."

„Liam Thornton?"

„Ja. Er ist mit einer der Gruppen befreundet, ich glaube den Flying Horses."

„Kennen Sie die Band?"

„Nein, nur aus dem Fernsehen. Liam hat mir oft von ihnen vorgeschwärmt, aber ich mag keine Rockmusik. Er ist ganz vernarrt in sie und prahlt gerne mit ihnen. Wo er schon überall mit ihnen gewesen ist, was sie erlebt haben und so. Ich geb nicht viel auf das, was er erzählt. Der Sänger soll tot sein, meinte Liam letzte Woche."

„An einer Überdosis Heroin verreckt", warf sein Vater giftig ein. „Stand heute in der Zeitung. Kannst du dir nicht zusammenreimen, warum der Inspector hier ist? Dein Heroin hat ihn umgebracht."

Aus Giffards Gesicht wich das letzte bisschen Farbe, das ihm noch geblieben war.

„Ich, ich wollte das nicht", stammelte er hastig, „Ich bin kein Mörder."

„Das behauptet auch niemand", versuchte ihn Ingenthorpe zu beruhigen. „Aber vielleicht können Sie uns sagen, wo wir Mister Wilson finden können. Wir waren in seiner Wohnung in Walton-on-Thames und in seinem Haus in Laleham, fanden aber nirgends eine Spur von ihm."

Giffard griff mit zitternder Hand nach der Teetasse und stürzte den Inhalt in einem Zug hinunter. Er trank so schnell, dass er sich verschluckte und beinahe alles wieder ausgespien hätte.

„Dann weiß ich, wo er ist", brachte er keuchend zwischen zwei Hustenattacken heraus. „Er hat eine Ferienhütte in Aust."

„Aust? Wo ist das?"

„Bei Bristol, an der Grenze zu Wales."

# KAPITEL 25

Ungefähr zur selben Stunde, als Granpole Minster mit seinem Vater zu Mittag aß, verließ ein UPS-Kastenwagen die Fähre, die von Southampton zur Isle Of Wight herüberfuhr. Der braune Kleinlaster hielt einige Male in Cowes und East Cowes, bevor er gegen 15 Uhr auf dem Parkplatz des Polizeipräsidiums in Newport zum Stehen kam. Der Fahrer wuchtete einen schwarzen Gitarrenkoffer aus dem Laderaum, betrat das Gebäude und wurde von dem Mädchen an der Rezeption an die Kriminalpolizei im ersten Stock weiterverwiesen. Der Mann wunderte sich, dass Polizisten sich ihre Freizeitutensilien jetzt schon wie selbstverständlich von einer Dienststelle zur nächsten zuschickten, aber er verkniff sich eine diesbezügliche Bemerkung, als er den Koffer bei einem der Detective Sergeants ablieferte.

Auch Teddy Gillisham war ein wenig perplex, als ihm der UPS-Mann die ungewöhnliche Fracht überreichte. Er wollte schon fragen, ob vielleicht die falsche Empfängeradresse angegeben worden war, doch als er sah, dass der Koffer von der Polizei in Glenton-upon-Sea aufgegeben worden war, ließ er es bleiben.

Nachdem der Kurier seine Unterschrift bekommen hatte und wieder gegangen war, öffnete Gillisham mit dem winzigen bronzefarbenen Schlüssel, der mit durchsichtigem Klebeband auf dem Koffer festgeklebt worden war, die beiden kleinen Schlösser, ließ die Schnallen aufschnappen und hob den Deckel hoch. In dem roséfarbenen Plüschfutter lag tatsächlich eine Gitarre, zwischen deren Saiten ein DIN-A4-Anschreiben geklemmt worden war. Gillisham zog es heraus und überflog es.

Der Koffer war von Detective Inspector Simmons von der Kriminalpolizei in Glenton-upon-Sea abgeschickt worden. Simmons hatte genügend Weitsicht bewiesen, um zu ahnen, dass die Kollegen auf der Isle Of Wight nicht wussten, wo sein Dienstbezirk lag, und deshalb eine exakte Lagebeschreibung mitgeliefert. Warum diese wichtig war, wurde Gillisham klar, als er sich den Rest des Schreibens durchlas. Die Fender Stratocaster, die jetzt auf seinem Schreibtisch lag, war am Sonntagmorgen am alten Hafenpier von Glenton-upon-Sea angeschwemmt und von einem alten Fischer gefunden worden. Dieser hatte sie seinem Enkel gezeigt, der in einer Band spielte, und auf dessen Anraten hin am Montag in aller Frühe zum Polizeirevier gebracht. Normalerweise hätte man die Gitarre direkt ans Fundbüro weitergereicht, doch die Inschriften, die in das Instrument eingraviert waren, deuteten auf eine mögliche Querverbindung zum Fall Bickershead hin, und daher hatte Simmons es für das Klügste gehalten, den Fund in einem beim örtlichen Musikalienhändler gekauften Transportkoffer nach Newport bringen zu lassen. Die einzige nützliche Information, die Simmons mit auf Reisen schicken konnte, betraf die Verweildauer der Gitarre im Wasser. Das Holz und die Stahlsaiten waren kaum angegriffen, das Instrument konnte nur wenige Tage im Blackwater gelegen haben.

Gillisham nahm die Gitarre aus dem Futter und legte sie auf seinen Schoß. Die Saiten waren stark verstimmt, und in den Lack hatte sich der strenge Geruch von alten Algen hineingefressen, aber dennoch ließ Gillisham bewundernd seine Finger über den schlanken Ahornhals mit dem Palisander-Griffbrett, die eleganten Rundungen des weinroten Erlen-Bodys und den vergoldeten Vibratohebel gleiten. Bis vor ein paar Jahren hatte er in einer Rockband Gitarre gespielt. Sie trafen sich einmal wöchentlich, um einfache Standards zu covern, doch als der Bauernhof und die Kinder kamen, musste er dieses Hobby schweren Herzens aufgeben. Als Jugendlicher war es sein größter Traum gewesen, eines Tages eine Gitarre wie diese zu besitzen. Pete Townshend von The Who hatte Ende der 60er eine ähnliche Stratocaster gespielt. Ihr warmer Sound hatte ihn immer fasziniert, aber für einen von chronischer Geldnot geplagten 15-Jährigen war sie vollkommen unbezahlbar gewesen.

Die drei Gravierungen, wegen derer die Gitarre hergeschickt worden war, verwirrten Gillisham. Die erste war kunstvoll in schlanken, eleganten Buchstaben mit goldener Farbe wie eine Signatur oberhalb der Tonabnehmer auf den Body aufgetragen und hinterher überlackiert worden. Wenn sie nicht von einem Fachmann stammte, dann zumindest von einem sehr sorgfältig arbeitenden Liebhaber. Ihr Wortlaut war simpel: „Für Will Hellhound für jahrelange Inspiration – The Mindflowers."

Die Mindflowers waren eine junge Hardrockband aus Newcastle, die es vor zwei Jahren mit einem sehr an die ersten Flying-Horses-Platten angelehnten Album bis in die Top Ten der Charts geschafft hatte. Sie hatten nie einen Hehl daraus gemacht, dass sie die Horses und besonders Will vergötterten. Gillisham hatte die Band zufällig vorletzten Sommer bei einem kleinen Konzert im Westteil der Insel gesehen. Die Mindflowers besaßen nicht den ungestümen Drive der Horses, aber ihm war ihr Auftritt trotzdem angenehm in Erinnerung geblieben.

Auch die zweite, direkt daneben angebrachte Inschrift war eine Widmung: „Für den Deutschen – bleib tapfer." Im Gegensatz zur ersten Gravur war sie offensichtlich mit einem dicken Nagel oder einem breiten Messer ins Holz geritzt worden. Die Druckbuchstaben sahen etwas ungelenk aus, waren aber relativ sorgfältig ausgeführt worden. Es fehlte allerdings eine neue schützende Lackschicht, und in den Rillen hatte das Wasser das Holz aufgeweicht und leicht verfärbt.

Gillisham wusste nicht, wer mit dem Deutschen gemeint war, aber auf die dritte, ebenfalls mit einem Nagel oder einem ähnlichen Gegenstand eingeritzte Inschrift konnte er sich noch weniger einen Reim machen. „Stirb!", stand in großen, krakeligen Lettern quer über den beiden Widmungen. Die Buchstaben waren hastig dahingekritzelt worden und drangen weniger tief ins Holz ein.

Gillisham versuchte seine hektischen, sprunghaften Gedanken zu ordnen. Die Mindflowers hatten Will eine Gitarre geschenkt, die dann mit einer zweiten Widmung versehen an den Deutschen weitergereicht worden war – aller Wahrscheinlichkeit nach von Will selbst. Doch damit erschöpften sich auch schon die Fakten, die er als gesichert voraussetzen durfte. Weder konnte er sich vorstellen, von wem die dritte Inschrift stammte, noch was sich hinter ihr verbarg. Wer hatte die Gitarre in den Blackwater geworfen und aus welchen Motiven? Und warum ausgerechnet in den Blackwater und nicht in einen x-beliebigen anderen Fluss? Wenn die Einschätzung der Kollegen aus Glenton-upon-Sea stimmte, war das Instrument erst nach Wills Tod ins Wasser gelangt. Es deutete also alles auf einen Zusammenhang zwischen Wills Ableben und den drei Inschriften hin. Doch hatte nicht er selbst dazu beigetragen, dass aus dem vermeintlichen Mordfall Bickershead ein tragischer Selbstmord geworden war? Warum entledigte sich jemand einer wertvollen Gitarre, die einmal einem der bekanntesten Musiker Englands gehört hatte? Und wie passte der Mord an Wills Freundin, von dem er vor wenigen Stunden im Radio gehört hatte, zu diesem undurchdringlichen Dickicht aus Fragezeichen? Steckte hinter Wills Tod letztlich doch mehr als eine Überdosis Heroin? War es reiner Zufall, dass die Mindflowers auch auf dem Isle-Of-Wight-Festival gespielt hatten, sogar am selben Tag wie die Horses?

Gillisham musste sich eingestehen, dass er aus der Vielzahl an Tatsachensplittern und vagen Eventualitäten kein schlüssiges Ganzes formen konnte. Natürlich war er zu wenig mit dem Fall vertraut, um die neuen Informationen richtig einordnen zu können, aber er hatte auch das Gefühl, der Sache intellektuell nicht gewachsen zu sein. Schon vor Jahren hatte er die Hoffnung aufgegeben, jemals ein überdurchschnittlich guter Ermittler zu werden. Wenn zu viele Details auf ihn einprasselten und Gleichungen zu viele Unbekannte enthielten, begann sich in seinem Kopf alles zu drehen, bis er keinen klaren Gedanken mehr fassen konnte. Bereits in der Schule war es ihm schwergefallen, die Ruhe zu bewahren, wenn er die Fragestellung einer Klassenarbeit nicht auf Anhieb verstand.

Es gab so viele Ansätze, so viele mögliche Fährten. Will Bickershead hatte zu Beginn seiner Karriere eine Zeit lang in Deutschland gelebt, doch wer war mit dem Deutschen in der zweiten Widmung gemeint? Aus Wills geschäftlichem und privatem Umfeld mussten alle Personen herausgefiltert werden, die aus Deutschland stammten oder dort lebten. Doch genauso wichtig konnte es sein, den Ort zu finden, wo die Gitarre in den Fluss geworfen worden war. So etwas halbwegs gesichert rekonstruieren zu lassen, war allerdings zeit- und arbeitsaufwändig. Und wie wichtig waren solche Nachforschungen für einen Fall, den es nie wirklich gegeben hatte?

Er war für die Angelegenheit nicht mehr zuständig und hätte die Gitarre an Minster oder zumindest MacGallaghan weiterleiten können. Auf seinem Schreibtisch türmte sich genügend andere Arbeit, die er schleunigst erledigen sollte, wenn er bis zum frühen Abend wieder bei Rebecca und den Kindern sein wollte. Doch die Gitarre ließ ihm keine Ruhe. Die Flying Horses waren viel zu sehr Teil seiner Jugend gewesen, als dass er Wills rätselhaften Tod einfach zu den Akten hätte legen können. Außerdem fühlte er sich verpflichtet, Minster so gut es ging unter die Arme zu greifen. Wenn er die Gitarre aus den Händen gab, ohne vorher sein Möglichstes versucht zu haben, würde ihn sein schlechtes Gewissen plagen.

Gillisham kochte sich frischen Kaffee und erledigte zwei, drei dringliche Kleinigkeiten. Dann holte er aus der untersten Schreibtischschublade die handschriftliche Urfassung der Kontaktliste hervor, die nach den Verhören auf dem Festivalgelände angelegt worden war und deren maschinengetippte Version er Minster gegeben hatte. Die Mindflowers waren in jener Nacht kurz befragt worden, weil sie direkt vor den Horses gespielt hatten und zwei von ihnen am hinteren Bühnenausgang standen, als Will nach vorne stolperte. Ausgesagt hatten sie wenig, weil sie rettungslos bekifft waren, aber einer von ihnen war immerhin klar genug im Kopf gewesen, um seine Telefonnummer unfallfrei diktieren zu können. Gillisham blätterte kurz in den Unterlagen, dann hatte er ihn gefunden: Maurice Wotton-Smith, Keyboarder, wohnhaft in einem westlichen Vorort von Newcastle.

Gillisham warf noch einen letzten Blick auf die goldene Gitarrensignatur, dann wählte er die Nummer. Wotton-Smith nahm schon nach dem ersten Klingeln ab und meldete sich mit breitem Northumberland-Akzent.

„Rufen Sie wegen der Joints an?", fragte er vorsichtig, nachdem Gillisham sich vorgestellt hatte.

„Nein, nein, machen Sie sich deswegen keine Sorgen. Es geht um etwas ganz anderes. Wissen Sie etwas von einer Gitarre, die Ihre Band William Bickershead geschenkt hat?"

„Ach so, das ist es", kam es erleichtert aus dem Hörer. „Natürlich weiß ich von der Gitarre. Ich habe sie zum Graveur gebracht, wegen der Inschrift.

Wir wollten, dass sie edel aussieht, nicht so einen dahingeschluderten Mist. Ich glaube, Will hat sich ziemlich darüber gefreut."

„Wann haben Sie sie ihm überreicht?"

Wotton-Smith musste kurz nachdenken, bevor er antwortete: „Vor unserem Auftritt auf der Isle Of Wight, am späten Nachmittag oder so. Kann mich nicht mehr genau erinnern. Wir waren alle ein bisschen zugepafft."

„Wo haben Sie ihm die Gitarre übergeben?"

„Im Container der Horses. Wir klopften brav an, wie es sich für artige englische Schuljungen gehört, und redeten ein paar Minuten mit ihm. Dann mussten wir rüber zum Soundcheck auf die Bühne."

„Gab es noch eine andere Inschrift auf dem Korpus?"

„Nein, die Gitarre war makellos, eine echte Antiquität. Wir hatten sie erst wenige Tage vorher gekauft. Warum fragen Sie?"

„Das kann ich Ihnen leider nicht sagen."

„Hat es irgendwas mit dem zu tun, was heute in der Zeitung stand?", fragte Wotton-Smith argwöhnisch. „Dass Will an einer Überdosis verreckt ist? Sie wollen doch wohl nicht uns in die Sache mit reinziehen, oder? Wir haben wirklich nur gekifft, ganz ehrlich. Niemand von uns hat je Heroin angefasst."

„Mister Wotton-Smith, ich habe nicht behauptet, dass Sie..."

„Niemand, okay?", plapperte der Keyboarder in seinem breiten Slang weiter. „Unser erster Schlagzeuger ist rausgeflogen, weil wir ihn erwischten, als er sich auf dem Klo eine Spritze setzte. Mit Heroin wollen wir nichts zu tun haben. Eine gottverdammte Tragödie, dass das Scheißzeug Will umgebracht hat."

Gillisham vermutete, dass Wotton-Smith bekifft war und unter leichter Paranoia litt. Menschen, die nach einem Joint unerwartet mit Polizisten zusammentrafen, entwickelten relativ häufig irrationale Angstzustände.

Er wechselte noch einige Worte mit dem jungen Musiker, bis er sich sicher war, dass er aus ihm nichts Wichtiges mehr herausbekommen würde, dann beendete er das Gespräch.

Auf einem losen Zettel notierte er den ungefähren Zeitpunkt, an dem Will die Gitarre übergeben worden war. Dann sah er erneut die Kontaktliste durch und wählte die Mobilnummer von Jon Dembinski. Dem Rhythmusgitarristen der Horses musste das teure Stück aufgefallen sein.

Der Empfang war sehr schlecht, und Gillisham konnte gerade noch in Erfahrung bringen, dass die Tourbusse durch einen dünn besiedelten Landstrich Nordfrankreichs fuhren, in dem Dembinskis Mobiltelefon so gut wie nutzlos war, bevor die Verbindung in immer gleichmäßiger werdendem Rauschen ertrank und schließlich ganz abbrach. Er versuchte es auf Ed Maxwells Handy, das glücklicherweise besser funktionierte. Nachdem der Manager sich mürrisch über Gillishams französische Amtskollegen beschwert hatte, die Damien Fleece fast 12 Stunden festgehalten haben sollen, reichte er sein Telefon an Dembinski weiter.

„Sie wollten etwas über diese Gitarre wissen, richtig?", fragte dieser. „Ein sehr schönes Stück, '62er Fender Stratocaster mit vergoldeter Hardware. Die Mindflowers haben sie Will vor ihrem Auftritt auf dem Wight-Festival geschenkt. Haben ihn angehimmelt wie kleine Jungs. Für sie war er das, was für uns Led Zeppelin oder AC/DC gewesen sind. Sie hätten ihm wahrscheinlich sogar die Füße geküsst, wenn er sie darum gebeten hätte."

„Wann hat dieses Treffen stattgefunden?"

„Etwa 'ne halbe Stunde, bevor die Mindflowers auf die Bühne mussten. Sie standen für 20.45 Uhr auf der Running-Order, wenn ich mich recht erinnere. Es muss also ungefähr um 20.15 Uhr gewesen sein."

„Wer war alles anwesend?"

„Puh", schnaufte Dembinski durch den Hörer. „Wissen Sie, es war ein heilloses Durcheinander in den Containern. Überall wirbelte irgendwer herum, und man konnte froh sein, wenn man von der Hälfte der Leute um einen herum wusste, wie sie hießen. Aber ich glaube, beide Bands waren fast vollzählig da, und dazu auf jeden Fall noch Maxwell und einige der Roadies. Aber schwören würde ich das nicht."

„Was passierte mit der Gitarre, nachdem die Mindflowers wieder gegangen waren?"

„Will drückte sie mir in die Hand. Er machte sich nicht viel aus Instrumenten. Wenn aus ihnen das herauskam, was er wollte, war's okay, ansonsten hatte er nicht viel für sie übrig. Ich nahm sie kurz auf den Schoß und schlug ein paar Akkorde an, dann stellte ich sie in die Ecke."

„Ist Ihnen etwas an der Gitarre aufgefallen?"

„Die Mindflowers hatten eine Inschrift auf dem Lack anbringen lassen. „Für Will in tiefster Verbundenheit" oder so was Ähnliches. Ich fand's ein bisschen albern, aber immerhin haben sie es geschafft, die Fender nicht zu beschädigen."

„Gab es noch weitere Inschriften?"

„Nein, oder zumindest ist mir keine aufgefallen."

„Kennen Sie jemanden, der „der Deutsche" genannt wird?"

„Adolf Hitler?", feixte Dembinski. „Nein, nie von einem solchen Spitznamen gehört."

„Und was geschah nach Ihrem Auftritt mit der Gitarre?"

„Keine Ahnung. Nachdem Will zusammengebrochen war, hab ich ehrlich gesagt nie wieder an sie gedacht. Erst als Sie gerade davon anfingen, ist sie mir wieder eingefallen. Kann sein, dass einer der Roadies sie zusammen mit den anderen Gitarren eingepackt hat, aber jetzt auf der Tour ist sie auf jeden Fall nicht dabei. Vielleicht ist sie auf dem Festival auch geklaut worden. Wir hatten wirklich andere Dinge im Kopf, als auf eine Gitarre zu achten.

Was ist denn überhaupt mit ihr?“

Gillisham wimmelte auch Dembinski ab, ohne ihm den Grund seines Anrufs zu verraten, strich die grobe Zeitspanne auf seinem Zettel durch und ersetzte sie durch ein „20.15 Uhr“. Danach trank er noch zwei Tassen Kaffee, ohne dabei viel mehr zu tun, als abwechselnd auf das Stück Papier und die säuerlich riechende Fender zu starren. Derjenige, der sie in den Fluss geworfen hatte, musste entweder ein völliger Musikbanause sein oder einen sehr schwerwiegenden Grund gehabt haben, warum er das gute Stück verschwinden ließ. Genauso wie es eigentlich ein Sakrileg war, etwas in die Lackierung des Bodys hineinzuritzen. Wer hatte das getan? Wer war der Deutsche? An wen richtete sich die letzte Kritzelei? Und wie war die Gitarre nach Wills Tod von der Isle Of Wight 120 Meilen Luftlinie nordöstlich an den Unterlauf des Blackwater gelangt? Gillisham merkte, dass er anfing, genervt zu sein, weil ihn die vielen Wenn und Abers überforderten. Er würde Minster anrufen, sich um ein paar leichtere Angelegenheiten kümmern und dann nach Hause fahren. Er sehnte sich danach, mit Rebecca im Bett zu liegen und an nichts denken zu müssen.

# KAPITEL 26

„Du wirst dich der Polizei stellen."

„Einen Scheißdreck werde ich. Geh doch selber zu den Bullen."

„Ich habe niemanden ermordet."

„Du hast mich dazu angestiftet. Wenn Will noch leben würde, hätte ich Florence nicht umlegen müssen."

„Es war ganz allein deine Entscheidung, sie zu töten. Was für eine unglaublich dumme Idee! Glaubst du ernsthaft, dass sie dich nicht kriegen werden? Hättest du mit mir darüber geredet, bevor du Amok gelaufen bist, wäre Florence noch am Leben, und wir würden nicht halb so tief in der Klemme stecken."

„Was sollte ich denn machen? Sie wäre mit den Bändern zur Polizei gegangen."

„Wäre sie nicht. Sie war doch selber in die Sache verwickelt. Denkst du wirklich, sie hätte es riskiert, wegen Mitwisserschaft bei einer Erpressung angeklagt zu werden? In den Kreisen, in denen sie verkehrte, wäre ein solches Verfahren gesellschaftlichem Selbstmord gleichgekommen. Sie hat alles auf eine Karte gesetzt, und du bist ihr auf den Leim gegangen."

„Verdammt, hör mit dieser Klugscheißerei auf! Kannst du auch noch was anderes, als geschwollen daherzuquatschen? Wer musste denn immer die Drecksarbeit machen, wenn's heiß wurde? Das verfluchte Zeug übergeben. Will um die Ecke bringen. Nachts durch halb England fahren, um die Gitarre loszuwerden. Na, wer hat sich jedes Mal die Finger schmutzig gemacht? Ich! Zum Mörder bin ich geworden, während du zu Hause gesessen und dir vor Angst in die Hose geschissen hast. Und jetzt soll ich mich den Bullen stellen? Ich glaub, du hast sie nicht alle. Wenn ich ins Gefängnis gehe, gehst du mit."

„Sie werden keinerlei Beweise dafür finden, dass ich auch nur das Geringste mit der Sache zu tun habe. Deine Aussage wird gegen meine stehen, und ich muss dir nicht sagen, wem man eher Glauben schenken wird."

„Du hinterhältiger kleiner..."

„Sei still! Lass dieses furchtbare Gefluche sein, du klingst wie ein Bauarbeiter."

„Scheiße, das..."

„Halt endlich die Klappe und hör mir zu! Wenn du dich jetzt der Polizei stellst und zugibst, Florence im Streit erwürgt zu haben, sorge ich dafür, dass du nicht ins Gefängnis musst. Ich habe einflussreiche Freunde in der Justiz, die mir noch einen Gefallen schulden. Aber du musst jetzt gehen. Wenn du schweigst, bis sie dich gefunden haben, werde ich nichts mehr für dich tun können."

„Und was ist mit Will? Die Bullen sind nicht dämlich. Sie müssen nur eins und eins zusammenzählen, und schon habe ich noch eine zweite Leiche an den Hacken. Für wie blöd hältst du mich?"

„Sie werden dir niemals nachweisen können, dass du ihn umgebracht hast. Es war der perfekte Mord, ohne Spuren und Zeugen. Ohne deinen Auftritt in Paris wäre uns nie jemand auf die Schliche gekommen. Aber jetzt ist dir der NCS so dicht auf den Fersen, dass du so oder so keine Chance mehr hast. Wenn du dich nicht stellst, werden sie dich lebenslang hinter Gitter bringen."

„Du bluffst."

„Du genau weißt, dass ich recht habe. Geh zur Polizei, dann haben wir's schnell hinter uns."

„Und wenn ich's nicht tue?"

„Dann sehe ich mich leider gezwungen, dich aus dem Verkehr ziehen zu lassen. Ich kann es mir nicht leisten, dass dieses Possenspiel noch weitere Kreise zieht. Noch hast du die Wahl, was du verlieren möchtest: ein bisschen Schweiß im Gerichtssaal oder dein Leben auf dem Grund der Themse. Die Männer, die ich auf dich ansetzen würde, haben bislang noch jeden erwischt."

Auch als das Gespräch schon seit Minuten beendet war, saß er noch apathisch neben dem Telefon und starrte auf den Hörer, der stumm in der Ladestation steckte. In seinem Inneren war nichts als eisige Leere; Leere und panische Angst. Die Gedanken wälzten sich wie flüssiges, zähes Blei durch seinen pochenden Schädel und drohten ihn unter ihrer Schwere zu zermalmen. Tief in ihm brodelten Hass und unbändige Wut, aber er war zu gelähmt, um sie wahrzunehmen.

Er konnte nicht zur Polizei gehen. Es war ein abgekartetes Spiel, in dem er von Anfang an nur hatte verlieren können. Wenn er ein Geständnis ablegte, würde er bis an sein Lebensende im Gefängnis sitzen. Es würde kein Staranwalt auftauchen, um ihn zu verteidigen. Einfacher konnte man ihn gar nicht loswerden. Doch er zweifelte auch nicht daran, dass er sein eigenes Todesurteil besiegelte, wenn er sich verweigerte. Es waren schon Menschen aus weitaus geringeren Anlässen zum Schweigen gebracht worden. Am Heroin hing zu viel Geld, als dass er auf Gnade hoffen konnte.

In seinem Kopf hämmerte es, als würde der schwere Kloß in seinem Hals versuchen, durch die Schädeldecke aus seiner Umklammerung zu entkommen. Er trank ein Glas Wasser, gleich darauf noch ein zweites, doch es half nur wenig. Seine zu Fäusten geballten Hände waren so verkrampft, dass sich die Fingernägel tief in die Handteller gruben, ohne dass er etwas davon merkte.

Es gab nur einen Ausweg, eine Möglichkeit, sich zu retten, aber alleine der Gedanke daran ließ ihn schon würgen. Er konnte nicht noch ein drittes Mal töten, nicht schon wieder. Seit er Florence ermordet hatte, hatte er keine Sekunde geschlafen. Sobald er die Augen zumachte, sah er vor sich ihr grauenhaft verzerrtes Gesicht, das ihn im Augenblick ihres Todes wie eine Teufelsfratze anstarrte. Er hatte Beruhigungsmittel genommen, viel mehr als sein Körper verkraften konnte, doch noch immer schaffte er es nicht, die diabolische Grimasse abzuschütteln. Er ekelte sich so sehr, dass er sich in Paris mehrere Male übergeben hatte, und auch jetzt noch widerten ihn die Hände, mit denen er ihre zarte Kehle zugedrückt hatte, zutiefst an. Er hatte sie stundenlang gewaschen, mit Seife geschrubbt, eiskaltes und dampfend heißes Wasser über sie laufen lassen, bis sie taub waren. Doch der Gestank nach Tod und Verwesung blieb.

Er wusste nicht, ob er stark genug für einen dritten Mord sein würde, aber es war seine einzige Chance, frei und am Leben zu bleiben. Und er musste schnell handeln, bevor ihn seine Kräfte verließen.

Er würde es nicht wieder mit den Händen tun. Der Makel, der an ihnen haftete, machte sie unberechenbar. Sie würden ihn im Stich lassen, bevor es vollbracht war. Er brauchte eine Pistole. Eine sehr, sehr gute Pistole.

# KAPITEL 27

Fast wäre Minster in der U-Bahn eingedöst. Die herrliche Pasta, die Barrimore aufgetischt und von der er sehr ausgiebig gekostet hatte, füllte jeden Kubikzentimeter seines Magens aus und machte ihn auf angenehme Weise schläfrig. Aber Gillishams Anruf ließ ihn schlagartig wieder hellwach werden.

Der Zug der District Line war brechend voll mit Pendlern, die nach der Arbeit nordwärts fuhren, und Leuten, die der Meinung waren, mitten in der Rush-Hour zum Shoppen in die City zu müssen. Sitzplätze gab es schon ab Putney Bridge nicht mehr, und auch die stehenden Fahrgäste drängten sich immer enger zusammen. Dennoch schaffte es Minster, mit Gillisham zu telefonieren, ohne die Aufmerksamkeit des halben Waggons auf sich zu ziehen, und hinterher seinen Laptop-Koffer so weit zu öffnen, dass er den Schnellhefter mit den Vernehmungsprotokollen von der Isle Of Wight herausziehen konnte. Rasch blätterte er die Personendaten durch. Von den Menschen, die auf dem Festival verhört worden waren, stammte nur einer aus Deutschland: Bernd Dahlmann, der Roadie, der von allen nur Bluegrass genannt wurde. Konnte es sein, dass Will ihm die Gitarre der Mindflowers geschenkt hatte? Aber wenn jemand schon ausschließlich mit seinem Spitznamen angesprochen wurde, war es eher unwahrscheinlich, dass er noch einen zweiten hatte, den man ausgerechnet in einer Widmung verwendete. Außerdem war Minster nichts Deutsches an ihm aufgefallen. Bluegrass sprach ein genauso schnoddriges Englisch wie die anderen Roadies auch. Zwar war er laut Personalausweis in Saarbrücken gemeldet, doch offenbar lebte er den Großteil des Jahres in englischsprachigen Ländern, sonst hätte seine Aussprache unmöglich so perfekt sein können. Nein, Bluegrass war nicht der Deutsche, für den die Gitarre bestimmt gewesen war. Minster würde ihn ein zweites Mal befragen lassen, aber er zweifelte nicht daran, dass diese vermeintliche Spur in eine Sackgasse führte. Es musste noch einen anderen Deutschen in Wills Umfeld geben.

Was war so verräterisch an der Gitarre, dass jemand sich die Mühe machte, sie eine halbe Tagesreise von der Isle Of Wight entfernt in einen Fluss zu werfen? Die letzte, krakelige Inschrift „Stirb!" musste ein wichtiger Fingerzeig sein, aber Minster konnte sie nicht einordnen. Hatte Will sie eingeritzt, bevor er die Überdosis einnahm? Dann hätte es keinen Grund gegeben, die Gitarre aus dem Container verschwinden zu lassen. Oder stammte sie von jemand anderem, jemandem, der wollte, dass Will das Zeitliche segnete, und der kalte Füße bekommen hatte, als Will wenig später tatsächlich gestorben war? Und immerhin bestand auch die Möglichkeit, dass Will gar nicht aus Versehen oder eigenem Antrieb zu viel Heroin genommen hatte. Vielleicht hatte jemand nachgeholfen und gehofft, dass der vermeintliche Selbstmord niemals genauer unter die Lupe genommen werden würde. Seitdem er Florence tot aufgefunden hatte, hielt Minster letztere Variante für die wahrscheinlichste. Heroin konnte man auch schlucken, ohne davon zu wissen.

Aus Paris konnte er keine weitere Hilfe erwarten. Alle Crew-Mitglieder der Flying Horses besaßen für die Tatzeit ein Alibi, und auch Fleece war mittlerweile freigelassen worden, weil seine DNA nicht mit der übereinstimmte, die man in Florences Wohnung gefunden hatte. Kommissar Lefèvre hatte ihn angerufen, bevor er von Chestnut Manor aufgebrochen war. Er klang zerknirscht und müde und machte keinen Hehl daraus, dass ihn die Situation frustrierte. Lefèvre traute den Horses nicht über den Weg, aber er hatte keine Handhabe, um sie in Paris festzuhalten. Und auch der Unbekannte mit der Perücke und der falschen Brille drohte ihm endgültig zu entwischen. Es waren keine weiteren Hinweise aus der Bevölkerung eingegangen, die die Suche nach Florences mutmaßlichem Mörder hätten entscheidend voranbringen können.

Minster wusste mittlerweile auch von der Verhaftung Derrick Giffards und Ritchie Wilsons Flucht. Diese Ermittlungsstränge waren bei Ingenthorpe und Leemahan in guten Händen. Er hoffte, dass sie Wilson möglichst schnell in die Finger bekamen. Die Tatsache, dass der Busunternehmer kurz vor Leemahans Eintreffen in Laleham getürmt war, beunruhigte ihn. Am gestrigen Abend war in den Fernseh- und Radionachrichten über Wills Überdosis Heroin berichtet worden, aber Minster war sich instinktiv sicher, dass dies nicht der einzige Grund für Wilsons nächtlichen Aufbruch war. Möglicherweise hatte ihn jemand gewarnt. Doch wer? Eine undichte Stelle im Polizeiapparat? Minster gruselte es bei der Vorstellung, einen Maulwurf in den eigenen Reihen sitzen zu haben. Natürlich war es in der Vergangenheit mehr als einmal vorgekommen, dass der organisierte Drogenhandel beim NCS einen Fuß in die Tür bekommen hatte, aber dennoch konnte sich Minster nur schwer mit diesem Gedanken anfreunden. Verfolgungswahn auf heimischem Terrain konnte die Polizeiarbeit nachhaltiger lähmen als die einschneidendste Etatkürzung des Innenministeriums. Er durfte sich nicht verrückt machen lassen von Dämonen, die wahrscheinlich gar nicht existierten.

In Earl's Court stieg Minster in die Piccadilly Line um und fuhr mit einem noch volleren Zug bis zum Piccadilly Circus. Dort zwängte er sich mit zwei Dutzend japanischen Touristen und einer johlenden Mädchenschulklasse in einen der Aufzüge, die klappernd hinauf an die Erdoberfläche ächzten. Als die Londoner Katakomben ihn hinter den Ticketkontrollautomaten als winzigen Teil eines zähen, sich lavaartig dahinwälzenden Menschenstroms ans Tageslicht spuckten, war er klitschnass geschwitzt und spürte das Gewicht von Tasche und Koffer unangenehm deutlich in den Schultergelenken.

Draußen ging es zu wie in einem Ameisenhaufen. Stoßstange an Stoßstange schoben sich die Taxis, Lieferwagen und Busse durch den Verkehrskreisel am Circus, sämtliche Geschäfte schienen aus allen Nähten zu platzen, und an den zahllosen Ampeln stauten sich die Menschen bis zurück zu den nächsten Schaufenstern oder U-Bahn-Aufgängen. Geschäftsleute hetzten mit ihren ledernen Aktenkoffern durch die Sommerhitze, während Mütter verzweifelt versuchten, ihre Kinder nicht aus den Augen zu verlieren, und der Großteil der Touristen schien das Tohuwabohu aus unerfindlichen Gründen sogar zu genießen.

Minster ließ sich ein paar Minuten mit dem Strom die Shaftesbury Avenue hinuntertreiben, bevor er sich nach links in die Wardour Street ausklinkte und gleich darauf rechts in die Old Compton Street einbog. Hier war es deutlich schattiger und weniger belebt, nur vereinzelt verirrten sich Menschen auf der Suche nach den Leicester-Square-Kinos oder den großen Kaufhäusern des Circus in dieses kleine Sträßchen.

Gegenüber einer dringend renovierungsbedürftigen, unscheinbaren Kirche, die sich zwischen die fünfstöckigen Gebäude um sie herum duckte, befand sich ein mit schwarzem Holz verkleideter Pub. Eigentlich hatte Minster vorgehabt, direkt hinaus zu Abraham Bickershead zu fahren, doch nach seinem Telefonat mit Gillisham hatte er sich umentschieden. Es konnte für die weiteren Ermittlungen nicht schaden, wenn er wusste, wie Abrahams Sohn gelebt hatte, wenn er gerade mal nicht auf Tour gewesen war.

Neben dem Pub führte eine schwere Metalltür in ein enges, nach starken Reinigungsmitteln riechendes Treppenhaus. Minster überlegte, ob er den Aufzug nehmen sollte, entschied sich aber dagegen. Sein Bedarf an klaustrophobischen Erlebnissen war für heute mehr als gedeckt.

Wills Wohnung befand sich im fünften und obersten Stockwerk. In Soho, das über und über mit Geschäften, Pubs und Büroräumen vollgestopft war, lebten kaum Menschen, und wer es doch tat und über genügend Geld verfügte, kaufte sich ein Penthouse hoch über dem Trubel der Straßen. Will musste mit den Horses ein beträchtliches Vermögen gemacht haben, denn schon der tiefe, türkisfarbene Teppichboden, der die wenigen Meter von der Treppe bis zur Wohnung bedeckte, machte den Eindruck, außergewöhnlich teuer zu sein, und die Tür, die an seinem jenseitigen Ende in die Wand eingelassen war, hätte auch aus einem orientalischen Palast stammen können. Minster verharrte einige Augenblicke vor ihr und musterte fasziniert die makellosen Goldfäden, die sich in kunstvollen, weichen Mustern durch das dunkle, glatt polierte Holz zogen. Eine ähnliche Tür hatte er einmal auf Fotos aus einem indischen Tempel gesehen. Sie passte nicht nach London, aber dennoch besaß sie eine starke Ausstrahlung, die irgendwo in seinem Inneren eine Saite zum Klingen brachte und ihn daran erinnerte, dass er in den letzten Tagen seine Meditation sträflichst vernachlässigt hatte.

Kaum hatte er die in eine schalenartige, vergoldete Vertiefung eingelassene Klingel betätigt, da schwang das vorderasische Portal schon lautlos nach innen. Patrick Leemahan stand im Türrahmen und zog überrascht die Augenbrauen hoch, als er Minster sah.

„Hallo Granpole", sagte er. „Ich dachte, du wolltest zu Abraham Bickershead fahren."

„Werde ich auch noch", erwiderte Minster. „Aber je mehr ich über Will weiß, desto einfacher wird es sein, dem Alten Paroli zu bieten. Hast du gestern Nacht überhaupt ein Auge zugemacht? Du siehst ziemlich blass aus."

„Du auch, wenn es dich beruhigt", feixte Leemahan mit einem müden Lächeln. „Als wir Wilsons Haus in Laleham durchsucht hatten, war draußen längst die Sonne aufgegangen. Und du kennst mich ja, ich hasse unerledigte Aufgaben. Zwei, drei Stunden habe ich im Büro gedöst, dann bin ich hierher gefahren. Bist du eben erst aus Paris angekommen? Sonderlich viel Schlaf scheinst du auch nicht gehabt zu haben."

„Es ist ziemlich spät geworden gestern. Die französischen Kollegen haben getan, was sie konnten, aber bislang sind sie noch keinen Millimeter weitergekommen. Ich bin mit einer der ersten Maschinen rübergeflogen und war noch bei meinem Vater, um... Huch, was ist das denn?"

Minster war über die breite Schwelle getreten, als plötzlich von irgendwoher das Fauchen einer Raubkatze ertönte. Instinktiv nahm er eine Verteidigungshaltung ein.

„Ich hab mich beim ersten Mal genauso erschrocken", kicherte Leemahan. „Direkt hinter der Tür befindet sich ein Sensor, der ausgelöst wird, wenn man die Wohnung betritt. Das System ist ziemlich ausgefuchst, denn dieses Fauchen ertönt nur beim Hinein-, nicht beim Hinausgehen. Die Jungs von der Spurensicherung haben sich eine Weile damit beschäftigt, aber sie konnten weder die Boxen noch das Gerät finden, das die Töne erzeugt. Muss ein ziemlich exzentrischer Vogel gewesen sein, dieser Bickershead."

Als Minster sich in dem Penthouse umzusehen begann, kam er schnell zu dem Schluss, dass „exzentrisch" noch sehr milde ausgedrückt war. Bickershead hatte seine Wohnung extrem kostspielig und verschwenderisch eingerichtet, ohne dabei jedoch im Geringsten darauf zu achten, ob Formen, Farben und Materialien der einzelnen Elemente zueinander passten. In der Mitte des pseudoviktorianischen Esszimmers blubberte ein klobiger, mannsbreiter venezianischer Steinbrunnen in Form eines Wasser speienden Einhorns vor sich hin. Das barocke Himmelbett mit seinen in sanften Pastelltönen gehaltenen

Stoffbahnen biss sich fürchterlich mit den neonfarbenen Pop-Art-Gemälden an den Wänden des Schlafzimmers, im riesigen Wohnraum gruppierten sich tiefbraune afrikanische Sitzmöbel und ein mit Schaffell bezogener, elektrisch verstellbarer Liegesessel vor dem größten Flachbildfernseher, den Minster je gesehen hatte. Unter einem spitz zulaufenden Glasdach standen ein nagelneuer, noch mit Plastikfolie umhüllter Snookertisch und eine Hantelbank. Perserteppiche überlappten sich mit grellen Teppichböden, silberne Kronleuchter mit glitzerndem Glasgehänge und echten Kerzen hingen über kühlen Metalltischchen, und in der Luft lag ein undefinierbarer Duft irgendwo zwischen süßlichem Aftershave und dem Geruch nach eben erst ausgepackten Elektrogeräten. In einem mit Bücherregalen und CD-Ständern vollgestopften Raum blickten zwei Männer von der Spurensicherung kurz auf, um Minster zu grüßen, bevor sie sich wieder über ein bis zum Rand mit verschiedenfarbigem Sand gefülltes Aquarium beugten.

„Ein Museum für sündhaft teures Dekor aus aller Welt", konstatierte Minster, als er schließlich mit Leemahan vor einem Mosaik stand, das aus winzigen Keramiksplittern zusammengesetzt war und eine komplette Längswand des Wohnzimmers einnahm und in hellen Farben das Innere eines römischen Tempels darstellte.

„Wohl eher ein Museum für schlechten Geschmack", frotzelte Leemahan. „Als ich heute Mittag hier ankam, dachte ich, ich müsste erblinden. Unglaublich, wie stillos Reichtum sein kann."

„Habt ihr irgendwas Aufschlussreiches gefunden?"

„Ja, ungefähr drei Pfund Heroin in ähnlichen Beuteln wie denen, die bei Wilson Travels entdeckt wurden. Auch die Beschaffenheit des Pulvers ist nahezu identisch. Bickershead hatte es im Badezimmer hinter einer Wandpaneele versteckt."

„Drei Pfund", murmelte Minster. „Wie lange hält so eine Menge vor, wenn man täglich davon isst?"

„Keine Ahnung. Einer der Beutel war bereits halb leer. Ein Junkie würde ziemlich lange damit hinkommen, aber wenn man Heroin isst, braucht man größere Mengen."

„Hat jemand den Addington Park überprüft, in dem Will das Zeug übergeben wurde?"

„Den Kollegen von der Kripo aus Croydon sind bislang nie Drogengeschäfte in dem Park aufgefallen. Da kommen wir auf jeden Fall schon mal nicht weiter."

„Weiß die Presse, dass ihr hier Heroin aufgestöbert habt?"

„Nein", sagte Leemahan und strich mit den Fingern über eine alte Musikbox mit 50er-Jahre-Singles, die zwischen Mosaikwand und Fernseher stand. „Bislang scheint noch nicht mal durchgesickert zu sein, dass wir überhaupt die Wohnung durchsuchen."

„Es wäre mir sehr lieb, wenn ihr den Heroinfund vorerst noch geheimhalten könntet", entgegnete Minster. „Dann hätte ich ein wirkungsvolles Druckmittel, falls Wills Vater sich querstellen sollte. Wir brauchen eine zweite Obduktion, und ich wette, dass er sich mit Händen und Füßen dagegen sträuben wird."

„Tut er schon. Dursham hat heute Morgen mehrfach versucht, ihn deswegen zu erreichen, aber Bickershead ließ sich jedes Mal verleugnen, obwohl die Klatschpresse sein Anwesen umstellt hat und er auf dem Gelände gesehen wurde."

„Störrischer alter Querulant", entfuhr es Minster, der den merkwürdigen, penetranten Geruch in Williams Penthouse zunehmend unerträglicher fand und merkte, wie seine Müdigkeit in Gereiztheit umzuschlagen begann. „Wie kann man nur so halsstarrig sein? Er verhält sich wie ein kleines Kind, das sich die Hände vor die Augen hält und glaubt, dass niemand es sehen kann. Und von solchen Menschen werden wir regiert?"

„Ja, und solche Menschen sind immer dann am gefährlichsten, wenn man sie in die Enge treibt. Greif ihn nicht frontal an, sonst wird er versuchen, dich zu beißen."

Minster sah sich mit Leemahan noch einen Teil von Bickersheads Schriftverkehr an, ohne auf etwas für den Fall Relevantes zu stoßen. Dann verließ er die Wohnung und tauchte wieder in den Menschenstrom ein, der sich durch das frühabendliche, immer noch viel zu heiße Soho wälzte. Eigentlich war es höchste Zeit, zu Abraham Bickershead hinauszufahren, doch wieder entschied Minster sich anders. Er war sich nicht sicher, ob unterschwellige Furcht vor der Konfrontation mit dem cholerischen Patriarchen ihn davon abhielt, sich auf den Weg zu machen, teilweise hatte sein Zögern sicherlich aber auch eine andere Ursache. Es gab noch jemanden, den er gerne treffen würde, um ihn zu Wills Affinität zu Drogen zu befragen.

Schwitzend und mit leichten Kopfschmerzen, die sich prima mit den Verspannungen in seinem Rücken verstanden, quälte er sich durch Charing Cross zur Tottenham Court Road, wo er sich wieder dem Monstrum U-Bahn auslieferte. Seine erste Überlegung war gewesen, sich ein Taxi zu nehmen, doch erfahrungsgemäß kamen selbst die risikofreudigsten Taxifahrer um diese Uhrzeit langsamer in der City voran als die Untergrund-Züge. Außerdem befürchtete Minster, dass seine Kopfschmerzen im Stop-and-go-Verkehr nur noch schlimmer werden würden, und mit der U-Bahn konnte er glücklicherweise durchfahren, ohne ein einziges Mal umsteigen zu müssen. Er wartete in einem dicht gedrängten Pulk einige Minuten auf dem schmalen, zugigen Bahnsteig, bis der nächste Zug der Central Line einfuhr und ihn mit sich hinaus aus der Innenstadt nahm.

Nachdem Minster zwei Stationen gestanden und hinaus in die Schwärze des Tunnels gestarrt hatte, wurde in seiner Nähe ein Platz frei. Er setzte sich zwischen ein älteres indisches Pärchen und einen pickeligen rothaarigen Teenager, unter dessen Kopfhörern das harte Hämmern von Techno-Beats gedämpft zu hören war, und versuchte sich zu entspannen. Anfangs spielte sein Bewusstsein mit ihm Katz und Maus und überrumpelte ihn immer wieder mit Gedankenketten, die sich weiter und weiter fortspannen und ein teils sehr abstruses Eigenleben entwickelten, aber als die Central Line schließlich oberirdisch verlief und helles Sonnenlicht in den Waggon flutete, begann sich die Hektik in seinem Kopf langsam zu legen. Die Fälle Bickershead und Glis gehörten von ihrer Komplexität und den vielen noch nicht ausgeleuchteten Eventualitäten her zu den schwierigsten in seiner Polizeilaufbahn, doch für den Moment konnte er nichts anderes tun, als die nächsten Gespräche mit Personen aus Wills Umfeld abzuwarten. Noch war ihm der große, der alles entscheidende Durchbruch nicht gelungen, aber irgendwo in seinem Inneren, zu tief, als dass er mit rationalem Denken dorthin gelangen konnte, war er sich sicher, dass sich langsam immer mehr Details zu einem Bild zusammenfügten, in dem er bald schon ein Gesicht erkennen würde. Die letzte Etappe der Fahrt saß er mit geschlossenen Augen da und genoss inmitten der Feierabend-Hektik eine stille, friedliche Ruhe wie sanft dahin plätschernde Wellen in einer See, die sich eben noch in schwarzer Orkangewalt aufgetürmt hatte.

Als Minster in Buckhurst Hill ausstieg, hatte sich das Pochen in seinem Schädel fast völlig verflüchtigt. Er befand sich jetzt knapp außerhalb der Stadtgrenzen von London, in dem langgezogenen Peripheriestreifen zwischen der M11 und Epping Forest, in dem hinter Buckhurst Hill und Loughton die Besiedelung langsam spärlicher wurde.

Mit dem Taxi ließ er sich die letzte Meile bis an den südlichen Rand des Epping Forest fahren, in eine kleine, abgeschiedene Wohnsiedlung nahe der Epping New Road, die nach Norden hin mitten durch den Wald führte. Die Luft war hier bereits um einiges angenehmer als in der Innenstadt, und zwischen den gedrungenen, sauberen Reihenhäusern und den vereinzelten freistehenden kleinen Villen mit ihren blühenden Gärten lagen adrette Parkanlagen und ein öffentlicher Spielplatz, auf dem Vorschulkinder glucksend silbern schimmernde Aluminiumrutschen hinabsausten.

Minster hatte erwartet, dass Doctor Minnack in einer ähnlich teuren Gegend wie sein Vater leben würde, doch obwohl Minnacks Grundstück eines der größten in einer alles andere als ärmlichen Straße war, lagen Welten zwischen Chestnut Manor und dem einstöckigen, makellos weiß getünchten Gebäude, das viel von einer spanischen Finca hatte. Das Dach war extrem flach, fast schon eben, und sprang an allen Seiten, gestützt von schlanken Säulen, etwa zwei Meter vor. Zypressenartige Kegelbäume warfen lange Schatten über den peinlich genau gestutzten, urbritischen Rasen, auf dem zwei kleine schwarze Kätzchen herumtobten. Die Hecke, die das Grundstück zur Straße hin abgrenzte, war so niedrig, dass man sie mit etwas Geschick problemlos überspringen konnte. Minster mochte Minnack nicht, aber er musste sich eingestehen, dass dieser Ort ihm sympathisch war.

Als er sich der vorderen Veranda näherte, bemerkte er hinter einem der tiefgrünen Kegel einen älteren Mann, der mit einer Grasschere die Rasenkante rund um den Baum schnitt. Schon bevor er ihn sah, hörte er das metallische Klappern der Schere und noch lauter den angestrengten, schnaufenden Atem. Ein runder Kopf mit einem schwarzen Haarkranz, nicht unähnlich der Tonsur eines Mönchs, wackelte auf Kniehöhe leicht hin und her, während dahinter ein deutlich übergewichtiger, fast kugelförmiger Körper hockte. Der blaue Arbeitsoverall war so sauber, als wäre er heute zum ersten Mal angezogen worden.

Der Gärtner hörte Minster herankommen, hob den Kopf und blinzelte unsicher in die tief stehende Sonne.

„Der Doctor ist nicht da", sagte er mit für seine Körperfülle überraschend fisteliger Stimme, bevor er sich langsam und behäbig aufrichtete.

„Wissen Sie, wo ich ihn finden kann?"

„Nein", erwiderte der Gärtner unfreundlich und hielt die Hand wie den Schirm einer Baseball-Kappe vor sein Gesicht, um besser sehen zu können. „Seine Praxis ist in Woodford. Sie sind schon der zweite Patient, der heute hier auftaucht. Steht doch ganz eindeutig im Telefonbuch, wo er arbeitet."

„Ich bin keiner seiner Patienten, ich komme von der Polizei", entgegnete Minster und hielt dem Mann seinen Dienstausweis hin. Der Gärtner musterte ihn misstrauisch mit zusammengekniffenen Schweinsaugen, bevor er keinen Deut freundlicher fragte: „Warum wollen Sie ihn denn sprechen?"

„Das geht Sie nichts an", antwortete Minster in bemüht neutralem Ton. „Aber vielleicht können Sie mir verraten, wo er sich möglicherweise aufhält. In seiner Praxis wird er um diese Uhrzeit mit Sicherheit nicht mehr sein."

„Keine Ahnung, wo er ist. Ich kümmere mich nur um seinen Garten, sonst um nichts. Ist ein kreuzanständiger Mann, der Doctor. Bezahlt mich immer pünktlich und weiß stets einen Rat, wenn es mich irgendwo zwickt. Er hat mit Sicherheit nichts angestellt."

„Haben Sie Doctor Minnack heute schon gesehen?"

„Nein, ich bin erst um 17 Uhr gekommen."

„Lebt er alleine hier?"

„Ja."

„Wissen Sie, ob er eine Freundin oder Familie in der Nähe hat?"

„Nein, weiß ich nicht. Sagte ich doch schon, ich kümmere mich nur um den Garten. Ich schnüffle nicht in Dingen rum, die mich nichts angehen."

„Bekommt er nie Besuch von Verwandten oder Freunden?", bohrte Minster nach.

„Mir stellen die sich nie vor", sagte der Gärtner störrisch. „Manchmal kommen piekfeine Damen und Herren, aber warum sollten sie mit dem alten Grennich reden?" Er hatte sich mittlerweile etwas aus der Sonne herausgedreht und die Arme vor der Brust verschränkt. In seinen Augen lag ein angriffslustiges Glitzern, hinter dem Minster ein Pulverfass aus Frustration und Unausgeglichenheit erahnte.

„Mister Grennich, hat Doctor Minnack noch weitere Hausangestellte?"

„Eine Putzfrau, Martha, aber bevor Sie fragen, nein, ich weiß nicht, wo sie wohnt. Und außerdem schwätzt und tratscht sie den ganzen lieben langen Tag. Ihr können Sie weniger vertrauen als dem Premierminister."

„Verstehe. Würden Sie mir bitte Ihre Telefonnummer geben, falls ich noch weitere Fragen an Sie haben sollte?"

„Meine T-T-Telefonnummer?", stotterte Grennich erschrocken und verlor mit einem Schlag sämtliche Farbe aus dem Gesicht. „Aber ich hab doch gar nichts angestellt, Inspector."

„Das habe ich auch nicht behauptet."

Nachdem Minster sich Grennichs Nummer notiert und ihm mehrfach versichert hatte, dass gegen ihn kein Verdachtsmoment irgendeiner Art vorliege, verabschiedete er sich und ging hinüber auf den mittlerweile verwaisten Spielplatz. Auf einer Bank neben den Rutschen ließ er sich nieder, holte sein Handy heraus und rief bei Abraham Bickershead an. Er war in der richtigen Stimmung für ein paar deutliche Worte.

„Ja bitte?", meldete sich eine tiefe Männerstimme, als Minster schon jede Hoffnung aufgegeben hatte, dass noch jemand abnehmen würde.

„Spreche ich mit Abraham Bickershead?", fragte Minster.

„Mit seinem Privatsekretär", kam es unterkühlt aus dem Hörer. „Wer sind Sie, und woher haben Sie diese Nummer? Dies ist nicht Lord Bickersheads offizieller Anschluss."

„Detective Inspector Minster vom National Crime Squad", erwiderte Minster und walzte jedes Wort wie Kuchenteig aus. „Mister Bickershead hat mich vor einigen Tagen von diesem Apparat aus angerufen, und ich war so frei, die Nummer zu speichern. Ist Mister Bickershead zu sprechen?"

„Nein", erwiderte der Sekretär mit Entschiedenheit. „Lord Bickershead steht ausschließlich der Führungsebene der Polizei zur Verfügung. Wie Sie sicherlich wissen, werden wir hier von einem ganzen Heer an Reportern von zweifelhaftem Ruf belagert, und Lord Bickershead wünscht ausdrücklich nur Gespräche mit hochrangigen Beamten. Wir sind zurzeit aus sicherlich nachvollziehbaren Gründen auf äußerste Diskretion bedacht."

Wie bei den letzten Malen, als er mit Bickersheads Geheimanschluss verbunden gewesen war, konnte sich Minster auch diesmal nur mühsam beherrschen, nicht ausfällig zu werden.

„Mister Bickershead bat in seinem letzten Anruf darum, über die neuesten Erkenntnisse bezüglich des Todes seines Sohnes unterrichtet zu werden. Ich habe sehr wichtige neue Erkenntnisse für ihn."

„Dann teilen Sie sie Ihrem Vorgesetzten mit und lassen Sie ihn sich mit uns in Verbindung setzen", entgegnete der Sekretär mit spöttischem Unterton.

„Jetzt hören Sie mir mal gut zu", giftete Minster mit gepresster Stimme in die Muschel. „Es interessiert mich nicht, wen er zu sprechen wünscht und wen nicht. Dies ist mein Fall, und ich werde in anderthalb Stunden vor Ihrer Tür stehen. Und wenn Sie sich dann immer noch so störrisch verhalten, brumme ich Ihnen eine Anzeige wegen Behinderung von Ermittlungsarbeiten auf. Guten Abend!"

Minster brach das Gespräch wutschnaubend ab. Es war ihm wieder nicht gelungen, angesichts der maßlosen, blasierten Arroganz des Bickershead-Clans die Contenance zu bewahren, aber er hatte jetzt keine Lust, sich über seine Reizbarkeit zu ärgern. Natürlich wäre es klüger gewesen, sich die Drohungen zu verkneifen, aber seine Geduld hatte einfach ein Ende. Dass selbst Bickersheads Angestellte glaubten, mit der Polizei wie mit ihren untersten Küchenjungen umgehen zu können, hatte das Fass zum Überlaufen gebracht. Leemahans vorsichtige Taktiererei in allen Ehren, aber Deeskalation war offensichtlich nicht länger das richtige Mittel, um Wills Vater den Ernst der Lage klarzumachen.

Minster rief sich ein Taxi zur nächsten Straßenkreuzung und ließ sich zum örtlichen Polizeirevier bringen. Der diensthabende und bemitleidenswert übermüdete Constable der kleinen Wache in der Nähe von Woodford Wells hatte anfangs Schwierigkeiten, Minsters Ausführungen zu folgen, doch sobald er begriffen hatte, dass vor ihm ein Detective Inspector des NCS stand, der es mehr als eilig hatte und so schnell wie möglich wieder aus der einlullenden Tristesse des Empfangsraums verschwinden wollte, erwachte er aus seiner Trance. Nach einem kurzen Telefonat mit seinem Vorgesetzten händigte er Minster einen Autoschlüssel aus und führte ihn in den engen Hinterhof der Wache zu einem Rover-100-Streifenwagen. Wenige Minuten später befand sich Minster bereits auf der M11 Richtung Norden.

Minster saß selten hinter dem Steuer eines Autos, aber er staunte immer wieder, wie gut seine Instinkte selbst nach längeren Fahrpausen noch waren. Die Füße fanden bei Gas, Kupplung und Bremse wie von selbst die richtige Dynamik, und selbst als er mit 80 Meilen pro Stunde auf der rechten Spur der Autobahn dahinbrauste, verspürte er nicht die geringste Unsicherheit.

Das einzige Fahrzeug, das er je besessen hatte, war ein alter klappriger Peugeot während seiner Zeit auf der Polizeischule gewesen. Er hatte das Fahren nicht sonderlich genossen und sich nie daran gewöhnen können, mehr Geld, Zeit und Nerven in eine Tonne Blech zu investieren als in die Inneneinrichtung seiner Wohnung. Schon nach nicht mal einem Jahr hatte er das Auto wieder verkauft. Seitdem verließ er sich ganz auf Busse, Bahnen, Taxis und Dienstwagen, die er sich in Notfällen wie diesem auch bei Scotland Yard ausleihen konnte. Dursham verdrehte zwar jedes Mal die Augen, wenn er mitbekam, dass Minster sich wieder einmal bei einem Revier im Nirgendwo ein Auto geborgt hatte, aber letzten Endes waren Minster Durshams schulmeisterliche Belehrungen immer noch lieber als der Ärger, den der Detective Chief Inspector und die übrigen Kollegen mit schöner Regelmäßigkeit hatten, weil ihre fahrbaren Untersätze mal wieder streikten.

Er folgte etwa eine halbe Stunde der M11, passierte Harlow und den Flughafen Stanstead und wechselte kurz vor Cambridge auf die 505 Richtung Royston. Eine halbe Meile hinter der Autobahnausfahrt hielt er auf einem Feldweg, um sich von der Zentrale eine genauere Wegbeschreibung zu Bickersheads Anwesen durchgeben zu lassen. Es dauerte keine fünf Minuten, dann hatte er ein paar Notizen auf ein loses Blatt Papier gekritzelt und war sich sicher, den Weg zu finden. Einen Moment dachte er daran, Dursham anzurufen und sein weiteres Vorgehen mit ihm abzustimmen, verwarf den Gedanken jedoch sofort wieder. Es brodelte in seinem Inneren, er war nicht in der richtigen Verfassung für Diskussionen.

Eine Viertelstunde lang fuhr er über enge Landstraßen, bis er die Zivilisation fast vollständig hinter sich gelassen hatte und in eine stillere, friedlichere Welt eintauchte. Immer seltener ragte weitab der Straße das breite Satteldach eines Bauernhauses aus den endlosen Wiesen und Feldern, immer rarer machten sich Strommasten und Asphaltdecken. Als Minster das Fenster öffnete, erinnerte ihn die frische Landluft an Aleham. Das Klima war selbst an einem warmen Sommerabend wie diesem rauer als im Südwesten Englands, aber dennoch atmete er in tiefen Zügen den Duft nach zu Hause ein. Es kam ihm wie ein zynisches Paradoxon vor, inmitten dieser Idylle in einem Doppelmordfall ermitteln zu müssen.

Die Straße wand sich einen weit gestreckten, sanft abfallenden Hügel hinab, auf dem riesige Schafherden grasten, und verschwand an seinem Fuß in einem Buchenwäldchen. Die Sonne stand bereits so tief, dass Minster unter dem dichten Blätterdach die Scheinwerfer einschalten musste. Mücken schwirrten durch die grellweißen Kegel, die unruhig über die holprige Schotterstraße huschten und in den Kurven die dicht stehenden Buchenstämme streiften. Minster merkte, wie er in der plötzlichen Dunkelheit schläfrig wurde. Irgendwo in den Tiefen des Waldes hörte er das durchdringende Rufen einer Eule.

Sein Puls beschleunigte sich schlagartig, als der Wald ihn wieder ins

Abendrot entließ. Die Straße schlängelte sich noch eine halbe Meile durch wellige Weiden und lichte Baumschonungen, bevor zur Linken ein breiter Feldweg abging und zu einem Anwesen führte, dessen märchenhafte Schönheit die Jahrhunderte überdauert hatte, ohne etwas von seiner magischen Faszination zu verlieren. Türmchen um Türmchen, Erker um Erker entsprangen in kühnen Anordnungen einem hufeisenförmigen Gebäude, halb Schloss, halb Herrenhaus. Schmale, hohe Fenster erstreckten sich teilweise über zwei Stockwerke in die Höhe, bevor sie in Rundbögen endeten, Efeu rankte über das hellbraune Mauerwerk, und auf den kleinen, verwinkelten Dächern glänzten im letzten Licht des Tages Dutzende von Schornsteinen. Minster fühlte sich an seinen ersten Besuch in Schottland erinnert, als er im Alter von vier oder fünf Jahren einen halben Tag lang mit seinem Vater durch die verfallene Ruine eines Landschlosses gestromert war und sich wie in der König-Artus-Sage gefühlt hatte, die er so gerne vor dem Einschlafen hörte. Es war eine der schönsten und intensivsten Erinnerungen an seine Kindheit, und der Anblick von Bickershead House legte verschüttet geglaubte Emotionen frei, die aus dieser verschleierten Zeit herüberschwappten und ihn irritierten. Er hatte das Gefühl, geradewegs in einen Traum hineinzufahren, den er nicht kontrollieren konnte und in dem er so verletzlich und tollpatschig war wie der kleine Granpole, der damals mit offenem Mund vor den bis fast zur Sonne hinaufragenden Schlossmauern gestanden hatte.

Erst als er den Wagen auf das weite Schotterrund vor dem Haupttor steuerte, verblassten die verstörenden Erinnerungen und machten Platz für prosaischere Überlegungen. Eine über zwei Meter hohe Hecke, aus der oben demonstrativ die messerscharfen Spitzen eines Metallzauns herausragten, zog sich in gebührendem Abstand um das Hufeisen und die vielen niedrigen Nebengebäude, die sich an seine Außenwände schmiegten und unter die Türme duckten. Der einzige Weg, näher an Bickershead House heranzukommen, führte durch das zweiflügelige, geschlossene Tor, hinter dem sich die Straße fortsetzte.

Quer vor dem Tor parkte ein kirschroter Mini-Cooper, in dem ein Mann mittleren Alters saß und die „Sun“ las. Als er Minsters Rover über den knirschenden Schotter herannahen hörte, faltete er die Zeitung zusammen und hievte sich mit einiger Anstrengung aus seinem Fahrzeug. Wegen seines gewaltigen Leibesumfanges blieb er beinahe in der Tür stecken, und der dichte, ungepflegte graue Schnauzbart in Verbindung mit den aufgeplusterten Backen und der fast vollständigen Glatze gab ihm das Aussehen eines asthmatischen Walrosses. Minster fragte sich, warum der Mann so ein winziges Auto fuhr.

„'n Abend“, trompetete das Walross und grinste über die geröteten Wangen. „Auch zum Nachteinsatz verdonnert worden?“

„Könnte man so sagen“, erwiderte Minster und reichte ihm die Hand.

„Detective Inspector Minster. Darf ich fragen, was Sie hier machen?"

Einen Moment lang glotzte ihn der andere verdutzt an, dann brach er in prustendes Gelächter aus.

„Die Polizei, wie wunderbar. Und ich dachte schon, hier würde überhaupt nichts mehr passieren. Gestatten, Kyle Connell vom „Daily Mirror". Freut mich, dass Sie hier sind, Inspector. Jetzt kommt endlich Leben in die Bude."

Minster widerten die schmierige Distanzlosigkeit und offenkundige Sensationsgeilheit Connells an.

„Wie lange sind Sie schon hier?", fragte er.

„Seit 16 Uhr." Connell verfiel übergangslos in das bedeutungsschwangere Getuschel von alten Menschen, die den ganzen Tag über am Fenster gesessen hatten und abends ihren Nachbarn den neuesten Tratsch der Straße zusteckten.

„Sind Sie gekommen, um den toten William rauszuholen?", fügte Connell verschwörerisch hinzu. „Dieser irre Alte soll die Leiche in die Gefrierkammer gesteckt haben."

„Haben Sie irgendwen kommen oder gehen sehen, seit Sie hier sind?", fragte Minster ungerührt.

„Nur einen einzigen Wagen, ungefähr vor ′ner Stunde. Den Fahrer kannte ich nicht, aber er sah aus wie einer von Bickersheads Lakaien. Der Alte traut sich nicht mehr aus dem Haus. Unsere Morgenschicht hat ihn gegen 11 Uhr zum letzten Mal auf einem der Balkone gesehen, und bis zum frühen Nachmittag fuhren auch noch regelmäßig Autos rein und raus, aber seitdem herrscht da drinnen Totenstille wie in einer riesigen Gruft. Gibt Anlass zu ′ner Menge interessanter Spekulationen, wenn Sie verstehen, was ich meine." Er zwinkerte Minster komplizenhaft zu und gluckste gut gelaunt. „Was werden Sie jetzt tun, Inspector?"

„Zuerst einmal werde ich Sie des Geländes verweisen."

„Aber Inspector!", ereiferte sich Connell und ruderte mit den Händen, als sei das Walross zu lange auf dem Trockenen gewesen. „Die Öffentlichkeit hat ein Recht darauf, zu erfahren, was hier vorgeht."

„Und die Öffentlichkeit wird es auch erfahren. Allerdings erst dann, wenn wir es für richtig halten. Bis dahin bitte ich Sie, meine Ermittlungen nicht zu stören und sich zurückzuziehen. Sie befinden sich hier auf einem Privatgrundstück, auf dem Sie nichts zu suchen haben."

„Sie enttäuschen mich, Inspector", schnaubte Connell, machte jedoch keine Anstalten, sich zu bewegen.

„Mister Connell, das hier ist kein Spiel", erwiderte Minster mit einer Schärfe, die ihre Wirkung nicht verfehlte. „Wenn Sie ein Interesse daran haben, dass heute Abend noch Leben in die Bude kommt, um in Ihrer Sprache zu bleiben, dann verschwinden Sie außer Sichtweite des Hauses. Solange er sich von der Presse belagert fühlt, wird Abraham Bickershead Ihnen keine weiteren Schlagzeilen liefern. Postieren Sie sich meinetwegen weiter oben an der Straße, dann bekommen Sie als Erster mit, sobald jemand das Anwesen verlässt, aber machen Sie sich in Gottes Namen unsichtbar. Und zwar sofort."

Bei den letzten Sätzen konnte er sich nur mühsam beherrschen, den Reporter nicht anzuschreien, aber auch so wirkte Connell schon so eingeschüchtert, wie ein Boulevard-Journalist nur sein konnte. Ohne Minster eines weiteren Blickes zu würdigen, zwängte er sich wutschnaubend in seinen Mini-Cooper und brauste davon.

Minster wartete, bis das Rot der Rückleuchten in dem nächsten Wäldchen verschwunden war, dann drehte er sich zum Tor um und betrachtete Bickershead House zum ersten Mal aus der Nähe. Das immer weiter schwindende Tageslicht ließ die hinteren Bereiche, in denen jenseits von Gewächshäusern und schilfumsäumten Zierteichen die ersten Löcher eines Golfplatzes zu erahnen waren, bis zur Unkenntlichkeit verschwimmen, aber das Haus selbst trotzte der Dunkelheit mit Dutzenden von goldgelb erleuchteten Fenstern und einer monumentalen steinernen Präsenz, die nur in einer Nacht ohne Mondschein gänzlich unter der Schwärze begraben werden würde. Minster war nicht sehr bewandert in historischer Architektur, aber das Hauptgebäude musste mindestens 150 Jahre alt sein. Über dem hölzernen Eingangsportal ragten drohend zwei Wasserspeier mit echsenhaften Visagen aus dem Mauerwerk, und vor den Gewächshäusern stand zwischen dichtem Buschwerk eine teilweise überwucherte Marmorstatue, die offenbar eine römische oder griechische Gottheit darstellte.

Das Dutzend Autos, das auf halber Strecke zwischen Tor und Haus unter einer Überdachung aus tiefbraunen Kanthölzern geparkt war, bildete einen fast schmerzhaften Kontrast zur romantischen Einsamkeit des übrigen Anwesens. Minster erkannte zwei schwere amerikanische Geländewagen, einen schwarzen Rolls-Royce, einen ebenfalls schwarzen Daimler Maybach und, durch eine Trennwand von den Limousinen separiert, mehrere Kleinwagen, die offenbar Bickersheads Personal gehörten.

Auf den ersten Blick schienen die grünlich verfärbten Eisenverstrebungen des Tores uralt und brüchig zu sein, doch bei genauerem Hinsehen bemerkte Minster die unzähligen, nur wenige Millimeter langen Stahldornen, mit denen die Stangen übersät waren. Er betätigte den Summer der Gegensprechanlage, die neben dem Tor angebracht war, aber außer statischem Rauschen bekam er keine Antwort. Er versuchte es ein zweites, schließlich ein drittes Mal, bevor er sein Handy zückte und Bickersheads Geheimnummer wählte. Fast augenblicklich wurde am anderen Ende der Leitung abgenommen.

„Lord Bickershead wünscht Sie nicht zu sprechen", sagte dieselbe tiefe, arrogante Männerstimme wie bei seinem letzten Anruf vor knapp anderthalb Stunden. „Ich weiß, dass Sie vor dem Tor stehen, Mister Minster, ich kann

Sie von hier oben sehr gut sehen. Verschwenden Sie ihre Zeit nicht mit der Sprechanlage. Es wird niemand kommen, um Sie einzulassen."

„Es gibt ein paar wichtige Dinge bezüglich seines Sohnes, die ich mit Mister Bickershead dringend besprechen muss."

„Ich sagte Ihnen doch schon bereits, dass Lord Bickershead Sie nicht empfangen wird", erwiderte der Privatsekretär eisig.

„Er kann sich nicht ewig gegen eine zweite Autopsie sträuben", versuchte Minster einen anderen Ansatz. „Wenn er Ruhe vor den Journalisten haben will, muss er Williams Leiche ein zweites Mal obduzieren lassen."

„Das wird alleine Lord Bickershead entscheiden. Bitte belästigen Sie uns nicht weiter, Mister Minster."

Es war zwecklos, mit gutem Zureden würde er nichts erreichen.

„Wenn Sie mich nicht hereinlassen, stehe ich hier morgen früh mit einem Durchsuchungsbefehl, einem Leichenwagen und der kompletten Schmutzpresse Englands vor dem Tor", spielte Minster seinen letzten, nicht sehr sauberen Trumpf aus. „Noch haben Sie die Wahl, ob sie die Sache auf die angenehme oder unangenehme Art durchstehen wollen. Wir befinden uns nicht mehr im Mittelalter, Sie können sich nicht in Ihrer Burg verschanzen und hoffen, dass die Belagerer irgendwann unverrichteter Dinge abziehen."

„Sparen Sie sich Ihre leeren Drohungen", entgegnete Bickersheads Sekretär. „Sie werden keinen Durchsuchungsbefehl für Bickershead House bekommen. Als Mitglied des Parlaments genießt Lord Bickershead gewisse Privilegien, die selbst ein hartnäckiger Detective Inspector wie Sie nicht wird aufheben können. Allerdings behalten wir es uns im Gegenzug vor, Sie wegen Nötigung und versuchter Erpressung anzuzeigen. Eine angenehme Heimfahrt, Mister Minster."

Sein Gesprächspartner, der hinter irgendeinem der zahllosen Fenster des Hauses stand und ihn beobachtete, hatte aufgelegt, und als Minster auf Wahlwiederholung drückte, war die Leitung tot.

Widerwillig musste er sich eingestehen, dass es von Anfang an vollkommen sinnlos gewesen war, hierher zu fahren. Was hatte er erwartet? Dass Bickershead sich von ein paar halbgaren Argumenten dazu würde erweichen lassen, sich einem Verhör zu unterziehen? Dass er die Leiche seines Sohnes ohne erbitterte Gegenwehr einer neuerlichen entwürdigenden Prozedur auslieferte? Wie hatte er nur so naiv sein können zu glauben, er würde im Alleingang das schaffen, woran Dursham sich bereits die Zähne ausgebissen hatte? Minster kam sich unsagbar albern und kindisch vor, und plötzlich musste er wieder zurückdenken an den Schlossbesuch mit seinem Vater. Wie damals hatte ihn die schiere Übermacht eines uralten Gemäuers zum hilflosen Zuschauer degradiert. Mit der stoischen Gelassenheit von Bickershead House konnte er es in seiner hitzigen Ungeduld nicht aufnehmen. Bernard Watanabe

Roshi würde bis über beide Ohren grinsen, wenn er ihn jetzt hier sähe.

Minster starrte mit den Händen in den Hosentaschen noch eine Weile durch die Gitterstäbe des Tores zum Haus hinüber, bis ihm bewusst wurde, dass Bickersheads hochnäsiger Privatsekretär ihn wahrscheinlich immer noch beobachtete und sich köstlich über seinen misslungenen Eroberungsfeldzug amüsierte. Mit einem unterdrückten Fluch stieg er in den Wagen, drückte betont sachte aufs Gas und fuhr den Weg zurück, den er gekommen war. Er schaute sich nicht einmal um, wo Connell und sein Mini-Cooper sich verschanzt hatten.

Während er den Windungen der Landstraße folgte und eine dichte Wolkendecke von Südwesten über den klaren Abendhimmel zog, um das letzte bisschen Tageslicht zu verschlucken, gingen ihm die abstrusesten Ideen durch den Kopf. Hatte vielleicht Abraham Bickershead seinen Sohn umbringen lassen, weil er von seiner Heroinsucht wusste und den Schandfleck des Clans endgültig aus der Familienchronik tilgen wollte? Ließ er deshalb den Autopsiebericht fälschen, um vom tatsächlichen Tathergang und Wills Drogenabhängigkeit abzulenken? Ein ermordeter Sohn schadete dem Renommee der Familie deutlich weniger als ein an Heroin zugrunde gegangener. Minster traute Bickersheads Privatsekretär so ziemlich alles zu, selbst einen perfiden Mord.

Kurz bevor er die Auffahrt zur 505 erreichte, begann er zu lachen. Zuerst war es nur ein Schmunzeln, dann ein Glucksen, und schließlich kicherte er so haltlos vor sich hin, dass er Bauchschmerzen davon bekam und sich kaum noch aufs Fahren konzentrieren konnte. Die Ereignisse der letzten halben Stunde waren dermaßen absurd, dass es ihm schwerfiel, sich selbst ernst zu nehmen. Erst sein albernes Kräftemessen mit Bickersheads rechter Hand und dann diese wirren Gedankengänge, die auf nichts anderem basierten als seiner schlechten Laune. Er war erschöpft, deprimiert und aufgebracht und steigerte sich in wahnwitzige Theorien hinein, für die ihn selbst ein frisch von der Schulbank verpflichteter Polizeianwärter verspottet hätte. Was blieb ihm da noch anderes übrig, als über sich selbst zu lachen?

Die Kicherattacke regte für kurze Zeit seinen Kreislauf an, doch auf der M11 musste er am ersten Rastplatz rausfahren. Er vertrat sich einige Minuten in der langsam abkühlenden Abendluft die Beine, schlug sich ins Gebüsch, um zu urinieren, und versuchte mit einigen einfachen Atemübungen, die Müdigkeit zu vertreiben. Aber es half alles nichts. Er hatte einen toten Punkt erreicht, den er nicht überwinden konnte. Der Schlafmangel der letzten drei Nächte forderte mit einer Unerbittlichkeit seinen Tribut, die sich wie Blei auf seine Muskeln senkte.

Minster setzte sich wieder hinters Steuer und versuchte ein letztes Mal, die einlullende Schwerfälligkeit abzuschütteln, die immer mehr von ihm Besitz ergriff. Vergeblich. Als er mit klopfendem Herzen aus einem Sekundenschlaf erwachte, gab er endgültig auf. Es hatte keinen Sinn, in diesem Zustand würde er nicht weit kommen. Mühsam kroch er auf die Rückbank, rollte sich zusammen, bis sein ganzer Körper auf das Polster passte, und war augenblicklich eingeschlafen. Die in mattem Giftgrün fluoreszierende Uhr über dem Armaturenbrett zeigte 21.30 Uhr.

# KAPITEL 28

„Scheiße, halt jetzt endlich deine verdammte Fresse“, brüllte Fleece und holte aus. Seine geballte Faust traf Dembinski an der linken Wange und ließ ihn aufschreien. Dembinski kam aus dem Gleichgewicht, versuchte sich an der Messingstange festzuhalten, die den Tresen umspannte, bekam das Metallrohr nicht richtig zu fassen und riss zwei Barhocker mit sich. Eine der Sitzflächen bohrte sich in seinen Bauch, als er auf den gebohnerten Holzfußboden klatschte.

„Du blöder Wichser“, stöhnte er, bevor ihm die Luft wegblieb und er sich mit verzerrter Visage zusammenkrümmte.

Maxwell und Barsley waren sofort bei ihm und halfen ihm auf, aber sie mussten ihm erst mit sanfter Gewalt die Arme über den Kopf halten, bevor sein Japsen langsam schwächer wurde.

„Bist du bescheuert, du Arschloch?“, schrie Fitzgerald und baute sich trotz seiner geringen Körpergröße bedrohlich vor Fleece auf, der die Schultern hängen ließ und abwesend ins Leere starrte.

„Ich bring dich um!“, keuchte Dembinski. Wie ein nasser, schlapper Sack hing er zwischen Maxwell und Barsley.

„Ihr haltet jetzt alle die Schnauze“, bellte Maxwell und bedeutete mit einer Kopfbewegung dem jungen Barkeeper, der sich eingeschüchtert hinter dem Tresen verschanzt hatte, den Raum zu verlassen. Sobald sie alleine waren, dirigierte Maxwell Dembinski zu einem der tiefen Sessel und ließ ihn in den Plüsch plumpsen.

„Time-out“, rief der Manager und blickte mit einem verhärteten Zug um die Mundwinkel in die Runde. „Niemand redet außer mir, und niemand haut einem anderen auf die Schnauze, bis ich fertig bin.“

Es kamen keine Widerworte. Fleece stand immer noch wie ein begossener Pudel mitten im Raum, Fitzgerald wie einen Wächter vor sich, und Dembinski hielt sich schnaufend den Bauch.

„Niemand, und ich wiederhole niemand von uns hat irgendwen umgebracht, klar?“, presste Maxwell zwischen fast geschlossenen Lippen hervor und blickte reihum jedem in die Augen. „Keine Ahnung, wer uns in diese Scheiße geritten hat, aber es war niemand aus der Band, okay? Also hört auf mit diesen Kindereien.“

„Wenn du die Finger vom LSD gelassen hättest, hätten wir die Tour nicht abbrechen müssen", giftete Dembinski in Richtung Fleece.

„So beschissen, wie du gesungen hast?", flüsterte Fleece mit gesenktem Kopf. In seinen haselnussbraunen Augen funkelte es gefährlich.

„Ich hab nicht beschissen gesungen", ereiferte sich Dembinski und versuchte vergeblich, sich im Sessel aufzurichten.

„Es reicht!", brüllte Maxwell. „Die Shows waren gut, und ihr könnt euch einwerfen, was ihr wollt. Begreift ihr nicht, dass uns jemand ganz anderes diesen Dreck eingebrockt hat? Nicht du, Jon, nicht du, Damien, sondern derjenige, der Will umgebracht hat. Mit Will wären wir jetzt in Hamburg und würden die Alsterdorfer Sporthalle bis auf die Grundmauern abreißen."

„Aber...", setzte Dembinski an.

„Kein Aber", unterbrach ihn Maxwell unwirsch. „Die Probleme, die ihr beiden miteinander habt, sind nicht der Grund, warum wir jetzt hier sitzen statt in Deutschland. Sprecht euch bei Gelegenheit unter vier Augen aus, aber lasst die Hände in den Taschen. Seid froh, dass die Franzecken-Bullen Damien rausgelassen haben und wir so schnell wieder nach London zurück konnten."

„Tut mir leid", flüsterte Fleece, ohne Dembinski anzusehen. „Ich hab zu viel gesoffen. Wollte nicht handgreiflich werden."

Dembinski schwieg einige Sekunden störrisch, bevor er sich ein leises „Schon okay" abrang.

„Ian, zapf mal ein paar Guinness für alle", wies Maxwell Barsley an. „Diese warmherzige Versöhnung muss gefeiert werden."

„Was ist mit dem Barkeeper?", fragte Fitzgerald.

„Der soll nach Hause gehen. Wir kommen auch alleine zurecht. Ist ja nicht so, als wenn wir uns hier nicht auskennen würden."

Wenig später saßen die fünf Männer um einen niedrigen Glastisch, jeder ein großes Bierglas in der Hand, und wussten nicht so recht, ob sie sich guten Gewissens entspannen konnten. Das kleine Hinterzimmer des „Black Rainbow" im Herzen Sohos lag im Dämmerlicht der deckenhohen Lavalampen, die in den vier Ecken des Raumes standen und in denen sich träge immer neue psychedelische Blasenmuster bildeten. Es war weit nach Mitternacht, und niemand hatte mehr Lust, Joints zu drehen oder Koks-Lines zu legen.

„Wenn wir den Kerl erwischen, der Will um die Ecke gebracht hat", brummte Barsley irgendwann, als Dembinski und Fitzgerald schon fast eingenickt waren. „Eine aufgeschlitzte Kehle wäre das Mindeste, worauf er sich einstellen könnte."

„Vielleicht war's ja doch 'ne Überdosis", gab Fleece halbherzig zu bedenken.

„War's nicht", grummelte Maxwell. „Will hat immer auf der Überholspur gelebt, aber er wusste, wann Schluss war. Wisst ihr noch, wie er damals auf diesem verregneten Scheißfestival in Dänemark abging? Zwei Gramm Koks schon am Nachmittag, aber danach war schlagartig Feierabend. Bis zum Auftritt rührte er nicht mal mehr Bier an, und auf der Bühne hat er gesungen, als stünde er vor dem Jüngsten Gericht. Jemand wie Will bringt sich nicht einfach so aus Versehen um."

„Und wenn's kein Versehen war?", wandte Barsley ein. „Vielleicht hatte er Probleme, von denen wir nichts wissen. Wir sind nur 'ne Band, keine scheiß Therapiegruppe. Jeder von uns könnte bis zur Unterlippe im Sumpf stecken, und keiner würde es mitbekommen. Ich hasse dieses verweichlichte Psychogelaber, aber es hätte sicherlich nicht geschadet, häufiger mal miteinander zu reden."

„Ihr seid 'ne Rockband und kein Kuschelballett", sagte Maxwell, während er sich ein neues Guinness holte. „Als Jon und du auf der ersten US-Tour gemerkt habt, dass ihr mit eurer Flugangst nicht zurechtkommt, habt ihr euer Maul auch aufbekommen. Verstehst du, was ich damit sagen will? Über die Dinge, die wirklich wichtig waren, habt ihr immer geredet, und es war kein Problem, vernünftige Lösungen zu finden. Wenn Will wirklich etwas so sehr bedrückte, dass er an Selbstmord gedacht hätte, wäre ich nach Florence der Erste gewesen, dem er davon erzählt hätte. Ich will nicht großkotzig klingen, aber ich war für ihn immer wie ein Vater. Er hatte seine schwarzen Phasen, ja, und wenn er zu lange zu Hause war, verfiel er immer mehr dem Heroin, aber weswegen hätte er sich auf der Isle Of Wight das Lebenslicht ausblasen sollen? Er fieberte der Tour mindestens genauso entgegen wie jeder von euch. Endlich wieder unterwegs sein, jeden Abend auf der Bühne stehen. Für ihn war es das Paradies, und wer an der Himmelspforte steht, nimmt nicht mehr den Schleichweg zur Hölle."

„Es hängt mit diesem Tonband zusammen", murmelte Barsley in sich hinein. „Es will nicht in meinen dicken Schädel, warum Will diesen Scheiß abgezogen hat, aber bestimmt ist er deswegen hopsgegangen, genau wie Florence. Die Bullen in Paris konnten sich keinen Reim drauf machen."

„Und wir auch nicht", sagte Fleece, während er in sein leeres Glas stierte, unschlüssig, ob er noch mal zum Tresen hinübergehen sollte. „Wie oft haben sie es uns gestern Nacht vorgespielt? Fünf Mal? Ich hab kein Wort davon kapiert."

„Ging mir genauso", seufzte Barsley. „Will soll Heroin von One For The Road erpresst haben? Völlig absurd!"

„Wer weiß?", sagte Maxwell, der sich mittlerweile wieder gesetzt hatte. „Er hatte immer haufenweise Pulver, und weil es niemand außer ihm nahm, fragte auch nie jemand, wo es herkam. Schon möglich, dass er da was laufen hatte. Was bei mir aber sämtliche Alarmglocken zum Klingeln gebracht hat, ist der Pfusch von Minnack. Der Kerl ist einer der besten Ärzte Englands, und ausgerechnet er soll Cyanid und Heroin verwechselt haben? Das stinkt doch meilenweit gegen den Wind."

„Was willst du damit sagen?", fragte Barsley, der zu betrunken und übermüdet war, um Maxwells Gedankensprüngen folgen zu können.

„Minnack hat absichtlich eine falsche Diagnose gestellt."

„Warum sollte er das tun?", fragte Fleece mit gerunzelter Stirn.

„Weiß ich nicht, aber irgendwas ist da faul. Mit Wills Familie hatten wir immer nur Ärger. Für seinen Vater sind wir der allerletzte Abschaum, der seinen Sohn auf die schiefe Bahn gebracht hat – Kommunisten, Drecksanarchisten. Er hat uns Knüppel zwischen die Beine geworfen, so oft er nur konnte. Es würde mich nicht wundern, wenn er Minnack diese Geschichte mit dem Giftmord hat in die Welt setzen lassen, um uns die Sache irgendwann anzuhängen."

„Klingt ziemlich weit hergeholt, wenn du mich fragst", brummte Barsley, bevor er endgültig im Halbschlaf versank.

„Dieser Arzt hat gewaltig Scheiße in der Kniffte", sagte Maxwell mehr zu sich selbst als zu Fleece, der als Einziger außer ihm noch nicht weggedöst war. „Da wird ein Spiel gespielt, von dem wir weder die Teilnehmer noch die Regeln kennen. Und ich hasse Spiele, bei denen ich nicht gewinnen kann."

„Dann lass uns diesen Arzt in die Mangel nehmen", warf Fleece mit glasigem Blick in den Raum. „Wenn wir ihm ein paar aufs Maul hauen, wird er uns schon erzählen, was da läuft."

Schweigen breitete sich über das kleine Nachtclub-Hinterzimmer. Die Lavalampen schienen immer zähflüssiger vor sich hin zu wabern, mehrere der Männer schnarchten leise, und auch Fleece war schon eingenickt, als Maxwell kaum hörbar vor sich hin murmelte:

„Zur Hölle, so machen wir´s. Dieser Bastard wollte uns ficken, jetzt ficken wir ihn. Zieh dich warm an, Doc."

Er schlurfte zur Bar herüber, um sich ein letztes Guinness zu zapfen.

# KAPITEL 29

Teddy Gillisham konnte nicht schlafen. Rebecca und er waren früh zu Bett gegangen, nachdem er einige letzte Reparaturen am Scheunendach ausgeführt hatte. Um kurz nach 23 Uhr war Rael, einer der Zwillinge, zu ihnen unter die Decken gekrochen, weil er Alpträume hatte. Rebecca und Rael schlummerten mittlerweile tief und fest, die Arme umeinander geschlungen, während Gillisham hellwach daneben lag und an die Decke starrte, über die sich wie ein milchiger Schleier das Licht des noch fast vollen Mondes gelegt hatte.

Die Gitarre ging ihm nicht aus dem Kopf. Nachdem er Minster angerufen und ihm von dem merkwürdigen Fund erzählt hatte, war er bis zum Feierabend mit anderen Angelegenheiten beschäftigt gewesen, die MacGallaghan unbedingt rasch erledigt haben wollte, und zu Hause hatten ihn die Kinder und die Scheune abgelenkt. Doch jetzt krochen die aufwühlenden Gedanken wieder aus ihren Verstecken hervor und begannen ihn zu quälen.

Er machte sich Vorwürfe, weil er Minster keine große Hilfe war. Wenn sich jemand mit der Geschichte der Horses auskannte, dann er, aber trotzdem hatte er zur Lösung des Falles wenig mehr beisteuern können, als wenn es um Atomphysik oder fernöstliche Sprachen gegangen wäre. Es war seine Traumgitarre, die auf seinem Schreibtisch im Präsidium lag, ein innig geliebtes Heiligtum aus seiner Jugend, dem er immer noch auf merkwürdig melancholische Art verbunden war, und dennoch hatte er sich bei ihrem Anblick taub und leer gefühlt. Bis zu den Inschriften konnte er klar sehen, dahinter verschwamm alles zu einem grauen, undurchdringlichen Nebel. Er wusste keinen einzigen Punkt, an dem er noch ansetzen konnte. „Für den Deutschen – bleib tapfer" und „Stirb!" – zwei Rätsel, an denen er abglitt wie ein Kletterer an einer glitschigen Felswand. Er erkannte keinerlei Zusammenhang zwischen den Inschriften, und vor allem wollte ihm nicht in den Kopf, was an ihnen so wichtig war, dass die Gitarre 120 Meilen weit transportiert wurde, nur um dann im Wasser versenkt zu werden. Falls sich herausstellen sollte, wer mit dem Deutschen gemeint war, mochte die bizarre Stratocaster-Entführung in einem anderen Licht erscheinen, doch das herauszufinden war Minsters Sache.

Nachdem Gillisham den ersten toten Punkt überwunden hatte und merkte, dass er nur noch unruhiger werden würde, wenn er liegen bliebe, stand er vorsichtig auf, zog sich ein T-Shirt über und stieg so behutsam die Treppe ins Erdgeschoss hinunter, dass die alten Holzbohlen beinahe keine Geräusche von sich gaben. In der Küche knipste er das Licht an, trank ein Glas Leitungswasser und blätterte die Werbeprospekte durch, die morgens mit der Zeitung gekommen waren. Danach ging er in den Hof, wo die Kätzchen herumbalgten, sah nach den Kühen und schaute eine Weile vom hintersten Zipfel des Grundstücks auf die Wiesen und Felder hinaus, die sich fast eine Meile nach Norden erstreckten, bevor sie von der nächsten größeren Autostraße unterbrochen wurden. Es war immer noch lauwarm, und bis auf die scharfen Schreie der Seemöwen durchdrang nichts das erhabene Schweigen der Nacht. Der Sturm in Gillishams Innerem beruhigte sich langsam. Er liebte diese Stille und Dunkelheit, in der er eins mit der Insel sein konnte.

Als er ins Haus zurückkehrte, fühlte er sich angenehm schläfrig, doch anstatt sich zu Rebecca und Rael zu kuscheln, folgte er einer plötzlichen Eingebung und setzte sich vor den Fernseher. Das Videoband mit den BBC-Aufnahmen des Horses-Auftritts steckte noch im Player, er musste nur die Geräte einschalten und die Lautstärke herausdrehen. Möglicherweise hatte er vorgestern Nacht nicht genau genug hingeschaut, ein wichtiges Detail übersehen.

Wieder zogen Wills letzte Sekunden aus acht verschiedenen Kameraperspektiven an ihm vorbei. Er versuchte auf jedes Gesicht zu achten, das im Fotograben und im Bühnenhintergrund zu erkennen war, aber keine der Personen tat ihm den Gefallen, wie jemand zu gucken, der wusste, was gleich passieren würde. Es verschwand auch niemand überhastet, als Will zusammenbrach. Alle Augen waren angstgeweitet auf den Sänger fixiert, der wie in einer Shakespeare-Tragödie exakt im Mittelpunkt der Bühne zu Boden sank. Der Trockeneisnebel und die bombastische Lichtshow verliehen der Szenerie etwas Theatralisches, Künstliches, so als müsste Will sich jeden Moment wieder erheben und sich grinsend vor dem Publikum verbeugen. Doch er erhob sich nicht, und nachdem die Sanitäter herangestürmt waren, blendete die Kamera sich aus, und das groteske Schauspiel wurde aus einem anderen Blickwinkel wiederholt.

Der erste Durchlauf aller acht Einstellungen ergab nichts Neues. Gillisham zog den Kopfhörer aus der Stereoanlage, stöpselte ihn in den Fernseher ein, setzte ihn auf und schaltete den Ton hinzu. Die Kameras besaßen keine Mikrofone, aber die Bilder, die aus der Close-up-Perspektive gemacht worden waren, hatte man halbwegs synchron mit einer offenbar am Mischpult mitgeschnittenen Soundspur unterlegt. Gillisham hörte das erwartungsfrohe Tosen der Menge, das Khatschaturian-Intro, das vom Band kam, und schließlich das Aufjaulen der Gitarren. 'The Devil's Advocat' war immer eines seiner Lieblingslieder der Horses gewesen, und ihn überlief unwillkürlich ein kalter Schauer, als Fleeces Sololäufe wie tödliche, übermenschlich präzise

Messerstiche die Soundwand aus Rhythmusgitarre, Bass und Schlagzeug durchschnitten. Dann schwenkte die bis dato etwas orientierungslose, am vorderen Bühnenrand postierte Kamera zu Will herüber, der durch den Nebel herangewankt kam. Blass und müde baute er sich vor dem Mikrofonständer auf und brüllte die ersten Silben heraus, bevor ihn seine Kräfte verließen.

Gillisham spulte einige Sekunden zurück und ließ Will erneut anfangen zu singen. Irgendetwas war merkwürdig. Er hörte sich die Stelle noch zweimal an, bevor er den Kopfhörer absetzte, zu einer der LP-Kisten neben dem Sofa herüberlangte und das „We´ve Come For Your Children"-Album herauszog. Das Mondlicht war hell genug, um im aufgeklappten Gatefold-Cover die Songtexte lesen zu können. Gillisham hatte sich richtig an die erste Zeile von `The Devil´s Advocat´ erinnert. „Diver of death, bringer of wrath" stand da in kleinen, eckigen Lettern über der Silhouette des fliegenden Pferdes. Er stülpte sich den Kopfhörer wieder über und drehte die Lautstärke so weit auf, dass Wills Schreie ihm in den Ohren schmerzten.

Ein Irrtum war ausgeschlossen: Will sang nicht den Originaltext.

# KAPITEL 30

Carl Ingenthorpe trank den dritten Kaffee innerhalb einer halben Stunde, aber die Müdigkeit zerrte nach wie vor wie Bleigewichte an ihm. Er hatte zwar einige Stunden geschlafen, doch die vorletzte Nacht, in der er kein Auge zugemacht hatte, steckte ihm noch in den Knochen, und die Angespanntheit verhinderte, dass er sich wirklich erholen konnte. Seit dem traumatischen Augenblick im Nebel von Chertsey, als er Ken Curbishley angeschossen hatte, fühlte er sich gehetzt und unwohl. Er wusste, dass man ihm keinen Vorwurf machen konnte, aber dennoch würde er erst wieder ruhig schlafen können, wenn der Fall abgeschlossen war.

Nachdem er Derrick Giffard verhört hatte, war er in den frühen Morgenstunden des Dienstags mit seinen Männern nach Aust gefahren. Er hätte die Beschattung von Ritchie Wilsons angeblichem Feriendomizil dem NCS in Bristol überlassen sollen, aber er wollte dabei sein, wenn Wilson gefasst wurde. Die drei Sergeants schickte er gegen Mittag zurück nach London, und den Beamten aus Bristol, die er stattdessen als Verstärkung anforderte, erzählte er nichts davon, dass er die letzte Nacht durchgemacht hatte. Bis in den späten Abend hinein hockte er mit vier jungen Polizisten einer Sondereinheit, die auf Gebäudeerstürmungen spezialisiert war, in einem Volkswagen-Kleinbus, in dem tagsüber Temperaturen wie in einer Sauna herrschten. Als Wilson nach Sonnenuntergang immer noch nicht aufgetaucht war und die gelangweilten Sergeants bereits von den Kollegen der Nachtschicht abgelöst worden waren, legte sich Ingenthorpe auf die hinterste Bank des Busses und versuchte ein wenig zu dösen. Er dämmerte sofort weg und schlief bis zum Morgen durch.

Erst nach dem vierten Kaffee merkte er, wie langsam Leben in seinen Körper kam. Er saß immer noch auf der Bank, auf der er geschlafen hatte, streckte sich, um die Verspannungen in seinem Nacken zu lösen, und blickte aus einem der Seitenfenster des Busses hinüber zu Ritchie Wilsons Hütte. Der niedrige kleine Bungalow, der dringend einen neuen Außenanstrich benötigte, lugte etwa 100 Meter entfernt aus einem völlig von Unkraut und wild wachsenden Büschen überwucherten Garten heraus. Irgendwo jenseits der hoch aufgeschossenen Birken, die hinter dem Haus standen, floss der Severn durch stille Wiesen- und Weidelandschaften. Wilsons Rückzugsort war eines von wenigen Häusern in dem dünn besiedelten Streifen zwischen dem

Fluss und den nordwestlichen Vororten von Bristol. Der Polizeibus verbarg sich in einem winzigen Waldstück entlang des ungeteerten Weges, der in weiten Schlenkern von der nächsten Landstraße zu Wilsons Hütte führte.

„Immer noch nichts“, nuschelte einer der Bristoler Polizisten, die eine Bank weiter vorne saßen und Karten spielten. „Würde mich nicht wundern, wenn der Kerl überhaupt nicht mehr auftaucht.“

Ingenthorpe entgegnete nichts, aber insgeheim dachte er: Er muss auftauchen, er ist die einzige heiße Spur, die wir momentan haben.

Für das Londoner Drogendezernat war der Heroinfund bei Wilson Travels zum Ausgangspunkt einer außerordentlich erfolgreichen Razzia geworden. Nachdem man mit Ken Curbishleys Hilfe den Panzerschrank im Büro geöffnet hatte, entdeckte man nicht nur sechs weitere Pfund des weißen Pulvers, sondern darüber hinaus auch eine Auflistung sämtlicher Empfänger der heißen Ware – offenbar Wilsons Lebensversicherung für den Fall, dass einer seiner Kunden ihm zu nahe auf den Pelz rückte. Bis gestern Abend waren bereits zwei russische Nachtclubs in Soho, ein illegales Wettbüro im East End, ein Fünf-Sterne-Hotel in der Nähe des Hyde Park und die Geschäftsräume eines von Industriegrößen frequentierten Rotary-Clubs am Themse-Ufer durchsucht worden. Man hatte neben Heroin auch große Mengen Kokain und Amphetamine beschlagnahmt und mehrere Personen festgenommen. Ein respektabler Erfolg im Kampf gegen den organisierten Drogenhandel, aber auf der Suche nach dem Mörder von William Bickershead war man dadurch keinen Millimeter weitergekommen. Ritchie Wilson war möglicherweise der einzige Schlüssel zur Lösung des Falles.

Ein Schwarm Krähen stob von einer nahen Weide auf, und eine grauweiß getigerte Katze stolzierte gemächlich den Weg entlang, bevor sie gegenüber von Wilsons Garten in einer jungen, lichten Fichtenschonung verschwand. Dunkle Wolkenschlieren zogen von Westen her über die britischen Inseln, aber dennoch war es unangenehm warm in dem engen Bus. Ingenthorpe fragte sich, wie lange er die Observierung noch aufrechterhalten konnte. Ritchie Wilson befand sich bereits auf den Fahndungslisten, früher oder später würde er irgendwem ins Netz gehen, falls er es bis jetzt noch nicht geschafft hatte, das Land zu verlassen. Vor etwas mehr als 24 Stunden war er aus seinem Haus geflohen. Genug Zeit, um bis ans Ende der Welt zu gelangen. Wahrscheinlich reichte es völlig aus, ab und an eine Streife in diesen gottverlassenen Winkel South Gloucestershires zu schicken.

Während Ingenthorpe die letzten Tropfen Kaffee in den Deckel der Thermoskanne goss, musste er an Deirdre denken. Wie lange war er nicht mehr zu Hause gewesen? Fast drei Tage. Er hatte einige Male versucht, sie anzurufen, aber es war immer nur der Anrufbeantworter angesprungen. Sie arbeitete als Kinderkrankenschwester im Schichtdienst, und es kam häufiger vor, dass sie sich tagelang kaum sahen. Doch diesmal lag es an seinen Arbeitszeiten, nicht an ihren, dass sie sich verpassten. Sie würde ihm die Hölle heiß machen, wenn er wieder auf der Matte stand.

Missmutig schraubte er die Thermoskanne zu und legte sie unter die Sitzbank. Die Katze war wieder da. Sie pirschte sich an einen kleinen Singvogel heran, der vor dem Bus am Wegesrand hockte, und miaute ärgerlich, als er zu früh davonflog.

„Willst du dich eigentlich gar nicht ablösen lassen?“, fragte einer der Sergeants. „Unsere Tagschicht kommt in einer Viertelstunde.“

„Weiß noch nicht“, grummelte Ingenthorpe. „Wenn bis heute Nachmittag nichts passiert, werde ich wohl mit meiner Zentrale telefonieren müssen.“

„Ganz schön zermürbend, solche elend langen Observationen. Wenn ich mir vorstelle...“

Der Sergeant brach mitten im Satz ab, weil sich Motorengeräusche näherten. Gleich darauf fuhr mit hoher Geschwindigkeit derselbe 7er-BMW vorbei, den Ingenthorpe in Laleham nur um wenige Minuten verpasst hatte.

„Das ist er“, rief er und schwang sich aus der offenen Seitentür des Busses.

„Warum rast er so?“, fragte einer der Sergeants, während er seine schusssichere Weste überstreifte.

Schon bevor Ingenthorpe am Rand des Wäldchens stand und dem BMW hinterherblickte, wusste er, dass etwas faul war. Es gab nur eine Erklärung dafür, warum Wilson seinen nagelneuen Wagen ohne Rücksicht auf Verluste über den von Schlaglöchern übersäten Weg prügelte: Er hatte erneut Lunte gerochen.

„Wo ist Nibbs?“, rief Ingenthorpe zu der Eingreiftruppe herüber, die einsatzbereit neben dem VW stand.

„Vor ’ner Minute pissen gegangen“, antwortete einer der Sergeants und deutete nach links in das Wäldchen hinein. „Irgendwo da drüben.“

„Dieser Idiot“, entfuhr es Ingenthorpe. „Da hinten stehen die Bäume so weit auseinander, dass man jedes Eichhörnchen vom Weg aus sehen kann.“

Der BMW befand sich mittlerweile auf Höhe von Wilsons Grundstück, doch anstatt auf den Hof abzubiegen, fuhr er nach rechts in die Fichtenschonung hinein.

„Er versucht zu türmen“, rief Ingenthorpe. „Zurück in den Bus.“

Keine zehn Sekunden später holperte der VW mit aufjaulendem Motor durch die Schlaglöcher. Vor Wilsons Bungalow endete der Weg in einer Sackgasse, doch zwischen den jungen, in Reihen gepflanzten Fichten passte selbst der Bus mühelos hindurch. Am jenseitigen Ende der Schonung, mehr als eine Viertelmeile entfernt, war noch für einen kurzen Augenblick das Heck des BMWs zu sehen, bevor er in einer Senke verschwand.

Das ungleichmäßige, stoßhafte Schaukeln des Kleinbusses auf dem unebenen Untergrund brachte Ingenthorpes Magen zum Revoltieren. Ein Liter starker Kaffee in Verbindung mit dem ansonsten komplett ausgefallenen Frühstück ließ ihn eine widerwärtige Säure aufstoßen, die sich wie giftiger klebriger Zuckerguss auf seinen Gaumen legte. Aber Ingenthorpe nahm seine Übelkeit nur am Rande wahr, seine Augen waren starr auf die Stelle gerichtet, wo eben noch der BMW zu sehen gewesen war.

Der Sergeant neben ihm auf der vordersten Rückbank konferierte via Funk mit der Fahndungszentrale in Bristol, und der Beamte, der neben dem Fahrer saß, fuhr mit dem Zeigefinger über eine ausgebreitete Straßenkarte.

„Hinter der Schonung verläuft die Landstraße, von der auch der Weg zu Wilsons Hütte abzweigt“, übertönte er das angestrengte Röhren des Motors. „Zwei Meilen weiter südlich gibt es eine Auffahrt zur M4.“

Die Straße zog sich direkt hinter den letzten Fichtenstämmen durch die flache Senke. In Richtung Norden waren vereinzelte Wagen unterwegs, aber auf der Gegenfahrbahn erkannten sie nur in weiter Ferne den BMW. Mittlerweile betrug sein Vorsprung fast eine halbe Meile.

„Er ist zu schnell“, meinte Ingenthorpe resignierend. „Hoffentlich sind die Fahndungsposten rechtzeitig zur Stelle, bevor er über die Autobahn abhaut.“

„Den kriegen wir“, erwiderte der Fahrer, während er den Bus vorsichtig den Abhang hinuntersteuerte. Auf der Straße drückte er das Gaspedal sofort bis zum Anschlag durch. „Im Gelände hatten wir keine Chance, aber auf Asphalt braucht es schon einen verdammt guten Fahrer, um uns abzuhängen. Der kleine Dinosaurier hier schafft fast 140 Meilen in der Stunde.“

Bis zur Autobahnauffahrt hatte er es tatsächlich geschafft, fast die Hälfte des Rückstands aufzuholen. Während Wilson jede der zahlreichen Kurven verhältnismäßig vorsichtig anfuhr, verlangsamte der VW seine Geschwindigkeit kaum und schnitt mehr als einmal die rechte Fahrbahn. Das Heulen der Sirene auf dem Dach ließ den spärlichen Gegenverkehr langsam genug fahren, um allzu brenzlige Situationen zu verhindern.

„Ein Hubschrauber ist unterwegs“, rief der Mann mit dem Funkgerät, während der Bus in halsbrecherischem Tempo die weite Kurve der Autobahnauffahrt nahm. „Und vier Teams sind für Straßensperren abgestellt worden.“

„Was wollen sie absperren?“, fragte Ingenthorpe. „Die Autobahn?“

Er bekam keine Antwort.

Auf der M4 herrschte reger, aber reibungslos fließender Verkehr. Ingenthorpe hatte insgeheim gehofft, in einen Stau zu geraten, um Wilson zu Fuß stellen zu können, doch er wurde enttäuscht. Das ganze Jahr über nur Stop-and-go auf Englands Autobahnen, aber wenn man wirklich mal eine Verkehrsstockung brauchte, war natürlich keine da.

Angestrengt blickte er zwischen den beiden Sergeants vor ihm hindurch auf die Straße. Der VW raste mit Höchstgeschwindigkeit über die rechte Spur und musste lediglich herunterbremsen, wenn es ein Wagen nicht schaffte, rechtzeitig Platz zu machen. Der BMW war jetzt so nahe, dass Ingenthorpe darin die Umrisse zweier Köpfe erkennen konnte. Die Person auf dem Beifahrersitz schien lange, lockige Haare zu haben. Wahrscheinlich Wilsons Frau.

Wilson versuchte die Fahrzeuge vor ihm mit wildem Hupen und aufblitzendem Fernlicht zur Seite zu drängen, aber ihm wichen die Autos langsamer und widerwilliger aus als der Polizeisirene. Mehr als einmal hupten erboste Fahrer, als der BMW ihnen bis fast auf die Stoßstange auffuhr. Der Bus konnte den Abstand immer weiter verringern.

„Da vorne kommt die Ausfahrt zur M49", rief der Sergeant mit der Straßenkarte, aber Wilson machte keine Anstalten, auf die Abbiegespur zu wechseln. Mit einem gewagten Manöver zog er nach links hinüber und überholte ein Mercedes-Cabrio, das sich geweigert hatte, ihn vorbeizulassen. Der Fahrer schickte Wilson einen erhobenen Mittelfinger hinterher.

„Endlich, der Hubschrauber", sagte der Beamte neben Ingenthorpe und deutete nach Süden, wo in einiger Entfernung die Außenbezirke von Bristol zu erahnen waren. Ein kleines schwarzes Etwas näherte sich von dort, aber es kam langsamer voran als die dunklen, tief hängenden Wolken, die von einem starken Wind ostwärts getrieben wurden. Die beiden Fahrzeuge trennten keine zehn Wagenlängen mehr.

„Gleich haben wir ihn", murmelte der Sergeant hinter dem Steuer mehr zu sich selbst als zu den anderen.

Kurz hinter dem Autobahnkreuz überquerte die M4 den Fluss Severn auf einer Brücke und setzte über nach Wales. Die meisten Autos verlangsamten hier ihre Geschwindigkeit, weil in einigen Vertiefungen noch das Wasser des morgendlichen Gewitters stand, aber Wilson, der vor sich freie Bahn hatte und eine Chance witterte, seinen Verfolgern zu entkommen, drückte noch entschlossener aufs Gas. Auf halber Strecke zum anderen Ufer kam der BMW ins Rutschen, Wilson verlor die Kontrolle über seinen Wagen, und die Bremsen quietschten in einem hoffnungslosen Versuch, das Auto wieder zurück in die Spur zu zwingen. Der BMW schlingerte erst nach links, dann nach rechts, bevor er ganz aus der Fahrbahn geschleudert wurde und frontal gegen das Betongeländer der Brücke prallte. Er ging sofort in Flammen auf und rutschte noch einige Dutzend Meter wie ein wütender Feuerball am Geländer entlang, bevor er endgültig zum Stehen kam.

Der Polizeibus hielt direkt hinter dem lodernden Wrack, aber schon beim Herausspringen wusste Ingenthorpe, dass jede Hilfe zu spät kam. Mr. und Mrs. Wilson waren tot, und mit ihnen verbrannte die vielleicht letzte Möglichkeit, die Wahrheit über den Mord an William Bickershead herauszufinden.

# KAPITEL 31

Sie fuhr mit der Spitze ihrer Zunge über sein Ohrläppchen, folgte den Rundungen der Muschel und drang für den Bruchteil eines Augenblicks in seinen Gehörgang ein. Die warme Feuchtigkeit und die hauchzarten Berührungen ließen seinen Atem schneller und hektischer gehen. Er spürte, wie er am ganzen Körper vor Erregung zu zittern begann. Ihre harten Brustwarzen strichen über seinen Oberkörper, ihre Hand umfasste sein schmerzhaft hartes Glied. Er hörte sie Worte flüstern, die ihn rasend machten. Als sie ihre schlanken Oberschenkel um die seinen schlang, seufzte er vor mühsam kontrollierter Gier und umfasste ihren festen Po mit beiden Händen. Quälend langsam setzte sie sich auf ihn und ließ sein Glied in sie eindringen. Ihre heiße, feuchte Vagina umschloss die Kuppe seiner Eichel für einige viel zu kurze, pochende Herzschläge, dann ließ sie ihn hinausgleiten. Er stöhnte auf, versuchte sie wieder an sich zu drücken. Erneut drang er in sie ein, diesmal etwas tiefer, doch wieder entzog sie sich ihm. In seinem Kopf drehte sich ein reißender Strudel, in dem jeder klare Gedanke zerbarst wie Seifenblasen in einem tosenden Orkan. Als ihre geschmeidige, nasse Hitze ihn das nächste Mal umschmeichelte, warf er sie herum und stieß mit heftigen, schnellen Bewegungen in sie hinein. Bis zu den Hoden versank er in ihr und ließ sein Glied immer schneller auf und ab gleiten. Überall war Schweiß, über den hastig Hände und Münder glitten. Er hörte ihre Schreie, hoch und spitz, aber er wusste nicht, ob sie vor Ekstase oder Schmerz schrie. Es kümmerte ihn nicht. Immer härter, immer hemmungsloser stieß er zu, wie mit einem Messer, das von einer wütenden, verkrampften Hand geführt wurde. Sein Glied schwoll noch weiter an, bis es ihr Inneres ganz auszufüllen schien. Ihre Schreie wurden lauter, und irgendwo in der unendlichen, fiebrigen Schwärze roch es nach Blut. Sein Unterleib zog sich zusammen, bereit, sich in einer gewaltigen, befreienden Explosion zu entladen.

Minster schreckte keuchend hoch und stieß sich den Kopf am Autodach. Fluchend sank er zurück auf das Polster, krümmte sich zusammen und hielt sich den Schädel. Mit ausgetrockneter Kehle, schmerzendem Rücken und einem brennenden Pochen hinter der Stirn lag er schlotternd da, sein Puls noch immer rasend von dem verstörenden Traum, der viel zu real gewesen war. Am liebsten hätte er sich erbrochen, doch in seinem Bauch war nichts außer einem nagenden Hunger, vor dem sich die letzten Spannungen seiner Erektion langsam zurückzogen, bis sie ganz verflogen waren. Selbstekel und eine düstere Faszination, die er nicht empfinden wollte, rangen miteinander wie zwei mörderische Ungeheuer, die sich gegenseitig zerfleischten und von denen keines den Kampf gewinnen konnte, ohne mit ins Verderben gerissen zu werden. Was wohl aus Mia geworden sein mochte, nachdem sie in Paris verschwunden war?

Minster hatte hinterher keine Vorstellung davon, wie lange ihn seine Lethargie gefangen gehalten hatte. Als er es schließlich schaffte, die Augen zu öffnen und sich aufzurichten, konnte er nicht sagen, ob der Tag gerade anbrach oder schon wieder zu Ende ging. Dichter Regen prasselte in unruhigen, stürmischen Windstößen gegen die Fenster, und eine schwarzgraue Wolkenfront hing so tief, dass sie beinahe die Wipfel der Fichten zu berühren schien, die den Rastplatz säumten. Drei, vier Fahrzeuglängen vor dem Rover parkte ein gelber Lkw, und seitlich versetzt davon ragten die Umrisse eines Toilettenhäuschens aus der verschwommenen Suppe.

Er musste raus. Er ertrug das Innere des Wagens nicht länger, die abgestandene Luft, den Geruch nach alten Plastikverkleidungen, chemischem Polsterreiniger und Sexualhormonen. Ein Blick nach vorne aufs Armaturenbrett sagte ihm, dass es kurz nach 10 Uhr war. Der Hochsommer schien sich fürs Erste verabschiedet zu haben.

Er hatte sich gerade weit genug gesammelt, um sich in den sintflutartigen Regen hinauszutrauen, als sein Handy klingelte. Erst beim dritten Läuten schaffte er es, das Gerät aus der Tasche seiner Jacke zu ziehen, die auf dem Beifahrersitz lag.

„Inspector Minster?“

„Ja“, antwortete er mechanisch.

„Ich habe Fotos von Ihnen.“

„Wer spricht da?“ Alle Benommenheit war schlagartig von ihm abgefallen.

„Fotos von Ihnen, wie sie in Paris mit dieser Nutte vögeln.“

„Wer ist da bitte?“ Obwohl der Anrufer offenbar durch ein Taschentuch sprach, kam Minster die Stimme irgendwie bekannt vor. Sie sprach bewusst langsam und ruhig.

„Sie möchten sicher nicht, dass diese Bilder an die Öffentlichkeit gelangen.“

„Verflucht noch mal, wer sind Sie?“ Vage Assoziationen schossen ihm durch den Kopf, aber er konnte die Stimme nicht zuordnen.

„Man kann Sie sehr gut erkennen, Mister Minster. Es scheint Ihnen Spaß gemacht zu haben.“

Er musste Zeit gewinnen, den Fremden so viel wie möglich sprechen lassen. Irgendwann würde der Punkt kommen, an dem er ihn erkannte.

„Von welcher Nutte sprechen Sie?“

„Sie wissen sehr genau, um wen es geht. Oder legen Sie häufiger Groupies flach? Die Fotos sind sehr scharf, sie würden sich auf jeder Titelseite gut machen. „Sündige Ermittlungen in der Stadt der Liebe", wie gefällt Ihnen diese Schlagzeile? Ihre Laufbahn wäre von einem auf den anderen Tag beendet."

Zeit gewinnen, den anderen reden lassen. „Was wollen Sie von mir?"

„Hören Sie auf herumzuschnüffeln."

„Wo herumzuschnüffeln?"

„Halten Sie den Mund." Auch das Taschentuch konnte die nervöse Ungeduld nicht verbergen. „Verkaufen Sie mich nicht für dumm. Stoppen Sie Ihre Ermittlungen. Eine Hausdurchsuchung ist sinnlos, es war Selbstmord. Niemand wird Ihnen Schwierigkeiten machen, wenn Sie die Sache im Sande verlaufen lassen."

„Ich lasse mich nicht erpressen. Diese Fotos existieren nicht. Ich mache Ihnen einen anderen Vorschlag: Sie sagen mir, wo ich Sie treffen kann, und ich..."

Es klickte in der Leitung. Der andere hatte aufgelegt.

Minster kochte vor Wut. Abraham Bickershead schien sich für allmächtig zu halten. Wie konnte er nur so dreist sein, ihm derart offen drohen zu lassen? Glaubte er tatsächlich, sich als Parlamentarier alles herausnehmen zu können? Wenn, dann hatte er sich schwer verkalkuliert.

Minster fand es unerträglicher denn je im Auto. Er zog seine Jacke an, stieß die Tür weit auf und sog wie ein Verdurstender die frische, feuchte Luft tief in seine Lungen. Dann sprang er aus dem Wagen, warf die Tür hinter sich zu und spurtete hinüber zu den Toiletten.

Der Regen prasselte auf ihn nieder, als renne er durch einen tosenden Wasserfall. Als er unter dem schmalen Vordach des Toilettenhäuschens ankam, klebten ihm die Haare an den Schläfen, aber die Feuchtigkeit störte ihn nicht. Die warme Nässe prickelte auf seiner Kopfhaut und kitzelte ihn im Nacken. Endlich war auch sein Körper wieder wach. Wenn der bohrende Hunger und die viel zu rasant dahinsausende Achterbahn in seinem Kopf nicht gewesen wären, hätte er sich pudelwohl gefühlt.

Er brauchte Ruhe. Der Anruf hatte so viele Gedanken aufgeschreckt und durcheinandergewirbelt, dass ihm schwindelig wurde. Vielleicht konnte er sich irgendwo zehn Minuten hinsetzen und meditieren. Solange sich sein Geist nicht beruhigt hatte, würde er unfähig sein, sein weiteres Vorgehen vernünftig zu planen.

Er lugte in das Toilettenhäuschen hinein, doch von dem penetranten Gestank nach ausgeschiedenem Bier und den mit undefinierbaren, verkrusteten Schmutzstreifen verzierten Kachelwänden wurde ihm schon im Vorraum übel. Er ging um das Häuschen herum, stellte enttäuscht fest, dass das Dach nach hinten nicht überstand, und wollte schon kehrtmachen, als sein Blick auf einen schmalen Trampelpfad fiel, der sich einige Schritte weiter rechts in das

Fichtenwäldchen hineinschlängelte. Im Halbdunkel unter den Bäumen war die karmesinrote Ziegelmauer eines weiteren Gebäudes zu erkennen.

Minster dachte kurz daran, im Auto zu meditieren, verwarf die Idee aber sofort wieder und folgte dem kleinen Pfad in den Wald. Er musste einige tief hängende, regenschwere Äste zur Seite schieben und aufpassen, dass er auf der rutschigen Erde nicht ausglitt, aber nach nicht einmal einer Minute hatte er sein Ziel erreicht. Er stand vor einer länglichen, nach einer Seite hin offenen Hütte, in der mehrere schmucklose Tische und Sitzbänke aus Beton in den Fußboden eingelassen waren. In den hinteren Ecken lag gestapeltes Feuerholz, und vor der Hütte prasselte der Regen in die wagenradgroße Kohlewanne eines an einem massiven Dreifuß aufgehängten Eisengrills. Es war kein Zen-Tempel, aber Minster hätte sich mit so ziemlich jedem Unterstand anfreunden können, in dem es nicht nach saurem Urin stank. Er ging so weit in die Hütte hinein, dass ihm der Wind den Regen nicht mehr ins Gesicht peitschte, ließ sich im vollen Lotussitz auf dem harten Steinboden nieder und sah einige Minuten lang den Wassertropfen zu, wie sie zu Abermillionen über die Zweige und Nadeln der Fichten perlten. Dann schloss er die Augen und begann, sich auf seine Atmung zu konzentrieren. Er folgte der einströmenden Luft, wie sie seine Lungenflügel füllte und die Bauchdecke nach unten drückte, bis sich unterhalb seines Nabels eine unmerkliche, aber starke Spannung aufbaute. Langsam leerte sich die Lunge wieder, die Nasenflügel blähten sich eine Winzigkeit auf, und der Kreislauf des Atmens begann von vorne.

„Ist ein Hund wie Buddha?" Das Koan lauerte noch immer ungelöst in den hinteren Regionen seines Bewusstseins, doch er schob ihn beiseite. Heute Morgen war er zu nervös und aufgebracht, um seinen Geist herauszufordern. Er konnte froh sein, wenn sich die Turbulenzen in seinem Inneren wenigstens für ein paar kostbare Minuten so weit legten, dass er die Stille spürte, die allem Leben zugrunde lag und die er viel zu selten wahrnahm.

Minster folgte der Luft auf ihrem Weg durch seinen Körper, konzentrierte sich auf die Spannung unterhalb der Bauchdecke. Wie eine entfernte Bewegung, die man aus den Augenwinkeln wahrnahm, bemerkte er, dass sich die Verkrampfungen in seinen Unterarmen, die ihm bis dahin gar nicht bewusst gewesen waren, zu lösen begannen. Das gleichmäßige Trommeln des Regens auf das Hüttendach und die eiserne Grillwanne übertönte den Lärm der nahen Autobahn und lullte ihn ein, bis er in eine leichte Trance versank, in der es nur noch seinen tiefen, ruhigen Atem gab.

Doch die Gedanken ließen ihm nur ein paar Sekunden Vorsprung, dann fielen sie von allen Seiten über ihn her. Erst schlichen sich nur Worte und Satzfragmente zwischen die Atemzüge, dann komplexe Hypothesen, deren Argumente und Querverbindungen so rasend schnell aufeinander folgten wie die Rippen einer Jalousie, die hastig heruntergelassen wurde. Schließlich drängelten sich noch Bilder zwischen die Stromschnellen des unaufhaltsamen inneren Monologs, Momentaufnahmen, die größtenteils aus den letzten Tagen stammten. Das Wasser speiende Einhorn in Wills Appartement. Mia, wie sie in Amsterdam nachmittags drogenvernebelt durch den Club irrte. Der Augenblick, als das blitzende Messer auf Fleeces Herz niedersauste. Wills fahle blaue Lippen auf dem Obduktionstisch. Gillishams Kinder, die unter dem Küchentisch dem Kätzchen nachjagten. Die hölzerne Buddhastatue in dem holländischen Tempel. Die braune Wolldecke, aus der Florences bleiche Hand herausragte. Sein Vater, wie er auf den höchsten Zinnen des schottischen König-Artus-Schlosses stand und auf einen weit entfernten Wald deutete, in dem Trolle hausen sollten. Das merkwürdige Blitzen, als er in Mia zum Orgasmus bekommen war. Konnte es vielleicht doch sein, dass man ihn fotografiert hatte?

Minster versuchte die Bilder abzuschütteln und sich ganz auf seine Atmung zu konzentrieren, doch es gelang ihm nicht. Spätestens nach zwei, drei Zügen waren wieder neue da, und die Gedanken verselbständigten sich immer mehr, bis sie ihn völlig aus dem Konzept gebracht hatten. Als er merkte, dass er sich auf die Zähne biss, um sich zu zwingen, die Störungen zurückzudrängen, gab er auf. Es hatte keinen Sinn, sich mit Gewalt gegen die Flutwelle zu stemmen. Er würde sich nur wieder verkrampfen und wütend auf sich selbst werden.

Mit der Meditation war es wie mit den Gezeiten: Manchmal hatte man das Gefühl, von der Ebbe an einem einsamen Strand zurückgelassen zu werden, aber wenn man geduldig blieb, kehrte die Flut irgendwann zurück und vereinte einen wieder mit dem Ozean. Bernard Watanabe Roshi hatte einmal gesagt, sich selbst zu hassen, weil man seinen Geist nicht beherrschen konnte, sei schlimmer, als gar nicht zu meditieren. Zumindest hatte Minster es geschafft, seine Unruhe so weit einzudämmen, dass er wieder klar denken konnte.

Er öffnete die Augen und sah hinaus in den Regen, der mit unverminderter Heftigkeit niederging. Die Äste der Fichten bogen sich unter dem Gewicht, und die Grillwanne war bereits bis fast an den oberen Rand mit Wasser gefüllt. Es roch nach nassem Unterholz und kühler, sauerstoffreicher Luft.

Als er mit den Augen einen Tropfen verfolgte, der an der dem Himmel abgewandten Seite einer der Dreibeinstangen hinabrann, schoss ihm wie aus dem Nichts ein Gedanke durch den Kopf, der alle anderen ausblendete und sofort zwei, drei andere nach sich zog, die sich aus ihm ergaben. Plötzlich wusste er, wer der Deutsche war, dem Will die Gitarre gewidmet hatte. Der Mann, der das Instrument verschwinden ließ, weil er fürchtete, dass es ihn verraten würde. Der Mann, der wahrscheinlich nicht nur Will, sondern auch Florence Glis ermordet und ihn vor wenigen Minuten zu erpressen versucht hatte. Jetzt, wo er den Namen präsent hatte, erkannte er auch die Stimme wieder. Der Mörder hatte geschickt im Verborgenen agiert und sich keine Blöße gegeben, doch der Anruf würde ihm zum Verhängnis werden.

Minster rekapitulierte die Ereignisse der letzten Tage, verglich Uhrzeiten, stellte Ablaufpläne auf. Sobald die ersten Puzzleteile ineinandergriffen, gruppierten sich die übrigen wie von selbst um sie. Alles passte, es gab keinerlei Widersprüche, dafür aber noch eine weitere grundlegende Erkenntnis: Der Mörder hatte nicht alleine gehandelt. Es gab noch eine zweite Person, die genauso tief in die tödlichen Intrigen verstrickt war und von der Minster ebenfalls die Identität zu kennen glaubte.

In diesem Augenblick hallte das Klingeln seines Handys durch die leere Grillhütte wie Glockenschläge durch einen Kirchturm. Minster, der vollkommen in Gedanken versunken war, zuckte erschrocken zusammen. Fahrig nestelte er an seiner Jackentasche herum, bis er das kleine Telefon herausgezogen hatte und es an sein Ohr presste.

„Granpole?" Es war Gillisham. Er klang so aufgeregt, wie Minster ihn noch nie erlebt hatte.

„Hallo Teddy. Was ist los?"

„Ich hab mir heute Nacht noch mal das BBC-Video vom Festival angesehen, diesmal mit Ton. Es ist nur ein einziger Buchstabe, aber ich bin mir vollkommen sicher, dass Will einen anderen Text singt als sonst. Im Original heißt die erste Zeile von `The Devil´s Advocat´ „diver of death, bringer of wrath", aber Will brüllt eindeutig „driver" statt „diver". Kannst du dir einen Reim darauf machen?"

„Kann ich", erwiderte Minster. Die Schlinge begann sich immer enger um den Hals des Mörders zu ziehen. „Es passt perfekt."

„Und dann ist da noch was", fuhr Gillisham fort, offenbar ohne Minster zugehört zu haben. „Ich habe die Liste aller Leute abtelefoniert, die wir im Backstage-Bereich des Festivals verhört hatten, und nach der Gitarre gefragt. Ein Roadie der Mindflowers konnte sich daran erinnern, dass sie ungefähr zum selben Zeitpunkt, als Will auf die Bühne ging, in einen schwarzen Austin verfrachtet wurde. Und jetzt rate mal, von wem?"

„Da muss ich nicht raten. Ich weiß es."

Wenige Minuten später rannte Minster durch den strömenden Regen zurück zum Wagen, startete den Motor und raste auf die Autobahn. Der Verkehr war glücklicherweise nicht sehr dicht, und er kam schnell voran, aber trotzdem erschien es ihm wie eine halbe Ewigkeit, bis in der grauen Suppe das nächste Ausfahrtschild auftauchte. Er verließ die M11, fuhr durch einen Tunnel unter ihr hindurch und direkt dahinter wieder zurück auf die Autobahn. Der Rover schaffte auch bei nasser Asphaltdecke spielend 100 Meilen pro Stunde, ohne dass Minster fürchten musste, aus der nächsten Kurve getragen zu werden. Die Lichtreflektoren auf dem Randstreifen sausten ihm in viel zu langen Intervallen vorbei.

Nachdem er auf die 505 abgebogen war und das Tempo ein wenig drosseln musste, kramte er mit einer Hand im Handschuhfach herum und entdeckte zu seiner Erleichterung zwei Müsliriegel. Ohne auf das Haltbarkeitsdatum zu achten, riss er die Cellophanverpackung auf und stopfte beide Riegel mit Heißhunger in sich hinein. Sie waren fürchterlich trocken und schmeckten wie mit Honig überzogene Pappe, aber er hätte so ziemlich alles gegessen, für das er nicht extra anhalten musste.

Während er mit deutlich überhöhter Geschwindigkeit über die verschlungenen, schmalen Landstraßen südlich der 505 donnerte, ging er seine Theorie noch einmal in allen Einzelheiten durch. Ein Irrtum war ausgeschlossen. Gillishams Anruf hatte die letzten Zweifel ausgeräumt, dass er sich möglicherweise auf der falschen Fährte befinden könnte. Er wusste, wer der Mörder war, und er wusste auch, wo er ihn finden würde. Das Einzige, was ihn beunruhigte, waren die möglicherweise doch existierenden Bilder von Mia und ihm, aber er hatte beschlossen, diese Eventualität so weit es ging zu ignorieren. Je schneller er zuschlug, desto größer war seine Chance, die Fotos verschwinden zu lassen, bevor sie ihm schaden konnten.

In dem kleinen Buchenwäldchen wäre er beinahe von der Straße abgekommen, weil er im verregneten Halbdunkel eine scharfe Linkskurve erst in allerletzter Sekunde bemerkte und die Bremsen auf dem nassen Schotter versagten. Quietschend und schlingernd schrammte der Rover um Haaresbreite an einem Dutzend Baumstämme vorbei, bevor Minster es mit rasendem Puls und angehaltenem Atem schaffte, das Auto wieder zurück in die Spur zu bringen. Er wollte sich lieber gar nicht erst ausmalen, was hätte passieren können, wenn ihm ein anderes Fahrzeug entgegengekommen wäre.

Auch die nächste scharfe Biegung sah er erst sehr spät, doch nachdem er sie mit durchdrehenden Reifen und einem röhrenden Motor, der sich nur mit Mühe im Zaum halten ließ, gemeistert hatte, schoss der Rover zwischen den letzten Baumreihen hindurch hinaus aufs freie Feld. Minsters Herz schlug ihm bis zum Hals, aber er fuhr immer noch am absoluten Limit dessen, was bei diesen Witterungsbedingungen aus dem kleinen Wagen herauszuholen war.

Erst als er bereits den breiten Feldweg entlangraste, fiel ihm ein, dass er eigentlich schon gleich nach Gillishams Anruf Verstärkung hätte herbeitelefonieren müssen. Der Mann, den er suchte, hatte zwei Menschen ermordet, und er selbst war vollkommen unbewaffnet. Eine denkbar schlechte Ausgangsbasis. Doch die nächste bewaffnete Einheit würde mindestens eine Dreiviertelstunde brauchen, bis sie vor Ort sein konnte, und Minster hatte das ungute Gefühl, dass er sowieso schon zu spät kam. Wenn seine Überlegungen stimmten, hatte der Mörder ihn auf dem Autobahnrastplatz in erster Linie aus Angst angerufen, und Angst war der Auslöser Nummer eins für Gewalttaten.

Diesmal lauerten vor dem eisernen Tor glücklicherweise keine Journalisten. Minster sprang aus dem Wagen, lief zur Gegensprechanlage und drückte auf die Klingel. Keine Reaktion. Er versuchte es ein zweites Mal. Wieder nichts. Schließlich klingelte er Sturm, doch der Lautsprecher blieb stumm. Vielleicht war es tatsächlich schon zu spät.

Er starrte durch das Tor hinüber zu Bickershead House, doch in dem Regen, der in dichten Schleiern über den Vorhof peitschte, konnte er kaum weiter gucken als bis zu den Unterstellplätzen der Autos. Das Haus selbst war nur ein grauer, klobiger Schatten, der sich undeutlich aus dem Unwetter abzeichnete.

Nachdem Minster Abraham Bickersheads Geheimnummer angerufen hatte und auch dort nur auf Schweigen gestoßen war, fuhr er den Rover so nahe an das Tor heran, bis er quer davor parkte und kein Fußbreit Platz mehr zwischen Blech und Eisen war. Dann kletterte er auf das Wagendach, schätzte die Entfernung ab und sprang. Der Regen klatschte ihm so heftig ins Gesicht, dass er so gut wie nichts sehen konnte, und er befürchtete schon, gegen die mit Stahlspikes übersäten Stangen zu prallen, doch instinktiv krallten sich seine Hände im richtigen Moment um die glatte Querverstrebung, die das Tor oben abschloss, und wie ein Bergsteiger, der sich am senkrechten Felsen abstützt, setzte er die Sohlen seiner Schuhe so gegen zwei der Spike-Stangen, dass kein anderer Teil seines Körpers mit ihnen in Berührung kam. Bislang lief alles reibungslos.

Minster atmete mehrmals tief ein und aus, dann zog er sich langsam hoch, immer darauf bedacht, das Tor nur mit den Schuhsohlen zu berühren. Zentimeter um Zentimeter stemmte er sich weiter nach oben, die Augen stets auf die stählernen Dornen unter ihm gerichtet. Schon hing er mit dem Oberkörper über der Querstange und konnte die Arme entlasten, indem er sich auf seinen Unterbauch abstützte. Er lehnte sich weiter nach vorne und wollte sich gerade zur Seite drehen, um die Beine nachziehen und sich in voller Länge über die Querstange abrollen zu können, als er einen stechenden Schmerz am linken Schienbein spürte. Er war den Spikes zu nahe gekommen, und zwei von ihnen hatten ihm in der Aufwärtsbewegung die Hose aufgeschlitzt und die Haut aufgerissen. Die Dornen waren nur wenige Millimeter lang, aber sie schnitten mit der Schärfe von Operationsskalpellen durch die dünne, straff gespannte Hautschicht über dem Schienbeinknochen. Minster schrie auf und hätte fast den Halt verloren. Mit zusammengebissenen Zähnen schwang er die Beine so weit zurück, wie es die Schmerzen zuließen, drehte sich bäuchlings auf der Querverstrebung, bis er eine Linie mit ihr bildete, und ließ sich auf der anderen Seite des Tores hinunterfallen.

Er kam mit beiden Füßen auf dem Boden auf und ging sofort in die

Knie, um den Fall abzufedern, doch in seinem verletzten Bein brannte ein Feuer, das ihn aus dem Gleichgewicht brachte. Mit einem unterdrückten Stöhnen versuchte er sich aufzurichten, ruderte mit beiden Armen und schlug schließlich der Länge nach hin. Schotter bohrte sich in seine Wange, steiniger Matsch sog sich in seine Kleidung, doch für den Moment kümmerte ihn das alles nicht. Er schloss die Augen, beruhigte seinen pfeifenden Atem und horchte in sich hinein. Es war nichts gebrochen oder verstaucht. Die Schnittwunden würden ihn nicht sonderlich behindern. Aber die Zeit arbeitete gegen ihn.

Ächzend erhob er sich und klopfte sich den gröbsten Dreck von Hose und Jacke. Dort, wo der Hosenstoff aufgerissen war, klebte Blut an den schmutzverklebten Rändern. Minster rollte das Hosenbein hoch und wischte mit seinem Stofftaschentuch die beiden dünnen, fingerlangen Risse sauber. Es quoll kaum noch neues Blut aus den Wunden.

Dann begann er zu rennen. Bei jedem Schritt spürte er von neuem das beißende Stechen in seinem Bein, aber er zwang sich, das Tempo nicht zu verlangsamen. Auf den Autostellplätzen sah er ein silbernes Mercedes-Cabriolet, das gestern Abend noch nicht hier gestanden hatte. Ein deutsches Modell für den Deutschen, fuhr es ihm durch den Kopf, während er durch die nassgraue Suppe rannte. Dass hinter dem Tor ein marineblauer Kleinlaster neben seinem Rover zum Stehen kam, bemerkte er nicht. Die sintflutartigen Regenfälle verschluckten jedes Geräusch.

Immer zwei Stufen auf einmal nehmend, stürmte Minster die Freitreppe zum Haupthaus hinauf und zerrte an dem schweren eisernen Klopfer des Eingangsportals. Es war nicht verschlossen. Vielleicht verschaffte ihm das einige wertvolle Sekunden. Er hatte sich schon auf der Suche nach einem Bediensteteneingang um das halbe Gebäude hetzen sehen.

Er zog die schwere hölzerne Tür auf und schlüpfte hindurch, sobald der Spalt breit genug war. Von nun an würde er höllisch auf der Hut sein müssen.

Die Stille, die ihn drinnen empfing, war so vollkommen, dass er sich einen Moment lang wie betäubt fühlte. Sobald das Portal krachend ins Schloss gefallen war, verstummte das Toben der Elemente, als hätte es nie existiert. Kühles Schweigen lag über der Eingangshalle von Bickershead House wie entrückte Erinnerungen an ein längst vergangenes Jahrhundert. Das Licht eines elektrischen Kronleuchters brach sich in den vergoldeten, wie Löwentatzen geformten Füßen dreier Sofas und ließ die dicke gläserne Platte eines Kaffeetisches goldgelb schimmern. An den von Stuckornamenten eingefassten Wänden hingen lebensgroße Gemälde der Bickershead-Ahnenreihe, doch Minster hatte keinen Blick für sie. Alles, was er sah, waren die beiden Türen, die sich in wenigen Metern Abstand voneinander gegenüber des Eingangsportals befanden. Er konnte es sich nicht leisten, kopflos durch diesen gewaltigen

Komplex zu irren wie durch ein Labyrinth. Wo würde er dem Mörder näher kommen, links oder rechts?

Die Entscheidung wurde ihm abgenommen, als die rechte Tür aufschwang. Eine kleine, schlanke Pakistanerin mittleren Alters in einem weiten grünen Hosenkleid stand auf der Schwelle und starrte ihn mit vor Schreck geweiteten Augen an.

„Polizei", rief er ihr zu, bevor sie anfangen konnte, um Hilfe zu schreien oder davonzulaufen. „Bleiben Sie ruhig, Ihnen passiert nichts."

Mit einiger Mühe nestelte er seinen Dienstausweis aus der Innentasche seiner durchnässten Jacke. Die Lippen der Frau bebten vor Angst, als er sich ihr näherte, ein verwahrlost aussehender Fremder mit Blut an der zerrissenen Hose, unter dessen Schuhen sich bei jedem Schritt schmutzigbraune Pfützen bildeten. Aber der Ausweis schien sie zu überzeugen. Ein verkrampftes, einstudiertes Lächeln schob sich vor ihre Furcht.

„Wer sind Sie?", fragte Minster.

„Nusrat, die Kammerzofe von Lady Bickershead", antwortete sie mit piepsiger Stimme.

„Wo kann ich Abraham Bickershead finden?"

„Hier entlang", sagte sie und deutete mit einer eleganten Handbewegung auf die linke Tür. „Soll ich ihm Ihren Besuch ankündigen, Mister Minster?"

„Nein. Erklären Sie mir nur den Weg."

„Soll ich Sie nicht hinführen?", erwiderte sie überrascht und fast ein wenig beleidigt.

„Hören Sie mir zu, Nusrat." Er versuchte trotz seiner nervösen Angespanntheit, möglichst ruhig zu sprechen. „Sie sagen mir, wie ich am schnellsten zu Mister Bickershead komme, und tun danach so, als wenn ich nie hier gewesen wäre, ja? Dies ist ein gefährlicher Polizeieinsatz. Ich möchte, dass sie mir nicht folgen und niemandem von meiner Anwesenheit erzählen. Wenn alles gutgeht, ist in einer Viertelstunde alles vorbei. Haben Sie mich verstanden?"

„Natürlich", flüsterte sie eingeschüchtert. „Folgen Sie dem Gang bis zur Treppe. Im ersten Stockwerk befinden sich die Gemächer des Lords. Aber er wird es nicht mögen, wenn jemand unangemeldet hereinplatzt."

„Er wird noch ganz andere Dinge nicht mögen", zischte Minster in sich hinein, riss die Tür auf und stürmte den dahinter liegenden Korridor hinunter.

Tiefer cremefarbener Teppichboden verschluckte seine Schritte. An den Wänden hingen zwischen schweren Ölgemälden, die karge Heidelandschaften zeigten, dreiarmige Kerzenleuchter aus Messing und warfen mit ihren flackernden, Wachskerzen nachempfundenen Birnen ein unruhiges Licht durch den mannsbreiten, langgezogenen Gang. Minster rannte an mehreren Türen vorbei, bevor der Korridor in eine halbrunde Halle von den Ausmaßen eines kleinen Kirchenschiffs mündete. In der Mitte des haushohen, schneeweißen Raumes stand auf einem Steinpodest ein gewaltiges Aquarium, in dem unzählige winzige Fische in allen Farben des Regenbogens schwammen. Direkt neben der Gangöffnung begannen Marmorstufen an der Rundung der Halle entlang nach oben zu klettern. In die einzige gerade Wand war ein riesiges Panoramafenster eingelassen, gegen das von außen dichte Regenteppiche klatschten. Noch immer war es totenstill.

Minster hetzte die Treppe hinauf, bis diese in einen Absatz auslief, der wie ein elegant geschwungener Balkon über der Halle thronte. Zwei Meter weiter oben prangte an der Decke in Lebensgröße ein azurblauer Seeadler auf grasgrünem Hintergrund – offenbar das Familienwappen der Bickersheads –, und unten schimmerte grünlichblau der Aquariumtank.

Durch die dunkle Holztür, die von dem Treppenabsatz abging, hörte Minster gedämpfte Stimmen. Vorsichtig drückte er die vergoldete Klinke herunter, schob die Tür langsam nach vorne und blickte in einen Gang, nicht unähnlich demjenigen, durch den er in die große Halle gelangt war. Düstere Ölgemälde in opulenten Rahmen, verschwenderisch viele künstliche Kerzen, ein Teppichboden, in dem man zu versinken glaubte wie in Treibsand. Minster trat ein und zog die Tür lautlos hinter sich zu. Irgendwo vor ihm unterhielten sich zwei Männer, die er jetzt problemlos verstehen konnte.

„Es hat diesen verdammten Bullen nicht interessiert, kapier das doch endlich“, rief der eine mit unüberhörbarer Aggressivität. „Er wird uns weiter hinterherschnüffeln.“

„Dann stell dich endlich der Polizei“, sagte der andere leiser, aber beinahe ebenso wütend.

Minster begann wieder zu rennen.

„Vergiss es“, brüllte die erste Stimme.

„Ich besorge dir den besten Verteidiger des Landes. Sie werden dich nicht...“

„Du willst mich doch nur loswerden. Aber ich lasse mich nicht länger von dir verarschen, du verfluchter Wichser.“

Plötzliche Stille. Minster lief jetzt so schnell, dass das Stechen in seinem Schienbein wieder stärker wurde. Kerzenhalter um Kerzenhalter sauste an ihm vorbei, aber der Korridor schien kein Ende zu nehmen.

„Was soll das?“ Die zweite, etwas tiefere Stimme. Jede Schärfe war aus ihr gewichen, sie klang wie paralysiert.

„Na, jetzt scheißt du dir in die Hosen, wie?“, lachte der andere triumphierend.

„Nimm die Pistole weg.“

Minster rannte, so schnell er konnte. Zehn Meter vor ihm machte der Gang eine Biegung nach rechts.

„Das Spiel ist aus, verdammt.“

„Bitte..."

Noch fünf Meter.

„Du lässt mir keine andere Wahl."

Noch drei.

„Hank, wir können doch über alles..."

In dem Moment, als Minster die Gangbiegung erreichte, fiel der Schuss. Wie das überlaute Knallen einer Peitsche wurde der Nachhall von den Wänden zurückgeworfen, bevor eine unheilvolle Stille eintrat.

Minster hatte nicht erwartet, dass der Korridor gleich hinter der Abzweigung enden würde, und sah sich unverrichteter Dinge Auge in Auge dem Mann gegenüber, den er gesucht hatte. Hank Hanover, derjenige, der die Flying Horses bei ihrer Plattenfirma betreute, stand keine fünf Meter entfernt inmitten eines kleinen Salons neben einem weißen Konzertflügel und schien nicht glauben zu können, wen er da vor sich hatte. Der Arm, der die Pistole hielt, baumelte an seiner Seite herab, als gehöre er nicht zu ihm, und der aufgestellte Deckel des Flügels war mit Blutspritzern übersät. Zu Hanovers Füßen lag ein grotesk verkrümmter Körper, der sich nicht mehr rührte. Aus dem grauen Designeranzug quoll in Höhe des Herzens Blut und bildete einen kreisförmigen Fleck. Minster musste unwillkürlich an eine Rose denken, deren Blüte aufging. Er hatte den Mann nie zuvor gesehen, aber an seiner Stimme erkannt: Es war Doctor Minnack, der Hausarzt der Bickersheads.

Einen Herzschlag lang, der sich endlos hinzuziehen schien, starrten sich Minster und Hanover an, jeder überrascht von der Plötzlichkeit, mit der sich aufeinandergetroffen waren. Minster nahm mit geschultem Instinkt Hanovers knallrote Turnschuhe wahr, die beige Tweed-Hose, das olivgrüne Sportjackett, die Pistole. Eine Neun-Millimeter-Glock-Automatik mit 17 Schuss. Dasselbe Modell, das viele Polizisten benutzten.

In dem Moment, als Minster sich schräg nach hinten werfen wollte, um hinter der Gangbiegung Schutz zu suchen, nahm er neben sich eine Bewegung wahr. Ein glatzköpfiger Mann in einem glänzenden schwarzen Frack ging mit langen Schritten an ihm vorbei und hielt geradenwegs und scheinbar völlig unbeeindruckt auf Hanover zu.

„Was in aller Welt geht hier vor?", ertönte der sonore Bass von Abraham Bickersheads Privatsekretär. „Geben Sie mir die Pistole. Wie können Sie es wagen..."

Wieder peitschte ein Schuss durch den Salon, und wieder sank ein Mann getroffen zu Boden. Stöhnend rollte sich der Sekretär in der Embryonalstellung zusammen und hielt sich den linken Oberarm. Zwischen den Fingern sickerte Blut hindurch.

Minster hatte das überraschende Auftauchen des Mannes genutzt, um sich hinter der Gangbiegung zu verschanzen. Er würde Hanover nur überwinden können, wenn es ihm gelang, ihn in einen Nahkampf zu verwickeln. Doch fünf Meter waren eine zu große Distanz. Bevor er zur Hälfte heran war, würde Hanover ihm mindestens eine Kugel in den Leib gejagt haben.

Er verfluchte sich dafür, dass er keine Waffe mitgenommen hatte. Wenn Hanover schneller reagiert hätte oder der Sekretär später aufgetaucht wäre, könnte er jetzt schon mit einem halben Kubikzentimeter Metall im Schädel neben dem toten Arzt liegen. Seine einzige Hoffnung war, dass er das Erbrochene in Florence Glis' Toilette richtig gedeutet hatte und Hanover alles andere als kaltschnäuzig war. Ein abgebrühter Schütze würde keine Probleme haben, ihn in diesem Korridor zu erschießen. Es gab nur einen Weg für ihn: zum zweiten Mal mitten hinein in die Höhle des Löwen.

Als er um die Ecke in den Salon spähte, sah er gerade noch, wie sich eine Tür an der gegenüberliegenden Seite des Raumes schloss. Der Privatsekretär keuchte gepresst und hielt sich noch immer den Oberarm. Blut tropfte auf den blütenweißen Teppich.

Minster lief in den Salon hinein, kniete sich neben den Verletzten und versuchte ihn dazu zu bewegen, die Hand von der Wunde zu nehmen.

„Fassen Sie diesen Kerl", stieß der Sekretär mühsam zwischen fast gänzlich geschlossenen Lippen hervor. „Ich komme zurecht. Die Kugel sitzt nicht tief."

„Ich werde Ihnen zumindest die Wunde abbinden."

„Gehen Sie", zischte der Sekretär ungehalten. Schweiß perlte von seiner Stirn. „Er ist bei Lord Bickershead. Verhindern Sie das Schlimmste."

Minster sprang auf, rannte zu der Tür und drückte die Klinke herunter. Die Tür war nicht abgeschlossen, sie ließ sich ins nächste Zimmer hinein öffnen. Er stieß sie mit dem Fuß so hart es ging auf und sprang hinterher, darauf hoffend, dass er Hanover überrumpeln konnte.

Doch er kam zu spät. Mit zwei, drei Schritten stand er mitten in einem kleinen Ankleidezimmer, aber von Hanover trennten ihn immer noch mindestens zwei Meter. Die schweren Vorhänge vor dem einzigen Fenster waren zugezogen, und der schummrige Schein eines beleuchteten Spiegels drang kaum bis in die Ecke des Raumes, in dem Hanover stand, Abraham Bickershead wie einen Schutzschild vor sich, die Pistole an die Schläfe des weißhaarigen alten Mannes gedrückt.

„Bleib stehen, Bulle!", schrie Hanover so laut, dass Bickershead zusammenzuckte. Der dürre Lord hing wie eine Marionette, deren Fäden nicht straff gehalten wurden, in Hanovers Griff. Sein blauer Frotteemorgenmantel schien ihm mindestens zwei Nummern zu groß zu sein, und sein faltiges Gesicht war aschfahl. Trotz des schwachen Lichts sah Minster die nackte Panik in seinen Augen.

Minster erstarrte in der Bewegung und versuchte, mit einem schnellen Blick die Lage zu sondieren. Hanover und Bickershead standen mit dem

Rücken zur Wand zwischen einem sperrigen Ohrensessel und einer weiteren Tür. Wenn Hanover sich in der Ecke zu sehr bedrängt fühlte, würde er schießen. Nichts war gefährlicher als ein in die Enge getriebenes Raubtier.

„Lass deine Waffen fallen", rief Hanover.

„Ich bin unbewaffnet", erwiderte Minster und zeigte Hanover seine leeren Hände. Wenn es ihm nicht gelang, sein Gegenüber zu beruhigen, würde es ein weiteres Blutbad geben.

„Du lügst", brüllte Hanover und presste Bickershead den Lauf seiner Pistole so hart gegen den Schädel, dass der Lord leise wimmerte. „Los, die Jacke aus."

Minster streifte das immer noch regenschwere Kleidungsstück ab und ließ es zu Boden fallen. Erst jetzt merkte er, wie nassgeschwitzt sein Rücken war.

„Was war das für ein Klacken?", kam es argwöhnisch aus dem Halbdunkel.

„Mein Handy steckt in der Jackentasche", entgegnete Minster tonlos. „Ist etwas unsanft aufgekommen."

„Scheiße, wo ist deine Knarre?"

„Ich habe keine bei mir."

„Dreh dich rum."

Minster gehorchte. Hinter sich hörte er Hanovers wütendes Schnauben und etwas leiser den rasselnden Atem Bickersheads. In seinem Nacken spürte er ein Kitzeln, das ihm nicht gefiel. Er mochte es nicht, wenn er einer Gefahr nicht ins Gesicht sehen konnte.

„Warum hast du keine Knarre?"

„Die meisten Polizisten tragen keine", sagte Minster und wandte sich langsam wieder Hanover zu. „Was haben Sie vor, Mister Hanover? Wollen Sie uns alle erschießen?"

„Wenn es sein muss. Minnack hat mir keine andere Wahl gelassen. Ich wäre lebenslang in den Knast gewandert, wenn ich mich auf sein Spiel eingelassen hätte. Und dann musstest du hier aufkreuzen und mir dazwischenfunken. Ich hätte längst über alle Berge sein können. Ohne dich würde der Alte immer noch in aller Seelenruhe an seinen Fußnägeln herumschnippeln. Falls er stirbt, geht er auf deine Kappe."

„Mister Hanover, tun Sie nichts, was Sie später bereuen werden."

„Bereuen?", lachte Hanover schrill. „Was sollte ich denn noch bereuen? Ich habe nichts mehr zu verlieren. Aber wenn ich draufgehe, gehen noch ein paar andere mit."

„Mister Hanover, niemand will Ihren Tod. Seien Sie doch vernünftig und..."

„Keinen Schritt näher, oder der Alte krepiert", schrie Hanover, als Minster sich anschickte, auf ihn zuzugehen. Die Hand, die die Pistole hielt, zitterte, und Bickershead murmelte mit geschlossenen Augen ein Stoßgebet.

„Schon gut, schon gut." Minster überlegte fieberhaft, wie er sich in eine günstige Position manövrieren konnte, um Hanover mit einem gezielten Fußtritt außer Gefecht zu setzen. Von da, wo er jetzt stand, konnte er ihn mit einem einzigen Sprung erreichen, aber er würde nicht schnell genug sein, um zu verhindern, dass der Abzug ein letztes Mal niedergedrückt wurde.

„Ruf uns einen Hubschrauber, der uns nach Stanstead bringt", rief Hanover. „Von da aus will ich eine Maschine, die mich und diesen senilen alten Sack hier außer Landes fliegt. Libyen, Saudi-Arabien; irgendwohin, wo man mich nicht einbuchtet."

„Dazu bräuchte ich mein Handy." Minster begann eine neue Möglichkeit zu erahnen. Wieder schätzte er Entfernungen ab, versuchte sich Winkel einzuprägen. Wenn er sich etwas zu weit über die Jacke beugte und...

„Dann heb es verdammt noch mal auf", brüllte Hanover mit sich überschlagender Stimme. Bickershead betete immer noch.

Minster witterte seine Chance. Hanover und seine Jacke trennte nur ein knapper Meter. Sollte es ihm gelingen, aus der Hocke heraus Hanovers Knöchel zu treffen, würde sein Gegner so schlagartig das Gleichgewicht verlieren, dass ein eventueller Schuss Bickersheads Schläfe höchstwahrscheinlich verfehlen würde.

Minster schob sich erst einen halben Schritt nach vorne, dann noch einen. Er war gerade in die Knie gegangen und visierte Hanovers Standbein an, während er mit der Rechten geistesabwesend nach seinem Handy fingerte, als hinter ihm zwei große, breite Schatten die Türschwelle zum Salon ausfüllten.

„Scheiße, Hank, bist du völlig durchgeknallt?", fragte Ed Maxwell ungläubig, und Damien Fleece fügte flüsternd hinzu: „Hast du die Sauerei da draußen angerichtet?"

„Haltet die Fresse", befahl Hanover und blickte gehetzt zwischen Minster und den beiden Neuankömmlingen hin und her. In Minster krampfte sich alles zusammen. Hanover stand kurz davor, die Beherrschung zu verlieren. Er musste schnell handeln, doch Hanover verlagerte sein Gewicht auf das andere Bein und zwang ihn, seinen Angriff neu zu überdenken. So, wie er jetzt hockte, würde es fast unmöglich sein, Hanover effektiv genug zu Fall zu bringen.

„Verschwindet", rief Hanover Maxwell und Fleece zu. „Haut ab und vergesst alles, was ihr gesehen habt. Die Sache hier geht euch nichts an."

„Hast du sie noch alle?", donnerte Maxwells tiefe Stimme durch den dunklen kleinen Raum. „Auf der Treppe kam uns jemand entgegen, der blutete wie ein abgestochenes Schwein, Minnack rührt sich nicht mehr, du fuchtelst mit einer Knarre herum, und wir sollen so tun, als wäre nichts passiert?"

„Was macht eigentlich der Ninja hier?", fragte Fleece.

„Der Ninja ist ein scheiß Bulle", rief Hanover und verlagerte sein Gewicht wieder zurück.

Eine glückliche Fügung des Schicksals. Wenn Minster jetzt zuschlug, hatte Abraham Bickershead eine Chance.

„Verpisst euch endlich, oder ich blase dem Alten das Hirn aus dem Schädel", schrie Hanover außer sich vor Wut. „Ich zähle bis drei: Eins, zwei..."

Im selben Augenblick, als Minsters Fuß vorschnellte, schnappte Bickershead japsend nach Luft und sackte nach vorne. Hanover, überrascht von der plötzlichen Last auf seinem Arm, drohte aus dem Gleichgewicht zu geraten und ließ den Greis los. Minster verfehlte Hanover, und bevor er sich aus der Horizontalen aufrichten konnte, klatschte Bickersheads schlaffer Körper mit voller Wucht auf seinen Brustkorb. Für einen kurzen Moment wurde ihm schwarz vor Augen.

Hanover konnte ihn nicht verfehlen. Minster erwartete einen Schuss, einen überwältigenden Schmerz, aber das Krachen, das ihn zusammenzucken ließ, kam nicht aus der Glock. Hanover hatte seinen kurzzeitigen Knockout genutzt, um zu flüchten und im Hinausrennen die Tür hinter sich zuzuschlagen.

Mühsam schob Minster den ohnmächtigen Bickershead von sich und setzte sich auf. Fleece reichte ihm die Hand und zog ihn hoch, während Maxwell in die Innentasche seiner Bomberjacke griff.

„Dass du ein Cop bist, hättest du uns ruhig sagen können", polterte er drauflos, und etwas sanfter fügte er hinzu: „Aber die hier kannst du sicher gebrauchen."

Er reichte Minster eine antik anmutende Smith & Wesson, deren Trommel sechs Kugeln fasste.

„Musst ja keinem erzählen, dass du sie von mir hast", meinte Maxwell mit einem schiefen Lächeln. „Du kannst garantiert besser mit dem Ding umgehen als ich."

Die Kühle des Revolvergriffs in seiner Hand weckte Minsters Jagdinstinkt. Er entsicherte die Waffe, riss die Tür auf, rief den anderen zu, sie sollten sich um Bickershead kümmern und rannte los. Dass Maxwell ihm in einigen Metern Abstand folgte, registrierte er nicht. Alle seine Sinne waren noch vorne gerichtet, auf Hanover, der bei gleicher Bewaffnung keine Chance gegen ihn haben würde. Er musste ihn nur noch finden.

Hinter dem Ankleidezimmer befand sich ein geräumiges, barockes Schlafgemach, von dem nur eine weitere Tür abging. Sie führte in den winzigen Vorraum eines mintgrün gekachelten Badezimmers, in dem es nach einem sehr starken Aftershave roch. Einen Augenblick lang glaubte sich Minster in einer Sackgasse und befürchtete bereits, in einen Hinterhalt geraten zu sein, doch dann bemerkte er im toten Winkel des Vorraums einen schweren Brokatvorhang. Er schob ihn zur Seite und fand sich in einem Flur wieder, der wie ein Ei dem anderen demjenigen ähnelte, der ihn in den Salon geführt hatte. Am jenseitigen Ende sah er Hanover um eine Ecke biegen und verschwinden. So schnell er konnte, lief er hinterher. Die Wunde an seinem Schienbein war wieder aufgerissen, aber er ignorierte das brennende Stechen. Es gab nur noch ihn, Hanover und die Meter, die zwischen ihnen lagen.

Hinter der Biegung endete der Gang nach wenigen Schritten vor einem zweiflügeligen Portal aus dunkelbraunem Teakholz, das die komplette Breite des Korridors einnahm. Der rechte Flügel stand sperrangelweit offen und gab den Blick auf eine Bücherwand voller antiquarischer Lederfolianten frei.

Minster stürmte mit der Waffe im Anschlag in den Raum hinein. Was er für die jenseitige Wand gehalten hatte, war lediglich eines von zahllosen Regalen, die fast bis zur hohen Stuckdecke reichten. Er befand sich in einer riesigen Bibliothek, deren Ausmaße er nur erahnen konnte. In regelmäßigen Abständen erstreckten sich schmale Gänge zwischen den übervollen Bücherregalen wie Schluchten in einem Gebirge voller hoch aufragender Steilwände. Irgendwo ganz weit hinten sickerte offenbar durch ein Mosaikfenster diffuses, bläulichgrünes Licht in den Raum und glomm über die Regale hinweg. Doch es war viel zu schwach, um die allgegenwärtigen Schatten vertreiben zu können.

Minster wusste, dass er sein Überraschungsmoment damit verspielen würde, aber dennoch drückte er auf den Lichtschalter neben dem Portal. Wenn er sich nicht völlig dem Zufall ausliefern wollte, brauchte er bessere Sicht.

Er hatte erwartet, dass an der Decke Lampen aufleuchten würden, doch das Innere des Labyrinths blieb in Dunkel gehüllt. Lediglich an den Außenwänden des Raumes begannen in winzigen Alkoven künstliche, in dreiarmigen Messingkandelabern steckende Kerzen zu flackern. Die denkbar schlechteste Beleuchtung für eine Verfolgungsjagd. Das unruhige Licht drang kaum bis in die raumeinwärts führenden Regalschluchten vor und erzeugte verwirrende, hektisch zuckende Schattensilhouetten.

„Wo ist er?“, fragte leise eine Stimme hinter Minster. Erschrocken fuhr er herum. Er hatte sich so auf die neue, beunruhigend unübersichtliche Umgebung konzentriert, dass er Maxwells Kommen überhört hatte.

„Bleib draußen“, zischte er zu ihm herüber. „Es ist zu gefährlich hier.“

„Hat Hank Will und Florence auf dem Gewissen?“

„Ja.“

„Dann lass ihn uns schnappen. Dieser Psychopath hat mir die größte Scheiße meines Lebens eingebrockt.“

„Ed, er könnte überall hocken und auf uns warten. Ohne Waffe kannst du nichts gegen ihn ausrichten.“

„Du hattest bis gerade auch keine Knarre, Ninja. Ich werde diesen Bastard suchen, bis ich ihn im Würgegriff habe. Und dann Gnade ihm Gott.“

Minster merkte, dass es sinnlos war. Er würde Maxwell nicht davon abbringen können, Hanover auf den Fersen zu bleiben. Im sonnengegerbten

Gesicht des Managers stand eine Entschlossenheit geschrieben, die an fatalistische Sturheit grenzte.

„Also gut“, flüsterte Minster. „Aber sei vorsichtig. Zwischen den Regalen sieht man so gut wie nichts. Ich gehe rechts herum, du links. Ruf, sobald du ihn entdeckst. Versuch nicht, ihn zu überwältigen. Das ist mein Job.“ Leise schloss er das Portal und schob den schweren Riegel vor.

„Ayay, Käpt'n.“ Maxwell verschwand, ein Schatten unter Schatten.

Minster wandte sich nach rechts und tauchte in den düsteren, nach altem Papier riechenden Irrgarten ein. Die Bücher füllten die Regale fast überall gänzlich aus, es gab so gut wie keine Lücken, durch die man in die dahinter liegenden Gänge schauen konnte. Die versiegelten Holzbohlen, mit denen die Bibliothek ausgelegt war, ermöglichten es Minster, lautlos voranzukommen, aber ein Knirschen und Knarzen hier und da wäre ihm lieber gewesen. Dass Hanover sich ohne verräterische Geräusche bewegen konnte, machte ihm Sorgen. Er würde es sich nie verzeihen, wenn Maxwell hinterrücks niedergeschossen werden würde, nur weil er ihn nicht davon abgehalten hatte, sich blindlings ins Verderben zu stürzen.

Minster passierte die erste Gangkreuzung. Zur Linken ragten einige in Leder gebundene Atlanten eine Handbreit aus einem Regal heraus, ansonsten erahnte er die Bücherreihen mehr, als dass er sie sah. Er horchte und spähte kurz nach beiden Seiten, dann ging er weiter geradeaus. Die Stille war beängstigend. In weiter Ferne meinte er das gedämpfte Prasseln von Regen gegen Fensterglas zu hören, ansonsten vernahm er nichts. Die nächste Kreuzung, wieder keinerlei Anzeichen dafür, wo Hanover sein könnte. Rechts sah er in einiger Entfernung den matten Schein einer elektrischen Kerze. Unwillkürlich musste er an ein Grablicht auf einem nächtlichen Friedhof denken.

Nach fünf weiteren Gabelungen erspähte er erneut eine Kerze, diesmal am Ende des Ganges, der vor ihm lag. Der bläuliche Schimmer, der die weiße Decke unwirklich und fern erscheinen ließ, war mittlerweile so hell geworden, dass er zumindest die obersten Regalbretter der Dunkelheit entriss. Minster hatte die Bibliothek einmal längs durchquert, ohne eine Spur von Maxwell oder Hanover zu entdecken. Er hoffte, dass er den Riegel des Portals hören würde, falls Hanover versuchen sollte, auf demselben Weg zu fliehen, auf dem er gekommen war. Noch deutete nichts darauf hin, dass es einen anderen Ausgang gab.

„Hank, du Scheißkerl, wo steckst du?“ Maxwells Ruf brandete wie Donnerhall durch die angespannte Stille.

Minster fluchte innerlich. Wie konnte Maxwell nur so unvorsichtig sein?

„Hank, es ist sinnlos, dich zu verstecken. Ich krieg dich, und dann wirst du für das bezahlen, was du Will und Florence angetan hast.“

Minsters Gehör war nicht das allerbeste, aber Maxwell befand sich eindeutig zu seiner Linken, ein wenig weiter im Inneren des Labyrinths als er selbst. So schnell er konnte, eilte er dem Manager entgegen.

Minster hatte gerade eine erste Kreuzung passiert, als der Schuss fiel. Irgendwo in der Dunkelheit vor sich meinte er für den Bruchteil einer Sekunde einen sich bewegenden Umriss zu sehen, schwärzer als die ihn umgebenden Schatten. Er begann zu rennen.

„Du feige Ratte", brüllte Maxwell, jetzt sehr nahe. Er klang nicht, als sei er getroffen worden. „Ich werde dir jeden Zahn einzeln aus deiner Fresse schlagen, du verfluchter Wichser."

Die Silhouette verschwand, aber Minster glaubte erkannt zu haben, in welchen Gang sie eingetaucht war. Er hastete hinterher.

„Stell dich und kämpfe wie ein Mann", rief Maxwell, keine fünf Schritte vor Minster. Die große, drahtige Gestalt des Rothaarigen zeichnete sich mittlerweile unverkennbar vor den übrigen Schatten ab. Als Maxwell Minster von hinten herankommen hörte, wirbelte er herum und ließ einen rechten Schwinger durch den Gang sausen. Seine Faust verfehlte Minsters Nase nur um wenige Millimeter.

„Runter", zischte Minster und zog den Hünen mit sich nach unten. Kaum lagen sie bäuchlings auf dem Boden, da peitschte der nächste Schuss durch die Schwärze und schlug in nächster Nähe dumpf in Leder und Papier ein. Sie hielten synchron den Atem an, die Welt schien für einen kurzen, totenstillen Moment anzuhalten, dann ertönte ein weiterer Schuss. Wieder pfiff er über sie hinweg, wieder verschwand er in den Untiefen der Bibliothek.

Minster drehte sich auf die Seite und feuerte schräg nach oben in die ungefähre Richtung, aus der die Schüsse abgefeuert worden waren. Er konnte nicht hoffen, Hanover zu treffen, aber zumindest würde sein Gegenangriff ihn dazu zwingen, in Deckung zu gehen.

Etwa zwei Mannslängen vor sich vernahm er ein Schnauben, dann war wieder alles ruhig. Doch er hatte genug gehört, um die Fährte aufzunehmen.

„Rühr dich nicht, beim nächsten Mal wird er dich über den Haufen schießen", flüsterte er Maxwell ins Ohr, sprang auf und rannte in den Korridor hinein, in dem er Hanover vermutete. Da er sich vom jenseitigen Ende der Bibliothek entfernte, wurde der bläuliche Schimmer schwächer, aber dennoch erahnte er vor sich die Umrisse eines Menschen. Im Laufen feuerte er dorthin, wo er Hanovers Waden vermutete. Ein schriller Aufschrei gellte ihm entgegen, dann ein Schuss, der wie ein eisiger Windhauch an seinem Becken vorbeipeitschte. Er warf sich nach rechts in eine Gangöffnung und kauerte sich eng an die unterste Regalreihe. Es roch nach Büchern, die seit Jahrhunderten nicht mehr aufgeschlagen worden waren, und feiner, trockener Staub drang in seine Nase. Minster konnte sich das Niesen nur mühsam verkneifen. Fünf, sechs Kugeln wurden in schneller Folge abgefeuert, aber keine von ihnen erreichte den Gang, in dem er hockte.

„Wenn du mich abknallst, werden jeder Zeitung im Land die Fotos von dir und Mia zugespielt", rief Hanover gepresst. Minster schätzte, dass mindestens zwei Regale sie voneinander trennten. Wahrscheinlich war auch Hanover in Deckung gegangen, nachdem er wahllos in die Schatten gefeuert hatte. Er klang hysterisch und voller Panik. Der letzte Schuss hatte ihn offenbar nicht verfehlt.

Wieder hörte Minster nichts außer seinen eigenen Atem, der sich langsam beruhigte. Nachdem er sich die Nase zugehalten und die Außen- gegen die Innenwände gerieben hatte, ließ der Juckreiz immer mehr nach, bis er schließlich ganz verschwand. Die Stille war gespannt, bis zum Zerreißen.

Auf allen Vieren kroch Minster zurück zur letzten Kreuzung und spähte nach rechts, in die Richtung, aus der Hanovers Stimme gekommen war. Nichts. Kein Geräusch, keine Bewegung. Er richtete sich auf, bis er auf den Fußballen balancierte.

Hinter sich vernahm er ein Rascheln und Hecheln, doch als er herumwirbelte und nach einem Ziel suchte, auf das er schießen konnte, lag nur ein leerer Gang vor ihm. Kein Schatten verdeckte das Flackern einer weit entfernten Kerze.

Lautlos pirschte sich Minster an die nächste Weggabelung heran. Rechts meinte er etwas wahrzunehmen, schweren Atem, ein leises, gequältes Stöhnen. Er folgte dem Geräusch.

Schon nach wenigen Sekunden schälten sich Hanovers Umrisse immer deutlicher aus der Düsternis heraus. Er humpelte leicht, und in seiner Rechten erahnte Minster die Glock.

„Stehen bleiben und Waffe weg, oder ich schieße", rief Minster ihm hinterher, doch Hanover quälte sich weiter, ohne sich umzublicken. Minster würde ihn problemlos einholen können, aber die Verletzung machte Hanover unberechenbar. In seiner Verzweiflung konnte es durchaus sein, dass er auch in völlig aussichtsloser Lage noch versuchen würde, sein Magazin bis zur letzten Kugel leerzufeuern.

„Zum letzten Mal: stehen bleiben und die Waffe fallen lassen", rief Minster, doch erneut machte Hanover keine Anstalten, dem Befehl Folge zu leisten.

Minster blieb nichts anderes übrig, als Hanover mit einem weiteren Beinschuss zu Fall zu bringen. Im Laufen zielte er, so gut es bei den schlechten Lichtverhältnissen möglich war, und drückte ab. Der Schuss ging fehl, Hanover hastete humpelnd weiter.

Minster visierte sein Ziel erneut an, doch bevor er schießen konnte, war ein Schatten zwischen ihm und Hanover.

„Jetzt hab ich dich", brüllte Maxwell triumphierend und war bereits bis auf Armlänge an Hanover heran.

„Aus dem Weg", brüllte Minster, doch seine Warnung kam zu spät. Hanover hatte sich in der Bewegung umgedreht, Maxwell aus nächster Nähe in die Brust geschossen und rannte bereits weiter. Der Manager taumelte noch zwei, drei Schritte nach vorne, dann griff er sich mit der einen Hand ans Herz und versuchte sich mit der anderen am nächsten Regal festzuhalten. Er riss einen ganzen Schwung schwerer Lexika heraus und stürzte mit ihnen zu Boden.

„Verfluchter Bastard", röchelte er noch, bevor ihn ein Buch an der Schläfe traf und er das Bewusstsein verlor.

Minster sprang über Maxwell hinweg, rutschte auf einem der Lexika aus und schaffte es nur mit Glück, nicht das Gleichgewicht zu verlieren. Hanover hatte durch Maxwells unerwartetes Auftauchen einige Meter gewonnen und beinahe das Ende des Ganges erreicht. Seine Silhouette war schemenhaft vor einem grünblauen Mosaikfenster zu erahnen, das vom Fußboden bis fast zur Decke reichte. Gleich würde Hanover zu einer der beiden Seiten verschwinden, und das lebensgefährliche Versteckspiel würde von neuem beginnen. Minster versuchte seine letzten Kraftreserven zu mobilisieren, aber er merkte, wie sein ausgelaugter Körper den Dienst zu verweigern begann.

Als Hanover gerade um die Ecke biegen und aus Minsters Sichtfeld verschwinden wollte, durchstieß die Sonne mit der Kraft des Hochsommers die aufreißende Wolkendecke und tauchte die Grafschaft Hertfordshire in gleißendes, goldenes Mittagslicht. Die Schatten in der Bibliothek von Bickershead House zogen sich in ihre Verstecke zurück, Hanovers Umrisse zeichneten sich in überdeutlicher Schärfe vor dem aufflammenden Glas ab, und Minster feuerte einen Schuss ab, der sich tief in Hanovers linken Oberschenkel bohrte. Der Getroffene stolperte, ein Schuss löste sich aus seiner Pistole, ließ das riesige Mosaikfenster – azurblauer Seeadler auf grasgrünem Hintergrund – zerbersten, und Hank Hanover stürzte mit dem Kopf voran durch den glitzernden Splitterregen hinaus ins Freie.

Noch ehe Minster das gähnende Loch erreichte, hörte er Hanovers Körper in einem der Zierteiche aufklatschen. Bevor die Gewitterfront die Sonne wieder hinter die sich schwarz auftürmenden Wolkenberge verbannte und ein weiterer Platzregen auf die Ländereien der Bickersheads niederging, sah Minster, dass Hanovers Pistole einige Meter von ihm entfernt in einem Rosenbeet lag und Damien Fleece bereits aus dem Haus gerannt kam, um sie an sich zu nehmen. Minster drehte sich um, tauchte in die zurückgekehrten Schatten zwischen den Bücherwänden ein und dachte in stiller Trauer: Ed Maxwell, warum um alles in der Welt musstest du nur den tragischen Helden spielen?

# KAPITEL 32

## ACHT WOCHEN SPÄTER

Die graue Katze lag lang ausgestreckt auf einer Wolldecke in der hintersten Ecke des Schuppens und schlief. An ihren Bauch schmiegten sich vier winzige Kätzchen, zwei graphitgrau wie ihre Mutter, zwei grauweiß gefleckt. Eine der Gefleckten miaute zaghaft, als die Tür knarzend aufgezogen wurde, und kuschelte sich noch enger zwischen ihre schlummernden Geschwister.

„Schau, Dad, da hinten“, flüsterte Granpole Minster und deutete zu der Decke hinüber, die er vor Jahren über das defekte Radio aus dem Zweiten Weltkrieg gebreitet hatte.

Sir Nigel Minster trat neben seinen Sohn und blickte mit zusammengekniffenen Augen in das Halbdunkel des Schuppens. Sein Sehvermögen war nicht mehr das beste, und das einzige, mit Spinnweben überzogene kleine Fenster ließ das Licht des frühen Abends kaum bis zu den Katzen vordringen. Vorsichtig pirschte sich Sir Nigel auf Zehenspitzen zwischen dem Rasenmäher und einer löchrigen Regentonne hindurch näher heran, bis ihn keine fünf Schritte mehr von der Katzenfamilie trennten. Wieder miaute die Grauweiße, aber es klang jetzt eher neugierig als ängstlich.

Granpole Minster merkte, wie ihm warm ums Herz wurde. Nachdem er die Vierbeiner gestern entdeckt hatte, war er über eine Stunde im Schuppen geblieben und hatte ihnen beim Herumtollen zugesehen. Katzen faszinierten ihn schon, seit er ein kleiner Junge war. Ihre natürliche, ungezwungene Eleganz hatte etwas Zen-haftes an sich. Sie ruhten so vollkommen in sich selbst, wie es der Mensch nur äußerst selten schaffte.

Doch heute freute er sich nicht nur über die Anwesenheit der Tiere, sondern mindestens ebenso sehr über die seines Vaters. Wie er da vor ihm stand, halb mit dem Rücken zu ihm, und in andächtiger Reglosigkeit den Katzenwurf betrachtete, erinnerte er Minster an ein Kind, das an Weihnachten überwältigt im Anblick des geschmückten Tannenbaums versank. Carol tat seinem Vater gut. Seit sie an seiner Seite war, konnte er wieder staunen und die stillen Freuden des Lebens genießen. Als Sir Nigel sich schließlich von den schlummernden Katzen abwandte und hinter Minster den Schuppen verließ, lächelte er geistesabwesend in sich hinein.

„Wunderschöne Tiere", sagte er draußen. „Deine?"

„Nein. Cleopatra gehört meinem Nachbarn, Robert Beckingsale. Aber sie fühlt sich bei mir genauso zu Hause wie bei ihm. Eine Zeit lang hat sie sich von uns beiden durchfüttern lassen, bis sie so dick und träge wurde, dass wir ihr eine radikale Diät verordnen mussten. Ich werde morgen mal rübergehen und Robert die frohe Nachricht überbringen. Ich wette, er ahnt noch gar nichts von seinem Glück."

Sie schlenderten durch den Garten zurück zur Veranda, vorbei an den Apfelbäumen, an denen nur noch wenige überreife Früchte hingen. Die Vögel in den Zweigen sangen voller Inbrunst ihre Abendarien, und es roch nach Regen und den letzten Düften des Sommers. Der Herbst stand vor der Tür, aber noch waren die Tage hell und warm.

Minster und sein Vater saßen noch eine halbe Stunde auf der Veranda, tranken grünen Tee und genossen das rotgoldene Licht der tief stehenden Sonne, das hinter dem Garten den Waldrand mit einem märchenhaften Schimmer überzog. Als sie die Kanne geleert hatten, gingen sie in die Küche und begannen, das Abendessen zuzubereiten. Minster hatte am Nachmittag frisches Gemüse aus dem Dorf geholt, und während er Porree, Sellerie, Tomaten und Möhren wusch und kleinschnitt, kümmerte sich Sir Nigel um die Zwiebeln und den Knoblauch. Sie arbeiteten schweigend, wie sie es immer taten, wenn sie zusammen in einer Küche standen. Das Klacken der Messer auf den Schneidebrettern und das Zwitschern der Vögel, das durch die offenen Fenster und Türen hereindrang, waren die einzigen Geräusche, bis schließlich das Olivenöl in der Pfanne zu brutzeln und das Nudelwasser zu kochen begann. Sir Nigel, eine alte Schürze vor seinem Polohemd und in den Händen den Verschnitt des Gemüses, quittierte es mit einem zufriedenen Kopfnicken, dass Minster mit den Tagliatelle nicht sparte und gleich das ganze Pfund aus der Tüte in den Topf gleiten ließ.

„Darauf habe ich mich schon die ganze Hinfahrt gefreut", sagte er und lachte verschmitzt. „Endlich wieder so viel Nudeln, wie das Herz begehrt. Carol hat in den letzten Wochen versucht, meine Portionen zu rationieren. Sie meinte, ich sei ein unverbesserlicher Vielfraß und sollte meinen Stoffwechsel ein wenig schonen. Du glaubst nicht, wie oft ich nachts an den Kühlschrank musste, um nicht zu verhungern."

„Wahrscheinlich ist sie nur neidisch, weil es ihr schwerer fällt als dir, kein Fett anzusetzen. An dir ist auf jeden Fall kein Gramm zu viel, du kannst zwei große Teller Tagliatelle vertragen."

„Sie ist mindestens genauso schlank wie ich", erwiderte Sir Nigel, während er das Gemüse mit Oregano, Pfeffer und Salz nachwürzte. „Ich glaube, sie will nur testen, wie weit sie bei mir gehen kann. Sie ist unruhig wegen San Francisco und neigt deshalb manchmal dazu, sich etwas schrullig aufzuführen.

Aber es ist kein großes Malheur, wir können beide darüber lachen. Bis morgen ist sie noch mit ihrer Schwester in Schottland, da kann sie sich ihre Flausen aus dem Kopf wandern."

„Wirst du den Lehrauftrag annehmen?"

„Ich soll mich bis Oktober entscheiden, aber ganz sicher bin ich mir immer noch nicht. Carol möchte gerne für ein Jahr nach Amerika, und da mein Buch über die Kolonien endlich fertig ist, könnte ich es eigentlich wagen. Andererseits liegen schon wieder einige Publikationsangebote auf meinem Schreibtisch, die ich ungerne ablehnen möchte."

„Du kannst doch auch in San Francisco schreiben."

„Genau darüber bin ich mir noch nicht im Klaren. Wir müssten umziehen, uns in der neuen Umgebung einleben, Leute kennenlernen. Und ich kann nicht genau abschätzen, wie viel Arbeit es bedeutet, sich auf die Lehrtätigkeit an einer kalifornischen Universität einzustellen. Vielleicht kommt den jungen Leuten dort meine Art zu unterrichten sehr bieder und altbacken vor. Ende der 60er Jahre gehörten die Universitäten in San Francisco zu den fortschrittlichsten und kreativsten der Welt. Ich weiß nicht, ob sie dort auf einen komischen britischen Kauz wie mich vorbereitet sind."

„Ende der 60er", lachte Minster und goss die Tagliatelle in der Spüle ab. „Dad, die Studentenrevolte ist seit über 30 Jahren vorbei. Wahrscheinlich sind die heutigen Studenten aus Protest gegen ihre Hippie-Eltern alle stockkonservativ und werden dich alten britischen Gentleman genauso glühend verehren wie die Generation vor ihnen Timothy Leary. Meinen Segen rüberzufliegen hast du auf jeden Fall. Nimmst du die Pfanne mit raus?"

Sie setzten sich wieder auf die Veranda und verfielen in erneutes Schweigen, während der Nudelberg immer mehr in sich zusammenschrumpfte. Die Sonne stand mittlerweile nur noch knapp über den Wipfeln des Waldes, aber noch immer waren die Temperaturen angenehm.

Nachdem die letzten Gemüsereste aus der Pfanne gekratzt waren, goss Sir Nigel sich einen Whiskey ein, und Minster brühte frischen Tee auf. Für den späteren Abend hatte er noch Vanilleplätzchen und eine kleine Packung Minztäfelchen besorgt, aber er bezweifelte, dass sie vor Mitternacht den Drang verspüren würden, die Leckereien anzubrechen.

„Hast du Valery in den letzten Tagen gesehen?", fragte Minster, nachdem er die Teebeutel aus der Kanne gezogen und sich seine Tasse randvoll gegossen hatte. „Sie rief letzte Woche an und meinte, der Semesteranfang wäre katastrophal gewesen."

„Deine Schwester leidet lediglich ein wenig unter ihrer Faulheit", entgegnete Sir Nigel mit heiterem Tadel. „Sie hat ein Soziologie-Seminar bei einem Professor belegt, der seit dem ersten Tag keinen Zweifel daran lässt, dass Geisteswissenschaften auch in England nur von Leuten studiert werden sollten, die des Lesens und Schreibens mächtig und in der Lage sind, von beidem ausgiebig Gebrauch zu machen. Valery muss eine ausführliche Hausarbeit über Struktur und Funktion der Familie im Frühkapitalismus verfassen, und dagegen sträubt sie sich noch etwas. Sie verwendet ihre Zeit lieber darauf, vor ihren Freundinnen mit deinem letzten Fall anzugeben."

„Dem Bickershead-Mord?"

„Ja. Ich bekam durch Zufall mit, wie sie mit einer ihrer Kommilitoninnen telefonierte und dabei in den höchsten Tönen von dir schwärmte."

„Von mir?" Minster runzelte ungläubig die Stirn. „Ich wüsste nicht warum. Ich bin nicht sonderlich stolz auf meine Rolle in dem Fall."

„Immerhin hast du den Mörder dingfest gemacht."

„Aber zu spät. Wenn ich schneller geschaltet hätte, könnte Doctor Minnack noch leben, und Abraham Bickershead hätte seine Herzattacke auf die Zeit nach seinem 100. Geburtstag verschieben können."

„Wenn man den Medienberichten glauben kann, geht es dem alten Tyrannen mittlerweile schon wieder unverschämt gut. Wahrscheinlich wird er uns alle noch überleben."

„Er war bereits zwei Tage nach seiner Attacke fit genug, um eine Dienstaufsichtsbeschwerde gegen mich einzureichen."

„Weswegen?"

„Unterlassene Hilfeleistung. Ich hätte nichts unternommen, um ihn aus Hanovers Klauen zu befreien."

„Typisch", lachte Sir Nigel vergnügt. „Männern von seinem Schlag ist selbst auf der Schwelle des Todes jede Art von Demut fremd."

„Ein paar Tage später wurde er aber plötzlich verdächtig kleinlaut", sagte Minster mit unverhohlener Befriedigung. „Als er den von oberster Stelle unterzeichneten Hausdurchsuchungsbefehl in Händen hielt, hätte man ihn beinahe wieder auf die Intensivstation zurückverlegen müssen. Die Dienstaufsichtsbeschwerde zog er sofort zurück, und er hat wohl mehrfach im Innenministerium angerufen und unterwürfig darum gebeten, keine zweite Obduktion an Will durchzuführen. Er scheint tatsächlich davon ausgegangen zu sein, sich in Bickershead House jeder Gerichtsbarkeit entziehen zu können. Und als dann auch noch das Heroin im Körper seines Sohnes nachgewiesen wurde, brach seine kleine heile Welt endgültig zusammen. Minnack kann zwar nicht mehr gegen ihn aussagen, aber falls sich seine Fraktion nicht davon überzeugen lässt, dass er von der Fälschung des ersten Obduktionsberichts nichts gewusst hat, droht ihm sogar der Parteiausschluss."

„In der Presse kommt er auf jeden Fall ziemlich schlecht weg. Selbst die konservativen Zeitungen haben sich in den letzten Wochen auf ihn eingeschossen. Und immer noch erwähnen sie ab und an deinen Namen. „Sherlock Holmes des 21. Jahrhunderts" hat dich eines der Klatschblätter genannt."

„Was für ein Blödsinn", ereiferte sich Minster und nahm einen großen Schluck aus seiner Tasse. „Die Lösung des Falles war so simpel, dass ich schon viel früher hätte drauf kommen müssen."

„Über die Details stand recht wenig in den Zeitungen."

„Weil ich sie keinem Reporter erzählt habe. Der Schlüssel zum entscheidenden Durchbruch war die Widmung „Für den Deutschen" auf der Gitarre. Mir wurde erst sehr spät klar, dass damit niemand gemeint war, der aus Deutschland stammt, sondern einfach nur eine Person, die einen deutschen Namen trägt. Hanover unterscheidet sich lediglich in der Schreibweise von der norddeutschen Stadt Hannover. „Der Deutsche" muss ein etwas gehässiger Spitzname gewesen sein, den Will Hanover gegeben hat."

„Das alleine klingt aber ziemlich dünn", wandte Sir Nigel ein.

„Stimmt. Es war zuerst nichts weiter als eine Eingebung, doch je länger ich darüber nachdachte, wann Hanover sich in den Tagen davor an welchen Orten aufgehalten hatte oder aufgehalten haben konnte, desto mehr Puzzleteile fügten sich wie von selbst zusammen. Und dann beging Hanover seinen einzigen wirklichen Fehler, der ihm schließlich zum Verhängnis wurde: Er rief mich von Bickershead House aus an, um die Hausdurchsuchung zu verhindern. Zwei Dinge ließen mich stutzig werden: Er erwähnte einige Einzelheiten, die nur jemand wissen konnte, der sich mit dem Tourleben der Flying Horses auskannte, und er rief auf meinem Handy an, dessen Nummer außer meinen Kollegen so gut wie niemand kennt. Der Einzige für den Fall Relevante, der sie hatte, war Bickershead senior, der sie unter recht rabiaten Drohungen aus dem Mädchen in unserer Telefonzentrale herausgepresst hatte. Er wird mit Minnack über mich gesprochen und in dem Zusammenhang auch erwähnt haben, dass er mich mehrfach angerufen hatte. Minnack dürfte keine Schwierigkeiten gehabt haben, die Nummer in Erfahrung zu bringen. Er wusste allerdings genau wie Bickershead nichts über Interna der Horses-Tour, was für mich nur einen Schluss zuließ: Minnack steckte mit einer anderen, nicht zum Bickershead-Clan gehörenden Person unter einer Decke."

Dass die Tour-Interna sein nächtliches Abenteuer mit Mia waren, verschwieg Minster. Es wäre ihm peinlich gewesen, vor seinem Vater zugeben zu müssen, nicht Herr seiner Sinne gewesen zu sein. Als er eine Woche nach Hanovers Festnahme einen gepolsterten Umschlag in der Post fand, in den die Roadies die beiden in jener Nacht geschossenen Fotos samt der Negative gesteckt hatten, war ihm eine tonnenschwere Last von der Seele gefallen. Einer der Jungs musste Hanover von den Bildern erzählt haben, aber in den Händen gehalten hatte der Product-Manager der Horses sie offenbar nie. Minster rechnete es den Roadies hoch an, dass sie den Skandal stillschweigend unter den Teppich gekehrt hatten, anstatt zu versuchen, die erschreckend guten Aufnahmen an die Klatschpresse zu verkaufen. Vielleicht war es ihr Dank dafür, dass er Wills Mörder zur Strecke gebracht hatte.

„Aber wie kamst du darauf, dass ausgerechnet Minnack zusammen mit Hanover für die Morde verantwortlich war?", fragte sein Vater.

Minster schreckte aus seinen Gedanken an die delikaten Fotos hoch und brauchte einen Augenblick, um den Faden wieder aufzunehmen.

„Die Initialzündung dazu kam von dir."

„Von mir?"

„Ja. Als ich bei dir zu Besuch war und wir uns über Abraham Bickershead unterhielten, erzähltest du mir, Herzkrankheiten seien in seiner Familie weit verbreitet. Da ich von Minnack bereits wusste, dass Will nicht sonderlich robust war, konnte ich davon ausgehen, dass eine relativ geringe Menge reinen Heroins ausreichte, um ihn umzubringen. Eine Menge, die so unauffällig war, dass kein Gerichtsmediziner der Welt von einem vorsätzlichen Mord ausgehen würde. Will hatte seine übliche Dosis geschnupft, sein Herz war angegriffen, seine Konstitution schwach, da erschien ein tödlicher Unfall weitaus wahrscheinlicher als ein Mord. Und wer wusste besser über Wills Gesundheitszustand Bescheid als sein Hausarzt? Minnack konnte sich problemlos ausrechnen, wie viel Heroin nötig war, um Will auszuschalten. Normalerweise braucht ein Junkie, der regelmäßig spritzt, etwa 800 Milligramm für einen goldenen Schuss. Wird die Droge geschnupft, liegt die tödliche Dosis ein wenig höher. Hanover jubelte Bickershead gerade mal etwas mehr als 900 Milligramm reines Diamorphin unter und erzählte ihm, er habe auf die Schnelle nur mit Backpulver gestrecktes Heroin besorgen können. Geschickter kann man einen Mord kaum inszenieren."

„Wäret ihr den beiden auf die Spur gekommen, wenn Williams Vater den Autopsiebericht nicht hätte fälschen lassen?"

„Möglicherweise nicht", sagte Minster und goss Sir Nigel einen weiteren Whiskey ein, bevor er sich Tee nachschenkte. „Wenn man von Anfang an von einer Überdosis ausgegangen wäre, hätte niemand nach einem Mörder gesucht, und der Fall wäre schnell zu den Akten gelegt worden. Es muss Minnack sehr schwer gefallen sein, den Pathologen zu bestechen, aber er konnte sich Abraham Bickersheads Befehl nicht widersetzen, ohne ein schweres Zerwürfnis mit ihm zu riskieren. So wählte er das seiner Meinung nach kleinere Übel, das ihn letztlich das Leben kostete.

Aber um noch mal auf diese albernen Sherlock-Holmes-Vergleiche zurückzukommen: Ohne Teddy Gillisham von der Kriminalpolizei auf der Isle Of Wight hätte ich Hanover wahrscheinlich nie geschnappt. Er ist für die Aufklärung des Falles wichtiger gewesen, als es Watson je für Holmes war."

„Inwiefern?"

„Teddy bewies viel Mut, als es darum ging, die Fälschung des Obduktionsberichts aufzudecken. Hätte er sich geirrt, wäre er nicht nur vom Bickershead-

Clan, sondern mit ziemlicher Sicherheit auch von seinem Vorgesetzten in die Mangel genommen worden. Aber er vertraute einzig und allein seinem Instinkt und verfolgte die Spur hartnäckig bis zum Ende. Außerdem versorgte er mich mit Hintergrundwissen über die Horses, das ich mir in der Kürze der Zeit anders nie hätte aneignen können, und lieferte mir einen wichtigen Beweis, dass meine Theorie bezüglich Hanover stimmte."

„Die falsche Textzeile? Dieser Punkt wurde in einigen Zeitungen erwähnt."

„Genau, die falsche Textzeile. Will sang „driver of death" statt „diver of death". Wenn man nicht sehr genau hinhörte, bemerkte man den Unterschied kaum, da Will die Silben eher schrie als sang. Nur jemandem, der so sehr mit den Horses vertraut ist wie Teddy, konnte diese winzige Ungenauigkeit auffallen. Und ich hatte glücklicherweise keine Schwierigkeiten damit, sie richtig einzuordnen. Hanover hatte mir in Amsterdam erzählt, er habe als Fahrer in einem Beerdigungsunternehmen gearbeitet, bevor er ins Musikgeschäft wechselte. Nachdem er das Heroin geschnupft hatte, muss Will gemerkt haben, dass Hanover ihm ganz bewusst ungestreckten Stoff untergeschoben hatte. Wenn er noch Herr seiner Sinne gewesen wäre, hätte er Hanovers Namen in die Gitarre gekratzt oder ins Mikrofon gebrüllt, aber immerhin schaffte er es im Todesrausch, uns zwei kryptische Hinweise zu hinterlassen."

„Habt ihr den Tathergang rekonstruieren können?"

„Weitestgehend ja. Hanover stritt zwar anfangs alles ab und behauptete, Minnack im Affekt wegen einer gemeinsamen Geliebten erschossen zu haben, aber die Beweislast war zu erdrückend. Die DNA-Spuren, die in Florence Glis' Wohnung entdeckt wurden, stimmten mit seinem genetischen Code überein, mehrere Pariser Zeugen konnten ihn trotz seiner Verkleidung identifizieren, und Teddy fand einen Roadie einer anderen Band, der gesehen hatte, wie Hanover die Gitarre in seinem Auto verstaute.

Als wir Hanover mit diesen Fakten konfrontierten, legte er ein umfassendes Geständnis ab. Da seine Komplizen Minnack und Wilson tot sind, lassen sich die genauen Hintergründe des Drogenschmuggels nicht mehr nachvollziehen, aber Hanover gibt zu, bereits seit Jahren im großen Stil mit Heroin gehandelt zu haben.

Anfangs teilten nur er und Wilson sich die Gewinne, doch vor zwei Jahren mussten sie Minnack in ihren erlauchten Kreis aufnehmen, nachdem dieser bei einem Empfang von Universe Records zufällig ein entlarvendes Telefonat mitgehört hatte, das Hanover mit Wilson führte. Minnack kam die zusätzliche Einnahmequelle mehr als gelegen, da er spielsüchtig war und trotz seines fürstlichen Ärztehonorars bei mehreren Londoner Spielbanken so tief in der Kreide stand, dass sie ihm Hausverbot erteilt hatten. Das Drogengeld durch drei zu teilen, tat keinem von ihnen weh, doch als Will dem Trio auf die Schliche kam und die Daumenschraube irgendwann zu sehr anzog, beschlossen sie, ihn sich vom Hals zu schaffen."

„Hatte William es denn überhaupt nötig, die anderen zu erpressen?", fragte Sir Nigel. „Von dem Geld, das er mit seiner Musik verdient haben muss, hätte er sich doch mehr als genug Heroin kaufen können."

„Wills Problem war nicht sein Konto, sondern sein Misstrauen. Laut Hanover hatte er panische Angst, ein Dealer könnte ihm mit Crack versetztes Heroin andrehen. Wahrscheinlich hatte er irgendwann in der Vergangenheit schlechte Erfahrungen mit schmutzigem Stoff gemacht. Wie in fast allen anderen Lebensbereichen vertraute er auch in puncto Drogen nur Menschen, die er gut kannte. Obwohl er wusste, dass Hanover ihn verabscheute, holte er sich seinen Stoff lieber von ihm als von einem namenlosen Straßendealer.

Dass der Mord am Ende auf der Isle Of Wight passierte, war Zufall. Hanover hatte schon seit längerer Zeit reines Heroin bei sich und wartete nur auf die richtige Gelegenheit, es Will unterzuschieben. Als Will an jenem Morgen sein Londoner Appartement verließ, merkte er, dass er seine Dosis, die er vor dem Auftritt nehmen wollte, vergessen hatte. Er rief Hanover an und erpresste ihn, wie er es häufiger tat, diesmal allerdings nur um eine geringe Menge. Hanover gab sie ihm bereits auf der Fähre, ohne dass jemand anderes etwas davon mitbekam. Der tragische Selbstmord wäre perfekt gewesen, wenn Will das Pulver im Beisein Dritter geschnupft hätte, doch er tat es ausgerechnet, als der Rest der Band schon auf der Bühne stand und er sich alleine mit Hanover im Umkleidecontainer aufhielt. Erschwerend kam für Hanover noch hinzu, dass Will ihm in einem Anfall von zynischer Gönnerhaftigkeit die Gitarre schenkte, bevor er die Drogen nahm, und eine persönliche Widmung in den Lack kratzte. Nachdem ihm klar geworden war, was er da geschnupft hatte, versuchte Will seinen Mörder mit einer Stabtaschenlampe zu erschlagen, war jedoch bereits zu geschwächt, um Hanover wirklich gefährlich werden zu können. Dieser floh aus dem Container und versteckte sich zwischen den Backstage-Toiletten, während Will eine letzte Verwünschung in die Gitarre ritzte und Richtung Bühne taumelte. Hanover wartete, bis Will außer Sichtweite war, kehrte in den Umkleideraum zurück, verließ ihn mit der verräterischen Gitarre unter dem Arm durch den Hinterausgang und deponierte das Instrument im Kofferraum seines Wagens. Anschließend konnte er allem weiteren gelassen entgegensehen und sich sogar von der örtlichen Polizei einem Routineverhör unterziehen lassen, ohne das Geringste befürchten zu müssen."

„Wenn er so gelassen war, warum fuhr er dann über 100 Meilen, um die Gitarre verschwinden zu lassen? Er hätte sie doch weitaus müheloser entsorgen können."

„Wie für so viele Verbrecher wurde auch für ihn seine Tat zu einer immer erdrückenderen und obsessiveren Last, je länger er sie mit sich herumtrug. Erinnere dich an Poes Kurzgeschichte vom verräterischen Herz. Weil Hanover auf der Isle Of Wight zu keinem Augenblick wirklich ungestört war, nahm er die Gitarre mit zurück nach London, und dort begann sie ihn zu quälen. Erst wollte er sie verbrennen, doch er fürchtete, dabei gestört zu werden. Dann beschloss er, sie zu vergraben, aber wieder überkam ihn Paranoia: Was, wenn jemand ihn dabei beobachtete? Was, wenn die Gitarre ausgebuddelt wurde? Der einzige Ort, der ihm sicher genug erschien, war die See, und deshalb fuhr er schließlich mitten in der Nacht die weite Strecke nach Clacton-on-Sea, um sich von seinem Verbrechen reinzuwaschen."

„Zumindest scheint er danach wieder so weit bei Sinnen gewesen zu sein, dass er diese Französin umbringen konnte, ohne gefasst zu werden", bemerkte Minsters Vater zwischen zwei Schlucken Whiskey.

„Den Mord bereitete er in der Tat bemerkenswert geschickt vor. Er ließ sich von Universe Records für einige Tage freistellen, um zu den Konzerten der Horses zu fliegen und zwischendurch ein paar nebulöse Familienangelegenheiten zu erledigen, über die er seine Kollegen absichtlich im Dunkeln ließ. Jeder wusste, dass er durch Europa jettete, um sich um die Horses zu kümmern, aber niemand erwartete, dass er es rund um die Uhr tat. Zwischen seinen Stippvisiten bei den Musikern hatte er also genügend Zeit, Florence Glis zu ermorden, ohne sofort ein hieb- und stichfestes Alibi nachweisen zu müssen. In dem japanischen Bordell in Amsterdam tat er so, als sei er rettungslos betrunken, obwohl er nur leicht angeduselt war, und ließ sich vom Manager der Horses in ein Taxi zum Flughafen setzen. Er hatte uns erzählt, er müsse zurück nach London fliegen, doch in Wahrheit reiste er unter falschem Namen nach Paris und ermordete dort Florence."

„Irgendwas war noch mit diesem Manager", murmelte Sir Nigel in sich hinein und begann, seine Meerschaumpfeife zu stopfen. Die Sonne war mittlerweile hinter dem Wald verschwunden, und im goldenen Schein der Wohnzimmerlampe, der durch das große Fenster bis hinaus auf die Veranda reichte, erinnerten Minster die scharfen, raubvogelhaften Gesichtszüge seines Vaters an eine Bronzebüste.

„Du meinst bestimmt die Sache mit der eisernen Zigarettenschatulle", sagte er.

„Ja, richtig", erwiderte Sir Nigel. „In einem Hollywood-Film wäre es ein ziemlich abgeschmackter Trick gewesen, um die Zuschauer in die Irre zu führen."

„Aber im richtigen Leben rettete sie Maxwell das Leben. Wenn die Dose in seiner Brusttasche Hanovers Schuss nicht abgefangen hätte, wäre er wahrscheinlich tot. So blieb die Kugel knapp unter der Haut stecken und knackste nur eine Rippe an."

„Was wollte Maxwell eigentlich in Bickershead House?", fragte Sir Nigel und schickte einen ersten Rauchring in den Nachthimmel.

„Er und die Band hatten sich natürlich ihre Gedanken zu den Morden gemacht und waren zu dem Schluss gekommen, dass Abraham Bickershead und Minnack dahintersteckten. Maxwell hatte an jenem Morgen noch mit dem Arzt telefoniert und wusste, dass er den Tag über bei Wills Vater war, dem der Presseskandal schwer zugesetzt hatte. Da die Horses nach der Festnahme von Fleece in Paris der Meinung waren, bei der Polizei würden nur totale Versager arbeiten, beschlossen sie, Minnack und Bickershead selbst zur Rede zu stellen. Ihre Theorie stimmte zwar nur zur Hälfte, aber sie fuhren zumindest mit einem konkreteren Plan nach Hertfordshire als ich. Der einzige Grund, warum ich nach Bickershead House zurückkehrte, war die diffuse Befürchtung, Hanover könnte nach seinem panischen Telefonat mit mir weitere Morde begehen."

„Du hast mal wieder das richtige Näschen gehabt, mein Sohn", meinte Sir Nigel und zwinkerte Minster anerkennend zu. „Aber ich beneide dich nicht. Wenn ich die Musik, die du mir heute Nachmittag vorgespielt hast, in einer Konzerthalle bei ohrenbetäubender Lautstärke hören müsste, könntest du mich wahrscheinlich ab morgen in einem Sanatorium besuchen."

„Du übertreibst maßlos", lachte Minster. „Ich hatte zuerst auch meine Schwierigkeiten mit den Horses, aber mittlerweile lege ich sogar manchmal morgens zum Aufstehen eine ihrer CDs ein. Ihre Songs haben etwas angenehm Energisches, und Will war wirklich ein talentierter Poet."

Sir Nigel blickte seinen Sohn zweifelnd von der Seite an, bevor er fragte: „Aber du gehst doch nicht noch mal mit ihnen auf Tour, oder?"

„Um Gottes Willen, nein", grinste Minster. „Sie haben mir zweimal die Ohren durchgepustet, das reicht fürs ganze Leben. Teddy hat mir erzählt, dass sie seit drei Wochen in den USA unterwegs sind. Dembinski soll Will mittlerweile ziemlich souverän ersetzen, und vielleicht nehmen sie im Winter sogar ein neues Album auf."

„Arbeitest du momentan an einem Fall?"

„Nächste Woche muss ich höchstwahrscheinlich wegen der Zerschlagung eines Organhändlerrings nach Manchester, aber bis Sonntag habe ich noch frei."

„Dann könntest du ja endlich mal einen romantischen Abend mit einer netten jungen Dame im Kino verbringen", bemerkte Sir Nigel schelmisch und schmauchte genießerisch seine Pfeife.

„Du wirst lachen, Dad, aber ich habe tatsächlich eine Verabredung, und zwar schon für morgen." Minster stand auf, um in die Küche zu gehen und die Vanilleplätzchen zu holen. „Und bevor du mich fragst: Sie heißt Vanessa, wohnt hier im Dorf, und ja, sie ist im heiratsfähigen Alter."

„Meine Glückwünsche", rief ihm Sir Nigel hinterher und schaute versonnen zu den Sternen hinauf, die hell und klar am Firmament über Aleham standen.

Der nächste Inspector Minster Krimi erscheint im Frühjahr 2009